VINDOBONA
VERLAG SEIT 1946

AF157231

Gerhard Heinrich

Nicht nur in den Betten

Lustvolle Erinnerungen eines Arzt-Ehepaares

VINDOBONA
VERLAG · SEIT 1946

Bibliografische Information
der Deutschen Nationalbibliothek:

Die Deutsche Nationalbibliothek
verzeichnet diese Publikation in
der Deutschen Nationalbibliografie.
Detaillierte bibliografische Daten
sind im Internet über
http://www.d-nb.de abrufbar.

www.vindobonaverlag.com

© 2022 Vindobona Verlag

ISBN 978-3-949263-48-4
Lektorat: Melanie Dutzler
Umschlagfoto:
Vadimgozhda | Dreamstime.com
Umschlaggestaltung, Layout & Satz:
Vindobona Verlag

Gedruckt in der Europäischen Union
auf umweltfreundlichem, chlor- und
säurefrei gebleichtem Papier.

Vorwort des Herausgebers

An einem Nachmittag besuchte ich wieder einmal den alten Herrn in seiner Wohnung. Jahrzehntelang hatte er in der Universitätsklinik einer bedeutenden Stadt an der Ostsee als Professor die Krebsforschung vorangetrieben. Ich hatte regelmäßig seine Vorlesungen besucht. Viele Standardbücher und Fachaufsätze von ihm waren erschienen. Er betonte immer wieder, wie ihm seine Frau Mut gemacht und ihm Kraft für seine Arbeit gegeben hatte. Als Fotografin hatte sie seine Erkenntnisse dokumentiert. Lebhaft erinnere ich mich an sie: Noch in hohem Alter war sie eine schöne Frau mit leuchtenden Augen und machte herrliche Bemerkungen zu allen möglichen Dingen unserer Zeit. Nun war er allein, die Kinder lebten weit entfernt in Deutschland oder im Ausland und hatten ihre eigene Familie. Seine Frau, mit der er 60 Jahre zusammengelebt hatte und mit der er vier Kinder hatte, war erst vor kurzem verstorben, und ich wollte ihn etwas trösten. Ich erinnerte ihn daran, was er in sechs Jahrzehnten mit seiner Frau an ganz persönlichen Dingen erlebt hatte, und ermunterte ihn, mir davon zu erzählen. Erst stockend und nur bruchstückhaft, dann aber immer freier begann er von seinen Erfahrungen mit Frauen zu erzählen. Dabei bemerkte ich, dass er die Frauen bewunderte, die ihn ermutigt hatten, mit ihm sexuelle Erlebnisse zu haben. Er holte auch Fotoalben heraus, in denen ich die Frauen – und vor allem seine Frau –, die er geliebt hatte, meist nackt sah. Es war schon seltsam, die Menschen, die ich meist ja nur als alte Damen und Herren kannte, in jugendlicher Schönheit zu sehen. In den Berichten des 89-jährigen Gelehrten lebten diese Personen wieder auf. Und während seiner Erzählungen wirkte er plötzlich wieder jung.

Sehr bald schlug ich ihm vor, das Ganze für ihn aufzuschreiben. Ich wollte seine Berichte ordnen, aber es sollte so authentisch wie möglich bleiben. Das war etwas kompliziert, weil seine

Erzählungen über ein halbes Jahr gingen. Er sprach manchmal so, als lebte seine Frau noch; ein anderes Mal berichtete er in der Vergangenheit. Ich habe aber nichts verändert. Der alte Professor zögerte. Er stellte sich vor, dieses Erinnerungsbuch würde neben seinen wissenschaftlichen Werken stehen. Aber ich entgegnete, auch das gehörte zu seinem Leben. In der Zeit, in der er seine Erlebnisse gemacht hatte, wäre die Sexualität ja noch sehr im Verborgenen praktiziert worden, und dass man darüber berichtete, wäre damals als Pornografie bezeichnet und verboten worden. Auch dass er und seine Frau so freizügig Sex mit anderen Partnern bzw. Partnerinnen hatten, sei damals sicher völlig ungewöhnlich gewesen. Ein Mann nahm sich auch damals viele Freiheiten, doch bei einer Frau wäre das undenkbar gewesen. Er habe also mit seiner Frau und seinen Kollegen bzw. Kolleginnen der sexuellen Freizügigkeit gewissermaßen den Weg geebnet.

Über ein halbes Jahr besuchte ich ihn und er erzählte. Dabei brachte er Vergangenheit und Gegenwart durcheinander. Ich ließ aber den Text so stehen, wie er berichtete. In seinem Leben war ja seine Frau noch da. Auch bestimmte Wiederholungen, etwa wenn er die Brüste seiner Frau beschrieb, ließ ich so stehen, wie er sie erzählte.

Es dauerte einige Zeit, bis der alte Professor einverstanden war, seine Erinnerungen veröffentlichen zu lassen. Dann aber stimmte er zu. Bedingung war allerdings, dass ich seinen wirklichen Namen nicht nannte und Zusammenhänge so aufschrieb, dass nur Eingeweihte wie seine Freunde und Freundinnen erkannten, wer wo in welcher Situation so handelte.

Ich ordnete also als Journalist alle Berichte und brachte sie in die Form, die mir für eine Publikation geeignet schienen. Als er sie noch einmal durchlas, lächelte er wiederholt und wünschte sich nun, sie möge auch anderen Lesern gefallen. Denn „über natürliche Dinge kann man natürlich sprechen", und die Sexualität gehört nun einmal zu den natürlichsten und schönsten Dingen unseres Lebens.

Ich bin auf dem Land groß geworden. Da gehörte
Sexualität zu den ganz selbstverständlichen Lebensäußerungen
wie Essen und Trinken und Schlafen. Wir waren täglich davon
umgeben. Der Hahn rannte hinter einer Henne her – immer
einer anderen – und wenn er sie erreichte, besprang er sie. Nach
ein paar typischen Bewegungen stieg er dann wieder vom Huhn
und suchte Futter oder die nächste Henne. Das Huhn schüttelte
sich kurz und pickte dann weiter. Wenn wir beim Eieressen den
dunklen Punkt im Eiweiß sahen, erklärten uns die Erwachsenen
ganz selbstverständlich, das wäre der Same vom Hahn. Wir sahen
auch überall Vögel, die es so oder ähnlich taten wie die Hühner.
Wir hatten schon als Kinder eigene Kaninchen und sorgten für
sie. Dazu gehörte auch, dass wir von Zeit zu Zeit den Bock aus
der Nachbarbox holten und zur Zippe gaben. Dann sahen wir
zu, wie der Bock wild auf der Zippe rammelte, und wir wussten, was das bedeutete. Die Erwachsenen nahmen uns mit, wenn
das Schwein zum Eber gebracht wurde. Wir sahen zu, wie der
Eber auf die Sau sprang und selig lächelnd drauflos bumste. Auf
der Straße und dem Hof sahen wir die Hundepaare nach ihrer
Kopulation zusammenblieben, bis der Penis abgeschwollen war,
und wir amüsierten uns oft darüber, wie die zwei versuchten,
sich zu bewegen. Wir sahen zu, wie der Hengst eine Stute besprang und dabei seinen langen möhrenfarbenen Penis ausfuhr.
Das Glied pendelte zuweilen in der Luft, ohne die Scheide der
Stute zu finden. Dann sprang ein Landwirtschaftslehrling hinzu,
nahm den langen dünnen Penis und dirigierte ihn in die Scheide der Stute. Daran dachte ich, als ich nach vielen Jahrzehnten
in Südfrankreich einen Esel sah, dessen Penis bis auf den Boden
reichte. Mir kam sofort die Szene aus dem „Goldenen Esel" des
antiken Schriftstellers Apuleius in Erinnerung, wo eine Frau
mit einem Eselshengst kopuliert. Ich konnte mir das bisher nie

vorstellen und hielt es für reine Phantasie. Doch seit ich dies gesehen hatte, schien es mir durchaus möglich, dass es so etwas gibt.
Am meisten beeindruckte uns, wie es der Bulle tat. Er stand ja
angekettet im Stall. Durch seine Nasenscheidewand war ein Ring
gezogen, an dem die Kette festgemacht war, die ihn im Stall fi-
xierte. Aber zu bestimmten Zeiten riss er sich los, zertrümmer-
te die Holzwände, die ihn umgaben, und blutend und auch vor
Schmerz brüllend rannte er durch das Dorf zu der Weide, wo
die Kühe grasten. Er durchbrach den Stacheldrahtzaun und blu-
tete nun noch mehr. Aber er suchte eine Kuh, die willig war,
und besprang sie. Wir bestaunten sein gewaltiges Glied, während
die Schweizer heranliefen, um ihn wieder in den Stall zurück-
zubringen. Einen „Rucksackbullen", wie der Besamer genannt
wurde, gab es damals noch nicht.

So könnte ich fortfahren, um deutlich zu machen, wie selbstverständlich Sexualität in unserer Umgebung war. Auch bei den
Menschen war das so. Wir gingen in die Grundschule im Nach-
bardorf, die rund zwei Kilometer von uns entfernt war. Da sah
ich einmal, wie eine Frauengruppe Rüben verzog. Dabei mussten sich die Frauen natürlich tief bücken und drückten ihren oft
sehr imposanten Hintern heraus. Da sah ich, wie der Brigadier
schnell zu einer dieser Frauen ging und ihren Rock hob. Wie
viele Frauen damals hatte diese auch keine Unterhose an. Der
Mann holte seinen Schwanz aus der Hose und schob ihn von
hinten in die Spalte der Frau. Die anderen Frauen äugten kurz
hinüber, machten wohl auch ein paar Bemerkungen – aber das
war's. Ein anderes Mal ging er auf eine Frau zu, redete kurz mit
ihr, und dann gingen die beiden in das nahe gelegene Waldstück.
Nach einiger Zeit kamen sie wieder heraus. Die Frau ordnete ihr
Kleid und arbeitete weiter.

Die meisten Frauen im Ort, wo ich aufwuchs, waren als pol-
nische Saisonarbeiter nach Deutschland gekommen und hierge-
blieben. Der damalige Gutsbesitzer hatte sie untergebracht.
Der Mann war ein ausgesprochen sympathischer Mensch, der
von seinem Vater gelernt hatte, dass nur der ein Gut leiten darf,
der auch alle Arbeiten selbst machen kann. Wenn er z. B. bei

drohendem Ungewitter die Ernte sah, die noch vor dem Regen in die Scheune musste, sprang er von seinem Pferd und machte so lange auf dem Feld mit, bis auch die letzte Garbe geborgen war. Später stand er auch noch um Mitternacht am Dreschkasten. Und wenn er auf seiner braunen schlanken Stute, deren Schweif bis zum Boden reichte, über die Felder ritt, himmelten ihn alle Frauen an. Wohl alle Frauen liebten ihn und viele empfanden es als Ehre, wenn er sie vögelte. Nach 1945 wurde er enteignet. Aber die Dorfbewohner streikten. Sie erklärten, sie würden erst wieder arbeiten, wenn ihr alter Chef wieder das Gut leitete. So wurde aus dem Gutsbesitzer der Gutsverwalter. Er vögelte weiter die Frauen, auch meine Mutter, und das war so in Ordnung.

Meine ersten erotischen Erfahrungen machte ich mit meiner Cousine. Wir waren gleichaltrig. Sie war deutlich kleiner als ich, doch erstaunlich breit von Gestalt. Sie hatte rabenschwarzes Haar, auch dunkle Augen und einen auffallend breiten Mund. Ich denke, sie hatte etwas von unserer Großmutter geerbt, die aus einer Zigeunerfamilie kam. Mit dieser Cousine also ging ich im Sommer in die große Scheune, die auf dem Hof gegenüber dem Wohnhaus lag. Wir kletterten über Leitern in das zweite Stroh- und Heufach und zogen nach beiden Fächern die Leitern hoch, sodass uns niemand überraschen konnte. Wir hatten dort zwei Militärdecken über Heu und Stroh gelegt, damit uns nicht z. B. eine trockene Diestel in das Fleisch stach. Dort oben spielten wir „Doktor". Ich war der Doktor, Gudrun die Patientin. Sie kam zu mir in die Sprechstunde und klagte über irgendwelche Beschwerden. Ich forderte sie dann auf, sich ganz und gar auszuziehen, und ich untersuchte sie sehr gründlich. Sie hatte schon sehr schöne weibliche Formen, auch üppige Brüste – die wurden dann später noch voller. Vor allem aber zog ich ihre Schamlippen weit auseinander und betrachtete und beleckte dort alles, was ich erreichen konnte. Was eine Klitoris ist, wusste ich damals noch nicht. Aber ich lutschte daran, weil ich merkte, dass meine Cousine dabei Lust empfand. Schließlich erklärte ich: „Ja, liebe Frau, es ist alles in Ordnung bei Ihnen. Sie müssen nur Ihrem Mann

sagen, dass er Sie von Zeit zu Zeit so richtig durchfickt." Dann sagte die Patientin: „Aber ich hab doch gar keinen Mann!" Und ich antwortete: „Oh weh, dann muss ich es tun." Und ich zog mich aus und schob meinen Penis in ihre Scheide. Damals hatte ich wohl noch keine Spermaproduktion, aber mein Penis erigierte zuverlässig. Sie lag auf dem Rücken, ich über ihr. Ich zog ihre Schamlippen auseinander und brachte dort meinen Penis unter. Und so vergnügten wir uns miteinander, bis wir müde wurden. Das taten wir zwei Jahre lang. Dann zogen die Großeltern mit ihr fort. Sie wohnten am Stadtrand in einem kleinen Haus, in dem oben noch ein altes Ehepaar lebte. Als das Ehepaar starb, richtete sich meine Cousine oben in der Mansardenwohnung ein. Dort besuchte ich sie, als ich in den Semesterferien die Großeltern aufsuchte. Sie erzählte mir sehr glücklich, dass sie nun ihre eigene Wohnung hatte. Da war sie ja schon 19 Jahre alt. Sie wollte mir gern ihre Räume zeigen. Wir stiegen also die Treppen nach oben. Sie ging vor mir und bewegte so aufreizend ihren Hintern, dass ich gar nicht anders konnte, als ihn zu streicheln. Sie blieb kurz stehen, sagte aber nur: „Was machst du da?" Und ich erinnerte sie daran, was wir vor ein paar Jahren in der Scheune gespielt hatten. Sie sah mich nachdenklich an: „Aber eigentlich haben wir es noch nicht so richtig miteinander getan." Ich sagte nur: „Dann sollten wir es vielleicht nachholen." Sie führte mich durch ihre kleine Wohnung, die wirklich ganz zauberhaft war. Wieder im Wohnzimmer sagte sie ganz ruhig: „Hast du das vorhin ernst gemeint mit dem Nachholen?" Ich nickte: „Von mir aus gern." Da schloss sie die Tür zur Treppe von innen zu, nahm mich bei der Hand und ging mit mir in das Schlafzimmer. Sie zog sich aus. Zuerst fielen mir ihre zylindrischen schweren Brüste ins Auge, dann ihr rabenschwarzes, großes Schamdreieck, schließlich ihr ausladender, breiter Hintern. Sofort erigierte mein Penis. Sie lächelte nur und sagte: „Wollen wir?" Und dann liebten wir uns mit großer Leidenschaft. Ich kam vor ihr, konnte aber meinen Penis noch so lange in ihrem Spalt lassen, bis auch sie kam. Ich lag noch auf ihrem Leib, bis mein Ding herausrutschte. Da wischte sie das reichliche Sperma aus ihrer Scheide und von

ihren Schenkeln und sagte: „Nun kannst du mit Recht sagen, dass ich die Erste war, mit der du es getan hast."

Allerdings war dies das einzige Mal. Bei meinem nächsten Besuch stellte sie mir ihren Verlobten vor und sehr bald darauf heirateten die beiden. Sie sind bis heute zusammen.

Nach Gudrun tat ich es mit meinen beiden Schwestern. Damals schliefen wir vier Kinder noch in einem Raum. In den Ferien durften wir bis etwa zehn Uhr in den Betten liegen bleiben. Meine älteste Schwester war vier Jahre älter als ich, die andere zwei Jahre älter. Mein Bruder ist zwei Jahre jünger als ich.

An einem sonnigen Morgen wachte ich durch das Flüstern und Kichern meiner beiden Schwestern auf. Sie saßen sich in einem Bett gegenüber. Ihr Nachthemd hatten sie bis zur Hüfte hochgezogen. Jede hielt einen kleinen runden Spiegel in der Hand. Damit betrachteten sie mit gespreizten Beinen ihr Geschlecht und tauschten sich über ihre Beobachtungen aus. Als Karin bemerkte, dass ich sie beobachtete, flüsterte sie mit Heidi und gab mir dann Zeichen, ich sollte zu ihnen kommen. Helmut schlief noch fest. Ich ging also zu ihnen. Sie nahmen mich in die Mitte und zogen sofort die Hose von meinem Schlafanzug herunter. Dann untersuchten sie gründlich mein Geschlecht und tauschten sich flüsternd und kichernd aus. Sie befühlten meine Hoden, sie zogen die Vorhaut von meinem Penis zurück, sie nahmen mein Glied in ihre Hände und bemerkten mit Vergnügen, wie mein Penis länger, dicker, fester wurde. Heidi flüsterte mit Karin, dann hockte sie sich über mich und schob mein Glied in ihre Scheide. Ich bewegte mich, so gut ich konnte, in ihr und sie teilte ihrer Schwester mit, was sie empfand. Die wollte es nun auch wissen und drängte sie beiseite. Einen Orgasmus mit einer Ejakulation konnte ich damals ja noch nicht bekommen. Aber mein Penis blieb längere Zeit straff. So wechselten sich die beiden mit mir ab. In dieser Zeit durfte ich nun auch genau ihr Geschlecht betrachten. Ich zog die Schamlippen weit auseinander, entdeckte auch die halbmondförmigen Jungfernhäutchen, beroch und beleckte alles und war dabei so glücklich wie noch nie in meinem Leben. Irgendwann fand ich diese Häutchen allerdings nicht mehr, nur

noch ein paar Reste an den Wänden. Die Mädchen besprachen ausführlich, ob die Zerstörung des Häutchens durch meine Finger oder durch meinen Penis gekommen war.

Es wurde nun zur regelmäßigen Übung, dass die beiden Schwestern mich zu sich ins Bett riefen und abwechselnd mit mir Sex hatten. Irgendwann produzierte mein Körper auch Sperma. Bis heute bin ich dankbar, dass die Schwestern nicht irgendwann schwanger wurden. Kondome oder ähnliches hatten wir damals ja nicht. Heidi bekam bald eine dichte Schambehaarung und auch mittelgroße Brüste. Karin hatte blonde Haare, da sah man ihren Bewuchs am Geschlecht nicht so deutlich. Aber ihre Brüste wuchsen schneller und wurden deutlich größer als die von Heidi. Auch ihr Hintern formte sich dicker und runder. Außerdem tat sie es lieber mit mir als mit Helmut. Der war irgendwann auch dazugekommen. Wenn Heidi ihre Tage hatte, lag sie krank und jammerte. Wenn Karin sie hatte, legte sie ein Handtuch unter ihr Becken und empfing mich weiter in ihrem Leib. Oft lagen die beiden Mädchen nebeneinander im Bett und wir auf ihnen. Allerdings verlor Helmut bald wieder Interesse an diesem Spiel. Er war wohl doch noch zu jung. Er sah zu, wie ich mich mit den beiden Mädchen beschäftigte. Aber damals schon störte es mich überhaupt nicht, wenn jemand uns beim Sex zuschaute oder wenn es jemand neben mir tat.

Ich war ganz und gar auf Frauen fixiert. Das wurde bald sehr deutlich. Einmal lud ein älterer Mann aus der Bekanntschaft uns Brüder zu sich nach Hause ein. Er empfing uns mit entblößtem Unterleib. Das empfand ich als abstoßend. Auf einem Tischchen sah ich Fotos von halbnackten Männern. Das waren Balletttänzer vom Theater der Stadt. Unser Gastgeber bat uns, ihm mit Öl in der Handfläche sein Geschlecht einzumassieren. Da erklärte ich ganz klar: „Nein! So eine Schweinerei mach ich nicht mit!" Ich verließ sofort die Wohnung, rannte nach Hause und erzählte es meiner Mutter. Mein Bruder blieb. Er ging auch noch einige Male zu dem Mann. Dann blieb auch er fort.

Die sexuelle Gemeinschaft mit den Schwestern bewirkte auch, dass sich die beiden Mädchen frei im Raum bewegten. Sie machten

Pipi im Nachttopf, sie zogen sich vor uns an oder aus. Hier vermittelten sie mir, was ich später auch mit anderen Frauen erleben durfte: Sex ist so normal wie Essen und Trinken, Verdauung oder Schlaf. Wenn man das Bedürfnis danach hat, sollte man es tun, sonst nimmt die Seele Schaden. Ich durfte ihnen meinen straffen Schwanz zeigen und sagen: „Bei wem darf ich heute hineinkommen?" Eine ließ mich fast immer in ihren Leib. Das Miteinander wurde zu einer Selbstverständlichkeit. Allerdings ging Heidi bald zur Ausbildung nach Berlin. Sie kam immer seltener nach Hause. Dann nahm sie mich fast immer zu sich ins Bett. Sie brachte auch Kondome mit, die es bei uns ja nicht gab. Als sie fortzog, wurden Karin und ich so etwas wie ein Paar. Wir lagen ganz regelmäßig zusammen im Bett, ich sah ihren Körper üppiger und reifer werden. Und natürlich taten wir es regelmäßig miteinander. Wir waren ja beide in dem Alter, wo die Hormone im Körper durcheinanderwirbeln. Wenn Karin Sorge hatte, schwanger zu werden, nuckelte sie gern kurz vor meinem Orgasmus an meiner Eichel, und ich spritzte entweder in ihrem Mund oder in ihrer Hand ab. Sie hatte das Sperma ganz gern in ihrem Mund. Schlimm wurde es für mich, als auch sie zur Ausbildung fortzog. Sie kam aber fast jedes Wochenende nach Hause und wir genossen dann ausgiebig unser Miteinander. Damals konnte ich mit kurzen Erholungsphasen ja noch bis zu zehn Orgasmen in einer Nacht haben. Und nach jedem Orgasmus konnte ich länger in Karins Spalt bleiben und sie auch zum Orgasmus bringen. Als sie heiratete und nach Jena zog, fuhr ich in den Ferien gern zu ihr. Ihr Mann arbeitete in Schicht in einer Fabrik, die Kinder gingen zur Schule oder trieben sich mit Freunden herum, sie konnte ihre Arbeit so einteilen, dass sie frei hatte, wenn wir zu zweit sein wollten – und dann versuchten wir, alles nachzuholen, was wir entbehrt hatten. Sie gehörte zu den Frauen, deren liebste Beschäftigung der Sex ist. Sie sagte mir einmal, sie habe vieles an ihrem Mann zu bemängeln, aber im Bett sei er super. Und auch in ihrer Ehezeit tat sie es nicht nur mit ihrem Mann und mir, sondern auch mit anderen Männern, wenn die ihr gefielen und sie Lust hatte. In meiner Studentenzeit war ich ja auch in Jena.

Da hatte ich eine Reihe von Frauen. Aber ich ging immer noch gern zu ihr. Von ihr hörte ich zum ersten Mal, dass die Form der Ehe, wie sie heute noch weitgehend verstanden wird, ja erst im 19. Jahrhundert so geprägt wurde. Friedrich Wilhelm III. König von Preußen und die legendäre Luise von Mecklenburg-Strelitz waren wohl die ersten adligen Eheleute in Deutschland, die aus Liebe heirateten und Vorbild für das deutsche Volk wurden. Luise schrieb auch an eine Freundin, wie ihr Ehemann sie im Bett befriedigt hatte. Aber der Ehemann hatte auch neben seiner Frau mehrere Geliebte, wie es in anderen Familien selbstverständlich war. Auch in bürgerlichen Kreisen hatten die Männer Geliebte oder sie taten es mit dem weiblichen Dienstpersonal. Der Pianist Artur Rubinstein und der Kabarettist Friedrich Holländer – er schrieb das Lied der Lola „Ich bin von Kopf bis Fuß auf Liebe eingestellt" – schrieben ganz offen in ihren Selbstbiografien, wie es ihr Vater mit den Dienstmädchen tat und wie die Jungen von diesen Mädchen lernten, Umgang mit dem anderen Geschlecht zu haben. Bis heute wird oft von „Kind und Kegel" gesprochen. „Kegel" waren die außerehelichen Kinder, die oft in den Familien mit großgezogen wurden.

Übrigens hatten nicht nur die Männer außereheliche Beziehungen. Auch die Frauen hatten sie. Die Literatur ist voll von solchen Geschichten, die ganz bestimmt nicht nur erfunden sind. Viktor Holländer, der Vater von Friedrich Holländer, komponierte das Lied „Die Kirschen in Nachbars Garten"; auch Peter Alexander sang es. Da heißt es in der zweiten Strophe:

„In fremden Revieren zu pirschen, das lernt ich auf mancherlei Art.

Die Sehnsucht nach fremden Kirschen ward größer, je älter ich ward.

Einst liebt ich ein Weibchen unsäglich, ein leichtes, ein lustiges Blut.

Ihr Männchen, gar alt und gar kläglich, vertrug frisches Obst nicht mehr gut" und so weiter. Die Geschichten der Renaissance, etwa die von Boccaccio, sind voll von solchen Begebenheiten. Aber auch Tolstoi, Maupassant oder Fontane schrieben sie auf.

Auch ich hatte ja vorzugsweise Sex mit verheirateten Frauen. Darauf komme ich später.

Zurück zum Dorf. Wenn ich sagte, ich hätte von meinen Schwestern gelernt, dass Sex so selbstverständlich ist wie Essen und Trinken, dann war das im Dorf ebenso. Wir sahen ja täglich, wie Tiere miteinander Sex hatten Wir beobachteten es auch bei den Menschen. Zu bestimmten Feiertagen, etwa zum Erntefest oder zum 1. Mai, war im Kulturhaus Dorftanz. Wenn unsere Eltern schliefen oder im Kulturhaus tanzten, kletterten wir aus den Fenstern und schlichen uns hinter die Büsche, die das Kulturhaus umgaben. Wir brauchten meist nicht lange zu warten. Bald kam das eine oder andere Pärchen heraus. Oft unmittelbar in unserer Nähe küssten sie sich wild und irgendwann zog die Frau ihren Schlüpfer aus und legte sich aufs Gras. Manche Frau stützte sich auch auf den Rand des Brunnens und hielt dem Mann ihren Unterleib entgegen. Dann liebten sich die beiden. Hinterher reinigte sich die Frau, so gut es ging, und die beiden kehrten wieder zum Tanzen zurück. In der Mitte des Platzes vor dem Haus befand sich ein kleiner Springbrunnen inmitten eines kleinen Bassins. Dorthin ging manche Frau und spülte dort ihr Geschlecht. Manche reinigte sich auch mit einem Taschentuch, das sie als Waschlappen benutzte. Kondome gab es damals bei uns noch nicht. Da versuchten die Frauen auf diese Weise, eine eventuelle Schwangerschaft zu verhindern. Aber bei vielen Kindern, die ein dreiviertel Jahr später geboren wurden, wussten wir genau, wie sie entstanden waren. Doch das war die Natur.

Und dann schliefen viele unserer Spielgefährten ja wie selbstverständlich in den beengten Wohnungen damals mit ihren Eltern in einem Raum zusammen. Die erzählten gern in allen Einzelheiten, was die Eltern im Bett getan, gesagt, gestöhnt hatten. Das war Natur. Das war normal. Übrigens sah man damals nicht so genau hin, wer der Vater eines Kindes war. Eine Reihe Frauen war mit dem Einzug der Roten Armee vergewaltigt worden und dabei waren einige geschwängert worden. Eine Frau erzählte mir einmal, mindestens zehn Soldaten hätten sie hintereinander

gevögelt. Da wusste sie selbstverständlich nicht, wer der Erzeuger ihres Kindes war. Andere Frauen warteten auf die Rückkehr ihrer Männer aus der Kriegsgefangenschaft. Aber sie waren oft jung, hatten auch ihre sexuellen Bedürfnisse, sie gaben sich in dieser Wartezeit mit anderen Männern ab und manche bekamen dann ein Kind. Auch meine Mutter wartete auf unseren Vater. Das hinderte auch sie nicht, mit einem anderen Mann ins Bett zu gehen. Als ich einmal nach Hause kam und die Treppe zu den Schlafräumen nach oben ging, kam mir der Gutsverwalter entgegen. Er grüßte mich freundlich und strich mir über das Haar. Ich ging ins Schlafzimmer meiner Mutter. Da sah ich das zerwühlte Bett und meine Mutter, die am Waschbecken stand und ihr Geschlecht reinigte. Da wusste ich, was geschehen war. Übrigens rechnete es sich jede einigermaßen attraktive Frau zur Ehre an, wenn sich dieser Mann mit ihr abgab. Es gab auch im Dorf Kinder, die ihm wie aus dem Gesicht geschnitten waren, Das zerstörte keine Ehe. Das war natürlich. Meine Mutter tat es auch mit dem Arzt. Sie war ja damals in der Blüte ihrer Schönheit und er war ein gutaussehender Mann und ein ausgezeichneter Arzt, der auch mitten in der Nacht kam, wenn jemand ihn brauchte. Wenn er nachts zu uns kam, weil jemand von uns Kindern krank war, legte sich meine Mutter wohl immer wieder einmal mit ihm ins Bett. Sie hatte ja ein eigenes Schlafzimmer. Und andere Frauen taten das auch.

Zu meinen lebendigsten Kindheitserinnerungen gehört ein Wettpinkeln der jungen Frauen. Wer das angeregt hatte, weiß ich nicht. Aber an einem Sommerabend versammelten sich etwa fünfzehn Frauen auf dem Volleyballplatz. Und natürlich waren nahezu alle Bewohner des Ortes gekommen, meine Mutter allerdings nicht. Die jungen Frauen postierten sich in einer Reihe, zogen auf Kommando ihre Röcke bis zu den Hüften hoch –, Schlüpfer trugen sie schon nicht mehr – hockten sich dann hin und entließen in einem mehr oder minder großen Bogen ihr Wasser aus der Blase. Bis heute kann ich mich noch an den Anblick dieser Körper erinnern, dieser Schenkel und Fotzen, an diese herrlichen, meist

schwarz behaarten Gebilde, aus denen der Wasserstrahl schoss. Vielleicht hat dieses Erlebnis dazu geführt, dass bis heute eine Frau, die auf dem Boden hockt und Wasser lässt, für mich besonders erotisch ist. Aber das scheint nicht nur bei mir so zu sein. Immer häufiger finde ich auch in seriösen Foto-Bildbänden Fotos von Frauen, die entweder im Bad oder im Freien pullern. Das muss also auch andere Männer begeistern. Als die Frauen fertig waren, wurde mit einem Bandmaß ermittelt, wer den weitesten Bogen geschafft hatte. Die Siegerin bekam eine Flasche Wein, was damals wohl etwas Besonderes war. Wichtiger war allerdings ein gewisser Ruhm: Im Dorf wurde lange von dieser Aktion gesprochen. Vor allem die Männer wollten Wiederholungen haben, aber dazu kam es, soweit ich weiß, nicht.

Viele Jahre später ging ich zum Ostseestrand. Da kam mir eine Gruppe von zwei Männern und zwei Frauen entgegen, die am Strand gewesen waren. Plötzlich sprang eine Frau aus der Gruppe, rannte zu einem Gebüsch gleich in der Nähe, griff unter ihr sommerliches Kleid, zog ihren Schlüpfer herunter, hockte sich hin und strullte mit starkem Strahl. Dabei konnten sie natürlich viele Vorübergehende sehen – und es gingen viele an ihr vorüber. Doch das störte sie überhaupt nicht. Ich war wie gebannt als Einziger stehen geblieben. Ich sah ihre wirklich schönen rasierten Schamlippen, sah die hübschen Schenkel, sah auch, wie sie mich anlächelte. Für sie war es die natürlichste Sache der Welt, die volle Blase zu entleeren. Und ich war ja in einem Alter, wo ein Mann schon mindestens eine Frau in dieser Situation gesehen hat – und ich hatte schon sehr viele gesehen. Aber diese war besonders schön. Nun, die Frau zog ihren Schlüpfer wieder hoch, ordnete ihr Kleid und ging lächelnd an mir vorüber. Ich hatte den Eindruck, sie hatte Freude daran, mir auch eine Freude zu machen. Das war ein Anblick, den ich wohl nie vergessen werde. Es gibt solche Momente. Aber von Zeit zu Zeit überlege ich, was daran so reizvoll sein soll, wenn eine Frau ihre Blase entleert. Italo Calvino schreibt in seinem Roman „Der Ritter, den es nicht gab", wie sich ein Ritter in ein Mädchen verliebte, das im Fluss stand und dort seine Blase entleerte. In meiner Büchersammlung

gibt es immer mehr Foto-Bildbände, in denen Frauen beim Pullern fotografiert wurden. Dabei ist auch bemerkenswert, dass die Frauen fast immer lächeln. Bis heute begreife ich nicht, was so faszinierend an dieser Handlung sein soll. Aber es ist so.

Weitere sexuelle Erfahrungen mit einer erwachsenen Frau machte ich mit 16 Jahren.

In der Schule standen wir Jungen oft in einer Gruppe zusammen und sprachen natürlich über sexuelle Dinge. Ein Junge hatte ein schönes Foto von einer nackten Frau und zeigte es den anderen. Ein anderer hatte in der Badekabine durch ein Astloch eine nackte Frau gesehen und beschrieb sie in allen Einzelheiten. Das waren ganz normale Dinge für Jungen in diesem Alter. Interessanter wurde es, als ein Kumpel erzählte, wie er es in der vergangenen Nacht mit seiner Schwester getan hatte. Er beschrieb seine Erlebnisse so genau, dass wir keinerlei Zweifel an seinem Bericht hatten. Nach diesem ersten Bericht erzählten auch andere Jungen, wie sie es mit ihrer Schwester getan hatten. Und irgendwann deutete ein Junge an, er habe in der vergangenen Nacht mit seiner Mutter wilden Sex gehabt. Dabei leuchteten seine Augen und wir bewunderten oder beneideten ihn um dieses Erlebnis. Im Laufe der nächsten Wochen und Monate deutete immer wieder einmal ein Kumpel von uns an, wie er es mit seiner Mutter getan hatte. Bald war klar, dass es eine ganze Reihe Jungen in unserem Kreis gab, die entweder mit ihrer Schwester oder mit ihrer Mutter Sex hatten und noch weiter Sex haben würden. Vielleicht waren ein paar Angeber dabei, aber wir kannten uns so gut, dass wir ihnen zutrauten: Sie sagten die Wahrheit.

Jahrzehnte später war ich mit einem Kreisarzt befreundet, der im Nachbarort wohnte. Er erzählte mir einmal, er wüsste sehr genau von Familien, in denen es die Mütter oder Schwestern ganz selbstverständlich mit den heranwachsenden Jungen taten. Bordelle oder ähnliches gab es in diesem Land ja nicht, und die Jungen mussten sich abreagieren. Der Arzt sah seine wichtigste Aufgabe darin, die Familien so weit aufzuklären, dass es nicht zur Schwangerschaft der Mutter oder der Schwester kam. Gegen die

Situation selbst konnte und wollte auch er nichts tun – was sollte er auch tun! Die Natur ist stärker als alle moralischen Vorschriften. Auch der Arzt meinte, grundsätzlich hätte er nichts gegen solche Beziehungen, er fürchte nur Inzucht in der Familie. Wenn sich die natürlichen sexuellen Bedürfnisse in der Familie befriedigen ließen, meinte er, würden nicht andere Familien zerstört.

Bei diesen Berichten sahen mich immer wieder einmal die Kumpels an, als wollten sie mich auffordern, von meinen Erlebnissen zu berichten. Aber ich sagte nichts. Ich ließ sie reden. Irgendwann sprach mich René an. Er war mein bester Freund, und wir sind bis heute durch alle Zeiten hindurch noch befreundet. René kam aus einer alten Hugenottenfamilie. Sein Vater hatte eine Frau aus Südfrankreich geheiratet. Sie hatte etwas dunkle Haut, glänzend schwarzes, schulterlanges Haar, dunkle Augen, eine etwas breite Nase und etwas wulstige Lippen. Sie hatte deutlich afrikanische Wurzeln. Mich faszinierte besonders ihr wippender Gang, der die Hüften schwingen ließ. Sie überragte mich um einen Kopf – ich war damals 1,83 m groß – und sie war sehr schlank. Mich faszinierten aber am meisten ihre großen Brüste.

René sprach mich also an: „Hast du noch gar nicht mit einer Frau gevögelt? Nicht mit deinen Schwestern und nicht mit deiner Mutter?" Ich schüttelte den Kopf. Ich wollte meine Schwestern nicht preisgeben, auch nicht meinem besten Freund. Da fragte René plötzlich: „Würdest du es gern mit meiner Mutter tun?" Ich erschrak beinahe. Natürlich hatte ich jedes Mal, wenn ich sie sah, überlegt, wie es wohl wäre, wenn ich mit ihr im Bett liegen würde. Nun also äußerte René diesen Gedanken. Ich erwiderte etwas ausweichend, wohl jeder normale Mann hätte Appetit auf seine wunderschöne Mutter. Aber sie sei ja unerreichbar. René lächelte: „Ich bin regelmäßig mit ihr im Bett." Und er erzählte mir, mit welchem Temperament sie sich im Bett mit ihm beschäftigte. Und dann sagte er: „Soll ich 'mal meine Mutter fragen, ob du zu ihr kommen kannst?" Da konnte ich ganz ruhig sagen: „Fragen kannst du sie natürlich, aber sie wird ganz entsetzt sein, dass wir auf solche Gedanken kommen." Doch nach ein paar Tagen sagte René: „Ich hab gestern Abend mit meiner

Mutter gesprochen, als wir zusammen im Bett lagen. Sie hat gesagt, sie will dich entjungfernen. In deinem Alter sollte man wissen, wie das mit diesen Sachen so ist, hat sie gesagt."

So kam es, dass ich an einem Nachmittag wieder einmal René besuchte. Der meldete mich bei seiner Mutter an, kam dann zurück in sein Zimmer und sagte: „Wir sollen beide zu ihr ins Schlafzimmer kommen. Aber vorher sollen wir uns noch untenrum ordentlich waschen." Also gingen wir ins Bad und wuschen sorgfältig unseren Unterleib. Nur mit einem Oberhemd bekleidet gingen wir dann in das Schlafzimmer.

Renés Mutter erwartete uns in einem Rohrsessel. Sie war mit einem weinroten Bademantel oder Morgenrock bekleidet. Das Licht der Nachmittagssonne ließ ihre dunkle Haut tief leuchten. Ich sah ihre langen Oberschenkel, ihre wunderschönen Beine, dann eine Brust, die bei einer Bewegung zu uns hin frei geworden war. Die Brust war zylindrisch, erstaunlich fest, mit dunklen Brustwarzen und einem sehr großen Warzenhof. Aber noch mehr als ihr Körper faszinierte mich ein ganz bestimmter Geruch, den ich so nicht kannte. Er füllte den ganzen Raum. Ich habe ihn später wieder gefunden, als ich in Südspanien Zigeunerinnen in einem geschlossenen Raum beim Tanzen erlebte, dann wieder bei einem Gastspiel des Ballettes afrikana in einem Stadttheater. Das war eine Mischung von Körperschweiß und einem Duft, der aus den Scheiden der Frauen kam. Bis heute erregt mich dieser Duft, wenn ich daran denke. Renés Mutter hatte sich wohl ganz bewusst nicht unter die Dusche gestellt, als sie uns erwartete. Mein Penis begann zu erigieren. Die Frau lächelte. Aber nun ging ich auf sie zu. Sie gab mir die Hand und ich machte einen tiefen Diener. Bis heute weiß ich noch, wie seltsam ich mir dabei vorkam. Ich hätte ja wohl besser ihre Wangen geküsst. Noch lieber hätte ich ihre Brüste gestreichelt. Aber ich wusste nicht, wie ich mich in dieser Situation verhalten sollte. Da rettete mich René. Er zog sein Hemd über den Kopf, stand also nackt vor seiner Mutter und präsentierte beinahe stolz seinen steifen Schwanz. Da erhob sich Giselle etwas träge aus ihrem Sessel und sagte zu mir: „Du kannst ja erst einmal zusehen.

Dann machen wir es auch, ja?" Ich nickte mit trockenem Mund. René war damit beschäftigt, ein Kondom über seinen Penis zu rollen. Seine Mutter zog nun ihren Mantel aus, warf ihn über die Sessellehne und ging zum Bett. Da sah ich sie nun ganz und gar nackt. Sie hatte nicht nur wunderschöne Beine, sondern auch einen straffen, ausladenden Hintern und eine herrliche Rückenlinie. Sie legte sich mit dem Rücken auf das Bett und nun sah ich auch ihre Brüste. Die waren beide zylindrisch und fest. Sie hatte einen flachen Bauch und erstaunlich wenig kurze Haare auf dem Venushügel. Ich vermute, sie hatte dort die Haare kurz geschnitten. Jetzt öffnete sie ihre Schenkel, ihr Sohn schob sich dazwischen und dann waren die beiden ganz und gar mit ihrer Lust beschäftigt. Ich sah sofort, dass die beiden es nicht zum ersten Mal taten. Dann hatte er verhältnismäßig schnell in ihr seinen Orgasmus. Er blieb beinahe regungslos in ihrem Schoß liegen. Dann zog er sich ganz langsam aus ihr heraus. Anschließend ging er ins Bad. Giselle rief mich nun zu sich und hielt mir ein Kondom hin. Sie erklärte mir, wie man das richtig über den Penis rollt und auch rechtzeitig wieder aus der Scheide zieht, damit nicht etwa der schlaffe Penis aus dem Kondom rutscht und das Sperma dann doch in die Scheide kommt. Das kannte ich noch nicht, mit meinen Schwestern hatte ich es ja immer ohne Gummi getan. Ich tat alles und war furchtbar aufgeregt. Ich hätte am liebsten erst einmal ihre Brüste gestreichelt und geküsst. Aber sie machte sich so bereit, dass ich in ihre Scheide glitt. Und das war nun etwas ganz Wundervolles, ganz anders als das Zusammensein mit meinen Schwestern. Mit meinen Schwestern hatte ich eigentlich ja nur gespielt. Während ich mich in ihnen bewegte, erzählten und lachten wir. Meine Entspannung kam fast nebenbei. Und die Schwestern empfanden wohl ein angenehmes Kribbeln in ihrem Leib, dass aber auch sie einen Orgasmus bekommen könnten, kam uns damals gar nicht in den Sinn. Mit Renés Mutter erlebte ich zum ersten Mal, was sexuelle Lust bedeuten kann. Giselle benutzte einen Scheidemuskel, mit dem sie meinen Penis gewissermaßen einklemmte oder auch lockerließ. Das hatte ich noch nie erlebt. Ich lag also auf ihr, den Kopf zwischen ihren

Brüsten, die bei jeder Bewegung leicht hin und her schwankten, und dabei genoss ich jede ihrer Bewegungen. Dazu kam ihr intensiver Körpergeruch, der mich richtiggehend benebelte. Zum ersten Mal erfuhr ich das Mysterium der sexuellen Vereinigung. Ich hätte sterben können vor Wonne. Irgendwann kam ich dann aber. Giselle erinnerte mich daran, dass ich nicht zu lange in ihrer Scheide blieb. „Du kannst ja später noch einmal zu mir kommen", sagte sie und ich nickte dankbar. Unendlich glücklich löste ich mich aus ihr und ging ins Bad. René hatte uns zugesehen und lächelte mich an. Als ich aus dem Bad zurück ins Schlafzimmer kam, kniete Giselle auf dem Bett und René kniete hinter ihr. Er steckte nun von hinten in ihrer Scheide. Giselle lächelte mich sehr lieb an. Ich setzte mich so, dass ich ihre Brüste gut sehen konnte. Mein Leben lang habe ich Brüste ganz besonders geliebt, und die von Giselle gehörten zu den schönsten, waren vielleicht die schönsten, die ich in natura kennen gelernt habe. Dann zog sich René aus der Scheide seiner Mutter. Sie wandte sich mir zu und fragte: „Willst du auch noch einmal?" Natürlich wollte ich unendlich gern. Sie gab mir wieder ein Kondom und ging wieder in die Knie-Ellenbogen-Lage. Nun erst sah ich richtig ihr Hinterteil. Das war sehr üppig, aber verblüffend straff. Als ich die Pobacken etwas auseinanderzog, sah ich unter dem spärlichen Haarbewuchs ihren Spalt, aus dem weißlicher Schleim kam. Die Schamlippen waren fast schwarz, drinnen schimmerte rosa das Fleisch. Da schob ich meinen Pimmel in sie hinein, und zum ersten Mal in meinem Leben rammelte ich los wie ein Wilder. Ich tat es bis zur Erschöpfung und wurde dabei schweißfeucht. Giselle stöhnte leise, was mich noch mehr anfeuerte. Dann hatte sie entweder einen echten Orgasmus, oder sie spielte ihn. Wenn sie ihn spielte, machte sie es ganz ausgezeichnet. Da explodierte ich auch in ihr. Ich war unendlich glücklich.

Über viele Jahre erinnerte René mich immer wieder einmal daran, was wir an diesem Nachmittag mit seiner Mutter erlebt hatten. Damit besiegelten wir gewissermaßen unsere Freundschaft. Als sie gestorben war und wir nach der Trauerfeier noch zusammenstanden, sagte René leise zu mir: „Sie war meine größte

Liebe." Für mich gehörte sie zu den schönsten Erinnerungen in meinem Leben und bis heute danke ich ihr dafür.

Das Erlebnis mit Giselle machte mir Mut, in Bezug auf meine Geschlechtlichkeit auch an meine Mutter zu denken. Bis dahin befand sie sich außerhalb dieses Denkens. Natürlich hatte sie es mit meinem Vater getan, „in der Woche zwei bis vier", wie er Luther zitiert hatte. Vier Kinder waren so entstanden. Mein Vater war im Krieg gefallen. Das erfuhren wir aber erst nach dem Tod meiner Mutter. Meine Mutter war mit uns Kindern auf die Flucht gegangen, wie so viele, viele Frauen. Sie war auch von russischen Soldaten vergewaltigt worden. Heidi erzählte mir einmal, unsere Mutter sei davon geschlechtskrank gewesen, glücklicherweise aber bald wieder gesund geworden. Dass sie es auf dem Dorf mit dem Gutsverwalter getan hatte, war mir klar geworden, als ich unverhofft nach Hause gekommen war. Auch mit dem Hausarzt hatte sie wohl Sex gehabt, das war für meine Schwestern völlig klar. Aber ich kam nicht auf den Gedanken, es mit meiner Mutter tun zu wollen, damals nicht.

Dann zogen wir in die Stadt. Meine Mutter leitete ein Mädchenpensionat. Wir wohnten in einem großen Haus mitten in der Stadt. Unten waren Küche, Bad, Aufenthalts- und Essraum und ein Zimmer für mich und eines für meinen Bruder. Darüber wohnte der Chef meiner Mutter in einer Etage mit einem großen Büro für ihn. Über dieser Etage wohnte meine Mutter mit den Mädchen, die sie zu betreuen hatte. Darüber kam das Dachgeschoss.

Am letzten Abend vor der Abreise meiner zweiten Schwester an ihre Ausbildungsstelle vergnügten wir uns noch einmal sehr ausgiebig miteinander. Damals hatte ich ja keinerlei Probleme, nach einem Orgasmus schnell wieder einen straffen Penis zu bekommen, meist nach etwa fünf Minuten. Nach ein paar Orgasmen kam allerdings kein Tröpfchen Sperma mehr, es zog nur schmerzhaft in Hoden und Penis. Als wir wieder einmal völlig erschöpft nebeneinander lagen und ich nur noch ihre Brüste und ihre Schamlippen streicheln konnte, fragte meine

Schwester: „Weißt du eigentlich, dass es unsere Mutter regelmäßig mit ihrem Chef treibt?" Nein, das war mir nicht bewusst. Aber plötzlich ordnete ich zufällige Erlebnisse ein. Ich erinnerte mich daran, wie die zwei im Wohnzimmer saßen und auseinanderfuhren, wenn ich hereinkam. Oder wie er unter der Tischdecke zwischen ihre Oberschenkel griff. Der Chef war zwar verheiratet, doch seine Frau tolerierte das Dreiecksverhältnis, erfuhr ich später. Das Ehepaar kam aus dem Baltikum; dort war es selbstverständlich in den bürgerlichen Familien, dass es der Hausherr und der Sohn der Familie mit dem weiblichen Dienstpersonal taten. Und meine Mutter war ja gewissermaßen Dienstpersonal. Außerdem schnarchte die Ehefrau so stark, dass die beiden getrennt voneinander schliefen. Da konnte er ganz leicht in der Nacht seine Wohnung verlassen, die eine Treppe nach oben und von dort mit ein paar Schritten in das Schlafzimmer meiner Mutter gehen. Ich hatte keine Probleme damit, dass dieser Mann es mit meiner Mutter tat. Meine beiden Schwestern hatten einmal ein erregtes Gespräch mit diesem Mann. Sie wollten, dass er von unserer Mutter ließ. Aber er hatte erklärt, solange unsere Mutter einverstanden sei, sehe er keinen Grund, von ihr zu lassen. Dann hatte er hinzugefügt: „Es sei denn, ihr kommt zu mir ins Bett. Das wäre für mich eine schöne Abwechslung." Das erzählte mir Karin später.

Meine Mutter war damals Mitte dreißig, eine schöne Frau, sie wartete immer noch auf ihren Mann, der offiziell als „vermisst" geführt wurde. Sie konnte also nicht heiraten, hatte aber auch sexuelle Bedürfnisse – ich verstand alles. Aber nun kam ich zum ersten Mal auf den Gedanken: Wenn sie es mit diesem Mann tut, kann sie es vielleicht auch mit mir tun. Von meinen Schulkameraden hatte ich ja immer wieder einmal gehört, dass sie mit ihrer Mutter Sex hatten. Mit Renés Mutter hatten wir beide es hintereinander getan. Da nahm ich mir vor, meine Mutter bei nächster Gelegenheit um diese Beziehung zu bitten.

Die Gelegenheit kam früher als gedacht. Am nächsten Tag kam ich aus der Schule. Im Flur des Hauses stand meine Mutter und lächelte mich an. Seltsamerweise sah ich jetzt erst richtig,

dass sie große Brüste und eine zauberhafte Figur hatte. Sie war deutlich kleiner als ich, zart gebaut mit sehr schmaler Taille, einem breiten Becken und nicht zu langen, aber sehr schön geformten Beinen. Sie lächelte mich sehr freundlich an: „Hast du Lust, heute Nachmittag mit mir Kaffee zu trinken? Ich möchte da etwas mit dir besprechen." Natürlich hatte ich Lust, ich wollte ja auch etwas mit ihr besprechen. So stand ich Punkt vier im Wohnzimmer. Das Kaffeetrinken war bei meiner Mutter wie ein Ritual. Da kamen Besucher, da saßen ihre Freundinnen, da war ihr Chef. Sie hatte den Tisch immer wunderschön gedeckt, Blumen auf den Tisch gestellt, Kuchen präsentiert. Damals durfte zu dieser Tageszeit auch noch geraucht werden, sie legte gute Zigaretten bereit. Als ich im Zimmer stand, schien die Sonne auf den Tisch und meine Mutter, die ein relativ dünnes rostbraunes Kleid mit großen Blüten trug. Im Radio lief leise Operettenmusik – sie liebte diese Musik. Nun, ich setzte mich mit an den Tisch, und wir plauderten über alle möglichen Dinge. Es war wie immer. Ungewöhnlich war nur ein Büchlein, das mit auf dem Tisch lag. Auf dem Umschlag sah man eine ältere Frau, die mit einer deutlich jüngeren sprach. Der Autor war ein Schweizer Arzt, von dem damals viel gesprochen wurde: Theodor Bovet. Das Buch kannte ich nicht. Deshalb überraschte es mich da auf dem Tisch. Aber ich sagte nichts, griff auch nicht nach dem Buch. Doch plötzlich sagte meine Mutter: „Ja, weshalb ich mit dir sprechen wollte – du bist ja nun schon in dem Alter, wo du als Mann empfindest, wenigstens von Zeit zu Zeit. Sicher bist du auch schon einmal morgens aufgewacht, und dein Schlafanzug war vorne feucht und roch eigenartig. – Und da dachte ich, wir müssen über die Beziehung von Mann und Frau sprechen. Dein Vater kann das ja nicht tun. Einiges wirst du sicher schon gehört oder gelesen haben, aber ich denke, ich schulde es dir." Damit nahm sie das Büchlein hoch, das ich bisher gar nicht weiter beachtet hatte. Sie forderte mich auf, mich neben sie zu setzen und mit ihr in dem Buch zu blättern. Das Buch zeigte Zeichnungen von männlichen und weiblichen Geschlechtsorganen, dann im Querschnitt einen Penis in einer Scheide, und aus der Eichel

fließt Sperma, dann die verschiedenen Stadien der Schwangerschaft, dann die Geburt und schließlich die Frau beim Stillen. Als sie alles mit mir durchgeblättert und erklärt hatte, atmete meine Mutter tief durch und meinte dann: „Manches hast du sicher schon gewusst, aber in diesen Zusammenhängen war es für dich vielleicht ganz gut. Hast du noch eine Frage?"

Da holte ich tief Luft. Ich bedankte mich für das, was sie mir gesagt und gezeigt hatte. Ich bestätigte, dass ich einiges schon wusste, anderes aber noch nicht. Dann aber sagte ich: „Allerdings kann ich mir manches doch nicht richtig vorstellen. Ich würde gern einmal die Schamlippen auseinanderziehen und sie genau betrachten, beriechen, schmecken. Ich würde gern wissen, wie sich eine Brust anfühlt. Und ich würde gern einmal meinen Penis in eine Scheide schieben und wissen, was das für ein Gefühl ist. Und natürlich wüsste ich so gern, wie ein Orgasmus sich in einer Scheide anfühlt. Wenn du mir da helfen könntest – das wär schön." Meine Mutter sah mich nachdenklich an: „Du meinst, du willst mit mir richtig Sex haben?" Ich nickte. „Ich weiß von meinen Freunden, dass die es auch mit ihrer Mutter machen." Meine Mutter antwortete nicht gleich. Sie zündete sich eine Zigarette an und sah auf irgendeinen Punkt in der Wohnung. Ich saß ganz still neben ihr. Dann sagte sie leise: „Früher ging ein Vater oder ein Onkel mit dem Heranwachsenden in ein Bordell, und dort zeigten erfahrene Frauen dem jungen Mann alles, was er zu diesem Thema wissen muss. Heute sind Bordelle verboten, und Huren gibt es auch nicht – jedenfalls nicht offiziell. In den vornehmeren Familien war es auch selbstverständlich, dass es die Hausherren und ihre heranwachsenden Söhne mit dem weiblichen Dienstpersonal taten. Die Jungen hatten oft eine Quasi-Ehe mit einem weiblichen Dienstmädchen. Das ist vorbei. Was soll da ein junger Mann machen?" Sie drückte ihre Zigarette aus und erhob sich: „Also gut! Ich bereite im Schlafzimmer alles vor und ruf dich, wenn alles bereit ist. Vielleicht kannst du inzwischen hier alles in Ordnung bringen. – Und vergiss nicht, die beiden Türen abzuschließen, damit uns niemand überrascht." Damit ging sie ins Schlafzimmer. Ich räumte so schnell wie möglich alles auf,

öffnete auch ein Fenster zum Lüften und schloss beide Türen von innen zu. Dann stellte ich mich an die Tür zum Schlafzimmer und wartete auf das Signal. Mein Herz klopfte wie wild. Endlich rief sie mich zu sich herein.

Sie lag nackt auf dem Bett, auf dem Rücken. Sie sah wunderschön aus. Ihre großen Brüste waberten leicht beim Atmen. Die Brüste waren sehr weich, aber sie hatte vier Kinder lange gestillt. Ihre Schambehaarung erschien mir erstaunlich hell. Sie forderte mich auf, an das Bett zu kommen, und sagte dann: „Ich schließe jetzt meine Augen, und du kannst alles tun, was du willst. Du kannst mich anfassen, wo du willst, beriechen, belecken – alles." Damit schloss sie ihre Augen, und ich begann ihren Körper zu streicheln. Ausführlich beschäftigte ich mich mit ihren Brüsten; ich habe ja mein ganzes Leben lang Brüste besonders geliebt, die riesigen und die, die nur in die hohle Handfläche passen, die straffen und die schlaffen. Ich streichelte über jede Stelle ihres Körpers. Sie hob auch ihre Arme, damit ich unter ihren Achseln alles sehen und riechen konnte. Sie öffnete ihre Schenkel, als ich mich mit ihrem Geschlecht beschäftigte. Sie roch sehr angenehm aus der Scheide. Ich zog die Schamlippen weit auseinander, ging mit der Zunge an die Klitoris und nuckelte ausgiebig an ihr. Als sich erster Schleim bildete, lutschte ich ihn auf. Es berührte mich seltsam, als ich daran dachte: Hier war mein Vater mit seinem Geschlecht drin, hatte mit Wonne Sperma in die Scheide gespritzt. Er wollte gern 12 Kinder haben. Hier waren wir vier Kinder herausgeschlüpft, und nun war ich selbst so weit, dass ich meinen Penis in diese Öffnung schieben konnte. Da, wo ich aus ihr herausgekommen war, konnte ich nun wieder ein Stück von mir in sie schieben und mein Sperma hineinspritzen. Mein Penis stand straff in der Hose. Bei alledem spürte ich, wie sich langsam der Unterkörper meiner Mutter hob und senkte. Ich sah in das lustvoll lächelnde Gesicht meiner Mutter: Ich hatte diesen Ausdruck noch nie bei ihr gesehen. Später wusste ich, dass sie solch ein Gesicht bei sexueller Lust hatte. Und dann flüsterte sie; „Wenn du willst, komm bei mir rein!" Da zog ich schnell meine Kleidung – Hemd, Hose, Unterhose – aus, ließ sie einfach

auf den Fußboden fallen, legte mich zwischen ihre geöffneten Schenkel und schob meinen Penis mit einem Zug in ihre glitschige Scheide. Als ich in ihr steckte, schlug sie die Augen auf, sah mich etwas überrascht an, sagte aber nichts. Sie ließ mich machen. Erst da erinnerte ich mich daran, dass ich in ihren Augen ja noch nie so etwas getan hatte. Ich musste mich also völlig unerfahren anstellen. Aber da konnte ich schon nicht mehr anders, als weiterzumachen – es war wie eine Sucht, wie ein Zwang. Ich war nur froh, dass ich mich in der vergangenen Nacht sehr ausführlich in meiner Schwester entspannt hatte. Denn nun hatte ich genug Spannung, es mit meiner Mutter ausführlich zu tun. Aber ich hatte nicht zu viel Spannung, die zu einer frühzeitigen Ejakulation führen musste. Nun wollte ich so lange wie möglich in ihr bleiben und ihr auch, wenn möglich, Lust bereiten. Also bewegte ich mich ausführlich in ihr und nuckelte auch an ihren Brüsten. Ich versuchte, auch ihren Hintern mit einzubeziehen, doch in dem weichen Bett gelang das nur unzureichend. Als ich schließlich in ihr zum Orgasmus kam, war das wunderbarer als bei meinen Schwestern oder Renés Mutter. Ich blieb auf ihr liegen, bis mein Penis so schlaff war, dass er aus ihr herausrutschte. Wir lagen eine ganze Weile ganz still nebeneinander. Dann sagte meine Mutter: „Für jemand, der das zum ersten Mal getan hat, war das aber gut. Ich hab auch bei mir etwas gefühlt." Da wandte ich mich ihr wieder voll zu und bat: „Können wir das vielleicht einmal wieder tun?" Meine Mutter umarmte mich ganz spontan und sagte: „Dazu bin ich jetzt ja wohl geradezu verpflichtet." Dann fügte sie hinzu: „Aber das musst du mir ganz fest versprechen: Das muss ganz allein unser Geheimnis bleiben. Das darfst du auch deinem besten Freund nicht erzählen. – Versprichst du mir das?" Ich versprach es. Ich war unendlich glücklich und dankbar. Meine Mutter hielt ein Taschentuch vor ihre Scheide und ging ins Bad. Ich hörte Wasser rauschen. Als sie zurückkam, ging sie nackt ins Wohnzimmer an ihren Schreibtisch. Ich sah sie sich zum ersten Mal nackt bewegen. Sie hatte einen sehr leichten Gang, fast, als schwebte sie. Ich war hingerissen von den Bewegungen ihres Körpers. Aus einer Schublade nahm sie

Eine Mark-Münzen. Zehn davon legte sie auf den Tisch. Dann kam sie ins Schlafzimmer und zog sich an. Ich zog mich nun auch an. Meine Mutter wies mich auf das Geld hin und sagte: „Wenn wir es wieder einmal tun wollen, müssen wir Vorsichtsmaßnahmen treffen. Denn wenn ich von dir schwanger werden würde, wäre das eine absolute Katastrophe. Du musst ein Gummisäckchen über deinen Penis ziehen, damit dein Sperma nicht in meine Scheide kommt. Diese Kondome kannst du aus den Automaten holen, die in den Männertoiletten sind. Weißt du, wo diese Toiletten sind?" Ich wusste es natürlich. Ich erinnerte mich auch an die Automaten dort. Ich nahm die zehn Münzen und trabte gleich los. In der Toilette war ich allein. Ich steckte eine Münze nach der anderen ein und stopfte die kleinen runden Hartplastikdöschen in meine Taschen. Zu Hause machte ich eine Dose auf: Da lagen zwei Kondome drin. Nach dem Abendessen brachte ich meiner Mutter die zehn Döschen. Auch sie öffnete eine und sagte dann mehr zu sich als zu mir „Das müssen wir ja auch noch ausprobieren, wie man mit den Dingern umgeht. – Wenn du wieder eine Erektion hast, probieren wir es." Da präsentierte ich ihr meinen steifen Penis. Meine Mutter stutzte etwas, nahm dann aber ein Kondom und begann, es über meinen Penis zu rollen. Sie machte mich darauf aufmerksam, dass man vorn genug Platz für das Ejakulat lassen muss. Bei dieser Gelegenheit belehrte sie mich auch, dass der Mann nach dem Orgasmus seinen Penis rechtzeitig wieder aus der Frau ziehen muss, sonst könnte das schlaffe Glied aus dem nassen Kondom rutschen, und dann könnte Sperma doch noch in die Scheide kommen. Sie rollte also das Kondom bis zum Schaft und meinte dann: „So muss es sitzen, wenn wir es einmal wieder tun." Da sagte ich: „Wollen wir es nicht gleich ausprobieren – wo doch alles vorbereitet ist?" Meine Mutter zögerte etwas. Doch dann sagte sie: „Warum eigentlich nicht?" Sie ging vor mir ins Schlafzimmer, ich zog schnell Hose und Unterhose aus und folgte ihr mit meinem pendelnden Penis. Sie langte unter ihren Rock und zog ihren Schlüpfer aus. Dann legte sie sich auf den Rücken und öffnete ihre Schenkel. Aber ich bekam mein Glied nicht ohne weiteres in ihren Spalt.

Sie war nicht so feucht wie am Nachmittag. Da setzte sie sich noch einmal auf, holte aus der Schublade eine Creme und strich damit ihre Scheide ein. Dann legte sie sich wieder bereit und ich konnte ohne Probleme in ihre Grotte kommen. Nun genoss ich es noch einmal so richtig, ganz ausführlich mit dieser wunderbaren und schönen Frau. Bis heute, glaube ich, gab es für mich nichts Schöneres.

Seit dieser Zeit durfte ich immer wieder einmal zu meiner Mutter kommen. Ich durfte ihr meinen Zustand zeigen und es dann mit ihr tun. Wenn an den Wochenenden regelmäßig meine Schwester nach Hause kam, tat ich es mit ihr. Damit hatte ich zwei Frauen, die mir halfen, mit meiner Sexualität zurecht zu kommen. Dafür bin ich bis heute dankbar.

Von diesem Zeitpunkt an rief mich meine Mutter auch, wenn ich ihr beim Baden den Rücken einseifen und bürsten sollte. Ich cremte ihr auch gern den Rücken und ihren schönen Po ein. Allerdings durfte ich sie nie von hinten lieben, was ich so gern getan hätte, weil sie ja einen so schönen Po hatte. Ich wünschte mir, ihre weichen Pobacken auseinander zu ziehen und dann von hinten in ihren Spalt zu rutschen. Ich vermute, sie wurde von den Russen von hinten vergewaltigt und hatte dabei ein Trauma entwickelt.

Zu meinen schönsten Erinnerungen gehört eine Geschichte. Meine Mutter war mit ihrer Freundin Minna nach Westberlin gefahren, und wie so viele andere DDR-Bürger hatte sie Kaffee, Kakao und Schokolade für sich und für uns eingekauft. Da man aber nur eine ganz bestimmte Menge an solchen Dingen über die Grenze mitnehmen durfte und sie für uns mehr Schokolade gekauft hatte, als erlaubt, schob sie einige Tafeln unter ihren Büstenhalter. Bei der Körperwärme und wohl auch ihrer Aufregung beim Zoll schmolz dort die Schokolade. Sie nahm auch im Zug die Süßigkeiten nicht aus dem Büstenhalter, wohl weil sie schon ahnte, was dort geschehen war. Und so schmolz die Schokolade, floss durch das zerstörte Stanniol und Papier, und als sie zu Hause die Kostbarkeiten vom Körper nahm, hatte sich ein Großteil der Schokolade über ihre beiden Brüste verteilt. Ich war dabei, als sie

sich entkleidete, und so sah ich die Bescherung. Meine Mutter tat den Büstenhalter natürlich gleich in den Wäschekorb und wollte sich dann auch ihre Brüste abseifen. Doch ich fragte: „Darf ich die Schokolade nicht ablecken?" Da setzte sie sich auf das Bett und beugte sich nach vorn, und ich kniete vor ihr und leckte die Schokolade von ihren wunderschönen Brüsten. Ihre Brustwarzen wurden hart dabei. Und wir lachten viel bei der Prozedur. Aber am schönsten war, als sie abschließend sagte: „Ich glaube, ich sollte meine Brüste von Zeit zu Zeit wieder mit Schokolade bestreichen, damit du wieder daran lecken und saugen kannst." Dann ging sie ins Bad und wusch ihren Oberkörper.

Ich durfte also am Abend zu ihr kommen, wenn es in meinen Lenden zog. Wenn sie im Bett noch etwas las und ich kam, legte sie ihr Buch beiseite, schlug das Bett zurück und empfing mich. Meist zog sie ihr Nachthemd nicht aus. Sie zog es nur bis zu den Hüften hoch. Sie hatte mir aber sehr bald deutlich gemacht, dass ich spätestens um halb elf Uhr das Schlafzimmer zu verlassen hatte. Ich wusste warum. Nur einmal kam es zur Kollision. Ich bewegte mich noch in ihrem Traumspalt, als wir plötzlich erstarrten: Wir hörten leise Schritte an der Schlafzimmertür, die nicht abgeschlossen war. Meine Mutter zischte: „Schnell, versteck dich!" Ich zog mich also schnell aus ihr heraus, sprang aus dem Bett, ergriff meine Kleidungsstücke und sah mich nach einem Versteck um. Es gab nur ein Versteck: Zwischen dem großen Schlafzimmerschrank und dem Fenster hatte meine Mutter Besen, Schrubber, Eimer und dergleichen abgestellt und das Ganze mit einem Vorhang verdeckt. Dorthin schoss ich. Da konnte ich sehen, wie ihr Chef hereinkam. Er trug über seinem Schlafanzug einen gestreiften Bademantel. Den legte er nun ab, zog auch seine Hose aus, die Jacke behielt er an. Er küsste meine Mutter auf die Stirn und flüsterte etwas. Dann legte er sich zwischen ihre Schenkel und bewegte sich ohne Vorspiel in ihr. Auch meine Mutter hatte ihr Nachthemd anbehalten, nur ihr Hemd bis zu den Hüften hochgezogen. Der Mann kam sehr schnell. Er murmelte etwas, was ich nicht verstand. Dann rollte er sich beiseite und schlief laut atmend ein. Meine Mutter blieb ganz still neben

ihm liegen. Der Mann schlief vielleicht zehn Minuten, die mir allerdings wie eine Ewigkeit erschienen. Dann zog er sich wieder an, küsste meine Mutter auf die Stirn und verschwand wieder. Meine Mutter ging sofort ins Bad. Ich hörte dort das Wasser rauschen. Als sie wieder in den Raum kam, sagte sie: „Du kannst jetzt wieder herauskommen." Sie erwartete, dass ich mich wieder ins Bett legen und wir dann weitermachen würden. Aber natürlich war mein Penis schlaff geworden und wollte auch nicht wieder erigieren. Beim Gedanken an den Mann, den ich mit meiner Mutter gesehen hatte, war mir alle Lust vergangen. Die kam erst Tage später wieder. Von nun an achtete ich sehr genau darauf, rechtzeitig den Schlafraum zu verlassen.

Meiner Schwester hatte ich in einer Nacht doch erzählt, was ich mit unserer Mutter erlebte. Sie freute sich für mich: „Das ist das Beste, was du haben kannst. So etwas sollte in der Familie bleiben." Sie hatte an ihrer Ausbildungsstätte inzwischen auch mit einem verheirateten Mann ein Verhältnis. Von ihm hatte sie manches gelernt, das brachte sie mir nun bei. Und ich übte es mit meiner Mutter. Das Wichtigste war ein möglichst ausführliches Vorspiel. Mit meiner Zunge ging ich in ihre Scheide und stimulierte so intensiv wie möglich ihre Klitoris. Einmal hatten wir es nach einem ausführlichen Vorspiel etwa eine Dreiviertelstunde lang miteinander getan. Da bäumte sich meine Mutter plötzlich auf und sank stöhnend ganz langsam in ihre Kissen. So hatte ich sie noch nie erlebt und war etwas verunsichert. Aber mit einem wundervollen Strahlen sagte sie: „Was dein Vater und der da – ich wusste, wen sie meinte – nicht geschafft haben, ist dir gelungen: Ich hatte den ersten richtigen Orgasmus meines Lebens. Und ich dachte, ich würde nie einen haben können."

Von da an setzte ich alles daran, meine Mutter zum Orgasmus zu bringen. Zu meiner Freude geschah das auch immer häufiger. Wir waren immer wieder einmal zusammen, bis ich mich mit Diana verlobte. Da sagte sie: „Nun hast du eine feste Frau in deinem Leben. Nun brauchst du mich nicht mehr." Ich widersprach. Ich wäre von Zeit zu Zeit gern wieder mit ihr zusammen

gewesen, so wie das später mit meiner Schwiegermutter war. Aber sie blieb dabei. Uns verbanden nur noch schöne Erinnerungen.

Ich war gerade 16 Jahre alt, als mich meine Mutter im großen Eingangsflur erwartete. Ich kam von der Schule. Sie lächelte etwas seltsam und bat mich in ihr Arbeitszimmer. Dort sagte sie mit verhältnismäßig leiser Stimme: „Lotti hat vor zwei Stunden angerufen. Sie würde dich gern zum Nachmittag einladen." Lotti war die beste Freundin meiner Mutter. Gemeinsam machten sie kleinere Reisen, gingen ins Kino oder ins Theater, saßen oft bei Kaffee und Kuchen zusammen und erzählten stundenlang. Lotti war so alt wie meine Mutter, also Mitte dreißig, war aber deutlich üppiger, hatte blondiertes Haar und ein ausgesprochen fröhliches Gesicht. Ich wusste von einer ganzen Reihe Affären, aber sie war nie verheiratet – weshalb nicht, weiß ich nicht. Wenn wir beim Kaffeetrinken zusammensaßen, machte sie regelmäßig Bemerkungen zu meinem Verhalten gegenüber Frauen. „Welchen Typ magst du am liebsten?", fragte sie zum Beispiel, „gertenschlank oder lieber vollschlank?" Oder: „Magst du lieber gleichaltrige Mädchen oder erfahrene Frauen?" Irgendwann dann auch: „Hast du schon einmal mit einem Mädchen oder einer Frau im Bett gelegen?" Natürlich stellte ich mich völlig unwissend. Natürlich verriet ich nichts von meinen Schwestern oder meiner Mutter. Nun also sollte ich zu ihr kommen. Ich fragte meine Mutter: „Was soll ich da?" Meine Mutter schnaufte: „Na, was wohl! – Sie will mit dir ins Bett – Hast du Lust dazu?" Einen Moment überlegte ich. Ich versuchte, mir Lotti nackt vorzustellen. Dabei begann es in meinen Lenden zu ziehen und mein Penis begann zu erigieren. Aber ich fragte meine Mutter: „Was meinst du – soll ich hingehen?" Meine Mutter antwortete: „Sie ist meine beste Freundin, und vielleicht kannst du bei ihr noch etwas lernen." So kam es, dass sie bei Lotti anrief und mit ihr 15 Uhr ausmachte.

Punkt 15 Uhr drückte ich auf Lottis Klingelknopf und sofort wurde die Tür geöffnet. Ganz augenscheinlich hatte sie auf mich gewartet. Sie trug einen weinroten Bademantel. Sie gab sich völlig überrascht: „Du solltest doch erst um 16 Uhr kommen! Jetzt

bin ich noch gar nicht bereit." Ich antwortete: „Ich habe neben dem Telefon gestanden, als meine Mutter mit Ihnen telefoniert hat. Ich hab die Uhrzeit genau gehört. Aber ich kann ja noch in den Buchladen hier um die Ecke gehen und in einer Stunde wiederkommen." Doch Lotti sagte: „Nein, nun bist du da. Nun bleibst du. Ich wollte nur noch baden. Du kannst mir dann ja den Rücken einseifen." Sie verschloss die Tür und ging vor mir in Richtung Bad. Mir fiel ihr Gang auf, den ich später bei Mannequins gesehen habe: Sie bewegte die Füße nicht nebeneinander, sondern setzte sie voreinander. Dadurch bewegte sich ihr Hinterteil völlig anders und sehr reizvoll. Da sie noch auf dem Flur ihren Bademantel ablegte und über einen Stuhl dort warf, konnte ich sie gut sehen. Jetzt begann mein Penis zu erigieren. Das Wasser stand schon in der Wanne. Beim Hineingleiten fiel mir zuerst ihr Schamdreieck auf. Es war rabenschwarz und bildete einen deutlichen Kontrast zu ihren blondierten Haaren. Und dann fielen mir ihre Brüste auf. Sie waren deutlich größer als die meiner Mutter, auch deutlich fester, was kein Wunder war, weil sie nie ein Kind gestillt hatte. Sie wies mir einen Hocker zu, der neben der Wanne stand, und begann, mich nun wieder nach meinen eventuellen sexuellen Erfahrungen auszufragen. Wieder stellte ich mich völlig unwissend, und sie meinte: „Dann würde ich dich jetzt wohl entjungfern?" Ich widersprach nicht. Auffällig war, welche Ausdrücke sie gebrauchte. Einige kannte ich ja von meinen Schulkameraden, etwa „Fotze" oder „ficken" oder „Schwanz", aber im Umgang mit meinen Schwestern oder meiner Mutter hatte ich solche Wörter nie gebraucht. Lotti aber gebrauchte sie ganz selbstverständlich. So drückte sie mir ihren Unterleib entgegen, so dass sich ihr Geschlecht öffnete, und fragte: „Findest du meine Fotze schön?" Ich konnte nur nicken. Mein Mund war trocken. Das erschreckte mich auf der einen Seite, auf der anderen Seite erregte es mich. Sie fragte auch: „Hast du dir denn noch nie einen runtergeholt?" Ich wusste zunächst gar nicht, was sie meinte. Sie erklärte es mir. Da konnte ich mit bestem Gewissen sagen, dass ich so etwas noch nie getan hatte. Ich brauchte das auch nie zu tun. Da waren meine

Schwestern, später auch meine Mutter gewesen, mit denen ich es tun konnte, wenn ich Druck hatte. Aber das sagte ich ihr natürlich nicht. Lotti sah mich etwas seltsam an. Augenscheinlich hatte sie da ihre Zweifel. Aber ich erklärte nichts. Ich sah, wie sich ihr Körper im Wasser bewegte, wie ihre herrlichen Brüste hin und her schwammen. Das war sehr, sehr reizvoll. Plötzlich sagte Lotti: „Willst du nicht deine Hose ausziehen? – Die drückt doch wohl!" Sie hatte recht. Mein Penis stand steif. Ich stand also auf und ließ Hose und Unterhose hinunter. Lotti betrachtete mich lächelnd. Sie reichte mir einen Seiflappen. „Wasch dich da unten noch etwas, ja?" Ich tat es vor ihren Augen. Dann erhob sie sich aus der Wanne und ich trocknete ihr den Rücken und mit besonderer Sorgfalt den üppigen Hintern ab. Dann ging sie vor mir in ihr Schlafzimmer. Ihr Bett war aufgedeckt. Sie legte sich auf das Bett und forderte mich auf, zu ihr zu kommen. Ich zögerte. Von meiner Mutter war ich ja gewöhnt, es immer mit einem Kondom zu tun. Ich fragte Lotti danach, aber sie wollte es „ohne" mit mir tun. Es wäre kein Risiko dabei, ließ sie mich wissen. Dabei äußerte sie auch ihr Erstaunen darüber, dass ich an so etwas gedacht hatte. Ich war in ihren Augen doch noch männliche Jungfrau. Sie dirigierte mich dann mit vielen Worten in ihre Scheide und ich gab mir die größte Mühe, meinen Orgasmus zurückzuhalten, bis sie kam. Zu meiner großen Freude gelang das und sie lobte mich dafür. „Für jemanden, der das zum ersten Mal macht, war das aber sehr gut." Sie wischte mein Sperma aus ihrem Spalt, gab mir auch ein Tuch, das ich um meinen Pimmel wickelte. Dann gingen wir gemeinsam ins Bad und sie machte vor meinen Augen Pipi. Seltsamerweise erregte mich das mehr als der eigentliche Geschlechtsakt. Ich reinigte mich auch und wir gingen in ihr Wohnzimmer. Sie gab mir einen gestreiften Bademantel und holte für sich den weinroten aus dem Flur. Wir setzten uns, aßen Kuchen und tranken Kaffee. Dabei redete sie, oft ziemlich ordinär, etwa: „Magst du meine Titten? Findest du sie schön?" Oder „Liebst du knackige oder dicke Ärsche?" Oder „Würdest du mich auch gern von hinten bumsen?" Es war seltsam für mich, dass diese Frau solche Ausdrücke

gebrauchte. Ich vermute, sie wollte mich etwas provozieren. Es gelang ihr ja auch. Schon bei dem Gedanken, sie von hinten zu lieben, wurde mein Ding steif. Wir gingen dann auch wieder ins Schlafzimmer, wo sie sich so in Stellung brachte, dass ich sie von hinten bumsen konnte. Das war für mich besonders schön, weil meine Mutter es ja nie mit mir getan hatte, obgleich ich mir es immer wieder gewünscht hatte. Mit diesem Hintern vor Augen, diesen ausgesprochen großen und breiten Schamlippen war das ganz wundervoll. Ich kam dann auch ein zweites Mal in ihr und sie war sehr zufrieden, obgleich ich nicht sicher bin, ob sie diesmal einen Orgasmus hatte. Aber sie war ja eine erfahrene Liebhaberin, sie wusste, dass dies nicht immer gelingt. Es liegt ja auch an beiden Partnern. Im Bad fragte sie mich: „Hast du noch einen besonderen Wunsch in Bezug auf uns beide?" Da antwortete ich, ich würde gern auf dem Rücken liegen und ihre Brüste über meinem Gesicht haben. So geschah es dann auch. Selten vorher habe ich mich so glücklich gefühlt. Dabei weiß ich bis heute nicht, weshalb große Brüste für mich so faszinierend sind. Die Psychologen wollen wissen, das sei die Erinnerung an unsere Säuglingszeit. Ich halte das genauso für Unsinn wie den sogenannten Penisneid der Frauen – ich habe keine Frau kennen gelernt, die so ein Ding haben möchte. Aber was dahintersteht, weiß ich nicht genau. Ich weiß nur, wie schön große und schwere Brüste für mich sind.

Dreimal taten wir es an diesem Nachmittag miteinander. Dann verabschiedete ich mich. Lotti schob mir einen größeren Geldschein in die Tasche und fragte: „Magst du wiederkommen?" Mit großer Freude konnte ich sagen: „Gern – wann Sie wollen."

Zu Hause hatte ich kaum die Außentür geschlossen, als meine Mutter aus ihrem Büro auf den Flur geradezu geschossen kam. Sie bugsierte mich in das Büro und fragte, wie es gewesen sei. Ich antwortete etwas einsilbig und gab möglichst wenig Einzelheiten an. So erzählte ich mehr von dem Kaffeetisch und der Musik, die dabei lief. Schließlich fragte meine Mutter beinahe ängstlich: „War es bei ihr schöner als mit mir?" Da antwortete ich sehr entschieden, nein, schöner sei es ganz bestimmt nicht gewesen. Das

war nicht ganz die Wahrheit, die Brüste über meinem Gesicht waren ganz wunderbar, und wie ich von hinten in ihr gesteckt hatte, vergesse ich nie, aber das konnte ich ihr natürlich nicht sagen, da wäre sie traurig gewesen. Meine Mutter atmete deutlich auf. Dann flüsterte sie fast: „Ich hab jetzt solchen Appetit – wollen wir nicht schnell nach oben gehen?" Als sie nun vor mir die Treppe nach oben stieg, bewegte sie ihr Hinterteil ganz anders als sonst. Später erfuhr ich von Frauen, dass bei ihrer Lust die Klitoris und wohl auch die Schamlippen anschwellen und sich dadurch ihr Gang verändert. Sie gehen etwas breitbeiniger. So war es wohl jetzt bei meiner Mutter. Sie war dann auch sehr feucht in ihrer Scheide. Ich hatte wieder Lust, also schnell einen erigierten Penis, war aber so entspannt, dass ich mich ruhig in ihr bewegen konnte, bis sie einen sehr schönen Orgasmus bekam.

Lotti erzählte natürlich meiner Mutter, was für ein Naturtalent ich wäre, dass es beim ersten Mal schon so gut gewesen sei. Meine Mutter lächelte. Dass wir es bereits seit längerem getan hatten, sagte sie auch ihrer besten Freundin nicht, so wie ich meinem besten Freund René nicht sagte, was meine Mutter und ich miteinander verband.

In der Schule saß hinter mir ein sechzehnjähriges Mädchen, etwas kleiner als ich, etwas rundlich, sehr weiblich, mit hübschem Gesicht und den größten Brüsten, die ich bis dahin bei einem Mädchen gesehen hatte. Das Mädchen hatte schon einige sexuelle Erfahrungen gemacht, deutete das auch immer wieder einmal an. Es sagte auch ganz offen: „Heute Nacht habe ich meine Tage gekriegt" oder „Ich glaube, ich hatte gerade einen Eisprung, ich hätte jetzt Lust auf einen Mann". Sie hatte damit einen gewissen Ruf, war aber bei den Jungen außerordentlich beliebt. Wir beide hatten miteinander zu tun: Sie war ausgesprochen schlecht in Deutsch, wo ich besonders gut war. Da ließ ich sie, wenn es möglich war, gern von mir abschreiben. Ich bewunderte ihre Zeichenkunst, ich kann ja kaum zeichnen. So entstand eine gewisse Vertrautheit. Natürlich wollte Heidemarie auch von mir wissen, wie ich es mit den Mädchen hielte. Ich antwortete

immer sehr ausweichend. Selbstverständlich erfuhr außer Karin ja niemand von mir, dass ich es mit ihr und unserer Mutter tat. Auch über den Nachmittag mit Renés Mutter sprach ich nur mit René. Heidemarie bekam so den Eindruck, ich wäre noch eine männliche Jungfrau, und das stachelte wohl ihren Ehrgeiz an. Sie machte immer wieder anzügliche Bemerkungen, etwa, ob meine Schlafanzughose morgens auch einmal feucht sei oder ob ich wüsste, was das ist, wenn eine Frau ihre Tage hat. Und bei jeder Möglichkeit drückte sie ihre üppigen Brüste gegen meinen Leib. Für mich wurde das fast zur Qual, weil bis heute schöne und große Brüste für mich immer noch das Schönste an einer Frau sind. Ich stellte mir vor, wie die ohne Bluse oder Pulli und ohne Büstenhalter aussehen. Damals wurde ja auch noch in der Presse öffentlich gestritten, ob Gina Lollobrigida, Sophia Loren, Diana Dors, Jane Mansfield oder Marilyn Monroe die größten und schönsten Brüste hatten. Da konnte man auch lesen, dass Gina Lollobrigida einen Brustumfang von 92 Zentimetern hatte, während Sophia Loren 94 cm aufwies – und damit als die Schönere galt. Von Marilyn las man, dass ihr ein Regisseur gebot, ohne Büstenhalter zu agieren; dabei trug sie gar keinen, ihre Brüste waren so formschön und fest.

An einem Schul-Wandertag sollte auch gebadet werden. Damals wurde viel Wert darauf gelegt, dass jeder schwimmen konnte. Ich trug wie gewöhnlich meine rote Dreiecksbadehose mit dem Emblem der Rettungsschwimmer. Diese Hosen waren damals üblich. Sie wurden an einer Seite zusammengebunden und hatten nur für ein Bein ein Einstiegsloch. Heidemarie trug einen Bikini, was damals noch völlig ungewöhnlich war und einiges Aufsehen erregte, zumal der Büstenhalter außerordentlich knapp war. Die Gruppe badete also in einem über Erwarten warmen See. Ich hatte als Rettungsschwimmer den Auftrag, den Überblick zu behalten und notfalls einzugreifen. Heidemarie hielt sich in meiner Nähe auf und beugte sich ein paar Mal so tief zu mir herunter, dass ich ihre üppigen Brüste fast bis zu den Warzen sehen konnte. Aber irgendwann kamen die ersten aus dem Wasser und trockneten sich hinter einem Gebüsch auch gegenseitig ab.

Heidemarie war mir gefolgt, als ich mit meiner Kleidung in der Hand hinter einem Gebüsch verschwand. Sie löste sofort ihren Büstenhalter und ich war deutlich fasziniert. Diese Brüste waren formschöner als alles, was ich bisher gesehen hatte. Dann zog sie ihr Höschen herunter und bat mich, sie abzutrocknen. Ich trocknete ihr also den Rücken ab. Dabei stand ich auch etwas seitlich, sah ihre Brüste, ihren schwarz behaarten Venushügel und konnte nicht verhindern, dass ich eine Erektion bekam. Das merkte Heidemarie augenscheinlich; denn sie zog an dem Band der Dreieckshose, die nun an einem Bein hinab rutschte und meinen Steifen freilegte. Sie drehte sich nun um, nahm ihn in die Hand und massierte ihn. Da streichelte ich ihre Brüste – ich konnte einfach nicht anders. Und da drückte sie mich mit dem Rücken auf den sandigen Boden, hockte sich über mich, nahm meinen Penis und schob ihn in ihre Lustgrotte. Das alles ging sehr schnell, ohne langes Überlegen. Sie bewegte sich auch nur ein paar Mal über mir, dann kam ich. Sie sagte nichts, wischte nur mit dem Slip vom Badeanzug mein Sperma aus ihrer Scheide und zog sich dann an. Ich tat es ihr nach. Auf dem Rückweg saßen wir nebeneinander in der Straßenbahn und einmal flüsterte sie mir zu: „Wie kommst du dir jetzt als Entjungferter vor?" Ich antwortete nicht. Ich war nur etwas beschämt, dass ich so schnell in ihr gekommen war. Doch das war sie wohl gewöhnt; denn sie machte auch später dazu keine abwertende Bemerkung.

In dem Schülerinnenheim, das meine Mutter leitete, waren 28 Mädchen. Sie kamen vom Land in die Stadt, um hier ihr Abitur zu machen. Das bedeutete, dass es kluge Mädchen waren; zur Oberschule kam man damals nur mit sehr guten Leistungen. Wer das Abitur bestand, konnte studieren und Karriere machen. Die Hygiene-Möglichkeiten im Haus waren damals sehr bescheiden. Aber die Mädchen waren das vom Land her auch nicht anders gewöhnt. Es gab zwei Waschräume mit Kaltwasser und Waschbecken in den meisten Zimmern, oben im Dachgeschoss eine Dusche für alle. Für das ganze Haus, auch für uns als Familie und den Chef meiner Mutter gab es nur ein einziges Bad neben der

Küche. Wer baden wollte, meldete sich bei meiner Mutter, und die gab mir den Auftrag, den Badeofen anzuheizen. War meine Mutter unterwegs, etwa bei ihrer Schwester in Hamburg oder bei ihrer Freundin in Stuttgart, kamen die Mädchen zu mir, und ich heizte dann für sie den Badeofen an. An einem Freitag meldeten sich auch Sabine und Katharina bei mir zum Baden an. Sabine war damals 17 Jahre alt und eine fast ausgereifte Frau mit großer Oberweite, schwingenden Hüften und einem schönen Hintern. Sie hatte schon auf dem Land einige Erfahrungen mit Jungen oder Männern gemacht. Es gibt Gesichter bei den Frauen, in denen man sofort erkennt, dass sie „wissend" sind. Katharina war ein hübsches Mädchen, ihre Figur war mindestens so schön wie die von Sabine, sie war auch gleichaltrig mit Sabine, aber sie war deutlich zurückhaltender in ihrem Benehmen. Die beiden kamen also zu mir und wollten am Freitagabend baden. Etwas salopp fragte ich: „Soll ich euch auch den Rücken einseifen?" Katharina sah mich völlig verblüfft an, aber Sabine sagte: „Wenn du das machen willst – gern." So kam es, dass am Freitagabend der Badeofen zur rechten Zeit geheizt war. Sabine kam zuerst. Sie kam in einem hellblauen Bademantel und Sandalen. Sie fasste an den Ofen, dann ließ sie Wasser ein. Ich hockte in einer Ecke auf dem Boden. Sie wandte sich mir zu: „Willst du hierbleiben?" Ich antwortete: „Ich wollte dir doch den Rücken einseifen." Da legte sie ihren Mantel ab und ich sah sie nun in schöner Nacktheit. Sie entsprach genau meiner Vorstellungen von einer schönen Frau und bald roch auch der Raum nach ihr. Ich habe ja immer besonders intensiv den Geruch der Frauen wahrgenommen, der meist unter ihren Armen oder zwischen ihren Brüsten oder aus ihrer Scheide kam. Sabine musste gespürt haben, dass ich sie anstarrte und dass mein Penis steif wurde. Sie lächelte: „Jetzt möchtest du es wahrscheinlich mit mir tun, was?" Ich nickte nur, ich konnte nichts sagen. Da drehte sie den Wasserhahn zu, breitete ihr Badetuch auf dem Fußboden aus, legte sich mit dem Rücken da drauf, öffnete ihre Schenkel und sagte: „Dann komm! Mal sehen, was du kannst." Da schoss ich geradezu empor, stand in kürzester Zeit nackt da, legte mich zwischen

ihre Schenkel, Und Sabine dirigierte mich in ihre Öffnung. Ich weiß nicht, wie lange wir so zusammen waren. In solchen Situationen verliere ich immer mein Zeitgefühl. Irgendwann, kurz vor meinem Orgasmus, zog ich mein Ding heraus und spritzte neben ihr auf den Steinfußboden. Sabine hatte mir, als ich schon in ihr steckte, die Weisung gegeben, nicht in ihr zu kommen, das wäre zu gefährlich. Und an ein Kondom hatten wir beide nicht gedacht. Sabine sagte nichts. Sie stand auf, legte das große Badetuch über den Stuhl und stieg in die Wanne. Ich zog mich wieder an und setzte mich nun auf den Stuhl. Sie sagte mir, als ich ihren Rücken einseifte, der übrigens einen herrlichen Schwung vom Nacken bis zum Po hatte, ich dürfe ihr dann auch den Rücken und den Po abtrocknen. Mit einem freundlichen Lächeln und einem Gute Nacht-Gruß verschwand sie. Bald nach ihr kam Katharina. Ja, sie hatte mindestens ebenso schöne Körperformen wie Sabine. Ihre Brüste waren noch etwas größer und straffer. Aber als ich sie fragte, ob ich ihr auch den Rücken einseifen sollte, lehnte sie ab. Sie wartete, bis ich den Raum verlassen hatte, und schloss dann von innen zu.

Mit Sabine kam ich ein halbes Jahr später wieder zusammen. Dazu muss ich etwas ausholen. Auf der anderen Straßenseite stand eine Gastwirtschaft. Unten waren die Räume für die Besucher, die Küche und was sonst noch dazugehört. In der Etage darüber hatte die Familie des Gaststätteninhabers ihren Platz, und darüber wohnten die jungen Frauen, die in der Küche arbeiteten, die Räume reinigten oder die Gäste bedienten. Das waren ausnahmslos junge Frauen, die vom Lande kamen und hier eine Möglichkeit fanden, in die Stadt zu kommen. Oben hatten sie meist ein eigenes kleines Zimmer. Diese Zimmer lagen etwas tiefer als unser Bodenraum, in dem es lauter kleine Fenster gab. Das bedeutete: Ich konnte von diesen kleinen Bodenfenstern bis in den letzten Winkel der Räume sehen, in denen sich die Frauen in ihrer Freizeit aufhielten. Nach einiger Zeit wusste ich genau, wann sie Dienstschluss hatten. Dann legte ich mich auf die Matratzen, die ich vor den Fenstern hingelegt hatte, und sah zu den Frauen hinüber. Die Straße war relativ eng. Wenn der Bierwagen

vor der Gastwirtschaft hielt, war die Straße gesperrt. Ich beobachtete also die Frauen sehr genau. Meist zogen sie sich als erstes, wenn sie in ihr Zimmer kamen, die verräucherten Kleider aus. Oft standen sie dann völlig nackt da. Dann hängten sie diese Sachen über eine kleine Leine, die sie quer durch den Raum gespannt hatten. Wenn es draußen angenehm warm war, öffneten sie die Fenster. Und dann wuschen sie sich in einer Schüssel oder rauchten eine Zigarette oder legten sich auf das Bett. Ab und zu sah ich auch, wie sie sich zwischen die Beine griffen und sich selbst befriedigten. Manche Frauen zogen sich auch bald wieder andere Sachen an und gingen in die Stadt.

Ich lag also auf den Matratzen und betrachtete die meist appetitlichen jungen Frauen. Und wenn mein Penis zu sehr in der Hose drückte, öffnete ich die Hose und spielte auch einmal mit dem Ding. Als ich einmal wieder da lag und mein Ding in der Hand hielt, hörte ich plötzlich über mir eine Stimme: „Aber das musst du doch nicht selbst tun. Das kann ich dir doch besorgen." Erschrocken sah ich in Sabines Gesicht. Sie wollte auf den Dachgarten gehen und musste dabei über den Boden laufen – und da hatte sie mich erwischt. Ich war überrascht, erschrocken, beschämt – ich weiß nicht genau, was es war. Aber Sabine lächelte. Blitzschnell zog sie ihren Slip aus, hockte sich über mich, nahm meinen Penis und schob ihn in ihren Spalt. Das ging schneller, als ich es hier beschreiben kann. „Dann hab ich auch was davon", sagte sie nur. Ich erinnere mich noch über mein Staunen, wie feucht sie in ihrem Spalt war und wie schön sie sich über mir bewegte. Nein, einen Orgasmus bekam sie nicht, als ich abspritzte, diesmal in ihrer Scheide. Aber sie schien ganz zufrieden. Sie wischte mit einem Taschentuch mein Sperma aus ihrem Spalt, zog ihren Slip wieder an und verschwand mit einem Klaps auf meinen Bauch.

Gut zehn Jahre später fuhr ich zu einem Weiterbildungskurs nach Kühlungsborn. An einem Abend sollte eine Ärztin einen Vortrag zu einem medizinischen Thema halten. Von dieser Frau wurde sehr gut gesprochen. Sie wäre eine richtige Fachfrau, hieß es. Als sie am Abend mit dem Veranstaltungsleiter hereinkam,

erkannte ich sie sofort. Sabine war deutlich voller geworden, aber immer noch ausgesprochen attraktiv, Sie hielt einen ganz ausgezeichneten Fachvortrag und zeigte im anschließenden Gespräch reichlich Hintergrundinformation und Witz. Die Zuhörer waren deutlich beeindruckt, auch der Leiter, der ihr eine Flasche teuren Rotwein überreichte.

Nach Ende der Veranstaltung ging ich nach vorn zu Sabine. Sie war gerade dabei, ihr Manuskript und die Flasche in einer Tasche unterzubringen. Sie erkannte mich sofort, als ich auf sie zuging. Nach den üblichen Höflichkeitsfloskeln sagte sie: „Ich habe hier ja eine Flasche mit gutem Rotwein. Wenn du willst, gehen wir auf mein Zimmer, trinken davon und erzählen." Natürlich wollte ich. Sabine war inzwischen Chefärztin in einer international anerkannten Diabetes-Klinik geworden, verheiratet, zwei Kinder, geschieden, nun allein. Als wir schon etwas vom Rotwein benebelt waren, erinnerte ich sie an die Szene im Bad und auf dem Boden und sagte ihr, wie dankbar ich immer an sie gedacht hatte. Sie sah mich nachdenklich an und sagte: „Und jetzt möchtest du es noch einmal, nicht wahr?" Ich nickte: „Schön wäre es." Da verriegelte sie die Tür von innen und entkleidete sich. Ja, sie war deutlich üppiger geworden. Das zeigte sich vor allem am Bauch, am Po, an den Oberarmen und den Brüsten, die jetzt stark hingen – bei dem Gewicht! Damit strahlte sie aber eine Sinnlichkeit aus, die meinen Penis wachsen ließ. Und ihr Körper duftete dazu, dass ich ganz benebelt wurde. Ich zog mich nun auch aus, und sie betrachtete mich geradezu auffällig. Dann legte sie sich auf das Bett und öffnete ihre Schenkel. Sie war rasiert und hatte einen sehr großen Spalt, in den ich nun ganz leicht hineinrutschte. Die Nacht über blieben wir zusammen. Am frühen Morgen ging ich in mein Zimmer, um zu duschen und mich zu rasieren. Wir trafen uns am Frühstückstisch. Sabine langte kräftig zu. Danach wollte sie wieder zurück zu ihrer Arbeit fahren. Ich brachte sie zu ihrem Auto. Zum Abschied sagte sie: „Vielleicht sehen wir uns einmal wieder." Und ich antwortete: „Das wäre schön." Bisher hat sich dieser Wunsch aber nicht erfüllt.

Ich machte meinen Schulabschluss und sollte vor dem Studium als Vorbereitung noch zwei Jahre im Pflegedienst arbeiten. Doch kurz nach der Zeugnisübergabe zeigte mir meine Mutter eine Bestätigung aus Ilsenburg: Sie hatte auf dem Schloss dort eine Ferienwohnung für Karin, sich und mich reservieren lassen. Wo mein Bruder in dieser Zeit blieb, weiß ich nicht mehr. Aber ich freute mich natürlich auf die Reise in den Harz. Zu jener Zeit zeichnete ich sehr viel. So zeichnete ich etwa das Schlossportal mit den schönen Lampen oder die Harzlandschaft.

Wir wohnten also im Schloss, das für Urlauber hergerichtet war. Allerdings war der Standard, etwa, was Hygiene betrifft, damals noch sehr bescheiden. Wir wohnten und schliefen zu dritt in einem größeren Raum. Dort stand ein Waschtisch mit einer großen Schüssel und einer Wasserkanne, daneben auch ein Eimer, um das gebrauchte Wasser abzugießen. Eine Toilette gab es über den Flur für mehrere Urlauberräume. Für alle Fälle stand im Zimmer auch ein Nachttopf. Die drei Betten waren im großen Raum an drei Seiten aufgestellt. Wir waren so zufrieden, ja, begeistert, dass wir in diesem herrlichen Harzgebiet Urlaub machen konnten. Meine Mutter fand sehr bald Anschluss an andere Frauen, die zusammen Kaffee tranken und erzählten. Karin kam in eine Gruppe von Gleichaltrigen. Gemeinsam singend und eingehakt zogen sie die Burg hinunter in den Ort. Für mich gab es keine gleichaltrigen Jungen. Aber ich zeichnete ja, ich malte und hatte eine ganz große Freude dabei.

Dass wir zu dritt im Zimmer schliefen, störte niemand von uns – es erwies sich für mich sogar als Vorteil. Denn meine Mutter und Karin hatten keine Scheu voreinander und vor mir auch nicht. Ich hatte ja mit beiden regelmäßig Sex gehabt. Sie liefen also ganz frei nackt durch den Raum und wuschen sich oder kleideten sich an. Dass ich mit meiner Mutter Sex hatte, wusste Karin ja von mir. Dass ich es mit Karin tat, ahnte meine Mutter mindestens, ich denke, sie wusste es schon. Hier in Ilsenburg bekannten wir uns ganz offen dazu. Karin hatte manchmal eine unbändige Lust zum Sex. Ihre Klitoris und ihre Schamlippen waren dann ganz stark durchblutet und geschwollen. Sie sagte es mir,

wenn sie es mit mir tun wollte, und ich ging auch in Gegenwart meiner Mutter zu ihr ins Bett, und wir taten es ausgiebig miteinander. Natürlich benutzten wir immer ein Kondom dabei. Es geschah auch, dass ich morgens mit der berühmt-berüchtigten Morgenlatte aufwachte. Ich schlief ja immer nackt; wenn ich also aufstand, sahen die beiden Frauen natürlich meinen steifen Penis, der damals in Erektion auch noch leicht nach oben zeigte. Das liebte meine Mutter besonders. Sie sagte mir einmal, sie fühlte mich besonders deutlich im oberen Bereich ihrer Scheide. Es wäre, als wenn sie da massiert würde. Später überlegten wir, als über den G-Punkt im weiblichen Geschlecht gesprochen wurde. Wenn es so etwas wirklich gibt, müsste der an dieser Stelle in ihrer Scheide sein.

Ich schlüpfte oft ohne ein Wort in Karins Bett. Die drückte mir ein Kondom in die Hand, und ich rollte es über meinen Schaft. Dann schob ich mein Ding in ihre Lustgrotte und bewegte mich ein paar Mal. Meist kam ich sehr schnell, es war ja reine Biologie. Es war also eher ein Gefallen, den Karin mir tat. Nur wenn ich bei ihr Lust verspürte, blieb ich so lange wie möglich in ihr, um auch sie möglichst zum Orgasmus zu bringen. Aber bald sagte meine Mutter zu ihr: „Du musst es nicht immer mit ihm tun. Er kann sich auch bei mir entspannen." Sie waren ja gemeinsam der Meinung, ein Mann braucht morgens regelmäßig seine Entspannung, damit er normal in den Tag gehen kann. Von da ab stand ich oft mit meinem strammen Ding im Raum, und dann sagte eine der beiden Frauen: „Komm her!" oder „Willst du zu mir kommen?" Nach und nach wurde aus dem mehr verborgenen Tun ein offenes, ausführliches Spiel, das dann auch wenigstens von Zeit zu Zeit mit einem Orgasmus der Frau endete. Nach einem ausgiebigen Spiel mit Karin sagte meine Mutter, die von ihrem Bett aus zugesehen hatte: „Du bist ein richtiger Deckhengst geworden." Ich empfand das als Kompliment, ich dachte ja an die Aktionen der Tiere in meiner Kindheit. Und wenn der Hengst aufstieg und mit seinem langen Penis in die Scheide einer Stute gehen wollte, empfanden wir das immer als ganz besonders schön. Vor allem aber: Da war nie von Liebe

oder Verliebtheit die Rede. Es war reine Biologie. Was ich damals so intuitiv empfand, bestätigte sich mir später, als ich mich wissenschaftlich mit diesem Thema beschäftigte. Natürlich streichelte und küsste und benuckelte ich auch die Brüste der beiden, natürlich hatte ich meine Freude an ihren Hinterteilen, die sich konzentriert mit mir bewegten, oder an ihren lustvollen Gesichtern, wenn sie ihren Orgasmus bekamen, an ihren entspannten Gesichtern nach dem Orgasmus. Aber alles diente der Lust, der Lebensfreude, der Spannung und Entspannung. Die beiden Frauen hätten sich sicher mit einem anderen Mann zusammentun können, es gab ja einige passable Männer, die es sicher gern mit meiner Mutter oder meiner Schwester getan hätten, und ich sah eine ganze Reihe hübscher Mädchen. Aber das hätte wahrscheinlich nur Komplikationen gebracht, und das wollten wir nicht. Wir wollten uns gegenseitig helfen, mit den biologischen Gegebenheiten klarzukommen. Sex war für uns so wie Essen und Trinken und Schlafen.

Meine erste Ausbildung bekam ich also als Pfleger in einer großen Stadt an der Ostsee. Das war die Vorbereitung auf mein späteres Studium. Und ich bin dankbar, dass ich praktische Erfahrungen mit den Kranken machen durfte, bevor ich das Medizinstudium begann. Wir fanden damals Unterkunft am Rande der Stadt in einem ländlich geprägten Areal. Ich betrat also ein großes umzäuntes Gelände mit Feldern, einer Gärtnerei, Spielplätzen, ausgedehnten Wiesen und natürlich den Häusern, in denen die zu Pflegenden wohnten und wir arbeiteten. Die Pflegekräfte wohnten damals noch deutlich getrennt nach männlichen und weiblichen Kräften. Das Haus für das männliche Pflege-Personal stand auf der einen Seite des Komplexes, das Haus für das weibliche Personal auf der entgegengesetzten Seite. Damit sollte natürlich vermieden werden, dass wir uns außerhalb der Dienste zu oft trafen. Aber bereits am zweiten Tag erfuhr ich, wie sich dort die Geschlechter begegneten. Um 22 Uhr schloss die Nachtwächterin alle Türen der Häuser zu, machte eine Kontrollrunde und setzte sich dann in ihr Wachzimmer. Von dort konnte sie gut

das Gelände überblicken, wir konnten sie aber auch gut sehen. Wenn sie in ihrem Wachraum war, kletterten wir aus den Fenstern und liefen auf Schleichwegen zur Ausgangspforte des Komplexes. Die musste immer offen sein. Dort erwarteten wir die Mädchen oder wir wurden bereits erwartet. Wir hatten uns mit ihnen während der Arbeit verabredet. Es genügte meist zu fragen: „Heute?" Wenn sie nickten, war alles klar. Am Tor fragten wir das Mädchen, wenn es da war, auch nur: „Ans Wasser oder in den Park?" Der Park war ein fest umzäuntes Gebiet. Es gehörte einem Privatmann, den wir aber nie sahen. Schon unsere Vorgänger hatten am Eingangstor ein Stück des Maschendrahtes so gelöst, dass ein Passant nicht sah, was da war, aber wir hoben das Stück hoch und schlüpften in den Park. Da gab es keinen Hund und keinen Schmutz, nur Natur. Wenn nun ein Mädchen auf unsere Frage antwortete „Ans Wasser!", dann wollte es mit uns spazieren gehen, erzählen, ein bisschen schmusen, ein paar Küsse – mehr aber nicht. Wenn es antwortete „In den Park", dann wollte es Sex haben. Da war dann außer uns und unseren Freunden auch niemand, der uns hätte stören können.

Christa ging mit mir zuerst ans Wasser. Sie reichte mir nur bis zur Schulter, hatte schulterlanges blondes Haar, leuchtend blaue Augen und eine schöne weibliche Figur. Ich wusste von den anderen, dass sie schon mit anderen von der Gruppe im Park gewesen war. So war ich zunächst etwas enttäuscht, dass sie mit mir am Wasser entlang ging. Aber es wurde ein gutes Gespräch, wir hielten uns bald umschlungen und küssten uns. Und zwei Tage später gingen wir in den Park. Da erlebte ich, wie schön das ist, mit einem erfahrenen Mädchen zu verkehren. Alle Jungfräulichkeit, von der so gern gesprochen wird, empfand ich in dieser Zeit als Unsinn. Christa war das, was man heute wohl eine Granate nennt, temperamentvoll, phantasievoll, geduldig – in Bezug auf Sex vollkommen. Ein halbes Jahr taten wir es mit großer Leidenschaft. Heute bin ich erschrocken, wenn ich daran denke, dass wir damals überhaupt keine Vorsichtsmaßregeln trafen. Wir taten es einfach. Nur wenn uns die Mädchen sagten, dass sie ihre Tage hatten, taten wir natürlich nichts. Glücklicherweise wurde Christa

nicht schwanger. Im Herbst fuhr ich für zwei Wochen nach Hause. Als ich wieder zur Arbeit kam und nach Christa fragte, wurde mir gesagt, die wäre jetzt mit Berndt zusammen. Ich ging zu Berndt, der bestätigte es mir. Aber bei dem Gespräch kamen wir auf eine Idee: Berndt verabredete sich wieder mit Christa und ich kam mit. Wir nahmen sie in die Mitte und erklärten ihr unseren Plan. Und Christa stimmte nach einigem Überlegen und Zögern zu. Das hätte sie noch nie gehabt. Das wollte sie durchaus probieren. Wir gingen also in den Park, fanden auch eine geeignete Stelle und machten uns unten frei. Christa legte sich auf unsere Jacken, und Berndt begann sein Spiel mit Christa. Ich beschäftigte mich in dieser Zeit mit Christas Brüsten. Ich habe Brüste ja immer ganz besonders geliebt. Irgendwann kam Berndt zu seinem Orgasmus. Christa wischte das Sperma aus ihrem Spalt und dann legte ich mich zu ihr. Bei mir hatte sie dann einen schönen und sehr lauten Orgasmus. Zwei Nächte später taten wir es noch einmal, nur dass ich als Erster in ihre Lustgrotte ging und Christa bei Berndt ihren Orgasmus hatte. Dann wurde es aber draußen zu kalt, wir mussten eine Winterpause einlegen.

Im Frühjahr des nächsten Jahres hielten wir wieder Ausschau nach geeigneten Mädchen. Eine von ihnen war Beate. Sie war nicht sonderlich schön, aber sehr temperamentvoll, und sie hatte einen besonderen Hintern. Wir hatten uns angewöhnt, die Partnerinnen nach der Form ihrer Hinterteile zu klassifizieren. Christa z. B. hatte einen apfelförmigen Po, Beate einen birnenförmigen. Ein Mädchen hatte einen Knackarsch. Und dann gab es Mädchen, die wir überhaupt nicht einordnen konnten. Übrigens ordneten uns auch die Mädchen nach der Form unserer Schwänze ein. Ulrich z. B. hatte eine Möhre, Michael einen Spargel, ich eine Gurke. Das war ein ganz lustiges Spiel. Ich konzentrierte mich also nun auf Beate. Wenn ich in Bezug auf ihren Hintern von „birnenförmig" spreche, so zeigt das schon unser Interesse an ihren Hinterteilen. Brust und Po fallen nun einmal neben einem hübschen Gesicht und schönen Beinen besonders ins Auge Und da wir uns ja weitgehend im Dunkeln trafen und die sexuelle Neugier die stärkste Triebfeder bei uns war, kamen wir auf diese Gedanken.

Dass Beate besonders temperamentvoll war, erlebte ich schon am ersten Abend. Auf meine Frage, ob wir ans Wasser wollten oder in den Park, antwortete sie: „Selbstverständlich in den Park. Ich will doch sehen, was du zu bieten hast." Sie war eine sportlich schlanke junge Frau von 18 Jahren, sehr selbstbewusst. Auf dem Weg zum Park sagte sie leise: „Mir juckt meine Pflaume. Bin gespannt, ob du sie beruhigt kriegst." Im Park griff sie mir beim Küssen sofort zwischen die Beine. Da hatte ich schon einen Steifen. Den holte sie aus der Hose und nahm ihn fest in ihre Hand. Ich wollte ihre Brust streicheln, wollte den Büstenhalter aufhaken, aber sie sagte: „Lass das jetzt, geh unten bei mir rein!" Sie zog schnell ihren Slip aus, zog ihren Rock hoch und präsentierte mir ihren Hintern. Ich zog die Pobacken auseinander, so gut es ging, und schob mich langsam schubweise in ihren Spalt hinein. Da erlebte ich sehr bald, wie sie ganz laut jaulte und stöhnte, so, dass ich dachte, auf der Straße müssten Vorübergehende das hören. Glücklicherweise sagten mir am nächsten Morgen nur einige Freunde, sie hätten Beates Urschreie gehört. Sie waren ja auch irgendwo in der Nähe mit einem Mädchen zugange.

Wir blieben etwa ein Vierteljahr zusammen, und es war fast immer eine Freude, in Beates Traumspalt zu stecken und irgendwann ihre Urschreie zu hören. Aber dann ließ mich eine Frau aus der Küche wissen, sie würde sich gern mit mir treffen. Gisela war 21 Jahre alt, größer als ich und eigentlich nicht mein Typ: Sie war etwas zu knochig für meinen Geschmack. Ich liebe ja gut gepolsterte Frauen. Aber natürlich nahm ich die Einladung an, mit dieser deutlich älteren Frau zusammen zu sein. Am Tor antwortete sie dann auch gleich auf meine Frage, sie wollte mit mir in den Park gehen. Das überraschte mich, ich wusste gar nicht, dass sie sich mit einem meiner Freunde dort aufgehalten hatte. Wir gingen also in Richtung Park. Aber ich war deutlich gehemmt bei ihr, ich weiß nicht genau, woran das lag. Sie war es, die mich küsste und dabei eine Hand von mir auf ihre Brust legte. Sie trug keinen Büstenhalter. Ich schob dann meine Hand und später beide Hände unter ihre Bluse und war ganz überrascht, wie schön ihre Brüste geformt waren. Sie waren nicht übermäßig

groß, aber erstaunlich fest, ganz anders als Christas sehr weiche und Beates fast zylindrische Brüste. Wir krochen also durch den Zaun und suchten uns einen Platz. Mein Stammplatz war von Michael belegt, der schon in Maria steckte und sich eifrig in ihr bewegte. Dann setzte sich Gisela auf eine Stelle. Ich kniete hinter ihr und streichelte weiter ihre Brüste. Sie fasste mir bald zwischen die Beine und streichelte durch den Stoff meinen Pimmel, der schon lang und ziemlich steif war. Dann stellten wir uns hin, und sie kniete vor mir, zog meine Hose und Unterhose herunter und nuckelte an meinem Penis. Als der fest und steif war, legte sie sich in Position, und ich stellte überrascht fest, dass sie keinen Schlüpfer anhatte. Ihr Spalt war herrlich feucht. Doch im Gegensatz zu Beate und Christa hatte Gisela ein Kondom mitgebracht. Das rollte sie mir über und dann glitt ich in sie hinein. Der Sex mit ihr war schon besonders, weil sie mir nicht nur ihren Spalt hinhielt. Sie bewegte ihren Scheidenmuskel sehr intensiv und krallte ihre Finger in meinen Hintern. Und dann kam sie mit einem ganz lauten stöhnenden „Ahhh". In der folgenden Zeit trafen wir uns immer wieder. Sie bestimmte, wann wir es miteinander taten, wann sie also Lust hatte und befriedigt werden wollte. Und jedes Mal dachte sie an ein Kondom. Heute bin ich ihr dafür dankbar. Was wäre wohl, wenn eines der Mädchen schwanger geworden wäre! Da wären mindestens fünf junge Männer als Väter infrage gekommen. Aber es war eine schöne Zeit. Wir tauschten unsere Erfahrungen aus und die Mädchen waren ebenso neugierig wie wir.

In dieser Zeit erreichte ich nach dem Spätdienst am Freitagabend doch noch den Zug, der in die Stadt fuhr, wo meine Mutter wohnte. Auch meine Schwester Karin wollte an diesem Wochenende kommen. Der Zug kam erst nach Mitternacht an. Als ich vor dem Haus meiner Mutter stand, war das selbstverständlich schon verschlossen, und ich besaß keinen Schlüssel mehr. Ich hätte die große Hausklingel rechts an der Tür betätigen können, aber diese Flurklingel war so laut, dass ich das ganze Haus geweckt hätte, und das wollte ich nicht. Ich ging an der Hausfront auf und

ab und überlegte, was am besten zu tun wäre. Da bemerkte ich, dass eines der Fenster vom Essraum zugedrückt, aber nicht verschlossen war. Ich konnte es ohne Mühe nach innen aufdrücken und hineinklettern. Vom Essraum ging ich zum Büro meiner Mutter. Die Tür dort war nicht verschlossen, weil sehr früh dort die Reinigungskraft den Raum reinigte. Viola war zwanzig Jahre alt, eine ausgesprochen attraktive und lebenslustige Frau. Das zeigte sich mir am deutlichsten durch ihren ständigen Gesang bei ihrer Arbeit. Sie kannte immer die neuesten Schlager. Sie kam vom Land, und diese Arbeit war für sie die beste Möglichkeit, ein Wohnrecht in der Stadt zu bekommen. Sie war dann auch sehr bald mit einer Arbeit verpflichtet, die mehr ihrer Neigung entsprach – ich glaube, in einem Schönheitssalon. Sie pflegte sich auffallend sorgfältig, trug wundervolle Kleider und Schuhe und schminkte sich. In ihrer Freizeit traf sie sich wechselnd mit jungen Männern. Ich war immer hingerissen, wenn ich sie sah.

Ich ging also in das Büro. Da lag ein etwas dickerer Teppich, auf den ich mich legen wollte. Bis heute habe ich keinerlei Probleme, auf einem Fußboden zu schlafen. Ein paar Sitzkissen dienten mir als Kopfkissen, Zudecke brauchte ich nicht, der Raum war warm. Ich schlief auch sofort ein. Gegen Morgen träumte ich, Viola hockte über mir, hätte meinen Penis in ihrer Scheide und bewegte sich auf und ab. Ich wachte auf und merkte, dass der Traum Wirklichkeit war. Viola vögelte mich wirklich. Lächelnd erklärte sie, sie hätte die Spannung in meiner Hose bemerkte und die Hose aufgeknöpft. Da habe sie Lust bekommen. Nun, wir taten es, bis ich kam. Dann gingen wir zu zweit ins Bad und reinigten uns. Viola bot mir einen Kaffee „türkisch" an. Wir saßen uns gegenüber, tranken den heißen Sud in kleinen Schlucken und erzählten. Als ich ausgetrunken hatte, bedankte ich mich und ging mit leisen Schritten nach oben zu meiner Mutter. Sie schlief noch. Ich küsste sie auf eine Wange. Sie wachte auf und sagte noch sehr verschlafen: „Komm zu mir ins Bett!" Ich zog mich also aus und legte mich zu ihr. Allmählich erigierte mein Penis wieder. Sie merkte es, nahm das Ding in eine Hand und sagte nur: „Kondom ist im Nachtschränkchen." Ich rollte also

eines über, stellte fest, dass ihre Scheide angenehm glitschig war, und schob mich langsam in ihren Traumspalt. Sie lag auf dem Rücken. Ich stützte mich rechts und links in Höhe ihrer Rippen auf und bewegte mich in ihr. Dabei sah ich, wie sich ihr Gesicht veränderte. Zunächst war es noch ganz verschlafen. Dann wurde es wach. Dann spannte es sich zunehmend, bis ihr Orgasmus kam. Dabei zitterte sie etwas. Sie stieß einen kleinen Schrei aus und sank dann mit einem tiefen Seufzer und einem herrlichen Lächeln in die Kissen. Ich war nach meinem Orgasmus so erschöpft, dass ich die Besinnung verlor und halb auf ihrem Körper lag, meinen Penis noch in ihrer Scheide. Das war nicht ungefährlich; denn, wenn das Glied zu schrumpfen begann, konnte es aus dem Kondom herausrutschen und das Sperma in ihre Scheide kommen. Doch sie blieb ganz still liegen, wartete, dass ich wieder aufwachte. Das geschah auch zur rechten Zeit und ich zog mich aus ihr heraus und ging ins Bad. Sie ging nach mir dorthin. Ich machte inzwischen das Frühstück für uns beide. Sie wollte mir eine Freude machen und setzte sich mit einem Bademantel an den Tisch, bei dem bei bestimmten Bewegungen die eine oder andere Brust herausquoll. Beim Sex hatte sie ihr Nachthemd ja nur bis zur Hüfte hinaufgezogen. Natürlich tauschten wir am Tisch die neuesten Familiennachrichten aus.

Nach dem Frühstück wechselte ich die gebrauchte Wäsche gegen frische, sah die Post durch und las bis gegen Mittag. Dann ging ich zum Bahnhof, um meine Schwester abzuholen. Sie war von der Arbeit deutlich müde, strahlte mich aber an, als wir uns auf dem Bahnsteig begrüßten. Schon unterwegs berichtete sie, sie hätte mit ihrem Freund eine neue Stellung ausprobiert. Ihr Freund hätte sie von hinten gevögelt. Da sein Penis wie meiner leicht nach oben zeige – „wie eine Banane" –, hätte sie ihn besonders gut oben gefühlt. „Und da hat er oben lang gerieben, und ich habe einen wunderschönen Orgasmus bekommen." Zu jener Zeit hörten wir zuerst etwas von einem G-Punkt in der Scheide der Frau. Sie meinte, wenn es so etwas gäbe, wäre er irgendwo da oben. Sie wollte mir nun zum einen die neue Position zeigen, zum anderen probieren, ob ich sie auch in dieser Position zum Orgasmus bringen könnte.

Nach dem Mittagessen pflegte sich meine Mutter immer zur Nachmittagsruhe hinzulegen. Auch meine Schwester wollte sich hinlegen, sie kam ja von der Spätschicht. Sie hatte mir aber zugeflüstert, sie erwartete mich in ihrem Zimmer, um es mit mir zu probieren. Also ging ich bald zu ihr. Sie ging in die Knie-Ellenbogen-Lage und ich schob mich in ihre Scheide. Und wirklich berichtete sie begeistert, sie hätte dasselbe Lustgefühl. Dann bekam sie ihren Orgasmus vor mir.

Ich hatte damit innerhalb eines sehr kurzen Zeitraumes mit drei wunderbaren Frauen Sex gehabt. Mehr kann man sich nicht wünschen.

Dann ging ich zum Studium an die Universität. Ich bekam in der Stadt bei einem alten Ehepaar ein Zimmer. Das hatte ein Fenster nach Norden und nur eine Seite, die einigermaßen warm war. Der Kachelofen war ziemlich ausgebrannt und qualmte meist, wenn ich ihn anheizte. Aber ich hatte ein eigenes Zimmer. Ich wollte so schnell wie möglich mit dem Studium abschließen und arbeitete sehr intensiv daran. Mit den Frauen wollte ich nichts mehr zu tun haben. Ich hatte ja einiges erfahren. Ich konnte mir nicht vorstellen, dass es da noch mehr gab. Nur Sport machte ich sehr intensiv. Ich schrieb mich als Externer in einer Judogruppe ein und trainierte intensiv. Dazu gehörte auch, dass ich täglich mindestens sieben Kilometer so schnell wie möglich lief, dass ich Liegestützen machte und dergleichen mehr. Und dann besuchte ich gern Ausstellungen und Konzerte. Und schließlich schrieb ich Artikel für die Presse im ganzen Land; mit den Honoraren konnte ich mir schöne Bücher und Schallplatten kaufen und Konzerte besuchen. In dieser Zeit gab es in Bezug auf Frauen nur eine Ausnahme. In der Jugendgruppe, zu der ich mit einiger Regelmäßigkeit ging, sprach mich eine Studentin an. Sie war mit einem Komponisten befreundet, der dringend Liedtexte suchte, um sie zu vertonen. Der Komponist war auch Dozent für einen berühmten Chor. Mit diesem Chor wollte er dann die Lieder aufführen. Die Studentin hatte Gedichte von mir in Zeitungen gelesen und gesammelt und fragte mich nun, ob ich für

den Komponisten noch ein paar Kinderlieder schreiben könnte. Also schrieb ich welche. Damals hatte ich noch keine Schreibmaschine, ich schrieb sie mit der Hand. Als Brigitte die Texte las, sah sie mich sehr nachdenklich an und sagte dann: „Ich hab dich völlig falsch eingeschätzt. Du bist ja ganz anders." Ich wusste nicht, was sie meinte. Ich besuchte regelmäßig die Vorlesungen, ich machte intensiv Sport, das war sicher nicht ungewöhnlich für einen jungen Mann. Ich schrieb Gedichte, das hatte auch der Arzt Gottfried Benn getan. Ich schrieb Prosa wie der Arzt Peter Bamm, den ich sehr gern las. Ich spielte mehrere Musikinstrumente, das taten auch viele Mediziner. An der Universität gab es ein Orchester mit Dozenten, darunter befanden sich viele Mediziner. Ich wusste also nicht, was Brigitte meinte. Sie erklärte mir, sie hätte sich sehr intensiv mit der Graphologie beschäftigt. Aus der Handschrift eines Menschen könnte sie seinen Charakter herauslesen. Sie hatte nun aus meiner Handschrift gelesen, dass ich kein oberflächlicher Mensch wäre. Und dann sagte sie plötzlich: „Wollen wir ‚mal zusammen ins Bett gehen?" Ich sah sie sehr überrascht an. Aber sie meinte es ernst. Eigentlich war sie nicht so recht mein Typ. Sie hatte kurze Haare, eine etwas kurze Nase und eine unauffällige Figur. Ihre Brust erschien mir allerdings groß und interessant. Wenn sich mir Frauen mehr oder weniger deutlich angeboten haben, habe ich nie abgelehnt, mit ihnen zu tun, was sie wollten. Ich hätte es als Beleidigung verstanden, eine Frau, die mit mir zusammen sein wollte, abzulehnen. Ich liebe und bewundere nun einmal Frauen. Also dachte ich: „Wenn sie es mir anbietet, wäre ich ja ein Narr, nicht anzunehmen. Ich hatte ja lange nichts mehr mit einer Frau gehabt." So ging ich zu Brigitte, die sich auch sehr bald mit mir ins Bett legte. Sie hatte mir gesagt, sie hätte gern ein langes Vorspiel. So beschäftigte ich mich ausführlich mit ihren wirklich schönen Brüsten. Sie hatte große Freude daran, dass ich mit Lippen und Zunge über ihren Leib streifte, wo auch immer. Und natürlich beschäftigte ich mich lange mit ihrem Geschlecht. Sie entwickelte eine schleimige Flüssigkeit, die gut roch und gut schmeckte. Die schlürfte ich dann auch. Der eigentliche Geschlechtsakt war

wie meist: Sie kam nach vielleicht einer Viertelstunde zum Orgasmus und ich fast gleichzeitig mit ihr. Wir begegneten uns nur dieses eine Mal. Ich wollte weiter studieren und Sport machen.

Das Haus, in dem ich damals wohnte, war ein typisches Gebäude aus der Gründerzeit, sehr groß, sehr massiv. Viele Personen wohnten da. Ich kannte die meisten nur vom Sehen. Wenn wir uns im Treppenhaus begegneten, grüßten wir uns und gingen dann weiter, ohne ein Gespräch zu führen. Eine Frau dort war die Ausnahme: Ilse, die die Jugendgruppe leitete, in der ich mich öfter aufhielt. Sie war 35 Jahre alt und eine Kriegerwitwe. Das Besondere bei ihr war eine Kriegstrauung, wie sie mir später erzählte. Ihr Verlobter hatte sie sexuell nie berührt, als er an die Front musste. Sie wollten es erst tun, wenn sie verheiratet waren. Damals gab es die Möglichkeit der Ferntrauung für Soldaten. Das bedeutete: Er war als Soldat in Russland, sie lebte in Dresden, und so wurden sie als Ehepaar bestätigt- Aber er kam nicht mehr zu seiner Frau, er fiel im nächsten Gefecht. Das bedeutete für sie: Sie war verheiratet, hatte aber noch nie mit ihrem Mann oder mit einem anderen Sex. Sie hatte auch das Glück, dass sie in der Nachkriegszeit nicht von feindlichen Soldaten vergewaltigt wurde, wie das bei so vielen anderen Frauen geschehen war, auch bei meiner Mutter. Ilse wollte dann auch nicht mit einem anderen Mann zusammenleben, sie blieb allein. Doch das erfuhr ich alles viel später von ihr. Außerhalb der Jugendgruppe sah ich sie wiederholt bei Konzerten. Da wir im selben Haus wohnten, fuhren wir nach den Aufführungen oft gemeinsam mit der Straßenbahn zurück Ich wohnte allerdings im ersten Stock, sie ganz oben unter dem Dach. Natürlich sprachen wir bei der Rückfahrt mit der Straßenbahn auch über das Erlebte, wie das so ist. So entstand eine gewisse Vertrautheit. Und als wir uns wieder einmal vor meiner Wohnung nach einem Konzertbesuch verabschiedeten, sagte sie: „Haben Sie Lust, am Sonntag mit mir Mittag zu essen?" So kam es, dass ich am folgenden Sonntag mit einem Blumenstrauß bis unters Dach stieg. Es war ein ungewöhnlich heißer Tag, ich trug nur ein Polohemd, eine Unterhose und eine leichte Sommerhose, dazu Sandalen und schwitzte trotzdem. Je

höher ich kam, desto heißer wurde die Luft. Die Isolierungen damals waren ausgesprochen schlecht. In der Wohnung musste es drückend warm sein.

Ilse öffnete auf mein Klopfen. Auch sie war ganz leicht angezogen, aber schweißfeucht. Sie trug ein erstaunlich kurzes Röckchen – damals war ja die Minirock-Mode aktuell – und eine sehr dünne weiße Bluse, unter der sich deutlich ihr dunkler Büstenhalter abzeichnete. Erst jetzt bemerkte ich so richtig ihre großen Brüste. Da zog es in meinen Lenden. Ich sah jetzt erst, was für eine schöne und begehrenswerte Frau sie war.

Ilse nahm mir den Blumenstrauß ab und führte mich durch den schmalen Flur ins Wohnzimmer. Dort war der Tisch für uns beide gedeckt, aus der Küche duftete es nach dem Essen. Ilse bat mich, ich sollte mich doch noch etwas umsehen, das Essen wäre gleich fertig. Ich bewunderte also die Barock- und Biedermeiermöbel, die sie von ihren Eltern geerbt hatte, auch die Ölbilder in den kostbaren Rahmen. Aber mit einem Auge war ich immer bei Ilse. Sie hatte eine leichte Verschiebung der Hüfte, bewegte sich dadurch etwas anders als normal, und dabei drückte sie eine Pobacke besonders hinaus. Auch eine Brust wurde dabei deutlich herausgedrückt. Bald stand ich im Türrahmen zur Küche und sah Ilse bei ihren Hantierungen zu. Dabei sprachen wir natürlich über ihre Einrichtung und über das Essen. Irgendwann nahm Ilse eine Fußbank und stellte sie an die Hängeschränke. Sie stieg auf die Bank und langte weit nach oben, um von dort eine Schüssel zu holen. Dabei kam sie aber aus dem Gleichgewicht und drohte zu stürzen. Da sprang ich vor und streckte weit meine Arme aus, um sie abzufangen. Erst als sie in meinen Armen lag, merkte ich, dass ich eine Hand zwischen ihren Oberschenkeln und die andere Hand auf einer Brust hatte. Ich ließ sie sofort los. Aber Ilse lehnte sich an meine Schulter und sagte leise: „Bring mich ins Bett." Sie stützte sich schwer auf mich und gemeinsam gingen wir in ihr Schlafzimmer, Sie war schweißfeucht, ich vermutete, dass sie durch die Hitze so schwach geworden war. Im Schlafzimmer zog sie sich ohne ein Wort nackt aus und legte sich in ihr Bett. Ich stand da und sah ihr zu. Vor allem faszinierten mich

ihre schönen festen Brüste. Da sagte Ilse: „Willst du nicht zu mir kommen?" Also zog ich mich nun auch nackt aus. Mein Penis stand. Ich legte mich so zu ihr, und dann ging es wie von selbst: Ich rutschte in sie hinein. Ich kam dann doch recht schnell. Aber Ilse sagte nichts dazu. Sie hielt ein Taschentuch vor ihren Spalt und ging ins Bad. Ich wollte ihr folgen, aber sie wehrte ab. So zog ich mich wieder an und ging ins Wohnzimmer. Bald kam sie dann auch. Sie trug trockene Kleidung. Wir trugen das Essen auf den Tisch und aßen, ohne viel zu sprechen. Zu dem, was geschehen war, sagte sie kein Wort. Als ich mich aber nach dem Essen und dem Abwasch von ihr verabschieden wollte, schlang sie plötzlich beide Arme um meinen Hals und sagte mit leiser Stimme: „Bleib doch noch! Ich möchte noch einmal mit dir ins Bett." Da erfuhr ich, dass ich Ilse vorhin entjungfert hatte – eine 35-jährige Frau! Nun wollte sie es noch einmal richtig mit mir machen. Also nahm ich mir viel Zeit mit dem Vorspiel. Dabei zog ich auch ihre Schamlippen so weit auseinander, dass ich Reste ihres Jungfernhäutchens sehen konnte. Als wir dann richtig zur Sache kamen, bekam sie überraschend schnell einen wunderschönen Orgasmus – sie zitterte am ganzen Leib. Von diesem ersten Mal an taten wir es mit einiger Regelmäßigkeit. Ilse war oft ein Vulkan. „Ich habe ja noch so viel nachzuholen", sagte sie immer wieder. Wenn ich nicht zu ihr ging, weil ich ja mein Studium so schnell wie möglich zum Abschluss bringen und natürlich auch weiter Sport machen wollte, klingelte sie unten bei mir und sagte oft nur: „Ich hab da ein Problem, das würde ich gern mit dir besprechen." Meist hatte sie in irgendeinem Buch eine Sex-Position gesehen oder gelesen, die sie nun mit mir ausprobieren wollte. Manchmal wollte sie auch einfach nur mit mir im Bett schmusen, wollte sich streicheln lassen, aber wenn ich dann einen Steifen hatte, dirigierte sie ihn gern in ihre Öffnung. Sie hatte es gern, wenn ich mit Lippen und Zunge über ihren Körper und natürlich auch in ihren Traumspalt ging. Sie war ganz überrascht, dass ich ihr Geschlecht so schön und reizvoll fand, sie hatte sich damit nie so richtig befasst. Aber sie hatte es sehr gern, dass ich mich dort mit Zunge und Lippen beschäftigte.

Und oft zitterte sie schon am ganzen Körper, bevor mein Penis in ihrem Leib war.

Allerdings wurde mir dieses ständige Sexspiel doch zu zeit- und kräfteraubend. Ich überlegte, wie ich mich dem entziehen konnte. Da sah ich an der Anschlagtafel vor unseren Vorlesungsräumen einen Zettel: Ein Mitstudent wollte seine Unterkunft mit einem anderen tauschen. Ich sprach ihn sofort an, und nach den Vorlesungen gingen wir gleich zu seinem Quartier. Das war in einer richtigen Villa inmitten eines großen Gartens. Der Raum hatte ein breites Fenster nach Süden und Blick über Bäume und Dächer. Das Zimmer war fast quadratisch, hatte einen kleinen Ofen, der gut heizte – dieses Zimmer war ein Traum. Ich setzte mich erst einmal hin und fragte Friedbert, weshalb er tauschen wollte. Da berichtete er, dass das Ehepaar, dem diese Wohnung gehörte, in der er sich zur Untermiete aufhielt, eine 19-jährige Tochter hatte, mit der er sich auch verlobt hatte. Als aber die Verlobung aufgelöst wurde, war es hier nicht mehr auszuhalten. Nun, wir gingen anschließend in mein Zimmer, das deutlich schlechter war. Aber Friedbert stimmte sofort zu. Da klingelten wir bei meinem Vermieter-Ehepaar, das zustimmte, dann bei dem von Friedbert, das auch geradezu erleichtert zustimmte. Noch am selben Abend liehen wir uns einen Handwagen und brachten unsere wenigen Dinge, die uns gehörten, in die andere Wohnung.

Ich war glücklich. Auch zur Toilette und zur Körperreinigung war es nur ein paar Schritte über den Flur. Noch am Abend stellte mir das Ehepaar seine Tochter vor. Das war ein ungewöhnlich schönes und sehr süßes Mädchen. Ich konnte überhaupt nicht verstehen, dass sich Friedbert von ihm getrennt hatte. Etwas Süßeres bekommt man kaum! Ich wollte nun aber wieder konzentrierter studieren als in den vergangenen Wochen und zum Ausgleich wollte ich wieder intensiver Sport treiben. Ich brachte also mit noch größerer Freude mein Studium voran und machte noch intensiver Sport. Ilse sah ich nur noch gelegentlich, meist nur, wenn ich zur Jugendgruppe ging oder ihr in einem Konzert begegnete.

Als ich an einem Morgen noch etwas verschlafen über den Flur zur Toilette wollte, hörte ich einen spitzen Schrei: „Nicht

hinsehen!" Natürlich sah ich nun hin. Lisa stand da mit Büstenhalter, sehr kleinem Slip, Strumpfhaltergürtel und Nylonstrümpfen. Sie hatte zauberhafte Brüste und einen formschönen Po, dazu sehr schöne lange Beine. Sie sah einfach umwerfend aus. Sie drehte sich ein paar Mal um ihre eigene Achse und verschwand dann in ihrem Zimmer. Ich war hellwach geworden. Aber auch in den folgenden Tagen sprach ich sie mit keinem Wort auf diese Begegnung an. Nach einer Woche wachte ich mitten in der Nacht auf: Lisa lag nackt neben mir im Bett. Natürlich bekam ich sehr schnell eine Erektion und wir taten es sehr intensiv miteinander. Allerdings bin ich mir nicht ganz sicher, ob sie ihren Orgasmus gespielt hatte oder ob er echt war. Ich wollte die Frauen ja möglichst immer zum Orgasmus bringen; zeitweise war es mir wichtiger, ihnen zu erfülltem Sex zu verhelfen, als dass ich einen Orgasmus bekam. Zwei Nächte darauf war sie wieder in meinem Bett, und es wurde noch temperamentvoller. Ich fürchtete zeitweise, ihre Eltern würden aufwachen und hereinkommen. Sie kam dann noch ein drittes Mal. Als ich aber in ihren Spalt eindringen wollte, wehrte sie ab. Ich hätte jetzt erfahren, was ich an ihr hätte, sagte sie, jetzt ginge es mit uns nur weiter, wenn wir uns verlobten. Da läuteten bei mir alle Alarmglocken. Ich erwiderte, ich wäre doch noch mitten im Studium, ich wüsste doch gar nicht, wie es weiter ginge. Da wäre an eine feste Bindung noch nicht zu denken. Da zog sie schmollend ab. Bald darauf verlobte sie sich mit einem jungen Mann, und als sie von ihm schwanger wurde, heirateten die beiden. So war dieses Problem geklärt.

Im Februar veranstaltete Ilse für die Jugendgruppe immer eine Faschingsfeier. Höhepunkt dabei war ein großer Topf mit Feuerzangenbowle. Ich mag solche Feiern nicht und schon gar nicht Alkohol und Betrunkene. Aber Ilse bat mich sehr dringlich um mein Kommen und so sagte ich zu. Allerdings kam ich bewusst zu spät. Da war die Feier schon in vollem Gange. Einige Jugendliche standen schon deutlich unter dem Einfluss von Alkohol. Bei meinem Eintritt tanzte unmittelbar vor mir ein Paar geradezu

ekstatisch. Das Mädchen kannte ich von der Sporthochschule. Es war dort in einer Volleyballgruppe. Helga hatte sich als Teufel verkleidet. Sie trug eine schwarze Kappe mit roten Hörnern, einen hautengen dünnen Pullover und eine Strumpfhose mit langem Schwanz. Sie war sehr schlank, sehr sportlich. Sie trug keinen Büstenhalter, was mich sehr überraschte, denn trotz ihrer Sportlichkeit hingen ihre Brüste deutlich unter dem engen Pulli.

Die Gruppe tanzte also, erzählte, küsste sich auch, naschte, sang miteinander. Ich setzte mich dazu. Ilse begrüßte mich nur kurz und darüber war ich nicht unglücklich. Ich beobachte gern die Leute aus dem Hintergrund. Irgendwann wurde dann der Topf mit der Bowle hereingetragen und über einer Gasflamme in ein Gestell gehängt. Die Jugendlichen setzten sich um diesen Topf und ließen sich ihre Becher füllen. Sie sangen nun viel, erstaunlicherweise vor allem schwermütige Lieder. Ausführlich geredet wurde auch über einen schwarzafrikanischen Studenten, der aus unserem Land gewiesen war. Er hatte in der Stadt 50 Frauen geschwängert. Unsere Gruppe diskutierte nun lebhaft, wie das Ganze zu bewerten wäre. Einige äußerten sich anti-afrikanisch, zumal wiederholt Studentinnen dunkelhäutige Kinder geboren hatten. Aber, so meinten die meisten, wenn sich die Frauen nicht mit diesen Männern eingelassen hätten, wäre es nicht so weit gekommen. Wiederholt hatten sie gehört, wie die afrikanischen Studenten gesagt hatten: „Die deutschen Frauen machen gut Fick-Fick." Die Antibabypille gab es damals noch nicht, aber es gab andere Verhütungsmittel, und von Studentinnen kann man so viel Intelligenz erwarten, dass sie damit richtig umgehen können. Während ich dasaß, spürte ich brennende Augen auf mich gerichtet. Da merkte ich, dass Helga mir auf der anderen Seite des Topfes gegenübersaß und mich anstarrte. Dabei trank sie das Zeug aus dem Topf erstaunlich schnell. Aber plötzlich sprang sie auf und stürzte aus dem Raum. Nach einiger Zeit kam sie etwas bleich wieder zurück und stürzte gleich wieder die Bowle in sich hinein. Ich sah das mit einiger Sorge. Ich hatte den Eindruck, dass sie schon betrunken war. Als sie ein zweites Mal aufsprang und aus dem Raum stürzte, ging ich hinterher. Sie hatte

sich draußen über ein Geländer gebeugt und übergab sich. Als sie sich wieder aufrichtete, fragte ich: „Soll ich dich vielleicht nach Hause bringen?" Sie nickte. Wir holten unsere Mäntel aus der Garderobe, sie hakte sich fest bei mir ein, und wir gingen zu dem Haus, wo sie wohnte. Glücklicherweise war das nicht so weit. Ich wollte mich vor der Tür verabschieden, aber sie bat mich, sie nach oben zu bringen. „Sonst setz ich mich im Treppenhaus hin und schlafe dort ein." Also brachte ich sie nach oben in ihre elterliche Wohnung. In ihrem Zimmer warf sie sich gleich mit ihren Sachen auf ihr Bett. Aber ich zog sie wieder hoch, um sie zu entkleiden. Auch jetzt staunte ich, wie mager sie war und wie schlaff ihre mittelgroßen Brüste waren. Ich zog ihr das Nachthemd über, deckte sie zu und verließ die Wohnung und das Haus. Am Morgen ging ich zum ersten Mal nicht zu den Vorlesungen. Ich schlief bis Mittag, trank dann starken Tee und setzte mich mit meinen Büchern an den Arbeitstisch. Gegen 17 Uhr klingelte es für mich. Helga stand in der Tür. Sie lächelte etwas verlegen: „Darf ich reinkommen?" Drinnen ging sie im Raum umher und sah alles genau an. Ich fragte sie, woher sie meine Adresse wüsste. Sie hatte sie bei Ilse erfragt. Ich bot ihr einen Tee an und sie zog ihren Anorak aus und setzte sich an den Tisch. Das Gespräch war etwas mühsam. Ich wusste nicht, was sie wollte. Doch plötzlich sagte sie: „Du hast mich ja heute Nacht in unsere Wohnung gebracht, nicht wahr?" Ich nickte und sie fuhr fort: „Und du hast mich dann auch ins Bett gebracht?" Ich bestätigte es. „Ich war ja sehr betrunken und weiß nicht genau – haben wir auch miteinander geschlafen?" Ich schüttelte den Kopf, und Helga fragte: „Warum eigentlich nicht?" Ich antwortete: „Weil du so betrunken warst – ich wäre mir dann ja wie ein Vergewaltiger vorgekommen." Da sah mich Helga fest an: „Aber jetzt bin ich wieder ganz nüchtern. Dann sollten wir es jetzt tun." Sie stand auf und stand in kürzester Zeit nackt vor mir. Ich sah sie an: Sie war nicht unbedingt mein Typ. Mein Typ hat ja möglichst große und volle Brüste, eine eher vollschlanke Figur und einen ausladenden Hintern. Aber als sie da vor mir stand, kam ein ganz bestimmter Duft von ihrem Körper und aus ihrer Scheide.

Mein Penis erigierte. Ich schloss schnell die Tür von innen zu, entkleidete mich und dann erlebte ich ein Feuerwerk an Einfällen und Temperament. Von da an kam Helga regelmäßig zu mir. Sie brachte ihre Studienbücher mit, sie studierte ja Mathematik, sie aß und schlief immer wieder bei mir, wir gingen zusammen zur Sporthochschule, besuchten auch zusammen Ausstellungen und Theateraufführungen und natürlich schliefen wir regelmäßig miteinander. Sie war der Überzeugung, regelmäßiger Sex wäre ganz wichtig für guten Sport. Sie bekannte sich auch ganz selbstverständlich zu ihren sexuellen Erfahrungen. Wenn Helga ihre Kommilitonen traf, stellte sie mich ausführlich vor. Was ich aber nicht wusste: Sie hatte ihren Freunden und Bekannten mitgeteilt, sie würde sich Ostern mit mir verloben. Ich wusste aber nichts davon. Wenn sie mir ausführlich erzählte, ihr Trauring sollte sehr breit sein und als Muster einen Mäander haben, nahm ich das zur Kenntnis, dachte aber nichts dabei. Mich irritierte ja, dass sie mich nie ihren Eltern vorgestellt hatte. Ich hatte sie bisher nie gesehen. Der Grund war, ihr Vater wollte mit Leuten, die meinen zukünftigen Beruf anstrebten, nichts zu tun haben. Bei ihm war eine sehr schwierige Operation misslungen; seitdem wollte er mit Medizinern nichts mehr zu tun haben.

Ich hatte einen Unfall beim Sport. Ein ausländischer Student, der noch nicht richtig Deutsch konnte, hatte mich bei einem einfachen Schulterwurf gegen eine Bank geschleudert; dabei hatte ich mir ein Schlüsselbein gebrochen. Ich musste das Training aussetzen. In dieser Zeit wurde ich gefragt, ob ich die Leitung einer Studenten-Theatergruppe übernehmen könnte. Ich übernahm nach einigem Zögern. Aber ich hatte mein Physikum sehr glatt geschafft, Sport gab es nicht mehr, vorläufig jedenfalls nicht. Da hatte ich schon Lust, mich mit Literatur und Theater ausführlicher zu beschäftigen. Die Theatergruppe hatte einen guten Ruf und hatte in sehr vielen Orten gespielt. Also übernahm ich die Leitung, schrieb auch Stücke und inszenierte sie. In dieser Gruppe lernte ich Diana kennen. Sie war 19 Jahre alt, studierte an der Hochschule Fotografie und bildende Kunst, entsprach in allem meinem Schönheitsideal und spielte sehr gut

auf der Bühne. Sie wurde meine weibliche Hauptdarstellerin. Sie lud auch einmal die ganze Truppe zu sich nach Hause ein. Da lernte ich ihre Mutter kennen und dachte sofort an die alte Redewendung: Wenn du wissen willst, wie deine Frau später aussieht, sieh dir genau deine Schwiegermutter an. Das tat ich und ich dachte sofort: Sie ist beinahe noch reizvoller als Diana. Die könnte ich auch heiraten. Und die könnte ich mir auch gut im Bett vorstellen. Ja, ich konnte sie mir noch besser im Bett vorstellen als die Tochter. Der Grund meiner Vorstellung war wohl, dass Diana noch nie mit einem Mann zusammen war, ihre Mutter aber hatte nach dem Tod ihres Mannes eine wilde Affäre mit einem Mann gehabt. Als sie mich in ihrer Wohnung begrüßte, hatte ich den Eindruck, sie mustere mich sehr genau, auch in Bezug auf meine Geschlechtlichkeit. Dieser Eindruck bestätigte sich mir sehr viel später.

Diana wollte mich – so sagte sie später – unbedingt für sich gewinnen. Allerdings sollte das nicht über die Sexualität geschehen, wie das bei anderen Frauen so war. Sie war eine außerordentlich liebenswürdige junge Frau, sehr intelligent, sehr temperamentvoll, eine ausgezeichnete Fotografin. Sie liebte Kinder wie ich, sie interessierte sich für Theater und bildende Kunst wie ich. Bald gingen wir gemeinsam zu bestimmten Veranstaltungen. Helga wusste noch nichts davon, ich wusste ja nicht, was aus uns werden sollte. Aber immer öfter waren wir auch außerhalb unserer Theaterproben zusammen. Immer wieder einmal nahm sie mich mit zu ihrer Mutter, die auf mich ja auch einen ganz besonderen Reiz ausübte. Aber alles geschah ohne geschlechtlichen Kontakt. Ich war selbst erstaunt darüber, aber anders als bei den Frauen, mit denen ich es bisher zu tun hatte, interessierte mich mehr ihr Charakter, ihre ganze Art, sich zu geben, ihr Umgang mit anderen. Ich erfuhr dann auch, dass sie vor mir einen Freund hatte, doch auch mit dem war nichts Geschlechtliches geschehen – ich sah vor unserem ersten Geschlechtsverkehr ihr intaktes Jungfernhäutchen. So war ich gar nicht überrascht, als Diana mir sagte, sie würde sich gern mit mir verloben. Da besorgte ich Trauringe. Ich trennte mich nun offiziell von Helga, die völlig

überrascht war, weil ich ja bis zu diesem Zeitpunkt weiter mit ihr Sex hatte. Das war gewissermaßen die Ergänzung zu Diana, ich wollte mindestens bis zu unserer Verlobung nichts mit ihr im Bett haben. Nach der Verlobung bot mir ihre Mutter an, ich könnte nun auch in ihrer Wohnung übernachten. Worum es dabei ging, war deutlich.

Mit einigem Lächeln denke ich daran, wie wir einmal im Bett zusammen gelegen, aber keinen Sex hatten. Doch wir waren beide nackt, sie war ja so wunderschön. Ich streichelte ihren Körper, sie erkundete, was zwischen meinen Beinen geschah, ohne dass ich in ihren Körper eindrang. Aber plötzlich musste Diana ganz dringend ihre volle Blase entleeren. Allerdings wäre es von diesem Zimmer aus bis zur Toilette sehr weit gewesen. Dieses Zimmer lag im Erdgeschoss und das Fenster schaute zum Hinterhof hinaus. Also trat Diana an das Fenster und stellte fest, dass zu dieser Nachtzeit kein Mensch zu sehen war. Da stieg sie auf das Fensterbrett, hielt sich am Kreuz fest und streckte ihren Unterleib so weit wie möglich aus dem Fenster. Dann leerte sie ihre Blase so, dass die Wand unter dem Fenster nicht nass wurde. Das Ganze sah umwerfend komisch aus, aber auch ganz rührend. Sie erschien mir wie ein kleines Mädchen, das ganz unbefangen tut, was nötig ist. Hätte ich sie nicht schon vorher so geliebt, wäre es jetzt geschehen. Ich sagte ja schon an anderer Stelle, dass ich Frauen, die Wasser lassen, besonders erotisch finde.

Wir heirateten bald. Bis zu ihrem Tod lebten wir zusammen und ich kann mir keine bessere Frau für mein Leben vorstellen. Von vornherein trennten wir in der Ehe den Sex von der Liebe. Diana gab mir alle Freiheiten, es mit anderen Frauen zu tun. Ich gab ihr die Freiheit, es mit anderen Männern zu tun. Wir verstanden Sex als Biologie. Diese Trennung bewahrte uns vor Eifersucht und entsprechenden Szenen. Das machte unsere Ehe so fest.

Zu Beginn unserer Ehe war Diana also sexuell sehr zurückhaltend, zeitweise auch abweisend. Wenn ich nach 14 Tagen Enthaltsamkeit wieder einmal mit ihr Sex haben wollte, fuhr sie mich an: „Was, du willst schon wieder?" Oder sie sagte: „Na komm,

damit ich meine Ruhe habe." Ich kam mir dann vor wie ein Sittenstrolch. Versteht sich, dass ich oft frustriert war. Aber dann wurde sie schwanger. Sie sah da wunderschön aus – ich liebe ja schwangere Frauen. Ihr Gesicht wurde weicher, ihre Rückenlinie veränderte sich, ihre Brüste wurden voller. Ich hatte noch mehr Appetit auf sie, doch sie war in dieser Zeit noch abweisender. Ich wurde noch frustrierter, auch wenn ich mich auf das Kind freute.

In dieser Zeit wohnten wir noch bei Dianas Mutter. Sie hatte uns zwei Räume in ihrer Wohnung zur Verfügung gestellt. Bad und Küche konnten wir mitbenutzen. Ilse war 25 Jahre älter als ich und hatte im Aussehen und in ihrer Art eine oft ganz verblüffende Ähnlichkeit mit Diana. Auch sie hatte ein liebes Gesicht, eine etwas volle Figur. Auch sie hatte große, etwas tiefsitzende Brüste, die auch bei ihr deutlich hingen. Auch sie hatte sehr schöne Beine und einen etwas ausladenden Hintern. Ihr Mann war früh verstorben, sie hatte bald darauf einen Liebhaber, der ihrem Mann ganz erstaunlich ähnlichsah. Dieser Mann war Vertreter und hatte für jeden Tag der Woche in irgendeiner Stadt eine Frau, mit der er ins Bett ging. „Er war ein guter Witwentröster", sagte Ilse einmal. Als ihr die Ehefrau schrieb und von den Affären ihres Mannes berichtete, schickte sie ihn fort und blieb danach allein. Sie wurde wiederholt umworben, oft auch von deutlich jüngeren Männern – sie war ja eine schöne Frau –, aber sie wies sie alle ab. Dabei hätte sie sich von Zeit zu Zeit gern einmal so richtig durchfegen lassen, wie sie mir einmal sagte. Aber sie fürchtete, ein Mann würde sich zu sehr an sie klammern oder sie so enttäuschen wie der Mann damals nach dem Tod ihres Gatten – beides wollte sie nicht riskieren.

Bei unserem Zusammensein in der Wohnung kam es natürlich immer wieder vor, dass wir uns auch nackt sahen. Wenn sie in der Wanne stand und duschte und ich noch etwas schlaftrunken ins Bad kam, begegneten wir uns so. Ich schlief ja immer nackt im Bett, ging also auch nackt ins Bad. Und wenn sie jemanden brauchte, der ihr den Rücken bürstete oder mit einer Lotion eincremte, bat sie mich darum, nicht Diana. Sie merkte natürlich, dass ich sie gern sah und große Freude daran hatte,

sie zu berühren, zu streicheln, und sie sagte mir irgendwann, auch sie ließ sich gern von mir berühren und streicheln. Und wenn ich sie so nackt eincremte oder abtrocknete, erigierte sehr oft mein Penis. Wenn ich dann auch nackt war, sah sie das natürlich. Kam sie an mir vorüber und bewegte ihren Po auf eine ganz bestimmte Art, streichelte ich ihren Hintern und sie sagte mir später, wie gern sie das hatte, und irgendwann gestand sie mir etwas verlegen, sie hätte absichtlich so ihren Po bewegt, damit ich ihn streichelte. Sie sah natürlich auch, wenn ich meine Morgenlatte hatte. Wenn ich nackt an der Wanne stand, kam sie herein und kämmte ihre Haare. Dabei strich sie mir auch immer wieder über den Rücken und den Po. Und stand sie an der Wanne und streckte dabei ihren weichen Hintern heraus, konnte ich gar nicht anders, als ihn zu streicheln.

An einem Nachmittag hatte ich mir einen Schwarztee gemacht und mich in der Küche an den Tisch gesetzt. Da kam Ilse von ihrer Arbeit herein und machte sich einen Kaffee, Auch sie setzte sich an den Tisch und wir plauderten miteinander. Plötzlich aber sagte sie: „Du machst in letzter Zeit einen so verspannten Eindruck. Fehlt dir was?" Da platzte es geradezu aus mir heraus: „Ja, eine Frau!" Ilse nickte. Sie hätte das längst gemerkt. Die Gefahr wäre nun, dass ich mich nach einer Freundin umsehen und damit die junge Ehe gefährden könnte. Daran wären schon viele Ehen zerbrochen. Und dann sagte sie: „Willst du es einmal mit mir versuchen? – Ich bin ja Diana in vielem ähnlich. Dann wäre Diana entlastet, du könntest dich in einer Frau entspannen und ich hätte vielleicht auch etwas Freude und Lust. Und dann bleibt es in der Familie." Ich war völlig überrascht. Ich sagte, wie gern ich das tun würde, aber ich wüsste nicht, ob Diana damit einverstanden wäre. Ilse lächelte: „Wir haben darüber gesprochen. Sie hat mich gefragt, ob wir das nicht so machen können. Sie hat doch längst gemerkt, dass du mich magst." Wir verabredeten, dass ich in der kommenden Nacht zu ihr kommen sollte. So geschah es dann auch. Ilse erwartete mich in ihrem Bett. Ich legte mich zu ihr und wir hatten ganz herrlichen Sex miteinander. Sie kam erstaunlich schnell zum Orgasmus. Das war gut,

weil ich nach der Zeit der langen Enthaltsamkeit und wegen des Reizes, den eine neue Frau immer auf mich hat, meinen Orgasmus nicht lange zurückhalten konnte. Aber da sie sich so leidenschaftlich mit mir beschäftigte, hatte ich sehr schnell wieder eine Erektion und wir machten weiter. In dieser ersten Nacht steckte ich fünfmal in ihrem Traumspalt und es war wunderschön. Sie mochte es auch, wenn ich an ihren Brüsten nuckelte, wenn ich noch in ihr steckte. Und sie ließ sich am liebsten von hinten verwöhnen. Wie bei Diana lag ihr Spalt ziemlich weit hinten und sie fühlte meinen Penis am besten, wenn ich ihn von hinten in ihre Lustgrotte schob. Ich genoss es auch, wie bei jeder Kolbenbewegung von mir das weiche Fleisch vor allem an ihrem Po und ihren Hüften hin und her waberte. Noch deutlicher war es bei den Brüsten. Sie waren sehr groß, sehr weich, und ich hielt sie leidenschaftlich gern in meinen Händen, ließ sie gewissermaßen über die Handflächen fließen und küsste sie, wo immer ich sie traf. Immer wieder sagte sie, wie sehr ihr das alles gefehlt hätte und wie schön das wäre. Manchmal hielt sie mir geradezu stolz ihr Geschlecht hin und sagte: „Guck mal, wie feucht ich bin!" Auch wenn sie ihre Tage hatte, nahm sie mich in sich hinein, Sie legte dann ein Handtuch unter ihr Becken und empfing mich auf dem Rücken liegend.

Die kommende Zeit machte mich sehr glücklich. Ganz regelmäßig lagen wir miteinander in ihrem Bett. Wir taten es aber nicht nur im Bett. Sie stützte sich im Bad gern auf den Badewannenrand und präsentierte mir ihren Hintern. Wir ließen uns dabei auch nicht stören, wenn Diana hereinkam und Pipi machen wollte. Es war ein gutes Miteinander. Allerdings waren diese Aktionen manchmal leider sehr schnell zu Ende. Wie alle Männer hatte ich morgens eine Latte. Wenn ich dann im Bad das Wasser rauschen hörte und wusste, dass Ilse sich dort aufhielt, lief ich nackt über den Flur ins Bad und präsentierte mein Geschlecht. Ilse hielt mir dann meist ihr Hinterteil hin und ich schob mein Ding von hinten in ihren Spalt und entspannte mich in kürzester Zeit. Sie war ja in dem Alter, wo eine Frau normalerweise nicht mehr schwanger wird, wir brauchten also auch

keine Vorsichtsmaßnahmen mehr. Ausführlicher taten wir es im Bett. Da steckten wir oft eine Dreiviertelstunde zusammen.

Gern denke ich an manche Abende mit ihr. Ilse las gern noch eine Stunde im Bett. Ich hätte vor dem Einschlafen lieber Sex gehabt. Da kamen wir auf eine Idee: Ilse las im Bett und ich schob mich unter ihren Unterleib und dann von unten in ihren Spalt. Für mich kam es nun darauf an, dass einmal mein Penis steif blieb und, wenn er aus Ilse herausrutschte, gleich wieder in ihre Lustgrotte geschoben werden konnte. Zum anderen aber musste ich möglichst lange meinen Orgasmus verzögern. Und manchmal wurde ich so müde, dass ich mit meinem Ding in ihrer Lustgrotte einschlief, während sie weiterlas. Das war ein schönes Training für langdauernden Sex, der dazu führen sollte, dass auch die Partnerin zum Orgasmus kam. Allerdings geschah es natürlich auch, dass ich meinen Orgasmus nicht länger verzögern konnte und in ihr abspritzte. Vergessen werden soll aber auch nicht, dass Ilse immer wieder ihr Buch auf den Nachttisch legte, ihr Nachthemd über den Kopf zog und sich mir voll zuwandte. Entweder bewegte sie ihren Körper über mir und ich konnte dann ihre Brüste streicheln. Oder ich legte mich auf den Rücken und sie kniete über mir. Diese Stellung hatte ich ja besonders gern, weil dann ihre großen, schönen Brüste über mir baumelten und ich mit ihnen spielen oder an ihren Warzen nuckeln konnte.

Seit Ilse wusste, dass ich ganz besonders ihre Brüste liebte, gab sie mir oft Gelegenheit, sie zu sehen und zu streicheln. Sie erzählte mir einmal, sie hätte oft Minderwertigkeitsgefühle gehabt, weil ihre Brüste so weich waren und stark hingen. Ich hätte ihr das Gefühl gegeben, dass diese Brüste so, wie sie waren, wunderschön wären. Ihr Mann hatte daran kein so starkes Interesse, der hätte ihren Po besonders gern gehabt.

Im Sommer, wenn sie zu Hause war, nahm sie gern ihren Büstenhalter ab, zog nur ihre Bluse wieder an. Ging sie dann durch die Räume, waberten ihre Brüste ganz herrlich, und ich durfte sie streicheln und küssen. Manchmal holte sie eine Brust heraus und hielt sie mir entgegen. Diese Erlebnisse gehören zu den schönsten in meinem Leben.

Unsere Verbindung blieb, auch als wir aus Dresden fortzogen und ich eine Praxis hatte. In der Zeit, wo ich meine Dissertation schrieb, musste ich wiederholt in die Große Universitätsbibliothek. Dazu fuhr ich dann zu Ilse, verbrachte den Tag in der Bücherei und am Abend saßen wir in ihrem Wohnzimmer zusammen oder vergnügten uns im Bett. An einem Feiertag war es sehr, sehr heiß in der Stadt. Ilses Wohnung befand sich unmittelbar unter dem Dach. Versteht sich, dass die Räume richtig heiß waren. Da beschlossen wir, den Tag in der Wohnung zu verbringen. Ich wollte alle Exzerpte durchsehen und ordnen, Ilse wollte in der Wohnung aufräumen.

Im Bad meinte Ilse: „Heute ist es so warm – wir könnten nackt herumlaufen." Ich antwortete: „Warum nicht?" Da ging sie nackt aus dem Bad. Ich folgte ihr nackt. Die folgende Zeit erfreute ich mich immer und immer wieder an ihrem reizvollen Körper. Nicht nur ihre Brüste waren üppig und sehr weich, auch ihre Schenkel, ihre Hüften und natürlich ihr Po. Sie bewegte sich herrlich, wenn sie über den langen Flur ging. Einige Male lief ich hinter ihr her und hielt beide Pobacken mit meinen Händen. Sie lachte dann ganz wunderschön. Sie hatte sichtlich Spaß daran, mir mit ihrem Körper Freude zu machen, und sie genoss meine Bewunderung. Dabei erigierte immer wieder mein Penis. Wenn ich mit pendelndem Geschlecht hinter ihr herging oder auf sie zuging, um ihre Brüste in meine Hand zu nehmen oder zwischen ihre Oberschenkel zu greifen, lächelte sie sehr lieb.

Am Nachmittag tranken wir Kaffee. Immer noch saßen wir nackt im Wohnzimmer. Ilse duftete stark nach Schweiß, vor allem aber auch nach sexueller Lust. Mein Penis stand ganz fest nach oben. Ilse nahm ihn in die Hand. Sie wandte mir den Rücken zu, hockte sich über meine Oberschenkel und schob mein Glied langsam in ihre Scheide. Sie war sehr feucht. Während sie sich nun langsam über mir hob und senkte, streichelte ich ihren Hintern und so oft wie möglich ihre Brüste. Schließlich kam ich. Ilse war wohl noch nicht so weit, aber sie war zufrieden. „Später können wir es vielleicht noch einmal versuchen", sagte sie. Sie ging ins Bad, dann goss sie uns den Kaffee ein. Nach

dem Kaffeetrinken meinte sie: „Jetzt sollten wir es noch einmal im Bett tun." Da bekam sie erfreulich schnell ihren Orgasmus.

Auch später noch, als wir längst anderswo lebten, hatten wir Sex. Wenn Ilse zu uns kam oder wir zu ihr, taten wir es miteinander. Wir taten es noch, als sie 75 Jahre alt war. „Ich fühle mich dann so richtig als Frau", sagte sie oft. Sie hatte eine verhältnismäßig weite Scheide, da passte mein dicker Pimmel sehr gut in sie hinein. Der Unterschied zu früher war nur, dass sie ihre Scheide mit einer Gleitcreme behandelte, bevor ich in sie hineinrutschen konnte. Nach ihrem Klimakterium brauchten wir ja auch keine Kondome mehr. Einmal fragte ich sie, ob sie denn noch Lust empfände. Nach einigem Zögern antwortete sie, nein, das wäre nicht der Fall. Aber sie hätte es immer noch gern, dass wir so eng zusammensteckten, dass ich ihren Körper streichelte, dass ich so gern mit ihren Brüsten spielte, dass ich immer noch Lust in ihr empfand und in ihr entspannte. Anders als Diana roch sie auch gern mein Sperma und leckte daran. Das wäre eigentlich mehr als reine sexuelle Lust, die sie früher empfunden hatte. Dann kuschelte sie sich ganz dicht an mich heran und flüsterte fast: „Diese Zeit mit dir gehört zum Schönsten in meinem Leben."

In der Entbindungsstation lernte Diana eine gleichaltrige Schwester kennen, die ihr sehr sympathisch war. Sie lud sie zu uns ein. Gudrun kam bald und die Gespräche mit ihr dauerten meist bis weit nach Mitternacht. Wollte sie nach Hause, fuhr keine Straßenbahn mehr. Also begleitete ich sie nach Hause. Der Weg dauerte etwa eine Stunde, oft mehr, wenn sie langsamer ging. Ich brachte sie bis vor die Tür und trat dann den Rückweg an. Dabei war ich oft so müde, dass ich in milden Nächten in größter Versuchung war, mich auf eine Parkbank zu legen und dort erst einmal zu schlafen. Meist kam ich erst gegen 2 Uhr morgens ins Bett und um halb acht begannen ja die Vorlesungen wieder.

Nach dem vierten Gang zu ihr, als ich mich wie gewöhnlich von ihr verabschiedete und den Rückweg antreten wollte, sagte

Gudrun: „Wollen Sie noch für einen Moment mit reinkommen und etwas trinken?" Ich wusste nicht so recht. Aber Gudrun schloss die Flurtür auf, nahm mich im Dunkeln bei der Hand und schlich mit mir in ihr Zimmer. Soweit war alles in Ordnung. Wir wollten ihre Eltern ja nicht wecken. Doch in ihrem Zimmer schaltete sie nicht das Licht ein. Sie umarmte mich kaum, dass wir die Tür geschlossen hatten. Wir küssten uns und dabei erkundete ich mit meiner linken Hand ihren Körper. Der war etwas füllig, wie ich es immer liebte, ausgesprochen reizvoll. Mein Penis begann zu erigieren. Sie merkte das und öffnete meine Hose. Einen Moment massierte sie leicht mein Geschlecht. Dann ließ sie los und entkleidete sich. Inzwischen hatten sich meine Augen an das Restlicht gewöhnt. Ich konnte mich im Raum orientieren und legte nun auch meine Kleidung über einen Stuhl. Im Bett kamen wir sofort zur Sache. Sie nahm meinen Penis in ihre Hand und schob ihn in ihren Spalt. Alles geschah ganz ruhig und fast selbstverständlich. Ich kam deutlich zu früh, aber sie sagte nichts. Sie wischte nur mit einem Taschentuch das Sperma aus ihrer Scheide und reichte mir auch ein Tuch, damit ich mich reinigen konnte. Dann zog ich mich an und ging nach Hause. Als ich mich zu Diana ins Bett legte, schnupperte sie und fragte: „Hattet ihr Sex?" Ich bestätigte das und sie fragte: „War es denn schön?" Ich wusste das nicht, ich hatte ja nur kurz in ihr gesteckt und mich entspannt. Das war eher Biologie.

In der kommenden Zeit taten wir es immer wieder. Sie hatte ein sehr weites Geschlecht, obgleich sie nie ein Kind entbunden hatte. Es war ganz leicht, in sie hineinzukommen, leichter als bei Diana oder Ilse. Und allmählich gewöhnten wir uns so aneinander, dass auch sie ihre Orgasmen bekam. Sie lag am liebsten seitlich, was mir auch gefiel, weil ich dann sehr schön ihre großen Brüste in Bewegung sehen und streicheln konnte. Aber natürlich bemerkten mich irgendwann ihre Eltern und fanden es gar nicht gut, dass ein verheirateter Mann mit ihrer Tochter im Bett lag. Da ließen wir es. Aber nun sagte Diana zu Gudrun: „Du kannst ja auch bei uns im Wohnzimmer auf der Couch schlafen. Dann hast du es auch leichter, morgen Früh in die Klinik

zu kommen." Gudrun hatte wohl schon damit gerechnet, denn sie hatte ihr Necessaire mitgebracht. Da wurde es für mich sehr viel leichter. Mit Dianas ausdrücklicher Ermunterung ging ich in der Nacht zu ihr. Schwierig wurde es nur am Morgen im Bad. Gudrun musste zur Klinik, Diana kümmerte sich um das Kind, Ilse musste ins Geschäft, ich zu den Vorlesungen. Da standen wir oft zu dritt oder viert im Bad. Allerdings gab es keine Scham voreinander. Ich hatte ja regelmäßig Sex mit allen drei Frauen. Da war es für mich schön, sie auch einmal nebeneinander oder durcheinander zu sehen und, wenn möglich, auch an reizvollen Stellen zu streicheln. Manchmal drängte sich mir der Gedanke auf, welche Frau denn nun am schönsten war und mit welcher ich am liebsten Sex hatte. Eigentlich war jede der drei Frauen schön auf ihre Weise. Aber wenn ich gefragt würde, wäre mein erster Gedanke immer Ilse gewesen. Sie war einfach liebevoller, einfühlsamer, auch toleranter, wenn ich zu früh kam. Ihr Leib war weicher, auch schlaffer als der der jüngeren Frauen, aber für mich war es sogar schöner, mit diesen großen und sehr weichen Brüsten zu spielen oder, wenn ich von hinten in sie eindrang, zu sehen, wie sich bei jedem Kolbenstoß auf ihrem Rücken eine kleine Welle bis zum Hals bewegte. Zuweilen bekam ich beim Anblick der Frauen, die sich da vor mir bewegten, eine Erektion, auch wenn ich es in der Nacht vorher mit einer von ihnen getan hatte. Diana flüsterte dann oft: „An wen denkst du jetzt?" Meist konnte ich das nicht sagen. Ich hatte ganz allgemein Lust, es mit einer Frau zu tun. Hätten mir alle drei ihr Geschlecht hingehalten, hätte ich es mit großer Freude in allen drei Frauen tun können. Heute denke ich, diese Zeit war für mich am schönsten, auch wenn ich später ganz wundervolle und leidenschaftliche Frauen kennen lernte. Es war die Selbstverständlichkeit, mit der wir den biologischen Gegebenheiten folgten.

Ich machte dann fast immer Gudrun Frühstück und sie ging zur Straßenbahnhaltestelle gleich um die Hausecke. Ein halbes Jahr war es so. Dann meinte Diana: „Jetzt sollten wir wieder Ordnung schaffen." Gudrun war nicht traurig darüber, vielleicht sogar erleichtert. Und unsere Freundschaft blieb.

Mit unserer Theatertruppe machten wir im Sommer eine Tournee über die Insel Rügen. Zum ersten Mal war auch Gudrun dabei. Sie war ganz bestimmt keine gute Darstellerin, aber wir wollten sie gern mitnehmen. So schrieb ich ihr extra eine kleine Rolle und übte sehr intensiv mit ihr. Gudrun war mittelgroß, etwas füllig, aber ganz bestimmt nicht dick. Sie hatte etwas Südländisches. Als wir ihre Eltern kennen lernten, war ich sicher, dass sie nicht von ihrem jetzigen Vater gezeugt worden war. Dresden war zur Zeit ihres Werdens ja von amerikanischen Soldaten besetzt. Ich vermute, ihre Mutter hatte freiwillig oder unfreiwillig Sex mit einem Soldaten, der dunkelhäutig war. Diese dunkle Färbung, diese füllige Figur mit den schönen Brüsten und dem ausladenden Hintern, mit den dunklen Augen und den vollen Lippen machte sie sehr reizvoll. Sie war unverheiratet, was mich überraschte. Später deutete sie an, sie hätte ein paar Affären mit jungen Ärzten gehabt. Aber nun war sie mit auf Tournee und sie war sehr angenehm im Umgang.

Unser Bergfest hatten wir ausgiebig gefeiert. Da beschlossen wir, am kommenden Nachmittag nicht in der Gegend herumzustromern. Wir wollten uns in unseren Quartieren hinlegen und schlafen. Unsere Gastgeber waren fast alle einverstanden, dass wir zu Hause blieben. Lediglich Gudruns Gastgeber sagten, sie müssten beide zur Arbeit fahren und das Haus abschließen. Da meinte Diana: „Aber wenn du willst, kannst du bei uns schlafen. Da ist noch ein Bett frei." So kam es, dass Diana und ich im Doppelbett lagen und Gudrun ein Stück von uns entfernt auf einem Einzelbett. Es war ein sehr heißer Tag. Auch im Schlafraum war es sehr warm. Diana entkleidete sich bis auf den Schlüpfer und den Büstenhalter, Gudrun tat es ihr nach. Auch ich behielt nur meinen Slip an. Wir kannten uns ja nackt und im Bett gab es keine Hemmungen. Beim Anblick der beiden schönen Frauen erigierte aber mein Penis. Ich wollte mich deswegen nicht so weit ausziehen, aber Diana, die meinen Zustand bemerkte, sagte: „Gudrun hat dich doch auch schon so gesehen." Gudrun stimmte ihr zu. Ich versuchte trotzdem, meinen Zustand zu verbergen. Aber ich hatte 14 Tage lang nicht mehr Sex gehabt, da konnte

ich die Spannung nicht unterdrücken. Ich schlüpfte in das Bett zu Diana. Die merkte natürlich meine Unruhe. Sie zog unter der Decke meinen Slip herunter, umfasste meinen Kolben und massierte ihn ganz leicht. Aber plötzlich rief sie zu Gudrun hinüber: „Kann er zu dir kommen?" Und Gudrun rief: „Ja!" Diana schob mich nun geradezu aus ihrem Bett und flüsterte: „Los, besorg es ihr ordentlich." Also zog ich meinen Slip wieder hoch und legte mich so zu Gudrun. Wir schmusten zusammen, wobei ich mich zunächst auf ihren Rücken und ihren reizvollen Po konzentrierte. Sie streichelte meine Brust und meinen Bauch. Dann löste ich den Verschluss ihres Büstenhalters und beschäftigte mich ausführlich mit ihren wirklich sehr schönen Brüsten. Zwischendurch griff ich ihr auch zwischen die Oberschenkel und spürte bald, wie ihr Schlüpfer im Schritt feucht wurde. Doch dann strich Gudrun über die Stelle, wo mein Penis immer noch fest und steif war. Und dann zog sie meinen Slip hinunter und nahm mein Ding in ihre Hand. Da zog ich auch ihren Schlüpfer herunter und griff zwischen ihre Beine. Sie hatte einen sehr feuchten und erstaunlich großen Spalt. Gern wäre ich mit meiner Zunge in ihre Grotte gegangen, aber in Gegenwart von Diana, die uns ja sehr aufmerksam beobachtete, scheute ich davor zurück. Erst Wochen später waren wir wieder im Bett zusammen und da widmete ich mich ganz ausgiebig mit Zunge und Lippen ihrem Geschlecht. Jetzt waren wir so weit, dass Gudrun flüsterte: „Kommst du rein bei mir?" Wir zogen unsere Höschen ganz aus, ich legte mich zwischen ihre Schenkel, sie nahm meinen Penis und dirigierte ihn in ihren Spalt. Das ging verblüffend leicht, sie musste sehr viel Gleitschleim entwickelt haben. Ich sah zu Diana hinüber. Die sah uns zu und lächelte. Gudrun bewegte sich sehr geschickt unter mir. Sie hielt ihre Scheide weit offen. So war die Reibung nicht zu groß und wir konnten es ausgiebig miteinander tun. Erst als ich sah, wie ihr Körper schweißfeucht war und sich ihr Atem veränderte, explodierte ich in ihr. Aber meine Spannkraft reichte noch so weit, dass auch sie zu ihrem Orgasmus kam. Erst da fiel mir ein, dass wir gar kein Kondom benutzt hatten. Ich teilte es ihr flüsternd mit und sie antwortete: „Ich wollte es so haben, so

und nicht anders." Wir steckten ineinander, bis mein Penis ganz schlaff war und das Sperma aus ihrer Scheide das Laken befeuchtete. Dann schliefen wir nebeneinander ein.

Am späten Nachmittag gingen Diana und ich in den Feldern spazieren. Da sagte Diana ganz unvermittelt: „Wie ihr beiden da gevögelt habt, hab ich auch ganz großen Appetit gekriegt. Wenn ein Mann in der Nähe gewesen wäre, hätte ich es mit ihm getan." Nun, wir taten es hinter einem Gebüsch. Doch da bekam sie keinen Orgasmus. Da taten wir es in der kommenden Nacht noch einmal sehr intensiv im Bett.

Diana litt darunter, dass sie bei unserem Sex keine Lust empfand. Ganz ehrlich bemühte sie sich darum. Sie suchte nach Literatur, die ihr Lust beschaffen könnte. Aber sie fand nur Bücher aus der Sicht von Männern. Da fragte sie auch ihre Freundinnen, von denen sie wusste, dass die regelmäßig Sex hatten. Eine von ihnen war Petra, die mit einem gleichaltrigen Mann zusammenlebte. Dieser war leidenschaftlicher Amateur-Rennfahrer. An jedem Wochenende war er zum Training oder zu Wettfahrten unterwegs. Petra hatte Diana erzählt, wie schön der Sex mit ihm war. Als Diana sie nach den Geheimnissen ihrer Sexpraktiken fragte, schlug Petra ihr vor: „Schick doch mal deinen Mann zu mir, dann zeig ich ihm ein paar Dinge."

So kam es, dass ich am nächsten Sonnabend in Petras Wohnung ging. Petra war so groß wie ich, schlank mit schönen Rundungen an den richtigen Stellen, sportlich und sie hatte eine ungemein erotische Ausstrahlung. Dazu gehörten vielleicht auch ihr dunkler Teint und ihre langen schwarzen Haare mit dem Pferdeschwanz; sie hatte auch ein Damenbärtchen, stark behaarte Beine und ihre dunklen Augen. Später sah ich auch ihre schwarze Schambehaarung, die deutlich mehr war als ein Venusdreieck. Ohne Zweifel hatte ihr Körper etwas Negroides, das einen ganz besonderen Reiz auf mich ausübte.

Wir umarmten uns nur kurz, wir küssten uns nicht. Dann bat mich Petra, sie auszuziehen. Sie hatte nicht viel an. So sah ich sehr bald ihre Brüste. Die waren nicht so groß wie z. B. die

von Diana oder Ilse. Sie waren zylindrisch geformt und sehr fest. Am meisten faszinierten mich ihre sehr dunklen Brustwarzen mit den großen Warzenhöfen, die mir fast geschwollen erschienen. Bei diesem Anblick konnte ich gar nicht anders, als sie zu küssen, an ihnen zu saugen, und dabei begann mein Penis zu erigieren. Dann kniete ich vor ihr nieder und zog ihren Rock und ihren Schlüpfer hinunter. Sie roch sehr stark aus der Scheide. Dabei hatte sie sich vorher gewaschen, sagte sie. Aber dieser Geruch machte mich fast besinnungslos. Ich küsste zwischen ihren Schenkeln, was ich erreichen konnte, zog auch ihre Schamhaare möglichst beiseite, um die Lippen zu erreichen. Da sagte sie: „Nun zieh dich auch aus und komm mit mir ins Bett!" So geschah es. Dort legte sie sich auf den Rücken und öffnete ihre Schenkel. Ich beschäftigte mich nun mit Zunge und Lippen mit ihrem Traumspalt. Erst später ging ich ausführlich über ihren Leib. Ihr Hintern war sehr fest, sportlich wie ihr ganzer Körper. Eine ganze Weile ließ mich Petra so agieren. Sie griff mir nur von Zeit zu Zeit zwischen meine Beine und streichelte mein Geschlecht, nahm auch meinen erigierten Penis fest in ihre Hand. Irgendwann war ihre Scheide voll mit weißem Schleim und sie sagte: „Komm rein bei mir!" Und dann hatten wir einen wunderschönen Orgasmus, der mich zeitweise besinnungslos machte. Wir lagen hinterher noch eine Weile nebeneinander. Dann stand Petra auf und ging ins Bad. Nackt kam sie zurück und machte in der Küche einen Kaffee. Nackt saßen wir in der Küche, tranken Kaffee, erzählten und ich genoss den Anblick dieser zauberhaften Frau. Seltsamerweise dachte ich hier zum ersten Mal in meinem Leben an eine Zauberin. Ja, sie hatte mich verzaubert! Erst jetzt fiel mir ein, dass wir ja ohne Kondom gevögelt hatten. Ich sagte es ihr und sie antwortete, sie nähme die Pille. Petra fragte mich dann nach Einzelheiten in unserer Beziehung. Ich antwortete etwas zurückhaltend, sagte vor allem nichts von Ilse. Schließlich meinte Petra, bei mir wäre eigentlich alles in Ordnung, sie wüsste auch nicht, was mit Diana wäre. Sie ging dann noch einmal mit mir ins Schlafzimmer. Mein Penis war wieder straff. Petra nuckelte etwas an ihm. Dabei lag sie so, dass mein Gesicht an

ihrer Scham lag. Sie begann wieder sehr stark aus der Scheide zu duften. Und dann liebten wir uns noch einmal sehr lange und gleichmäßig und dann hatten wir gleichzeitig unseren Orgasmus.

Am nächsten Tag erschien Petra bei uns. Später sagte mir Diana, bei mir wäre alles in Ordnung. Diana müsste sich überlegen, ob bei ihr alles in Ordnung wäre.

Nun, später, mit anderen Partnern fand Diana doch noch ihre sexuelle Erfüllung, dann auch mit mir.

Ich schloss dann mein Studium ab und wurde in eine Praxis geschickt. Damals konnte sich ein junger Arzt nicht eine Stelle aussuchen. Er wurde dahin delegiert, wo jemand gebraucht wurde. So bekam ich meine erste Anstellung in einer kleineren Stadt. Allerdings konnte Diana zunächst noch nicht mit unserer ersten Tochter dorthin mitkommen; denn in der Dienstwohnung, die uns zugewiesen war, wohnte noch das Vorgänger-Ehepaar, das darauf wartete, dass seine zukünftige Praxis mit Wohnung fertiggestellt wurde. Ich bekam lediglich ein Gästezimmer im zukünftigen Haus, auf derselben Etage, wo wir dann später einziehen sollten. Es war ein außerordentlich milder September, als ich dorthin kam. Ich arbeitete mit großer Freude und lernte eine ganze Reihe sehr lieber Menschen kennen. Auch das Ehepaar, das in unserer zukünftigen Wohnung gewissermaßen schon auf Koffern saß, war außerordentlich freundlich zu mir, ja, es hatte wohl ein schlechtes Gefühl, dass ich so allein hier leben musste, ohne Frau und Kind. Die Frau des Kollegen war zwei Jahre älter als ich, der Mann fünf Jahre älter. Sie luden mich wiederholt zum Abendessen oder zu einem Glas Wein ein, damit ich nicht so allein in meinem tristen Zimmer sitzen musste. Die Frau hatte langes schwarzes, aber immer strähniges fettiges Haar, ein etwas grobes Gesicht und eine – so schien mir – plumpe Figur, Erst später merkte ich, dass sie zu den Frauen gehörte, die mit ihrer Kleidung ihre körperlichen Reize verdecken.

Als wir an einem warmen Abend wieder zusammensaßen, hatte ich mein Hemd wieder weit geöffnet. Da sah ich, wie mir Brigitte intensiv auf die Brust starrte. Und plötzlich fragte sie

ihren Mann: „Kann ich mich bei ihm auf den Schoß setzen?"
Etwas überrascht stimmte der zu: „Wenn er einverstanden ist..."
Ich nickte, sie kam zu mir herüber, setzte sich auf meinen Schoß
und streichelte meine Brust. Ihr Mann erklärte es mir: Er hatte
kein einziges Haar auf der Brust, seine Frau hatte so etwas wie
bei mir noch nie gesehen und war davon fasziniert. Während
sie sich mit meiner Brust beschäftigte, schob ich eine Hand vorsichtig von unten zwischen ihre Oberschenkel und bewegte dort
die Finger, so gut es ging. Und als der Mann in die Küche ging,
um eine weitere Flasche Wein zu holen, griff ich ihr voll in den
Schritt, dass sie leicht aufschrie, und flüsterte: „Ich erwarte Sie
heute in meinem Bett, ja?" Sie nickte hastig, da kam ihr Mann
schon wieder.

Wir trennten uns früh. Ich schloss die Tür nicht ab, ich wartete auf Brigitte. Allerdings schlief ich sehr bald ein. Ich erwach-
te erst, als sie nackt in meinem Bett lag. Wir kamen dann sofort
zur Sache. Und da entwickelte diese Frau, die ich als etwas träge eingeschätzt hatte, ein ganz erstaunliches Temperament. Sie
bestärkte mich auch in der Erfahrung, dass besonders fromme
Frauen sexuell besonders aktiv sind. Sie war sehr fromm und
ging jeden Sonntag in die Kirche. Ich hatte nicht gedacht, dass
sie so bald einen herrlichen Orgasmus bekommen könnte. Hinterher erkundete ich ihren Körper und stellte fest, dass er deutlich schöner war, als ich gedacht hatte. Sie hatte große, schwere
Brüste, einen hübschen Hintern, schöne Beine – lediglich ihre
Taille war nicht so schlank. Aber alles in allem war sie eine große Überraschung für mich. Beim zweiten Mal wollte ich sie von
hinten lieben. Sie streckte mir dann auch willig ihren Hintern
entgegen und ich rutschte ohne Probleme in ihren Spalt und
bewegte mich in ihm. Doch mitten in unserer Aktion hörten
wir leise Schritte auf dem Flur. Brigitte erstarrte: „Das ist mein
Mann." Ich flüsterte zurück: „Hast du die Tür abgeschlossen?"
Sie bestätigte es und ich arbeitete weiter in ihr. Sie wollte das
Spiel unterbrechen, denn wir bemerkten, dass ihr Mann vor
der Tür stand und leise die Klinke hinunterdrückte. Aber ich
hielt sie fest an den Hüften und bewegte mich weiter in ihr, bis

ich meinen zweiten Orgasmus in ihr hatte. Erst als mein Glied so schlaff war, dass es aus ihrem Spalt rutschte, ließ ich los. Ihr Mann war inzwischen nach unten gegangen, um dort seine Blase zu entleeren. Da zog Brigitte schnell ihr Nachthemd über und ging in ihre Wohnung. Am nächsten Vormittag erzählte sie, ihr Mann hatte – eigentlich gegen ihren Willen – auch noch mit ihr Sex gehabt. Sie wollte in der kommenden Nacht wieder zu mir kommen, sagte mir dann aber am Tag darauf, ihr Mann fragte jedes Mal: „Wo willst du hin?"

Wir taten es nur noch einmal, als er in der Nachbarstadt etwas für seine zukünftige Wohnung erledigen musste. Aber da war es mit Brigitte nicht annähernd so schön wie in der ersten Nacht. Sie war einfach zu unruhig, wirkte unkonzentriert. Sie hielt mir nur ihr Geschlecht hin und wartete darauf, dass ich mich in ihr entspannte. Rührend war es nur, als sie endlich in ihre neue Wohnung fahren durften. Der Möbelwagen war schon fort. Ein paar Bekannte und ich verabschiedeten die beiden an ihrem Auto. Brigitte gab allen die Hand. Als sie bei mir war, schlang sie plötzlich die Arme um meinen Hals und begann bitterlich zu weinen. Die Leute ringsum waren völlig überrascht, wirkten wie versteinert, und ihr Mann stand da mit hängenden Schultern und sehr traurigem Gesicht. Schließlich schoben wir die immer noch weinende Frau in das Auto. Bald darauf hörte ich, Brigitte wäre schwanger.

Nach dem Fortzug des Ehepaares räumte ich die Möbel, die auf dem Boden des Hauses standen und zum Teil sehr hübsch waren, in die Wohnung. Damals wurden viele alte Möbel verächtlich auf den Boden gebracht oder gar entsorgt, die heute zu den kostbaren Stücken gehören. Ich liebte damals schon Stilmöbel und trug sie also in die Wohnung. Diana konnte mit unserer Tochter erst vier Wochen später kommen; eher war kein Möbeltransport zu bekommen. Ich war also allein, machte mir auch selbst das Essen. Ich koche und brate bis heute immer lieber, als ich esse. Damals machte ich besonders gern gefüllte Paprikaschoten. In einer Gruppe von jungen Menschen, zu denen ich mich in dieser

Zeit hielt, gab ich bekannt, dass ich am Sonntag zum Essen einladen möchte. Allerdings würde ich gern wissen, mit wie vielen Gästen ich zu rechnen hätte. Da meldeten sich zwei: Conny und Brigitte. Conny war 17 Jahre alt, nicht sehr groß, ging aber ganz straff. Auffällig an ihr waren ihre spitzen Brüste unter dem engen Pulli; sie hatte wohl einen besonderen Büstenhalter. Brigitte war ebenso alt, aber deutlich mädchenhafter. Die beiden aßen also die Paprikaschoten mit gutem Appetit, auch das Sauerkirschen-Kompott danach, und waren dabei sehr fröhlich. Anschließend räumten sie auch das Geschirr in die Küche und trockneten ab, was ich abgewaschen hatte. Danach dachte ich, sie würden sich verabschieden. Aber Conny fragte; „Was haben Sie jetzt vor?" Ich antwortete, normalerweise machte ich jetzt Nachmittagsruhe. Da fragte Conny; „Können wir das auch?"

So kam es, dass wir uns zu dritt in das breite Bett legten. Ich hatte meine Hose ausgezogen, lag nur mit der Unterhose da. Auch Conny hatte ihre Hose ausgezogen. Sie hatte einen entzückend straffen kleinen Po. Brigitte hatte ihren karierten Rock ausgezogen. Drei Decken waren da. So lagen wir zu dritt auf dem Bett, Brigitte links, Conny rechts, ich in der Mitte. Brigitte war sehr bald eingeschlafen. Sie schnarchte leise. Conny hatte sich ganz dicht an mich heran gelegt. Ich lag auf dem Rücken. Sie strich über meine Schenkel und dann irgendwann über mein Geschlecht. Da erigierte mein Penis. Sie umfasste ihn ganz und gar mit ihrer Hand. Da streichelte ich ihre Brüste. Aber nach kurzer Zeit setzte sie sich hin, zog ihren Pulli aus und nahm ihren Büstenhalter ab. Sie hatte wirklich wunderschöne jugendlich-feste Brüste. Und die liefen wirklich spitz zu. Nach einigem Schmusen zog sie ihren Slip aus. Da griff ich ihr zwischen die Schenkel. Ihre Scheide war sehr feucht. Ich streichelte weiter ihre Schamlippen. Dann zog sie meinen Slip hinunter. Ich zog ihn ganz aus. Conny streichelte meinen straffen Penis weiter. Doch dann kniete sie über mir und schob mein Ding in ihren Spalt. Nun bewegte sie sich über mir und ich streichelte ihre Brüste und ihren festen Hintern. Als sich ihr Atem veränderte, sie leicht zu zittern begann, kam ich in ihr zum Orgasmus. Wir hatten kein Kondom benutzt, sie

hatte mir aber gesagt, dass ich mir keine Sorgen machen müsse, es wäre alles in Ordnung. Später erfuhr ich von ihrer Mutter, dass sie die Antibabypille bekam, die damals durchaus noch nicht selbstverständlich war.

Wir schliefen dann wirklich nebeneinander ein. Nach einer knappen Stunde wachten wir auf und zogen uns an. Dann weckten wir Brigitte, die immer noch tief schlief. Noch etwas schlaftrunken zog sie ihren Rock an und die beiden Mädchen verabschiedeten sich. Ich setzte mich in einen der alten und sehr bequemen Sessel und las in einem Buch von Stefan Zweig. Gegen Abend klingelte es an der Tür. Brigitte stand da. Sie war deutlich aufgeregt. Ich bat sie herein und wartete auf ein Wort von ihr. Noch immer rot im Gesicht fragte sie: „Haben Sie mit Conny geschlafen?" Ich fragte: „Warum fragst du das?" Da berichtete sie, sie hätten sich abgesprochen, mich zu verführen. Conny wollte einfach wissen, wie das mit mir wäre. Brigitte wollte es zum ersten Mal in ihrem Leben tun. Stockend brachte sie eins nach dem anderen heraus und fragte plötzlich: „Wollen Sie es nun noch mit mir tun?" Ich sah sie an. Sie war einfach noch zu kindlich. So schüttelte ich den Kopf: „Du solltest lieber noch damit warten." Sie entgegnete erregt: „Aber die anderen haben es doch alle schon getan! Conny hatte schon ein paar Freunde, mit denen sie es getan hat." Ich antwortete: „Man muss nicht immer alles tun, was andere tun." Ich stand auf zum Zeichen, dass ich das Gespräch beenden wollte. In der Tür flüsterte sie fast: „Darf ich wenigstens sagen, dass ich mit Ihnen zusammen war?" Ich antwortete: „Daran kann ich dich nicht hindern."

In den folgenden Tagen kam Conny immer wieder zu mir. Ich wusste inzwischen, dass sie bereits mit einem festen Freund zusammengewohnt hatte, auch, dass sie die Pille nahm. Da sah ich es locker, wenn sie etwa beim Ausfall einer Schulstunde schnell zu mir kam. Die Schule war ja um die nächste Häuserecke. Und ich saß vormittags oft in meiner Wohnung am Schreibtisch und bereitete mich auf die Arbeit am Nachmittag und am Abend vor. Sie klingelte ganz brav. In der Tür flüsterte sie: „Darf ich reinkommen? Bist du allein?" War sie drinnen, wirbelte sie im

Zimmer herum und meist flogen sehr schnell ihre Kleidungsstücke im Raum herum. Sie war eine sehr leidenschaftliche Liebhaberin. Und da ich zu der Zeit mit keiner anderen Frau eine Beziehung hatte, genoss ich ihre spitzen, festen Brüste, ihren knackigen Hintern, ihren feuchten Spalt, die Unbefangenheit, mit der sie mich animierte, es mit ihr zu tun. Lustigerweise tat sie es gar nicht so gern im Bett. Sie wollte es mitten in der Wohnung auf dem Fußboden oder sie legte sich leicht über den niedrigen Tisch und präsentierte mir ihr Hinterteil. Anschließend machte sie im Bad Pipi, wusch im Bad das Sperma aus ihrer Scheide, zog sich an und ging wieder zur Schule.

Nach etwas mehr als einer Woche klingelte es wieder an meiner Tür. Ich öffnete und erschrak, denn da stand Connys Mutter. Ich musste befürchten, dass es jetzt eine fürchterliche Auseinandersetzung geben würde. Aber sie lächelte. Ich bat sie herein, bot ihr einen Platz in der Sitzecke an und fragte, ob ich ihr einen Kaffee machen sollte. Sie nickte. Während ich in der Küche hantierte, ging sie in den Räumen herum und besichtigte Bilder, Bücher, Möbel, Schallplatten. Ich beobachtete sie natürlich auch genau. Sie hatte große Ähnlichkeit mit ihrer Tochter. Nur war sie um ein Vielfaches üppiger als Conny. Das betraf alle Körperteile, am deutlichsten ihren Hintern und ihre Brüste. Die Brüste wurden mir besonders deutlich, weil sie die beim Sitzen gern auf den Tisch legte, um den Rücken zu entlasten. Wir tranken dann Kaffee und plauderten. Ich wartete sehr gespannt und nervös auf ihre Vorwürfe. Dann kam es: Connys Mutter räusperte sich und begann: „Ja, weshalb ich gekommen bin – ich weiß natürlich, dass Conny von Zeit zu Zeit zu Ihnen kommt. Und was Sie dann machen, kann ich mir gut vorstellen. Ich wollte Ihnen nur sagen, ich habe durchaus nichts dagegen. Conny hat schon wie in einer Ehe mit einem jungen Mann gelebt. Sie weiß also, was sie tut, auch mit Ihnen. Ich hab nur eine Bitte: Ich möchte auch mal mit Ihnen im Bett zusammen sein."

Ich war völlig überrascht. Mit allem hatte ich gerechnet, doch damit nicht. Ich fragte: „Aber Sie sind doch verheiratet?" Sie antwortete: „Aber mein Mann ist seit 20 Jahren Diabetiker. Da geht

bei ihm nichts mehr im Bett. Er hat auch ausdrücklich erklärt, er hat nichts dagegen, wenn ich es von Zeit zu Zeit mit einem anderen Mann tu – wenn ich nur bei ihm bleibe." Sie lächelte mich an: „Wollen wir es versuchen?" Da ging ich zur Tür und schloss von innen ab. Aber die Frau zog sich noch nicht aus. Etwas verlegen lächelte sie: „Ich möchte so gern einmal wieder von einem Mann ausgezogen werden…" Das tat ich dann. Und bald stellte ich fest, dass sie mit ihren vierzig Jahren auf ihre Weise eine reizvolle Frau war. Ich habe ja immer üppige Frauen geliebt. Und als ich den Verschluss ihres Büstenhalters öffnete und meine beiden Hände von hinten so unter ihre Brüste schob, dass ich sie anheben konnte, wobei diese Gebilde allerdings über meine Handflächen quollen, da wurde mein Penis steif. Sie griff nach hinten zwischen meine Schenkel und dann war es nur noch kurze Zeit, bis ich mich in ihr bewegte. Sie hatte dasselbe Temperament wie Conny, nur dass bei ihr alles länger dauerte. Doch das war noch lustvoller als bei der jungen Frau. Als sie merkte, dass ich kurz vor meinem Orgasmus stand, bat sie mich, mein Ding herauszuziehen und auf ihren Körper zu spritzen. Sie wollte einfach wieder einmal sehen, wie ein Mann abspritzt. Damals hatte ich ja noch Druck in den Lenden. Ich spritzte genau zwischen ihre Brüste. Sie blieb auf dem Rücken liegen, als ich aufstand, um ein Tuch zu holen, damit sie das Sperma abwischen konnte. Feucht wollte sie sich da nicht waschen. Sie wollte noch den Geruch an ihrem Körper behalten.

In den kommenden Tagen kam sie immer wieder einmal zu mir. Ich wollte sie am liebsten kniend über mir haben, um ihre üppigen Brüste genießen zu können. Aber sie tat das nur einmal. Sie lag lieber auf dem Rücken und wenn ich erschöpft auf ihrem Leib lag und ihre Brüste rechts und links streichelte, war sie sehr zufrieden. Ich hatte nur die größte Sorge, Conny könnte kommen, wenn ich in ihrer Mutter steckte oder umgekehrt. Vierzehn Tage genoss ich die beiden in der Figur so unterschiedlichen und im Charakter so ähnlichen Frauen. Dann kam Diana mit unserer ersten Tochter.

Aber vorher war da noch ein kleines Zwischenspiel. Die Frau meines Chefs kam an einem Vormittag zur Sprechstundenzeit

herein. Sie war um die vierzig Jahre alt und hatte mich bisher ausgesprochen kühl, auch herablassend, behandelt. Schließlich war sie die Frau meines Chefs. Sie war ganz bestimmt keine schöne Frau. Das Ehepaar wohnte im selben Haus wie ich, nur in der unteren Etage. Es war kinderlos. Wenn ich sie so sah, dachte ich oft: Bei dieser Frau kriegt der Mann auch nicht sein Ding hoch.

Sie kam also herein. Ich bot ihr einen Platz an, doch sie blieb stehen. Sie sah mich mit ihren grauen Augen an und sagte ohne Einleitung: „Ich hab natürlich bemerkt, dass Conny und ihre Mutter Sie regelmäßig besuchen. Das ist nicht gut für die Öffentlichkeit. In dieser kleinen Stadt spricht sich so etwas schnell herum." Dann machte sie eine Pause und sagte deutlich leiser: „Wenn Sie es mit einer Frau machen wollen, können Sie es doch mit mir tun. Dann bleibt es im Haus. Da sieht es niemand."

Ich war völlig überrascht. Aber zunächst fragte ich nur: „Und Ihr Mann? Ist der damit einverstanden?" Zum ersten Mal lächelte sie und plötzlich sah sie sehr nett aus: „Der muss es ja nicht merken. Er schnarcht in der Nacht, deswegen schlafen wir in getrennten Räumen. Da kann ich schnell zu Ihnen kommen." So kam es, dass sie in der kommenden Nacht schon zu mir ins Bett kam. Da erlebte ich eine Rakete, wie ich sie selten erlebt habe. Conny und ihre Mutter waren dagegen lahm. Ihr Körper war nicht sonderlich reizvoll. Sie war fast mager, hatte schon schlaffe Brüste, einen flachen Hintern – und dann kein schönes Gesicht. Das alles bewirkte, dass ich nicht so schnell zum Orgasmus kam. Sie kam auf volle Kosten und hatte nahezu jedes Mal mehrere Orgasmen hintereinander. Manchmal hatte ich den Eindruck, sie bestünde nur aus diesem Loch, in das ich meinen Pimmel schob, in dem ich mich bewegte. Wir tauschten keine Zärtlichkeiten aus, wir praktizierten nur Sex bis zur absoluten Erschöpfung.

Auch das hörte natürlich auf, als Diana kam. Aber an einem Vormittag kam mein Chef zu einem dienstlichen Gespräch und sagte fast nebenbei, seine Frau wäre schwanger. Er habe in der letzten Nacht davon geträumt und am Morgen darauf habe sie es ihm mitgeteilt. Diana, die das mitgehört hatte, sagte später etwas lächelnd: „Dass eine Frau träumen kann, wenn ein Ding in

ihr steckt, glaube ich schon. Aber dass ein Mann dabei träumt, kann ich mir nur schlecht vorstellen."

Ein halbes Jahr später fuhr ich zu einer Weiterbildung nach Kühlungsborn. Drei Tage saßen wir zusammen und arbeiteten sehr intensiv. Am vorletzten Abend war als Gastreferentin eine junge Journalistin eingeplant. Das Thema ihres Referates war für uns alle interessant. Es ging darum, wie neue medizinisch-wissenschaftliche Erkenntnisse in den Medien so vermittelt werden können, dass jeder sie versteht und Gewinn für seine Gesundheit daraus ziehen kann. Da ich damals schon einige Fachaufsätze veröffentlicht und Vorträge gehalten hatte, interessierte mich natürlich dieses Thema ganz besonders.

Dann kam sie und war deutlich aufgeregt. Immerhin hatte sie vor rund 40 jungen Medizinern zu sprechen. Sie war sehr schlank, elegant angezogen, hatte ein gepflegtes Gesicht, schulterlange, naturblonde Haare, hübsche blaue Augen und einen auffallend kleinen Mund. Nun, wir waren interessiert, gespannt und deswegen überrascht oder enttäuscht, dass sie ihr Referat schon nach 20 Minuten beendete. Auf unsere Nachfragen zum Thema konnte sie nur sehr unzureichend antworten; sie wusste einfach nicht mehr als das, was sie gesagt hatte. Da fielen einige meiner Kollegen über sie her und machten sie mit Argumenten fertig. Sie aber stand da mit hochgezogenen Schultern und feuchten Augen und konnte nichts sagen. Ich versuchte, ihr zu helfen, führte bestimmte Gedanken weiter, bot Diskussionsmöglichkeiten. Aber jetzt hatten sich die Kollegen festgelegt. Sie empfanden es als Frechheit, dass so ein Mensch sich wagte, ihnen einen Fachvortrag halten zu wollen, davon aber nichts verstand. Schließlich brach der Leiter den Abend ab. Nun spielten die einen Karten, andere rauchten, wieder andere führten Gespräche in kleinen Gruppen. Die junge Frau war verschwunden. Ich wollte noch einmal zur Ostsee und dann zu Bett gehen. Der Abend war sehr milde, über dem Wasser standen viele Sterne, die Wellen schlugen leise gegen das Ufer. Ich saß auf einer Bank am Weg und sah auf das Wasser. Da hörte ich Schritte. Die Referentin ging

dort entlang. Sie sah grenzenlos verloren aus. Ich stand auf und sprach sie an. Natürlich sprachen wir über ihren Vortrag. Ich versuchte, ihn so positiv wie möglich zu deuten. Sie hörte still zu. Doch dann unterbrach sie mich: „Ich weiß, das war nichts. Ich habe mich einfach überschätzt. Ich kann so etwas doch nicht." Nach einer Weile der Stille sagte sie plötzlich: „Aber ich kann was anderes." Und sie wandte sich mir blitzschnell zu und küsste mich so intensiv, dass ich wohl für einen Moment die Besinnung verlor. Als ich wieder zur Besinnung kam, schob ich meine flache Hand unter ihre Bluse, um ihre Brüste zu streicheln. Da merkte ich, dass sie ihren Büstenhalter ausgestopft hatte. Sie hatte nur sehr kleine Brüste. Und als sie sagte: „Wollen wir in mein Bett gehen?", da war ich gespannt auf das, was da kommen sollte. Ich bin ja meist auf möglichst große Brüste orientiert. Wir gingen also zum Hotel zurück in ihr Zimmer und sie zog sich sofort aus. Sie war fast mager, hatte auch nur einen flachen Po. An der Scham war sie rasiert und als sie sich hinlegte, sah ich, wie klein ihr Spalt war. Ich konnte mir beim besten Willen nicht vorstellen, dass da mein Ding reinpasste. Sie erschien mir nicht als Frau, sondern als Mädchen, und da habe ich immer eine ganz starke Zurückhaltung gehabt. Im Laufe meiner Ehe mit Diana hatten wir vier Töchter und der Gedanke, es mit einem Kind zu tun, erschien mir einfach abscheulich. So hatte ich hier bei dieser Frau Hemmungen. Aber sie forderte mich auf, zu ihr ins Bett zu kommen. Ich hatte keine Erektion. Da nahm sie meinen Penis in ihre Hand und streichelte ihn, bis er straff wurde. Ihr Körpergeruch tat ein Übriges. Dann schob sie ihn in ihre Öffnung. Da war ich überrascht, wie leicht ich in sie hineinkam. Noch überraschter war ich, wie schnell sie ihren Orgasmus bekam. Zunächst dachte ich, sie würde nur so tun, als ob. Später wusste ich, dass der Orgasmus echt war. „Ich musste das jetzt haben", sagte sie wie zur Entschuldigung. Dann lagen wir nebeneinander und erzählten. Sie kannte mich von der Presse, wusste um Diana, die ja auch immer wieder für Zeitungen und Zeitschriften gearbeitet hatte. Sie wusste auch um unser Kind. Sie erzählte, dass sie verlobt war – nun sah ich auch ihren schmalen

Ring. Ihr Verlobter war Stationsarzt in einer Klinik, wo ich ein halbes Jahr später ein Praktikum machen sollte. Ihr Mann war nicht attraktiv, erzählte sie. Aber er bot ihr eine gesicherte Zukunft. Wenn es mit ihrer beruflichen Tätigkeit nicht so richtig ging, war er mit seinem Gehalt ja für sie da. So geschah es später auch. Sie gab ihre Arbeit auf, lebte als Hausfrau in einem großen Haushalt. Irgendwann schliefen wir zusammen ein. Gegen Morgen vergnügten wir uns noch einmal ausgiebig und lustvoll miteinander und ich war überrascht, dass mir eine Frau mit so kleinen Brüsten, mit einem so flachen Hintern so viel Lust machen kann – nur durch ihre Art, mit mir Sex zu praktizieren. Wir trafen uns auch in den kommenden Wochen und Monaten immer wieder in ihrer Wohnung. Sie servierte Tee und Gebäck und sie las mir Gedichte von alten und zeitgenössischen Dichtern vor. Und irgendwann legten wir uns auf ihr Bett und vergnügten uns ausgiebig miteinander. Von allen Frauen, mit denen ich Sex hatte, war sie die größte Überraschung.

Zu meiner Ausbildung gehörte auch ein Praktikum in einem Krankenhaus. Ich konnte in L. arbeiten und kam dort auf die Station „Medizinisch Männer". Ausgerechnet dort arbeitete Inges Verlobter als Stationsarzt. Er war deutlich kleiner als ich, damit auch kleiner als Inge, schon deutlich rundlich mit einer beginnenden Glatze. Aber Inge hatte finanzielle Sicherheit mit ihm und wenn sie Lust hatte, nahm sie sich einen anderen Mann – so wie mich.

Die Arbeit machte mir zunehmend Freude. Zunächst hatte ich die untersten Arbeiten zu tun, also die Räume zu wischen, auch die Flure und die Toiletten zu reinigen, auch die Nachttöpfe und die Spuckgläser (die waren so eklig, dass ich zuerst Brechreiz bekam). Dann hatte ich die Tabletten zu sortieren. Später durfte ich auch spritzen, zuerst die intramuskulären und die subkutanen, dann die intravenösen. Von Zeit zu Zeit baten mich auch andere Stationskräfte um Hilfe, etwa wenn eine schwere Person umgebettet werden musste. Für einen Lehrfilm filmte ich auch eine Entbindung. Es gab also viel zu tun, und ich hatte große Freude an dieser Arbeit. Mir war in meiner Arbeit immer sehr wichtig

zu wissen, was die Patienten empfanden. Wenn z. B. ein junger Leistungssportler Prostata-Krebs hatte und nach unseren damaligen Erkenntnissen nicht mehr gerettet werden konnte, wollte ich gern wissen, wie er diese Krankheit seelisch verarbeitete. Damals galt ja noch als Faustregel bei Krebs: 20 Prozent Erfolgsaussichten, 80 Prozent chancenlos. Ich begleitete manche, vor allem junge Männer in ihren letzten Monaten, bis sie schließlich verstorben waren und ich sie mit in die Kühlkammer fuhr. Für meine spätere Arbeit wurde diese Zeit grundlegend.

Rotraut war die Stationsschwester. Sie war fünf Jahre älter als ich und fiel vor allem durch ihren Gang auf. Es war da ein wunderbares Schwingen ihrer Hüften zu sehen. Ich bemerkte bei allen männlichen Patienten ein Leuchten in den Augen, wenn sie durch den Raum schritt. Aber nicht nur ihr Gang war faszinierend. Sie hatte ein schönes Gesicht, mittelgroße, formschöne Brüste, eine auffallend schmale Taille, einen gut geformten Hintern und lange, schlanke Beine. Damals diskutierten die Schwestern erregt mit der Leitung, wie kurz oder lang eine Schwester ihren Rock tragen darf. Rotraut plädierte für kürzere Röcke, sie wusste um die heilende Wirkung der Beine auf den Zustand der Patienten. Seit dieser Zeit weiß ich, wie wichtig ein attraktiver Mensch für die Genesung eines Kranken ist. Sie trug einen Verlobungsring.

Zunächst behandelte sie mich etwas von oben herab, als wollte sie mich spüren lassen, dass sie hier das Sagen hatte. Immerhin war ihr nun ein Mann mit abgeschlossenem Studium als Hilfskraft zugeteilt. Doch allmählich erkannte sie meinen Ernst an der Arbeit, meine Freude daran, meinen Eifer, Neues zu lernen. Da wurde sie freundlicher. Und nach einer Woche fragte sie mich ganz unverhofft, ob ich Lust hätte, heute Abend mit ihr in ihrem Zimmer zu essen. Natürlich sagte ich zu, nicht um zu essen – ich habe nie großen Wert auf Essen gelegt – sondern um sie besser kennen zu lernen. Sie wohnte in einer Mansarde. Solche Räume habe ich immer geliebt. Bis heute wohne ich in einer Mansarde. Das Zimmer war sehr angenehm warm und ganz zauberhaft eingerichtet. Ich hätte nicht gedacht, dass sie so romantisch war. Verstärkt wurde dieser Eindruck durch leise Musik, die vom

Plattenspieler kam. In ihrer Zivilkleidung sah sie beinahe fremd aus, was auch durch ihre Haare bewirkt wurde, die nun nicht mehr unter der Haube verborgen waren, sondern bis weit über die Schultern hingen. Als sie nun zur Begrüßung auf mich zukam, war es ganz selbstverständlich, dass ich sie umarmte und küsste. Und sie tat es bei mir mit der gleichen Intensität. Erst als sich der Arm vom Plattenspieler automatisch abhob und knackend das Gerät ausschaltete, lösten wir uns voneinander. Rotraut geleitete mich an den kleinen Tisch, der am Fenster wie in einer Nische stand. Sie hatte Salate in kleinen Schüsselchen hingestellt, sie hatte also aus Bemerkungen von mir mitbekommen, dass ich keine Wurst und kein Fleisch mag. Sie hatte auch keinen Alkohol auf dem Tisch, nur Säfte und Wasser. Wir saßen uns dann gegenüber und waren sehr vergnügt miteinander. Später räumten wir den Tisch ab und ich wollte mich in einen der kleinen Sessel setzen. Da kam Rotraut auf mich zu, legte ihre Arme um meinen Nacken und flüsterte fast: „Wollen wir jetzt nicht noch ins Schlafzimmer gehen?" Das taten wir dann. Auch dieser Raum war herrlich heimelig. Ich wandte mich nun der Frau voll zu und knöpfte ihre Bluse auf. Ich wollte jetzt ihre Brust sehen, streicheln, küssen. Die war mittelgroß, fest und sehr schön. Während ich mich da mit ihr beschäftigte, zog Rotraut den Reißverschluss meiner Hose herunter und griff mir ans Geschlecht. Das ging schnell, wir hatten beide nicht viel an. Wir legten uns dann auf das Bett und ich ging mit Zunge und Lippen in ihr Geschlecht. Sie roch und schmeckte da unten betäubend gut. Irgendwann dirigierte sie mich in ihre Lustgrotte und wir liebten uns ausführlich. Ihre Schambehaarung war ausgesprochen spärlich. Ich denke, sie hatte da alles kurz geschnitten oder einiges abrasiert. Es war herrlich, wie sie mitmachte. Ich weiß nicht mehr genau, wer zuerst seinen Orgasmus hatte, ich glaube, wir hatten ihn nahezu gleichzeitig. Ich blieb so lange wie möglich in ihr. Dann erkundete ich ausführlich ihren Körper, nun auch ihren sehr schönen Rücken mit dem straffen Po. Als dann mein Ding wieder steif und fest war, drückte sie mir ein Kondom in die Hand. „Nimm das jetzt. Es ist besser mit." Und

wieder wurde es eine wunderbare Aktion, an der sie sich auch ganz intensiv beteiligte. Sehr glücklich verabschiedete ich mich kurz nach Mitternacht. Wir mussten ja am frühen Morgen auf der Station wieder fit sein. Wir hatten aber vereinbart, uns wieder zu treffen. Da war dann die seltsame Spannung: Auf der Station gingen wir ganz sachlich miteinander um und in ihrer kleinen Wohnung genossen wir miteinander unsere Lust. Bis heute bin ich gerührt, wenn ich an unseren Abschied denke: Diese selbstbewusste, oft so arrogant scheinende junge verlobte Frau weinte, als wir uns zum letzten Mal in ihrer hübschen Wohnung trafen. Wir hatten überlegt, ob wir weiter Verbindung halten sollten, kamen dann aber zu dem Entschluss, das nicht zu tun. Ich war verheiratet und hatte ein Kind. Sie war verlobt. Wir hatten eine wunderschöne Zeit miteinander; bis heute bin ich dankbar dafür. Aber damit musste es gut sein. Wir nahmen also Abschied, und ich hoffe, sie denkt noch genau so gern an mich wie ich an sie.

Eine eher lustige Geschichte erinnere ich noch aus dieser Zeit: Ich ging über das Krankenhausgelände, als mich eine Schwester ansprach, auf die ich bisher überhaupt nicht geachtet hatte. Sie war eine etwa fünfzigjährige, etwas rundliche kleine und sehr behände Frau, der die Schwesterntracht sehr gut stand. „Sind Sie nicht der Bruder von Schwester Karin?", fragte sie. Ich bestätigte das, und sie erzählte, sie hätte mit meiner Schwester auf einer Station gearbeitet. Wir redeten dann ein bisschen hin und her. Dann sagte sie ohne Vorbereitung: „Wollen wir nicht heute Abend ein bisschen erzählen? Ich habe einen ganz alten schottischen Whiskey im Schrank. Den wollte ich schon lange mit jemandem probieren." Ich entgegnete, ich würde keinen Alkohol trinken. Aber ausnahmsweise würde ich wirklich gern wissen, wie so ein Whiskey schmeckt, von dem so oft geschwärmt wird. So kam es, dass ich am Abend an ihre Tür klopfte. Ich war überrascht, dass sie mich in einer Art Morgenrock begrüßte. Der Raum war auch eine Mansarde wie bei Rotraut, nur nicht so gemütlich eingerichtet. Anja hatte nun ihre Haare gelöst, in denen ich erstaunlich wenig graue Fäden wahrnahm. Auf eine ganz

bestimmte Weise sah sie durchaus reizvoll aus. Nun, ich bekam einen kleinen Sessel zugewiesen und Anja ging zu einem Biedermeierschrank. Sie öffnete ihn bedächtig. Da sah ich von oben bis unten eine ganze Batterie sehr unterschiedlicher Flaschen, wohl alle mit Alkohol. Das hatte ich dieser Frau nie zugetraut und ich sagte es ihr. Sie lächelte und füllte zwei Gläser ein. Wir prosteten uns zu und dann leerte sie ihr Glas in einem Zug und füllte sich gleich wieder nach. Ich hatte nur an diesem Zeug genippt und lobte den rauchigen Eichenholzgeschmack. Da ich Alkohol nicht gewöhnt bin, musste ich sehr vorsichtig sein. Ich wusste ja nicht genau, was sie wollte.

Anja fragte mich nach meiner Schwester und ich gab Antwort, so gut ich konnte. Sie erinnerte sich noch gut daran, dass Karin ein Verhältnis mit einem verheirateten Mann hatte. Sie fragte mich, wie ich darüber dächte. Ich versuchte, ihr deutlich zu machen, dass Sex etwas anderes ist als Liebe. Meine Schwester hatte nie die Absicht, diesen Mann zu heiraten und damit eine Ehe zu zerstören. Sie wollte nur etwas Spaß haben. Anja hörte aufmerksam zu und trank an einem dritten Glas. Dann fragte sie: „Denken Sie auch so, dass man Spaß haben kann ohne Liebe?" Ich nickte. Ich hätte das schon von einigen Frauen so erfahren und von Männern sowieso. Da fragte Anja: „Könnten Sie sich vorstellen, mit mir ins Bett zu gehen, ohne dass wir uns ineinander verlieben? – Sie sind ja auch verheiratet." Ich nickte: „Natürlich kann ich mir das vorstellen. Das könnte ein schönes Spiel werden." Da sprang sie mit einer Behändigkeit auf, die ich ihr gar nicht zugetraut hätte. Sie warf den Morgenrock über ihren Sessel und stand nun nur mit einem dunkelroten Büstenhalter und einem Slip in derselben Farbe im Raum. Ich sah ihre Rundungen, das Bäuchlein, die gepolsterten Hüften, die dicken Oberschenkel, sah die üppigen Pobacken und natürlich auch die großen Brüste, von denen ich ja noch nicht wusste, wie sie ohne die Halterung aussehen. Bei alledem erigierte mein Penis. Und als sie mich fragte: „Wollen wir ins Schlafzimmer gehen?", da folgte ich ihr gern und hatte Freude daran, wie ihr Po beim Gehen wackelte. Ich zog mich dann auch schnell aus und sie betrachtete aufmerksam

mein Geschlecht. Es schien ihr zu gefallen; denn sie nahm nun den Büstenhalter ab und zog den Slip hinunter. Die Brust war bei aller Üppigkeit erstaunlich formschön. Aber sie hatte ja auch nie ein Kind gestillt. Ihr Dreieck zeichnete sich sehr exakt ab, als hätte sie sich dort rasiert (was aber nicht der Fall war, wie ich später feststellte). Wir legten uns auf das Bett und sie genoss es sichtlich, dass ich mit meinen Lippen und meiner Zunge ihren Körper erkundete. Sie schnurrte und plapperte meist unverständliche Worte. Schließlich rutschte ich in ihren Spalt und sie jauchzte geradezu: „Jetzt weiß ich endlich mal wieder, wie sich das anfühlt!" Ich bewegte mich ruhig und gleichmäßig in ihr. Ich wollte ihr möglichst viel Freude machen. Dabei beschäftigte ich mich auch sehr intensiv mit ihren Brüsten, ich liebe Brüste ja immer ganz besonders, und diese waren wirklich wunderschön, auch wenn sie auf dem Rücken lag. Als sie zum Orgasmus kam, war sie so laut, dass ich fürchtete, das ganze Schwesternhaus würde es hören. Aber sie war einfach glücklich. Wir blieben zusammen, bis mein erschlaffter Penis aus ihrer Scheide rutschte. Sie stand auf, ging zum Waschbecken und wusch sich zwischen den Beinen. Dann kam sie wieder zum Bett, wo ich noch lag und fragte: „Aber wenn du wieder kannst, machen wir es noch mal, ja?" Ich nickte und sah ihr zu, wie sie ins Wohnzimmer hüpfte und sich wieder etwas Whiskey eingoss. Mit dem Glas kam sie ins Schlafzimmer: „Willst du wirklich nicht?" Nein, ich wollte wirklich nicht. Also trank sie allein. Sie setzte sich auf das Bett, wo ich immer noch lag, und griff mir zwischen die Beine. Sie hätte schon ewig nicht mehr so etwas in ihrer Hand gehalten, ließ sie mich wissen. Unter ihrer Hand erigierte wieder mein Penis. Da stellte sie ihr Glas auf das Nachtschränkchen und bat geradezu: „Kannst du noch von hinten in mich kommen?" Und sie nahm die Knie-Ellenbogen-Lage ein und präsentierte mir ihr Hinterteil. Jetzt erst sah ich, wie schön geformt das war. Ich betrachtete es sehr ausführlich und streichelte es mit großer Freude. Da drückte sie mir ihren Hintern noch ein Stück mehr entgegen. Dabei öffnete sich ihre Möse und zeigte mir den nassen rosa Spalt. Nun kniete ich richtig hinter ihr und schob mein Ding

in sie hinein. Ich bewegte mich ganz langsam in ihr, streichelte auch ihren Körper, wo ich hinkam, auch ihre vollen Brüste. Ich wollte sie so gern zum Orgasmus bringen. Als ich dann aber nach einer gefühlten Ewigkeit abspritzte, stöhnte sie auch laut auf und murmelte etwas, das ich nicht verstand. Ich weiß nicht, ob sie ihren Orgasmus spielte oder ob er echt war. Aber auf jeden Fall war sie sehr zufrieden, als wir uns voneinander verabschiedeten.

Ich schloss dann meine Ausbildung als Facharzt ab, fand auch einen Professor, der mich bei meiner Promotion betreute, und zog mit Diana und unserer ersten Tochter in einen kleineren Ort. Mir war ein Landambulatorium zugewiesen worden, wo ich als praktischer Arzt arbeitete. Diana fand keine Anstellung. So arbeitete sie freischaffend als Fotografin. Sie half mir aber bei der Dokumentation, auch bei der späteren Habilitation. Sie fotografierte bei Kindtaufen, Hochzeiten und dergleichen. Sie veröffentlichte weiter ihre Fotos in Zeitschriften und Zeitungen, Kalendern und Büchern.

Die erste Frau, die ich dort kennen lernte, war die Postbotin. Das war zwangsläufig. Denn wir hatten damals eine sehr große Korrespondenz. Dazu kam unsere journalistische und schriftstellerische Arbeit. Fast täglich bekamen wir Belegexemplare von Zeitungen und Zeitschriften, in denen etwas von uns erschienen war. Dazu kamen regelmäßig Sendungen mit Büchern, die ich bestellt hatte oder die ich für Fachzeitschriften rezensieren sollte. Dann eine Reihe Fachzeitschriften. Und dann die Honorare, die damals noch per Postanweisung kamen. Die Postbotin brachte also an jedem Werktag einen ganzen Stapel Briefe und Päckchen und da wir Nachbarn waren, lud sie zuerst die Last bei uns ab. Dabei wurde eifrig erzählt, meist der neueste Dorfklatsch. Das konnte bis zu einer halben Stunde dauern. Aber für mich war es gut zu wissen, was im Ort geschah. Und Diana erzählte einfach gern mit ihr, wie das Frauen besonders gern tun.

Toni war drei Jahre älter als ich, hatte krauses naturblondes Haar, eine etwas runde Stirn, strahlend blaue Augen, eine etwas kurze Nase und wulstige Lippen. Ihr Hals war kurz, ihre Brust

überdurchschnittlich groß, ihre Taille schmal, ihr Becken breit, ihr Hintern verlockte zum Streicheln. Damals empfand es eine Frau noch als Kompliment, jedenfalls auf dem Land, wenn ihr ein Mann den Hintern streichelte. Ihre schlanken Beine waren etwas gebogen, was aber nicht störte. Für Diana waren Gespräche mit ihr aber fast unerträglich, weil Toni so intensiv nach Schweiß roch. Wenn sie den Flur verließ, machte Diana Durchzug, um diesen Geruch hinaus zu bekommen. Aber mich regte er auf. Noch heute, wenn ich nur daran denke, zieht es in meinen Lenden. Toni wohnte im Haus ihrer Eltern. Sie war verheiratet und hatte zwei Kinder. Ihr Mann fuhr Montagfrüh auf Montage und kam Freitagmittag wieder zurück. Er hatte zwei goldene Hände. Er hatte den Dachboden von Tonis Elternhaus als Wohnung ausgebaut und als Toni die Post machen wollte, hatte er einen Anbau an das Bauernhaus gesetzt, der allen Ansprüchen der Post genügte. Kam er am Wochenende nach Hause, gab es unendlich viel Handwerkliches zu tun und am Abend fiel er todmüde ins Bett. Aber Toni wollte mit ihm Sex haben und das konnte er nicht immer so leisten, wie sie es wünschte. Als wir einmal darauf zu sprechen kamen, sagte sie es mir mit puterrotem Gesicht. Sie war ein sehr sinnlicher Mensch, hatte schon ab ihrem 14. Lebensjahr regelmäßig mit den Jungen des Dorfes Sex gehabt. Als Dorfkind war auch sie der Meinung, auch Menschen sollten Sex haben wie die Tiere. Sie war da mit ihrem Mann gar nicht zufrieden. Aber das wusste ich erst sehr viel später. Ich sah ihre reizvolle Figur und überlegte, wie sie wohl nackt aussehen würde. In meiner Praxis war sie noch nie, sie war kerngesund und suchte in der Bezirkshauptstadt nur von Zeit zu Zeit eine Gynäkologin auf. Ich hätte sie also gern einmal nackt gesehen. In dieser Zeit fotografierte ich auch gern und in Dianas Labor entwickelte und vergrößerte ich die Bilder selbst. So fotografierte ich mit Vorliebe Diana nackt oder halbnackt und ich fand auch vor allem am Strand immer wieder schöne Frauen, die sich ohne weiteres von mir nackt fotografieren ließen. Diana meinte, solche Fotos müssten von Männern gemacht werden, das könnten die besser. Doch wenn ich in dieser Richtung bei Toni

eine Andeutung machte, zuckte sie beinahe erschrocken zurück. Da war sie die Dorfbewohnerin, die nichts gegen gelegentlichen Sex mit einem anderen Mann hat, wohl aber dagegen, sich anderen nackt zu zeigen oder gar fotografieren zu lassen. Das merkte ich, als wir über das „Magazin" ins Gespräch kamen. „Das Magazin" war eine Monatszeitschrift in der DDR mit sehr vielen sehr guten Texten und Fotos auch aus dem Ausland. Da las ich z. B. die ersten Geschichten von Roald Dahl, der später zu meinen Lieblingsautoren gehörte. Da lernte ich die ersten Zeichnungen von Jean Effel, Raymond Peynet oder Herluf Bidstrup kennen, deren Bücher ich später sammelte. Besonders schön war die Umschlaggestaltung von Werner Klemke. Und dann enthielt jedes Magazin ein sehr gutes ganzseitiges Foto von einer nackten Frau. Diese Zeitschrift war im Abonnement kaum zu bekommen. Aber jeder Zeitungsstand hatte ein paar Exemplare frei zum Verkauf. Wenn also der Erscheinungstermin dran war und ich mich in der Stadt aufhielt, ging ich von Kiosk zu Kiosk und versuchte, ein Heft zu bekommen. Allerdings gelang das nur selten. Als ich aber wieder einmal in den Postraum ging, um meine Korrespondenz abzuschicken, lag da eines. Ich stürzte mich natürlich darauf und Toni sagte mir, sie bekäme jeden Monat ein Exemplar zugeteilt. Als ich ihr sagte, wie gern ich regelmäßig eines haben würde, rief sie sofort bei der Zentrale an, um für mich ein Abonnement zu erwirken. Doch ihre Bemühungen wurden abgelehnt. Da erklärte sie, dann würde sie das freie Exemplar in Zukunft für mich reservieren. Und da meinte die zuständige Stelle, das ginge natürlich auch nicht, das widerspräche der Verordnung. Und dann bekam ich doch mein Abonnement und das freie Exemplar lag wieder frei aus. Aber durch diese Bemühungen war nun auch Toni auf das Aktfoto aufmerksam geworden. Wenn ich nach dem Erscheinen des Heftes ins Postamt kam, schlug sie oft die Seite mit dem Foto auf und wir sprachen über den Körper der abgebildeten Frau. Fast immer sagte ich dann: „Aber Sie sind schöner" oder „Aber Ihre Taille ist schmaler" oder „Ihre Brüste sind sicher schöner" und ähnlich. Natürlich widersprach Toni und ich sagte dann regelmäßig: „Lassen Sie mich

doch Fotos von Ihnen machen, dann können Sie es selbst sehen."
Doch sie wich jedes Mal aus. Aber als wir wieder einmal solch
ein Gespräch geführt hatten, schoss ihre Mutter aus der Küche
durch die nur angelehnte Tür in den Raum und rief fast; „Selbstverständlich können Sie Toni fotografieren und wenn Sie etwas
Westgeld auf den Tisch legen, dürfen Sie auch mit ihr ins Bett
gehen." Toni wusste natürlich, dass ich für meine Veröffentlichungen in Westdeutschland und Frankreich Devisen hatte. Ich
sagte, das wäre gar kein Problem, das wäre mir die Sache wert.
Wir vereinbarten, dass ich noch am selben Abend, wenn die Kinder im Bett waren, ins Haus kommen sollte. Und so ging ich zur
vereinbarten Zeit mit der vollen Foto-Ausrüstung zu ihr. Sie
empfing mich im Postraum und schloss hinter mir ab. Dann
führte sie mich durch die Küche in einen sehr schmalen Gang.
Dort führte eine steile Treppe in den Bodenraum. Toni öffnete
eine Tür und wir standen im Schlafzimmer. Das war ideal zum
Fotografieren: ein breites Naturholzbett mit zwei Nachtschrän-
ken, ein langer Naturholz-Wäscheschrank und ein großer Spiegel. Eine zweite Tür führte ins Bad. Die Wände waren mit wei-
ßer Raufasertapete bedeckt. Ich begann gleich mit dem
Aufstellen der Stative für die beiden Fotoapparate und die großen
Halogenlampen. Mit etwas zitternder Stimme bat ich Toni, sich
schon auszuziehen. Der Raum war angenehm warm. Während
ich nun weiter die Technik herrichtete, sah ich mit einem Auge,
wie sich Toni entkleidete. Der Anblick übertraf meine Vorstellungen, sie war sehr viel schöner, als ich es gedacht hatte. Das
betraf besonders ihre Brüste, die nicht nur groß waren, sondern
auch eine ganz wunderschöne Form hatten. Ihre Taille war schlanker als gedacht, ihre Hüften etwas kleiner im Umfang als die
Brüste, ihr Hintern formschön mit sehr reizvollen Grübchen, ihr
Schamberg gut erhöht. Ich war fasziniert, musste Toni allerdings
mitteilen, dass es jetzt mit dem Fotografieren keinen Sinn machte; denn man sah deutlich die Abdrücke vom Schlüpfergummi
um Hüften und Bauch, dann auch die Abdrücke des Büstenhalters unter der Brust und den Armen und auf dem Rücken. Bei
dem Filmmaterial, das es damals gab, waren diese Abdrücke

besonders störend zu sehen. Ich erklärte also der Frau, entweder müssten wir jetzt etwa eine Stunde warten, bis die Abdrücke nicht mehr zu sehen wären, oder wir müssten uns ein anderes Mal treffen – dann wäre sie gebeten, rechtzeitig Büstenhalter und Schlüpfer abzulegen. Toni sah mich nachdenklich an und stemmte dabei eine Hand in die Hüfte. Dann lächelte sie: „Haben Sie nicht gesagt, Sie würden gern mit mir ins Bett gehen? – Dann können wir uns doch damit die Zeit vertreiben, bis Sie mich fotografieren können." So gingen wir also ins Bett und da mein Penis schon lange steif und fest und Tonis Spalt herrlich feucht und glitschig war, wurde schon der erste Akt eine ganz große Freude. Hinterher sagte Toni: „Das können wir öfter machen, wenn du willst." So kam es dann auch. Wenn ihr Mann am Montag fortgefahren war, hatte sie mich gern schon am Abend bei sich. Mindestens einmal, in der ersten Zeit meist zweimal in der Woche ging ich zu ihr. und wir genossen es miteinander. Nach dem Fotografieren am ersten Abend habe ich diskret Westgeld auf den Nachttisch gelegt, wie es abgesprochen war. Später aber tat ich es nur gelegentlich. Toni sagte einmal: „Ich will dich doch nicht arm machen." Sie hatte ja auch Freude daran. Es kam immer wieder vor, dass sie mir morgens, wenn sie die Post brachte, zuflüsterte: „Kommst du heute Abend? – Meine Pussy zwiebelt wie verrückt." Am Abend hatte sie dann auch sehr schnell ihren Orgasmus. Einmal erzählte sie mir, als ich fragte, was sie denn machte, wenn ich nicht da wäre und sie Lust hätte: „Na ja, mit der Hand kann man sich ja auch behelfen, und Detlef macht es ja auch gern mit mir." Detlef war ihr Sohn, damals 15 Jahre alt. Toni hatte ihn einmal dabei überrascht, wie er seinen Penis in der Hand hielt und daran massierte. Da hatte sie gesagt: „Wenn du so 'ne Spannung hast, kannst du doch zu mir kommen. Ich bin doch deine Mutter. Ich kann dir doch helfen." Seit dieser Zeit war der Sohn auch mit einiger Regelmäßigkeit zu ihr ins Bett gekommen und hatte sich in ihr entspannt. Meist war er frühmorgens in ihr Bett gekommen, wenn er die berüchtigte Morgenlatte hatte. Sie betonte, das habe bei ihr nichts mit Sex im eigentlichen Sinn zu tun. Sie hatte nie über ihm gekniet, ihn

nie von hinten in ihren Leib gelassen. Erst Jahre später, als er so gern von hinten in sie hineinwollte oder so gern ihre Brüste über seinem Gesicht sehen wollte, hatte sie ihm von Zeit zu Zeit den Gefallen getan. Ich fragte sie nach Verhütungsmethoden. Sie lächelte. Eine Antibabypille gab es da noch nicht. Kondome waren nicht immer zur Hand oder sie war so verschlafen und er so wild, in sie hineinzukommen, dass sie daran nicht dachten. Ich fragte sie: „Hast du nicht Angst, von ihm geschwängert zu werden?" Ich dachte an meine Mutter, die mich so wie Toni ihren Sohn in ihr Bett ließ, damit ich mich in ihr entspannen konnte, die aber sehr genau darauf achtete, dass ich ein Kondom über mein Glied rollte. Aber Toni verwies auf ihre Mutter. Die war im Dorf so etwas wie eine Kräuterhexe. Da gab es Kräuter, die eine Schwangerschaft verhinderten. Nun, Toni war trotzdem zweimal ungewollt schwanger geworden – nicht von ihrem Sohn, sondern von einem anderen Mann – da hatte ihr die Mutter geholfen, den Keim aus dem Körper zu entfernen. Wenn ich bei ihr war, hatte ich ja immer ein Kondom benutzt. Sieben Jahre ging ich mindestens einmal in der Woche zu ihr, und immer war es schön. Sie war im Bett eine Granate und fast immer sehr feucht und glitschig. Und sie hatte ein besonders schönes Geschlecht. Wenn sie auf dem Rücken lag und ihre Schenkel weit öffnete, sah das aus wie eine Blüte: Die äußeren Schamlippen gaben die rosafarbenen inneren Schamlippen frei, die Klitoris erinnerte an einen Fruchtstempel und die Scheide schien immer voll Wasser oder Schleim zu stehen. Ich habe so etwas in dieser Vollkommenheit nie wieder bei einer Frau gesehen.

Sie war es auch, die einmal sagte: „Das mit der Jungfräulichkeit ist ja Quatsch. Abgesehen von dem kleinen Häutchen, das zerrissen wird, ist eine Frau immer wieder Jungfrau für einen Mann. Nach dem Akt geht sie aufs Klo, wäscht mit ihrem Pullern das Sperma oder den Geruch vom Mann aus ihrer Scheide, dann den ganzen Unterkörper mit Wasser und dann erlebt sie es wieder ganz neu mit dem nächsten Mann."

Wenn ich von Toni nach Hause kam, roch Diana natürlich, wo ich herkam. Der Schweißgeruch war eindeutig. Aber sie tolerierte

das. Ja, es war ihr sogar ganz lieb, weil ich sie dann in Ruhe ließ. Erst später entdeckte auch sie ihre Freude an der Sexualität.

Nach drei Jahren kam Toni mit einem ungewöhnlichen Anliegen. Wir hatten uns ausgiebig miteinander vergnügt und ich war danach so erschöpft, dass ich nur noch ihre Brüste streicheln konnte. Da fragte Toni: „Hättest du Lust, auch einmal meine Mutter zu bumsen? – Die hat uns hier im Bett von außen beobachtet und würde es auch gern mit dir tun." Ich war überrascht: „Aber sie ist doch verheiratet. Ist denn ihr Mann damit einverstanden?" Toni lächelte: „Ich bin auch verheiratet. Du bist auch verheiratet. Wir machen es doch nicht miteinander, weil wir uns lieben, sondern weil wir Lust dazu haben." Sie ergänzte. ihr Vater könnte seit Jahren im Bett nichts mehr leisten. Er hätte aber nichts dagegen, dass seine Frau von Zeit zu Zeit mit einem anderen Mann ins Bett ging. Ich wäre auch ganz bestimmt nicht der Erste, mit dem sie es tat. Ich überlegte: Da Agneta uns gewissermaßen zusammengebracht hatte, da sie von unserer Beziehung wusste und nun auch dabei zugesehen hatte, was wir miteinander taten, konnte ich nicht Nein sagen. Ich hätte sie dann beleidigt. Ich bin sicher, sie hätte sich sonst gerächt. Außerdem war ich nun doch gespannt, ob Agneta dieselben Fähigkeiten hatte wie ihre Tochter. Tonis Mutter war damals Mitte fünfzig, für mich natürlich deutlich älter, aber ich wusste inzwischen aus Erfahrung, dass ältere Frauen sehr viel reizvoller sein können als junge. Wenn es beim Mann nicht so klappt wie gewünscht, sind sie verständnisvoller, und wenn sie nicht mehr schwanger werden können, sind sie freier im Umgang mit Männern. Und wenn sie erleben wollen, dass sie als Frauen immer noch begehrt werden, sind sie einfallsreicher.

Am nächsten Montag erwartete mich Toni wieder in ihrer Poststube. Sie lächelte: „Meine Mutter erwartet dich oben. Ich sehe euch vom Boden aus zu und komm dann hinterher noch zu dir ins Bett." Und sie ging vor mir nach oben. An diesem Abend trug sie einen erstaunlich kurzen Rock, den ich noch gar nicht kannte. Vor mir stieg sie die steile Treppe nach oben. Ich sah ihren Schritt, roch vor allem ihren Duft aus der Scheide. Da war es

wie ein Reflex, dass ich ihr zwischen die Beine griff. Toni blieb einen Moment stehen und lächelte mich an: „Ich bin noch nicht dran. Jetzt ist erst mal Agneta dran." Oben flüsterte sie: „Ich seh' euch von außen zu, ja?" Da erfuhr ich nun, dass es an zwei Stellen des Raumes Gucklöcher gab. Vom Boden aus konnte man den ganzen Schlafraum überblicken. Tonis Mutter hatte sich das einmal gewünscht. Sie hatte uns wiederholt beim Sex beobachtet. Toni fand das völlig in Ordnung. Bei den Tieren sahen sie ja auch nahezu täglich, wie die kopulierten. Toni gab mir einen Klaps auf meinen Hintern und flüsterte: „Sie wartet auf dich."

Im Zimmer stand Agneta in einem Morgenrock. Darunter trug sie nichts mehr, wie ich später feststellte. Sie hatte sich sorgfältig frisiert, auch dezent geschminkt und lächelte mich erwartungsvoll an. Zur Begrüßung umarmten wir uns. Wir wussten beide, worum es ging. Agnete öffnete wie aus Versehen ihren Morgenrock. Da sah ich zuerst natürlich ihre Brüste. Die hingen zwar etwas, waren aber größer und vor allem schöner, als ich sie mir vorgestellt hatte. Ich nahm gleich eine Brust in eine Hand und küsste die Brustwarze mit einem erstaunlich großen Hof. Sie hielt ganz still. Da griff ich auch die zweite Brust und beschäftigte mich ausführlich mit ihr. Sie hatte wie Toni ein deutliches Bäuchlein, das ich als reizvoll, als schön empfand, und dann ein auffallend großes Venusdelta. Ich streichelte es und schob einige Finger nun auch in ihren Spalt. Da sagte Agneta: „Ich würde auch gern etwas von dir anfassen." Ich ließ sie los und entkleidete mich schnell. Mein Pimmel stand und sie registrierte das mit deutlichem Wohlgefallen. Sie nahm ihn in die Hand und massierte ihn leicht. Zu meinem Erstaunen stellte ich fest, dass Agneta für mich mindestens ebenso reizvoll war wie ihre Tochter. Sie war etwas üppiger als Toni, aber ich habe immer üppige Frauen geliebt. Ich meine nicht fette Weiber. Doch Toni und Agneta hatten festes Fleisch, einen ausladenden Hintern, kräftige Beine – und von den Brüsten hatte ich ja schon berichtet. Wir kamen dann auch bald zur Sache. Und Agneta stellte sich sehr liebevoll und geschickt an. Ihre Scheide war feucht, ich konnte mich gut und gleichmäßig in ihr bewegen und hatte dabei

große Freude. Allerdings hatte sie wohl keinen Orgasmus – die Orgasmen kamen später. Doch sie war zufrieden. Sie wischte das Sperma aus ihrer Scheide und legte sich auf den Bauch, weil ich mich so gern noch mit ihrem Hintern beschäftigen wollte. Das genoss sie sichtlich. Nach einer Stunde etwa standen wir auf. Agneta zog wieder ihren Morgenmantel an und sah mir zu, wie ich im Bad nebenan Wasser ließ, um meinen Gang zu reinigen, und dann mein Geschlecht wusch. Dann umarmten wir uns noch einmal zum Abschied. Wir wollten uns so bald wie möglich wieder im Bett treffen. Das geschah dann auch mit einiger Regelmäßigkeit.

Sie war kaum fort, als Toni ins Schlafzimmer stürzte, ihre Kleidung fast vom Leibe riss und sich auf das Bett warf. Glücklicherweise konnte ich mich damals noch schnell regenerieren und der Körpergeruch von Toni bewirkte immer eine Steigerung meiner Lust. Toni war sehr feucht und schleimig in der Scheide, es ging wie selbstverständlich. Da ich mich gerade erst entspannt hatte und Tonis Lust durch ihr Beobachten gesteigert war, kamen wir beide fast zum selben Zeitpunkt zu einem wunderschönen Orgasmus. Hinterher lagen wir erschöpft nebeneinander und Toni sagte: „Als ich dich mit meiner Mutter da bumsen sah, war ich richtig eifersüchtig – ist das nicht seltsam? Ich wäre am liebsten zu euch reingekommen und hätte sie aus dem Bett geschubst."

Vier Jahre lang geschah es dann auch immer wieder, dass sich die Frauen bei mir im Bett abwechselten. Seltsamerweise gab es irgendwann so etwas wie eine Konkurrenz zwischen der Mutter und ihrer Tochter. Diese Konkurrenz wurde von Toni inszeniert. Das Konkurrenzdenken war natürlich Unsinn, führte aber dazu, dass sich jede Frau bei mir besondere Mühe gab. Für mich war das also nur von Vorteil. Beim Hinaufsteigen in das Dachgeschoss sah ich öfter, dass sie keinen Schlüpfer anhatte. Ich griff dann gern zwischen ihre Beine. Bald erfuhr ich auch, dass sie sich stimulierte, während Agneta und ich uns vergnügten und sie uns dabei zusah. Sie hatte dann wohl schon einen Orgasmus gehabt, wenn wir zusammen ins Bett gingen.

Im oberen Stock des Hauses, in dem wir wohnten, zog eine junge Familie ein. Der Mann war ursprünglich Maurer, arbeitete aber nun im Reisedienst. Das heißt, er fuhr am Montag fort und kam Freitagabend oder Sonnabendvormittag wieder nach Hause, Er war so groß wie ich, etwas kräftiger als ich, und er war hilfsbereit und angenehm im Umgang. Das merkte ich, als ich an unserem Haus den Außenputz an einigen Stellen erneuern musste. Er kam dazu und bot seine Hilfe an. Zu zweit kamen wir dann gut voran.

Diana bekam glänzende Augen, wenn sie ihn sah. Als ich sie einmal darauf ansprach, sagte sie: „Von der Bettkante würde ich ihn ganz bestimmt nicht runter schieben." Das überraschte mich. Zum ersten Mal machte sie eine Andeutung, dass sie es gern mit einem anderen Mann tun würde. Ich freute mich darüber. Ich hoffte, dann würde ich auch leichter Zugang zu ihr finden. Sie war ja immer noch außerordentlich zurückhaltend in dieser Beziehung, zuweilen ablehnend. Nun also dieser Mann! Als wir in einer Arbeitspause Bier tranken und natürlich über alles Mögliche plauderten, berichtete ich ihm so nebenbei, was Diana gesagt hatte. Er sah mich überrascht an und antwortete: „Dasselbe hat meine Frau von Ihnen gesagt." Eine Weile tranken wir schweigend weiter unser Bier. Dann sagte Klaus, seltsamerweise leise, als wäre das etwas geheim: „Wollen wir unsere Frauen einmal fragen, ob wir uns tauschen?" Ich überlegte, wie seine Frau aussah. Sie war sehr klein, zierlich, hatte ein Pagenköpfchen – mehr fiel mir nicht ein. Die Dinge, die mir wichtig waren – auffallende Brüste und ein knackiger Hintern – erinnerte ich überhaupt nicht an ihr. Aber ich bin zeitlebens ein sehr neugieriger Mensch geblieben. Es könnte ganz interessant sein, zu erfahren, wie es im Bett mit dieser Frau ist. Und vielleicht wollte auch Diana gern wissen, wie es im Bett mit einem anderen Mann ist. Sie hatte es ja noch nie mit einem anderen Mann getan. Wir besprachen also, unsere Frauen zu fragen, ob sie mitmachen würden; das wollten wir dann am Nachmittag beim Kaffeetisch besprechen.

Diana lächelte sehr lieb, als ich ihr unseren Plan unterbreitete: „Warum nicht! Kann ja ganz lustig werden." Am Nachmittag

kam dann auch Eva mit Klaus nach unten an den Kaffeetisch. Auch sie war einverstanden mit dem Tausch. Wir besprachen, uns noch am selben Abend zu treffen, wenn die Kinder im Bett schliefen. Klaus und Eva hatten ein Kind, wir hatten inzwischen zwei Kinder.

Diana stand am Abend lange im Bad. Sie duschte, sie behandelte sich mit irgendwelchen Duftstoffen. Am Abend flocht sie sehr sorgfältig ihren dunklen Zopf, der bis zum Po reichte und sie exotisch machte. Im Bad hatte sie noch gezögert, ob sie lieber ihre Haare öffnen sollte; „Manche Männer mögen das ja lieber." Aber ich hatte ihr zugeredet, den Zopf zu flechten. Damit sah sie unendlich viel erotischer aus. Als sie später in ihrem Flatterhemdchen stand, das über der Brust und dem Po spannte, war auch ich hingerissen von ihrer Schönheit. Ich duschte dann auch und nahm nur ein wenig Deo unter die Arme. Dann zog ich meinen schönsten Schlafanzug an. Genau zur verabredeten Zeit küsste ich Diana auf die Wange, gab ihr einen kleinen Klaps auf den Po und ging zur Treppe, die nach oben in die Wohnung von Eva und Klaus führt. Auf der Treppe kam mir Klaus entgegen, der nun zu Diana ging. Wir wünschten uns beide eine gute Nacht und viel Freude und gingen weiter.

Ich klopfte bei Eva an. Sie öffnete sofort. Sie hatte hinter der Tür auf mich gewartet. Ich wusste nicht so recht, wie wir beginnen sollten. So sagte ich nur: „Da bin ich." Da fiel mir Eva um den Hals und wir küssten uns leidenschaftlich. Dabei streichelte ich nun auch ihre Brüste und ihren Po. Beide waren deutlich kleiner als z. B. bei Diana, aber durchaus reizvoll. Ich fasste auch unter ihren Hintern und hob das zierliche Persönchen zu mir hoch. Sie fragte nach der ersten Begrüßung: „Wollen wir was trinken?" Nein, ich wollte nicht. Ich mag ja keinen Alkohol, bis heute nicht. Ich wollte wissen, wie sie im Bett war. Sie trippelte dann auch vor mir in das Schlafzimmer. Dort kam von draußen noch so viel Licht, dass ich nach dem Einstellen der Augen alles gut sehen konnte. Eva zog sofort ihr Nachthemd aus, ich meinen Schlafanzug, dann schmusten wir im Bett. Als ich die Feuchtigkeit in ihrer Scheide fühlte und mein Penis stand, schob ich mich

zwischen ihre Schenkel. Ich habe ja immer versucht, die Frauen zum Orgasmus zu bringen, auch wenn das nicht immer gelang. Also bewegte ich mich so in ihr, dass ich möglichst lange in ihr bleiben konnte, ohne abzuspritzen. Zu meiner Freude gelang das und Eva war sehr glücklich. Später vertraute sie mir an, ihr Mann hatte nach einer Woche Enthaltsamkeit fast immer einen solchen sexuellen Druck, dass er bereits nach den ersten Kolbenbewegungen kam. Nun genoss sie es also, dass sie gleich bei unserem ersten Akt einen schönen Orgasmus hatte. Als mein Penis zu erschlaffen begann und ich fürchten musste, dass er aus dem nassen Kondom rutscht, trennten wir uns. Ich wollte ins Bad, mich da unten reinigen und das Kondom entsorgen. Eva musste Pipi machen. Ich schlug ihr vor, dass wir gemeinsam ins Bad gehen. Ich sehe ja gern zu, wenn Frauen ihr Wasser herausspritzen. Aber Eva lehnte ab. Sie war das ganz deutlich nicht gewöhnt. So gingen wir hintereinander ins Bad. Hinterher bat ich Eva, Licht im Schlafzimmer zu machen. Ich wollte sie genau betrachten. Vor dem zweiten Akt wollte ich auch mit Lippen und Zunge in ihre Scheide gehen. Ich habe das immer gern getan. Da machte sie mit. Und allmählich wurde sie immer lockerer. Wir liebten uns bald ein zweites Mal. Und nun kam ihr Orgasmus noch etwas schneller. Dann schliefen wir gemeinsam ein. Gegen Morgen, als es schon hell wurde, hockte sie sich über mich. Und wir taten es noch einmal mit großer Intensität. Nach ihrem Orgasmus strahlte sie, wie ich es noch nie bei ihr gesehen habe, und ihre Brüste hüpften. Und nun wollte sie unbedingt mit mir ins Bad gehen, wo ich ja nur das Kondom entsorgte, meinen Penis wusch und Pipi machte, um das Sperma aus dem Gang heraus zu waschen. Sie pullerte nun auch in meiner Gegenwart. Wir verabschiedeten uns sehr zärtlich und ich ging nach unten in unser Bad. Dort standen Diana und Klaus, Klaus trug schon seinen Schlafanzug, Diana war gerade dabei, ihren Büstenhalter auf dem Rücken zu schließen. Beide wirkten sehr zufrieden. Später berichtete mir Diana, sie hätten es zweimal getan, sie hätte keinen Orgasmus bekommen, er wäre einfach zu schnell gewesen. Aber sie hätten viel Zärtlichkeiten ausgetauscht und das genügte ihr „fürs Erste",

wie sie sagte. Wir besprachen noch, gemeinsam Frühstück zu essen, auch mit den Kindern, dann ging Klaus nach oben. Diana hatte noch ihren berühmten Glanz in den Augen, den sie immer bekam, wenn sie erfüllten Sex hatte. „Er hat sich sehr ausführlich mit meinen Brüsten beschäftigt, das war auch schön." Wir zogen uns dann schnell an und machten das Frühstück für uns alle. Es wurde ein sehr fröhliches Miteinander. Am Tisch verabredeten wir, es am Abend wieder zu tun. Und so ging es ein Vierteljahr, jeweils an den Wochenenden. Dann sagte Eva plötzlich am Kaffeetisch: „Ich muss euch sagen, ich bin schwanger." Diana sah sie fest an und sagte: „Ich auch." Wir Männer sahen uns betreten an. Meist hatten wir ja mit Kondomen gewirkt. Aber manchmal, etwa wenn wir es schon ein oder zwei Mal in dieser Nacht getan hatten, hatten wir es „ohne" gemacht. Wir überlegten also, was zu tun wäre. Da wir ja auch weiter mit unseren eigenen Frauen Sex hatten, wurde nicht klar, ob nun der Ehemann oder der Sexpartner der Erzeuger des Kindes war. Kurz wurde auch über einen Schwangerschaftsabbruch gesprochen – ich weiß nicht mehr, wer das Thema angeschnitten hatte, ich glaube, es war Eva. Aber nach einigem Hin und Her stand fest: So etwas würde es bei uns nicht geben. Ich hatte mich noch auf den Eid des Hippokrates festgelegt, der einen Arzt verpflichtet, entstehendes Leben zur Blüte zu bringen und nie entstehendes Leben zu vernichten. Plötzlich lächelte Klaus: „Eigentlich ist es doch gleichgültig, wer welches Kind gezeugt hat Wir haben wie eine große Ehegemeinschaft zusammengelebt und geliebt, da spielt das doch keine Rolle. Wenn unser Kind getauft wird, sollt ihr auf jeden Fall Pate sein. Wenn euer Kind getauft wird, wäre ich gern bei euch Pate – und Eva sicher auch." Das entspannte das Gespräch. An unserem Miteinander änderte sich nur, dass wir keine Kondome mehr brauchten. Und da ich mein Leben lang schwangere Frauen immer besonders geliebt habe, freute ich mich an beiden Frauen.

Die Kinder wurden dann aber ihren richtigen Vätern so ähnlich, dass es keinen Zweifel gab, wer sie gezeugt hat. Und das erleichterte uns dann doch.

Klaus und Eva zogen kurz nach der Taufe ihres Sohnes fort. Damit war diese Geschichte beendet.

In dieser Zeit besuchte uns Annegret. Sie war Lehrerin an einer Oberschule. Sie war ausgesprochen intelligent, auch witzig, hatte nur körperliche Nachteile: Einmal war sie stark kurzsichtig, musste also eine dicke Brille tragen. Zum anderen hatte sie einen Klumpfuß und trug orthopädische Schuhe. Wohl durch den Fuß bedingt hatte sie auch eine schiefe Hüfte. Auffallend waren ihre überdurchschnittlich großen Brüste. Im Sommer lief sie bei uns mit tief ausgeschnittenen Kleidern herum und erregte damit wohl einiges Aufsehen. Als ich sie einmal darauf ansprach, antwortete sie: „Jeder Kaufmann legt seine besten Sachen ins Schaufenster."
Wegen ihrer körperlichen Nachteile hatte Annegret bisher keinen Mann gefunden. Sie war auch klug genug zu wissen, dass das bei ihr nicht einfach war. Doch zu ihrem 30. Geburtstag wollte sie entjungfert werden. Sie lud einen ihrer Schüler, einen achtzehnjährigen gutaussehenden jungen Mann, zu sich ein. Sie wusste, dass der es schon mit einigen Mitschülerinnen getan hatte. Unter den Mädchen ihrer Klasse gab es so etwas wie einen Wettstreit, wer als Erste mit einem bestimmten Jungen Sex hatte. Das musste auch so geschehen, dass die anderen es nachprüfen konnten. Einer dieser Jungen, der die Mädchen auch in Gegenwart anderer zufrieden stellen konnte, war dieser Junge, den sie einlud. Sie empfing ihn nackt und die beiden kamen dann auch sofort zur Sache. Der Junge kam ein paar Mal zu ihr und sie war sehr zufrieden. Er plauderte allerdings im Kreis der Schulkameraden aus, was er mit ihr erlebt hatte. Da fragte sie ein anderer Junge, ob er auch einmal zu ihr kommen durfte. Er durfte. Auch ein Dritter kam. Als sie uns das erzählte, fuhr sie fort: „Aber das war, als ob die Männer so etwas riechen. Plötzlich sprach mich ein Lehrerkollege an, ob er nicht einmal zu mir kommen kann. Dann ein zweiter." Sie nahm sie alle in ihr Bett, sie hatte ja so viel nachzuholen. Allerdings wurde es nun mit der Disziplin im Unterricht schwierig. Immer wieder einmal griff ihr ein Schüler unter den Rock oder an die Brust oder an den Hintern. Das

wurde natürlich der Schulleitung bekannt. Sie kam in eine andere Klasse. Doch die hatten erfahren, wie es mit ihr war, und taten es nun genau so. Da sollte sie in einen anderen Ort versetzt werden. In dieser Zeit war sie bei uns. Sie wohnte in der Gästewohnung in der oberen Etage unseres Hauses.

Wenn ich keinen Nachmittagsdienst hatte, legten wir uns gern nach dem Mittagessen hin. Auch Annegret wollte das tun, fragte uns aber vorher, ob wir etwas Erotisches zu lesen hätten, sie wäre scharf wie eine Rasierklinge. Wir hatten nichts. Ich konnte ihr nur ein paar der Magazine anbieten, die Toni mir verschafft hatte. Mit ein paar Heften ging sie nach oben. Kaum hatte sie die Tür hinter sich geschlossen, sagte Diana: „Geh hin zu ihr und besorg ihr's ordentlich!" Ich wollte nicht, ich hatte keine Lust auf sie. Abgesehen von den Brüsten war sie nicht mein Typ. Aber Diana sagte: „Ihr tust du einen Gefallen. Mir auch, weil du mich dann in Ruhe lässt. Und du hast hoffentlich auch etwas Spaß dabei." Ich zögerte immer noch. Aber dann ging ich nach oben. Ich klopfte nicht an, als ich in das Schlafzimmer eintrat. Da fuhr Annegrets Hand unter der Bettdecke hervor, sie wurde dunkelrot im Gesicht und stieß hervor: „Was willst du?" Ich erzählte ihr, was mir Diana gesagt hatte. Da lachelte sie: „Na, dann zeig mal, was du zu bieten hast." Ich entkleidete mich also. Mein Penis war nicht voll erigiert. Aber sie lächelte. Sie legte das Magazin auf den Nachttisch und schlug ihr Bett beiseite. Da sah ich, dass sie untenherum nackt war. Bald sah ich auch ihre geschwollenen Schamlippen. Nun begriff ich, dass sie sich selbst befriedigen wollte. „Komm ins Bett", sagte sie nur. Ich legte mich zu ihr und beschäftigte mich natürlich intensiv mit ihren wirklich wundervollen Brüsten. Die waren nicht fest, aber rund und sehr, sehr groß. Sie griff mir zwischen die Beine. Als mein Ding fest stand, legte sie sich so auf den Rücken, dass ich geradezu in sie hineinrutschte. Dann genügten wenige Bewegungen, bis sie ihren ersten Orgasmus hatte. Sie war sehr laut dabei. Ich gab mir alle Mühe, nicht auch gleich zu kommen, Ich wollte das Ganze noch genießen, wollte sehen, wie bei jedem Stoß ihre Brüste hin und her waberten. Aber natürlich kam ich

irgendwann, konnte jedoch noch so lange in ihr bleiben, bis sie ihren zweiten Orgasmus hatte. Als wir uns lösten, lächelte sie mich an: „Das hat gutgetan."

Eine Woche lang war ich nun regelmäßig in ihrem Bett. Sie war außerordentlich temperamentvoll. Von Liebe oder ähnlichem war aber keine Rede. Wir befriedigten nur unsere Sexualität. Diana wusste das und nahm es nicht weiter zur Kenntnis.

Irgendwann heiratete Annegret und wurde eine sehr brave und zufriedene Frau.

Zu den zwei Töchtern kamen im Laufe der nächsten Jahre noch zwei Kinder. Diana liebte das Sexuelle immer noch nicht so sehr – Klaus war die Ausnahme –, aber sie liebte die Kinder. Ich wurde in die große Stadtklinik als Chefarzt berufen. Wir blieben aber noch auf dem Land. Die Kinder hatten dort ideale Bedingungen. Sie beschäftigten sich mit den Tieren, sie pflegten ihre kleinen Gärten, sie hatten viele Freunde und wuchsen gesund heran. Sie machten uns viel Freude. Das Haus war sehr geräumig, jedes Kind bekam sein eigenes Zimmer. Diana hatte ihr Labor, ich mein Arbeitszimmer, in dem ich viel schrieb. Von Zeit zu Zeit meinte Diana: „Ich glaube, wir müssen sie irgendwann sexuell aufklären." Die Kinder waren manchmal unvermittelt ins Schlafzimmer gekommen, wenn wir uns geliebt hatten. Wenn Diana die Knie-Ellenbogen-Lage eingenommen hatte und ich von hinten in ihr steckte, konnten wir das auch nicht gleich lösen, und die Kinder hatten gefragt: „Was macht ihr da?" Wir hatten immer ausweichende Antworten gegeben. Manchmal lachten wir darüber, dass wir in einer Arztfamilie mit biologischen Gegebenheiten so verklemmt waren. Aber es war so. Doch irgendwann mussten wir mit ihnen darüber sprechen. Da wir aber nicht so recht wussten, wie wir das tun sollten, verschoben wir den Termin immer wieder. Doch an einem sehr warmen Augustnachmittag saßen wir beide im Wohnzimmer und tranken Kaffee. Da kamen drei von ihnen ins Wohnzimmer. Sie hätten miteinander überlegt, sagten sie, wie es zum Kinderkriegen kommt. Einiges hätten sie von Freundinnen gehört. Doch nun wollten

sie von uns wissen, wie das alles ginge. Wir wären ja schließlich ihre Eltern. Und der Vater wäre Arzt.

Diana und ich sahen uns an. Dann begann Diana zu erzählen, was da alles geschehe. Die Kinder hörten aufmerksam zu. Doch irgendwann fragten sie: „Könnt ihr uns das einmal zeigen, wie der Same in deinen Leib kommt, Mutti?" Diana sah mich etwas überrascht an: „Können wir das?" Damit meinte sie natürlich, ob jetzt mein Penis so steif würde, dass ich ihn bei ihr einführen könnte. Ich nickte. Schon bei dem Gedanken spürte ich die Erektion.

Da gingen wir mit den drei Mädchen ins Schlafzimmer. Wir entkleideten uns und als ich Diana sah und ihren Körpergeruch, vor allem den aus ihrer Scheide, wahrnahm, wurde mein Penis groß und fest. Das war für die Mädchen nichts Ungewöhnliches. Sie waren manchmal ins Bad gekommen, wenn ich da nackt stand und noch meine Morgenlatte hatte. Außerdem hatten sie ja auch meinen Penis gesehen, wenn Diana und ich es miteinander taten und ich mein Ding bei ihrem Eintritt ins Schlafzimmer aus Dianas Scheide gezogen hatte. Aber nun durften sie meinen erigierten Penis in ihre Hand nehmen und ihn genau untersuchen, die Eichel, die Vorhaut und die Hoden, wobei sie besonders das Auf und Ab der einzelnen Hoden interessierte. Wir erklärten ihnen, dass in den Hoden die klitzekleinen Samenfäden entstehen und durch den Penis in Dianas Scheide gelangen und von dort weiter in die Gebärmutter kommen. Dann brachte sich Diana in die Knie-Ellenbogen-Position, ich kniete hinter ihr und schob meinen Penis nach und nach in Dianas Spalt. Dabei staunte ich, wie feucht ihre Scheide war. Sie hatte keine Gleitcreme benutzt. Nach ein paar Minuten verständigten wir uns, die Lage zu verändern. Ich legte mich auf den Rücken, Diana kniete über mir. Sie nahm meinen Penis und schob ihn in ihre Körperöffnung. Wir wollten ja den Kindern die Hauptpositionen beim Geschlechtsakt zeigen. Übrigens ist dies meine Lieblingsstellung, weil dann die Brüste der Frau besonders schön zu sehen und zu streicheln sind. Irgendwann mussten wir aber aufhören. Ich musste mich schon mächtig konzentrieren, nicht abzuspritzen. Also legte sich

nun Diana auf den Rücken, ich legte mich zwischen ihre Schenkel, und wir machten weiter. Die drei Mädchen waren ganz still geworden. Mit großen Augen beobachteten sie unsere Bewegungen. Ich war inzwischen schweißnass geworden. Auch Diana roch sehr stark. Dann konnte ich mich aber nicht mehr zurückhalten. Ich zog meinen Penis aus Diana heraus und spritzte auf ihren Bauch. Diana erklärte nun den Kindern das Ejakulat. Die Kinder tippten mit ihren Fingern hinein, berochen es, leckten auch daran, und Diana erklärte, wenn ein Same mit einem Ei in ihrem Leib verschmilzt, entstehe ein Kind. Die Mädchen betrachteten auch sehr genau, wie mein Penis immer kleiner wurde. Sie wollten ihn auch anfassen. Dabei bekamen sie aber noch etwas Sperma an ihre Finger. Das berochen und beleckten sie weiter. Diana und ich mussten nun aber ins Bad, um Pipi zu machen. Ich spülte damit ja auch das Sperma aus dem Harnleiter heraus. Also gingen wir alle fünf ins Bad. Wir machten Pipi, ich wusch mein Geschlecht. Da fragten die Mädchen, ob wir denn nun ein Kind bekommen würden. Diana informierte sie über die wichtigsten Regeln der Schwangerschaftsverhütung. Das war damals vor allem die Benutzung eines Kondoms. Das wollten nun die Kinder auch sehen. Damals war ich schon nach rund zehn Minuten wieder potent. Ich umarmte Diana, streichelte ihren Hintern und ihre Brüste und roch ihren Leib. Sie griff mir zwischen die Beine und in ihrer Hand wurde mein Glied wieder fest. So gingen wir wieder ins Schlafzimmer und ich rollte ein Kondom über meinen Schaft. Dabei erklärte ich den Kindern, dass vorne Platz für das Ejakulat bleiben müsste. Klar war allerdings, dass nach so kurzer Zeit nur wenig Sperma zu erwarten war. Dann ging Diana in die Knie-Ellenbogen-Lage – das ist ihre Lieblingsposition, weil sie mich da besonders gut in sich fühlt. Und nun taten wir es ganz gleichmäßig. Die Kinder standen daneben, ohne viel zu sagen. Nach etwa einer Viertelstunde kam ich. Ich überlegte, ob ich dabei meinen Penis aus Diana herausziehen sollte. Aber ich blieb in ihr, bis mein Penis so schlaff wurde, dass ich fürchten müsste, aus dem Kondom herauszurutschen. Ich wollte den Kindern auch dies deutlich machen: Der Penis muss mit dem

Kondom rechtzeitig heraus, sonst sind alle Vorsichtsmaßnahmen vergebens. Dann ging ich wieder ins Bad.

Die Kinder fragten nun nichts mehr. Wenn sie aber wieder einmal unverhofft zu uns ins Schlafzimmer kamen und uns beim Sex überraschten, sagten sie meist nur: „Lasst euch bloß nicht stören!" Und wir machten weiter, auch in ihrer Gegenwart. Es sollte ihnen klar sein, dass Sex etwas ganz Normales ist.

Im Januar besuchten uns Martin und Rebekka. Martin war ein Berufskollege von mir. In der großen Klinik in der Bezirksstadt gab es viele Ärzte, die aber auf dem Land wohnten, so wie wir auch. Martin arbeitete als Urologe, Rebekka war Sprechstundenhelferin bei Martin. Sie berichteten, was wir bisher nur aus Andeutungen vermuteten: In der Faschingszeit gab es für den engsten Kollegenkreis eine Party in einer unserer Wohnungen. Bei dieser Party wurde gegessen, getrunken, gesungen, erzählt, gespielt und getanzt. Und wer mit einer Person aus unserem Kreis Sex haben wollte, konnte ganz offen auf das Objekt seiner Lust zugehen und sagen: „Kommst du mit?" Stimmte die angesprochene Person zu, konnten die beiden in einem der vorbereiteten Räume verschwinden und tun, was sie wollten. Allerdings waren Küsse oder langes Schmusen nicht erwünscht. Es ging darum, so schnell wie möglich zum Sex zu kommen. Ausdrücklich wurde von den Frauen erwünscht, dass sie nicht darauf warteten, von den Männern angesprochen zu werden, sondern dass sie auf die Männer zugingen, mit denen sie es haben wollten. Die Ärzte wussten, dass eine Frau ebenso sexuelle Lust hat wie ein Mann; diese Lust sollte befriedigt werden. Es wäre ja nur dieses eine Mal im Jahr, und es sollte dazu dienen, den Zusammenhalt der Gruppe zu stärken. Sie hatten das schon seit fünf Jahren so getan, und es hätte allen sehr gutgetan, vor allem wohl auch den Frauen. Die beiden fragten uns nun, ob wir uns vorstellen könnten, da mitzumachen. Ich sah Diana an. Sie machte ein fast erschrockenes, skeptisches Gesicht, meinte dann aber: „Dir würde es Spaß machen, nicht?" Ich nickte und da stimmte sie zu. Am Morgen vor dem betreffenden Tag stand sie länger als gewöhnlich

unter der Dusche. Sie rasierte unter ihren Armen die Haare ab. Sie schnitt die Haare auf ihrem Venushügel kürzer, rasierte auch an den Seiten. Sie legte ihren Spezial-Büstenhalter an, der unter der Brust und unter den Armen drückt, aber ihre Brüste sehr vorteilhaft formt. Sie hatte ja schöne und große Brüste, aber sie waren immer etwas schlaff. Deshalb dieser Büstenhalter. Sie zog auch einen Slip an, der ihren großen und weichen Hintern schön formt. Dann natürlich einen Strumpfhaltergürtel für die Nylonstrümpfe, wie das damals üblich war. Und dann eine weiße Bluse und einen engen schwarzen Rock zu hochhackigen Schuhen. Sie sah umwerfend schön aus. Würde ich sie nicht schon längst bewundern und lieben, hätte ich es jetzt getan.

Am frühen Nachmittag sollten wir erscheinen. Da waren wir überrascht, wie reizvoll sich alle Frauen angezogen hatten. Auf dem Land verhüllten die Frauen mit ihrer Kleidung ja möglichst ihre Reize. Jetzt betonten sie, was sie zu bieten hatten. Man darf ja nicht vergessen, dass die meisten Frauen in dieser Gruppe aus der Stadt kamen. Dort hatten sie studiert oder eine Fachausbildung bekommen. Nun auf dem Land konnten sie sich oft nicht so geben, wie sie das wohl gern getan hätten. Erika war Fachärztin für Haut- und Geschlechtskrankheiten. Sie zeigte mit einem tief ausgeschnittenen Kleid ihre überdurchschnittlich großen Brüste, die bei ihren Bewegungen herrlich hin und her schwappten. Sie trug an diesem Abend keinen Büstenhalter, sie wusste ja aus den vergangenen Jahren, was geschieht. Wenn sie sich im Stehen vornüberbeugte, sah man immer wieder einmal ihre Brustwarzen. Astrid war im siebenten Monat schwanger. Von Beruf war sie Gemeindeschwester und erfreute sich allgemeiner Beliebtheit mit ihrer heiteren und zuverlässigen Art. Damals kümmerten sich diese Schwestern auch um sozial Schwache. So fuhr sie mit einer Mutter, die vier Kinder hatte und mit Geld nicht umgehen konnte, auch in die Stadt und kaufte mit ihr lebenswichtige Dinge für die Familie ein. Sie trug an diesem Abend eine Art Toga. Durch die Schwangerschaft waren ihre Brüste deutlich größer geworden. Ihr sehr viel älterer Mann hatte keinen Sex mehr mit ihr, seit er von der Schwangerschaft erfahren hatte. Er war Diabetiker über

viele Jahre, durfte aber auch kein Potenzmittel nehmen, weil dann ein Herzinfarkt zu befürchten wäre. Das Kind hatte er in einer der ganz wenigen Akte gezeugt, die ihm ein paar Mal im Jahr möglich waren. Aber Astrid wollte gern Sex haben, auch und gerade in der Schwangerschaft, weil sie da keine Vorsichtsmaßnahmen treffen musste. Sie sagte mir einmal, sie habe immer wieder einmal geträumt, es mit einem anderen Mann zu genießen. So begleitete er seine Frau und gönnte ihr alle Erlebnisse – einmal im Jahr. Da konnte sie ihre Lust etwas ausleben. Rebekka war Sprechstundenhilfe. Da hatte Martin sich in sie verliebt und sie geheiratet. Martin war Urologe. Seine Frau erzählte einmal fast nebenbei, als Sprechstundenschwester bestünde ihre wichtigste Aufgabe darin, die Patientinnen so zu ordnen, dass am Morgen zuerst mindestens eine möglichst schöne Frau zur Behandlung in den Raum kam. Dann hatte Martin den Tag über gute Laune. Sie trug an diesem Abend ein sehr enges leuchtend rotes Kleid, das gewissermaßen jede Falte ihres Körpers abzeichnete. Sie trug auch nur einen kleinen Slip unter diesem Kleid. Ihre eher langen und vorn spitz zulaufenden Brüste sahen völlig anders aus als z. B. die von Erika und machten sie besonders interessant. Rotraut gab sich am zurückhaltendsten, auch mit ihrer Kleidung. Später blühte sie allerdings auf. Sie arbeitete in der Klinik als Fachärztin für Schmerzbekämpfung; das war damals ein ganz neuer medizinischer Zweig. Adelheid trug eine fast durchsichtige Nylonbluse, die damals noch in Mode war. Sie wärmte kaum, aber Adelheid wusste auch von den vergangenen Jahren, dass es in den Räumen sehr warm war. Unter der Bluse trug sie einen Büstenhalter, der eigentlich nur ihre Brüste abstützte, die Warzen aber sichtbar ließ. Adelheid war Zahntechnikerin, seit langem mit Erika befreundet und so in den Kreis gekommen.

In dieser Gruppe von Ärzten und medizinischem Personal war Diana als Fotografin die einzige Frau, die im engeren Sinn nicht dazugehörte. Vielleicht war das der Grund für das Interesse der Männer, natürlich auch die Tatsache, dass sie neu in diesem Kreis war, und ganz gewiss ihre große Schönheit.

Übrigens war kein einziges Mitglied dieser erlauchten Gruppe geschieden. Ich sprach sehr viel später mit Martin darüber, auch

mit Gerhard und Erich. Übereinstimmend meinten sie, das käme vielleicht von dieser Art, miteinander umzugehen, den Partner gewähren zu lassen, Toleranz zu üben, nicht gleich an Trennung zu denken, wenn einer oder eine von beiden mit einer anderen Person einmal Sex hat. Als medizinisches Personal wussten sie alle um die Kraft der biologischen Gegebenheiten. Sie wussten, wir müssen mit ihnen leben und sie ausleben.

Wir dachten auch an einen Kollegen in der Klinik, einen Professor. Er war ganz bestimmt nicht der Schönste; vielleicht deshalb stellte er den Assistentinnen und Studentinnen nach. Aus irgendwelchen Gründen hatte er auch bei den Damen Erfolg, was er sichtlich genoss. Da nahm ihn eine sehr attraktive Kollegin beiseite. Wenn er so weitermachte, sagte sie, könnte es an der Klinik eine Katastrophe geben. „Wenn du eine Frau brauchst, kannst du immer zu mir kommen und dich in mir entspannen. Aber lass die Mädchen in Ruhe." Wir wussten nicht, ob dieser Professor in Zukunft von den Mädchen abließ. Wir wussten nur, dass er wiederholt mit dieser Kollegin gesehen wurde. Aber so wie dieser Kollege wollten wir es nicht halten. Rotraut hatte nichts dagegen, wenn ihr Mann einmal zu Erika ging, vielleicht hatte sie es sogar gern. Und Horst war ein paar Mal bei Diana, das war Dianas Sache. Aber viel mehr geschah nicht. In der Klinik blieben wir sachlich und zurückhaltend.

Die Gastgeber führten uns durch die Wohnung. Sie zeigten uns auch gleich drei kleinere Räume, in denen Betten standen. Auf den Nachttischen sahen wir Kondompackungen, Gleitmittel und Kosmetiktücher. Die Räume waren sehr warm geheizt. Hier konnte man sich nackt aufhalten. Das Ehepaar zeigte uns dann auch das gut geheizte Bad mit einer Toilette, führte uns auch noch zu einer zweiten Toilette etwas abseits, wo man sich etwas länger aufhalten konnte, sollte man das Bedürfnis dazu haben. Überall spielte leise leichte Musik.

Die Party begann mit Kaffee und Kuchen, auch schon mit Alkohol. Die Damen tranken irgendwelche Liköre, die Männer härtere Sachen. Ich trank wie immer nur Wasser. Wenn ich Alkohol trinke, werde ich ganz still und traurig – ganz im Gegensatz

zu vielen Männern, die den Alkohol brauchen, um auf Touren zu kommen. Egbert lief schon auf vollen Touren. Dauernd machte er anzügliche Bemerkungen, etwa über Erikas schwappende Brüste oder Rebekkas hübschen Po. Dann schaltete Martin sein Tonbandgerät ein. Wir hörten Walzermusik, Foxtrott, Tango – Musik, nach der man sehr gut tanzen konnte. Martin eröffnete mit Rebekka, ich mit Diana, auch Erich tanzte langsamen Walzer mit Astrid. Nur Erika fehlte ein Partner. Aber bald brachte Gerhard seine Frau zu ihrem Platz und tanzte mit Erika, Gerhard und Erika arbeiteten gemeinsam in der Praxis, die zur Poliklinik gehörte. Durch diese Zusammenarbeit waren sie sich auch persönlich nähergekommen. Es war schön, die beiden so schwungvoll tanzen zu sehen. Jeder von uns wusste ja, dass die beiden ein Verhältnis hatten. Aber in dieser Gemeinschaft gab es weder Vorschriften noch Vorurteile. Jeder durfte so sein, wie er nun einmal war. Plötzlich stand Egbert vor Diana und fragte: „Wollen wir in ein Zimmer gehen?“ Wir wussten, was das bedeutete. Diana sah ihn ganz überrascht an und schüttelte den Kopf. Deutlich enttäuscht ging er zu Rebekka und flüsterte mit ihr. Und die beiden verschwanden. Nun merkten wir erst, dass vor den beiden schon Gerhard mit Erika fort war. Da sang Martin: „Im Wald und auf der Heide, da such ich meine Freude.“ Diese Liebesspiele waren ja ausdrücklich an diesem Abend möglich, wenn Partnerin und Partner einverstanden waren. Einmal im Jahr, einen einzigen Abend und eine einzige Nacht durfte dieses Spiel geschehen. Diana und ich waren ja zum ersten Mal dabei. Aber alle anderen hatten das schon ein paar Jahre lang so gehalten. Sie wussten, wie das ging. Sie wussten auch, wie jeder sich in dieser Situation verhielt. Als Martin und Rebekka uns einluden, hatten sie uns schon auf dieses Spiel vorbereitet: „Ihr könnt sicher sein – alle Männer wollen es mindestens einmal mit Diana tun, alle Frauen wollen wissen, wie du ihnen Lust bereitest.“ Wir waren also vorbereitet und doch war Diana so überrascht, als Egbert zu ihr kam. Sie sagte „Nein“ und schüttelte den Kopf. Sie flüsterte mir zu: „Später werde ich es wohl mit ihm tun müssen.“ Und als nun Martin auf sie zukam und sie bat, mit ihm in

das dritte noch freie Zimmer zu gehen, ging sie mit. Allerdings kam sie nach einer knappen Viertelstunde wieder zurück. Ich fragte sie leise, wie es gewesen wäre. Sie antwortete, es wäre ein Schnellschuss von Martin gewesen. Auf seinen Wunsch hatte sie sich ganz und gar ausgezogen; nur den Strumpfhaltergürtel und die Strümpfe hatte sie angelassen, das fand Martin so erotisch. Er hatte sich auch ganz ausgezogen. Da hatte sie seinen wirklich sehr ansehnlichen Penis bewundert. Der war länger und dicker als alles, was sie bisher gesehen und in ihrem Körper gefühlt hatte. Fast reflexartig hatte sie mit ihrer linken Hand seinen Penis in die Hand genommen und gestreichelt. Martin rollte dann ein Kondom über, sie legte sich auf den Rücken und öffnete ihre Schenkel. Er schob sein erstaunliches Ding in ihren Spalt – und dann hatte er schon seinen Orgasmus. Er war sehr beschämt und stammelte irgendeine Entschuldigung. Da hatte sie ihn getröstet, beim nächsten Mal würde es sicher besser werden. Als sie mir das so erzählte, flüsterte sie: „Ich würde es wirklich gern noch einmal mit ihm machen. Der füllt mich unten ganz und gar mit seinem Ding aus.“

Als wir noch so standen, kam Astrid auf uns zu und fragte mich: „Wollen wir in ein Zimmer gehen?“ Wir sahen uns um: Dianas Zimmer war sicher frei. So verließen wir den großen Raum. Astrid öffnete eine Tür: Da liebten sich gerade sehr intensiv Gerhard und Erika. Es sah hinreißend aus, diese üppige Frau, der bei jedem Stoß die Brüste hin und herschwankten. Als sie uns sah, lächelte sie uns an. Sie hatte deutlich Vergnügen an der Aktion. Gerhard arbeitete ganz konzentriert in Erika. Ich weiß gar nicht, ob er uns wahrnahm. Ich hätte gern noch zugesehen. Aber Astrid schloss schnell wieder diese Tür und dann fanden wir den leeren Raum. Sie knöpfte sofort ihr Kleid auf und legte es über den Stuhl. Dann nahm sie den Büstenhalter ab. Die großen schweren Brüste lagen auf ihrem deutlich gewölbten Bauch. Es war ein hinreißender Anblick. Ich habe ein Leben lang schwangere Frauen immer besonders erotisch empfunden. Mein Penis begann sofort zu erigieren. Astrid zog dann ihren Slip aus. Sie war unten völlig glattrasiert. Sie erklärte mir auf mein Erstaunen,

das wäre schon eine Vorbereitung auf die Entbindung. Sie legte sich dann auf den Rücken, aber ich schlug ihr vor, dass wir beide seitlich liegen sollten, dann würde ihr Bauch nicht belastet. Sie lächelte und sah mir zu, wie ich mich auskleidete. Als ich nach einem Kondom auf dem Nachttisch griff, meinte sie, das wäre doch nicht nötig, sie wäre ja schon schwanger. Ich wandte ein, vielleicht wäre ihr mein Sperma in ihrer Scheide unangenehm. Doch sie antwortete, darauf hätte sie sich schon die ganze Zeit gefreut. Sie wollte ja wissen, wie der Saft bei mir roch und schmeckte. Sie hätte wiederholt gehört, der würde anders als bei verschiedenen Männern riechen und schmecken. Also legte ich mich zu ihr und wir taten es ganz gleichmäßig. Sie kam erstaunlich schnell zum Orgasmus. Sie hatte sich wohl sehr intensiv darauf eingestellt. Da ließ ich mich auch gehen und spritzte ab. Hinterher steckte sie wirklich zwei Finger in ihre Scheide, führte sie zum Mund und beroch und beleckte die Finger. Wir schmusten dann noch ein wenig. Astrid sagte, sie würde mich gern noch an verschiedenen Stellen meines Körpers berühren. Sie strich über Brust und Bauch, sie nahm die Hoden in ihre hohle Hand und massierte sie ganz leicht. Sie machte mir auch deutlich, sie wollte gern, dass ich ihre Brüste und ihre Scheide streichele. „Eine Frau lässt sich gern streicheln", sagte sie. Dann gingen wir ins Bad. Wir wollten beide Pipi machen und uns unten herum waschen. Im Bad standen noch Gerhard und Erika. Ich sah diese Frau nun zum ersten Mal nackt und nahm mir vor, sie zu bitten, sobald ich wieder konnte. Alle vier waren wir miteinander sehr fröhlich und gelöst.

Als ich zurück in den Saal kam, fehlte Diana. Auch Egbert war nicht da. Nach einer ganzen Weile kamen die beiden zurück. Egbert strahlte. Diana schien durchaus zufrieden. Ich fragte sie, wie es war. Sie flüsterte, sie hätte einen Orgasmus bekommen. Ich bemerkte nun, dass sie keinen Büstenhalter mehr trug. Ich fragte sie danach, und sie antwortete, das ständige An- und Ablegen wäre viel zu umständlich, es wären ja noch mehr Männer zu erwarten. Deshalb hätte sie den BH weggetan. Ich meinte, dann brauchte sie auch keinen Slip, der müsste auch dauernd aus- und

angezogen werden. Diana hob lächelnd ihr Kleid so hoch, dass ich ihren behaarten Venushügel sehen konnte. Sie trug also auch keinen Schlüpfer mehr. Ich betrachtete nun genauer die Silhouetten der Frauen ringsum und stellte fest, dass keine von ihnen mehr einen Büstenhalter trug und, soweit ich erkennen konnte, auch keinen Slip mehr. Sie erwarteten ja alle, mit einem Partner zu spielen. Nach und nach erfuhr ich auch von den Frauen, wie gern sich Männer von ihnen streicheln lassen, nicht nur am Geschlecht – dort allerdings am liebsten – auch am Rücken, am Po, am Bauch, an der Brust. So wie sie gern Frauen streicheln, möchten sie gestreichelt werden.

Die Silhouette von Adelheid erschien mir besonders schön. Sie trug zu der Nylonbluse einen ungewöhnlich kurzen Rock, der ihre wirklich schönen langen Beine sehr vorteilhaft zur Geltung brachte. Ihre Brust war nicht sehr groß, aber fest, ihr Rücken zeigte einen wunderschönen Bogen und machte dann auf den schwungvollen Hintern aufmerksam. Mein Penis begann bei ihrem Anblick zu schwellen. Ich ging auf sie zu, um sie zu bitten, mit mir in einen Raum zu gehen. Aber ehe ich den Mund aufmachen konnte, sagte sie schon: „Wollen wir?" Und ohne weiteres ging sie vor mir aus dem Wohnzimmer. Fasziniert beobachtete ich, wie sie sich bewegte – ein herrliches Schwingen ihrer Hüften! Im kleinen Raum stand sie erstaunlich schnell nackt vor mir. Ich war begeistert von ihr, ich hatte lange nicht mehr eine so rassige Frau gesehen. Auffällig waren ihre dunklen Brustwarzen mit dem großen Warzenhof, auffällig auch die Grübchen auf ihrem Po. Als Mediziner wusste ich natürlich, wie solche Grübchen entstehen, ich sah die deutlichen Gesäßmuskeln. Als Mann aber begeisterte mich der Anblick dieser schönen Körperpartie. Wir legten uns dann auf das Bett, Sie lag auf dem Rücken, wollte es aber bald von hinten haben. Ich bewunderte ihre schöne Rückenlinie. Ich war hinterher nicht sicher, ob sie einen Orgasmus hatte. Aber ich hatte mich eine gute halbe Stunde in ihr bewegt, als ich kam. Sie ging nicht mit ins Bad, sie hatte ja kein Sperma in ihre Scheide bekommen. Wir kleideten uns an und gingen wieder ins Wohnzimmer.

Im Wohnzimmer war wieder Diana verschwunden. Sie kam irgendwann mit Martin zurück. Der war ja beim ersten Mal zu früh gekommen und wollte es nun wieder richtig mit ihr tun. Diana war dann auch zufrieden. „Der hat den längsten und dicksten", erzählte sie mir hinterher am Tisch, „er hat mich richtig ausgefüllt, bis zur letzten Ecke." Dann lächelte sie: „Eigentlich finde ich es ganz lustig, so unterschiedliche Schwänze in meinem Loch zu haben. – Wie ist es bei dir?" Ich stimmte ihr zu, es wäre auch für mich reizvoll, es mit unterschiedlichen Frauen zu tun. Aber noch schöner war es für mich zu sehen, wie sich die Brüste der Frauen anfühlten, wie sie sich bei meinen Kolbenbewegungen bewegten, wie sie aussahen. Diana erzählte mir flüsternd, welche Freude die Männer empfanden, wenn sie als Frau ihren erigierten Penis in die Hand nahm und das Glied massierte, auch wenn sie es in ihren Mund nahm und daran lutschte. Sie hatte es fast reflexartig bei Martin getan, weil ihr sein Penis so gut gefiel, und sie war ganz überrascht, wie er das genoss.

Ich freute mich immer mehr über Dianas Verhalten. Zunehmend hatte sie Freude daran, es mit einem anderen Mann zu tun. Da löste sich etwas in ihr, das später dazu führte, dass sie von sich aus auf einen Mann zuging, der ihr gefiel, und dann mit ihm ins Bett ging. Davon wird später noch zu erzählen sein.

Wir saßen also wieder am Tisch, aßen, tranken, sangen, erzählten, tanzten und freuten uns an den Menschen um uns. Die Frauen wurden immer selbstbewusster und gingen von sich aus auf die Männer zu, um mit ihnen in eines der Zimmer zu gehen. Wir fühlten uns auch nicht gestört, wenn wir auf dem Bett lagen und plötzlich die Tür aufging und jemand hereinschaute. Eifersucht oder ähnliches gab es nicht. Wir waren eine große Familie. Erich konnte ja aus gesundheitlichen Gründen nicht mehr mitmachen. Er hatte aber nichts dagegen, dass Astrid einen Mann nach dem anderen in einen der Räume zog und sich von ihm durchorgeln ließ. Das, was wir taten, war ja reine Biologie. Mit Liebe hatte das kaum etwas zu tun, nur mit Zuneigung. Wir mochten uns. Ich sah eine Frau nach der anderen nackt und freute mich an ihnen. Irgendwann hatte ich es mindestens einmal mit jeder Frau getan. Das war

schön, aber das war Biologie. Das sah Erich auch so. Im Bad standen immer häufiger halbnackt oder ganz nackt Männer und Frauen herum und wuschen ihr Geschlecht. Dabei plauderten sie fröhlich miteinander. Und wenn ein Mann z. B. Erikas Brüste streichelte, kommentierte das niemand. Es gehörte in dieser Nacht dazu.

Ich hatte neben Astrid meine große Freude an Erika. Irgendwann sagte sie, Sex wäre ja so natürlich wie Essen und Trinken, man sollte es tun, wenn man Appetit oder gar Hunger hätte. Ich fragte sie, als wir zusammen lagen, warum sie nicht verheiratet wäre. Sie antwortete, so wäre sie freier, sich den Mann herauszusuchen, auf den sie Lust hatte. Und für den regelmäßigen Verkehr wäre ja Gerhard da. Seine Frau wäre ganz froh, wenn er sie nicht so oft bedrängte. Er hätte mehr als genug Potenz für mindestens zwei Frauen. Bei unserem Sex bat ich sie, dass sie über mir kniete. Ich wollte ihre wirklich wunderschönen Brüste über meinem Gesicht baumeln sehen und sie streicheln. So bewegte sie sich mit ihrem Unterleib und ich streichelte ihre schaukelnden Brüste. Rotraut ließ sich ganz ruhig und brav von mir durchvögeln, aber wir wiederholten das Spiel in dieser Nacht nicht mehr. Ich wollte nur wissen, wie ich mich in ihrem Leib fühlte. Ihr Körper entsprach auch nicht so ganz meinen Vorstellungen von einer schönen Frau. Ich verstand schon, dass Gerhard es gern mit Erika tat. Die war sehr viel reizvoller für einen Mann. Bei Adelheid stimmte alles: das schöne Gesicht mit den vollen Lippen, der schlanke Körper mit der zauberhaften Biegung der Rückenlinie, der feste Hintern, die interessanten Brüste, die langen formschönen Beine, der Traumspalt, in den ich ohne irgendwelche Schwierigkeiten hineinrutschte. Sie hatte sich eine Spirale einsetzen lassen, die eine Schwangerschaft verhindern sollte. Wir konnten uns also hemmungslos vergnügen und wir taten es in dieser Nacht ein paar Mal. Wir waren – bis auf Erich – alle Ende zwanzig/Anfang dreißig Jahre alt, da hatten wir Männer noch fast unbegrenzt Potenz. Außerdem glaube ich, dass einige Kollegen auch irgendwelche Substanzen genommen hatten, die es damals offiziell noch nicht gab. Und dann hatte natürlich auch die Abwechslung ihren eigenen Reiz.

Nach Mitternacht setzten wir uns noch einmal an den langen schmalen Tisch, um zu essen und zu trinken. Es war ja noch so viel auf dem Büffet. Von dort nahmen wir, worauf wir Appetit hatten, und setzten uns zum Essen hin. Der Tisch war so schmal, dass wir mit unseren Knien oft die Knie des Gegenübers berührten. Ich sah auch einmal, wie Egbert unter dem Tisch seine rechte Hand zwischen Dianas Oberschenkel schob und sie streichelte. Wie weit er da kam, weiß ich nicht. Aber Diana öffnete wie automatisch ihre Schenkel. Einen Schlüpfer hatte sie ja schon lange nicht mehr an. Und da die beiden vorher ausgiebig miteinander gevögelt hatten, kann ich mit Recht annehmen, dass er mindestens zwei Finger in ihrem Spalt hatte. Doch das war erlaubt, wenn Diana einverstanden war.

Erst später wurde mir bewusst, dass dieser Abend, diese Nacht für Diana so etwas wie eine Initialzündung bedeutete: Sie bekam Lust am Sex auch und besonders mit anderen Männern. Auch sie machte es sich zu eigen, dass Sex so selbstverständlich ist wie Essen und Trinken. Wenn einer Frau danach ist, sollte sie es tun. Auch sie unterschied von nun an Sex von Liebe. Von nun an konnten wir ganz offen Sex mit einem Partner oder einer Partnerin haben, ohne dass unsere Liebe und Zuneigung dadurch Schaden nahmen.

Da an diesem Abend schon jeder Mann mit jeder Frau mindestens einmal verkehrt hatte, war die Stimmung sehr gelöst. Keine der Frauen trug mehr einen Büstenhalter oder einen Slip, nur ein oft sehr dünnes Kleid und immer wieder beobachtete ich, wie ein Mann einer Frau an die Brüste oder an den Hintern griff, aber auch manche Frau einem Mann an den Po oder zwischen die Schenkel fasste. Erika hatte eine Hand in die Hose von Gerhard geschoben, man sah, dass sein Pimmel steif und fest war. Es war ja alles erlaubt und mancher Mann präsentierte irgendwann stolz sein langes oder dickes Ding. Da hatte es zu dieser Zeit ja schon in jeder Frau gesteckt – außer in der eigenen.

Martin und Rebekka machten ein geheimnisvolles Gesicht. Sie hatten noch eine Nachtischüberraschung vorbereitet, sagten sie, eine richtige Leckerei. Da Martin ausgesprochen gern aß und

naschte, dachten wir natürlich an eine Creme oder eine Eisbombe. Als das Essen beendet war, verschwand Rebekka in ihrem Schlafzimmer. Wir trugen das benutzte Geschirr und Besteck in die Küche und wischten den Tisch sauber. Dann kam Martin und legte eine dicke Schlafmatte auf den schmalen Tisch. Er ging zum Tonbandgerät und bald hörten wir orientalisch anmutende Musik. Er zündete eine ganze Reihe Kerzen an. Dabei halfen wir ihm. Dann schaltete er das elektrische Licht aus. So entstand eine sehr heimelige Atmosphäre. Da öffnete sich die Schlafzimmertür und Rebekka tänzelte wie eine Schlangenbeschwörerin heraus. Sie war völlig nackt. Dieser Eindruck verstärkte sich, weil sie auch ihr Geschlecht ganz glattrasiert hatte. Das fiel mir zuerst auf; denn als ich vor drei Stunden mit ihr allein in einem der drei Räume war, war sie unten noch ganz dicht und schwarz behaart. Sie hatte ein sehr großes Dreieck und ich hatte noch in ihrem langen Haarwuchs dort gekrault und gesagt: „Wenn du die mal kürzer schneidest, hätte ich gern ein kleines Büschel." Und sie hatte es mir versprochen. Auch unter den Armen erinnerte ich mich an ihre Behaarung. Nun also diese völlige Nacktheit. Sie war ja sehr grazil und erinnerte so an ein junges Mädchen, auch wenn sie als Frau sehr ausgereift war. Sie hatte feste Oberschenkel, einen straffen Po, einen relativ flachen Bauch. Ich sah auf ihre Brüste, die ja völlig anders waren als die der anderen Frauen in diesem Raum. Sie waren nicht klein, aber nahezu zylindrisch und liefen nach vorn spitz zu. Ihre Brustwarzen waren dunkel. Die fast schwarzen seidenglänzenden Haare trug sie offen. Sie flossen über ihre schön geformten Schultern. Sie hatte ihre Augenbrauen mit dem Stift nachgezogen, dazu kamen Lidschatten und ein dunkelrot leuchtender Lippenstift. Sie war das ideale Bild einer orientalischen Tänzerin. Aber sie tanzte nicht. Sie legte sich mit dem Rücken auf die Matte, die auf dem Tisch lag. Und nun merkten wir, worum es ging: Sie hatte sich vom Hals bis zu den Oberschenkeln mit Honig bestrichen. Martin verkündete, jeder oder jede könne nun an den Tisch treten und den Honig von ihrem Körper ablecken. An welcher Stelle des Körpers er das tun würde, wäre ihm überlassen.

Wir zögerten einen Moment. Dieses Angebot war doch etwas überraschend. Doch dann trat Egbert als erster an den Tisch und beleckte ihr Geschlecht. Das war bei ihm ja zu erwarten. Da trat ich auch an Rebekka heran. Ich beleckte eine ihrer schönen Brüste. Dabei nuckelte und saugte ich auch richtig an ihren Brustwarzen. Bald stand auf der anderen Seite Gerhard da und beschäftigte sich mit der anderen Brust. Und dann kamen die Frauen. Sie schleckten den Honig von Rebekkas Bauch. Und allmählich entstand ein stilles und gespanntes Miteinander. Seltsamerweise lachte niemand, nur ab und zu informierten sich die Teilhaber, wo noch etwas zu schlecken wäre.

Rebekka hatte die Augen geschlossen und gab keinen Laut von sich. Aber ihr Gesicht veränderte sich. Zuerst machte sie ein angespanntes Gesicht. Später erzählte sie, sie hätte noch nie so etwas getan, sie hätte nur einmal davon gelesen. Dann löste sich allmählich die Spannung, auch in ihrem Körper. Und dann begann sie auf unsere Kontakte zu reagieren. Als ich ausdauernd an ihrer Brust saugte, stöhnte sie leise. Egbert hatte nun allen Honig von ihrem Venushügel abgeleckt und sich auf ihre Klitoris konzentriert. Ihre Schamlippen waren übrigens deutlich dunkler als die bei den anderen Frauen. Er hatte seinen Kopf zwischen ihre geöffneten Schenkel geschoben. In der Scheide gab es keinen Honig, aber darauf kam es jetzt nicht an. Er schlürfte den Gleitschleim, der immer reichlicher aus ihrer Scheidenöffnung kam. Und dann bewegte sich Rebekka rhythmisch auf und ab. Wir machten eifrig weiter. Ich hatte Rebekkas Brust zwischen meinen beiden Händen und saugte an der Warze. Dabei hatte ich den Eindruck, dass die Warze größer wurde, aber das war wohl ein Irrtum. Sicher war nur, dass ihre Warzen ganz hart wurden. Gerhard tat es so wie ich an der anderen Brust. Die Frauen waren zurückgetreten und beobachteten uns und die Frau auf dem Lager. Sie flüsterten leise. Egbert saugte nun an der Klitoris. Mehr und mehr strömte Rebekka einen bestimmten Körpergeruch aus. Ich roch ihn besonders unter dem Arm, weil ich ja an einer ihrer Brüste lag. Aber als ich dann mit meinem Mund tiefer ging in Richtung Scheide, wurde der Geruch stärker. Allerdings

hatte ich auch zunehmend den Eindruck, dass auch die Frauen, die bei uns standen, einen ähnlichen Duft ausströmten. Vor allem Astrid und Erika, die unmittelbar in meiner Nähe standen, spürte ich so deutlich, dass ich ihnen am liebsten zwischen die Beine gegriffen hätte. Und dann reagierte Rebekka vor unseren Augen mit einem wundervollen Orgasmus. Sie hob ihren Leib weit nach oben und sank dann mit einem tiefen Seufzer auf ihr Lager zurück. Ihr ganzer Körper zitterte. Es war ganz still im Raum. Auch die Frauen flüsterten nicht mehr. Nach einer ganzen Weile erhob sich Rebekka langsam, sah in die Runde und sagte: „Das war schöner, als wenn jemand von euch sein Ding in mir hat." Sie stand auf, um sich im Bad zu duschen. Wir folgten ihr. Unsere Hände und Gesichter klebten ja auch vom Honig. Im Bad hockte sie sich sofort über das Toilettenbecken, dass wir, wenn wir uns etwas zu ihr neigten, sehen konnten, wie der Wasserstrahl aus ihrem Traumspalt schoss. Sie hatte keinerlei Probleme damit, dass wir um sie herumstanden und ihr beim Pullern zusahen. Kaum war sie fertig, hob auch Astrid ihr Kleidchen und hockte sich über das Toilettenbecken, doch tiefer als Rebekka. Ihre schweren Brüste hingen dabei über ihren Knien. Dann folgten Erika und Diana. Es war für uns schön zu sehen, wie unterschiedlich es aussah, wenn eine Frau Pipi machte. Unsere eigenen Frauen hatten wir ja oft genug gesehen. Aber nun im Vergleich! Aber wir hatten ja mit jeder von ihnen Sex praktiziert, da war es für die Frauen kein Problem, sich uns so zu präsentieren. Während Rebekka duschte, wuschen wir uns Gesicht und Hände am Waschbecken.

Nach dieser Aktion waren vor allem die Frauen so aufgeheizt, dass sie auf die Männer zugingen, sie an die Hand fassten und mit ihnen in einem der Räume verschwanden. Nun reichten allerdings die drei Räume nicht. Da öffnete Rebekka die Tür zu ihrem Schlafzimmer. Dort stand ein sehr breites Bett. Sie sagte: „Wenn ihr wollt, können da auch zwei Paare liegen." Normalerweise wollten die Paare ja gern allein im Raum sein. Doch in dieser Nacht, nach all dem, was geschehen war, wäre das kein Problem gewesen. Vielleicht hätte sogar mancher Mann oder manche

Frau gern in Gegenwart des Ehepartners oder der Partnerin Sex mit einer oder einem anderen gehabt. Ich sah aber nur immer ein Paar auch in diesem Raum. Die schwangere Astrid kam zu mir und nahm mich bei der Hand. Sie wusste, dass ich schwangere Frauen besonders schön finde und besonders gern liebe. Es war dann auch erstaunlich, wie schnell sie zu einem schönen Orgasmus kam. Und da sie ja schon schwanger war, konnte ich ohne Kondom in ihr stecken bleiben, bis mein Ding so klein war, dass es von allein herausrutschte.

Als wir uns am frühen Morgen verabschiedeten, schob mir Rebekka bei der Umarmung ein Papiertütchen in die Tasche. Dabei flüsterte sie: „Du wolltest doch Haare von mir haben. Diese sind ganz dicht an meinem Spalt abgeschnitten." Später öffnete ich die Tüte; es roch wirklich noch stark nach Rebekkas Traumspalt. In der folgenden Zeit roch ich immer wieder daran, wenn ich an sie dachte. Denn nach diesem Abend waren wir ein Jahr lang nicht wieder zusammen, erst wieder im nächsten Jahr.

Aber mit diesem kleinen Tütchen Schamhaare begann ich meine spezielle Sammlung. Wenn ich mit einer Frau Sex gehabt hatte, bat ich sie um Schamhaare als Erinnerung an dieses schöne Miteinander. Bei einigen Frauen war das natürlich nicht möglich, weil sie ihre Intimzone rasiert hatten. Christine etwa kämpfte mit einem Hautpilz und musste sich deshalb rasieren. Andere Frauen hatten sich in der Leistengegend rasiert, die Schamlippen und das Venusdreieck aber natürlich gelassen. Da schnitten sie mir etwas ab oder erlaubten mir, mit der Schere etwas abzuschneiden. Einige Frauen hatten auch erstaunlich lange und glatte Haare, und ich durfte mir relativ viel abschneiden. Einige Frauen, mit denen ich länger Kontakt hielt, ließen auch extra für mich an bestimmten Stellen ihr Haar wachsen und schnitten es dann für mich ab. Ich tat alles in einer größeren Tüte zusammen. Nur Rebekkas Haare behielt ich lange getrennt von den anderen, weil sie so speziell rochen. Im Laufe der Jahre entstand so etwas wie ein kleines Kissen, das ich bei Reisen möglichst mitnahm. So nahm ich gewissermaßen viele meiner Gespielinnen mit. Kurioserweise hatte ich kein Schamhaar von Diana dabei;

sie weigerte sich konsequent, mich etwas von ihrer reichlichen Behaarung abschneiden zu lassen. Weshalb das so war, hat sie mir nie gesagt. Ich weiß aber, dass mir ein Freund nach ihrem Tod ein Tütchen zeigte, das Haare von Diana enthielt. Ich bat ihn, mir das Tütchen zu überlassen, und er schenkte es mir. Nach ihrem Tod berichtete mir der eine oder andere Freund oder Bekannte, wie selbstverständlich, wie problemlos Diana mit ihm Sex hatte. Mir verweigerte sie ja auch später noch das Vögeln mit ihr, und sie mochte es gar nicht, dass ich mit Zunge und Lippen ihr Geschlecht erkundete. Aber mancher Mann deutete an, wie gern sie es hatte, wenn er es so bei ihr tat. Und dass sie manchen anderen Penis gern in ihrem Leib hatte, hörte ich später immer wieder einmal. Ich nahm das so hin, es gab ja so viele andere Frauen, die mich gern in ihrem Geschlecht hatten.

Seltsamerweise haben wir eine solche Aktion wie das Honiglecken nie wiederholt. Dabei hatten sich zwei Frauen ausdrücklich dazu bereit erklärt. Die schwangere Astrid sagte am Tisch, als wir die Matte wegnahmen: „Im nächsten Jahr, wenn ich entbunden habe, würde ich mich auch gern abschlecken lassen." Bis auf Diana sagte jede Frau später: „Ich stell mir das sehr reizvoll vor. Rebekka hatte dabei ja einen wunderschönen Orgasmus." So bleibt dieses Ereignis in seiner Einmaligkeit unvergessen.

Danach gingen wir alle wieder ins Wohnzimmer. Hunger hatte niemand mehr. Aber alle waren nach dem schönen Erlebnis mit Rebekka noch so aufgekratzt, dass sie noch etwas trinken wollten. Auch die Frauen tranken gern etwas. Die Männer tranken Alkoholisches, die Frauen wollten nachher die Autos nach Hause fahren und tranken Alkoholfreies. Ich hatte ja keinen Alkohol getrunken, ich konnte fahren. Da durfte Diana etwas trinken, ich glaube, sie trank Wein. Während wir also mit unseren Gläsern in der Hand zusammenstanden und erzählten, sagte plötzlich Erika: „Ich hab vor ein paar Tagen in einem Buch gelesen – davon muss ich euch erzählen." Es ging um die „Maghrebinischen Geschichten" von Gregor von Rezzori, Maghrebinien ist ein fiktiver Ort auf dem Balkan. Da gab es nach Rezzori einen Gutsbesitzer,

dem das ganze Dorf mit den Einwohnern gehörte. Dieser Mann kam an einem heißen Sommertag in der Mittagszeit mit seinem Begleiter von einer längeren Reise in den Ort zurück. Da sah er die Landleute an einer Scheune bei einem fröhlichen Spiel. Die Frauen steckten ihre Köpfe in das Stroh, so dass sie nichts sehen konnten. Dann streckten sie ihre entblößten Hinterteile so in die Höhe, dass die Männer mit ihren Schwänzen in ihre Fotzen gleiten konnten. Die Frauen mussten nun erraten, welcher Mann in ihnen steckte. Errieten sie es, bekamen sie einen bestimmten Geldbetrag aus einem Korb mit Geld. Rieten sie falsch, hatten sie einen bestimmten Betrag zu bezahlen.

Der Gutsbesitzer näherte sich der Gruppe und gab Zeichen, ihn nicht zu verraten. Denn im Stroh streckten gerade seine Frau und seine Tochter ihre Hinterteile in die Luft. Einer der Landleute flüsterte dem Gutsherrn zu, die Frau und die Tochter hätten in den vergangenen Tagen bei diesem Spiel bereits eine ganze Menge Geld verloren. Das wollten sie nun wieder zurückgewinnen. Der Gutsherr holte nun sein imposantes Ding aus der Hose und schob es in den Traumspalt seiner Tochter. Da jubelte die: „Aber das bist doch du, Vati!"

Soweit die Geschichte, die Erika erzählte. Bezeichnenderweise entwickelte sich ein sehr reges Gespräch nicht um die Tatsache, dass der Gutsherr es regelmäßig mit seiner eigenen Tochter getan haben musste, dass sie ihn sofort an seinem Ding erkannte. Auch dass ganz augenscheinlich seine Frau von dieser Sache wusste, war nicht Gegenstand der Gespräche. Und auch, dass die Gutsherrin mit wohl allen Männern des Ortes gevögelt hatte, spielte keine Rolle. Und schon gar nicht, dass alle Einwohner dieses Ortes miteinander Sex hatten, sonst hätten sie ja gar nicht dieses Spiel treiben können. In unserer Diskussion ging es allein darum, ob es einer Frau möglich sei, auf eine solche Weise den Mann zu erkennen. Die Mehrzahl der Frauen hielt es für unmöglich. Sie würden mit verbundenen Augen wohl nicht einmal ihren eigenen Mann erkennen. Nur Erika meinte, bestimmte Männer könnte sie wohl an ihrem Temperament erkennen. Da stimmten ihr auch einige andere Frauen zu. Vor allem in der Schlussphase,

also unmittelbar vor dem Orgasmus, könnte man wohl die Männer erkennen. So ging es hin und her. Da meinte Martin: „Wir haben ja alle miteinander Sex gehabt, und das nicht nur einmal. Nach dieser Theorie könnten wir es ja einmal versuchen, ob es klappt. Was meinen unsere Frauen – wollen wir es probieren?" Die Gruppe war deutlich verblüfft und einen Moment ganz still. Dann sah sich Erika um und sagte: „Was meint ihr, liebe Schwestern – wollen wir es versuchen?" Die schwangere Astrid stimmte als Erste zu. Dann folgte Rebekka, dann Adelheid, dann Diana und zuletzt die etwas schüchterne Rotraut. Aber auch sie kannte ja alle Männer in der Gruppe und das, wie ich beim Zusammensein mit ihr feststellen konnte, sehr lustvoll.

So gingen wir in Martins und Rebekkas Schlafzimmer. Dort stand ein erstaunlich großes Ehebett, Rebekka ging zum Wäscheschrank und suchte schmale Tücher heraus, mit denen den Frauen die Augen fest verbunden werden konnten. Die Männer verbanden dann den Frauen sehr sorgfältig die Augen und führten sie zum Bett. Dort knieten sich die Frauen auf das Lager, ihre Männer zogen ihnen die Kleider oder Röcke über den Kopf – einen Schlüpfer trugen sie ja schon lange nicht mehr. Dann traten die Männer zurück und zogen ihre Hosen und Slips aus. Kein einziger hatte Probleme mit der Potenz. Nur Erich konnte ja nicht mitmachen. Er sah aber zu, wie wir uns auch mit seiner Frau beschäftigten. Wir sahen die emporgehobenen Hinterteile, die nebeneinander ganz wundervoll aussahen. Es ist ja erstaunlich, wie unterschiedlich solche Gebilde aussehen. Und auch ihre Lustgrotten. Jede Scheide sieht anders aus. Die eine hatte sehr schmale Schamlippen. Bei einer anderen erinnerten die Lippen an Lappen. Bei der einen stand die Scheide offen wie ein Loch und Astrid konnte ihre Scheide weit öffnen und schließen wie einen Mund. Bei Rotraut sah man sehr schön ihre Klitoris. Aber alle waren reizvoll und aus einigen floss weißlicher Schleim – das Zeichen, dass sie Lust hatten. Wir rollten nun Kondome über, bestrichen die Gummidinger mit einer Gleitcreme und verständigten uns wortlos, wer sein Ding in welche Frau stecken sollte. Ich begann mit der schwangeren Astrid, mit der ich ja am meisten

Freude beim Sex hatte. Als alle Männer in einer Frau steckten, läutete Martin eine kleine Glocke, und die Frauen sagten, wen sie in ihren Scheiden vermuteten. Astrid erriet mich sofort und ohne Zögern. Erika erkannte Gerhard, was kein Wunder war, denn jeder von uns wusste, dass die beiden seit Jahren miteinander Sex hatten. Erika war unverheiratet und Rotraut tolerierte das Dreiecksverhältnis. Die anderen Frauen irrten sich bei der Zuordnung. Nun traten die Männer wieder zurück. Eine neue Runde begann. Ich ging nun zu Rebekka und ihr Ehemann Martin schob seinen imposanten Penis in Dianas Öffnung. Martin hatte ohne Zweifel den längsten und dicksten Pimmel. Daran erkannte ihn Diana, wie sie mir später sagte. Aber Rebekka erriet mich auch, erstaunlicherweise. Egbert steckte in Rotraut und konnte es nicht lassen, bei der Aktion nach vorn zu greifen und Rotrauts Brüste zu streicheln. Daran erkannte sie ihn. So ging das Spiel weiter. Dabei wurde es zum Problem, dass wir Männer versuchen mussten, unsere Orgasmen so lange wie möglich zurückzuhalten; denn dann konnten wir uns ja nicht mehr am Spiel beteiligen. Irgendwann musste Egbert aufhören. In Astrid bekam er einen Orgasmus. Sie hatte mit ihrem Scheidenmuskel sein Geschlecht eingeklemmt und in dieser engen Grotte war die Reibung so groß, dass er kam. Wir anderen konnten noch etwas länger die Frauen wechseln. Wir hatten ja alle schon am späten Nachmittag und am Abend unsere Orgasmen in den Frauen erlebt. Wir waren alle um die dreißig Jahre alt, da konnten wir uns schnell wieder regenerieren. So hatten wir alle keinen Überdruck, aber durch den Wechsel der Frauen genug Spannung. Aber nach und nach fiel einer nach dem anderen aus. Für die Frauen wurde damit das Raten leichter. Schließlich kam Martin in Diana zum Orgasmus, ich in Astrid. Als sich die Frauen die Tücher von den Gesichtern nahmen und wir Männer unsere Kondome verknoteten, damit kein Sperma auf den Teppich tropfte, sagte ausgerechnet die schüchterne Rotraut; „Schade, dass es vorbei ist!" Und Astrid tröstete sie: „Aber im nächsten Jahr machen wir es wieder, ja?"

Auch im nächsten Jahr wurde es sehr vergnüglich. Zu unserer Gruppe kam ein neues Ehepaar. Horst war Bauingenieur, etwa

gleichaltrig mit uns und gutaussehend. Ich bemerkte sehr bald, dass Diana ihn sehr interessiert ansah. Er kam mit seiner Frau, die er in Leningrad während seines Studiums kennengelernt hatte. Ljuba war eine richtige slawische Schönheit mit dunklen Augen und dunklem Haar. Und ihre Figur hatte Traummaße. Später sah ich unter ihren Armen, auf ihrem Bauch und auf ihrem Venushügel auch diese schwarz glänzende Behaarung und sie wirkte auf mich unwahrscheinlich reizvoll. Sie überließ mir auch Haare von ihrem Körper; in meiner Gegenwart schnitt sie etwas unter ihren Armen und aus ihrer Intimzone ab. Sie sprach perfekt Deutsch mit leichtem Akzent und war auch sonst ausgesprochen klug. Sie hatte Horst wohl nicht nur aus Liebe geheiratet. Sie wollte in Deutschland leben und eine Heirat war die beste Möglichkeit, Russland zu verlassen. Beim Abendessen sprachen wir in der Gruppe von einer russisch-stämmigen Frau, die in Deutschland zweimal geheiratet hatte, dann geschieden wurde und nun von Sozialhilfe lebte. Da sagte Ljuba ganz spontan: „Eine Frau, die in Deutschland nach zwei Ehen arm ist, muss grenzenlos dumm sein." Sie ließ sich übrigens auch nach vier Jahren von Horst scheiden, litt aber überhaupt keine Not.

Und dann war Uta dazugekommen. Auch sie arbeitete in der großen Klinik der Bezirksstadt als Gynäkologin. Sie war eine etwas derbe, üppige Frau mit fröhlichen Augen, von Gestalt größer als ich – und ich war damals 1,83 m groß. Das Besondere an ihr war, dass sie ohne ihren Mann kam. Der wusste, wie der Abend gestaltet wurde, hatte aber keine Lust, mitzumachen. Doch er war ausdrücklich damit einverstanden, dass sich seine Frau an allem beteiligte. Sie erzählte wiederholt ganz freimütig, sie würde mindestens einmal im Jahr nach Hiddensee fahren. Dort gab es einen Fischer, der in dem Haus, das er von seinen Eltern geerbt hatte, auch Zimmer vermietete. Er vermietete aber nur an Frauen. Er war vor Jahren schon geschieden und hatte sich gewissermaßen darauf spezialisiert, Frauen, die es wollten, sexuell zufrieden zu stellen. Im Laufe der Jahre hatte es sich unter den Frauen herumgesprochen, was in diesem Haus geschah. So kamen Frauen zu ihm, die Sehnsucht nach einem wilden Liebhaber hatten. Und

da er wohl fast alle zufrieden stellte, kamen diese Frauen immer wieder. Auch Uta hatte sich seit Jahren bei ihm ein Zimmer gemietet und freute sich jedes Mal darauf, mit ihm so richtig zur Sache zu kommen. Die Miete in diesem Haus war übrigens höher als in den meisten anderen Quartieren. Aber auch Uta bezahlte gern das Geld. Ich sprach sie einmal darauf an. Eigentlich müsste es doch einen Preiserlass geben, meinte ich, weil der Fischer sein Vergnügen mit den Frauen hatte. Aber Uta widersprach. Er hätte ihr ja jedes Mal solch ein Vergnügen gemacht, er wäre gewissermaßen ihr Dienstleister, ihr Liebesdiener, ihr Freudenspender, ihre männliche Nutte. Dafür müsste er wohl entlohnt werden. Außerdem brauchte der Mann besondere Nahrung, damit er diese Arbeit an den Frauen leisten könnte.

Uta ging mit einer überwältigenden Selbstverständlichkeit auf uns Männer zu und zog uns in einen der Räume. Sie legte sich auf das Bett und präsentierte uns ihr Geschlecht. Wir taten, was zu tun war. Sie war auch die Einzige, die einmal mit Martin und mir in ein Zimmer ging und unmittelbar hintereinander von uns bearbeitet werden wollte – je wilder, desto besser. Ich kam zuerst dran, dann Martin. Der gefiel ihr übrigens besser, weil sein Pimmel nun einmal länger und dicker war. Ich revanchierte mich aber damit, dass ich mich sehr intensiv mit ihren gewaltigen Brüsten beschäftigte, während Martin sich in ihrem Loch bewegte. Wenn irgendwann an diesem Abend ein Mann im Raum herumstand, nahm sie ihn zu sich. Wiederholt sagte sie: „Ich freu mich schon auf meinen Fischer auf Hiddensee." Der war wohl einsame Spitze.

Es kam wie im vergangenen Jahr: Die Männer baten die Frauen, mit ihnen in einen der Räume zu gehen. Doch auch die Frauen gingen sehr selbstbewusst auf Männer zu und verschwanden mit ihnen. Astrid kam als Erste zu mir und zog mich in ein Zimmer. Da wurde es sehr turbulent und laut und schön. Vor allem wollten es aber die Männer mit Ljuba tun, sie war ja neu, da wollte jeder Mann wissen, wie es mit ihr war. Und als Frau aus einem anderen Land war sie besonders interessant. Egbert hatte sich natürlich wieder als Erster auf sie gestürzt. Sie hatte noch deutlich

gezögert. Aber als sie sah, wie auch andere Paare verschwunden waren, ging sie mit ihm in einen Raum. Danach wurde es wohl leichter. Sie kam auch auf mich zu, als sie sah, wie ihr Mann mit Diana verschwand. Diana erzählte mir hinterher, wie sie beim Tanzen mit Horst seinen festen Pimmel an ihren Schenkeln gespürt hatte, „und da wollte ich wissen, wie sich sein Ding in mir anfühlt." Sie war dann auch sehr zufrieden mit ihm ins Wohnzimmer zurückgekommen. Mir flüsterte sie am Tisch zu: „Mit dem möchte ich es nachher noch einmal machen. Der ist gut." Sie tat es auch in der folgenden Zeit, wenn ich zur Arbeit unterwegs war. Manchmal kamen wir uns im Auto entgegen. Er fuhr in Richtung Diana, ich zu meiner Arbeit. Wir grüßten uns und fuhren weiter. Sollte sie – wenn sie Freude daran hatte! Irgendwann hatte Diana genug von ihm. Er war ihr zu dumm, sagte sie. Er hatte nur einen interessanten Pimmel. Den hielt sie besonders gern in ihrer Hand, benuckelte ihn auch, achtete dabei allerdings darauf, dass sie sein Sperma nicht in ihren Mund bekam. Sie achtete bei ihm auch sehr genau darauf, dass er nur mit Kondom in ihre Scheide kam. Aber der erigierte Penis wurde ihr bald zu langweilig. Ich fragte sie nach seiner Technik und sie erzählte: Meist wollte er sofort mit ihr Sex machen. Sie war darauf eingestellt und trug unter ihrem Rock schon keinen Slip mehr. Sie zog also nur ihren Rock aus oder einfach nach oben, so dass ihr Geschlecht frei war. Sie hatte ja eine auffallend große Schambehaarung und ein sehr großes Dreieck und die Behaarung ging bis zum Bauchnabel. Egbert sagte mir einmal, das wäre für ihn ganz besonders erotisch. Horst hatte es am liebsten, wenn Diana sich auf den Küchentisch legte. Ihren übrigen Körper wollte er gar nicht sehen oder streicheln. Er entspannte sich meist schnell in ihr. Dann trank er einen Kaffee mit ihr und verschwand wieder. „Und das war mir auf Dauer denn doch zu dumm", sagte sie mir.

Ljuba hatte nicht nur ein schönes Gesicht. Sie war schlank und hatte sehr schöne Proportionen. Am schönsten empfand ich ihren Hintern. Ihre Rückenlinie war in der Lendengegend sehr tief nach innen gebogen, dadurch kam der Bogen ihres Pos sehr

deutlich und sehr reizvoll zur Geltung. Wiederholt sah ich einen der Männer ihren Hintern wie aus Versehen berühren oder streicheln. Und natürlich trugen zu ihrem Reiz auch ihre schön geformten langen Beine bei. Aber vor allem war es doch ihre Körperbehaarung – ich kann nicht genau erklären, weshalb. Ich habe auch nie wieder so lange Haare an einem weiblichen Geschlecht gesehen wie bei ihr. Bevor ich mein Ding in ihren Spalt schieben konnte, zog ich erst einmal die Haare beiseite, um sie nicht mit dem Penis in ihre Scheide zu schieben. Es wurde ein sehr lustvolles Miteinander, sie war eine begnadete Liebhaberin, auch für unsere Freunde. Nur Martin sagte hinterher, als wir für einen Moment zusammenstanden und sie gerade mit Egbert verschwunden war: „Jetzt weiß ich, dass Sex international ist. Mit deiner Frau oder Heide ist es genau so schön wie mit Ljuba. Eine Russin tut es auch nicht anders als eine Deutsche."

In den folgenden Tagen und Wochen kamen – bis auf Rotraut – alle diese Frauen in Dianas Atelier. Sie ließen sich von ihr fotografieren. Zunächst ging es um Porträts. Das geschah zur allgemeinen Zufriedenheit. Dann wollte Astrid Aktfotos von sich haben. Wir Männer hatten ihr ja gesagt, sie hätte eine Idealfigur. Nun wollte sie, gewissermaßen als Erinnerung, ihren Körper dokumentiert haben, „solange er noch so ist". Sie hatte aus Zeitschriften ein paar Fotos von Models mitgebracht. In solchen Posen sollte Diana sie fotografieren. Die Aufnahmen gerieten besser als gedacht. Selbst Diana war überrascht. Sie vergrößerte einige Bilder auf Ausstellungsformat und fragte Astrid, ob sie einige dieser Bilder in eine Ausstellung nehmen dürfte, die geplant wäre. Astrid stimmte sogar mit einiger Freudigkeit zu. Sie zeigte wohl auch diese Fotos im Freundinnenkreis, denn bald darauf rief Rebekka an. Auch sie wollte fotografiert werden. Aber sie brachte keine Vorlagen mit. Sie erinnerte sich an die Komplimente, die wir ihr gemacht hatten, etwa, dass sie eine schöne Rückenlinie und einen hübschen Po hatte. Diese Linie sollte Diana fotografieren. Andere Frauen waren stolz auf ihre schönen Brüste, Ljuba auf ihren Hintern. Uta setzte sich frontal vor die Kamera, spreizte ihre Beine, so dass sich ihr Spalt öffnete, beugte sich dann so vor,

dass die Brüste über ihren Oberschenkeln baumelten und blickte fröhlich in das Objektiv. Erika legte natürlich am meisten Wert auf ihre prachtvollen Brüste. So entstand im Laufe der Zeit eine zauberhaft erotische Sammlung schöner Frauen. Einige kamen auch wiederholt zu Diana und ließen sich in neuen und immer freizügigeren Posen fotografieren. Wir merkten bald, dass sie die Fotos verglichen und auch tauschten. Ich sammelte sie auch alle in Alben und habe sie heute noch. Bis heute zieht es beim Betrachten sehr angenehm in meinen Lenden. Und natürlich erinnere ich mich sehr lebendig und dankbar an die Köstlichkeiten, die ich mit ihnen genießen durfte.

Doch dann zogen wir um in einen anderen Ort. Diana freute sich über eine bessere Wohnung, ich über bessere Arbeitsbedingungen und für die Kinder war der Schulbesuch sehr viel angenehmer. In dieser Zeit konnte ich meine Habilitation abschließen, ich war näher an der Universität, wo ich später ja die Professur bekam.

Auf der gegenüberliegenden Seite unseres Hofes wohnte ein junges Ehepaar mit seinen beiden Kindern, einem Zwillingspaar. Der Mann war Kraftfahrer, damit zuweilen auch tagelang unterwegs, die Frau versorgte die beiden Kinder. Sie war eine mittelgroße, zarte Frau, aber mit einer idealen Figur. Da passte alles zusammen. Allerdings war sie meist sehr traurig. Den Grund dafür erfuhren wir bald: Ihr Mann hatte, so sagte er, die große Liebe seines Lebens gefunden und wohnte schon zeitweise bei dieser Frau. Angelika saß dann abends sehr viel allein. Immer häufiger kam sie zu uns und erzählte oder sah auch bei uns fern. Dabei beobachtete ich, dass sie von Zeit zu Zeit über ihre Schultern griff und auf ihrem Rücken herumknetete. Ich wusste, was das bedeutete: Sie hatte vom eintönigen Sitzen am Schreibtisch Verspannungen ihrer Rückenmuskeln. In der Klinik hatte ich gelernt, wie man diese Stellen massieren muss, damit diese Verspannungen verschwinden. Als sie wieder einmal sehr intensiv an einer Stelle massierte, trat ich von hinten an sie heran und massierte sie sehr sorgfältig. Da stöhnte sie vor Wonne. Von da ab wiederholten wir regelmäßig diese Prozedur. Einmal war es aber

kühler im Raum als gewöhnlich. Sie hatte einen dicken Pullover an. Da erklärte ich, mit diesem Pullover wäre das Massieren außerordentlich schwierig. Sofort zog sie den Pullover aus. Nun saß sie vor mir nur mit Büstenhalter und ich sah, was für eine schöne Frau sie war. Ich massierte sie also sehr zart, sehr sorgsam, meinte nur irgendwann, sie müsste einmal von oben bis unten massiert werden. Sofort lud sie mich ein, am nächsten Nachmittag, wenn die Kinder schliefen, die Massage auszuführen. So kam ich am nächsten Tag zu ihr. Sie legte sich mit Büstenhalter und Schlüpfer auf die Liege im Wohnzimmer. Zunächst lag sie auf dem Bauch. Ich begann an den Halswirbeln und arbeitete mich langsam bis zu ihrem Büstenhalter. Da hakte ich ihn ohne ein Wort auf und arbeitete weiter bis zum Schlüpfer. Es war eine Freude, diesen zarten schönen Leib so ausführlich zu streicheln. Wir sprachen dabei kaum ein Wort. Ich zog den Schlüpfer bis zu den Oberschenkeln hinunter und bearbeitete ihren Po, der fest und formschön war. Als ich bis zu den Knien gekommen war, fragte ich: „Wollen Sie auch vorne massiert werden?" Sie nickte nur und legte sich auf den Rücken. Den Büstenhalter legte sie beiseite. Zum ersten Mal sah ich ihre mittelgroßen und sehr formschönen Brüste. Wieder einmal wurde mir klar, dass jede Brust anders aussieht. Die Warzen waren noch ganz rosa, Sie zog auch gleich den Schlüpfer hinunter und ich erfreute mich an ihrem schönen behaarten Venushügel. Ich begann auch hier die Massage am Hals, widmete mich sehr ausführlich ihren Brüsten, wobei sie die Augen geschlossen hielt, war sehr vorsichtig bei ihrem Bauch, konzentrierte mich da mehr auf die Hüften und kam dann zu den Innenseiten der Oberschenkel. Da sah ich endlich ihren rosa Spalt, der sehr feucht glänzte. Mit meinen Zeigefingern zog ich ihre Schamlippen auseinander und ging mit der Zunge in ihr Geschleckt. Da stöhnte sie leise und hob immer wieder ihren Leib mir entgegen. Ich wusste nicht so recht, wie ich weitermachen sollte. Aber irgendwann flüsterte sie: „Tun Sie's doch!" Da zog ich mich ganz schnell aus, legte mich zu ihr und schob mit einer einzigen Bewegung meinen Penis in ihren Spalt. Ich kam viel zu früh. Sie sagte aber nur: „Beim nächsten Mal nimmst du

ein Kondom, ja?" So geschah es dann immer wieder, ein gutes halbes Jahr lang. Dann war da plötzlich ein junger Mann und damit war für mich das Spiel mit ihr vorbei.

Im Sommer meldete sich eine hochrangige Gruppe aus Schwerin. Sie wollte für drei Tage und zwei Nächte in einem kleinen Schloss in unserem Ort eine Tagung machen. Das Schloss bot Mittag- und Abendessen an, konnte aber noch keine Schlafräume zur Verfügung stellen, weil eine Etage dazu erst eingerichtet wurde. So wurde ich gefragt, ob ich für zwanzig Personen Quartiere im Ort beschaffen könnte. Als Arzt würde ich ja jede Familie im Ort kennen und wissen, wo man ordentlich zum Schlafen untergebracht werden könnte. Gleichzeitig fragte der Leiter der Gruppe, ob er bei uns übernachten könnte. Wir kannten ihn seit Jahren und mochten ihn. Diana war regelrecht in ihn verliebt. Als sie hörte, dass er kommen wollte, wurde sie ganz aufgeregt. Sie räumte das Gästezimmer und das Bad und das Wohnzimmer und die Küche auf und machte alles blitzsauber. Bevor er kam, schnitt sie ihre Haare, duschte, stand lange im Bad und besprühte sich mit Deos. Natürlich zog sie auch besondere Sachen an. Dazu gehörte vor allem ein Büstenhalter mit Metallbügeln unter den Brüsten; der Büstenhalter drückte und schmerzte etwas unter den Brüsten und den Armen, aber er formte ihre schönen Gebilde ganz wundervoll. Und dann zog sie einen sehr kurzen und engen Rock an, dazu einen formenden Slip, der ihren weichen Hintern sehr reizvoll formte. Sie sah so zauberhaft aus, dass ich manchmal regelrecht erschrak, wenn ich aufschaute und sie unverhofft vor mir stand. Nun, Heinrich kam pünktlich und Diana begrüßte ihn strahlend. Doch zum Gespräch blieb keine Zeit. Er legte nur seine Sachen ins Zimmer, ging kurz ins Bad und dann zur Versammlung ins Schloss. Am späten Abend kam er zu uns. Diana hatte Wein und etwas zum Knabbern auf den Tisch gestellt. Von diesem Wein tranken die beiden und plauderten sehr angeregt. Da ich wusste, wie sehr sich Diana auf die Begegnung gefreut hatte, hielt ich mich stark zurück. Ich beobachtete das Leuchten in Dianas Augen und wenn sie ihre Arme

hob und über ihre Haare strich und die übereinander geschlagenen Beine wechselte, strömte sie einen ganz bestimmten Geruch aus, der vor allem aus ihrer Scheide kam und sexuelle Lust signalisierte. Ich hatte ja schon berichtet, dass Diana zu Beginn unserer Ehe sogar mir gegenüber sexuell sehr zurückhaltend war. Doch nach den Treffen mit Klaus und den Kollegen in der Faschingszeit, wo sexuell alles erlaubt war, war sie freier geworden, sogar lustvoller, auch mit mir. Hier fand sie nun nach Klaus und der Faschingszeit den ersten Mann, der sie sexuell anreizte. Ich merkte natürlich auch, wie Heinrichs Augen leuchteten, wenn sie ihre Beinstellung wechselte oder mit ganz bestimmten Körperbewegungen durch den Raum ging. Doch dann stand Heinrich auf, ging ins Bad und von dort gleich in seinen Schlafraum. Ich ging nach ihm ins Bad und von dort in unser Schlafzimmer. Aber Diana kam nicht gleich zu mir ins Bett. Sie stand da in ihrem Flatterhemdchen, als hätte sie noch etwas zu erledigen. Ich fragte sie, was denn wäre – ich ahnte es natürlich. Und Diana bestätigte es: Sie würde gern zu Heinrich ins Bett gehen. „Aber wie soll ich das machen? Soll ich einfach hingehen und sagen: Ich will mit Ihnen schlafen?" Ich nickte: „Genau so! Du gehst in sein Zimmer, ziehst dein Hemdchen aus und legst dich zu ihm. Alles andere wird sich ergeben." „Dann geh ich noch einmal ins Bad zum Duschen", sagte sie. Aber ich widersprach: „Du riechst richtig gut nach Lust. Wenn du das abwäschst, bist du dumm." Ich stand auf, küsste sie auf beide Wangen, tätschelte ihren Po und schob sie in Richtung Tür. Dann legte ich mich wieder hin und schlief ein. Gegen fünf Uhr morgens wachte ich auf, da kam sie in unser Bett. Ich sah den Glanz in ihren Augen, den sie immer hat, wenn sie erfüllten Sex hatte. Sie erzählte dann auch, sie waren sehr schnell zur Sache gekommen. Sie hatte aber keinen Orgasmus, er war zu schnell. Ich fragte: „Habt ihr ein Kondom benutzt?" Sie sah mich etwas erstaunt an: „Nein, das habe ich ganz vergessen." Aber das war ja manchmal so bei ihr. Am Morgen hatten sie dann noch einmal so richtig gevögelt. Sie hatte seinen Luststängel belutscht, er an ihren Brüsten genuckelt. Und dann hatte sie einen guten, erfüllten Orgasmus. Sie sah mich voll an:

„Da hatte ich auch kein Kondom. Aber das war dann ja sowieso egal. Ich hatte ja schon vom ersten Mal sein Sperma in meinem Leib." Ich fragte: „Willst du heute Nacht wieder zu ihm?" Und sie nickte: „Oh ja! Ich möchte mich mal wieder so richtig durchfegen lassen." Dann schlief sie ein. Ich freute mich für sie. Aus dieser früher so zurückhaltenden Frau war jetzt jemand geworden, der sich seiner Schönheit bewusst war, sich zu seiner Lust bekannte und sie auslebte. Das kam mir schließlich auch zugute. Ich stand um 6 Uhr auf, weckte die Kinder, machte ihnen Frühstück und brachte sie auf den Schulweg. Dann bereitete ich das Frühstück für uns drei vor. Heinrich kam bald in die Küche. Er wirkte unsicher. Er wusste wohl nicht, was ich davon hielt, dass er mit Diana geschlafen hatte. Aber ich sagte bald nach der Begrüßung: „Meine Frau ist sehr glücklich und zufrieden aus Ihrem Bett zu mir gekommen. Wollen Sie sich heute Abend wieder mit ihr vergnügen?" Er sah mich völlig überrascht an: „Sind Sie damit einverstanden?" Ich antwortete: „Aber ja! Meine Frau ist ein selbstständiger Mensch. Sie kann tun, was sie mag. Das mit Ihnen ist doch reine Biologie. Wenn sie Appetit auf das Spiel mit Ihnen hat, soll sie den doch stillen. Wichtig ist nur, dass sie zufrieden oder gar glücklich ist. Wenn sie das bei Ihnen im Bett findet, ist es doch gut." Er atmete deutlich auf: „Oh, da bin ich beruhigt. Ich hatte ein ganz schlechtes Gewissen. Aber als Ihre Frau zu mir ins Bett kam und so erotisch duftete, konnte ich gar nicht anders. Ich bin auch nur ein Mann." Aber nun war die Situation geklärt. Ich sagte ihm, dass Diana in der kommenden Nacht wieder in sein Bett kommen wollte, und er lächelte. Und als Diana in die Küche kam, müde, aber immer noch mit dem Glanz in ihren Augen, begrüßten wir beide sie sehr fröhlich. Ich erzählte Diana auch sehr bald, was wir miteinander besprochen hatten, und sie lächelte sehr zufrieden. Der Gast ging sehr bald zur Besprechung ins Schloss, wo er bis zum Abend bleiben wollte.

Am Nachmittag baute ein Förster auf unserem Hof das Gestell auf, an dem er ein Wildschwein am Spieß rösten wollte. Die Schweriner Gruppe wollte den Abend im Freien zubringen. Der warme Sommerabend war dafür geradezu ideal. Ich hatte

ausreichend Stühle und Bänke beschafft, was nicht ganz einfach war. Diana und ich waren als Gäste eingeladen. Gegen Abend saßen also zwanzig Leute mit uns um das Feuer mit dem Schwein, tranken Bier oder Wein, der Förster schnitt vom Tier Fleischstücke ab und servierte sie auf Papptellern mit einer Scheibe Brot. Die Frauen hatten zunächst Probleme, ohne Messer und Gabel zu essen. Aber zunehmend hatten sie immer mehr Vergnügen daran. Und natürlich wurde auch viel gesungen und erzählt. In der Gruppe war auch Walter, den wir seit mehr als zehn Jahren kannten. Er spielte ganz ausgezeichnet Gitarre. Lieder von ihm standen in vielen Büchern und wurden nicht nur in beiden Teilen Deutschlands gesungen. Auch Diana liebte seine Lieder und sang sie gern. So wurde der Abend sehr fröhlich.

Diana hatte wieder ihren formenden Büstenhalter an, auch ihren Slip und den kurzen Rock. Sie hatte sich leicht geschminkt und sah wieder ganz zauberhaft aus. Ich bemerkte sehr deutlich die bewundernden oder auch begehrlichen Augen der Männer und die kritisch-neidischen der Frauen. Diana genoss das. Sie saß so, dass sie Heinrich sehen konnte, der sie von Zeit zu Zeit anlächelte. Als wir beide ins Haus gingen, um noch Brot zu holen, erzählte mir Diana, dass Walter auf der Bank immer dichter an sie herangerutscht war und wiederholt ihren Hintern gestreichelt hatte. „Was soll ich tun?" fragte sie, „soll ich ihm eine runterhauen – oder was?" Ich antwortete, es läge an ihr, ob sie sich dadurch geschmeichelt oder beleidigt fühlte. Ich fügte hinzu: „Sex geht ja nicht, den willst du ja heute Abend mit Heinrich haben." Diana lächelte: „Den habe ich ja erst in der Nacht. Vorher könnte ich noch mit Walter." Sie kicherte: „Bei einer Frau ist es doch nicht wie bei einem Mann. Die kann mit mehreren Männern ganz schnell hintereinander." Ich fragte: „Willst du?" Und sie antwortete: „Ich glaube schon. Ich wüsste gern, wie sich sein Schwanz in meinem Loch anfühlt. Wer weiß, ob ich dazu einmal wieder Gelegenheit habe." Da sagte ich: „Dann tu es doch!" Damit trugen wir das Brot zum Förster, der es weiter mit dem Fleisch servierte.

Etwa eine halbe Stunde später sah ich, dass Diana in unser Haus ging. Sie wollte vielleicht nach unseren Kindern sehen oder

auf die Toilette gehen. Aufmerksam wurde ich, als auch Walter in unser Haus ging. Das war zunächst nicht ungewöhnlich. Die Toilette stand allen Gästen zur Verfügung. Aber nach unserem Gespräch vorher war ich sensibilisiert. Und als die beiden nach etwa einer Viertelstunde wieder in den Kreis zurückkamen, wusste ich, was geschehen war. Diana erzählte es mir dann auch. Sie hatte Rock und Slip hinuntergezogen und Walter hatte seinen ansehnlichen Schwanz präsentiert. Er wollte gleich in ihren Traumspalt. Aber sie hatte darauf bestanden, dass er ein Kondom überstreifte. Als er das nicht ordentlich zustande brachte, hatte sie ein neues Kondom über seinen Pimmel gerollt und mit Gleitcreme bestrichen. Er war dann auch ordentlich in sie hineingekommen und sie hatte sich gut ausgefüllt gefühlt. Aber schon nach ein paar Kolbenbewegungen hatte er abgespritzt. Er hatte dann gefragt, ob sie es später noch einmal tun könnten, aber da hatte sie abgelehnt, sie dachte ja an Heinrich. Sie hatte ja nur wissen wollen, wie es dieser bekannte Liedermachen in ihr tat. Als der Abend am Feuer zu Ende ging, stand ich zuerst im Bad und ging dann ins Bett. Ich schlief auch sofort ein. Diana kam erst wieder gegen fünf Uhr in unser Bett. Sie hatte es zweimal sehr ausgiebig mit Heinrich getan, hatte auch zwei schöne Orgasmen gehabt und schlief sehr zufrieden an meiner Seite ein. Ich versorgte wieder die Kinder und machte dann für uns drei das Frühstück. An diesem Morgen trug Diana keinen Büstenhalter. Als ich sie darauf ansprach, flüsterte sie: „Er hat es so gern, wenn die Brüste so hin und her baumeln." Der Gast verließ sehr bald mit seinen Sachen das Haus. Er wollte nach der Schlussversammlung im Schloss sofort nach Schwerin fahren. Als er Diana umarmte und sich bei uns beiden „für alles" bedankte, wussten wir, was er alles meinte.

Der August dieses Jahres war ungewöhnlich heiß und unser Haus war nicht gut isoliert. So lag in unseren Räumen oft brütende Hitze. Darunter litt vor allem Diana. Oft saß sie in der Küche oder im Wohnzimmer erschöpft auf dem Stuhl und wischte sich den Schweiß vom Gesicht. Ich öffnete manchmal möglichst viele

Fenster und machte Durchzug. Doch die Insekten, die nun in die Räume kamen – vor allem Fliegen und Wespen – nervten Diana auch. Ich kaufte Fliegengaze und befestigte sie an allen Fenstern.

An einem Sonntag war es besonders heiß. Ich wachte auf der berühmten Morgenlatte mit. Diana merkte es sehr bald und nahm mich in ihre Lustgrotte auf. Hinterher waren wir beide klatschnass. Gemeinsam gingen wir ins Bad und taten das Nötige. Aber als wir nach frischer Kleidung suchten, sagte Diana: „Eigentlich können wir heute nackt im Haus herumlaufen." Am Strand hielten wir uns ja auch immer nackt auf. Wir öffneten also alle Fenster, die mit Fliegengaze bespannt waren, und machten das Frühstück. Bald kamen nacheinander auch die Kinder. Sie kamen im Nachthemd an den Tisch. Als sie aber hörten, dass wir heute das Haus abgeschlossen halten und nackt bleiben wollten, machten sie sogar mit einiger Begeisterung mit. Unsere Älteste war bereits in dem Alter, in dem ihr Körper gut als Frau ausgebildet war. Sie bekam seit längerem schon ihre Tage. Auch die zweite Tochter hatte bereits sehr weibliche Formen und Schambehaarung. Die beiden anderen Mädchen befanden sich noch in der Entwicklung.

Für mich war es etwas seltsam zwischen all den Frauen. Selbstverständlich waren unsere Töchter für mich tabu. Doch ich sah überall nackte weibliche Körper mit mehr oder minder deutlichen Kurven und Schwellungen. Aber noch deutlicher waren wohl die Körperdüfte, die sie ausströmten. Das alles führte dazu, dass mein Penis immer wieder einmal erigierte. Natürlich versuchte ich, das zu verdecken. Aber natürlich gelang das nur unvollkommen. Die Mädchen hatten erigierte Glieder wiederholt am Strand gesehen und mich auch darauf aufmerksam gemacht. Natürlich hatten sie es auch bei mir gesehen, etwa wenn ich im Bad stand oder Diana und ich beim Sex überrascht wurden. Aber vor allem für die Jüngeren war diese Veränderung bei mir doch interessant. Zuweilen litt ich richtig unter diesem sexuellen Druck. Diana versuchte, mir so gut wie möglich zu helfen. Als gegen Mittag die Kinder in ihren Räumen waren und ich in der Küche bei ihr war, um ihr zu helfen, hatte ich wieder einen

Die Kinder sahen mich überrascht an und Diana erklärte ihnen, was geschehen war und wozu dieses Ejakulat bestimmt war. Ich ging ins Bad und kam mit einem Wischtuch zurück.

Es war seltsam, mit welcher Scheu mich die beiden in der folgenden Zeit behandelten. Sie haben mir aber nie gesagt, was sie sich dabei dachten. Wir erlebten nur wiederholt, dass sie jetzt freier an mein Geschlecht griffen, wenn sie wieder einmal eine Erektion bei mir sahen.

Gegen Abend zogen sich die Kinder an. Auch wir zogen uns ein T-Shirt über. Diana nahm keinen Büstenhalter. Sie wusste, wie reizvoll sich ihre üppigen Brüste unter dem dünnen Stoff abzeichneten, wie gern ich das Wabern der Brüste bei ihren Bewegungen sah, wie reizvoll es für mich war, wenn sich ihre Brustwarzen unter dem Stoff abzeichneten. Und sie wusste, dass auch ihr üppiger Hintern das Hemd unten spannte. Sie wollte mir deutlich eine Freude machen und ich sah, wie sie sich immer wieder zwischen ihre Oberschenkel griff. So streichelte ich bei ihren Bewegungen mit größter Freude ihren Hintern; sie bewegte ihn für mich auch auf besonders reizvolle Weise. Und natürlich hatte ich besondere Freude daran, ihr an die Brüste zu fassen und sie mit meinen Händen anzuheben. Als die Kinder am Abend im Bett lagen und wir in der Wohnung alles wieder ordentlich hergerichtet hatten, sagte sie: „Du hast jetzt drei Mal Entspannung gehabt. Nun möchte ich es auch noch einmal so richtig mit dir genießen." Sie deckte unser Bett auf und zog ihr T-Shirt über den Kopf. Dann legte sie sich auf das Bett und öffnete weit ihre Schenkel. Mein Penis erigierte. Aber zunächst wollte ich sie mit Zunge und Lippen stimulieren. Ich erreichte gut ihre Klitoris und spürte bald, wie sie sich ausdehnte. Ich spürte auch bald Dianas veränderten Atem. Dann sagte sie: „Komm jetzt rein bei mir." Sie wollte mir deutlich eine weitere Freude machen, denn sie gab mir die Weisung, ich sollte mich auf den Rücken legen, sie wollte über mir knien. Das war immer meine Lieblingsstellung. Da habe ich meine beiden Hände frei und kann so ihren Leib streicheln. Und dabei hängen ihre schönen Brüste über meinem Gesicht. Ich kann sie streicheln und an ihnen nuckeln, während

wir uns unten bewegen. Ich genoss also unser Zusammensein sehr. Irgendwann zog sie sich heraus und hockte sich wieder so über mich, dass sie mir ihren Rücken und ihren Po zuwandte, während wir weiter vögelten. Da spürt sie meinen Penis so gut, so ähnlich wie in der Knie-Ellenbogen-Stellung. Sie kam dann auch immer deutlicher auf Touren. In der Schlussphase ging sie in die Knie-Ellenbogen-Stellung und ich sah wieder einmal mit Staunen und Bewunderung ihr großes offenes Geschlecht, diese schön geformte mandelförmige Öffnung, in die ich nun langsam meinen Kolben einführte. Dann genügte wenige Bewegungen und sie hatte einen Orgasmus. Ich konnte meine Entspannung zurückhalten, ich hatte ja zuletzt am Nachmittag bei der Massage der beiden Mädchen abgespritzt. So kam Diana zu einem zweiten Orgasmus, als ich nun auch kam. Ein Plateau, wie ich es bei ihr erhofft hatte, erreichten wir an diesem Abend aber nicht. Das kam später, als mein Bruder Helmut und ich uns gemeinsam mit Diana vergnügten.

Dass ich aber dreimal mit Diana Sex haben durfte, dass ich den ganzen Tag über ihren schönen Leib sehen, berühren, riechen, schmecken durfte, empfinde ich bis heute als besonderes Geschenk. Noch heute steht er so lebendig vor mir, als sei er erst gestern gewesen.

In dieser Zeit schrieb mir meine Mutter, sie wäre jetzt umgezogen. Das Heim, das sie geleitet hatte, war aufgelöst worden. Sie leitete jetzt ein Heim in einer anderen Stadt. Sie lud mich ein, sie zu besuchen und mir alles anzusehen. Diana wollte nicht mitkommen, sie wollte sich um die Kinder kümmern. Also nahm ich eine Woche Urlaub und fuhr zu ihr. Sie war eine reife, aber immer noch sehr schöne Frau. Sie erzählte mir auch sehr bald, dass sie ihre Wechseljahre weitgehend überstanden habe. Für unsere Beziehung bedeutete das vor allem, dass wir beim Sex keinerlei Vorsichtsmaßnahmen mehr zu treffen brauchten. Sie sagte auch sehr deutlich, sie freute sich auf unser Zusammensein im Bett. Ich merkte bald, dass sie sich in einer Phase befand, wo die Flamme der Sexualität vor dem Verlöschen noch einmal hell aufflammte.

Sie wollte noch einmal richtig als leidenschaftliche Frau behandelt werden. Da wir mehr als zehn Jahre nicht mehr miteinander Sex hatten und sie auch nicht mit anderen Männern zu tun hatte – ihr Chef war verstorben –, wollte sie noch einmal so richtig ihre Lust genießen. Und ich hatte keinerlei Probleme, es mit ihr zu tun, eher im Gegenteil. Bei unserem Miteinander stellte ich mir meinen Vater vor, der sein Sperma in diesen wundervollen Leib gegeben hatte. Er konnte es ja nur ein paar Jahre tun, dann wurde er zum Militär eingezogen und starb an der Front. In diesem Leib entstand ich, aus diesem Leib kam ich in die Welt. Und nun durfte ich wieder mein Sperma in diesen Leib zurückgeben. Es war ein ganz anderes Gefühl, als mit Kondom in ihrer Scheide zu sein. Es war für mich so etwas wie das Schließen eines Kreises. Ich finde kein anderes Wort als „mystische Vereinigung. Es war ohne Zweifel ein religiöses Gefühl. Die alte Mutterreligion, die in vielen Völkern besteht, und wohl auch der Marienkult in der katholischen Kirche haben dieses Gefühl. Beinahe andächtig versank ich in ihrer Körperöffnung, fast andächtig bewegte ich mich in diesem mystischen Raum und bei dieser Frau empfand ich das höchste Glücksgefühl.

Meine Mutter war deutlich freier im Umgang mit mir geworden. Tat sie es früher mit mir, um mir zu helfen, mit meiner Sexualität fertig zu werden, war es nun Neugier und Freude an der Sache. Das zeigte sich mir sehr deutlich, als sie noch am Tag meiner Ankunft sagte: „Wenn ein Mann seinen Orgasmus hat, spricht man ja von Ejakulation. Das heißt „Herausgeschleudertes". Aber ich habe nie sehen können, ob die männliche Flüssigkeit wirklich herausgeschleudert wird oder nur tropft. Und da das Ereignis drinnen in mir geschieht, konnte ich es nie feststellen." Ich antwortete, das wäre wohl bei jedem Mann anders. Sie wollte nun wissen, wie es bei mir wäre. Ich wusste es nicht. Ich hatte ja nie masturbiert. Ich hatte meine Orgasmen immer in einer Frau. Da bat sie mich, es vor ihr zu tun. Ich mochte aber nicht. Wenn sie es wissen wollte, entgegnete ich, müsste sie bei mir Hand anlegen. Also machte ich meinen Unterleib frei und stellte mich so vor sie hin, dass sie meinen Penis in ihre Hände

nehmen konnte. Allerdings wollte der nicht erigieren. Ich bat sie deshalb, ihren Oberkörper freizumachen. Ich wollte gern mit ihren Brüsten spielen, die ich immer besonders geliebt habe. So geschah es. Aber sie zog sich ganz und gar aus. „Wenn schon, denn schon", meinte sie. Das war gut für mich, weil ich nun sehr viel besser ihren Scheidengeruch wahrnahm, der zunehmend stärker wurde. Ich war nun selbst gespannt, wie die Sache ausgehen würde. Zum ersten Mal, seit wir miteinander zu tun hatten, nahm sie nun auch meinen Penis in ihren Mund und lutschte an ihm. Das war neu bei ihr und wunderschön. Dann bekam ich zwischen ihren Fingern den Orgasmus und schleuderte wirklich das Sperma auf ihre Brüste. Sie jubelte fast und sprang nackt im Raum herum, ehe sie ins Bad ging. Das Sperma hatte sie über beide Brüste gewischt. Später setzte sie sich mir im Sessel gegenüber und stützte so ihre Füße auf den Sessel, dass ich zwischen ihren gespreizten Oberschenkeln ihre geöffnete Vagina sehen konnte. Sie wollte wohl testen, welche Wirkung dieser Anblick auf mich hatte. Ich sah bald auch Feuchtigkeit und Schleim in der Scheide. Da kniete ich vor ihr nieder und schlürfte und leckte die Flüssigkeit. Sie genoss es sichtlich und produzierte neue Flüssigkeit. Dabei wurde sie unruhig. Doch ich verzögerte die Handlung, bis mein Penis wieder erigierte. Als das geschehen war, sprang sie auf und ging vor mir ins Bett. Da ich meine erste große Spannung abreagiert hatte, konnte ich mich ausgiebig in ihr bewegen. Und da sie durch meinen Mund und meine Zunge animiert war, hatte sie bald einen wunderschönen und lauten Orgasmus. Hinterher sagte sie: „Weißt du, was am schönsten ist? – Dass das Sperma so in mir drin ist." Als etwas herausfloss, verteilte sie es auf ihrem Körper.

Die nächste Zeit verbrachten wir am häufigsten im Bett. Sie wollte „nach Strich und Faden" – so sagte sie – durchgefegt werden. Und ich war erstaunlich potent bei dieser agilen und ganz neuen wundervollen Frau.

Allerdings blieb sie in einer Beziehung konsequent. Wenn sie auf die Toilette ging, um dort Pipi zu machen, wollte sie allein bleiben. Bei sehr vielen Frauen habe ich erlebt, dass sie mich

gern zusehen ließen, wie das Wasser aus ihrer Scheide spritzte. Meine Mutter wusste auch, wie gern ich diesen Anblick bei einer Frau hatte. Aber hier gab es eine unüberwindliche Grenze. Ich weiß nicht, weshalb.

Rührend war es, als wir nach herrlichem Sex nebeneinander lagen und sie mich an unsere erste sexuelle Begegnung erinnerte. Da war ich ja mit Lippen und Zunge über ihren Körper gegangen, hatte ihre Klitoris belutscht, bis sie sagte, ich dürfte, wenn ich wollte, in sie hinein kommen. Und dann wandte sie sich an mich: „Kannst du das noch einmal so machen?" Selbstverständlich machte ich das sehr gern. Diesmal erkundete ich nicht nur ihren Vorderleib, sie hielt mir irgendwann auch ihren Rücken hin und ich erkundete ihn gewissermaßen Pore für Pore. Nur auf den Mund küsste ich sie nicht. Gewiss gab es später schönere Frauen, solche mit größeren und festeren Brüsten und Hinterteilen, leidenschaftlichere, wildere. Aber diese Frau blieb das Wunderbarste in meinem Leben. Ich lernte, sie zu verehren für das, was sie so besonders machte und was sie für mich getan hatte.

Ich glaube, in meinem ganzen Leben hatte ich mit keiner anderen Frau solch erfüllten Sex. Mit ihr war ich zum Mann geworden, sie hatte mir mit ihrer Hingabe geholfen, über die schwierige Zeit der Pubertät zu kommen. Sie hatte mich bestärkt in der Erkenntnis, dass Sex so selbstverständlich sein sollte wie Essen und Trinken und Schlafen. Sie hatte mich geprägt in dem, was eine Frau schön und verehrenswert macht. Durch sie verstand ich die uralten Muttergottesvorstellungen. Und ich erkannte, dass auch eine ältere Frau schön und begehrenswert ist. „Blüten mögen bezaubern", sagte sie einmal, „aber Früchte nähren."

Im Sommer machten wir Urlaub in Prerow, wie immer mit einem Zelt. Die Kinder waren unterwegs. Diana und ich nahmen wieder das kleine Bergsteigerzelt. Da bekamen wir doch noch einen Platz am größten Zeltplatz der DDR. Natürlich wohnten wir am Nacktbadeplatz. Dort wurde ja nicht nur nackt gebadet und gesonnt. Die meisten Urlauber standen auch nackt am Postschalter oder am Eisstand oder dort, wo Broiler verkauft wurden.

Lediglich in der Kaufhalle mussten sich die Kunden etwas anziehen. Aber im ganzen Lager spürten wir eine heitere, lockere, freie Gemeinschaft.

Das wurde an einem Tag besonders deutlich. In unserer Nähe kam am späten Vormittag eine deutliche Unruhe auf, Diana wollte selbstverständlich wissen, was da los war. Sie kam mit der Nachricht zurück, eine Hochzeit wäre im Gange. Das Brautpaar bereitete sich auf die Trauung in der Prerower Kirche vor. Standesamtlich waren sie schon zusammengeschrieben. Nun wollten sie hier zusammen mit ihren Verwandten und Freunden „richtig" Hochzeit feiern. Nach und nach sahen wir, wie sich die Gruppe auf das Ereignis vorbereitete. Die Braut trug ein weißes enges Kleid und einen kurzen Schleier auf dem Kopf. Sie war etwa zwanzig Jahre alt, schlank, sportlich, blond, ausgesprochen reizvoll. Der Bräutigam war etwa gleichaltrig. Er zog einen dunklen Anzug an und band sich eine Krawatte. Auch er war sportlich schlank und ausgesprochen sympathisch. Auch in der Umgebung sahen wir mehr und mehr meist junge Leute, die sich sehr hübsch und festlich anzogen. Diana sagte: „Da sollten wir auch in die Kirche fahren und an dieser Feier teilnehmen." So zogen auch wir uns so festlich wie möglich an. Und als die Hochzeitsgesellschaft und wohl auch Zuschauer wie wir ihre Fahrräder nahmen und zur Straße schoben, schlossen wir uns ihnen an. Das Brautpaar fuhr auf einem Tandem. So fuhr der ganze Schwarm zur Kirche. Die Glocken läuteten, als wir auf dem Parkplatz unsere Räder abstellten, der Pfarrer stand schon im Eingang, die Orgel spielte den Hochzeitsmarsch von Mendelssohn-Bartholdy und die Gesellschaft zog ein. Die Lieder, die zur Trauung gesungen wurden, kannten wir nur teilweise. Sie wurden mit Gitarre und Geige begleitet. Die Atmosphäre in dieser Kirche ist ja immer ganz besonders. Sie ist eine Mischung von Heiterkeit und Feierlichkeit. Ich sah einmal einen vielleicht zehnjährigen Jungen durch den Vorraum in die Kirche stürmen. Aber am Eingang zum Kirchenraum blieb er ganz plötzlich stehen, seine Augen wurden ganz groß. Und er breitete beide Arme aus. Diese heiter-feierliche Stimmung ergriff auch uns. Es wurde eine fröhliche

Trauung. Hinterher verzichtete die Gruppe auf das Konfetti und das Baumsägen, wie man das immer häufiger sieht. Sie fuhr im Fahrradschwarm wieder zum Zeltplatz zurück. Dort standen alle wieder in kürzester Zeit nackt da. Nur die Braut behielt ihren Schleier auf dem Kopf. Sie sah mit ihrer vollendeten Figur allerliebst aus. Den Schambereich hatte sie übrigens ganz glattrasiert, was damals ungewöhnlich war. Dadurch fiel das aber auf. Und dadurch wirkte sie kindlicher, als sie wirklich war. Dazu trugen aber auch ihre sehr schönen, aber kleinen Brüste bei.

Eine Gruppe Männer machte sich an einer Art Trage zu schaffen. Die jungen Männer hatten zwei starke Stangen beschafft, darüber eine große Naturholzplatte befestigt und das Ganze mit Seegras und Blumen dekoriert. Auf dieses Brett setzte sich nun die Braut, nackt, nur mit dem Schleier auf dem Kopf. Die Männer hoben vorsichtig die Trage auf ihre Schultern und nun wanderte die große Gruppe mit Gesang und Gitarren- und Geigenmusik über den ganzen FKK-Platz. Der Bräutigam wanderte voraus. Auch er war nackt, aber er trug nun einen Zylinder und ein Schild „Just married". Nahezu alle Urlauber klatschten Beifall. Es war eine wunderschöne Atmosphäre. Nach dieser Ehrenrunde setzten die Männer die Braut wieder ab, sie blieb aber auf der Holzplatte. Einige Frauen legten nun Decken und Kissen auf diese Unterlage. So entstand ein bequemes Lager. Die Gruppe bildete einen Ring um dieses Lager. Doch auch andere Zuschauer durften dabei sein. Auch Diana und ich stellten uns dazu. Nur fotografiert werden durfte nicht mehr. Denn die Braut legte sich nun auf den Rücken und öffnete ihre Schenkel. Wir sahen ihren Spalt. Der Bräutigam hatte seinen Zylinder abgenommen und beschäftigte sich mit seinem Geschlecht. Erstaunlicherweise hatte er einen erigierten Penis, als er sich zu seiner Frau legte. Er zögerte dann auch keinen Moment. Er schob seinen Penis in ihren Spalt und bewegte sich in ihr. Die Zuschauer waren ganz still. Keiner sagte ein Wort, keiner lachte. Es wurde andächtig wie an einigen Stellen in der Kirche. Diese beiden jungen und schönen Menschen, braungebrannt und sympathisch, vollzogen vor aller Augen ihre Verbindung, wie das in manchen Naturvölkern

gewesen sein soll oder noch ist. Der Bräutigam kam dann recht bald. Er zog sein Glied recht schnell heraus. So konnten wir noch einen Spermatropfen an seiner Eichel sehen. Da brandete Applaus auf. Das Paar stand auf und die Gruppe begann lachend und plaudernd ihr Essen vorzubereiten. Der Grill stand bereit. Den ganzen Nachmittag und am Abend rochen wir das Essen, hörten Lachen und Gesang, freuten uns mit der Gruppe über diese unvergessliche Hochzeit.

Als wir uns am späten Abend ins Zelt legten und wie gewöhnlich vor dem Schlafengehen noch etwas schmusten, wobei ich ja immer besonders gern Dianas schöne üppigen Brüste streichelte, griff sie mir zwischen die Beine. Unter ihren Händen wurde mein Glied steif. Diana kam zu einem schönen Orgasmus und wir schliefen unter den Geräuschen ein, die immer noch vom Hochzeitsplatz kamen. Aber das war so in Ordnung.

In diesem Sommer hatten wir dann ein weiteres besonderes Erlebnis. An einem Nachmittag in der Woche hielt ein Wartburg-Combi mit Berliner Nummer vor unserem Haus. Ein Mann mit kurzem Vollbart, etwa 35 Jahre alt, stieg aus und klingelte an unserer Tür. Ich öffnete. Er nannte seinen Namen, den ich zunächst nicht einordnen konnte. Er wäre Fotograf, sagte er, ein namhafter Verlag hätte ihn beauftragt, einen Bildband über Mecklenburg zu machen. Er fragte, ob ich als Einheimischer interessante Motive in der Umgebung wüsste. Nun, ich bat ihn erst einmal in unsere Wohnung. Gleich am Eingang blieb er stehen. Da hingen großformatige Fotos, die Diana gemacht hatte: Landschaften, Porträts von Dorfbewohnern, auch Bilder von unseren Kindern. Er betrachtete sie genau und äußerte sich sehr anerkennend. Das freute natürlich Diana, die inzwischen dazugekommen war. Wir gingen dann durch mein Arbeitszimmer in Richtung Wohnzimmer. Auch im Arbeitszimmer blieb er stehen, bewunderte die Bücherregale, die bis an die Decke mit Büchern vollgestopft waren. Er zeigte auf ein Regal, in dem eine ganze Reihe aus einer bestimmten Verlagsedition stand: „Die habe ich alle gemacht. Alle Fotos sind von mir." Da wurden wir sehr

hellhörig; denn wir hatten immer bewundert, wie treffend der Fotograf mit einem Motiv den Inhalt des Buches wiedergab. Das sagten wir dem Mann und er freute sich sichtlich. Er wies dann auch auf ein paar andere Bücher, die in den Regalen standen, die er gestaltet hatte.

Während er noch an den Regalen stand und staunte, was hier „in der Taiga" alles an Literatur stand, bereiteten Diana und ich den Kaffeetisch vor. Dann kamen wir sofort ins Gespräch über zeitgenössische Literatur, über das, was zu jener Zeit gedruckt werden konnte, und wie der Verlag, für den er arbeitete, Weisungen oder gar Verbote umging. Das war hochinteressant und wir hätten noch stundenlang zusammensitzen können. Aber er musste weiter. Doch er hatte in 14 Tagen noch ein paar Termine. Er fragte, ob er da für eine Nacht bei uns schlafen könnte. Diana stimmte geradezu strahlend zu. Wir nannten noch ein paar Motive, dann fuhr er weiter zum nächsten Ort.

Nach 14 Tagen stand er wieder vor unserer Tür. Diana hatte sich am Morgen im Bad sehr sorgfältig gepflegt, an bestimmten Körperstellen rasiert und sehr reizvolle Kleidung angezogen, so wieder ihren formenden Büstenhalter und den Slip, dazu den engen kurzen Rock. Sie sah wunderschön aus. Der Fotograf brachte ein Buch als Geschenk mit, das er gestaltet hatte; dieses Buch erschien so nicht im Handel, der Verlag hatte es als Geschenk für besondere Leute drucken lassen. Wir bekamen die Nummer 35 von 300 Exemplaren mit eingelegter signierter Originalgrafik. Dieses Buch gehört bis heute zu meinen großen Schätzen. Nun, wir zeigten ihm sein Zimmer und das Bad mit der Toilette und gingen dann durch den Ort, wo er interessante Motive fotografierte. Dabei unterhielt er sich natürlich besonders intensiv mit Diana über Fotoapparate. Er zeigte ihr eine „Horizonta", einen russischen Nachbau einer japanischen Panorama-Kamera. Er erzählte, dass er für den geplanten Bildband eine großformatige Plattenkamera benutzte; das Objektiv dazu hatte er von einem Freund, einem damals sehr bekannten Schauspieler und Antiquitätensammler, geliehen. Dieser Apparat konnte nicht auf einem normalen Stativ stehen,

er war einfach zu groß. Wenn er es benutzte, stellte er es auf das Dach seines Autos. Das Gespräch der beiden wurde immer mehr zur Fachsimpelei. Ich ging nebenher oder hinterher und freute mich, wie Diana in der Gegenwart des Mannes aufblühte. Sie ist dann ja noch schöner als ohnehin. Lothar fotografierte, was ihm gefiel, ließ auch Diana mit den Geräten arbeiten. Am Abend saßen wir dann wieder zusammen und plauderten sehr angeregt. Ich bemerkte dabei, wie Diana wieder ihren typischen Duft ausstrahlte, wenn sie sexuelle Lust hat. Vor allem wurde das deutlich, wenn sie ihre Arme hob und über das Haar strich und wenn sie ihre Beine übereinanderschlug oder die Beinstellung wechselte. Als wir uns zum Schlafengehen fertig machten, ging Lothar zuerst ins Bad. Dann folgten wir. Diana stand unschlüssig vor dem Spiegel mit den Kosmetika. Ich wusste, was das bei ihr bedeutete. „Er hat mich gefragt, ob ich zu ihm ins Bett komme", sagte sie leise. Ich fragte: „Und – willst du?" Sie sagte: „Ich glaube schon. Er hat etwas, was mich anzieht." „Dann wünsch ich dir viel Freude mit ihm", sagte ich und fügte hinzu: „Denkst du an Kondome?" Sie nickte und ich ging schlafen. Am frühen Morgen wachte ich allein im Bett auf. Ich weckte die Kinder, machte für sie Frühstück und brachte sie auf den Schulweg. Dann machte ich Frühstück für uns. Diana kam etwas müde in die Küche, hatte aber wieder ihren berühmten Glanz in den Augen. Ich sah sofort, dass sie keinen Büstenhalter trug, sagte aber nichts. „Alles gut?" fragte ich. Sie nickte: „Es war richtig schön. Er hat so schöne Haare auf der Brust und dem Bauch. Und er hat mich unten so richtig ausgefüllt und durchgefegt." Sie lächelte beinahe innig: „Ich hab eben noch mit ihm in der Dusche gestanden und ihm seinen Pimmel eingeseift. Auch die Brust und den Bauch." Sie erzählte dann weiter, Lothar hätte nach dem ersten Mal das Licht eingeschaltet, das Deckbett zurückgeschlagen und sie genau betrachtet. Dann hätte er sie gefragt, ob er sie am Morgen nackt fotografieren dürfte. Er brauchte Aufnahmen für neue Bücher in der uns ja bekannten Reihe. „Und was hast du geantwortet?", fragte ich. „Ich habe gesagt, ich lass mich von ihm in

allen Positionen fotografieren", antwortete sie. Nun ja, sie war nicht nur schön, sondern auch selbstbewusst. Und wenn zwei Profis so etwas machten, musste es gut gehen. Sie berichtete dann, sie hätte mitten in der Nacht so richtig Lust bekommen. Da hatte sie ihren Kopf unter das Deckbett geschoben und an Lothars Eichel genuckelt und seine Hoden gekrault. Er wäre noch etwas verschlafen gewesen. Aber sein Stängel wurde steif. Sie hatte sich dann über ihn gehockt und sein Ding in ihren Spalt geschoben. „Und dann hatte ich verblüffend schnell einen Orgasmus. Das war irre. Da wachte er erst richtig auf und rammelte nun erst richtig los, bis ich ein zweites Mal kam. Ich hab richtig gejault. Aber dass ich nun noch nach meinem Orgasmus so lange Lust hatte, weil er ja noch so lange voll drauflos bumste – das habe ich bisher noch nie erlebt." Ich fragte, ob sie an ein Kondom gedacht hatte. Sie sah mich beinahe erstaunt an und sagte: „Ich hatte solche Lust, da hab ich an so was nicht gedacht. Weißt du, sein Ding, wenn es straff ist, ist aber auch herrlich lang und dick. Das füllt mich bis zur letzten Falte aus." Am Morgen, als die Kinder schon draußen trappelten, hatte er sie noch ein drittes Mal durchgeorgelt, diesmal von hinten – da empfand sie auch bei mir immer besondere Lust. „Aber da haben wir an ein Kondom gedacht." Dann kam auch Lothar an den Frühstückstisch. Er hatte natürlich mitbekommen, dass ich wusste und einverstanden war, dass Diana zu ihm ins Bett gekommen war. Wir kamen dann auch sehr bald zu den Aktfotos, die er für die Bücher-Reihe brauchte. Es handelte sich um zwei erotische Bücher, eines von Anais Nin, der klassischen Erotik-Schriftstellerin. Nach dem Frühstück bauten Diana und ich unser Schlafzimmer zum Fotostudio um, wie wir das oft schon getan hatten. Dann zog sich Diana aus. Den Büstenhalter hatte sie am Morgen gar nicht angelegt, damit es keine störenden Druckstellen auf ihrer Haut gab. Der Fotograf wollte sie ja nackt fotografieren. Nun bemerkte ich, dass sie auch gar keinen Slip angezogen hatte. Sie legte also nur die Bluse und den kurzen Rock ab. Da der Tag ausgesprochen warm war, fror sie nicht. Und sowohl Lothar als auch ich hatten ja Sex mit ihr

gehabt. Sie hatte also keine Hemmungen vor uns. Schließlich stellte sie sich in Position. Er wollte ihren Körper von der Brust bis zu den Oberschenkeln fotografieren. Allerdings fotografierte er nicht gleich. Er trat an Diana heran und ordnete das Schamhaar so, dass man die Schamlippen sehen konnte. Aber er war nicht zufrieden. Er fragte Diana, ob sie die Haare um den Venushügel so abrasieren könnte, dass ein klares Dreieck zu sehen war. Sie hatte unten ja starken Haarwuchs; einige Haare wuchsen bis zum Nabel und in die Leistengegend. „Dann muss ich später nicht so viel retuschieren" sagte er. Diana ging also ins Bad. Der Fotograf kontrollierte noch einmal seine Geräte und wandte sich dann an mich: „Ihre Frau hat das Gesicht einer Madonna und den Körper einer Venus." Er lächelte plötzlich und sagte mehr zu sich als zu mir: „Eine schönbrüstige Venus." Ich stimmte ihm zu. Diana kam schneller wieder als erwartet. Lothar war zufrieden. Aber er kniete noch einmal vor ihr nieder und ordnete mit seinen Fingern ihre Haare so, dass der Spalt sichtbar blieb. Dann machte er ein paar Aufnahmen und kniete wieder vor Diana, um nun die Schamlippen mit den Haaren zu verdecken. Auch nun fotografierte er wieder. Auf dem Buchumschlag sah man dieses Dreieck später in einer Schießscheibe. Ihre Brüste hatte er weggelassen. Ich vermute, die waren ihm zu groß und hingen wohl auch zu sehr.

Er wechselte den Film. Die 6 x 6-Filme hatten ja nur zwölf Bilder. Dann fragte er, ob wir beide für das andere Buch posieren könnten. Er wollte einen nackten Mann in Vorderansicht, vor dem eine Frau in Rückenansicht kniet und an seinem Penis lutscht. Ich zog mich also auch aus und stellte mich so hin, wie er das wollte. Aber mein Penis erigierte nicht. Diana nahm ihn in ihren Mund und nuckelte daran. Sie kraulte auch meine Hoden. Es half nicht. Aber das war für das Foto nicht weiter schlimm; man sah den Penis ja sowieso nicht. So entstand das Foto und so erschien es später auf dem Buchumschlag.

Der Fotograf zögerte einen Moment. Dann sagte er: „Eigentlich wollte ich euch noch um ein drittes Motiv bitten. Ich brauche noch ein Paar beim Sex für ein drittes Buch. Aber nur die

Geschlechtsteile, nur der Penis in der Scheide. Aber das scheint heute nichts zu werden. Wie schade." Diana lächelte: „Da hat es eine Frau leichter. Die kann so tun, als ob sie Lust hat. Der Mann muss es zeigen können." Lothar lächelte: „Ich könnte es sofort zeigen. Bei mir klemmt die Hose." Da sagte Diana ganz spontan: „Dann machen wir beide es eben." Sie wandte sich an mich: „Du hast doch nichts dagegen, nein? Hier geht es doch um die Sache." Sie wandte sich an Lothar: „Und wir haben es doch in der vergangenen Nacht schon getan. Da ist doch kein Unterschied." Ich nickte: „Macht nur, ihr seid doch Profis." So kam es, dass sich nun auch der Fotograf auszog und sein wirklich imposantes Geschlecht präsentierte. Diana bekam wieder ihren berühmten Glanz in ihre Augen und straffte ihren Körper. Der Mann bat um ein Kondom, aber Diana sagte, für eine solche Aufnahme sei das falsch. „Du musst dich so lange zurückhalten, bis du die Fotos gemacht hast. Und wenn du doch kommst, spritzt du auf meinen Bauch oder meinen Rücken." Nach einer Weile fügte sie hinzu: „Und wenn du in mir kommst, ist das auch nicht weiter schlimm. Heute Nacht haben wir es ja auch schon einmal ohne Kondom gemacht." Die beiden brachten sich also auf dem weißen dicken Teppich in Position und Lothar schob seinen Penis in Dianas Scheide. Der Fotograf hielt dabei sein Gerät so weit wie möglich weg. Es sollten ja nur die beiden Geschlechtsorgane zu sehen sein. Aber er war unzufrieden. Er sah um sich und sagte dann: „Vielleicht geht es besser mit dem Spiegel." Wir hatten im Schlafzimmer ja einen großen stehenden Spiegel, den man so verstellen konnte, dass man an seinem Körper alles sah. Diana stellte sich gern davor, wenn sie ein neues Kleidungsstück anprobierte. Die beiden standen also auf und richteten alles so her, wie sie es brauchten. Sie stellten die Lampen an die richtigen Stellen und legten sich wieder auf den Teppich. Durch die Unterbrechung war der Penis des Mannes etwas schlaff geworden. Da nahm ihn Diana, ohne ein Wort zu sagen, in den Mund und nuckelte an ihm, bis er wieder straff war und in ihre Lustgrotte geschoben werden konnte. Später sagte sie mir, sie hätte einfach ganz große Lust gehabt, das Ding in ihrem Mund zu

haben. Wenn er da gekommen wäre, hätte sie selbstverständlich sein Sperma geschluckt.

Nun fotografierte Lothar in den Spiegel. Dabei waren beide ganz und gar zu sehen. Aber das störte niemanden. Jetzt gab es keinerlei Hemmungen mehr. Diana schlug vor, er sollte sich auf den Rücken legen, sie wollte sich über ihn hocken, mit dem Rücken zum Spiegel. Der Penis sollte unterschiedlich tief in ihr stecken, also unterschiedlich lang zu sehen sein. So geschah es dann auch. Und auch Dianas Vorschlag, sie wollte in die Knie-Ellenbogen-Stellung gehen und er sollte dann unterschiedlich tief in ihrer Scheide stecken, wurde gern angenommen. Aber dann geschah etwas Unerwartetes: Diana legte sich auf den Rücken, öffnete ihre Schenkel und sagte zu Lothar: „Komm, wir machen es noch einmal richtig." Und der Fotograf legte seinen Apparat beiseite und tat, was Diana sich wünschte. Ich saß etwa vier Meter von ihnen entfernt und sah zu. Doch die beiden schienen alles um sich herum vergessen zu haben, auch mich. Sie waren ganz und gar mit ihrer Lust beschäftigt. Und es war auch für mich faszinierend, dieses Menschenknäuel auf dem weißen Teppich zu sehen. Sie waren wirklich ein Fleisch, wie es in der Bibel steht, ein Lebewesen mit vier Armen und vier Beinen. Sie keuchten und murmelten und bei den Kolbenbewegungen schmatzte es in Dianas Grotte. Dann merkte ich an der Körperhaltung und dem Atem des Mannes, dass er kurz vor seinem Orgasmus war. Jetzt müsste er seinen Kolben aus Diana ziehen. Aber da klammerte Diana plötzlich ihre Unterschenkel um die Oberschenkel des Mannes und krallte ihre Finger in seinen Hintern. So blieben sie untrennbar fest zusammen, als der Mann schwer atmend und stöhnend in ihrem Leib seinen Orgasmus hatte. Dann blieben beide regungslos liegen. Erst nach einer sehr langen Zeit lösten sie sich voneinander. Der Mann sah Diana beinahe fassungslos an und fragte: „Was war das? Warum bin ich nicht rechtzeitig herausgekommen?" Diana streichelte seine Brust: „Weil ich das so wollte. Ich wollte etwas von dir in meinem Körper behalten." Sie gab ihm ein Taschentuch, das er um seinen erschlafften Penis wickelte. Sie hielt auch ein Tuch vor ihren Spalt. Dann gingen

sie gemeinsam ins Bad. Ich räumte den Raum auf und ging anschließend in die Küche, um Kaffee zu brühen. Wir saßen dann etwas einsilbig am Kaffeetisch. Der Fotograf drängte bald zum Aufbruch. Er hatte ja noch andere Termine. Als er sich von uns verabschiedete und Diana dabei umarmte, hörte ich, wie er sagte: „Wenn du deine Tage hast, gibst du mir Bescheid, ja?" Eine Woche später hatte sie ihre Tage.

Die Sexfotos sind, soweit wir wissen, bisher nie erschienen. Der Verlag musste sein Erscheinen einstellen. Leider. Wer weiß, wo die Fotos jetzt liegen! Ich würde sie gern einmal sehen.

Im Sommer fuhren Diana und ich wieder in den Urlaub nach Ahrenshoop. Wir wohnten in einem kleinen Ferienhaus direkt an den Dünen, die zum Strand führten. Der Sommer war wunderschön für Urlauber, wir sonnten viel am Strand und badeten.

Einmal gingen wir wieder durch die Hauptstraße, einfach um zu bummeln. Da wurde Diana angesprochen. Ein Ehepaar, gleichaltrig mit uns, kam auf uns zu. Es war eine Cousine von Diana aus Cottbus mit ihrem Mann. Die beiden machten hier auch Urlaub. Natürlich gingen wir in den kommenden Tagen gemeinsam an den Strand und erzählten viel. Ich hatte besondere Freude an Verena. Sie war etwa so groß wie wir, schlank mit erstaunlich schönen Brüsten, einem schön geformten Hintern und langen wohlgeformten Beinen. Sie hatte blondes kurzes Haar, ihr Dreieck war aber schwarz. Ihr Bauch war fast flach. Nun, es wurde ein sehr gutes Miteinander. Nach ein paar Tagen brachten sie eine Freundin mit, die nur kurz bleiben wollte. Sie sah zauberhaft aus mit langem dunklen und etwas welligen Haar, dunklen Augen, vollen Lippen und einer Traumfigur, wie wir feststellten, als sie mit an den Strand kam und nackt neben uns lag oder mit uns ins Wasser ging. Allerdings machte sie einen sehr traurigen Eindruck. Verena erklärte uns, diese Frau wäre so deprimiert, weil ihr langjähriger Freund sie verlassen hatte, um mit einer anderen zu leben. Ganz spontan sagte ich: „Das kann ich mir gar nicht vorstellen. Eine schönere Frau gibt es doch gar nicht. Der Mann muss ja grenzenlos dumm sein." Verena lächelte:

„Das werde ich ihr bei nächster Gelegenheit erzählen. Vielleicht tröstet es sie etwas."

Am Abend saßen wir natürlich oft weit bis nach Mitternacht zusammen und erzählten. An einem dieser Abende sagte Verena plötzlich: „Jetzt hätte ich Lust, baden zu gehen." Dieser Gedanke wurde von den anderen mit Begeisterung aufgenommen. Wir nahmen zwei Decken mit und liefen die paar Schritte an den Strand. Dort breiteten wir die Decken aus und zogen unsere Sachen aus. Die Nacht war in diesem heißen Sommer ungewöhnlich milde. Licht kam von den Sternen, von der Straßenbeleuchtung, von einzelnen Häusern. Unsere Sachen legten wir auf eine Decke, vor allem auch unsere Uhren, Schmuckreifen oder Ringe. Doch bevor wir ins Wasser liefen, fragte Verena: „Aber wer passt nun auf unsere Sachen auf?" Sie einfach so liegen zu lassen, erschien uns nun doch sehr riskant. Da sagte ich: „Geht nur! Ich bleib hier und passe auf die Sachen auf." So zogen sie los und bald hörte ich sie plantschen, schwatzen und lachen. Ich wollte mich eigentlich wieder anziehen, aber die Nacht war so milde, dass ich es als angenehm empfand, nackt auf der Decke zu sitzen. So war ich eine Weile allein und genoss das Rauschen des Wassers und das Blinken der Sterne. Da kam Doris vom Wasser zurück. Sie hatte gebadet und war nass, aber das genügte ihr nun. Ich stand auf und hielt ihr ein entfaltetes Badetuch entgegen. Sie ließ sich von mir darin einwickeln und abtrocknen, zuerst Rücken und Po, und als ich merkte, dass sie sich gern von mir abtrocknen ließ, trocknete ich auch ihre Brüste, ihren Bauch, ihr Geschlecht und ihre Schenkel ab. Auch sie wollte sich in dieser Nacht nicht sofort anziehen. So setzten wir uns nackt nebeneinander und erzählten. Sie legte irgendwann ihr Badetuch ab, dadurch wurde es ihr aber wohl kühl, denn sie rückte ganz dicht an mich heran. Ich legte einen Arm um ihre Schultern und streichelte sie von Zeit zu Zeit. Aber mehr und mehr roch ich den Duft aus ihrer Scheide. Da konnte ich nicht verhindern, dass mein Penis straff wurde. Ich versuchte, das zu verbergen, aber natürlich merkte sie es doch irgendwann. Da sagte sie ganz ruhig: „Wenn du willst, können wir jetzt Liebe machen." Und sie legte sich auf die

Decke und öffnete ihre Schenkel, Und ich legte mich zwischen ihre Schenkel. Wir liebten uns dann ungewöhnlich lange und gleichmäßig. Sie gehörte wohl zu den Frauen, die einen langen Anlauf zum Orgasmus brauchen, ihn dann aber besonders intensiv empfinden. Wir machten noch Liebe, als die drei schwatzend und lachend aus der Ostsee kamen. Ich wollte unser Spiel abbrechen und machte Anstalten, meinen Penis aus ihrem Spalt heraus zu ziehen. Aber sie presste ihren Scheidenmuskel fest um meinen Penis zusammen, schlang ihre Unterschenkel um meine Beine und bat: „Mach weiter! Bitte, mach weiter!" Ganz deutlich wollte sie ihren Orgasmus erleben. Da wir uns alle gut kannten und mochten, machte ich also weiter. Inzwischen waren die drei nähergekommen, stoppten aber plötzlich, als sie uns so sahen, und blieben ganz still. Sie sahen zu, wie Doris zum Orgasmus kam. Ich habe auch den Verdacht, sie wollte den Dreien ihren Orgasmus zeigen; denn sie wurde mit Stöhnen und Schreien sehr laut. Ich wollte mich nun wieder aus ihr herausziehen und neben ihr abspritzen. Aber sie klemmte mich mit ihren Beinen so fest, dass ich mein Sperma in ihren Körper spritzte. Wir lagen dann noch ineinander, bis mein Penis aus ihrem Spalt rutschte. Dann standen wir auf und gingen zum Wasser, um dort Pipi zu machen und das Sperma herauszuwaschen, so weit das möglich ist. Beim Wasserlassen hockte sie sich so hin, dass ich zwischen ihre Schenkel sehen konnte und den Strahl aus ihrer Scheide spritzen sah. Dieser Anblick ist für mich ja immer etwas Besonderes gewesen. Dann gingen wir zu den anderen und kleideten uns an. Über das, was Doris und ich getan hatten, wurde nicht gesprochen. Aber als sie zwei Tage später fort war und ich am Strand lag, legte sich Verena neben mich und sagte: „Als ich euch da bumsen sah, wurde ich richtig neidisch. Warum hast du das noch nicht mit mir gemacht?" So kam es, dass ich mich in der folgenden Nacht mit Verena am Strand traf. Diana hatte ich gesagt, was ich vorhatte. Ich hatte eine Decke mitgenommen. Ich fragte Verena, wie sie von ihrem Mann weggekommen wäre, von dem ich wusste, dass er sehr eifersüchtig war. Sie hatte gesagt, dass sie uns besuchen wollte. Er hatte dann auch wirklich mit Diana telefoniert. Aber

sie hatte ihm nicht gesagt, dass wir beide am Strand waren. Wir kamen dann auch sehr bald zur Sache. Doch bevor ich in Verenas Spalt glitt, hielt sie mir ein Kondom entgegen. Dabei ging es gar nicht so sehr um eine Schwangerschaft. Verena mochte dieses glitschige Spermazeug nicht in ihrer Scheide. Wir waren dann etwas mehr als eine halbe Stunde zusammen. Verena hatte sehr viel Feuchtigkeit in ihrem Spalt, das war sehr angenehm. Ihren Orgasmus hatte sie nicht so laut wie Doris, aber sie war sehr zufrieden, und als ich sie bat, noch mit meiner Zunge in ihre Scheide gehen zu dürfen, stimmte sie sofort zu und öffnete ihre Schenkel weit. Sie hatte auch bald ihren zweiten Orgasmus, nur mit der Zunge und meinen Lippen bewirkt. Übrigens gehörte ihr Geschlecht zu den schönsten, die ich kennen lernen durfte.

Noch nach dreißig Jahren erinnerte mich Verena bei einem Telefongespräch daran, wie schön das damals am nächtlichen Strand gewesen war.

Anfang September sollte ein Cellist in unserem Ort die Solostücke von Johann Sebastian Bach spielen. Es war damit zu rechnen, dass so etwas Spezielles nicht jeden interessiert. Aber wir hatten sehr viel in die Werbung investiert, der Cellist wohnte schon aus finanziellen Erwägungen bei uns. Am Abend waren wir überrascht und glücklich über die überdurchschnittliche Besucherzahl.

Der Musiker sah sehr gut aus, er war etwa dreißig Jahre alt, sportlich schlank, groß, er trug etwas rustikal-exotische Kleidung, und spielte die schweren Stücke auswendig. Wir hatten um das Podest viele Kerzen aufgestellt. So entstand eine Atmosphäre, die das Publikum geradezu verzauberte. Auch der Musiker ließ sich von der Begeisterung seiner Zuhörerschaft hinreißen und wurde immer besser. So kam es zu einem ganz großen Erfolg.

Wie alle Künstler war er nach dem Konzert noch ganz aufgedreht. Er saß in unserem Wohnzimmer, trank Wein und erzählte. Ich sah aber auch sehr bald in Dianas Augen eine Verzauberung, ihr typisches Lächeln, wenn ihr ein Mann gefällt. Sie wird dann immer schöner. Sie trug auch wieder einen Büstenhalter, der ihre Brüste sehr vorteilhaft formte, dazu einen Slip, der ihren

weichen Po straffte. Darüber trug sie eine sehr hübsche weiße Bluse und ihren sehr engen kurzen Rock, der ihre schönen Beine betonte. Wäre ich nicht schon längst in sie verliebt gewesen, jetzt wäre es geschehen. Sie sprach dann auch mit dem Cellisten sehr klug und geistvoll über Bach, den sie seit ihrer Kindheit mag. Der Musiker war ganz begeistert, wie viel sie wusste und alles Wissen einordnen konnte. Ich ließ die beiden erzählen. Ich hielt mich völlig zurück, erfreute mich nur an meiner Frau. Natürlich bemerkte ich auch ihren Körperduft, den sie immer ausströmte, wenn ihr ein Mann gefiel. Auffallend oft hob sie auch ihre Arme und strich über ihr Haar, und häufiger als gewöhnlich wechselte sie ihre Beinstellung. Ich kannte sie lange genug, um zu wissen, was das bedeutete.

So war ich gar nicht überrascht, als sie mir im Bad berichtete, Ulf hätte sie gefragt, ob sie heute Nacht zu ihm kommen könnte. „Willst du?" fragte ich und sie antwortete: „Ich denke schon. Ich wüsste gern, ob er auch ein so guter Liebhaber wie Musiker ist." Sie hatte ja immer eine besondere Beziehung zur Musik und zu Musikern.

Also verabschiedeten wir uns im Bad. Ein Nachthemd würde sie ja nicht brauchen. Ich schlief bis zum frühen Morgen. Dann weckte ich die Kinder, machte ihnen das Frühstück und brachte sie auf den Schulweg. Diana ließ sich noch nicht blicken. Sie ging erst nackt ins Bad, als der Kaffeeduft durch alle Räume zog. Dann kam sie angezogen in die Küche. Ich brauchte sie nicht zu fragen, wie die Nacht gewesen war, ich sah es an ihrem leuchtenden Gesicht. Aber bald nach unserer Begrüßung schwärmte sie, wie schön und groß sein Penis wäre. „Weißt du", sagte sie, „ich hab irgendwann das Wort vom Freudenspender gehört. Ich konnte das nie so richtig verstehen. Heute Nacht habe ich das verstanden." Sie schlürfte ihren Kaffee und fuhr dann fort: „Ich hab ihn übrigens gefragt, ob ich ihn heute Früh nackt fotografieren darf. Er hat etwas gezögert, dann aber zugestimmt. Du hast doch nichts dagegen?" Natürlich hatte ich nichts dagegen. Dann kam auch Ulf herein. Wie selbstverständlich setzte er sich zu Diana auf die Bank. Sie sahen nebeneinander sehr gut aus.

Diana war wohl fünf Jahre älter als der Mann. Aber sie wirkte immer jünger, wenn sie verliebt war ohnehin. Ich sah natürlich auch, wie Diana verstohlen über die Gegend seiner Hose strich, wo der Penis ist. Und er streichelte die Stelle ihres Pos, die man im Sitzen erreichen kann.

Nach dem Frühstück richteten wir unseren Schlafraum als Atelier her, wie wir das immer taten. Diana hatte es gern, wenn ich dabeiblieb. Weshalb das so war, weiß ich nicht genau. Sie hat mir nie eine Begründung gegeben. Ich verstand es aber als Zeichen ihres Vertrauens. Ulf hatte wohl damit Probleme. Auf Bitten von Diana zog er sich aber nackt aus und Diana fotografierte ihn. Doch sie wollte ihn auch gern mit erigiertem Penis fotografieren, da hatte er ihr ja besonders gut gefallen. Doch da ging es nicht bei ihm. Diana kniete nun vor ihm, belutschte seine Eichel, streichelte das ganze Geschlecht – es half nicht. Ich meinte zu Diana: „Wenn du dich ausziehst, wird es wohl werden." Da zog sich Diana aus. Nun strömte dieser ganz besondere Körpergeruch von ihrem Körper, der ausströmte, wenn sie sexuelle Lust hatte. Da sah ich, wie der Penis von Ulf langsam erigierte. Er war wirklich sehr lang und erstaunlich dick. Seine Eichel zeigte leicht nach oben. Diana fotografierte kniend hintereinander die vielen Phasen der Spannung und ihre Augen glänzten. Dann kam sie ganz plötzlich zu mir und sagte; „Ich würde es gern noch einmal mit ihm tun. Hast du was dagegen?" Ich schüttelte den Kopf: „Mach nur!" Sie fragte dann: „Würdest du uns auch dabei fotografieren?" Das tat ich gern, einmal, weil ich nackte Menschen immer gern fotografiert habe, zum anderen, weil die Technik der Fotografie eine deutliche Distanz zum eigentlichen Geschehen schafft. Sie ging auf Ulf zu, besprach sich mit ihm, und die beiden legten sich auf den Fußboden. Ich habe ja fast immer vor dem Geschlechtakt mit Lippen und Zunge den Körper meiner Partnerin erkundet. Hier war es Diana, die mit ihrem Mund über Ulfs Körper ging und sein Geschlecht ausführlich erkundete. Sie lutschte auch noch einmal sehr gründlich an seinem Penis, der noch einmal sehr fest wurde. Und dann kniete sie über ihm und schob langsam seinen Penis so in ihre Scheide,

dass ich jede Phase sehen und fotografieren konnte. Auch als sie in ihre Lieblingsstellung, die Knie-Ellenbogen-Lage, ging, tat sie es so, dass ich gute Sicht hatte. So entstanden auch gute Fotos. Ulf war bald schweißnass und auf seinem schönen Körper sah das außerordentlich reizvoll aus. In dieser Stellung kam er dann zum Orgasmus. Diana wollte übrigens kein Kondom benutzen. Beim Fotografieren störte es sie.

Während die beiden anschließend ins Bad gingen, räumte ich den Raum auf. Diana hatte bei diesem Zusammensein keinen Orgasmus bekommen, „aber es war trotzdem wunderschön, so ganz und gar ausgefüllt zu sein".

Bei der festen und langen Umarmung beim Abschied versprachen sich die beiden, es wieder miteinander zu tun, wenn Ulf hier oder in der Nähe ein Konzert haben würde. Doch dann zogen wir fort und sahen uns nie wieder. Es bleiben nur die Erinnerungen und natürlich diese Fotos.

In einem Nachbarort lebte in einem abgelegenen Bauernhaus ein Ehepaar mit der 29-jährigen Tochter. Die junge Frau arbeitete als Sekretärin in einem Büro. Sie war auffallend dick, aber die Proportionen stimmten bei ihr. Dadurch hatte sie eine ganz eigene Schönheit. Ihre Haare waren leicht gelockt, naturblond, ihr Gesicht war schön und sie hatte einen lieben Charakter. Wir hatten uns ein paar Mal gesehen und erzählt. Ich hatte auch einmal das Ehepaar besucht. Wenn diese Familie Kaffee trank, gab es immer Kuchen dazu, oft auch fette Torte. Ursula erzählte immer, wie viel sie hungerte und trotzdem nicht schlanker würde. Tatsächlich aß sie zum Frühstück für ihre Verhältnisse ausgesprochen wenig, im Büro dann auch kaum etwas zu Mittag. Als ich aber einmal spätabends bei ihr hineinsah, stand sie gerade am Herd. Sie hatte sich eine ganze Menge Pommes Frites zubereitet und aß sie nun heiß aus dem Sieb, das sie aus dem Öl gehoben hatte.

Nun rief sie mich an und bat mich, ihre Mutter zu besuchen. Diese wäre krank. Also fuhr ich zu ihr, und ich erfuhr, dass die Mutter krebskrank war. Damals standen noch nicht so viele Gegenmaßnahmen zur Verfügung wie heute. Bald wurde klar: Die

Frau war nicht mehr zu heilen. Da nahm die Tochter Pflegeurlaub und kümmerte sich um ihre Mutter. Ich besuchte sie nun ganz regelmäßig. An einem sehr warmen und sonnigen Nachmittag fragte mich Ursula nach meinem Besuch, ob ich mit ihr noch einen Kaffee in ihrer Wohnung trinken möchte. Sie hatte in dem großen Haus eine eigene abgeschlossene Wohnung. Im Gegensatz zu den Eltern waren ihre Räume sehr modern eingerichtet, was sich am deutlichsten an den Sesseln zeigte, die damals sehr klein waren. Nun saß diese üppige junge Frau auf solch einem Sessel und ich sah, wie Teile ihres Hinterns und ihrer Schenkel über den Rand des Sesselchens hingen. Da fragte ich sie ganz spontan, ohne Überlegen: „Darf ich Sie nackt auf dem Sessel fotografieren?" Ich trug damals ja immer einen Fotoapparat mit mir herum. Ursula überlegte nur einen Moment. Dann nickte sie, stand auf und zog auf der Stelle ihr Kleid über den Kopf. Das war nicht ganz einfach, das Kleid saß an ihr wie eine Wurstpelle, und da Ursula verschwitzt war, klebte es auch an einigen Stellen. Aber dann legte sie das Kleid beiseite, öffnete den Verschluss ihres Büstenhalters und zog den Slip aus, der erstaunlich klein wirkte. Als sie so nackt vor mir saß, sah ich ihr Venusdreieck nicht. Einmal hatte sie da unten kaum Haare, zum anderen verdeckte das Bauchfett diese Stelle. Sie schlug ein Bein über den Schenkel und so fotografierte ich sie. Dann bat ich sie, das eine Bein dicht an ihren Körper zu ziehen und die Hacke auf den Sesselrand zu stützen. Dadurch konnte ich ihren Spalt wenigstens etwas sehen und fotografieren. Ich bedankte mich anschließend und legte den Apparat weg. Doch sie blieb so nackt sitzen und zog das andere Bein auch an ihren Körper. Nun sah ich ihr offenes Geschlecht ganz und gar, auch etwas Schleim in ihr. Ich fotografierte weiter, schaute sie voll an und sagte: „Da unten sehen Sie wunderschön aus." Sie sah mich an und fragte: „Ist das alles?" Ich nickte, ja, mehr wollte ich nicht. Da sagte sie: „Ich dachte, Sie wollten mit mir ins Bett." Das klang deutlich enttäuscht. Ich fragte: „Wollten Sie denn das?" Und sie antwortete: „Ich könnte es gut gebrauchen. Immer nur bei meiner kranken Mutter – da möchte man etwas anderes haben." Da zog ich mich schnell aus. Aber mein

Glied war noch schlaff. Doch sie sagte: „Das macht nichts. Das kriegen wir schon hin." Wir legten uns auf ihr Bett, sie beschäftigte sich mit meinem Geschlecht, ich mich mit ihrem Körper, vor allem natürlich mit ihren Brüsten, die größer waren, als ich dachte, und damit reizvoller für mich. Auffallend war nur, dass sie kaum Brustwarzen hatte. Ein Kind hätte sie nicht stillen können. Schließlich hatte ich einen Steifen. Ich fragte nach einem Kondom, aber sie sagte, das wäre nicht nötig, ich brauchte mir keinerlei Gedanken zu machen. So legte ich mich zwischen ihre Schenkel. Das war ein ganz neues Erlebnis, die Schenkel ließen mir wenig Spielraum. Sie musste ihre Beine stark heben, damit ich mich in ihren Spalt schieben konnte. Als ich dann abspritzte, hatte sie wohl noch keinen richtigen Orgasmus. Sie ging bald ins Bad, machte dort Pipi und wusch ihr Geschlecht. Dann kam sie zurück, und ich ging nun mit Fingern, Lippen und Zunge an ihre Scheide. Schließlich hatte sie einen deutlichen Orgasmus.

Nach diesem ersten Mal taten wir es vier Monate regelmäßig. Wenn ich abends von meinen Hausbesuchen bei ihr vorbeikam und Licht bei ihr sah, klopfte ich oft, und wenn sie dann Lust hatte, nahm sie mich zu sich hinein. Als Bauerntochter war Sex für sie etwas beinahe Selbstverständliches. Dann lernte sie aber einen jungen Landwirt kennen und heiratete ihn. Damit war unsere Beziehung beendet.

Im Sommer kam mein Bruder zu Besuch. Er wollte drei Tage bleiben, ließ er uns wissen. Er brauchte jemanden, mit dem er sprechen konnte. Wir gingen also am Nachmittag des ersten Tages am Wasser entlang, und er schüttete mir sein Herz aus. Es ging um seine Ehe. Er hatte vor drei Jahren eine deutlich ältere Frau geheiratet − genauer gesagt, sie hatte ihn geheiratet. Sehr bald nach der Eheschließung verweigerte sich ihm die Frau aber immer häufiger, oft mit bösen Worten. Er hatte sich mit einer Frau in seinem Betrieb zu trösten versucht. Doch seine Frau bekam das heraus. Sie ging zum Betriebsdirektor und erwirkte, dass der Chef ihren Mann zu sich rief und ihm den Parteiauftrag gab, von dieser Frau zu lassen. Zu DDR-Zeiten war so etwas

möglich. Er hatte sich dann mit einer anderen Frau außerhalb des Betriebes eingelassen, einer sehr schönen und lieben Frau. Doch da war er bei der entscheidenden Sache impotent. Alles führte dazu, dass er deutlich frustriert und völlig verspannt war. „Was soll ich machen?", fragte er. Es war deutlich: Er brauchte eine Frau für sein seelisches Gleichgewicht. Ich versuchte, ihn zu trösten. Es würde sich auch für ihn eine geeignete Frau finden lassen, versicherte ich ihm. Er entgegnete: „Du hast gut reden. Du hast die schönste und beste Frau, die es auf dieser Welt gibt." Dem konnte ich nur zustimmen.

Zu Hause, als er noch einmal spazieren ging, berichtete ich Diana, was Helmut mir erzählt hatte. Ich erzählte ihr auch, wie sehr mein Bruder sie bewunderte. Sie meinte ganz gelassen: „Vielleicht sollte ich mich etwas um ihn kümmern." Mein Bruder war etwas kleiner als Diana und ich, aber gut gewachsen und vor allem sehr gepflegt. Er war damals 23 Jahre alt.

Als wir am späten Abend ins Bad gingen, um uns für die Nacht vorzubereiten, ging Helmut zuerst, dann gingen Diana und ich ins Bad. Wie gewöhnlich war ich schneller fertig als sie und ging schon in das Schlafzimmer. Diana kam erst eine halbe Stunde später. Auf meine Verwunderung, dass sie so lange gebraucht hatte, berichtete sie, sie wäre noch einmal in das Gästezimmer gegangen, um dort aus dem Wäscheschrank ein Badetuch zu holen. Da wäre Helmut im Bett hochgeschossen, hätte die Bettdecke beiseite geworfen und die Arme nach ihr ausgestreckt. Da er – wie ich auch – immer nackt schlief, hatte sie seinen straffen Penis gesehen. „Und der war erstaunlich lang und dick. Da dachte ich: Den würde ich gern einmal in mir spüren – wie der sich so in mir anfühlt. Und vor allem wollte ich ihn einmal in die Hand nehmen. Und da hab ich mich einfach zu ihm hingelegt und ihn in mein Loch gelassen. Und dann war er auch ganz schnell fertig." Sie nahm in dieser Zeit die Antibabypille, es war also nicht zu befürchten, dass sie schwanger würde. „Er war hinterher so dankbar und glücklich", sagte sie, „und sein Ding hat mich so richtig ausgefüllt. Vielleicht sollten wir es morgen noch einmal richtig machen, so ganz ausführlich."

Am Frühstückstisch war Helmut gelöst und strahlend. Noch glücklicher wurde er, als wir ihm sagten, er dürfte es am Abend noch einmal ganz ausführlich mit Diana tun. Wir beide mussten den Tag über in der Klinik arbeiten. Wir kamen zum Teetrinken zurück. Nach dem Tee erledigten wir die notwendigen Aufgaben im Haus. Helmut hatte in unseren Bücherregalen gestöbert und war spazieren gegangen. Sehr bald nach dem Abendessen brachten wir die Kinder zu Bett und bereiteten uns auf die Nacht vor. Das bedeutete: Wir gingen zu dritt nackt ins Bad. Ich sah Helmuts glänzende Augen bei Dianas Bewegungen. Als sie sich am Waschbecken vorbeugte, drückte sie ihren Hintern deutlich heraus. Sie hat ja einen ausladenden Po, aber ich kannte sie gut genug, um zu merken, dass sie den Po extra für uns herausdrückte. Und natürlich hingen auch ihre überdurchschnittlich üppigen Brüste sehr schön vom Körper ab. Da sagte ich wie beiläufig zu Helmut: „Du darfst sie auch streicheln. Sie mag das." So trat mein Bruder von hinten dicht an sie heran und streichelte ihren Leib, wo er ihn erreichen konnte. Er drückte seinen Unterleib auch gegen ihren Po und ich sah, dass sein Pimmel ganz steif war. Übrigens hatte auch ich einen Steifen bei Helmuts deutlicher Lust. Diana drehte sich langsam zu uns um, betrachtete uns mit unseren steifen Schwänzen und sagte nur: „Gehen wir ins Schlafzimmer! Ihr braucht beide eine Fotze, in die ihr eure Bananen schieben könnt." Sie ging voran und legte sich mit dem Rücken auf das Bett. Dann griff sie nach einer Dose auf dem Nachttisch. Mit dieser Gleitcreme behandelte sie ihr Geschlecht. Auch uns bat sie, damit unsere Eicheln zu bestreichen. Und dann öffnete sie ihre Schenkel und forderte Helmut auf, zu ihr zu kommen. Ich legte mich neben die beiden und sah zu, wie glücklich Helmut bei seiner Aktion war. Durch die Gleitcreme konnte er länger in Diana bleiben. Doch zu einem Orgasmus brachte er Diana noch nicht. Nach seinem Orgasmus in Diana ging sie – ganz gegen ihre Gewohnheit – nicht ins Bad, um mit dem Pullern das Sperma aus ihrer Scheide zu spülen und das Geschlecht zu waschen. Sie wischte nur mit einem Tempotaschentuch das auslaufende Ejakulat ab, ging dann in die Knie-Ellenbogen-Lage

und forderte mich auf, in sie zu kommen. Wir wussten ja beide, dass sie mich von hinten am besten fühlt. Während ich nun hinter ihr kniete und mich in ihr bewegte, lag Helmut neben uns und sah zu. Und sehr bald sahen wir wieder Helmuts straffen Schwanz. Nun hatte Diana ihren ersten Orgasmus. Aber wir wollten ja Helmut eine Freude machen. Also zog ich sofort nach meinem Orgasmus meinen Penis aus Dianas Fotze und bedeutete Helmut, noch einmal von hinten in den Spalt zu gehen, der jetzt auch für mich überraschend weit war. Und nun erlebten wir, wie Diana auf ein Orgasmusplateau kam, wie sie also wohl mindestens fünf Orgasmen hintereinander hatte. Und Helmut bewegte sich weiter in ihr und streichelte dabei ihren schönen Körper. Schließlich sank Diana erschöpft auf das Laken, Helmut steckte noch in ihr und blieb, nun auch völlig erschöpft, aber unendlich glücklich, auf ihr liegen. Natürlich erschlaffte allmählich sein Schwanz und rutschte aus Dianas Fotze. Sie wischte sich das Sperma gar nicht mehr ab, ließ es auf das Laken fließen. Später sagte Herbert, er hätte zum ersten Mal in seinem Leben den Orgasmus einer Frau erlebt. Bei seiner Frau wäre das noch nie so gewesen. Sie hätte hinterher immer nur über Schmerzen in ihrer Scheide geklagt. Er hätte auch zum ersten Mal in seinem Leben gedacht: Jetzt möchte ich sterben. Schöner kann es in meinem Leben nicht mehr werden. Als er uns das am kommenden Morgen beim Frühstück erzählte, lächelte Diana: „Wenn du gestern Abend gestorben wärst, hättest du ja nicht mehr heute Abend mitmachen können." Da leuchteten Helmuts Augen: „Da werde ich mich den ganzen Tag auf heute Abend freuen."

Den Tag über mussten Diana und ich wieder in die Klinik. Beim Teetrinken zu Hause saßen wir wieder zu dritt zusammen. Helmut hatte sich nun getraut, Diana am Po zu streicheln. Diana merkte natürlich seine unruhige Erwartung und sagte: „Wir können erst miteinander ins Bett gehen, wenn die Kinder schlafen. Aber wenn du es bis dahin nicht erwarten kannst, können wir schnell ins Gästezimmer gehen und du kannst dich in mir entspannen." Helmut stimmte strahlend zu, und die beiden schlossen sich im Gästezimmer ein. Nach einer Viertelstunde kamen

sie wieder heraus. Wir erledigten dann die üblichen Hausarbeiten und kümmerten uns um die Kinder. Helmut hatte sich völlig verändert. Er war locker, fröhlich, geistvoll und bezauberte auch die Kinder. Und vor allem bekannte er sich nun ganz klar zu seiner Lust. Als ich unverhofft in die Küche kam, hatte er gerade Dianas Rock hochgezogen, küsste ihren Po und hatte seine linke Hand an ihrem Geschlecht, wohl auch zwei Finger in ihrer Scheide. Diana sagte mir später, sie hätte ihm alle Freiheiten in Bezug auf Sexualität gegeben. Nur ihren Mund dürfte er nicht küssen, der wäre allein mir vorbehalten. Bei dieser Gelegenheit bemerkte ich auch, dass Diana keinen Schlüpfer mehr trug. Nach dem Schnellfick im Gästezimmer hatte sie ihren Slip nicht wieder angezogen. Helmut war deutlich mehr an ihrem Po und ihrer Vagina interessiert als an ihren Brüsten. Als Diana auf der Toilette Pipi machen wollte, bat er, mitkommen zu dürfen. Er hätte so etwas noch nie gesehen. Diana fragte ihn nach seiner Frau und er antwortete, sie würde sich dabei immer einschließen. Also durfte er mit ins Bad kommen und Diana hob beim Pullern ihren Leib so hoch, dass er sehen konnte, wie die Flüssigkeit aus ihrem Spalt spritzte. Er war glücklich.

Die Kinder schliefen bald nach dem Abendessen ein, und wir beschlossen, auch sehr bald nach ihnen ins Bett zu gehen. Helmut fieberte ja geradezu dieser Aktion entgegen. Unter der Hose zeichnete sich sein erigierter Penis ab. Wir zogen uns in den Schlafräumen aus und trafen uns nackt im Bad. Helmut zeigte uns geradezu stolz seinen dicken Pimmel und war glücklich, als Diana ihn wie prüfend in ihre Hand nahm. Sie duschte nicht an diesem Abend, putzte nur ihre Zähne und öffnete und kämmte ihren langen Zopf. „Ihr beschmiert mich sowieso mit eurem Sperma", sagte sie mehr zu sich als zu uns. Helmut traute sich nun in meiner Gegenwart, an Diana heranzutreten und sie von hinten zu umarmen, wobei er vor allem ihre Brüste und ihre Schamgegend streichelte. Wir Männer wuschen nach dem Zähneputzen unser Geschlecht. Dann folgten wir Diana ins Schlafzimmer. Auch diesmal legte sie sich auf den Rücken und erwartete Helmut. Doch der bat etwas zögernd, er würde so gern mit

Zunge und Lippen in ihre Vagina gehen, und wünschte sich, Diana würde seinen Penis in ihren Mund nehmen und belutschen. Er hätte davon gelesen, aber noch nie so etwas erlebt. Also legten sich die beiden zurecht und taten, was Helmut sich wünschte. Allerdings war Diana deutlich zurückhaltend. Sie mag kein Sperma in ihrem Mund und bei der Aktivität von Helmut war zu befürchten, er könnte schnell zu einem Orgasmus kommen. Außerdem war sein Pimmel deutlich dicker als meiner und Diana hatte einen kleinen Mund. Sie hatte deutlich Mühe, ihn in ihrem Mund zu behalten und zu belutschen. Sie genoss es aber, dass Helmut mit seiner Zunge ihre Klitoris stimulierte. Irgendwann sagte sie dann: „Jetzt mach es richtig! Schieb deinen Kolben in mein Loch." Helmuts Penis war wirklich länger und dicker als meiner und Diana hatte deutlich Freude daran. Bei der ersten Aktion spritzte er allerdings wieder vor ihrem ersten Orgasmus ab. Wie am vergangenen Abend ging sie wieder in die Knie-Ellenbogen-Stellung. Und wieder staunte ich, wie groß ihre Öffnung war – ganz anders als ihr Mund. Hatte sie ihre Beine weiter ausgestellt und damit die Scheide erweitert oder hatte der deutlich dickere Penis von Helmut den Gang vergrößert oder hatte ihre Lust dazu geführt, dass sie einen von uns deutlicher erwartete – jedenfalls erinnere ich mich nicht, bei ihr solch ein großes ovales Loch gesehen zu haben. Aber nun schob ich ohne weiteres meine Banane in sie hinein und hatte sehr bald das Gefühl, ihr Muskel würde mich umschließen. Ich wusste ja auch, dass durch die Beschaffenheit meines Penis, der deutlich nach oben drückte, die Vagina oder meinetwegen ihr G-Punkt stimuliert wurde. So geschah es, dass sie sehr bald ihren ersten Orgasmus hatte. Diesmal zog ich mich aber nicht gleich nach meinem Orgasmus aus ihr heraus und überließ Helmut die Freude, Dianas Muskelzuckungen, ihr Vibrieren zu erleben. Erst nach und nach verabschiedete ich mich aus ihrem Geschlecht und Helmut war sofort wieder in ihrem Loch und bewegte sich eifrig in ihr. Wie er da über ihrem Hinterteil mehr hing als kniete, erinnerte ich mich an den Hengst, den ich in meiner Kindheit über der Stute gesehen hatte. Die Ähnlichkeit war ganz frappant. Ich erinnerte mich auch

daran, dass meine Mutter mich als Zuchthengst bezeichnet hatte, als ich vor ihren Augen mit meiner Schwester vögelte. Schließlich sanken wir auf das Lager und diesmal ging Diana ins Bad, um Pipi zu machen und das Sperma von uns herauszuwaschen. „Hast du ein Glück mit deiner Frau!", sagte Helmut, als Diana verschwunden war. Ich bestätigte es, erzählte dann aber, dass Diana zu Beginn unserer Ehe auch außerordentlich zurückhaltend gewesen war. Erst durch die Begegnung mit anderen Männern wäre sie aufgeschlossen geworden. Ich fügte hinzu: „Vielleicht solltest du deine Frau ermuntern, es von Zeit zu Zeit mit einem anderen Mann zu tun. Das kommt dir dann auch zugute."

Diana kam aus dem Bad, doch Helmut konnte sich nicht von ihr trennen. Er suchte immer noch einen Grund, nicht ins Gästezimmer zu gehen. Da schlug Diana vor, dass wir zu dritt schlafen sollten, das Bett sei ja breit genug. So geschah es und wir schliefen bald ein. Allerdings vermute ich, dass Helmut sich immer wieder mit Dianas Körper beschäftigt hat. Als ich einmal aufwachte, hatte er seinen Kopf unter Dianas Decke. Gegen Morgen wachte ich auf, weil sich die beiden beim Vögeln so intensiv bewegten und dabei zuweilen laut waren. Nach dem Frühstück musste ich wieder in die Klinik und verabschiedete mich von Helmut. Diana wollte zu Hause arbeiten. Helmuts Zug fuhr gegen Mittag. Beim Teetrinken am späten Nachmittag erzählte sie mir, kurz vor der Abfahrt hätten sie noch einmal einen Schnellfick gehabt. Dabei wäre Helmut aber so wild gewesen, dass ihr jetzt noch die Muschi wehtat. Sie hatte sie mit einer Salbe eingerieben. Sie stand auf und hob ihren Rock. Sie trug wieder keinen Schlüpfer. Ihre Schamlippen wirkten wirklich, als wären sie entzündet. Beim Betrachten merkte ich auch, dass Diana kaum noch Schamhaare auf ihrem Venushügel hatte. Sonst hatte sie ja eine üppige Behaarung. Sie berichtete, Helmut hätte sie gebeten, als Erinnerung diese Haare abschneiden zu dürfen. Er hatte vor ihr gekniet und ganz sorgfältig, nahezu andächtig, sein Vorhaben verwirklicht. Erst danach hatte er seinen dicken Schwanz freigemacht und sie gebeten, noch einmal in ihre Fotze zu dürfen. „Aber die Haare wachsen ja wieder nach", meinte sie.

Natürlich wollte Helmut so bald wie möglich wiederkommen und Diana hatte dem ausdrücklich zugestimmt. „Sein dicker und langer Schwanz passt wirklich ganz wunderbar in mein Loch", sagte sie. „Das macht richtig Spaß." Doch dann erfuhren wir, dass Helmut sich in politische Dinge einließ, die unseren Grundanschauungen völlig widersprachen. Ich setzte mich mit ihm in Verbindung und gab ihm damit Gelegenheit, sich zu erklären oder zu verteidigen. Er wollte mit seinen parteilichen Aktivitäten Vorteile erreichen. Damit war er für uns erledigt. Als er nach einem knappen Vierteljahr bei uns anrief, sagte Diana ihm sehr kühl, für ihn wäre unser Haus geschlossen. Er jammerte noch herum: „Es war doch so schön für uns beide!" Aber Diana entgegnete: „Für Gesinnungslumpen ist kein Platz in unserem Bett und schon gar nicht in meinem Loch." Er war dann für die kommende Zeit sehr, sehr unglücklich in seiner Arbeit und in seinem Privatleben.

Katrin lernte ich in Berlin kennen. Da wurden rund 100 Doktoranden aus dem Land zu einer Fachtagung eingeladen. Sie sollten Anleitungen bekommen, um ihre Dissertationen zu schreiben. Ich kam eher zufällig dazu, ich arbeitete ja an meiner Habilitation. Katrin war die einzige passable Frau in der großen Gruppe. Sie war so alt wie ich, mittelgroß, fiel durch ihren straffen Gang auf, hatte auch eine straffe Figur. Mir fielen besonders ihre schönen Beine auf, trotz Strumpfhosen und hoher Stiefeln im Februar. Ihr Gesicht wäre mir allerdings kaum aufgefallen, hätte ich sie flüchtig betrachtet.

Eigentlich kamen wir zufällig nebeneinander zu sitzen, wenn Vorlesungen gehalten wurden. Aber wir kamen sofort in ein lebhaftes Gespräch. Da erkannte ich ihren wachen Geist, ihren Humor, ihre Freundlichkeit, ihr Temperament. Von da an gingen wir auch zusammen zu den Seminaren und zu den Mahlzeiten. Allerdings kam sehr bald ein Dritter dazu. Martin promovierte über ein Thema um Johann Sebastian Bach; er wurde später auch als Bach-Sänger bekannt. Katrin promovierte über ein soziales Thema mit Kindern, ich arbeitete weiter an der

Krebsforschung – verschiedene Themen also, aber vielleicht gerade deshalb interessant. Auch in der Freizeit waren wir zusammen, bummelten zu dritt in der Gegend herum, fuhren in die Stadt, saßen abends noch zusammen. Katrin hatte vor zwei Jahren geheiratet, hatte aber noch kein Kind. Auch Martin war verheiratet. Wir zeigten uns gegenseitig die Fotos unserer Partnerinnen bzw. Partner. Doch im Laufe der Zeit entstand zwischen Martin und mir so etwas wie ein Konkurrenzkampf. Irgendwann ging es nicht mehr um kleine Diskussionen oder Bevorzugungen, es ging darum, wer von uns beiden Katrin für sich gewinnen würde. Und das hieß, wer mit ihr ins Bett gehen könnte. Katrin merkte das natürlich. Auf der einen Seite schmeichelte es ihr, dass sich zwei Männer so um sie bemühten. Auf der anderen Seite betonte sie wiederholt, sie wäre eine verheiratete Frau. Allerdings geschah dann etwas Seltsames. Ich hatte sie regelmäßig fotografiert, im Vorlesungsraum und im Freien, aber nach damaligem technischen Standard konnte ich ja erst wissen, ob die Fotos gelungen waren oder nicht, wenn ich sie zu Hause entwickelt und vergrößert hatte. Später stellte ich fest: Sie waren gelungen. Aber damals bat ich Katrin um ein Foto von sich. Sie holte ihre kleine Brieftasche mit ihren Papieren heraus und zog ihr Hochzeitsfoto hervor. Da stand sie im Brautkleid mit ihrem Mann. Sie sah übrigens ganz allerliebst aus. Aber nun geschah das für mich Unvorstellbare: Sie faltete das Foto in der Mitte und riss es auseinander. Die Seite, wo sie als Braut lächelte, schenkte sie mir. Ich war völlig überrascht. Ich hätte es nie fertiggebracht, ein Foto von Diana und mir so zu zerreißen. Dieses kleine Bild gehört übrigens bis heute zu meinen Schätzen. Ich verstand es als Zeichen, sie würde sich mir ganz zuwenden. Aber das war nicht der Fall. Sie unternahm weiterhin alles mit uns beiden und oft sah es so aus, als würde sie Martin bevorzugen. Wir wetteiferten bis zum vorletzten Tag. Dann resignierte ich. Ich überließ Martin das Feld. Ich war am Abend zu einer befreundeten Familie eingeladen worden, die gut mit der S-Bahn zu erreichen war. Dorthin fuhr ich in der Hoffnung, mich abzulenken. Das geschah allerdings nur sehr unvollkommen. Es schmerzte mich doch, das

Feld zu räumen. Das war nicht gekränkte Eitelkeit, dazu dachte ich viel zu sportlich. Ich mochte ja auch Martin und blieb ihm lange freundschaftlich verbunden. Nein, ich hatte dieses kluge, süße und schöne Weibchen einfach liebgewonnen.

Am späten Abend kam ich vom Besuch zurück und ging gleich in mein Zimmer, um zu schlafen. Da lag auf dem Fußboden ein Zettel, der unter der Tür durchgeschoben worden war. Katrin schrieb, sie hätte den ganzen Abend geweint. Wenn ich ihr sagen wollte, dass ich gut zu ihr wäre, sollte ich noch zu ihr kommen, ihre Tür wäre nicht verschlossen. Da ging ich sofort zu ihr. Sie hatte schon geschlafen. In ihrem Hemdchen mit blassblauen Blüten und ihren verschlafenen Augen sah sie wunderschön aus. Sie hatte jetzt auch ihre dunklen Haare offen, die sonst immer aufgesteckt waren. Ich kniete vor ihrem Bett nieder, küsste sie auf die Stirn und den Mund und murmelte liebe Worte. Doch dann sagte Katrin: „Warum kniest du hier? – Zieh dich doch aus und komm zu mir ins Bett!" Während ich meine Kleider zu Boden fallen ließ, setzte sie sich im Bett auf und zog ihr Nachthemd über den Kopf. Nun sah ich zum ersten Mal auch ihre Brüste, die größer waren als gedacht, vor allem aber sehr formschön. Wir schmusten und küssten uns, ich streichelte ihren erstaunlich festen Körper, sie strich mir über Brust und Bauch und dann auch über mein Geschlecht. Da wurde mein Penis steif. Und da legte sich Katrin in Position und ich schob mich zwischen ihre Schenkel. Sie liebte mich mit einem unverhofften Elan. Ich hatte einige Mühe, in ihrer Scheide zu bleiben. Aber dann kam sie – nicht mit einem Stöhnen oder Schrei, sondern mit einem Schluchzer. Sie verkrallte sich in meinen Körper und wollte mich gar nicht von ihrem Leib lassen. Erst als mein Penis aus ihr herausgerutscht war und mein Sperma aus ihrer Scheide lief, ließ sie mich los und ging in das kleine Bad. Ich folgte ihr. Ich wollte diesen nackten und schönen Leib so intensiv wie möglich genießen. Sie hatte nichts dagegen, dass ich sie streichelte, wo immer ich sie erreichen konnte. Und natürlich wollte ich mich auch reinigen.

Wir blieben die ganze Nacht zusammen. Meist schliefen wir. Nur gegen Morgen liebten wir uns noch einmal. Es war

wunderschön, nun ganz ruhig, ganz gleichmäßig mit ihr zu vögeln und dabei in ihr lächelndes Gesicht zu sehen. Erst gegen Morgen ging ich zurück in mein Zimmer.

Am nächsten Tag nahmen wir Abschied, auch von Martin, der augenscheinlich gemerkt hatte, wie es um uns stand, und der darüber natürlich traurig war. Ich bekam von Katrin nur noch einen Brief, in dem sie sich sehr sachlich für die Fotos bedankte, die ich ihr zur Erinnerung geschickt hatte. Wir hatten ausgemacht, nicht zu korrespondieren, um nicht ihren Mann und meine Frau misstrauisch oder traurig zu machen.

In der nahegelegenen Stadt waren Diana und ich regelmäßig in dem großen Büchergeschäft. Wir kamen natürlich mit den Buchhändlerinnen ins Gespräch und mit zwei von ihnen waren wir bald so vertraut, dass sie uns besondere Bücher zurücklegten. Es gab in jener Zeit ja auch ganz ausgezeichnete Bücher, sie wurden nur in zu wenigen Exemplaren gedruckt. So gab es zum Beispiel von Kafka in der großen Buchhandlung ganze fünf Exemplare zu verkaufen. Die beiden Verkäuferinnen legten uns solche Bücher zurück. Sie erzählten uns auch private Dinge. Die eine war geschieden, die andere hatte große Probleme mit ihrem Mann.

An einem Tag gingen Diana und ich durch eine der Straßen. Da trafen wir die eine Verkäuferin, die geschieden war, mit ihrer 16-jährigen Tochter. Diana war hingerissen von der Schönheit dieses Mädchens und fragte sofort, ob sie das Mädchen nackt fotografieren dürfte. Wir machten dann auch gleich einen Termin aus. Ich holte die beiden ab und brachte sie zu uns, wo Diana alles vorbereitet hatte. Sie machte dann wunderschöne Fotos. Ich hatte überlegt, ob wir Mutter und Tochter zusammen nackt fotografieren könnten. Ich fand die Mutter sehr viel erotischer als die Tochter; die Tochter war nur niedlich. Die Mutter antwortete, grundsätzlich wäre das kein Problem, sie hätte nur gerade ihre Tage. Sie könnte sich aber oben frei machen. Also fotografierte Diana die beiden, das Mädchen ganz nackt, die Mutter mit bloßen und ausgesprochen schönen Brüsten. Wenn ihre Tage vorbei wären, sagte sie, stünde sie uns gern zur Verfügung. So geschah

es dann auch: Sie sagte uns bei unserem nächsten Besuch in der Buchhandlung, wir könnten sie jetzt fotografieren. Am Nachmittag hätte sie dienstfrei. Wir vereinbarten also, dass wir sie diesmal in ihrer Wohnung fotografieren wollten. Auf der Straße sagte mir aber Diana, sie hätte überhaupt keine Lust, die Frau zu fotografieren. Sie wäre ja nur an dem hübschen Mädchen interessiert gewesen und das wäre nun erledigt. Ich sagte ihr, ich wäre nur an der Mutter interessiert, die Tochter berührte mich überhaupt nicht, die fände ich langweilig. Da meinte Diana, ich sollte getrost allein zu ihr hingehen. Also ging ich am Nachmittag mit der Fotoausrüstung zu ihr, baute an geeigneter Stelle die Lampen und das Stativ für den Fotoapparat auf und sah dann zu, wie sich die Frau auszog. Wir hatten sie am Vormittag gebeten, möglichst bald den Büstenhalter abzunehmen und den Schlüpfer auszuziehen, um Druckstellen auf der Haut zu vermeiden. Sie hatte also am Nachmittag nur ihren grauen Rock und die weiße Bluse an. Da sah ich sie bald nackt und war hingerissen. Ihre Tochter war nur hübsch und niedlich, aber die Mutter hatte eine solch erotische Ausstrahlung, dass sofort mein Penis erigierte. Einen großen Anteil daran hatte natürlich auch ihr starker Körpergeruch. Vor allem der aus ihrer Scheide. Die Frau war relativ klein, hatte ein strahlendes Gesicht mit blondierten Haaren, große, schwere Brüste, eine schlanke Taille, einen flachen Bauch, einen großen, rabenschwarz behaarten Venushügel, einen festen, runden Hintern und schöne, schlanke Beine. Die Spannung in meiner Hose war kaum zu übersehen. Da lächelte Barbara sehr lieb und sagte: „Wenn Sie wollen, machen Sie sich nur unten frei. Ich hab damit keine Probleme." Da zog ich mich aus. Sie betrachtete mich nachdenklich und meinte dann: „Wir können uns ja auch zusammen nackt fotografieren. An Ihrem Apparat gibt es doch sicher einen Selbstauslöser." Bei dem Gedanken spannte sich mein Penis wieder. Wir stellten uns so auf, dass wir beide im Blickfeld der Kamera waren, und ich betätigte den Selbstauslöser. Barbara hielt meinen Schwanz in ihrer Hand, ich hielt mit beiden Händen ihre Brüste. Dann kniete sie ohne Vorwarnung vor mir und lutschte an meiner Eichel. Auch das wurde fotografiert.

Und schließlich machten wir Fotos, wie wir miteinander Sex hatten. Das war nicht ganz einfach. Ich stellte an der Kamera alles Nötige ein. Dann schoss ich zu der Frau, die mich in einer abgesprochenen Stellung erwartete, und schob mich in sie hinein. Das musste natürlich möglichst schnell geschehen und war oft so komisch, dass wir dabei viel lachten. Diese Fotos gehören bis heute zu meinen schönsten Erinnerungen, weil Barbara mit einer bisher unbekannten Sinnlichkeit mit mir Spaß hatte. Ich hielt ihr eigentlich nur meinen dicken Pimmel hin, sie wechselte ihre Stellungen und hatte dabei immer Obacht, sich so zu präsentieren, dass die Kamera die entscheidenden Dinge festhalten konnte. Zum ersten Mal wurde dabei fotografiert, wie sie über mir hockte und ich mich bei meinem Orgasmus aufbäumte und sich mein Gesicht veränderte. Auf dem Foto sahen wir auch sehr deutlich das lustvolle Gesicht der Frau, die kurz nach mir kam; da steckte ich noch in ihrem Spalt. Gemeinsam gingen wir ins Bad. Barbara machte ganz unbefangen vor mir Pipi und wusch ihr Geschlecht. Ich folgte ihr. Sehr entspannt präsentierte sich dann Barbara vor der Kamera und hielt mir auch ganz unbefangen ihr offenes Geschlecht und ihren zauberhaften Po entgegen. Beim Po konnte ich nicht anders, ich ging zu ihr hin und küsste ihn ausführlich. Es wurde ein ganz wunderbar fröhlicher und entspannter Nachmittag. Noch am Abend entwickelte ich die beiden Filme und am nächsten Morgen vergrößerte ich die Bilder. Die meisten von ihnen strahlten Barbaras große Sinnlichkeit aus. Als ich Diana die Fotos zeigte, sagte sie ganz spontan: „Das möchte ich auch einmal mit dir machen." Also richteten wir am nächsten Tag den Raum, in dem wir immer fotografierten, so her, dass wir auch auf dem Fußboden liegen konnten, und dann machten wir die Aufnahmen. Aber sie wirkten nicht so spontan wie die mit Barbara, sie sind nicht annähernd so sinnlich.

Dass die andere Buchverkäuferin Probleme mit ihrer Ehe hatte, habe ich ja schon angedeutet. Bei einem unserer nächsten Besuche in der Buchhandlung, wo wir ausführlich miteinander sprachen, auch über unsere Ehe, fragte Luise mich ganz plötzlich:

„Was meinen Sie, soll ich mich von meinem Mann scheiden lassen oder nicht?" Ich riet ihr davon ab. Wenn man zwanzig Jahre mit einem Menschen zusammengelebt hat und der dann plötzlich nicht mehr da ist, hat man in manchen Situationen ganz große Probleme – es sei denn, man findet sehr schnell Ersatz. Manche Frauen lassen sich ja erst scheiden, wenn sie schon einen festen Ersatz im Hintergrund haben. „Und auch", sagte ich, „wenn Sie mal Lust im Bett haben, ist niemand da." Da meinte sie sehr entschieden: „Das wird bei mir ganz bestimmt nie der Fall sein." Ich entgegnete nur: „Wenn es doch der Fall ist, würde ich es gern wissen."

Nach einem Vierteljahr erschien sie bei uns. Sie erinnerte mich daran, sie sollte sich doch melden, wenn sie Lust hätte. Jetzt wäre das der Fall. Erst jetzt merkten wir, dass sie der Meinung war, ich würde es mit ihr tun, wenn sie wollte. Sie gehörte nicht zu den Frauen, auf die Männer fliegen. Sie war so etwas wie ein graues Mäuschen und ganz bestimmt nicht mein Typ. Aber Diana meinte: „Tu es nur mit ihr, wenn sie es braucht." Da gingen wir beide ins Schlafzimmer und sie entkleidete sich langsam. Nun erst sah ich, dass sie in Wirklichkeit eine schöne Figur hatte. Sie war schlank, hatte verhältnismäßig große, vor allem aber feste Brüste, überhaupt am ganzen Körper festes Fleisch, einen flachen Bauch, ein schön gezeichnetes Dreieck, einen erstaunlich runden Hintern und schlanke Beine. Vor allem aber strömte sie einen Duft aus, der mich erregte. Der kam vor allem aus ihrem Spalt, aber später merkte ich, dass sie am ganzen Körper duftete. Sie gehörte zu den Frauen, die mit ihrer Kleidung ihren Körper möglichst verdecken, nicht ihre Besonderheiten betonen. Ich sah also mit Freude diesen schönen Körper, aber es war der Duft ihres Körpers, der bewirkte, dass mein Penis erigierte. Und als sie sich auf das Bett legte und ihre Schenkel öffnete, hatte ich einen richtigen Steifen. Wir zögerten dann auch keinen Moment. Sie nahm meinen Penis erstaunlich schnell in ihren Körper. Ich war ganz überrascht, ich dachte, ich müsste noch lange mit ihr schmusen, um sie auf Touren zu bringen. Und da war sie schon! Aber solange ich in ihr steckte, streichelte ich ihren Körper, vor

allem natürlich ihre schönen Brüste mit den erstaunlich großen und dunklen Warzenhöfen. Sie genoss das sichtlich. Sie wand sich unter mir und als mein erschlafftes Glied aus ihrer Öffnung rutschte, hob sie mir ihren Körper so entgegen, dass ich merkte, wo sie gestreichelt, wo sie geküsst werden wollte. Ich küsse Frauen mit Wonne auf ihre Brüste und lutsche an den Warzen, ich küsse Frauen auch gern auf den Bauch und den Hintern. Besonders gern küsse ich ihre Schamlippen und lutsche an der Klitoris. Nur auf ihren Mund küsste ich sie nicht. Das habe ich möglichst vermieden und nur in Ausnahmefällen getan. Ich habe immer nur Diana gern auf den Mund geküsst.

Tina ging ins kleine Bad, um da Pipi zu machen und ihre Scheide zu waschen. Ich wollte ihr folgen und zusehen, ich habe das immer gern getan. Aber sie bat mich, im Schlafzimmer zu bleiben. Da war sie seltsam schamhaft. Also zog ich mich an und wartete, dass sie zurückkam und sich anzog. „Wollen wir das mal wieder machen?", fragte sie und ich stimmte ihr gern zu. So geschah es dann auch immer wieder. Sie hatte nicht wieder einen festen Partner. Aber als sie einmal zur Kur in unserem Nachbarort weilte, rief sie mich an und bat mich um ein Treffen. Dort führte sie mich sofort in ihr Zimmer und wir waren den ganzen Nachmittag bis zu ihrem Abendessen im Bett und liebten uns, wenn mein Penis wieder steif war. Überraschend starb sie sehr früh. Erst als ich Nachricht von ihrem Tod bekam, wurde mir bewusst, dass ich sie nie fotografiert hatte, schon gar nicht nackt, was ich ja sonst immer gern getan habe. Schade! So bleibt mir nur die Erinnerung.

Dann wurde mir eine attraktive Stelle in einer interessanten Stadt angeboten und wir zogen dahin. Es ging um eine Professur in der dortigen Universitätsklinik. Aber zuvor hatte ich mich einem Gremium zu stellen. Da sah ich Alwine zum ersten Mal. Sie fiel durch einen schwarzen Wuschelkopf, die sogenannte Angela Davis-Frisur, auf. Sie hatte richtige Kirschenaugen und dadurch, dass beide Mundwinkel nach oben gingen, schien es, als würde sie immer lächeln. Und dann fielen mir natürlich gleich

bei der ersten Begegnung ihre großen Brüste auf. Da sie an diesem Tag nur saß, nie stand, konnte ich ihren Hintern noch nicht sehen, der ungewöhnlich weit abstand. Das fiel natürlich auch anderen auf. Später erzählte sie einmal empört, sie wäre an der Stadtmauer entlang gegangen. Da habe sie ein Radfahrer überholt und ihr im Vorbeifahren auf ihren Hintern geklatscht. Ich konnte das gut verstehen. Dieser Po verführte geradezu dazu. Alwine war Logopädin an der Uni und machte einen Weiterbildungskurs nach dem anderen. Sie hatte ein Kind und war in zweiter Ehe mit einem sehr lieben Mann verheiratet. Doch der war ihr intellektuell total unterlegen. Er liebte es, seine Pfeife zu rauchen, seinen Wein oder sein Bier zu trinken und belanglos zu erzählen. Aber er hatte keinerlei Ehrgeiz. Alwine sagte einmal, er wäre im Bett sehr gut, weil er sich beim Lieben Zeit ließ – damit auch ihr. Die Sexualität spielte bei ihr eine wichtige Rolle. Als sie sich von ihrem ersten Mann getrennt hatte, nahm sie nahezu jeden mit in ihr Bett, der sich für sie interessierte. „Du warst ja damals für alle offen", sagte einmal ihr zweiter Mann. In dieser Zeit hatte sie erkannt, dass man mit Sex auch Karriere machen kann. Sie tat es mit einflussreichen Männern und bekam so immer mehr attraktive Stellen. Mit einem Mann hatte sie etwa ein halbes Jahr eine wilde Beziehung, weil der für Reisen nach Schweden verantwortlich war – und sie wollte so gern nach Schweden. Es klappte auch. Ein anderer Mann war verantwortlich für eine Fernsehserie. Da wollte sie gern mitspielen. Also war sie längere Zeit mit ihm zusammen. Sie saß dann auch in einem Bus, der an der Kamera vorbeifuhr, wurde als Zuhörerin bei einem medizinischen Fachkongress gefilmt. Sex war für sie Selbstbestätigung. Die Männer sagten ihr, wie schön, wie reizvoll sie wäre. Sie genoss es, zu spät zu Veranstaltungen zu kommen, weil dann alle Menschen auf sie sahen.

Als wir nun in unser Haus gezogen waren, luden die beiden uns sehr bald zu sich ein, und natürlich luden wir sie dann auch zu uns ein. Irgendwann fragte ich Alwine in Gegenwart ihres Mannes, ob wir Aktaufnahmen von ihr machen dürften. Sie stimmte ohne Zögern zu, sie fand sich ja schön. Und sie war auch

früher schon von anderen Männern nackt fotografiert worden. Aber Diana sagte, sie hätte keine Lust, diese Frau zu fotografieren. Sie wäre ihr einfach zu dick. Also fotografierte ich sie. Sie hatte wirklich die größten Brüste, die ich bis dahin kennengelernt hatte. Nur Christel später hatte noch größere. Zu Alwines großen Brüsten kam ihr ausladender Hintern und ein ansehnlicher Bauch, denn sie aß und trank leidenschaftlich gern. Als sie aus Schweden zurückkam und wir sie fragten, wie es denn dort gewesen wäre, antwortete sie als Erstes: „Das Essen war gut." Später merkte ich, dass sie vor dem Sex gut essen und trinken wollte. Wenn sie dann noch das „Air" von Johann Sebastian Bach hörte, legte sie sich sofort hin und öffnete ihre Schenkel.

Ich fotografierte sie also. Als ich ihr später die Aufnahmen vorlegte, war sie sehr zufrieden mit ihrer Schönheit und meinen Aufnahmen. Da wagte ich zu fragen, ob ich auch einmal ihr Geschlecht fotografieren dürfte. Es wäre ja ganz erstaunlich, wie unterschiedlich dieses Geschlechtsorgan war. Sie lud mich also zu sich ein und präsentierte mir alles, was ich sehen und fotografieren wollte. Es wurden schöne Fotos. Sie hatte ausgesprochen schöne Schamlippen. Bei ihr kam ich zum ersten Mal auf den Gedanken, ihre Fotze von hinten durch die Pobacken zu fotografieren. Ich zeigte ihr später die Fotos und sie sagte: „Ich wusste gar nicht, dass das so schön aussieht." Als ich mich bedankte und meine Apparate zusammenpackte, sagte sie, sie hätte eigentlich darauf gewartet, dass ich mit ihr ins Bett gehen würde. Sie wäre jedenfalls darauf vorbereitet. Da zog ich mich auch aus. Mein Penis war aber noch nicht ganz steif. Also ging ich mit meiner Zunge erst einmal in ihren Spalt und beschäftigte mich auch ausführlich mit ihren Brüsten. Sie spielte mit meinem Geschlecht. Als das Glied richtig fest war, schob ich es in ihre Lustgrotte. Da war ich erstaunt, wie eng der Spalt bei dieser üppigen Frau war. Aus diesem ersten Mal wurde ein regelmäßiges Treffen. Dabei erlebte ich zum ersten Mal, wie bei einem Orgasmus in der Vagina ein richtiger Schwall Wasser vorbeischoss. Ich hatte bis dahin gar nicht gewusst, dass es so etwas geben würde, und war darüber zunächst erschrocken. Ein anderes Mal brachte ich sie mit

Streicheln zum Orgasmus und sah dann den Wasserschwall. Ich habe so etwas bei keiner anderen Frau wieder gesehen.

Ein Jahr trafen wir uns regelmäßig und liebten uns auf einer Wiese und im Auto und in einem alten Gebäude. Zu jener Zeit hatte ich ein Häuschen zur Verfügung, in dem ich in Ruhe arbeiten konnte. Dort stand alles, was ich brauchte. Dorthin nahm ich auch Alwine mit. Sie aß gut, sie trank eine ganze Menge Wein, sie rauchte zwei Zigaretten, sie hörte Musik aus dem Radio. Dann schaltete ich eine Kassette mit dem „Air" ein. Sofort stellte sie ihr Glas beiseite und zog sich aus. Als ihre Brüste über ihre Hände quollen, begann sich mein Ding zu spannen. Ich zog mich nun auch schnell aus und wir legten uns auf das Lager. Vorsichtsmaßregeln brauchten wir nicht zu treffen, sie hatte sich ein Pessar einsetzen lassen. Dieses Mal wollte ich kein Vorspiel. Ich wollte in ihre Öffnung und mich erst einmal in ihr entspannen. Ich sagte es ihr und sie antwortete, sie würde das auch von anderen Männern kennen. Wir hätten ja noch viel Zeit an diesem Nachmittag. Erst danach beschäftigte ich mich ausführlich mit ihr und wir vögelten ein zweites Mal, bis ihr Orgasmus kam. Inzwischen kannte ich sie gut genug, um zu wissen, wann sie wirklich einen Orgasmus hatte und wann sie ihn nur spielte. Einmal hatte ich aber eine unvergessliche Erfahrung: Alwine saß nach unserem Spiel nackt auf dem Bett und hielt die Hände gefaltet, wobei sich ihre Lippen bewegten. Ich fragte sie später, ob sie gebetet hätte. Sie bestätigte: „Ich habe mich beim lieben Gott für den schönen Sex bedankt." Da bestätigte sich mir wieder meine Erfahrung, dass religiös geprägte Frauen besonders sinnlich sind.

Allerdings gab es in unserer Beziehung einen Schönheitsfehler: Ich hätte es gern einmal von hinten mit ihr getan – bei diesem opulenten Hintern und dem schönen Geschlecht kein Wunder. Und ich hätte es gerngehabt, dass sie über mir knieen und ihre herrlich dicken Brüste über meinem Gesicht baumeln würde. Beides war nicht möglich, sie konnte nicht knien. Sie konnte nur auf dem Rücken liegen. Das war schade bei ihrer Anatomie.

Ihre Beziehungen verheimlichte sie ihrem Mann nicht. Sie hatte den Gedanken einer offenen Ehe. Sie ermunterte ihn sogar,

sich doch auch um eine Partnerin zu bemühen. Das gelang dem Mann dann auch wirklich. Er telefonierte sehr oft und sehr lange mit dieser Frau, und irgendwann sagte er Alwine, er würde jetzt zu dieser Frau ziehen. Die beiden ließen sich scheiden. Da wollte Alwine mich unbedingt heiraten. Aber ich dachte gar nicht daran. Ich tat es gern mit ihr, aber ich liebte nur Diana. Ich habe nie daran gedacht, mich von ihr zu trennen. Wir haben immer unsere Liebe und den Sex auseinandergehalten. Da Alwine mich drängte und sich auch plötzlich mir verweigerte, ging ich nicht mehr zu ihr. Nun suchte sie einen anderen Partner, hatte wohl auch wieder eine ganze Reihe Männer in ihrem Bett, aber heiraten wollte sie keiner. Bis heute lebt sie allein.

In dieser Zeit hatte ich auch schon eine andere Frau im Blick. Genauer: Sie hatte mich im Blick. Wenn ich irgendwo öffentlich auftrat, etwa, um einen Vortrag zu einem medizinischen Thema zu halten, war sie da und himmelte mich an. Sie war ganz bestimmt keine schöne Frau. Sie hatte blondes, immer strähniges Haar, eine etwas fettige Haut, kaum die Andeutung einer Taille und für ihr Alter auffallend dicke Beine. Später stellte ich auch fest, dass sie keine schöne Vulva hatte. Bei einer Entbindung hatte die Hebamme zum Damm hin die Scheide eingeschnitten, damit der Kopf des Kindes besser aus ihrem Leib kam. Dadurch hatte sie die Symmetrie der Schamlippen zerstört. Ich war ja immer gern mit Zunge und Lippen im weiblichen Geschlecht. Aber hier sträubte sich alles in mir. Aber ihre Brüste waren wunderschön. Sie waren wohlgeformt, sehr straff, sehr groß. Manchmal dachte ich, die Natur schenkt jeder Frau etwas Besonderes. Theodor Fontane schreibt im Vorwort zu seinen „Wanderungen" sogar von sieben schönen Einzelheiten bei einer Frau. Als wollte die Natur diese Frau entschädigen, gab sie ihr diese schönen Brüste. Damals war sie 27 Jahre alt. Sie strahlte eine Sinnlichkeit aus, die mich jedes Mal überraschte und die sie anziehend machte. Es ist seltsam, aber wenn sie mich so anstrahlte, war es mir gleich, ob sie nach herkömmlichem Muster schön war oder nicht. Ich wollte Sex mit ihr haben. Ich wusste, das würde wunderbar sein.

Sie war verheiratet und hatte zwei Kinder. Ich habe es ja immer gern mit verheirateten Frauen getan. Zum einen hatte ich die Hoffnung, dass diese Frauen sich nach einer Affäre nicht an mich hängen würden. Zum anderen konnten sie ein eventuell gezeugtes Kind ihrem Ehemann unterschieben, gewissermaßen als Kuckucksei. Das taten dann wohl auch wirklich einige Frauen. Christel sagte mir zum Beispiel: „Komm bei mir rein. Ohne ist es viel schöner. Ich lass heute Abend meinen Mann an mich ran – falls ich von dir schwanger werden sollte." Manche Frau wollte auch ausdrücklich von mir ein Kind haben. Nun ja! Gisela machte mir bei jeder sich bietenden Gelegenheit deutlich, wie toll sie im Bett sein würde. Aber zunächst verweigerte sie sich mir. Wenn ich sie einmal umarmte, stand sie steif da wie ein Stück Holz. Damit reizte sie meinen sportlichen Ehrgeiz. Etwa ein Vierteljahr gab ich mir Mühe, sie ins Bett zu bekommen. Aber es gelang mir nicht. Sie fuhr gern mit mir ins Grüne, wir plauderten, wir aßen und tranken auch irgendwo – aber das war es dann schon. Nach diesen vergeblichen Mühen nahm ich sie mit in das kleine Häuschen, in dem ich sonst arbeitete und in dem bisher als einzige Frau nur Alwine war. Sie aß und trank, sie sah sich alles an, wir erzählten. Aber wenn ich sie umarmen wollte, blieb sie wieder steif wie ein Brett. Sie wehrte sich nicht dagegen. Sie ließ es auch geschehen, dass ich meine Hand unter ihre Bluse schob und ihre Brüste streichelte, so gut das mit einem Büstenhalter ging. Sie ließ es sogar geschehen, dass ich meine Hand unter ihren Rock schob und so weit wie möglich ihr Geschlecht streichelte. Aber sie reagierte nicht. Da kam ich mir vor wie ein Vergewaltiger. Ich stand auf, machte den Raum ordentlich und sagte, jetzt hätte ich mich lange genug um sie bemüht, von jetzt ab würde ich sie in Ruhe lassen. Wir stiegen in das Auto und fuhren die 20 Kilometer zurück. Am Stadtrand aber wurden wir aufgehalten. Damals wurden an einer Stelle, quer über die Straße, Eisenbahnwaggons rangiert. Das dauerte oft sehr lange. Wir saßen also still nebeneinander. Ich sah nach vorn zu dem Zug hin. Da sagte Gisela plötzlich: „Ich bin ja dumm." Sie beugte sich zu mir hinüber und küsste mich so leidenschaftlich,

dass ich einen Augenblick meine Besinnung verlor. Dabei öffnete sie meinen Hosenschlitz und versuchte, meinen Penis zu streicheln, was in dieser Sitzhaltung allerdings unmöglich war. Aber als ich ihr nun zwischen die Schenkel griff, rutschte sie so zurecht, dass ich an einer Seite des Slips meine flache Hand in ihre Scheide schieben konnte. Dann wurde die Schranke hochgezogen und wir fuhren zu ihrer Wohnung. Bevor sie ausstieg, sagte sie: „Willst du heute Abend kommen, wenn ich die Kinder ins Bett gebracht habe?" Sie fuhr fort, ihr Mann wäre zu einer Weiterbildung unterwegs. So ging ich am Abend zu ihr. Sie empfing mich mit bloßem Oberkörper. Mit Freude sah ich nun ihre vollen Brüste. Ich denke, die waren an ihrem Körper das Schönste. Die Kinder schliefen wohl schon. Sie führte mich ins Schlafzimmer. Selten war ich so schnell in einem Spalt wie bei ihr. Sie war erstaunlich feucht und glitschig da unten. Sie kam dann auch erstaunlich schnell. Ich war fasziniert von der Lust, die sie hatte. An diesem ersten Abend wartete sie nach jedem Orgasmus von mir, darauf, dass ich wieder potent wurde, und dann ging es in die nächste Runde. Damals dauerte es von einer Potenz zur anderen etwa zehn Minuten. Wir taten es sechs Mal hintereinander. Dann musste ich nach Hause.

In der Folgezeit konnte ich nachts zu ihr kommen, wann ich wollte. Sie war immer feucht, war immer bereit, auch wenn sie ihre Tage hatte. Nur ein einziges Mal in den neun Jahren, die wir zusammen waren, verweigerte sie sich mir. Da hatte ich vorher mit zwei anderen Frauen Sex gehabt – ich hatte damals parallel fünf Frauen und war gern an einem Tag mit verschiedenen Frauen zusammen. Gisela hatte natürlich die Parfüms oder die anderen Körpergerüche wahrgenommen und mochte nun nicht mehr mit mir ins Bett gehen. Aber grundsätzlich war sie für eine offene Ehe. Wiederholt zeigte sie mir den einen oder anderen Mann und meinte: „Mit dem würde ich gern ins Bett gehen." Oder „Wie der im Bett ist, wüsste ich gern."

Sie hatte sich einen eigenen Schlafraum eingerichtet, getrennt von ihrem Mann. Offiziell begründete sie ihre Trennung damit, dass ihr Mann unerträglich laut schnarchte. Das war nicht einmal

gelogen. Wenn ich nachts bei ihr lag, hörte ich dieses Geräusch sehr deutlich durch die verschlossene Tür. Gisela hatte es übrigens gern, wenn wir im Nebenraum bei diesem Schnarchen miteinander vögelten. Aus einem Grund, den ich bis heute nicht weiß, hasste sie ihren Mann. Vor ihm hatte sie im Betrieb einen älteren verheirateten Mann kennen gelernt. Aber Sex hatte sie nicht mit ihm. Er hatte sie nur geküsst und ihre Brüste gestreichelt. Dann hatte sie ein halbes Jahr eine Beziehung zu einem anderen verheirateten Mann. Der war mit seinem Wartburg-Combi mit ihr irgendwohin ins Grüne gefahren, hatte dort die Sitze so umgeklappt, dass man dort einigermaßen bequem liegen konnte, und dort hatte er sie durchgevögelt und danach gleich wieder nach Hause gefahren. Er wollte sich nur in ihr entspannen. Das hatte sie auf Dauer frustriert. Und als sich dann ihr jetziger Mann um sie bemühte, hatte sie einfach zugestimmt, ohne ihn wirklich zu lieben. Das wurde ihr immer deutlicher bewusst. Seltsamerweise war sie aber nicht auf sich böse, sondern auf ihn. Und da empfand sie unseren Sex, nur durch die Tür von ihm getrennt, als ein Stück Rache. Sie ließ ihn nun auch nicht mehr an sich heran.

Wenn ich zu ihr ging, war das etwas kompliziert. Ich rannte in der Nacht durch zwei Straßen, über einen Stadtwall mit Bäumen bis zur Mauer, der das Haus umgab, wo sie mit einer anderen Familie wohnte. Das Tor in dieser Mauer wurde abends verschlossen und ich hatte keinen Schlüssel. Also sprang ich die Mauer an, zog mich an ihr hoch, sprang auf der anderen Seite in den Innenhof, rannte möglichst in Deckung zum überdachten Treppenaufgang, öffnete die unverschlossene Tür, schlich möglichst leise die Holztreppe nach oben und öffnete dort die Glastür zu dem Raum, in dem Gisela schlief. Meist schlief sie allerdings nicht mehr, hatte schon ihr Nachthemd ausgezogen und umarmte mich nackt. Meist begannen wir dann auch sofort mit dem Geschlechtakt. Erst hinterher lagen wir nebeneinander und schmusten und erzählten. Wenn ich wieder potent war, taten wir es noch einmal ganz ausführlich, und ich war nur glücklich, wenn auch Gisela einen echten Orgasmus hatte. Im Laufe der Zeit merkte ich natürlich, wann der echt und wann

er gespielt war. Übrigens konnte sie auch einen Orgasmus bekommen, wenn ich mich nur mit ihren Brüsten beschäftigte. Nach dieser Aktion lief ich auf demselben Weg wieder zurück. Ich blieb nur einmal kurz stehen und entsorgte in einem Abfalleimer die benutzten Kondome. Dabei sah mich einmal Ursula, die auch gerade von einem Liebhaber nach Hause lief. Wir begrüßten uns nur kurz. Aber ein paar Tage später ließ sie mich wissen, sie empfände es als Beleidigung, dass ich immer „zu der blöden Kuh" laufen, mit ihr aber nicht ins Bett gehen würde. Ich war überrascht von dieser Mitteilung, wir versprachen uns dann, es bei nächster Gelegenheit miteinander zu tun, was ja auch geschah. Davon ist später zu berichten.

Zu meinen schönsten Erlebnissen mit Gisela gehörte ein Treffen in einer Wohnung, die zu dieser Zeit leer stand. Ich hatte nur ein großes antikes Bett auf dem Boden gefunden und aufgestellt. Dazu hatte ich auch Bettzeug besorgt. Dort trafen wir uns also. Der Raum war so aufgeheizt, dass wir in Aktion bald klatschnass waren. Gisela lag auf mir und drohte immer hinunterzurutschen. Ich musste sie immer festhalten, damit mein Ding in ihrem Spalt bleiben konnte. Das wurde ein sehr fröhliches Miteinander. Nie wieder haben wir so viel gelacht wie an diesem Nachmittag. Selten haben wir auch so variantenreich gevögelt wie in diesem kahlen Raum, in dem nur das eine große Bett stand. Und selten kam Gisela so schnell und so oft zu ihren Orgasmen. Immer, wenn ich wieder potent war, schob sie mein Glied in ihren Spalt. Es roch bald im ganzen Raum nach Sperma und Schleim aus der Scheide, weil wir da keine Waschgelegenheiten und keine Toilette hatten. Allerdings kam bald kein Sperma mehr, obgleich mein Penis immer wieder steif wurde. Dieser Geruch vermischte sich mit Giselas Ausdünstungen. Alles zusammen führte dazu, dass wir eine unbändige Lust hatten. Übrigens konnte man durch zwei Fenster auf die gegenüber liegende Hausfront schauen. Als ich einmal gerade von hinten in Gisela steckte – diese Stellung liebten wir beide besonders – bemerkte ich an einem Fenster das Gesicht einer Frau. Ich machte Gisela darauf aufmerksam. Sie lachte nur und sagte: „Vielleicht

hat die auch ihren Spaß dabei. Oder sie möchte auch von dir ge-vögelt werden. Aber jetzt bin ich dran."

Es konnte nicht ausbleiben, dass Gisela sich von ihrem Mann trennte. Sie bekam im Neubaugebiet eine verhältnismäßig große Wohnung für sich und die beiden Kinder. Allerdings musste sie die Wohnung vorher entweder tapezieren lassen oder selbst tape-zieren. Da fragte sie mich, ob ich ihr helfen könnte. So kam es, dass sie Raufasertapeten kaufte und sich alles notwendige Hand-werkszeug lieh und wir dann die Arbeit in Angriff nehmen konn-ten. Wir schnitten auf dem Tapetentisch die Bahnen zurecht, ich bestrich die Rückseiten mit Leim und legte sie zusammen. Damit stieg ich auf die Leiter und passte sie oben an. Gisela achtete da-rauf, dass an der Seite die Bahn dicht an der schon angeklebten lag. Dann strichen wir mit der Bürste die Bahn glatt. Die Arbeit ging schnell von der Hand. Wir begannen in Giselas zukünfti-gem Schlafzimmer, dann folgten die beiden Zimmer der Kinder, dann waren das Bad, der Flur und schließlich Wohnzimmer und Küche dran. Als ich aber aus Giselas Schlafzimmer die Utensilien wie Leiter, Tisch, Leimtopf und dergleichen in das erste Kinder-zimmer getragen hatte, schleppte Gisela eine lange Matratze in ihren Raum. Sie legte sie dicht an eine Wand und entkleidete sich. Ich wusste nicht, was das sollte. Gisela erklärte, sie wollte mit mir den Raum einweihen. Also legten wir uns nackt auf die Matratze und liebten uns, nun ohne Kondom. Aber vor mei-nem Orgasmus zog ich auf ihren Wunsch mein Ding aus Gisela heraus und spritzte das Sperma gegen die Wand. Gisela wollte, dass es dort trocknete. Den kleinen Fleck würde niemand außer uns beiden bemerken. Auch könnte man dort ein Schränkchen oder ähnliches vorstellen.

Im Verlauf unserer Tapezierarbeit ging es nun so bei jedem Raum: Wenn alle Tapeten an den Wänden waren und wir den Raum wechselten, lagen wir auf der Matratze, und wenn ich mei-nen Orgasmus hatte, kam das Sperma an eine Wand. Das geschah so auch im Flur, im Bad, in der Küche. Als wir im Wohnzim-mer fertig waren, öffnete Gisela die Balkontür und ging nackt hinaus. Ich folgte ihr und meinte beiläufig, hier gäbe es nichts

zu tapezieren. Gisela meinte aber: „Einweihen können wir ihn aber auch." Und sie schleppte die Matratze auf den Balkon. Ich gab zu bedenken, dass uns da Nachbarn sehen könnten. Sie antwortete, das sollten sie ruhig. Dann wüssten sie, dass sie nicht ohne Mann wäre. Bei der Aktion merkten wir wirklich, dass uns einige Nachbarn, Männer wie Frauen, zusahen. Doch das reizte Gisela nur, lauter zu stöhnen und ihre Position so zu wechseln, dass man möglichst viel von ihr und ihrem Tun sehen konnte. Und da sie natürlich auch mitbekommen hatte, dass sie wunderschöne Brüste hatte, zeigte sie die nun gern.

Als die Wohnung eingerichtet war, lud sie ihre 12 Kolleginnen aus dem Büro zur Einweihung ein. Ausdrücklich bat sie mich, dabei zu sein. Ich wollte nicht, aber schließlich sagte ich zu. Gisela hatte den Kaffeetisch sehr schön gedeckt und alles vorbereitet. Sie trug an diesem Nachmittag ein sehr dünnes und enges, aber hübsches Kleid. Die Frauen begutachteten mich natürlich sehr deutlich, aber Gisela wollte ihnen ja klar machen, dass sie nach der Trennung von ihrem Mann nicht allein war. Als alle am Tisch saßen und es im Raum nach Kaffee duftete, der sich zunehmend mit den sehr unterschiedlichen Gerüchen der Frauen vermischte, sagte Gisela plötzlich: „Ich muss nur noch schnell die Schlagsahne schlagen." Sie wandte sich an mich: „Kannst du mir helfen?" Ich wusste nicht, was ich helfen sollte. Aber sie schloss die Tür zur Küche hinter sich, zog blitzschnell ihren Slip aus, zog dann das Kleid so hoch, dass ich ihren nackten Hintern vor mir hatte, und flüsterte: „Steck dein Ding bei mir rein, ja?" Und während sie vorn mit dem Schneebesen die Sahne schlug, arbeitete ich von hinten in ihr. Da wir kein Kondom benutzt hatten, wollte ich mich vor meinem Orgasmus aus ihr herausziehen. Doch sie presste ihre Scheide so fest wie möglich zusammen und flüsterte: „Bleib drin!" Da hatte ich auch schon in ihr abgespritzt. Sie schaltete den Besen aus und füllte die Schlagsahne in zwei große Glasschalen. Dabei sah ich, wie Sperma an ihren Schenkeln herablief. Ich machte sie darauf aufmerksam. Sie wischte das Sperma von den Schenkeln und sehr flüchtig aus der Scheide und zog den Rock hinunter. Den Slip ließ sie auf dem Fensterbrett liegen.

Ich fragte: „Willst du dich nicht schnell waschen da unten?" Sie schüttelte nur den Kopf. „Die Frauen riechen das doch!" Sie lächelte: „Das sollen sie ja!" Und wirklich begannen die Frauen sofort zu schnuppern, als Gisela durch den Raum ging. Vermutlich sahen sie auch, dass sie keinen Slip mehr trug. Bei solch einem engen und dünnen Kleid sieht man das ja sehr genau. Aber Gisela lächelte nur. Sie hatte erreicht, was sie wollte. Die Kolleginnen wussten nun, dass sie einen Sexpartner hatte.

Für diese neue Wohnung gab sie mir alle Schlüssel. So konnte ich mitten in der Nacht zu ihr kommen. Einmal hatte ich in der Nähe eine Sitzung. In der Sitzungspause rannte ich zu ihrer Wohnung. Ich wusste, dass sie an diesem Tag frei hatte. Die Kinder waren in der Schule. Ich stürmte also in ihre Wohnung, wir machten uns nur unten frei und vögelten mit großer Intensität. Dann rannte ich wieder zum Sitzungssaal zurück. Dort wurde gerade die Pause beendet. Ein anderes Mal übernachtete ich mit einer Gruppe Kollegen in der Nachbarstadt, etwa 30 Kilometer von Giselas Wohnung entfernt. Als alle zur Nachtruhe in ihren Räumen verschwunden waren, verließ ich das Hotel, stieg in mein Auto und fuhr zu ihr. Wir hatten dann eine zauberhaft wilde Nacht. Früh am Morgen fuhr ich zurück und erschien wie alle anderen pünktlich zum Frühstück. Ein halbes Jahr später machte sie mit ihren Kindern in einem etwas abgelegenen Ort Urlaub, etwa 70 Kilometer von zu Haus entfernt. An einem Abend hatte ich unbändige Lust auf sie. Ich sprang also ins Auto und fuhr zu ihr. Sie brachte gerade die Kinder ins Bett, als ich bei ihr ankam. Dann wollte sie sich unbedingt die Füße waschen. Sie stellte eine große Schüssel mit Wasser auf einen Hocker und wusch darin ihr erstes Bein. Ich saß so, dass ich zwischen ihre Beine sehen konnte. Da sah ich, dass sie keinen Schlüpfer trug. Das tat sie manchmal, weil ihr zwischen den Beinen oft sehr warm war. Aber ich war ja gekommen, weil ich Lust auf sie hatte. Diese Lust wurde nun noch durch den Anblick ihrer Möse verstärkt, zumal ich bemerkte, dass Schleim aus ihrer Ritze kam. Ich zeigte Gisela meinen straffen Penis und sie meinte: „Du kannst ja mal versuchen, ob du so bei mir reinkommst." Das ging natürlich nicht,

aber der Versuch war sehr komisch und wir lachten viel. Als sie dann beide Füße gewaschen hatte, zog sie ihren Rock aus und legte sich gleich auf die Couch in diesem Raum. Doch ich bat sie, sich ganz zu entkleiden, ich liebe nun einmal Brüste ganz besonders, und sie hatte ja so wunderschöne Brüste. Das tat sie dann auch und wir steckten vielleicht eine Dreiviertelstunde zusammen. Dann fuhr ich wieder nach Hause.

Besonders schön war aber ein anderer Treff. Gisela hatte mit ihren Kolleginnen einen Weiterbildungskurs auf der Insel Usedom. Sie hatte erfahren, dass an einem Abend in einer Gaststätte auch Tanz angesagt war. Sie tanzte leidenschaftlich gern und gut. Also fuhr ich zu ihr hin. Sie trug wieder ein dünnes und etwas enges Kleid, das ihre Körperformen geradezu plastisch betonte. Wenn ich sie beim Tanzen anfasste, hatte ich manchmal das Gefühl, sie wäre nackt. Aber das war so in Ordnung. Ich trug einen sehr dünnen Sommeranzug. Im Laufe des Abends kamen wir natürlich ins Schwitzen. Gisela wies bald an verschiedenen Stellen ihres Kleides nasse Flecken auf. Natürlich roch sie auch deutlich nach frischem Schweiß. Dieser Geruch bewirkte, dass mein Penis erigierte. Wenn wir eng zusammen tanzten, spürte sie es wohl an ihren Oberschenkeln. Denn plötzlich sagte sie: „Wenn du willst, können wir für einige Zeit in mein Zimmer gehen. Ich schlafe da mit einer Kollegin, aber die ist hier auch irgendwo im Saal. Ich hätte jetzt auch ganz große Lust. Hinterher können wir dann ja weiter tanzen." Ihr Quartier war etwa 50 Meter vom Tanzlokal entfernt. Also verließen wir das Haus und gingen zu ihrem Quartier. Sie schloss auf, machte kein Licht und zog sich gleich aus. Sie hatte ja außer ihren Schuhen nur Kleid, Büstenhalter und Slip an. Sie ließ alles einfach auf den Fußboden fallen. Sie wollte nachher frische trockene Sachen anziehen. Außer meinem Anzug und den Schuhen hatte ich auch nur noch das Oberhemd und die Unterhose an. Da im Dunkeln kein Stuhl zu finden war, ließ ich auch alles auf den Fußboden fallen. Dann legten wir uns auf ihr Bett und vergnügten uns wild drauflos. Gisela war so aufgeheizt, dass sie geradezu verblüffend schnell einen ersten Orgasmus hatte. Dabei stöhnte und schrie sie so laut,

dass ich fürchtete, es wäre im ganzen Haus zu hören. Aber es war natürlich schön, ich konnte mich in aller Ruhe in ihr bewegen und auf einen zweiten und dann sogar dritten Orgasmus warten, bis ich dann auch in ihr kam. Wir schmusten danach noch eine Zeit lang und redeten wildes Zeug. Dann standen wir auf, um uns wieder anzuziehen und ins Lokal zu gehen. Doch nun musste Gisela das Licht einschalten, um ihre frischen Sachen herauszusuchen. Da sahen wir ihre Kollegin. Die lag seitlich in ihrem Bett, hatte ihren Kopf auf einen Arm gestützt und lächelte uns sehr freundlich an. Ich war zuerst etwas erschrocken, sie so zu sehen, aber Gisela lachte schallend: „Du hast uns zugesehen!" Die Kollegin lächelte: „Und zugehört. War schön." Da sie uns so beobachtet hatte, zogen wir uns vor ihr an, wobei ich größere Schwierigkeiten hatte, weil meine Kleidung ja nun feucht angezogen werden musste. Aber schließlich wünschten wir der Frau im Bett noch eine gute Nacht und verließen das Zimmer.

Seit dieser Zeit hatte Gisela bei ihren Kolleginnen den Ruf, eine wilde Liebhaberin zu sein. Ich denke, die Frauen hatten recht. Obwohl ich regelmäßig bei ihr war, erzählte sie mir einmal, oft hätte sie in meiner Abwesenheit solche Lust gehabt, dass sie in der Versuchung war, nach unten auf die Straße zu gehen und einen beliebigen Mann mit nach oben zu nehmen. Sie tat es, soweit ich weiß, allerdings nicht. Sie brachte sich selbst mit ihren Fingern zum Orgasmus. Aber sie genoss es, von den Kolleginnen beneidet oder bewundert zu werden.

Parallel zu Gisela gab es in dieser Zeit Anja. Die hatte einen ganz anderen Körperbau als Gisela. Sie war deutlich kleiner, sehr schlank, fast mager und hatte wenig Brust. Aber bei meinen Vorträgen und Vorlesungen saß sie immer in der ersten Reihe und strahlte mich an. Als einmal ein Studentenball stattfand, kam sie zu mir und lud mich dazu ein. Und als bei diesem Ball die Damenwahl ausgerufen wurde, schoss sie geradezu auf mich los und wir tanzten ausgesprochen temperamentvoll miteinander. Sie drückte sich bei den langsamen Passagen so eng an mich, dass ich ihre Hüftknochen spürte; ich glaubte, auch ihre harten Brustwarzen zu

fühlen – aber das war wohl nur Einbildung. Lebhaft in Erinnerung ist mir bis heute ihr intensiver Schweißgeruch. Sie heiratete einen Kommilitonen und zog nach dem Examen mit ihm in eine andere Stadt, wo sie als Ärztin arbeitete. Sie erzählte mir einmal, sie hätte jeden Tag – bis auf die Zeit, wo sie ihre Tage hatte – Sex mit ihrem Mann gehabt. So wie andere Paare sich küssen, hätten sie miteinander Sex gehabt. Irgendwann fanden die beiden wieder in unserer Nähe eine Anstellung und Anja strahlte mich wieder bei allen möglichen Gelegenheiten an. Eines Tages erschien sie in meinem Arbeitszimmer und sagte: „Ich wollte Ihnen nur sagen, dass ich Sie liebe. – So, jetzt ist mir besser." Ich antwortete: „Aber wir waren doch noch gar nicht zusammen im Bett." Und sie meinte: „Dann sollten wir das so bald wie möglich nachholen." Nach vier Tagen rief mich ihr Mann an: „Meine Frau sitzt hier im Zimmer. Sie kann nichts tun. Sie heult bloß. Können Sie so bald wie möglich herkommen?" Ich setzte mich ins Auto und fuhr zur Wohnung der beiden. Ihr Mann empfing mich: „Ich gehe jetzt für eine Stunde fort. Bis dahin haben Sie freie Fahrt." Er verschwand, und drinnen fiel mir Anja um den Hals, küsste mich wie wild und versuchte, meine Hose hinunterzuziehen. Also zog ich sie erst einmal aus. Sie stand in kürzester Zeit nackt vor mir. Über ihre Brüste, die mir ja immer wichtig waren, erschrak ich: Sie hingen beinahe schlaff wie Taschen an ihrem Körper. Erst später wurden sie etwas fülliger. Am reizvollsten erschien mir ihr formschöner und fester Po. Und dann sah ich bald, wie feucht ihre Scheide war. Bald tropfte Flüssigkeit aus ihrer Öffnung auf den Fußboden – ich habe so etwas bei keiner anderen Frau gesehen. Ich zog mich also auch aus. Da sagte sie: „Ich habe eine Spirale in meiner Scheide." Damit war klar: Wir konnten loslegen. Und wenn ich ihren schönen Po erwähnt habe, dann muss nun ergänzt werden, dass sie eine wunderschöne glatt rasierte Vulva hatte, ganz gleichmäßig schöne innere und äußere Lippen, und wenn man die etwas auseinanderzog, sah man sehr schön ihre Klitoris. Und streichelte ich sie, bekam sie bald einen Orgasmus, ohne dass mein Kolben in ihr steckte. Denn zunächst hatte ich Hemmungen, mich in sie zu versenken. Ich hatte den

Eindruck, dass ihre Öffnung für mich zu klein war. Ich fürchtete, ich könnte ihr weh tun oder sie gar verletzen. Deswegen bat ich sie, dass sie sich über mich hockte, ich also auf dem Rücken lag. Sie bewegte sich dann auch sehr lustvoll auf mir und gab sehr laut kund, wenn sie wieder einmal einen Orgasmus hatte. Ungewohnt war für mich nur, dass es kaum eine Brust zu streicheln gab. Ich beschäftigte mich aber deutlich mehr als sonst mit ihrem Hintern. Ich liebte sie dann auch gern von hinten und sie streckte mir mit Freude ihr Hinterteil entgegen. Da sah man auch sehr schön ihr Geschlecht und kam gut hinein.

In der kommenden Zeit trafen wir uns wiederholt und jedes Mal wurde es eine leidenschaftliche Angelegenheit. Problematisch wurde es nur, als Anja trotz der Spirale schwanger wurde. Da rief mich ihr Mann zu den beiden, um zu besprechen, was zu tun wäre. Natürlich konnte er davon ausgehen, dass ich seine Frau geschwängert hatte, obgleich er ja auch weiter mit ihr Sex hatte. Von seiner Frau wollte er wissen, mit wem sie es halten würde, und sie rief unter Tränen: „Ich liebe euch doch beide!" Ich erklärte, ich wäre ja verheiratet und dächte gar nicht daran, mich von Diana zu trennen. Und er wäre mit Anja verheiratet. Ich wusste da noch nicht, dass auch er in dieser Zeit eine Geliebte hatte, die auch verheiratet war. Wohl unter dieser Belastung kam es zu einer Fehlgeburt. Ich erschien nicht mehr bei den beiden. Einmal traf ich ihren Mann auf der Straße und er erzählte mir, er wäre Anja gegenüber impotent geworden. Er tröstete sich aber mit einer etwas jüngeren verheirateten Frau aus der Nachbarschaft.

Als Anja einen schweren Autounfall hatte und bewusstlos in der Klinik lag, rief sie immer nur nach mir, nicht nach ihrem Mann, der nächtelang an ihrem Bett saß. Da entschloss ich mich, auf Distanz zu gehen. Das gelang auch. Leider blieben die beiden nicht mehr lange zusammen. Der Mann heiratete seine Geliebte und zog mit ihr in eine andere Stadt.

Wieder parallel zu diesen Frauen lernte ich bei einem Routine-Hausbesuch Sabine kennen. Sie lebte mit ihrem Mann und zwei Kindern in einer sehr schönen Wohnung etwas abseits von der

Stadt und arbeitete in einem Büro. Sie war groß, etwas mager, vor allem aber merkte ich schon beim ersten Besuch, dass in ihrer Ehe etwas nicht stimmte. Die beiden lebten nebeneinander, nicht miteinander. Dieses Gefühl bestätigte sich, als Sabine an einem Vormittag in meine Praxis kam. Nach den üblichen Einleitungsfloskeln begann sie plötzlich zu weinen und erzählte, dass ihre Ehe völlig kaputt wäre. Am deutlichsten wurde mir das, als sie sagte, sie könnte ihren Mann nicht mehr riechen, sie würde sich vor ihm ekeln. Und dann fragte sie unter Tränen: „Können Sie morgen am Vormittag zu mir kommen?" Ich wusste nicht recht, was das sollte, aber ich fuhr am nächsten Tag zu ihr. Sie empfing mich in einem Morgenrock oder Bademantel. Mitten im Zimmer hatte sie eine Decke mit Kissen liegen. Sofort nach der Begrüßung öffnete sie ihr Kleidungsstück. Ich hatte schon sehr viel schönere Frauen gesehen. Ihre Brüste waren nicht sehr groß und auch nicht fest, ihr Bauch etwas faltig, ihr Venushügel schwach bewachsen. Aber von ihr ging etwas aus, das dazu führte, dass mein Penis erigierte. Sie sah das natürlich und löste den Gürtel, zog den Reißverschluss meiner Hose hinunter, dann die Hose und Unterhose und nahm meinen Penis in ihre Hand. Der war noch nicht so richtig steif. Sie kniete vor mir nieder und lutschte an ihm, bis er fest war. Dann stand sie auf, warf ihren Morgenrock beiseite, fasste mich an der Hand und sagte nur: „Komm!" Also legten wir uns auf die Decke und sie liebte mich mit einer Leidenschaft, die mich erschreckte. Später sagte sie, sie hätte lange nicht mehr mit einem Mann Sex gehabt, sie hätte sich immer nur mit ihren Fingern selbst beholfen. Sie kam dann auch sehr bald und später ein zweites Mal. Und dann erlebte ich eine ganz andere Frau, eine entspannte, fröhliche, lachende Frau. Ihr hatte wohl nichts weiter gefehlt als ein Mann zwischen ihren Schenkeln.

In den nächsten Tagen taten wir es noch zwei Male. Dann zog ich mich zurück. Ich hatte bei ihr Mühe, zu einer Erektion zu kommen. Sie war einfach nicht mein Typ. Ich war ganz froh, als sie nach einer guten Woche zu mir kam und strahlend erzählte, sie wäre jetzt mit einem Kollegen zusammen, der sie

herrlich befriedigte. Mit dem fuhr sie in den Urlaub. Die beiden wohnten in einem thüringischen Dorf zur Miete und waren wohl mehr im Bett als unterwegs im Ort oder in der umliegenden Gegend. Lachend erzählte mir später Sabine, als die beiden am späten Abend noch einen Spaziergang durch den Ort machten, hatten sie plötzlich Lust bekommen, zu vögeln. Da hatte Sabine ihren Schlüpfer ausgezogen, auf einem Grünstreifen mitten zwischen den Wohnhäusern die Knie-Ellenbogen-Lage eingenommen und Bernd ihr Hinterteil präsentiert. Der hatte sie auch sehr ausdauernd von hinten beglückt. Mit Vergnügen hatten die beiden gesehen, wie sie von verschiedenen Hausbewohnern ringsum beobachtet wurden. Als ich Sabine fragte, ob sie Bernd heiraten wollte, antwortete sie: „Warum sollten wir? – Ich brauche einen Mann im Bett. Und wenn Bernd nicht mehr kann oder will, such ich mir einen anderen." So geschah es auch. Sie trennte sich von ihrem verheirateten Mann, dann auch wieder von Bernd und hatte wechselnde Partner. Und dabei war sie sehr fröhlich geworden.

Claudia lernte ich bei meiner Arbeit kennen. Sie hatte ein interessantes Äußeres, war sehr intelligent und malte und zeichnete, was ich immer bewunderte, weil ich das nicht kann. Sie war mit einem Sänger verheiratet. Nun, wir freundeten uns ein wenig an. Ich besuchte das Ehepaar, die beiden besuchten uns. Irgendwann berichtete ich von Heilungen, die durch mich geschehen waren. Es war eine Art Meditation oder Suggestion mit Handauflegen und Streicheln. Ich kann nicht genau erklären, wie das geht, ich weiß nur, dass es so etwas gibt, weil ich es selbst so erfahren durfte. Claudia hörte sehr aufmerksam zu. Ein paar Tage später kam sie in meine Praxis, erinnerte mich an meine Heilungsberichte und fragte: „Können Sie das auch bei mir machen?" Ihre Haut, sagte sie, wäre völlig kaputt. Ich bat sie, mir ihre Haut zu zeigen. Sie zog also ihre Bluse aus, ich sah, dass ihr Oberkörper an allen möglichen Stellen Blasen aufwies, die an wieder anderen Stellen geplatzt waren; dort sah ich Eiter, Blut und wässrigen Ausfluss. Es sah erschreckend aus. Claudia berichtete, ihr

Mann ekelte sich vor ihr. Auch sexuell hielt er jetzt Distanz zu ihr. Sie hatte dann einen Mann kennengelernt, der damit einverstanden war, dass sie ihren Oberkörper bedeckt ließ. Sie machte sich nur unten herum frei, wenn sie mit ihm ins Bett ging. Der Mann hätte auch mit ihr keine Zärtlichkeiten ausgetauscht, nur sein Ding bei ihr reingeschoben und losgelegt. Claudia erzählte, bisher habe ihr kein Arzt helfen können. Nun erhoffte sie sich von mir Hilfe. Ich bat sie also am nächsten Tag in einen Raum, den ich für solche Dinge eingerichtet und vorbereitet hatte. Dort machte sie ihren Oberkörper ganz und gar frei. Da sah ich auch solche Stellen auf ihren Brüsten. Die Brüste von Claudia waren überraschend schlaff. Sie hatte mir ja erzählt, dass sie jahrelang Sport getrieben hatte. Da hätten die Brustmuskeln deutlicher entwickelt sein müssen. Aber nun tat ich, was zu tun war. Nach einer knappen Stunde zog sie sich wieder an. Nach vierzehn Tagen erschien sie in meinem Arbeitszimmer. Sie strahlte mich an und zog ihren Pulli bis zur Brust hoch. Ich sah, dass sich keine neuen Stellen mehr gebildet hatten und dass die offenen Stellen entweder ganz geschlossen oder im Abheilen begriffen waren. Vier Wochen später lud sie mich in ihre Wohnung ein. Es sollte ein Kaffeetrinken werden, als Dank für das, was ich für sie getan hatte. Aber kaum war ich im Wohnzimmer, zog sie ihren Pulli aus, einen Büstenhalter trug sie an diesem Tag nicht. Sie zog auch Hose und Slip aus und ging mit mir ins Schlafzimmer. Das Bett war aufgedeckt, sie war sehr feucht in ihrer Scheide, wir taten es dort. Aber leider bekam sie keinen ordentlichen Orgasmus. Das irritierte mich. Anschließend setzten wir uns an den Kaffeetisch.

In der folgenden Zeit trafen wir uns immer wieder an verschiedenen Orten. Wenn ich aber mit Zunge und Lippen in ihr Geschlecht gehen wollte, wehrte sie ab. Ich sollte gleich meinen Pimmel in ihr Loch schieben und loslegen, bis sie ihren Orgasmus hatte. Ich vermute, dass diese Haltung davon kam, dass sie ja auch vorher weder von ihrem Mann noch von ihrem Sexpartner geschmust und mit Mund und Zunge auf den Verkehr vorbereitet wurde. Sie hatte eine sehr schöne, gleichmäßige Scheide, allerdings etwas schmale Schamlippen. Nach vielleicht zehn

Treffen hatten wir keinen Sex mehr. Claudia hatte bald einen neuen Freund und wenn wir uns begegneten, erinnerte sie mich nur immer daran, dass ich sie geheilt hatte. Dass wir auch miteinander Sex hatten, wurde mit keinem Wort erwähnt.

Zu meinen Aufgaben gehörte es, dass ich ehrenamtlich denkmalgeschützte Gebäude betreute. Ich hatte mich um die Erhaltung, die Finanzierung, die Nutzung und die Restaurierung dieser Häuser zu kümmern. Das war in jener Zeit außerordentlich mühsam, weil Geld und Material sehr knapp waren. Doch für ein großes Gebäude wurde mir ein Architekt aus Hamburg zugeführt. Wie das damals war: Es gab keine Pensionen, wo er hätte übernachten können. Er übernachtete also bei uns im Gästezimmer. Er war ein sehr angenehmer Mensch, mit dem ich gut zurechtkam. Er war etwas über fünfzig Jahre alt und machte seine Arbeit gut. Auch er schien uns zu mögen, denn bald nach unserem Kennenlernen fragte er uns, ob er beim nächsten Aufenthalt seine Frau mitbringen dürfte. Natürlich waren wir damit einverstanden. Diese Frau hatte schulterlanges blondiertes Haar und eine sehr grazile Gestalt, bei der die großen Brüste umso mehr auffielen. Sie reichte mir bis an die Schulter. Aber am auffälligsten waren ihr kluges, schönes Gesicht und ihre temperamentvollen Bewegungen. Wir verstanden uns sofort. Als sie lächelnd auf uns zukam, war ich regelrecht verliebt in sie. Sie war mindestens zehn Jahre älter als ich, aber das vergaß ich, wenn wir zusammen plauderten oder das Gebäude besichtigten, das ihr Mann betreute. Sie hatte auch eine sehr angenehme Stimme – das ist bei mir immer sehr wichtig. Schon am zweiten Tag sagte sie zu Diana, die es mir dann erzählte: „Wissen Sie eigentlich, dass Ihr Mann eine ganz starke erotische Ausstrahlung hat?" Diana nickte, reagierte aber nicht weiter darauf. Aus dem ersten Besuch wurden mehrere. Giselle war Malerin und fertigte ein sehr schönes Bild von Diana an, das bis heute zu den schönsten Bildern von ihr gehört. Im Laufe der Jahre hat sie ja eine ganze Reihe Künstler gemalt. Mit ihrem leicht exotischen Aussehen und ihrer schönen Figur hat sie manchen Maler inspiriert.

Giselle sagte jedes Mal, wenn wir uns verabschiedeten: „Wenn Sie einmal zu uns kommen wollen, freuen wir uns sehr." Das wurde Wirklichkeit, als ich eine zehntägige Dienstreise durch Schleswig-Holstein machte, leider ohne Diana. Da rief ich bei Giselle an. Sie antwortete, ihr Mann wäre für ein paar Tage dienstlich unterwegs, aber sie würde sich freuen, wenn ich käme. Ich könnte im Gästezimmer übernachten. Also fuhr ich zu ihrem Haus in Hamburg. Das war ein moderner Klotz aus den 1960er Jahren. Ich fand ihn nicht schön, aber in der Tür stand Giselle und lächelte mich an. Sie trug ein zauberhaftes Kleidchen, das ihre schlanke Figur sehr reizvoll betonte. Der Ausschnitt war erstaunlich tief und zeigte große Brüste, die allerdings wohl nicht sehr fest waren. Nun, wir tranken Kaffee und plauderten, Giselle zeigte mir das Haus, das zu meiner Überraschung keinen Garten hatte. Die beiden hatten dafür keinen Sinn, sie hatten nur einen hübschen kleinen Vorgarten mit leuchtenden Blumen. Zum Abend aßen wir nur ein wenig, auch Giselle wollte auf ihre schlanke Linie achten. Ich wollte gern noch die Tagesschau sehen und setzte mich auf eine kleine Bank, die vor dem Fernseher stand. Giselle setzte sich neben mich und legte einen Arm um meine Hüften. Da legte ich auch einen Arm um ihre Schultern. Wir küssten uns flüchtig und schauten dann auf den Bildschirm. Nach der Tagesschau wollte ich zu Bett gehen. Der kommende Tag würde sehr anstrengend werden. Giselle zeigte mir im Bad alles, was ich wissen musste. Dann sagte sie völlig übergangslos: „In vielen orientalischen Kulturen ist es selbstverständlicher Brauch, dass sich die Hausherrin oder eine andere Frau der Familie um den Gast kümmert, auch im Bett. Wenn es Ihnen recht ist, komme ich nachher zu Ihnen." Ich war verblüfft, aber natürlich sehr glücklich. Ich beeilte mich im Bad und legte mich nackt ins Bett. Giselle kam etwa zwanzig Minuten später. Sie kam in einem fast durchsichtigen Hemdchen, das ihre Schambehaarung und ihre Brustwarzen durchscheinen ließ. Sie sah unendlich zauberhaft aus und roch verführerisch. Sie zog ihr Hemdchen aus. Nun sah ich natürlich, dass sie keine junge Frau mehr war. Ich sah die Falten am Hals, sah die Brüste

hängen, sah auch Falten und Fältchen an anderen Stellen ihres Körpers, aber das störte mich überhaupt nicht. Sie strahlte eine Sinnlichkeit aus, die meinen Penis erigieren ließ. Wir schmusten eine Weile, dann dirigierte sie mich so, dass mein Ding in ihren Spalt rutschte. Den hatte sie wohl mit einer Creme behandelt, dass der sehr glitschig war. Oder sie hatte wirklich eine solche Lust, dass ihr Körper so viel Gleitschleim produzierte. Da ich mit meinem Mund und meiner Zunge nicht in ihrer Lustgrotte war, konnte ich das nicht feststellen. Erst als ich in ihr steckte, fragte ich nach Verhütungsmitteln. Doch sie lächelte: „Wir brauchen uns gar keine Sorgen zu machen, ich bin nicht mehr in dem Alter." Da erlebte ich wieder einmal, mit welcher Lust Frauen nach ihrem Klimakterium Sex haben können. Sie können sich ganz und gar ihrer Freude hingeben. Es wurde auch für mich eine ganz große Freude, als wir fast zur gleichen Zeit unsere Orgasmen hatten. Wir schliefen danach nebeneinander ein. Am frühen Morgen genossen wir noch einmal unsere Lust und wieder bewunderte ich das Temperament dieser zauberhaften Frau, die es so unendlich gut verstand, ihren Körper ganz und gar für den Sex zu nutzen. Anschließend gingen wir gemeinsam ins Bad. Dann machte Giselle ein leichtes Frühstück. Und dann musste ich weiter auf meiner Dienstreise.

14 Tage später kam Giselles Mann wieder einmal zu uns. Wir besichtigten gemeinsam die Fortschritte am Bauwerk. Doch plötzlich sagte er; „Meine Frau hat mir übrigens erzählt, dass Sie bei uns in Hamburg waren, und auch, was Sie da miteinander getan haben. Das ist völlig in Ordnung, sie ist ein freier Mensch und kann tun und lassen, was sie will. Aber es wäre doch fair, wenn ich nun auch mit Ihrer Frau schlafen könnte." Ich erwiderte, ich hätte überhaupt nichts dagegen. Das müsste ganz allein meine Frau entscheiden. Wir könnten das ja am Abend besprechen.

So kam es. Ich erzählte den beiden, was Giselle von der orientalischen Gastfreundschaft berichtet hatte – das wäre eigentlich ein sehr schöner Brauch. Wir fragten Diana, wie sie darüber dachte. Sie antwortete, sie wäre durchaus bereit, mit ihm die kommende Nacht zu verbringen. So geschah es auch. Diana

ging am späten Abend in das Gästezimmer. Am frühen Morgen kam sie zu mir ins Bett. Ich fragte sie, wie es gewesen wäre. Sie erzählte, Friedrich hätte sie an verschiedenen Stellen ihres Körpers geküsst und gestreichelt, aber sein Penis wäre nicht erigiert. Sie hätte ihm helfen wollen, sie massierte sein Glied, lutschte auch an der Eichel, aber es ging nicht. Er bekam einfach keinen Steifen. Gegen Morgen, wenn ja die meisten Männer noch einmal sehr potent sind, hätten sie es noch einmal versucht. Doch es war vergebens. Sie hatte ihn mit der kommenden Nacht getröstet, vielleicht würde es da besser. Doch auch in der kommenden Nacht wurde es nicht besser, eher im Gegenteil, der Erfolgsdruck hemmte ihn noch mehr. Er war sehr deprimiert, saß auf der Bettkante und stammelte so etwas wie eine Entschuldigung. „Ich wollte doch meiner Frau sagen, dass ich es auch mit Ihnen getan habe." Diana hatte ihn zu trösten versucht: „Das können Sie doch sagen; Sie haben zwei Nächte lang mit mir geschlafen. Da haben Sie nicht gelogen." Und beim Frühstück sagten wir ihm zu, über die Sache nicht mehr zu sprechen. So blieb es auch.

Unsere vier Töchter kamen nach und nach in die Pubertät. Mit ihr kamen neben den Freundinnen auch immer wieder junge Männer ins Haus. Glücklicherweise wohnten wir in einem sehr großen Haus, da wurde der Betrieb nicht zu nervig.

Unter den jungen Männern war auch Martin. Er war 17 Jahre alt, sehr schlank, groß, sehr intelligent und vor allem sehr musikalisch. Er entdeckte in unserem Gästezimmer unser Klavier, setzte sich spontan an das Instrument und spielte Walzer und Mazurkas von Chopin auswendig. Auch „Für Elise" von Beethoven oder „Pour Adeline" von Richard Clayderman. Diana war hingerissen. Sie erinnerte immer wieder an ihren Vater, der abends regelmäßig Chopin oder Beethoven oder Schubert nach Noten gespielt hatte. Sie hatte auch Klavierstunden bekommen, irgendwann aber aufgegeben. Nun spielte dieser junge Mann auswendig die klassische Musik und bald nahm er auch die Noten, die Diana auf dem Klavier gestapelt hatte, und suchte heraus, was Diana gefiel. Wenn er spielte – und das tat er immer häufiger für

Diana –, saß sie oft lange neben dem Klavier und hörte ihm zu. Ihre Augen leuchteten, so wie ich das sonst nur kannte, wenn sie erfüllten Sex hatte. Martin war 20 Jahre jünger als Diana. Aber natürlich schmeichelte es ihm, dass diese schöne, reife Frau ihn bewunderte. Da kam er auch immer wieder, wenn die Mädchen nicht da waren. Dann saßen die beiden lange allein im Gästezimmer und erzählten oder er spielte.

Einmal waren unsere Kinder für 14 Tage zu Verwandten in die Ferien gefahren. Ich brauchte für meine Arbeit ein Buch, das im Gästezimmer im Regal dort stand. Es war völlig still im Haus. Ich glaubte allein zu sein. Ich ging also sehr schnell durch das Wohnzimmer ins Gästezimmer. Da fuhren Diana und Martin auseinander. Ich sah, dass Dianas Bluse bis zum Rockbund geöffnet war. Eine Brust war halb herausgerutscht, ich sah die Brustwarze. Sie hatte ja ausgesprochen üppige Brüste. Der Büstenhalter lag auf dem Notenstapel, der auf dem Klavier lag. Martin knöpfte sich hastig den Hosenschlitz zu. Aber ich sagte nichts, nur, dass ich das Buch für meine Arbeit brauchte. Dann ging ich wieder in mein Arbeitszimmer. Nach vielleicht einer Stunde kam Diana in das Arbeitszimmer, dicht an mich heran und fragte: „Bist du böse auf mich?" Ich fragte: „Warum sollte ich?" Da erzählte sie, sie hätte mit Martin geschmust. Er wollte so gern ihre Brüste streicheln. Da hätte sie den Büstenhalter abgenommen, nur die Bluse wieder angezogen. Und als sie seinen erigierten Penis bemerkte, der sich an ihre Schenkel drückte, hätte sie ihn aus seiner Hose geholt und gestreichelt, bis sie sein Sperma in ihrer hohlen Hand hatte. Als sie das erzählte, kicherte sie: „Aber so ein dünnes Ding habe ich noch nie in meiner Hand gehalten." Er hatte ihr auch zwischen die Oberschenkel gefasst, aber mehr war nicht geschehen. Ich erklärte Diana, ich könnte da gar nicht böse sein. Ich könnte sehr gut verstehen, dass auch ein junger Mann von ihrer Schönheit fasziniert wäre. Ich wäre es ja auch. Ich hätte auch noch gut in Erinnerung, wie der sexuelle Druck so stark werden kann, dass man an nichts anderes mehr denkt. Und dass sie von einem 20 Jahre jüngeren Mann so begehrt würde, wäre doch ein Kompliment für sie. Ich erinnerte mich auch

gern daran, wie ich in meiner Jugend mit deutlich älteren Frauen Sex hatte. Die konnten einem jungen Mann noch manches beibringen und wenn ich zu schnell kam, sagten sie kein böses Wort. Diana umarmte mich: „Dann hättest du auch nichts dagegen, dass ich mit ihm ins Bett gehe? – Er möchte es so gern." Ich antwortete, das wäre ganz allein ihre Entscheidung. Sie wäre ein freier Mensch und wenn sie Spaß dabei hätte, freute ich mich für sie. Sie lächelte: „Ich fühl mich dabei so jung."

Ein paar Tage später kam ich von Hausbesuchen zurück und ging wie gewöhnlich ins Bad, um mir die Hände zu waschen. Da hörte ich nebenan im Schlafzimmer Geräusche, die ich sofort richtig einordnete. Ich öffnete leise die Schlafzimmertür. Diana lag auf dem Rücken, Martin in ihrem Schoß und bewegte sich gleichmäßig in ihr. Dabei keuchte er und Diana stöhnte, als stände sie kurz vor ihrem Orgasmus. Ich schloss wieder leise die Tür und ging in mein Arbeitszimmer. Irgendwann hörte ich Rauschen im Bad und dann die Außentür zuklappen. Dann kam Diana in mein Zimmer. Sie ließ sich in den großen Sessel fallen, in dem ich auch gern saß, wenn ich erschöpft war. Ich begrüßte sie freundlich, sagte aber nichts weiter. Da sagte Diana plötzlich: „Ich hab mit Martin gevögelt." Ich antwortete: „Ich weiß. Ich hab euch gesehen, als ihr kurz vor dem Orgasmus wart." Diana lächelte: „Einen Orgasmus hatte er. Ich nicht." Ich sagte: „Aber ich hab dich doch stöhnen hören, als seist du kurz davor." Sie lächelte: „Das hab ich doch nur getan, um ihm eine Freude zu machen." Ich fragte: „War es denn schön mit ihm?" Sie überlegte: „Weißt du, er hat so ein dünnes Ding. Damit füllt er mich gar nicht richtig aus. Er stochert nur so in mir herum, bis er abspritzt." Das war für mich das Stichwort: „Habt ihr denn ein Kondom genommen?" Sie sah mich nachdenklich an: „Dazu sind wir gar nicht gekommen. Er hatte einen solchen Druck. Er wollte nur in mein Loch und sich darin so bald wie möglich entspannen." Da sie erst kürzlich ihre Tage gehabt hatte, war das wohl so in Ordnung. Ich fragte: „Wollt ihr es wieder machen?" Und sie nickte: „Wir haben uns auf morgen Nachmittag verabredet. Solange die Kinder noch nicht im Haus sind, geht das."

Ein paar Tage lang hörte ich regelmäßig das Eintreffen und Fortgehen von Martin, hörte die typischen Geräusche im Schlafzimmer und im Bad. Dann kam Martin seltener. Er spielte im Gästezimmer wieder mehr Klavier. Und zwischendurch wurde es still. Als ich Diana darauf ansprach, berichtete sie, sie hätte ihm gesagt, sie wollte nun mit dem Sex aufhören. Er hätte aber ein so unglückliches Gesicht gemacht, dass sie gesagt hatte, wenn er so großen Druck hätte, dürfte er sich in ihr entspannen, solange die Kinder nicht im Haus wären. Wenn er ihr dann seinen steifen Spargel zeigte, hatte sie im Gästezimmer nur ihren Slip ausgezogen, den Rock hochgezogen und sich auf das Bett gelegt. Er wäre dann in sie hineingekommen und hätte abgespritzt – mit Kondom. Dann hätten sie sich wieder hergerichtet und er hätte weiter Klavier gespielt. „Und wenn er mich so gern von hinten vögeln wollte, habe ich mich nur unten freigemacht und ihm meinen Hintern präsentiert. Er kommt ja immer sehr schnell. Er will nur seinen Druck loswerden. Aber manchmal hat er zwei- und dreimal hintereinander Druck. Dann liege ich einmal auf dem Rücken und einmal halte ich ihm mein Hinterteil hin.“ Ich konnte auch das verstehen. Ich kannte das ja auch bei mir. Ich fragte: „Und nach deinen Brüsten hat er keine Sehnsucht mehr?“ Sie lächelte: „Natürlich will er so gern mit ihnen spielen. Die hat er ja zuerst geliebt. Wenn ich weiß, wann er kommt, hab ich doch gar keinen Büstenhalter mehr an. Dann knöpft er so gern die Bluse auf und dann kann er mit meinen Titten spielen.“

14 Tage spielten die beiden so. Dann kamen unsere Kinder wieder ins Haus. Da ging das nicht mehr. Wenn wir später auf diese Episode zu sprechen kamen, sagte Diana regelmäßig. „Er war sehr viel besser auf dem Klavier als in meinem Spalt. Aber ich habe mich da so richtig als junge Frau gefühlt.“

Ursula und Manfred gehörten zu unserem engeren Freundeskreis. Ursula war 15 Jahre jünger als ihr Mann, der unendlich viel arbeitete. Sie war eine etwas füllige Frau mit sehr großen Brüsten und einem erstaunlich kleinen Hintern. Aber am schönsten war ihr Gesicht, ein richtiges Puppengesicht. Allerdings hatte sie ein

Lächeln, das deutlich machte, wie gern sie es mit Männern tat. Wirklich sagte sie mir einmal: „Wenn ich einen einigermaßen attraktiven Mann sehe, überlege ich sofort, wie der in meinem Bett ist." In ihrem Schlafzimmer sah man vom Bett aus nur lauter Fotos und Poster von nackten Männern. Wiederholt bat sie mich, ihr ein Nacktfoto von mir zur Erinnerung zu geben (ich tat es nicht). Sie bekannte sich auch vor ihren fünf Kindern zu ihrer sexuellen Lust. Die hatten da keine Probleme. Auch dass sie mit zwei von ihren Schwiegersöhnen Sex hatte, war in der Familie bekannt, spielte aber keine Rolle. Sie verheimlichte auch nicht vor ihrem Mann, dass sie es gern mit anderen Männern hatte. Er tolerierte das. Er war in dem Alter, in dem ein Mann nicht immer kann, auch wenn er möchte. In der Nacht besuchte sie oft Männer und ließ sich von ihnen durchfegen. Das erzählte sie dann am Frühstückstisch ihrem Mann. Sie erzählte mir, dass sie einmal nach einer wilden Nacht ihrem Mann alles berichtet und dann gesagt hatte: „Ich bin eben eine alte Hure." Ihr Mann hatte da geantwortet: „Nein, alt bist du nicht." Sie war sieben Jahre älter als ich.

Ursula hatte mir wiederholt zu verstehen gegeben, dass sie es gern mit mir tun wollte. Sie bezeichnete mich gern als „Strandschönheit", wenn wir uns am Wasser trafen. Als sie mich einmal mit einer anderen Frau in eindeutiger Situation gesehen hatte, sagte sie mir hinterher, sie empfände es als Beleidigung, dass ich es mit anderen Frauen täte, aber nicht mit ihr. Und sie wollte mit mir einen Treff vereinbaren. Allerdings hatte sie ihrem Mann von ihrem Plan erzählt und er hatte gesagt, dann wollte er gleichzeitig zu uns beiden mit Diana ins Bett gehen. Wenn er mit Ursula nicht mehr könnte – bei Diana bekäme er sicher sein Ding hoch. Also gingen wir bei einer Party zu Diana und sagten ihr, worum es ging. Diana überlegte eine ganze Weile. Dann meinte sie ganz ruhig: „Wenn das die Bedingung ist, dass ihr beiden Spaß haben könnt, mach ich mit." Sie sah ja im Sex reine Biologie. Manfred war ein guter Musiker und Musiker hatten immer auf sie eine besondere Anziehungskraft.

So gingen wir zum vereinbarten Termin zu den beiden. Diana hatte sich extra die Haare gewaschen. Sie wusste, dass Manfred

lange offene Haare besonders liebte und damals reichte ihr gefochtener Zopf bis zum Po. Sie hatte sich unter den Armen und im Intimbereich sorgfältig rasiert; auf dem Venushügel wuchs nur noch ein akkurates Dreieck. Sie hatte sich dezent geschminkt und parfümiert und sah einfach zauberhaft aus. Obgleich wir schon jahrelang verheiratet waren, war ich jedes Mal von ihrer Schönheit fasziniert. Ich sagte es ihr und sie lächelte nur: „Aber heute Abend habe ich mich für Manfred hergerichtet.“

Die beiden führten uns sofort in einen relativ kleinen Raum, in dem ein bequemes Bett stand. Seitlich sahen wir eine offene Tür zu einem Raum, in dem ein zweites breites Bett stand. Die Absicht war klar: Jedes Paar hatte seinen eigenen Raum und sein eigenes Bett, aber durch die Tür hatten wir Verbindung miteinander. Auf einem Tisch stand ein Tablett mit Sektgläsern und einer Sektflasche im Kühler. Ursula goss ein und wir tranken auf einen schönen Abend. Ich sah Ursula an, fand aber keine Veränderung an ihr, wie das bei Diana der Fall war. Das einzig Auffallende war, dass sie keinen Büstenhalter trug. Durch die dünne weiße Bluse zeichneten sich ihre Brustwarzen ab und bei jeder Bewegung schwankten ihre schweren Brüste hin und her. Sie waren wunderschön. Mein Penis begann zu erigieren. Während wir noch an den Sektgläsern nippten, verständigten wir uns, welches Paar in welchem Bett liegen sollte. Wir überlegten auch, ob wir Kondome benutzen sollten oder nicht. Ursula hatte auf die Nachttische in beiden Räumen welche gelegt. Nach einigem Hin und Her sagte Ursula, sie hätte es lieber ohne die Gummidinger. Da wollte auch Diana es ohne haben. Sie hatte gerade erst ihre Tage gehabt, ein Eisprung war noch nicht zu erwarten.

Wir tranken bald unsere Gläser leer. Ursula hatte unter der Hose meinen dicken Pimmel gesehen und wollte ihn so bald wie möglich in ihrem Spalt haben. Ich wollte so gern mit ihren Brüsten spielen, ich habe das immer besonders gern getan. Und Ursula hatte wunderschöne Möpse. „Ich habe lange genug darauf gewartet“, sagte sie, als ich in ihr steckte. Sie war erstaunlich feucht. Dabei hatte ich bei ihr gar keinen Schleim gesehen. Aber ich hatte mich auch nicht ausführlich mit ihrem Körper

beschäftigt, nur mit ihren Brüsten Dann wollte ich so bald wie möglich in ihr abspritzen. Ich hatte einfach Überdruck. Ursula war mit ihrem süßen Gesicht, ihren idealen Körperformen und ihrer Lust genau der richtige Typ für mich. Ich kam dann auch sehr schnell zum Orgasmus, hatte aber noch so viel Lust, dass ich keinen ganz schlaffen Penis bekam, sondern dass ich noch in ihr stecken bleiben konnte, bis mein Körper sich wieder erholt hatte und in ihrer Scheide der Penis wieder groß und fest wurde. Dann begann ich mich erst so richtig in Ursula zu bewegen. Dabei beschäftigte ich mich auch ausführlich mit ihrem schönen Körper, vor allem natürlich wieder mit ihren vollen Brüsten. Ich spielte mit ihnen, ich nuckelte an den Brustwarzen und erlebte nun bei Ursula einen wunderbaren, intensiven und sehr lauten Orgasmus. Sie stöhnte sehr laut und schrie sogar. Das führte, so erfuhren wir später, bei Manfred dazu, dass sein Penis erigierte.

Nun erst horchten wir nach nebenan. Die beiden hatten sich nackt auf ihr Bett gelegt, und Manfred erkundete ausführlich Dianas Körper. Wir hörten ihn bewundernd über ihren Hintern und ihre Schenkel sprechen. Er erkundete auch ihr Geschlecht, sie hatte sich da unten ja sehr sorgfältig rasiert und mit irgendwelchen Duftstoffen behandelt. Aber zur eigentlichen Sache waren die beiden noch nicht gekommen. Den Grund sagte mir Diana später: Manfred hatte Schwierigkeiten, einen Steifen zu bekommen. Während er Dianas Leib erkundete, hatte sie seinen ganz ansehnlichen Apparat in ihre Hand genommen und massiert, wohl auch das Ding in ihrem Mund belutscht. Wir hörten ihn im Nebenzimmer vor Wonne jaulen und einmal bat er: „Kannst du ihn noch etwas tiefer in deinen Mund nehmen? Das tut so gut." Aber sein Schwanz wurde wohl nur sehr langsam steif. Als er aber seine Frau im Nebenraum vor Wonne jauchzen hörte, wollte er von hinten in Diana hineingehen, er mochte ja ihren Hintern so gern. Und Diana hielt ihm gern ihr Hinterteil hin, sie ließ es sich ja immer gern von hinten besorgen, da fühlte sie ihren Partner besonders gut. Wir hörten nun nebenan, wie er sich liebevoll mit ihrem Po beschäftigte, die Linie ihres Rückens bewunderte und mit ihren Brüsten spielte, die da so schön in dieser

Position baumelten. Er zog auch die Schamlippen weit auseinander und bewunderte ihre Klitoris. Wir hörten Diana sagen, er sollte ganz langsam Stück für Stück in ihre Scheide kommen, nicht mit Gewalt, das täte ihr weh. Ganz augenscheinlich hatte sie noch nicht genügend Gleitflüssigkeit in ihrer Scheide und an Gleitmittel hatte weder sie noch Ursula gedacht. Endlich war er nun aber wohl ganz und gar in Dianas Grotte hineingekommen. Er jubelte geradezu, wie gut es für ihn wäre, so in ihr zu stecken. Da schubste mich Ursula beiseite, sprang aus dem Bett und rannte zu den beiden hinüber. Dabei rief sie: „Aufhören! Auseinander, ihr beiden! Genug gevögelt!" Aber Manfred schien sie überhaupt nicht zu hören. Er war ja nun gerade erst am Ziel seiner Wünsche angekommen. Er bewegte sich ganz gleichmäßig, aber immer schneller in Dianas Spalt, während Ursula nackt dastand und wild drauflosredete. Diana hielt ganz still, bis Manfred in ihr gekommen war. Er ließ seinen Oberkörper auf ihren Po sinken und verharrte so, bis sein Penis langsam aus Diana herausrutschte. Wir sahen das Sperma aus ihrer Scheide fließen. Erst jetzt wandte sich Manfred seiner Frau zu. Ursula erklärte uns nun ihre Reaktion: Sie hatte immer gern andere Männer in ihrem Bett. Aber dass es ihr Mann so wonnevoll mit einer anderen und wirklich sehr, sehr reizvollen Frau tat, war ihr unerträglich. So saßen wir etwas nachdenklich in einem Raum zusammen, alle nackt, und wussten nicht so recht, wie es weitergehen sollte. Ursula musste erst einmal eine Zigarette rauchen, um sich zu beruhigen. Diana und Manfred saßen auf ihrem Bett und Manfred konnte seine Hände gar nicht mehr von Dianas Po lassen. Als ich das sah, stellte ich mich hinter Ursula und streichelte sehr ausführlich ihre Brüste. Seltsamerweise beruhigte sie sich dabei. Dann kleideten wir uns wieder an und Diana und ich verabschiedeten uns. Dabei sagte Manfred: „Da wir uns jetzt so intim kennen, könnten wir ja verabreden, dass wir es bei Gelegenheit wieder tun. Wenn Ursula Lust hat, sagt sie dir Bescheid. Wenn ich Lust habe, dann möchte ich zu Diana gehen dürfen. Seid ihr einverstanden?" Alle stimmten ihm zu. Bei der Abschiedsumarmung hatte Manfred Dianas Rock hinten hochgezogen und seine beiden Hände unter

ihren Schlüpfer geschoben, um den Hintern zu streicheln. Diana sagte mir später, sie hätte das als sehr angenehm empfunden und auf seine Anfrage hin erklärt, er könnte das auch in Zukunft gerne tun. So beobachtete ich es dann in der nächsten Zeit auch immer wieder einmal. Er bekam nicht immer eine Erektion, er hatte auch nicht immer Zeit oder Lust, mit ihr ins Bett zu gehen. Er wollte nur ihren Hintern streicheln oder zwischen ihre Beine greifen und wenn Diana ihm bei unseren Treffs eine Freude machen wollte, trug sie keinen Büstenhalter. Er schob dann seine Hand mit Wonne unter ihre Bluse und Ursula erwartete dasselbe von mir bei ihr. Manchmal stand sie ganz schnell vom Tisch auf, rannte ins Nebenzimmer und kam mit schaukelnden Brüsten wieder an den Tisch auf meine Seite. Das war schön für sie, ich hatte übrigens auch mit Ursula vereinbart, dass wir bei nächster Gelegenheit wieder miteinander vögeln würden. Sie sagte, mein Ding passte so gut in ihren Spalt. Bei weiteren Begegnungen, die Ursula und ich hatten, stellte ich fest, dass sie es mit mir am liebsten irgendwo im Freien oder in einem Hauseingang tat. Da war es spannend für sie, ob sie jemand überraschte. Das geschah auch von Zeit zu Zeit und sie lächelte dann.

Nach dem ersten Treffen sprachen wir unterwegs natürlich noch über das Geschehen. Diana deutete an, sie hätte es ganz gern noch richtig mit Manfred gehabt. „Nun steckte er in mir drin, nun bekam ich Lust, nun hätte es richtig losgehen können. Schade." Ich konnte nur fragen, ob sie es vielleicht heute noch mit mir machen wollte. Sie nickte, meinte dann aber: „Weißt du, sein Ding ist deutlich länger und dicker als deins. Ich hätte ihn gern noch länger in mir gespürt." Ich bin sicher, dass sich die beiden wiederholt getroffen und sich ausgiebig miteinander vergnügt haben. Ich steckte ja auch immer wieder einmal in Ursulas Traumspalt.

Zu Hause gingen wir sofort ins Bett und Diana kam doch noch zu einem schönen Orgasmus.

Wenn bedeutende Musiker in unserem Ort Konzerte gaben, übernachteten sie sehr oft bei uns. Wir hatten ja damals ein großes

Haus und im Ort gab es nur ein einziges Hotel, das natürlich oft völlig belegt war. Aber auch wenn die Künstler im Hotel gebucht hatten, saßen sie hinterher oft noch bei uns, aßen und tranken und erzählten. Wir wussten, das war so eine normale Reaktion. Nach einer erfolgreichen Darbietung brauchten die Künstler mehr oder etwas weniger Zeit, bis sie wieder auf den Boden der Realität zurückkamen. Sie konnten dann nicht allein in einem sterilen Hotelzimmer sitzen. Und sie waren ja von Berufs wegen gewöhnt, oft bis weit nach Mitternacht wach zu bleiben. Dafür schliefen sie morgens länger.

Der Künstler, der damals bei uns sein Quartier genommen hatte, gehörte zu den Namhaftesten des Landes. Zwei Jahre hatte er schon bei uns übernachtet und Konzerte gegeben, da kannten wir uns schon recht gut. Nun war er also zum dritten Mal bei uns. „Drei Nächte möchte ich bei Ihnen wohnen", sagte er und ging in das Gästezimmer. Er hatte am Abend wieder ein großartiges Konzert gegeben in dem Raum, der bis zum letzten Platz besetzt war. Nun brauchte er aber eine ganze Weile, bis er wieder in diese normale Welt fand. Wie manche Künstler glaubte auch er, besondere Rechte zu haben. So inspizierte er nach dem Konzert und der Autogrammzeit unsere Küche und holte sich selbst aus dem Kühlschrank heraus, was ihm gefiel. Diana hatte im Wohnzimmer Wein auf den Tisch gestellt, auch etwas zum Naschen. Die Flasche wurde in kürzester Zeit leer, auch die zweite. Und dann redete er nahezu ununterbrochen. Wir saßen still da und hörten zu. Diana trug wieder ihren Büstenhalter mit den Metallbügeln, der unter der Brust und den Armen drückt, aber ihre große Brust wunderschön formt. Dazu trug sie eine leichte weiße Bluse und einen sehr kurzen und engen Rock, der ihre schönen Beine betonte. Wir sahen sein Gesicht leuchten, wenn sie aufstand, um noch etwas zu holen, oder wenn sie ihre Beinstellung wechselte. Aber nach Mitternacht wurden wir beide sehr müde. Doch es schien uns unmöglich, den Redefluss dieses Mannes zu unterbrechen, der von seiner Musik in die Politik, von dort auf die vielen Brutkästen kam, die er in seinem weitläufigen Garten angebracht hatte. Und von

den Vögeln kam er zur Sexualität – wohl in Erinnerung an das Vögeln der Menschen. Der Alkohol bewirkte, dass er berichtete, wie sehr er sich nach manchem Konzert eine Frau in seinem Bett wünschte. Wir bekundeten unser Mitgefühl. Wir wussten, wie viele Ehen bei Künstlern auseinander gegangen waren, weil sie nach einem großen Erfolg sexuelle Entspannung brauchten. Wenn dann nicht ihr Partner oder ihre Partnerin zur Stelle war, taten sie es mit einer anderen Frau oder einem anderen Mann. Das war für sie ganz normale Biologie. Er erinnerte an den Dirigenten C. K., der nur zu einem Konzert kam, wenn er sicher war, dass für ihn eine Frau zum Sex engagiert war. Gegen 2 Uhr morgens sagte er ganz unverhofft zu Diana, wohl bedingt durch den Alkohol: „Ich würde jetzt so gern mit Ihnen ins Bett gehen. – Für mich wäre das sehr, sehr schön." Diana schreckte auf. Sie war wohl ein wenig eingedämmert. Sie brauchte eine Weile, um zu begreifen, was er wollte. Sie sah mich beinahe hilfesuchend an: „Was soll ich machen?" Ich antwortete: „Das kannst nur du entscheiden. Er ist Künstler. Du bist auch Künstlerin. Ihr habt eure eigenen Gesetze. Er will sich nur in dir entspannen." Da stand Diana auf, zog ihren Rock glatt und sagte zu ihm: „Also gut, gehen wir ins Bett." Und die beiden gingen in das Gästezimmer. Ich räumte den Tisch auf und schob die Sessel gerade. Dann ging ich auch ins Bett. Ich schlief sofort ein. Aber nach etwa einer Viertelstunde wachte ich wieder auf. Ich hörte das Rauschen der Toilette im Bad neben unserem Schlafzimmer, dann das Rauschen im Waschbecken. Dann kam Diana herein. Sie hatte nur ihren dünnen Slip an. Die andere Kleidung trug sie in der Hand. Natürlich fragte ich sie, wie es denn gewesen wäre. Sie erzählte, der Mann wäre sofort zwischen ihre Schenkel gekommen, hätte sein Ding mit einem Stoß in ihre Scheide geschoben, sich in ihr ein paar Mal hin und her bewegt, hätte abgespritzt, und dann wäre er sofort auf ihrem Körper eingeschlafen. Sein Ding war noch einigermaßen lang und fest gewesen, steckte noch in ihrem Spalt, als er schon schlief. Sie hatte sich langsam und vorsichtig aus ihm herausgezogen und wäre aufgestanden, ohne dass er aufwachte.

Als sie das erzählt und ihr Nachthemd angezogen hatte, meinte sie beiläufig: „Immerhin hat mich einer der berühmtesten Künstler unseres Landes gevögelt. Aber ob ich mir darauf etwas einbilden kann…" Damit schlief sie ein.

Ich erlebte es ähnlich mit einer Frau. Zu den großen Konzertereignissen gehörten Darbietungen von Spirituals. Da gab es Jugendgruppen, die sehr gut und sehr frisch und überzeugend diese geistlichen Lieder sangen. Auch ältere Künstler boten sehr überzeugende Leistungen. Aber am überzeugendsten waren die schwarzen Sänger. Denn bei den weißen Gruppen kam der Gesang aus dem Kopf, bestenfalls aus den Herzen, bei den schwarzen Gruppen kam er aus Kopf, Herz und Bauch. Ihre Religiosität war verbunden mit Show und echter Kunst. So engagierte ich besonders gern Gruppen aus Amerika oder England. Aber auch einzelne afroamerikanische Sänger kamen regelmäßig zu uns. Zu den interessantesten gehörte Jessy. Sie war nicht nur urmusikalisch und stand voll hinter dem, was sie sang, sie hatte auch eine Ausstrahlung, die alle Zuhörer faszinierte. Wenn sie sich mit ihrem üppigen Leib bei bestimmten Liedern im Rhythmus der Melodie hin und her wog, waren alle Zuhörer hingerissen. Oft standen bei ihren Gesängen die Zuhörer auf den Bänken und bewegten rhythmisch ihre Feuerzeuge. Und da sie auch ausgezeichnet Deutsch sprach und einen herrlichen Humor hatte, erreichte sie jeden Menschen im Raum. Ich hatte sie wiederholt engagiert und jedes Mal war es mit ihr eine Freude. Sie war so groß wie ich, aber fast doppelt so breit, hatte üppiges Haar, ein sehr freundliches, großes Gesicht, einen großen Mund und einen richtigen Balkon als Brust. Und dann ihr ausladender Hintern! Es war eine Freude, ihr zuzusehen, wie sie sich auf der Bühne bewegte. Da wogte der Körper richtig. Auf der Bühne wirkte das alles sehr harmonisch. Ich empfand sie immer als ausgesprochen schöne Frau. Dazu kam bei ihr eine erotische Ausstrahlung, die bei mir jedes Mal dazu führte, dass es in meinen Lenden zog. Ich hatte ja an anderer Stelle angemerkt, dass ich bei vielen religiösen Frauen die Erfahrung gemacht hatte, dass sie auch sehr

sinnlich waren. Bei Jessy war das unbedingt der Fall. Ich denke, das haben auch andere Männer so empfunden; denn bei ihren Konzerten waren meist mehr Männer anwesend als bei anderen.

Wie viele Künstler übernachtete auch sie bei uns. Wenn sie vom Gästezimmer durch das Wohnzimmer ins Bad ging, knarrten die Dielen, wie das sonst kaum der Fall war. Und wenn sie sich zum Frühstück auf den Stuhl setzte, schwappte ihr Sitzfleisch. Ich freute mich dann jedes Mal. Ich mag ja immer üppige Frauen lieber als magere Krähen.

Wie die allermeisten Künstler war auch Jessy nach einem Konzert mit vielen Zugaben so aufgekratzt, dass sie noch lange in unserem Wohnzimmer saß und redete. Diana war oft sehr müde. Manchmal ging sie auch einfach ins Bett, während ich noch mit den Künstlern saß und ihnen zuhörte. So war es auch an diesem Abend. Jessy war bis 11 Uhr im Konzertraum, weil sie noch viele Zugaben gemacht und Autogramme auf ihre CDs geschrieben hatte. Nun hing sie in einem bequemen Sessel in unserem Wohnzimmer, trank reichlich Rotwein und redete. Diana verabschiedete sich bald, Jessy ließ sich kaum stören. Ich hörte ihr zu, vor allem aber betrachtete ich sie gern. Auffällig war, dass sie – ganz anders als andere Frauen – ihre Beine nicht überschlug. Vielleicht kam das daher, dass sie ja sehr dicke Oberschenkel hatte, vielleicht gehörte es auch zu ihrer Kultur – ich weiß nicht. Ich sah nur ihre oft geöffneten Beine. Nun trug sie ein längeres Kleid als z. B. Diana oft. Ich sah also nicht in ihren Schritt. Aber ich stellte mir vor, wie ihr Geschlecht aussehen könnte. Ich hatte ja wiederholt gehört, dass die Scheide Ähnlichkeit mit einem Mund haben sollte, und Jessy hatte einen sehr großen und breiten Mund mit wulstigen Lippen. Ich stellte mir also etwas Besonderes vor, als sie da vor mir saß. Diese Vorstellung wurde verstärkt durch einen starken Schweißgeruch, der mich erregte. Wie üblich hatte ich auch an diesem Abend keinen Tropfen Alkohol getrunken, ich mag nun einmal dieses Zeug nicht. Jessy aber stand deutlich unter dem Einfluss von Alkohol. Und als wir irgendwann auf Erotik und Sexualität zu sprechen kamen, berichtete ich ihr, wie sie auf mich wirkte. Sie reagierte

mit einem wunderschönen Lächeln und fragte: „Dann möchtest du wohl gern mit mir ins Bett?" Ich bestätigte das. Zu meiner Überraschung stand sie sofort auf und sagte: „Dann sollten wir es tun – Komm mit!" Und gemeinsam gingen wir in das Gästezimmer. Sie entkleidete sich sehr schnell im Dunkeln, wobei von der Straße ausreichend Licht durch die beiden Fenster kam. Ich tat es ebenso. Nebenbei sah ich den größten Büstenhalter, den ich bisher gesehen hatte. Jessys Brüste schwappten richtig, als sie sie aus der Halterung löste. Als ich dann diesen herrlichen Leib sah, erigierte mein Penis ganz fest. Jessy kam auf mich zu, nahm meinen Pimmel in ihre Hand und fragte nur: „Willst du es anal oder vaginal?" Da stutze ich: Ich hatte es noch nie anal getan. Ich wusste aber, dass dies in Amerika zu jener Zeit so etwas wie eine Mode war. Ob es aus Afrika kam, weiß ich nicht. Ich wusste nur, dass dies dort oft praktiziert wird, um Schwangerschaften zu verhindern, wenn man nicht die Pille nimmt oder kein Kondom zur Hand hat. Hier hätte ich Gelegenheit gehabt, es einmal anders als bisher zu praktizieren. Aber irgendwie ekelte ich mich bei dem Gedanken. Es erschien mir pervers. Unsere Geschlechtsorgane sind ja nun einmal dazu beschaffen, dass wir sie benutzen. Und meist finde ich diese weiblichen Öffnungen wunderschön und sehr reizvoll. Also bat ich sie, dass wir es vaginal täten. Da fragte sie: „Hast du ein Kondom da?" Ich holte eines aus dem Nachtschränkchen, wo wir immer so etwas liegen hatten – Diana brauchte das ja auch immer wieder einmal – und rollte es über meinen Penis. Sie legte sich dann auch in ihr Bett, ich schob mich zwischen ihre weichen Schenkel und wir taten es. Ich bin sicher, sie hatte keinen Orgasmus, aber sie war wohl ganz zufrieden. „Das kribbelt so schön", sagte sie, als ich mich in ihr bewegte. Diese Definition hatte ich noch nie in diesem Zusammenhang gehört. Für mich war es am schönsten, als ich nach meinem Orgasmus auf ihren weichen, warmen Leib sinken konnte, den Kopf zwischen ihren Brüsten. Ich blieb eine Weile so, dann zog ich mich aus ihr heraus und ging ins Bad, um das Kondom zu entsorgen und mein Geschlecht zu waschen. Als ich zurückkam, war sie fast eingeschlafen. Aber ich wollte doch noch

so gern wissen, wie bei ihr die Scheide aussah, ob sie so groß war wie ihr Mund. Zunächst faszinierte mich der hellrosa Spalt zwischen den schwarzen Schamlippen. Ich stellte fest, dass ihre Scheide nicht größer war als die bei jeder anderen Frau. Doch sie sah sehr schön aus. Ich leckte und lutschte an ihren Schamlippen und ihrer Klitoris und bemerkte zu meiner Freude, wie sie reagierte. Irgendwann begann sie zu stöhnen und dann hatte sie einen schönen Orgasmus. Ich küsste noch ihren Bauch, natürlich ihre Brüste und auch ihr Gesicht. Dann verließ ich den Raum.

Am nächsten Morgen hatte sie ein wunderschönes Lächeln im Gesicht, wie ich es ja auch von Diana kannte, wenn sie erfüllten Sex hatte.

Ein namhafter Verlag meldete sich bei Diana. Der Verlag plante ein groß aufgemachtes und mit vielen Fotos versehenes Buch für Jugendliche und junge Erwachsene. Dazu gehörten Fotos von Menschen aller Altersgruppen, die nackt oder halb nackt waren. Der Verlag hätte, so hieß es, sehr gute, sehr geschmackvolle entsprechende Fotos in Zeitschriften und Ausstellungen von ihr gesehen. Er traute ihr also zu, dass sie gute Fotos liefern könnte.

Diana sah natürlich zuerst ihr Archiv durch und war überrascht, wie viele Fotos sie von nackten Menschen hatte. Lediglich alte Menschen fehlten ihr und junge Liebespaare beim Sex. Etwas war natürlich da, doch das gefiel ihr nicht mehr. Also suchte sie ein junges Paar, das bereit war, sich beim Sex fotografieren zu lassen. Zu ihrer eigenen Verblüffung war das gar nicht so schwer. Die jungen Leute empfanden Sex als völlig normal. Da konnte man natürlich auch fotografieren. So stand an einem Nachmittag im Juni ein junges Paar in der Tür, das Diana gebeten hatte, für sie zu posieren. Ich öffnete und war fasziniert von den beiden. Die junge Frau hatte ein richtiges Puppengesicht mit strahlend blauen Augen, einer kurzen Nase, vollen und breiten Lippen – und das Ganze umrahmt von schulterlangem naturblonden und etwas gekraustem Haar. Sie war mittelgroß und hatte, soweit ich sehen konnte, eine ideale Figur. Das bestätigte sich später, als sie nackt war. Der junge Mann war gleich groß, sportlich, mit

einem intelligenten Gesicht. Beide studierten an der Universität. Sie kannten mich und hatten wohl deshalb zugesagt.

Diana hatte den Raum vorbereitet, in dem fotografiert werden sollte. Sie konnte also gleich die beiden bitten, sich auszuziehen. Auf der Haut sahen wir noch Abdrücke von Gummis und Verschlüssen. Aber mit dem Fotomaterial, das Diana benutzte, war das kein Problem. Problematisch war allerdings, dass der junge Mann keine Erektion bekam. Denn der Verlag wünschte ausdrücklich, dass ein Foto ein Paar zeigte, das sich gegenübersteht, und man soll deutlich den erigierten Penis erkennen. Felix war natürlich etwas verlegen. Er manipulierte an seinem Glied – ohne Erfolg. Nach einigem Überlegen kam Diana auf den Gedanken, es könnte daran liegen, dass wir angezogen, der junge Mann aber nackt wäre. Sie zog sich also schnell aus und ich tat es ihr nach. Und wirklich: Als Felix Diana nackt hantieren sah, erigierte sein Penis. Später sagte er, am deutlichsten hätte ihn der Geruch animiert, der von Diana ausging. In bestimmten Situationen roch ich auch sehr stark den Duft, der unter ihren Armen, zwischen ihren Brüsten und aus ihrer Scheide entstand. Diana machte also das gewünschte Foto und wir waren sehr zufrieden. Danach sollte sich Bärbel hinlegen und Felix sollte in ihren Leib kommen. Da war wieder das Problem: Der Penis erschlaffte. Wir waren alle etwas ratlos. Ich sah das wunderschöne Mädchen und konnte mir überhaupt nicht vorstellen, dass man es mit ihm nicht tun könnte. Doch das war so bei Felix. Nach einigem Überlegen wurde uns klar: Er stand auf Diana. Mit ihr hätte er sofort gekonnt, mit Bärbel ging es zurzeit nicht. Als uns das klar wurde, kam Diana auf eine eigentlich irrwitzige Idee. Sie wollte sich zusammen mit Bärbel auf das Bett legen. Felix sollte zu ihr kommen, aber nur kurze Zeit in ihrer Scheide bleiben. Dann sollte er die Partnerin wechseln und es also weiter mit Bärbel tun. Diana wollte sich dann schnell entfernen und die beiden fotografieren. Felix fand das gut, Bärbel stimmte zögernd zu. Also geschah es so. Felix legte sich in Dianas Schoß. Sie nahm seinen Schaft voll in ihre Hand, hielt ihn so eine Weile, als wollte sie ihn voll begreifen, und schob seinen straffen und wirklich schönen Penis

in ihre Lustgrotte. Doch unerwartet dachte er nicht daran, sich aus Diana herauszuziehen und sich mit Bärbel zu beschäftigen. Und noch überraschender war, dass Diana ihn nicht aufforderte, sich aus ihrem Spalt zu lösen. Es sollte ja fotografiert werden. Ich beobachtete das Gegenteil. Sie krallte ihre Hände in die Pobacken von Felix und bewegte ihren Unterleib auf und nieder. Ich beobachtete die beiden mit großem Interesse. Mich faszinieren immer wieder Menschen beim Geschlechtsakt. Das ist etwas ganz Besonderes, da werden alle Sinne angeregt. Bärbel lag auch ganz still neben den beiden. Sie sah übrigens aus wie von Renoir gemalt. Irgendwann kamen die beiden fast gleichzeitig zum Orgasmus, brauchten dann aber noch eine Weile, bis sie sich wieder voneinander lösten. Diana gab Felix ein Taschentuch, mit dem er sein Glied umwickeln konnte. Sie hielt ein zweites Tuch vor ihren Spalt und die beiden gingen ins Bad. Ich sah auf Bärbel, dieses wunderschöne Wesen, das jetzt auf der Bettkante saß und nicht so richtig wusste, was zu tun wäre. Ich sagte ihr, wir sollten es nach dem Kaffeetrinken noch einmal versuchen, und ich reichte ihr einen Bademantel. Ich zog mich nun auch wieder an. Bald kamen auch Diana und Felix zurück, er deutlich verlegen, sie beinahe fröhlich. Später sagte sie mir: „Er hatte so einen wundervollen Schwanz, wie für mich gemacht. Ich konnte ihn einfach nicht aus mir herauslassen." Felix bekam auch einen Bademantel, Diana zog Bluse und Rock an – auf Slip und BH verzichtete sie zu meiner Freude und wohl auch zur Freude von Felix. So gingen wir ins Wohnzimmer zu Kaffee und Kuchen. Das Gespräch dort wurde sehr gelöst. Wir lachten auch viel. Bärbel wirkte zunächst beinahe deprimiert, aber irgendwann erschien sie gelöst. Als ich ihren Körper bewundernd erwähnte, zog sie nicht mehr den Bademantel zusammen, als der über ihre rechte Schulter rutschte und eine herrliche Brust freigab.

Nach dem Kaffeetrinken gingen wir wieder in das Nebenzimmer und nun geschah es, dass Felix sehr schnell einen erigierten Penis hatte und ihn in unterschiedlicher Tiefe in Bärbel bewegte. Diana konnte also gute Fotos machen. Die beiden wechselten auch die Stellungen, und es wurden ideale Bilder. Da er

seine erste große Spannung in Diana abreagiert hatte, konnte er sich mit seinem zweiten Orgasmus Zeit lassen. Denn der Verlag wollte auch ein Foto haben, das zeigte, wie ein Mann das Sperma auf den Leib einer Frau spritzt. Felix war noch sehr jung. Er konnte in relativ kurzer Zeit genug Sperma produzieren, um gut sichtbar für das Foto zu agieren. Später wurden diese Fotos vom Verlag sehr gelobt. Als alles fertig und geordnet war, zeigten wir dem jungen Paar die Arbeiten. Auch sie waren zufrieden und unterschrieben ihre Einwilligung zur Veröffentlichung. Diana sagte mir an diesem Abend, sie hätte zu gern den Schwanz von Felix in die Hand genommen. Sie hatte deutlich die Schwellung an der entsprechenden Stelle in seiner Hose gesehen. Ich glaube, sie hat es Tage später wirklich getan und dann sicher auch noch mehr. Ich erinnerte mich an ihr Wort „wie für mich gemacht". Aber das war ihre Sache – wenn sie sich nur freute. An einem späten Nachmittag kam sie strahlend zum Tee und sagte im Verlauf unseres Gespräches ganz unverhofft: „Die jungen Männer vögeln nicht nur ganz phantastisch, sie riechen auch so gut."

Diese Fotos führten dazu, dass ihr eine sehr namhafte Galerie in Leipzig eine Ausstellung anbot. Gezeigt werden sollten Nachbildungen des „Kamasutra". In Büchern gab es so etwas schon, doch die waren nach Meinung der Galeristin zu klinisch steril. Sie wünschte sie mit einem gehörigen Schuss Erotik. „Dann werden die Leute darauf aufmerksam", meinte sie. Zu dieser Ausstellung sollte ein repräsentativer Ausstellungskatalog mit allen Fotos erscheinen.

Diana zögerte nicht lange. Vor allem der große Katalog reizte sie. Eine Ausstellung ist ja bald wieder vergessen. Aber ein Buch bleibt. So sah sie erst ihre bisherigen Fotos zum Thema durch und fand auch einiges. Dann fiel ihr ein, wie sie vor längerer Zeit die Brücke gemacht hatte und dabei von Klaus gevögelt wurde. Das wollte sie noch einmal stellen. Sie ging in die Klinik, wo sie ja immer einmal für meine Dokumentationen gearbeitet hatte, und erkundete vorsichtig, ob eine junge Laborantin oder Schwester bereit wäre, für sie Modell zu stehen. Als sie aus der Klinik zurückkam, erzählte sie mir völlig überrascht, wie offen

die jungen Frauen für ihr Anliegen waren. Sie hatte auch eine Schwester gefunden, die beim Brückenfoto genau ihren Vorstellungen entsprach. Auch zwei Laborantinnen wollten in anderen Stellungen posieren. Das größere Problem waren die Männer. Die jungen Frauen wollten ihre Freunde fragen, fürchteten aber: „Die sind zu schamhaft" oder „Die kriegen in Gegenwart von anderen ihr Ding nicht hoch". Doch die junge Frau, die die Brücke machen wollte, meinte zu Diana; „Ich habe eigentlich an Ihren Mann gedacht. Der müsste doch gut dafür sein." Sie wollte es auf jeden Fall mit mir probieren, auch wenn sich noch ein anderer Mann finden sollte.

Am vereinbarten Tag erschien Anita wirklich mit drei jungen Frauen und drei Männern. Alle sahen hübsch aus und später stellten wir fest, dass sie ideale Figuren hatten. Anita war deutlich größer als Diana, auch größer als ich, sehr schlank, sehr sportlich. Ihr blonder Pferdeschwanz wippte ganz zauberhaft. Auch die drei Männer, alle Medizinstudenten in den obersten Semestern, erschienen ideal für die Fotos. Später sahen wir auch, dass sie keine Tattoos hatten – das hatte Diana ausdrücklich so gewünscht. Sie mag keine Tattoos. Sie bat die Gruppe zunächst an den Kaffeetisch, sie wollte die Atmosphäre möglichst locker halten und ein paar Dinge mit ihnen im Vornhinein besprechen. Eine grundsätzliche Frage war: Wenn Diana ein Paar fotografierte, sollten dann die anderen dabei sein dürfen oder sollten sie hinausgehen? Die Gruppe entschied sich sehr klar: Sie wollten alle miteinander im Raum bleiben. Das führte zur nächsten Frage: Sollten alle im Raum nackt sein oder sollte sich ein Paar erst ausziehen, wenn es fotografiert wurde? Die Gruppe entschied sich für die Nacktheit für alle, auch wenn vielleicht der eine oder andere Mann Probleme mit seiner Potenz bekommen könnte. Aber auch die jungen Frauen wussten, dass so etwas vorkäme. „Da kann man was gegen machen", sagte eine von ihnen. Was sie meinte, sagte sie aber nicht. Das bedeutete natürlich auch, dass Diana und ich uns auszogen. Diana passte gut in die Gruppe. Wäre sie nicht die Fotografin, hätte sie gut als Modell gepasst. Alle Frauen teilten uns mit, dass sie die Antibabypille nehmen würden. Auch

Diana nahm sie zu dieser Zeit. Dennoch hatte Diana Kondome bereitgelegt. Wir mussten ja damit rechnen, dass der eine oder andere junge Mann eine Ejakulation in einer der Frauen bekommen würde. Aus Erfahrung wussten wir auch, dass eine Frau so viel Lust bekommen konnte, dass sie einfach den Penis in ihrer Scheide behalten und damit ihre Lust voll auskosten wollte. Wir wussten auch aus Erfahrung, dass manche Frau gern Sex hat, sich aber vor dem Ejakulat ekelt. Allerdings zeigte es sich im Laufe des Nachmittags, dass sich niemand in der Gruppe ekelte. Als ein junger Mann sich nicht mehr halten konnte, zog er schnell seinen Penis heraus und spritzte auf den Bauch der Frau. Und die Frau strich mit den Fingern über das Sperma, ehe sie es mit einem Taschentuch fortwischte. Gelegentlich nahmen die Männer auch ihre Schwänze in die Hand und massierten sie. Zwei Mädchen hatten keine Scheu, die Schwänze von ihren potentiellen Partnern in die Hand zu nehmen, als die schlaffer wurden. „Wenn das Ding schon in meine Möse soll", sagte eines der Mädchen, „kann ich es auch massieren." Und das tat es, während der junge Mann ihren Körper streichelte, wo immer er ihn erreichen konnte. Einige Mädchen hatten auch keine Scheu, mit ihren Fingern ihre Klitoris zu stimulieren, während sie einem Paar beim Vögeln zuschauten. Alle kamen aus dem medizinischen Bereich, für alle war Sex das Normalste von der Welt.

Diana begann mit Anita. Das Brückenfoto sollte ja der Blickfang in der Leipziger Galerie werden. Es sollte deutlich größer sein als die anderen Fotos, die auch nicht klein waren. Immerhin sollte Diana sie in der Größe 50 x 70 cm abliefern. Die junge Frau war schlank, sehr weiblich, sie hatte gut geformte, lange Beine. Ihren Schambereich hatte sie glattrasiert, ihr Venushügel war sehr schön gewölbt. Diana hatte alle, auch die Männer, gebeten, sich das Geschlecht glatt zu rasieren. Auch sie und ich waren rasiert. Ich hatte das mit Dianas Gerät zum ersten Mal getan und damit einige Mühe gehabt. Anita wollte ja auf jeden Fall mit mir zusammen das Brückenfoto machen. Sie machte vollendet die Brücke und spreizte die Beine und ich hatte keinerlei Schwierigkeiten mit meiner Erektion. Das lag wohl an dieser

ungewöhnlichen Frau und ihrer erotischen Ausstrahlung. Ich schob meinen Penis aber nur mit der Eichel in sie hinein. Ausdrücklich war gewünscht, dass man sehen konnte: Es wurde nicht simuliert. So fotografierte uns Dina, fragte dann aber, ob einer der jungen Männer nun in Aktion treten wollte. Sie sahen lustig aus, als sie nun aufstanden und ihre erigierten Schwänze zeigten. Aber Anita hatte ja schon lange vorherbestimmt, wer mit ihr posieren sollte. Ein junger Mann, der etwa so groß war wie sie, trat zwischen ihre Schenkel und posierte. Natürlich nahmen wir eins von den Fotos mit den beiden für die Ausstellung. In zügiger Folge ging es dann weiter. Diana hatte die Vorlagen aus dem „Kamasutra" auf den Tisch gelegt. So konnten die Paare sich auf die jeweilige Pose einstellen.

Bald entstand ein gutes Miteinander in der Gruppe. Die jungen Männer hatten keine Probleme mit der Erektion, wohl aber damit, nicht in die Frauenkörper einzutauchen und sich in ihnen zu entspannen. Denn das sollte ganz bestimmt nicht geschehen. Diana bot aber zwei Paaren an, sie könnten, wenn sie wollten, in unser Gästezimmer oder in unser Schlafzimmer gehen und dort tun, was sie wollten. Sie legte ihnen auch Kondome hin und zeigte ihnen Bad und Toilette. Die Paare verschwanden dann auch für etwa 20 Minuten und kamen strahlend zurück. Einer der Männer sah Diana geradezu flehend an und sagte etwas stockend: „Ich würde es so gern mit Ihnen tun." Diana betrachtete den jungen Mann nachdenklich und meinte dann: „Dann sollten wir es tun." Sie verkündete eine halbe Stunde Pause. Und die beiden verschwanden und kamen nach einiger Zeit wieder in den Kreis zurück. „Er war so lieb und so sanft", sagte sie mir später, „Er wusste wohl gar nicht, wie angenehm sein Ding in meiner Scheide war. Und hinterher war er so dankbar." Er war nur in diesem Kreis gekommen, weil er gehofft hatte, es mit Diana zu tun. Das war ja nun auch geschehen. Als Diana mir das berichtete, fügte sie nach kurzem Überlegen hinzu: „Ich werde ihn mir wohl bei passender Gelegenheit noch einmal zur Brust nehmen." Das hatte sie auch irgendwann getan. Plötzlich kicherte

sie: „Zur Brust nehmen! – Weißt du, er war ganz wild darauf, sich mit meinen Brüsten zu beschäftigen."

So entstanden diese Fotos, die in Leipzig großes Aufsehen erregten und die zu einem herrlichen Katalog führten.

Interessant war aber die Reaktion des Publikums. Bei Ausstellungseröffnungen sind ja selten richtige Künstler anwesend. Meist sind es Wichtigtuer, Dilettanten, die sich einbilden, Künstler zu sein. Sie präsentieren sich gern als „Gesamtkunstwerk". Wir haben solche Typen in all den Jahren bis zum Überdruss kennengelernt. Diesmal waren in der Überzahl Zuschauer da, die wir sonst nie sahen. Diese Männer wollten die nackten Körper der Akteure sehen. Das ist durchaus legitim. Auffallend war aber ihre unauffällige Erscheinung. Es waren sanfte, fast zarte Typen, die oft zu schüchtern sind, eine Frau anzusprechen, die aber zu Hause massenhaft Bilder von schönen nackten Frauen haben. Sie wischten also durch den Raum und betrachteten fast verlegen die Fotos. Sie kauften aber als Erste den gar nicht so billigen Katalog. Diana beobachtete sie lächelnd. Am liebsten hätte sie sie fotografiert.

An einem Nachmittag kam ich von den üblichen Hausbesuchen nach Hause. Diana weilte in Süddeutschland bei ihrer Mutter, die Kinder waren unterwegs. Ich war also allein und überlegte auf dem Weg zu unserem Haus, was jetzt getan werden müsste. Da sah ich eine Frau vor unserem Haus stehen. Ich kannte sie. Sie gehörte zu den Mitarbeiterinnen im Rathaus, mit denen ich mit einiger Regelmäßigkeit zu tun hatte. Bei den Gesprächen hatten wir immer ein wenig erzählt, wie das so ist, wenn ein Mensch uns sympathisch ist. Ich weiß gar nicht, ob sie schön war. Sie hatte ein Gesicht, das man schwer beschreiben kann und das man schnell wieder vergisst. Sie hatte nichts Auffälliges. Sie war mittelgroß und zwischen dreißig und vierzig Jahre alt. Ob sie mich erwartet hatte oder ob sie nur hier stehen geblieben war, um das Haus zu betrachten, kann ich gar nicht sagen. Aber nun ging ich auf sie zu, wir begrüßten uns wie alte Bekannte und ich fragte, ob sie mit mir Kaffee trinken wollte. Nach meiner Arbeit

wäre mir danach. Sie nickte und folgte mir in den großen Flur. Von dort führte die große Treppe nach oben in das Wohnzimmer. Nun ging sie selbstverständlich vor mir. Da sah ich eine Besonderheit an ihr: Ihr Po bewegte sich so auffällig hin und her, wie ich es selten gesehen habe. Ich kann nicht einmal sagen, ob sie ihr Gewölbe bewusst oder unbewusst so aufreizend bewegte. Ich glaube fast, das war einfach so bei ihr. Aber als sie nun so vor mir herging, streichelte ich geradezu reflexartig ihren Hintern. Da blieb sie auf der Treppe stehen, drehte sich ganz langsam zu mir um und sagte: „Im Rathaus erzählen sich die jungen Frauen, dass Sie andauernd eine neue Freundin haben. Das scheint zu stimmen." Natürlich fasste ich sie nun nicht mehr an. Ich geleitete sie ins Wohnzimmer und deckte den Kaffeetisch, während die Kaffeemaschine arbeitete. Sie ging inzwischen im Raum umher, betrachtete die Bilder an den Wänden, die Bücher in den Regalen, die Schallplatten auf dem Tisch. Ich ging in die Küche und holte den Kaffee. Als ich ihn abgestellt hatte, kam sie ganz dicht an mich heran und sagte mit leiser Stimme: „Ich wollte sehen, ob Sie wirklich ein so guter Liebhaber sind, wie im Rathaus gesagt wird. Wollen Sie es mir nicht beweisen?" Da wandte ich mich ihr voll zu, wir umarmten und küssten uns. Dabei streichelte ich vor allem ihren Hintern und dann ihre Brüste, die mittelgroß waren, allerdings durch den Büstenhalter, unter den ich meine Hand nicht schieben konnte, etwas unbestimmt. Da fragte Birgit: „Gibt es hier kein Bett?" Natürlich gab es im Wohnzimmer keins. Aber ich führte sie in das Gästezimmer nebenan. Dort entkleidete ich sie. Sie war wirklich sehr viel schöner, als ich gedacht hatte, und als ich ihr zwischen die Beine griff, spürte ich, wie feucht sie da unten war. Ich zog mich nun auch ganz schnell aus. Dann liebten wir uns, wobei sie bestimmte, in welcher Stellung und in welcher Intensität wir das taten. Sie hatte auch darauf geachtet, dass ich vor dem Eindringen in ihre Scheide ein Kondom über meinen Schaft rollte. Im Gästezimmer hatten wir ja immer Kondome in der Nachttischschublade, weil Diana mit manchen Gästen dort Sex hatte. Das gehörte zu ihrem Verständnis von Gastfreundschaft: Wenn ein

Gast große sexuelle Spannung hatte oder einfach mit ihr bumsen wollte, tat sie ihm oft den Gefallen. Wiederholt äußerte sie sich abfällig über Leute, die um den Sex so ein Gewese machen. Sie wollte allerdings nicht vom Partner geschmust oder geküsst werden. Sie hielt ihm nur ihr Geschlecht hin und wartete darauf, dass er sich in ihr entspannte. Für sie war das Biologie.

Ich rollte nun also ein Kondom über meinen Schaft und schob ihn sehr schnell in das erfreulich glitschige Loch der Frau. Ich war überrascht, wie schnell sie aufjaulte und ihr Körper sich aufbäumte, dann auf das Bett zurücksank. Und dabei hatte sie ein ganz zauberhaftes Lächeln im Gesicht. Ganz augenscheinlich hatte sie Sex gebraucht.

Ich ging dann noch mit Mund und Zunge über ihren Körper. Sie roch sehr gut. Dann zogen wir uns wieder an und setzten uns an den Kaffeetisch. Sie redete nicht viel, machte aber ein sehr gelöstes Gesicht. Als sie sich später verabschiedete und wir uns dabei umarmten, zog ich mit beiden Händen ihren Rock hoch, schob meine flachen Hände unter ihren Slip und streichelte ihren Po. Dann ging sie, ich sah die herrlichen Schwingungen ihrer Hüften. Wir waren aber nie wieder im Bett zusammen.

Um in Ruhe wissenschaftlich arbeiten zu können, hatte ich mir ganz oben im Haus einen kleinen Raum hergerichtet. Ich trug an Büchern und Maschinen hinein, was ich brauchte, und hatte dann meine Ruhe, auch vor den Kindern. Besonders schön war die Aussicht auf Wiesen, Waldstücke, Wolken, auch Tiere wie Kraniche oder auch einmal einen röhrenden Hirsch. Da ich immer eine Kamera zur Hand hatte, gelangen mir von Zeit zu Zeit auch wunderschöne Tierfotos. Mein Schreibtisch stand dicht am Fenster. Wenn ich müde war vom Lesen oder Schreiben, sah ich gern nach draußen. Direkt neben unserem Haus gab es an den Nachbarhäusern kleine Gärten, die mit hohen Hecken umgrenzt, innen mit Blumen bepflanzt und mit Sträuchern umgeben waren. Die Hecken standen so dicht, dass niemand in die kleinen Paradiese schauen konnte. Dort hielten sich oft einzelne

Personen oder kleinere Gruppen auf, tranken Kaffee, plauderten oder hantierten in den Beeten herum.

Direkt unter meinem Arbeitszimmerfenster sah ich an einem Tag eine Frau, die neu in die Wohnung, die zum Garten gehörte, eingezogen war. Ich sah sie nackt in einem eleganten Liegestuhl in der Sonne. Die Frau war etwa 35 Jahre alt, stand also in der Blüte ihres Lebens. Sie hatte eine relativ dunkle Haut, natürlich auch durch das Sonnenbaden bedingt, schulterlange schwarze, in der Mitte gescheitelte Haare, große Mandelaugen, eine kurze Nase, volle Lippen, einen vollendeten Körper mit mittelgroßen, festen Brüsten und wohlgeformten langen Beinen. Die Frau lag voll in der Sonne und so, dass sie sich mir in voller Schönheit darbot, ohne dies zu wissen. Denn natürlich konnte sie sicher sein, dass kein Nachbar durch die Hecke schauen konnte. Doch sie hatte nicht daran gedacht, dass sie von meinem Fenster aus gesehen werden konnte. So hatte sie auch keinerlei Hemmungen, sich aus dem Liegestuhl zu erheben, ein paar Schritte beiseite zu gehen, sich dort hinzuhocken und in schönem Bogen Pipi zu machen. Manchmal schien mir, sie hätte besonderen Spaß daran, das Wasser in möglichst weitem Bogen aus ihrem Leib zu entlassen.

Natürlich nutzte ich die Gelegenheit. Wenn sie sich im Garten aufhielt, beobachtete und fotografierte ich sie mit einem Teleobjektiv. So kamen ganz zauberhafte Fotos zustande, die bis heute zu den schönsten Erinnerungsstücken in meiner Sammlung gehören. Einmal aber bekam ich richtiggehend einen Schreck. Ich hatte mich etwas aus dem Fenster gelehnt, um besser sehen und fotografieren zu können. Da sah ich neben dem Liegestuhl auf dem Rasen ein großen weißen Stück Papier mit der Aufschrift: „Komm doch runter zu mir!" Ich wusste im ersten Schreck nicht, ob ich gemeint war. Aber die Frau lächelte zu mir herauf und winkte mir zu. Da nahm ich meinen Fotoapparat und ging nach unten. Ich umrundete den Häuserblock und klingelte an der Tür, die zum Garten führte. Nun las ich auch zum ersten Mal den Namen der Frau. Sie öffnete sofort. Sie hatte über ihren bloßen Leib nur das dünne Kleid gezogen. Bei jeder Bewegung sah ich die Spitzen ihrer Brüste oder die Abdrücke ihres Pos. Sie lächelte

mich an und geleitete mich ins Wohnzimmer, wo sie mir einen Sessel anbot. Sie schien überhaupt nicht böse zu sein, dass ich sie beobachtet und fotografiert hatte. Sie wollte zuerst einmal wissen, wer ich wäre und weshalb ich mich als Paparazzo betätigte. Also stellte ich mich vor, erzählte von meiner Arbeit, die sie sehr interessierte, und von meiner Liebe zur Fotografie. Ich sagte, ich würde mit besonderer Leidenschaft schöne Frauen fotografieren. Frauen wären nun einmal das Schönste, was es auf dieser Welt gibt. Sie lächelte mich sehr freundlich an: „Jede Frau?" Ich antwortete mit Fontane, der im Vorwort zu seinen „Wanderungen" an ein Wort aus seiner Heimat erinnert: Jede Frau weist mindestens sieben schöne Dinge auf. Sie fragte mich: „Was finden Sie bei mir schön?" Ich konnte nur antworten: „Alles. Sie sind vom Körper her absolut vollkommen." Da war es, als streckte sie mir ihren Leib entgegen, und ich war versucht, ihn zu streicheln. Sie fragte: „Gehört zu den schönen Dingen einer weiblichen Ausstrahlung nicht auch der Geist, nicht auch die Erotik?" „Aber selbstverständlich", antwortete ich, „die ganz besonders." Ich sagte nicht, dass ich mit gar nicht so schönen Frauen zu tun hatte, die vor allem durch ihre Ausstrahlung ihre Faszination hatten. Aber sie hatte es wohl begriffen; denn nach einem kleinen Zögern fragte sie: „Und natürlich auch beim Sex? – Was bedeutet der für Sie?" Ich antwortete: „Er ist die Zusammenfassung aller Sinnlichkeit. Alle unsere Sinne werden da geschärft." Ich führte aus: Unsere Augen sehen den Leib des begehrten Wesens, unser Geruchssinn nimmt intensiver als gewöhnlich den Körperduft wahr, der vor allem unter den Armen und in der Scheide gebildet wird – aber nicht nur dort. Isabel Allende schreibt in einem ihrer Bücher, der frische Schweißgeruch eines jungen Mannes errege sie sinnlich. Natürlich faszinieren uns auch die Stimmen von bestimmten Personen. Ich kenne Frauen, deren Nähe ich meide, weil mir ihre Stimmen richtiggehend wehtun. Und ich kenne Frauen, deren Nähe ich suche, weil ich ihre Stimmen mag. Das ist übrigens das Geheimnis der Opernsänger. Pavarotti war rein äußerlich durchaus nicht attraktiv für die Frauen, aber seine Stimme erregte sie. Ich liebe dunkle, warme Frauenstimmen,

etwa die Rumänin Zenaida Palli oder die Russinnen Olga Borodina oder Jelena Obraszowa. Selbstverständlich erregt jeder Laut beim Liebesakt unsere Sinne. Unser Tastsinn ist unendlich wichtig. Wenn ich eine Frau gestreichelt habe, hat es mich erregt, und oft bekamen die Frauen dabei eine Gänsehaut. Das Streicheln der Brüste ist für Mann und Frau schön und erregend. Ich gehe gern mit Lippen und Zunge über den Körper einer Frau und in ihre Scheide und manche Frau bekommt nur dadurch schon einen Orgasmus. Damit verbunden ist das Schmecken. Nicht nur der Kuss gehört dazu. Ich schmecke gern das Salz auf der Haut einer Frau. Ich schlürfe gern die Gleitflüssigkeit aus der Scheide. – Alles miteinander führt zu einem schönen Orgasmus.

Lilo hatte mir ganz still zugehört. Dann sagte sie: „Sie haben mir eben bewusst gemacht, wie arm ich bisher dran war. Die Männer, mit denen ich bisher zu tun hatte, wollten so schnell wie möglich in mich hinein und sich entspannen. Bestenfalls haben sie mit meinen Brüsten gespielt und an ihnen gelutscht." Nach einer ganzen Weile fragte sie sehr leise: „Wollen wir es einmal versuchen?"

Wir gingen nach oben in ihren Schlafraum. Der war schlicht mit Naturholzmöbeln eingerichtet, in seiner Schlichtheit aber wunderschön. Einziger Schmuck war die Reproduktion eines Kinderbildes von Renoir. Lilo zog sich ihr Kleid über den Kopf und schlug ihr Bett auf. Ich folgte ihr in kürzester Zeit und erkundete nun mit Lippen und Zunge ihren Körper. Sie roch betörend schön nach der frischen Luft in ihrem Garten, leicht nach Schweiß und herrlich nach Lust. Ich ließ mir sehr viel Zeit und sie drückte mir ihren Leib entgegen, wo es ging, sie redete oft wirres Zeug, und als ich mich ausführlich mit ihrer Klitoris beschäftigte, hatte sie ihren ersten Orgasmus, und sie genoss ihn mit einem Schrei. Nun wollte ich mit meinem Penis in ihre Scheide gehen. Aber sie bat mich, sie wollte nun auch meinen Leib erkunden. Auch sie tat das ganz ausführlich. Schließlich waren wir ein Fleisch und eine Seele und kamen fast gleichzeitig zum Orgasmus. Hinterher spielten wir noch sehr lange miteinander. Lilo wollte wissen, wann ich wieder potent wäre. Ich genoss

ihren schönen Körper mit allen Sinnen. Seltsamerweise verweigerte sie sich mir aber als Fotomodell in ihrem Bett. Wenn ich sie fotografieren wollte, sagte sie, könnten wir es im Garten tun, nicht aber hier. So geschah es auch. Es wurden zauberhafte Fotos.

An einem Sonntagnachmittag stand ein junges Ehepaar vor unserer Tür. Es war etwa so alt wie wir, wohnte im Nachbarort und wollte uns einfach kennenlernen und sich vorstellen. Natürlich luden wir die beiden zum Kaffeetrinken ein. Die Frau war sehr intelligent und sah sehr attraktiv, sehr weiblich aus. Sie arbeitete in der nahegelegenen Stadt in einem Forschungslabor und wusste davon sehr interessant zu berichten. Der Mann zeigte sich deutlich weniger intelligent, sah aber gut aus, passte zu der attraktiven Frau. Sie war mit ihm in zweiter Ehe verheiratet. Aus unserer ersten Begegnung wurden regelmäßige Treffen und irgendwann fragte ich Helga in Gegenwart ihres Mannes, ob sie für Diana nackt Modell stehen würde. Wir planten einen Bildband, in dem sie später auch zu sehen war. Helga stimmte ohne Zögern zu. Sie hätten da beide ein ganz natürliches Verhältnis zum Körper. Und wir vereinbarten einen Termin.

Am betreffenden Tag hatten wir das Schlafzimmer zum Atelier umgebaut. Von einer dicken Rolle Papier hatten wir den Anfang oben an der Decke befestigt und die breite Papierbahn durch den ganzen Raum gerollt. So gab es später keine störenden Ecken. Auf diese Bahn stellten wir Helga und sie nahm ganz locker die Positionen ein, die wir uns vorstellten. Sie hatte früher schon wiederholt Modell gestanden, sie bewegte sich also wie selbstverständlich vor uns. Diana wollte mich dann auch mit ihr fotografieren. Also zog ich mich aus und stellte mich zu ihr. Das Problem dabei war nur, dass die Erektion meines Penis nicht zurück ging. Das lag vor allem an einem bestimmten Geruch, der aus ihrer Scheide kam und den ich noch heute in bester Erinnerung habe. Wir kannten uns lange genug, dass ich mich vor Helga in diesem Zustand nicht genierte, zumal sie beim ersten Anblick meinte, das wäre ja ein Kompliment für sie. Aber Diana konnte ihre Vorstellungen von uns beiden nicht so verwirklichen,

wie sie es wollte. Also versuchten wir immer neue Stellungen. Während wir das taten, schrillte die Türklingel. Da ich nackt war, konnte ich nicht öffnen. Also ging Diana hinaus. Eine Frau aus der Nachbarschaft hatte ein Anliegen und brachte es so umständlich vor, dass es eine gute Weile dauerte. Wir beide saßen auf der weißen Bahn und warteten. Doch plötzlich sagte Helga: „Wollen wir nicht die Zeit nutzen und Ihre Erektion beseitigen?" Ich sah sie verblüfft an. Damit hatte ich in dieser Situation nicht gerechnet. Doch sie sagte: „Ist doch alles ganz natürlich." Dann lächelte sie: „Und ich weiß, wie sich Ihr Ding in meinem Spalt anfühlt." Und damit legte sie sich auf die Bahn und präsentierte mir ihr feuchtes Geschlecht. Als ich noch zögerte, sagte sie: „Ich nehm die Pille." Da legte ich mich zwischen ihre Schenkel und es war wunderbar, wie sich meine Spannung kurz aufbaute und dann ganz langsam in ihr löste. Als mein Penis aus ihr herausrutschte, entstand auf dem weißen Papier ein großer feuchter Fleck, und es roch auch kräftig nach Helgas Gleitschleim und meinem Sperma. Wir wischten die Feuchtigkeit mit einem Tuch ab, so gut es ging. Ich stammelte so etwas wie eine Entschuldigung, dass ich so schnell gekommen war und sie deshalb keinen Orgasmus bekommen hatte. Aber sie meinte nur: „Dann holen wir das morgen Abend nach. Haben Sie Zeit?" Als Diana wieder in den Raum kam, konnte sie die Fotos so machen, wie sie es sich vorgestellt hatte. Es wurden sehr schöne Bilder, die wir heute noch sehr gern ansehen. Als Helga fortgefahren war, machte ich Anstalten, das Schlafzimmer wieder herzurichten. Aber Diana stoppte mich. „Meinst du, ich hab nicht gemerkt, dass ihr in meiner Abwesenheit miteinander auf der weißen Papierrolle gevögelt habt? – Jetzt will ich es auch!" Sie zog sich also aus und bei ihrem Anblick und dem Geruch, den sie ausströmte, wenn sie sexuelle Lust hatte, erigierte mein Penis wieder. Allerdings wurde er noch nicht steif genug. Da kniete sie vor mir nieder und nuckelte an der Eichel, bis mein Ding ganz fest und steif war. Dann schob ich ihn ganz leicht in Dianas feuchten Spalt. Meine Spannung war nicht mehr so groß wie bei Helga. Ich konnte mich also in Diana bewegen, bis sie sich aufbäumte und jaulte und

dann ganz langsam zu Boden sank. Und ich war sehr glücklich, dass ich kurz hintereinander in zwei zauberhaften und wunderschönen Frauen meinen Orgasmus erleben konnte.

Am nächsten Abend fuhr ich in den Nachbarort. Ich stellte das Auto so ab, dass es nicht in Verbindung zu Helga gebracht werden konnte, und ging auf Umwegen in ihr Haus. Ich wusste damals noch nicht, dass Helgas Mann mehr und mehr zum Alkoholiker wurde, abends oft bis zur Schließung des Lokals in der Gaststätte saß und schwadronierte. Aber Helga wusste es natürlich und hatte mich deshalb zu diesem Zeitpunkt zu sich eingeladen. Sie verriegelte die Tür, wir entkleideten uns, sie roch wieder so aufreizend aus ihrer Scheide, war da auch sehr feucht. Ich glitt also sehr bald in sie hinein und sie bekam nach einiger Zeit einen wunderschönen Orgasmus. Hinterher lagen wir noch lange zusammen und ich erkundete mit Lippen und Händen ihren schönen Körper.

Von da an trafen wir uns regelmäßig und taten es miteinander. Wir taten es, bis wir etwas erlebten, was man sonst nur in Lustspielfilmen oder Geschichten von Boccaccio hat:

Wir waren mitten in der Aktion, als wir an der Außentür Geräusche hörten. Bald wurde auch ein Schlüssel ins Schloss geschoben und bewegt. Natürlich erschraken wir beide. Ich sprang aus dem Bett und überlegte, wo ich mich verstecken könnte. Es gab in dieser Situation wirklich nur ein einziges Versteck: Ich musste nackt unter das Bett kriechen. Helga schob mir noch schnell meine Kleidung und die Schuhe hinterher, dann stand ihr Mann auch schon im Schlafzimmer. Er sah seine nackte Frau im aufgewühlten Bett und natürlich wollte er Sex mit ihr haben. Sie wehrte ihn aber mit bösen Worten ab. Er würde nach Zigarettenqualm und Alkohol stinken, sagte sie, davor ekelte ihr. Außerdem wäre es weit nach Mitternacht und sie wollte schlafen, sie hätte in der Frühe wieder zu arbeiten. Schließlich verzog sich der Mann murrend und murmelnd auf seine Bettseite und war dann auch sehr bald eingeschlafen. Ich hörte seinen rasselnden Atem. Da beugte sich Helga zu mir herunter und flüsterte, jetzt könnte ich herauskommen. Es war stockdunkel im Raum. Ich

kroch also mit meinen Sachen in Richtung Tür. Glücklicherweise wusste ich inzwischen, wo die zu finden war. Helga hatte ihr Nachthemd angezogen. Sie begleitete mich in den Wohnraum, wo ich mich hastig anzog, mich mit einem flüchtigen Kuss von ihr verabschiedete und verschwand.

Damit war diese Episode beendet. Vor allem aber auch, weil mir zugetragen wurde, Helga würde nachts von einem Mann besucht. Ich wusste zu dieser Zeit noch nicht, dass sie ein junger Forstingenieur regelmäßig aufsuchte. Sie hatte also zwei Liebhaber gleichzeitig. Das musste irgendwann Komplikationen geben. Wirklich kam es dann auch zu einem Scheidungsprozess, in dem ich aber nicht erwähnt wurde, nur der Ingenieur.

Außerdem hatte ich zu dieser Zeit schon eine weitere Beziehung zu einer anderen Frau.

Im August besuchten uns Renate und Klaus. Sie wollten 14 Tage bei uns bleiben und wir freuten uns auf sie, denn sie waren beide sehr angenehme Menschen. Beide waren Kunstmaler bzw. Grafiker. Diese Berufsgruppe liebe und bewundere ich besonders, weil mir diese Begabung völlig fehlt. Die beiden wollten die Ostsee genießen. Es war ja herrliches Sonnenwetter.

Renate war eine ausgesprochen reizvolle Frau. Sie war 12 Jahre älter als ich. Doch wenn ich unverhofft auf sie blickte, erschien sie mir jünger als ich. Sie hatte eine ganz jugendliche Ausstrahlung. Da wir alle vier uns nur nackt am Strand aufhielten, sah ich auch ihre immer noch festen und sehr großen Brüste, ihren schön geformten Hintern, ihre hübschen Beine und ihren schönen Gang. Ja, ihr Gang war ganz besonders, unverkennbar.

Klaus hielt immer ein DIN A5-Skizzenbuch in der Hand und zeichnete nahezu ununterbrochen. Später sah ich in sein Skizzenbuch: Er hatte am Strand vor allem Diana in allen möglichen Positionen gezeichnet, aber auch andere Frauen, die sich in unserer Nähe aufhielten. Dass er Diana liebte, wusste ich seit langem. Da ich seine Frau so sehr gern hatte, war das kein Problem für mich. Und Sex hatten wir bisher nicht. Doch auch wenn das gewesen wäre – Sex ist ja reine Biologie und hat mit unserer

Liebe zueinander wenig zu tun. Er ist wie Essen und Trinken und Schlafen.

Am Nachmittag fuhren wir vom Strand in unsere Wohnung, tranken Kaffee, aßen ein Stück Kuchen und plauderten. Klaus hatte ein junges Liebespaar gesehen, das hinter einem Windschutz lag und sich liebte. Die beiden Frauen tauschten sich nun darüber aus, ob man das in der Öffentlichkeit dürfte oder nicht. Wir Männer waren einer Meinung: Da dies die natürlichste Sache der Welt ist, darf man es auch am Strand tun. Eine ehemalige Freundin von mir erzählte einmal sehr stolz, sie wäre mit ihrem Freund zum Urlaub in Thüringen gewesen. Als sie am Abend durch die Dorfstraße gingen, hätten sie plötzlich Lust bekommen und es an der Hauptstraße auf einem Grünstreifen getan. Dabei hätten sie sich köstlich über das Verhalten der Leute ringsum amüsiert. Eine andere ehemalige Freundin von mir hatte in Warnemünde auf einer Parkbank an der Fähre meinen erigierten Penis herausgeholt, ihren Schlüpfer ausgezogen, sich über meine Oberschenkel gehockt, meinen Penis in ihren Spalt dirigiert und sich dann auf und ab bewegt, bis ich abspritzte. Einem Ehepaar, das erschrocken stehen geblieben war, rief sie zu: „Macht Spaß!" Das Ehepaar war geflüchtet.

Plötzlich blätterte Klaus in seinem Skizzenbuch und legte ein Foto auf den Tisch, eine Reproduktion aus einer Zeitschrift. Diese Zeitschrift, sagte er, wäre um 1925 erschienen und von einer Bewegung der Freikörperkultur herausgegeben. Das Foto zeigte eine sehr schöne schlanke Frau, die am Strand eine vollendete Brücke machte. Zwischen ihren gespreizten Oberschenkeln stand ein sportlicher Mann. Er hatte seinen Penis in ihrer Scheide. Am Kopfende stand ein zweiter Mann. Der hatte seinen Penis in ihrem Mund. In der Zeitschrift, sagte Klaus, waren noch sehr viel mehr Paare zu sehen, die ganz selbstverständlich im Freien kopulierten. Dies hier hätte ihm aber am besten gefallen, weil es so ästhetisch wäre. Als Diana das Foto sah, meinte sie ganz spontan: „So kann ich die Brücke auch machen!" Sie war ja groß und schlank. Renate meinte, sie wäre zu klein für einen solchen Bogen, außerdem auch nicht mehr gelenkig genug. Interessanterweise sprachen die

Frauen nicht von den beiden Männern, die da in der Frau steckten, nur davon, ob diese Stellung nachgemacht werden könnte. Da fragte Klaus: „Und die Männer könnten auch bei dir tun, was die da auf dem Bild tun?" Und Diana antwortete: „Warum nicht! Tut doch nicht weh!"

So kam es, dass wir in den großen Raum gingen, wo Diana immer ihre Gymnastik machte. Sie zog sich schnell aus. Sie wusste ja, dass sie sehr schön ist und wir hatten so oft miteinander nackt am Strand gelegen. Da gab es keine Hemmungen. Auffallend war aber für mich ihr Körperduft: So roch ihr Körper immer, vor allem unter den Armen und aus der Scheide, wenn sie sexuelle Lust hatte. Da wurde ich sehr aufmerksam. Sie machte dann die Brücke formvollendet und spreizte auch die Beine wie die Frau auf dem Foto. Wir spendeten ihr höchstes Lob. Da setzte sie sich auf den Teppich und meinte: „Aber ob das noch so aussieht, wenn die Männer ihre Position einnehmen, ist noch nicht entschieden. Wollen wir das nicht auch so probieren?" Keiner antwortete. Da fügte sie hinzu: „Ist doch Sport!" Ich sah Klaus an. Er sah Renate an. Die nickte: „Versucht es doch!" Durch die dünne Leinenhose hatte sie bei ihrem Mann natürlich gesehen, dass der einen Steifen hatte. Wir verständigten uns also kurz, zogen uns schnell aus – wir hatten ja nur Hemd, Hose und Slip an – und dann waren wir bereit. Einen Moment überlegten wir gemeinsam, ob wir ein Kondom brauchten. Aber Diana hatte gerade erst ihre Tage gehabt, „und ohne ist es viel schöner", sagte sie. Ich massierte noch etwas meinen Schaft, der von Klaus stand fest und sah gut aus. Er war ein wenig gebogen, erinnerte mich an den Schwung einer Sense. Der Geruch, den Diana ausströmte, tat ein Übriges. Diana machte also wieder die Brücke, Klaus trat zwischen ihre gespreizten Beine und bewegte sich bald in ihrer Scheide. Ich stand am Kopfende und Diana nahm die Eichel von meinem Penis in ihren Mund. Tiefer wollte sie mich nicht haben, da fürchtete sie Hustenreiz. Klaus lächelte selig. Endlich konnte er sich in Diana bewegen. Ich zog mein Ding bald wieder aus Dianas Mund. Renate hatte ja bestätigt, dass alles sehr gut aussah, wie auf dem Foto. Klaus machte auf Ermunterung von

Diana und Renate weiter, bis er in Diana seinen Orgasmus hatte. Da stand auf seinem Gesicht ein ganz seliges Lächeln. Diana sagte mir später, sie hätte das so gewollt. Sie wollte sein Sperma in ihrem Leib haben. Ich habe das wiederholt bei ihr erlebt: Bei bestimmten Männern wollte sie das Sperma in ihrem Leib behalten. Weshalb das so war, hat sie nie so richtig gesagt. Ich vermute, sie wollte von diesen Männern ein Kind haben. Zumindest hätte sie nichts dagegen gehabt, von ihnen ein Kind zu empfangen. Da sie das Sperma auch vor meinen Augen bei sich behielt, traute sie mir zu, dass ich auch ein Kuckucksei in unsere Familie nehmen würde. Ich hatte ja wohl auch Frauen geschwängert, die weiter mit ihrem Mann zusammenblieben.

Für mich war bis zuletzt der Eid des Hippokrates selbstverständlich. Das bedeutete: Wenn Leben im Leib einer Frau entsteht, muss alles getan werden, um dieses Leben zu fördern und zur höchsten Entfaltung zu bringen. Das betonte auch Albert Schweitzer, der für mich bis heute eine Leitfigur ist, in seiner „Ehrfurcht vor dem Leben". Gut ist, schrieb er, entstehendes Leben zu fördern und zu seiner höchsten Entfaltung zu bringen. Böse ist, entstehendes Leben zu töten. Heute im Alter denke ich, wenn ein Fötus geschädigt ist und schwere Missbildungen zu befürchten sind oder wenn eine Frau vergewaltigt wurde – wirklich vergewaltigt –, gilt der Eid nicht. Doch gesetzt dem Fall, Diana wäre von einem dieser Männer, an die ich mich hier erinnere, geschwängert worden, hätte sie das Kind selbstverständlich geboren und großgezogen. Und ich hätte für dieses Kind genauso gesorgt wie für die anderen. Im Übrigen weiß ein Mann durchaus nicht immer, ob er dieses Kind in seiner Familie gezeugt hat oder ein anderer. Aus der medizinischen Statistik weiß ich, dass etwa jedes dritte Kind nicht vom leiblichen Vater ist. Heute kann man natürlich mit einem Gentest die Vaterschaft feststellen lassen, Aber ich denke, die meisten Väter werden das nicht in Anspruch nehmen. Solch ein Test zerstört ja das Vertrauen der Partner und könnte zur Zerrüttung der Ehe führen.

Hinterher war die Stimmung sehr gelöst. Klaus freute sich unendlich, dass sich nun sein großer Wunsch erfüllt hatte. Diana

tat so etwas oft als reine Biologie ab. Aber mir schien, diesmal war auch sehr viel Zuneigung dabei. Renate gönnte es ihrem Mann, was der sich so lange schon gewünscht hatte, meinte nur zu mir: „Aber jetzt sollten wir auch unsere enge Freundschaft besiegeln. Kommst du heute Nacht in mein Bett?" So kam es, dass Klaus die Nacht mit Diana und ich mit Renate zubrachte. Und es blieb nicht nur bei dieser einen Nacht. Nun war gewissermaßen der Damm gebrochen, nun fasste Klaus Diana an allen Stellen ihres Körpers an, und ich tat es ebenso bei seiner Frau. Ich hatte immer schon eine besondere Zuneigung zu älteren Frauen. Ihre Brüste waren fester als die von Diana, auch ihr Hintern und ihre Schenkel. Auf ihrem Gesicht stand beim Sex ein wundervolles Lächeln. Und sie machte es mit besonderer Hingabe. Ihre Scheide war weiter als die von Diana. Ich konnte mich leichter in ihr bewegen und dadurch länger in ihr bleiben, ohne dass ich gleich einen Orgasmus hatte. 14 Tage lang wechselten wir die Frauen ab, wobei sich meist die Frauen absprachen, mit welchem Mann sie es tun wollten. Aber natürlich wollte es Klaus am liebsten mit Diana und ich mit Renate tun. Klaus hatte auch besondere Freude daran, wenn ich ihm zusah, wie er in Diana steckte und sie sich freute. Einmal wollte er nach dem Kaffeetrinken so gern von hinten in Dianas Lustgrotte gehen. Er stellte sich vor, dass sich Diana mit ihren Ellenbogen auf die Tischplatte stützte und ihm ihren Hintern entgegenstreckte. Da meinte Renate: „Das würde ich auch gern mit Gerhard machen." So zogen sich die beiden Frauen nackt aus, stellten sich gegenüber am Tisch so hin, dass ihre Brüste auf der Tischplatte lagen, und dann ging Klaus in Dianas Spalt und ich in Renates. Wir waren nun natürlich auch nackt. Die beiden Frauen lächelten sich an und erzählten, während wir uns in ihnen bewegten. Augenscheinlich wollte keine einen Orgasmus für sich. Also beschäftigten wir Männer uns ganz mit unserer Lust, streichelten dabei auch die Brüste der Frauen und irgendwann spritzten wir fast gleichzeitig in ihnen ab. Da wir Kondome benutzten, war das für die beiden kein Problem. Wir zogen uns aus ihnen heraus und sie zogen sich wieder an.

Klaus war ja Kunstmaler von Beruf. Seine Bilder hingen in vielen öffentlichen Gebäuden und Galerien. An einem Abend erzählte er uns von einem Bild, das er in Frankreich von Gustave Courbet gesehen hatte. Das Bild hieß „Der Ursprung der Welt" und zeigte ein weibliches Geschlecht – nicht mehr. Es durfte lange trotz der Berühmtheit des Malers nicht öffentlich gezeigt werden. Aber nun hatte er es gesehen und wollte etwas Ähnliches schaffen. Er hatte den Gedanken, das Geschlechtsorgan seiner Frau zusammen mit dem von Diana zu malen, und er fragte, ob Diana ihm dafür Modell stehen oder besser liegen würde. Diana nickte. Sie hatte ja schon einige Male für ihn Modell gelegen. Dabei hatte er natürlich auch ihr Schamdreieck gezeichnet. Und sie hatten miteinander ausgiebig und wiederholt Sex praktiziert. Da war es irgendwie folgerichtig, dass er nun auch ihr Geschlecht zeichnete und dann malte. So lag sie oft vor ihm nackt auf der Couch und öffnete weit ihre Schenkel. Da war es auch ganz natürlich, dass er von Zeit zu Zeit sein Zeichenzeug beiseitelegte, sich auszog und sich in sie hineinschob oder mit seiner Zunge und den Lippen in ihre Scheide ging. Er sagte einmal, besonders gern schlürfte er die Scheidenflüssigkeit aus dem Spalt der Frauen, das wäre schöner für ihn als Sekt. Wenn Renate und ich irgendwann in den Raum kamen, ließen sich die beiden nicht stören. Sie wussten ja, dass wir mit dem, was sie taten, einverstanden waren. Wir taten es ja auch, wenn wir Lust dazu hatten. Sie lächelten uns an und bewegten sich fleißig ineinander.

Interessant war für mich, mit welcher Sorgfalt Klaus das Schamhaar von Diana malte. Auf vielen Aktbildern sieht man ein Dreieck, aber keine Einzelheiten. Doch Klaus hatte sich extra Marderhaarpinsel beschafft, mit denen er Haar für Haar malen konnte. Mit einer kleinen Haarbürste ordnete er die Haare so, dass man möglichst viel von den Schamlippen sehen konnte – gewissermaßen jedes kleine Fältchen, jede Pore. Das wäre seine Liebe zu dieser besonderen Gegend, sagte er einmal, da könnte man nicht einfach drüber wischen. Dafür brauchte er natürlich auch sehr viel Zeit. Und er ließ sich sehr viel Zeit bei dieser Arbeit. Diana berichtete mir später, er unterbrach auch oft seine Tätigkeit. Bei

seiner Beschäftigung mit Dianas Geschlecht, beim Anblick ihres Gleitschleimes, beim Duft aus ihrer Scheide erigierte immer wieder sein Penis, und die beiden waren inzwischen so miteinander vertraut, dass er schnell einmal seine Palette an die Staffelei hängen, seine Hose ausziehen und sich zu Diana legen konnte. Die hatte erst vor kurzem ihre Tage gehabt, er konnte also ganz schnell in sie hineingleiten und sich in ihr entspannen. Ich fragte sie, wie sie diese häufige Vögelei empfände. Lächelnd antwortete sie, sie fände es lustig. Einmal empfand sie es als Kompliment, dass Klaus immer wieder bei ihr einen Steifen bekäme. „Er schiebt sich dann schnell in mich hinein, bewegt sich ein paar Mal in mir hin und her, und dann zuckt er und bleibt halbtot auf mir liegen, bis sein Schwänzchen aus mir herausrutscht. Nach den ersten beiden Malen muss ich auch kaum noch Sperma aus meiner Scheide wischen. Da kommt kaum noch etwas. Da ist nur noch das Prickeln von seiner Banane." Ich fragte sie nach einem Orgasmus. Sie sagte, das wäre gar nicht nötig, es wäre auch so gut. „Ein Orgasmus strengt doch sehr an", sagte sie.

Renate schien nicht eifersüchtig auf Diana zu sein. Sie tat es ja auch immer wieder mit mir. Allerdings war das bei uns etwas komplizierter. Denn ich wollte meinen Schwanz nicht nur in sie hineinschieben und in ihr entspannen. Ich wollte ihre prachtvollen Brüste streicheln und küssen, wollte ihren ganzen Leib genießen, auch mit Lippen und Zunge in ihre Scheide gehen, wollte sie zum Orgasmus bringen – erst dann war ich glücklich.

Nach 14 Tagen meldete sich Cordula, die Tochter von Klaus und Renate. Sie wollte für etwa drei Tage bei uns bleiben. Cordula war inzwischen 20 Jahre alt; wir hatten sie lange nicht mehr gesehen, erinnerten uns nur, wie ähnlich sie ihrer Mutter sah. Irgendwann hatte mir Klaus erzählt, dass er zum ersten Mal mit ihr Geschlechtsverkehr hatte, als sie 18 Jahre alt war. Er hatte sie in seinem Atelier gezeichnet, hatte dabei eine Erektion bekommen, und als Cordula das bemerkt hatte, ermunterte sie ihn ausdrücklich und sehr deutlich, sich mit ihr auf die Couch im Atelier zu legen und es mit ihr zu tun. Sie hatte da schon einige Erfahrung mit anderen Männern gemacht. Sie wusste, wie wichtig für

Männer diese Entspannung war. Seitdem hatte sie es von Zeit zu Zeit mit ihrem Vater getan, hatte es aber nie Renate merken lassen. Nun kam sie also, und selbstverständlich legte auch sie sich nackt mit uns an den Strand. Klaus zeichnete sie natürlich auch. Sie war genau so schön wie ihre Mutter. Nur ihre Brüste waren deutlich kleiner als die von Renate. Wenn sie am Strand auf dem Rücken lag, öffnete sie gern ihre Schenkel und hielt gewissermaßen ihr Geschlecht in die Sonne. Da sollte die Haut ja auch braun werden. Klaus war begeistert und zeichnete nahezu ununterbrochen. Wir gaben uns nun alle Mühe, Cordula nicht merken zu lassen, dass wir mit der Partnerin oder dem Partner sexuelle Beziehungen hatten. Aber schon am Abend des ersten Tages, als wir beim Wein zusammensaßen, sagte Cordula plötzlich: „Ihr braucht euch gar keine Mühe geben, vor mir zu verheimlichen, dass ihr es alle miteinander tut. Ich finde das auch völlig in Ordnung. Aber heute Abend würde ich auch gern etwas davon genießen." Renate sah sie überrascht an: „Mit wem willst du es denn? Mit Gerhard oder Klaus?" Und Cordula antwortete ohne Zögern: „Mit beiden hintereinander. Wenn der eine nicht mehr kann, mit dem anderen." Renate sah Klaus an, der nun doch etwas verlegen war. Dann sagte sie ganz ruhig: „Jetzt ist Urlaubszeit. Das ist eine besondere Situation. Und du bist alt genug, um zu wissen, was du tust." So kam es, dass Klaus mit Cordula im Gästezimmer verschwand. Renate sagte ganz ruhig: „Klaus sieht in ihr unsere frühe Liebe, weil wir uns so ähnlich sind." Ich stimmte ihr zu: „Außerdem ist das wohl nur Biologie. Das kennen wir doch alle." Dann fragte ich: „Wollen wir es jetzt auch tun? – Ich könnte es nach dieser Überraschung gebrauchen." Wir sahen zu Diana. Die nickte: „Macht nur! Alles in Ordnung." Renate war bei dem nun folgenden Akt ruhiger als sonst. Sie wirkte nachdenklich. Ich arbeitete in ihr, bis ich schweißfeucht wurde. Als ich schließlich kam, hatte sie keinen Orgasmus. Wir lagen noch eine Weile zusammen und sie sagte leise: „Eigentlich ist gar nichts dabei, wenn Eltern es mit ihren Kindern tun. Ich hatte ja auch mit Ralf Sex, so lange er noch keine Freundin hatte. Wichtig ist doch nur, dass auf jeden Fall

eine Schwangerschaft ausgeschlossen wird, weil es da Erbschäden geben könnte." Sie erzählte mir dann, dass ihr Sohn Ralf, als er dreizehn Jahre alt war, zu ihr kam und sie fragte, wie das mit dem Sex und dem Kinderkriegen wäre. Sie hatte es ihm erklärt, so gut sie es vermochte. Dann fragte der Junge, ob sie das nicht einmal machen könnten. Er wüsste doch gern, wie das ginge und was man da fühlte. Da hatten sie es gemeinsam getan, „und weißt du, das war richtig schön, diesen jungen Schwanz in mir zu fühlen und diesen Jungen auf meinem Leib zu haben. Ich hatte da einen richtigen schönen Orgasmus." Auch später hatte sie es von Zeit zu Zeit gemacht, wenn sie spürte, wie der Junge unter seinem sexuellen Druck litt. Er hatte es dann später auch ganz offen mit seiner älteren Schwester getan, die seinen Wünschen ausdrücklich zustimmte. Renate fügte hinzu: „Ich finde es besser, er tut es mit mir oder Cordula, als wenn er irgendein Mädchen aus der Bekanntschaft schwängert oder sich bei einer Nutte eine Krankheit holt." Nun tat es also Cordula mit ihrem Mann. Und Klaus war glücklich, dass er seine Beziehung zu Cordula nicht mehr verheimlichen musste.

Renate und ich gingen wieder ins Wohnzimmer, wo Diana mit Klaus und Cordula erzählte. Keiner verlor ein Wort zu dem, was vorgefallen war. Zur Nachtruhe vereinbarten wir, dass Cordula und ich in einem Raum schlafen sollten und Renate und Diana mit Klaus im Gästezimmer. Was da in der Nacht geschehen war, weiß ich natürlich nicht. Aber Diana erzählte mir am nächsten Tag, Klaus wäre sehr bald zu ihr gekommen, und sie hatten sich lange und intensiv miteinander beschäftigt. Ich hatte meine große Freude an Cordula, erzählte ihr aber nicht, dass ich es lieber mit Renate tat. Ich liebe nun einmal ältere Frauen und Renate war in meinen Augen sehr viel reizvoller.

Cordula tat es an den kommenden Abenden abwechselnd mit Klaus und mit mir. Klaus war dabei sehr, sehr glücklich. Er bat nun auch seine Tochter, sich so auf die Couch zu legen, dass er ihr Geschlecht in allen Einzelheiten zeichnen konnte. Er wollte die drei Geschlechtsorgane seiner Lieblingsfrauen – so sagte er – auf ein Bild bringen. Das Bild wurde ein Meisterwerk, aber,

soweit ich weiß, bisher nie öffentlich gezeigt. Vielleicht wird es das einmal in späterer Zeit. Die Scheiden hatte er so feucht dargestellt, dass ich unwillkürlich dachte, ich hätte sie real vor mir. Und der weißliche Schleim in den Ritzen war so genau, dass es in meinen Lenden zog. Jedes Organ ließ sich unzweifelhaft einer Frau zuordnen, so genau hatte Klaus alles studiert.

Cordula hatte es am liebsten, über mir zu knien. Da konnte sie den Rhythmus bestimmen. Mich faszinierte besonders, dass sich ihre Brüste kaum bewegten. Normalerweise liebe ich es ja, wenn die Brüste vor meinen Augen hin und her baumeln. Bei Cordula war alles fest. Das kam wohl von ihrer Ballettausbildung. Auch ihre Schenkel und ihr Hintern waren ganz fest und ihr Bauch flach. Ihr rasierter Schamberg war größer als der bei ihrer Mutter. Übrigens brauchten wir beim Sex keinerlei Vorsichtsmaßnahmen: Sie nahm die Pille.

Dann fuhr sie fort und wir waren wieder ganz unter uns, ohne dass über die Episode groß gesprochen wurde. Das war Biologie, so selbstverständlich wie viele andere Körperfunktionen.

In einem Sommer meldete sich ein Fotograf aus der Bundesrepublik. Er erklärte, er würde mich auf Empfehlung von einem unserer Freunde anrufen. Er wäre Fotograf und wollte einen Kalender über das Leben in unserem Land machen. Er fragte nun, ob er mich bei meiner Arbeit fotografieren könnte und ob er dafür für ein paar Tage unser Gast sein dürfte. Ich sprach mit Diana und sie stimmte zu.

Der Mann hatte ein angenehmes, offenes und freundliches Benehmen. Er war größer als ich, aber deutlich schlanker. Man sah kaum Muskeln an ihm und seine Schultern waren sehr schmal. Er wollte mir einen Anzug schenken, den er einmal getragen hatte, aber ich passte da mit meinen Schultern nicht herein. Er brachte Bücher und Kalender mit, die er gemacht hatte. Zuerst waren da Autos zu sehen, die er für eine Autofirma als Werbung machte. Dann ein Kalender, der in nahezu allen Schulen Westdeutschlands hängen sollte. Dafür war er nun zu mir gekommen. Mit dem Geld, das er vor allem für die Auto-Kalender verdiente,

finanzierte er Bildbände über seine Reisen. Er war geschieden, lebte nun aber mit einer Frau zusammen, die die Texte schrieb. Diana war tief beeindruckt von seiner Arbeit. Ich sah das anders. Er hatte ganz andere technische Möglichkeiten als sie. Er fotografierte z. B. ein Motiv hundertmal und suchte sich dann das beste Foto aus. Er musste nicht in der Dunkelkammer arbeiten; das tat ein Labor für ihn. Die Fotos aus dem Labor baute er auf seinen Seiten zusammen, und so erschienen sie auf den Kalendern. Aber er beeindruckte Diana und auch unsere Töchter. Er gab sich sehr charmant und gewann sie alle für sich.

Schon am zweiten Abend sagte Diana zu mir, als wir in der Küche das Abendessen vorbereiteten: „Er hat mich gefragt, ob ich heute Nacht zu ihm ins Bett komme." Dass ein Gast so schnell mit der Gastgeberin ins Bett will, überraschte mich, zeigte aber sein Selbstbewusstsein, natürlich aber auch Dianas Schönheit und ihre erotische Ausstrahlung. Er hielt sich für unwiderstehlich. „Und was hast du geantwortet?", fragte ich. Sie antwortete: „Ich habe Nein gesagt." Damit schien die Sache erledigt. Aber am Frühstückstisch, als Bernie noch schlief, die Kinder aber zur Schule mussten, erzählten sie Diana, dass Bernie zwei von ihnen gefragt hatte, ob sie in sein Bett kommen würden. Und die Siebzehnjährige sagte: „Ich hab gesagt, ich komme diese Nacht in sein Bett." Diana versuchte, sie abzuhalten, und sagte: „Da bin ich doch bei ihm." Und als er später zum Frühstückstisch kam, sagte sie: „Ich hab mir's überlegt – ich komm heute Nacht zu Ihnen." Ich wusste von diesen Gesprächen nichts, ich hatte am Schreibtisch zu tun. Aber als sie es mir erzählte, überlegten wir, was zu tun wäre. Meine erste Reaktion: Ich hätte ihn am liebsten sofort aus dem Haus gewiesen. Aber wir hatten immer versucht, die Sexualität als biologische Kraft zu verstehen, gegen die man ohne Schaden nicht ankommt. Auch wenn die Kinder noch nicht ganz achtzehn Jahre alt waren, war ihre Sexualität doch schon so stark, dass man sie nicht in ihnen unterdrücken konnte. Wir hatten ja bei unseren vier Töchtern festgestellt, wie sie biologisch sehr weit entwickelt waren, und damit eine Selbstständigkeit beanspruchten, die stärker war als unsere Leitung. Nach und nach

erfuhren wir, dass sie erste sexuelle Erfahrungen gemacht hatten. Schulkameradinnen von ihnen lebten schon in einer festen Beziehung mit einem jungen Mann, einige in eigener Wohnung. Und wenn Diana mit einem anderen Mann Sex haben wollte, war das Biologie. Ich tat es ja auch mit anderen Frauen. Und Diana lächelte: „Eigentlich wüsste ich ganz gern, wie er im Bett ist. Und wenn ich damit verhindern kann, dass Kathrin zu ihm geht." Da antwortete ich: „Dann tu, was du für richtig hältst."

Den Tag über begleitete er mich bei meiner Arbeit in der Klinik und im Vorlesungsraum und machte eifrig Fotos. Am Abend saßen wir noch im Wohnzimmer zusammen und plauderten über den Fotokalender, zu dem er die Bilder von mir haben wollte. Doch gegen 11 Uhr stand ich auf. Ich war sehr müde. Ich ging zu Bett. Kurz nach Mitternacht wachte ich auf: Diana kam nackt ins Zimmer und legte sich neben mir ins Bett. Ich fragte: „Wolltet ihr nicht miteinander schlafen?" Da erzählte mir Diana, Bernie wäre sehr schnell zur Sache gekommen. Aber immerhin hatte er daran gedacht, vorher ein Kondom überzurollen. Sie hatte ein Päckchen mit zwei Präservativen aus unserem Schlafzimmer mitgenommen. Er kam dann sehr schnell zu seinem Orgasmus, als sie gerade erst dabei war, auf Touren zu kommen. „Außerdem, weißt du, der hat nicht nur einen dünnen Körper und ganz dünne Beine, der hat auch einen dünnen Penis. Ganz komisch." Als Bernie sich aus ihr herausgezogen und das Kondom entsorgt hatte, schaltete er das Licht an. Er wollte sie nackt in allen Einzelheiten fotografieren, bat sie zuerst, ihre Schenkel so zu öffnen, dass er ihre Vulva fotografieren könne. „Da bin ich aufgestanden, habe meine Sachen genommen und bin gegangen." Sie war sicher, der Mann wollte alle Frauen dokumentieren, mit denen er Sex hatte.

Am kommenden Morgen erzählte Kathrin am Frühstückstisch beiläufig, sie wäre in der Nacht bei Bernie im Bett gewesen. Diana war völlig überrascht: „Wann warst du denn da?" Kathrin berichtete, Bernie hätte sie am Abend gebeten, so gegen 2 Uhr morgens zu ihm zu kommen. Da wäre er besonders gut. Diana fragte: „Habt ihr wenigstens ein Kondom gehabt?" Und

sie antworte: „Ja. Da lag eins auf dem Nachttisch. Das hat er genommen." „Und?", fragten die anderen. „Wie war es?" Und Kathi antwortete: „Bescheiden. Sehr bescheiden. Ich war froh, als er raus aus mir war." Diana fragte weiter, ob er sie fotografieren wollte. Kathi nickte. Er hatte sie wohl in allen Einzelheiten dokumentiert.

Für die Arbeit brauchte Bernie noch zwei Tage. Am letzten Abend sagte mir Diana: „Ich geh heute noch einmal zu ihm. Er hat mich quasi um das Abschiedsgeschenk gebeten." Sie blieb dann auch die ganze Nacht bei ihm im Bett. „Dann kann er nicht noch mit einem unserer Kinder bumsen", sagte sie. Zweimal hatte er in ihr gesteckt, und er hatte sich große Mühe gegeben. Aber sie war beide Male nicht zum Orgasmus gekommen und hatte es ihn auch deutlich merken lassen. Vielleicht war das der Grund, dass er sie nicht wieder bat, sie nackt in allen Einzelheiten fotografieren zu dürfen. Er bat sie lediglich um ein Porträt vor unserem Haus. Als er dann fort war, meinte Diana nur: „Nun kann er in sein Leporello wieder zwei Namen schreiben." Bernie rief im kommenden Jahr wieder an, doch da schüttelte Diana sehr entschieden den Kopf: „Der soll anderswo seine Liste ergänzen."

Barbara bezeichnete sich immer als beste Freundin von Diana. Die beiden waren gleichaltrig und arbeiteten im selben Betrieb. Barbara arbeitete als Sekretärin in der Werbeabteilung, Diana als Fotografin. Barbara war verheiratet und hatte zwei Kinder zwischen 15 und 20 Jahren. Ihr Mann war Oberassistent in der Universität, mathematische Fakultät. Barbara sagte wiederholt, sie hätte ihren Mann nie so richtig geliebt. Aber als sie ausgebildet wurde, stand er nach ihrer Dienstzeit regelmäßig vor der Tür und geleitete sie nach Hause. Er redete kaum, sie dafür umso mehr. Aber irgendwann sagte er, er würde sie gern heiraten. Da heirateten sie. Doch beim Sex hatte sie nie einen Orgasmus bei ihm. Den hatte sie erst bei ihrem Chef aus der Werbeabteilung. Der war geistig nicht sehr hochstehend, aber unwahrscheinlich von sich eingenommen und gewissermaßen ein geistiger Hochstapler. Man hatte beim Gespräch mit ihm den Eindruck, er stünde neben

sich und bewunderte seine Reden. Doch Barbara verliebte sich in ihn. Als die beiden zu einer Dienstreise nach Berlin fuhren, wohnten sie in einem sehr schönen Hotel, natürlich in verschiedenen Zimmern. Denn Siegbert war ja auch verheiratet. Am späten Abend tranken sie noch etwas in der Hotelbar. Dann wünschten sie sich eine angenehme Nachtruhe und gingen in ihre Zimmer. Doch Barbara hatte keine Ruhe. Im Nachthemd schlich sie über den Flur in seinen Raum. Dort zog sie ohne ein Wort ihr Nachthemd aus und legte sich zu dem Mann ins Bett. Und da erlebte sie den ersten Orgasmus ihres Lebens, „und das war umwerfend schön". In dieser und der folgenden Nacht taten sie es wiederholt und immer hatte sie einen Orgasmus. Zu Hause erzählte sie das ihrem Mann. Der sagte nichts, ging in sein Arbeitszimmer, und später ging er mit ihr um wie vorher, ohne diese Affäre zu erwähnen. Soweit ich weiß, taten es Siegbert und Barbara nicht wieder.

Als sie uns das erzählte, sagte ich ganz spontan: „Willst du es vielleicht auch einmal mit mir versuchen? – Vielleicht bekommst du da auch einen Orgasmus." Sie antwortete nicht. Aber auch Diana sagte: „Ja, er kann das ganz gut." Dabei blieb es.

Zwei Tage später rief sie an. Sie teilte mir mit, sie würde am Sonntag allein in das Landhaus der Familie fahren. Dieses Haus war nach 1945 aus alten Ziegelsteinen und eben dem gebaut worden, was man damals bekommen konnte. Und es war nun dringend renovierungsbedürftig. Aber es stand sehr schön in einem Wäldchen und das Ehepaar richtete es nach und nach wieder her. Wiederholt hatte Barbara von diesem Haus erzählt und uns dorthin eingeladen. Nun verabredeten wir uns auf den Sonntag nachmittags. Sie beschrieb sehr genau, wie wir zu ihr hinfinden könnten. Doch Diana wollte nicht, sie hatte einfach keine Lust. Sie sagte aber: „Vielleicht will sie auch sehr gern mit dir allein sein. Sie wäre ja nicht die Erste."

Am Sonntag fand ich dank Barbaras Beschreibung das Häuschen ohne Schwierigkeiten. Da war wirklich noch sehr viel zu tun, aber im Inneren war es schon sehr heimelig.

Barbara empfing mich in der Tür. Sie trug ein ganz gerades schwarzes, dünnes Kleid, das vom Hals bis zu den Knöcheln

reichte. Zu ihren schulterlangen rabenschwarzen Haaren und ihren dunklen Augen passte das Kleid ganz ausgezeichnet. Es war so eng geschnitten, dass es an den Hüften und am Po spannte. Das wurde noch deutlicher, als sie sich bewegte. Dabei zeichnete sich auch ihr sehr kleiner Slip auf dem Gesäß ab. Einen Büstenhalter trug sie nicht, obwohl ihre mittelgroßen Brüste deutlich hingen.

Sie ging vor mir in die Wohnung und fragte, ob sie uns einen Kaffee machen sollte. Ich nickte und sie ging zur Kochecke und setzte Wasser an. Da trat ich hinter sie, nahm von hinten ihre Brüste in meine Hände, so gut es bei dem Kleid ging, und sagte leise: „Wollen wir vorher nicht noch etwas schmusen?" Sie drehte sich ganz langsam zu mir um und wir umarmten uns ganz fest. Dabei spürte ich ihre Oberschenkel und ihren Bauch an meinem Leib und dabei begann mein Penis zu wachsen. Ich streichelte ihren Rücken und ihren Po. Als sie meine Brust streichelte, sagte sie: „Freundinnen sollen ja vieles gemeinsam haben. Nun haben wir gleich gemeinsam deinen Schwanz in unserem Spalt." Ich beschäftigte mich auch mit ihrem Vorderleib. Und irgendwann murmelte sie: „Komm, wir gehen nach oben." Oben war das Schlafzimmer. Das Bett war frisch bezogen und aufgedeckt. Sie erwartete also etwas. Ich zog nun Stück für Stück ihr Kleid nach oben, streichelte dabei die Stellen, die ich jetzt erreichen konnte. Aber wir küssten uns nicht, auch nicht, als Barbara den Bund meiner Hose geöffnet hatte und meinen straffen Penis in ihrer Hand hielt. Dann ging alles wie selbstverständlich. Sie legte sich auf das Bett, ich zog ihren Slip hinunter, griff zwischen ihre Schenkel und stellte fest, wie feucht sie im Spalt war. Dann legte ich mich zu ihr und schob mich ohne langes Schmusen in ihren Leib. Wir liebten uns dann sehr ruhig und ganz gleichmäßig, Ich beschleunigte meinen Rhythmus erst, als ich ihre zunehmende Erregung bemerkte. Dabei plapperte sie wirres Zeug, etwa: „Was machst du da mit mir?" oder „Oh, das tut gut!" Ich musste mich nun sehr konzentrieren, um nicht zu früh zu kommen. Aber dann war sie plötzlich da. Sie krallte ihre Finger in meine Seiten und hatte ein wunderbares Lächeln in ihrem Gesicht. Ich weiß nicht einmal, ob diese Frau schön war. Aber in diesem Moment

erschien sie mir wunderschön. Da kam ich auch. Gemeinsam sanken wir auf das Bett. Sie lächelte mich an: „Du hast es wirklich geschafft." Da war ich restlos glücklich. Nun erst küsste ich ihren Körper von oben bis unten. Ich ließ nur ihren Spalt aus, weil da noch mein Sperma war. Sie hatte nur ein Taschentuch zwischen die Schamlippen gesteckt. Irgendwann zogen wir uns wieder an und gingen nach unten. Dort machte Barbara Kaffee.

Seit dieser Zeit meldete sich Barbara immer wieder einmal und fragte: „Wollt ihr die Fortschritte am Haus sehen?" Diana wollte nicht. Ich wollte. Ich wusste ja, worum es ging. Und Diana gönnte es mir.

Zehn Jahre lang war ich ehrenamtlich mitverantwortlich im Dezernat der Stadt für Jugendarbeit. Ich traf mich also regelmäßig mit Jugendlichen zu Gesprächen.

Zu einer Gruppe gehörte ein achtzehnjähriges Mädchen, das mir ausgesprochen sympathisch war. Zu meiner eigenen Überraschung fiel sie mir zuerst durch ihr offenes Gesicht und ihre strahlend blauen Augen auf. Erst später nahm ich ihre sportliche Gestalt wahr. Lydia war damals Oberschülerin und wollte nach dem Abitur Medizin oder Psychologie studieren.

Einmal hörte ich, wie eine Gruppe von Jugendlichen, männliche und weibliche, über Lydia sprach. „Die geht mit jedem ins Bett", sagte ein Junge, „das hab ich auch probiert." Ich konnte mir das gar nicht vorstellen. Das Mädchen machte nicht den Eindruck, sich wie eine Nutte zu verhalten. Aber ich wollte es nun auch wissen. Bei nächster Gelegenheit sprach ich Lydia an. Sie zögerte einen Moment. Dann fragte sie: „Wollen Sie morgen Nachmittag zu mir kommen?" Also fuhr ich am kommenden Tag zu ihr. Sie führte mich dann auch gleich in ihr Zimmer, wo ihr Bett stand. Dort zog sie sich ohne Umschweife aus und wartete darauf, dass auch ich mich entkleidete. Sie war schlank, sportlich, hatte Brüste, die in meine hohlen Handflächen passten, einen hübschen Po und lange Beine. Ich fragte nach einem Kondom. Sie antwortete, sie nähme die Pille. Alles geschah ganz ruhig, sachlich, fast geschäftsmäßig. Ich war deshalb selbst erstaunt,

dass mein Penis erigierte. Sie war eigentlich von der Figur her nicht mein Typ. Ich empfand keine erotische Ausstrahlung, etwa einen besonderen Geruch von ihrem Körper. Aber ich hatte einen Steifen. Da legte sie sich auf das Bett und erwartete mich. Ich wollte mit ihr schmusen, ihren Körper streicheln, mit Zunge und Lippen erkunden, wie ich das oft so gerne tat. Aber sie dirigierte mich zwischen ihre Schenkel, nahm meinen Penis und schob ihn in ihren Spalt. Ich war davon so überrascht, dass ich länger bis zum Orgasmus brauchte, als das manchmal der Fall war, wenn ich eine Frau zum ersten Mal liebte. Vielleicht lag das auch mit daran, dass sie bei meinen Bewegungen in ihrem Spalt kaum Reaktionen zeigte. Sie hielt geradezu brav ihr Geschlecht hin und wartete geduldig auf meine Erschöpfung. Ich konnte es nicht lassen, sie hinterher zu fragen, was los wäre. Da erzählte das Mädchen seine Grundauffassung. Es meinte, ein Mann brauche regelmäßig diese Entspannung, um nicht aggressiv, nicht böse zu werden. „Würden das die Frauen begreifen", sagte sie, „und das einfach akzeptieren, wäre es sehr viel friedlicher auf dieser Welt." Dann fügte sie hinzu: „Und wenn die Frauen auch ganz selbstverständlich auf einen Mann zugehen könnten, wenn sie Lust haben, würden sie auch viel entspannter und fröhlicher werden." Da begriff ich, was die Gruppe über sie gesagt hatte. Sie tat es mit keinerlei Berechnung oder ähnlichem. Sie wollte nur den Jungen helfen, in ihrem Leben zurechtzukommen. Ich empfand größte Hochachtung für dieses Mädchen und ich sagte es ihr, als wir uns anzogen. Beim Abschied sagte sie: „Sie sollten es einmal mit meiner Mutter tun. Die himmelt Sie geradezu an." Plötzlich begriff ich bestimmte Andeutungen, Gesten, Worte ihrer Mutter, die ich seit fünf Jahren von verschiedenen Anlässen kannte. Ich bat sie, ihre Mutter von mir zu grüßen. Ich würde gern morgen am späten Nachmittag bei ihr zum Besuch kommen.

Am kommenden Nachmittag fuhr ich zu ihr. Irmgard war ihrer Tochter durchaus ähnlich, aber sie hatte immer dieses Lächeln, das mich irritierte, diese Andeutungen, die ich nicht einordnen konnte. Jetzt konnte ich das. Sie war verheiratet mit einem sehr lieben, sehr fleißigen Mann, der seine Frau geradezu

vergötterte. Wir waren manchmal geradezu gerührt, wenn er seine Frau bei ihren Hantierungen oder ihren Reden sah und ihm dabei plötzlich die Tränen kamen. Eigentlich war er also der ideale Ehemann. Er hatte für Irmgard nur einen Fehler, wie sie mir später sagte: Er war etwas langweilig. Von Zeit zu Zeit wollte sie etwas Aufregendes erleben, wollte auch einmal eine wilde Affäre mit einem Mann haben.

Ich kam in das Haus, als Irmgard kurz vorher nach Hause gekommen war. Nun wollte sie einen Kaffee trinken. Sie lud mich dazu ein. Sie hantierte also in der Küche, ich saß am Tisch, der am Fenster stand. Ganz deutlich hatte ihre Tochter ihr gesagt, dass ich kommen würde, wohl auch angedeutet, dass es nicht beim netten Plaudern bleiben sollte. Ihre Bewegungen waren anders als sonst, sie waren aufreizender. Als sie das Kaffeepulver in die Maschine füllte, streckte sie so ihren Hintern heraus, dass ich ganz schnell hinter sie trat, meinen Unterleib gegen ihren Po drückte und mit meinen Händen ihre Brust streichelte. Ihre Brust war nicht viel größer als die ihrer Tochter, sie passte in meine hohle Hand. Aber ich merkte sehr bald, dass die Warzen sehr schnell hart wurden. Irmgard hatte bisher ganz stillgehalten. Nun drehte sie sich ganz langsam zu mir um. Ich wusste nicht, wie sie reagieren würde. Sie nahm meinen Kopf in ihre Hände und küsste mich leidenschaftlich. Mir blieb fast die Luft weg. Als sie abließ, zog ich ihre Bluse über ihren Kopf und löste den Verschluss ihres Büstenhalters. Da sagte sie: „Gehen wir ins Schlafzimmer!" Sie ging vor mir die Treppen nach oben und bewegte ihr Hinterteil so aufreizend, dass ich gar nicht anders konnte, als ihren Po immer und immer wieder zu streicheln. Ich konnte gar nicht die Hände von ihm lassen. Im Schlafzimmer ging alles ganz schnell. Mein Penis war schon steif, als ich mich auszog. Ich stellte fest, dass sie in ihrer Scheide ganz glitschig war. Da rutschte ich in sie hinein und wir bewegten uns beide mit geradezu unwahrscheinlicher Intensität. Wir kamen fast zur selben Zeit. Ich steckte noch in ihr, als sie mich anlächelte: „Das hat mir schon lange gefehlt." Ich fragte, wann denn ihr Mann käme, und sie stand auf, wischte mein Sperma aus ihrer Scheide

und zog sich an. „Besser ist besser", lächelte sie. Ich fragte sie, ob sie nicht Pipi machen und sich da unten waschen wollte. „Nee", antwortete sie, „jetzt noch nicht. Ich will noch etwas von dir drin behalten. – Wir trinken erst einmal Kaffee." So gingen wir in die Küche, setzten uns an den Tisch am Fenster und plauderten. Wir besprachen, dass wir uns nun öfter treffen wollten. Sie wollte mir Nachricht geben, wenn ihr Mann nicht da wäre und sie etwas Abwechslung brauchte. Eine halbe Stunde später kam ihr Mann, wie immer sehr lieb, sehr sanft, sehr freundlich. Da verabschiedete ich mich. Bis zum nächsten Mal!

Wenn ich zu Irmgard fuhr, kam ich am Haus ihrer Schwester vorbei. Die war fünf Jahre älter und sah ganz anders aus: Sie war dunkelhaarig – Irmgard war naturblond – üppig mit großen, schweren Brüsten. Und sie hatte von Jugend an eine schiefe Hüfte, die sie etwas ungelenk gehen ließ. Das Ehepaar hatte zwei Kinder, die schon aus dem Haus waren. Der Mann aber hatte sich seit drei Jahren in seine Sekretärin verliebt. Er ließ sich nicht von seiner Frau scheiden, aber er war regelmäßig bei seiner Sekretärin, unternahm mit ihr Dienstreisen, übernachtete auch immer wieder bei ihr. Natürlich machte das seine Frau unendlich traurig. Ich besuchte sie immer wieder und nach und nach offenbarte sie mir ihren Kummer. Einmal kam ich wieder von Irmgard und hielt vor Ginas Haus. Gleich nach der Begrüßung fragte sie: „Waren Sie wieder bei Irmgard?" Ich bestätigte das und sie sagte: „Die hat es gut. Die braucht nur mit dem Finger zu schnipsen, dann kommen die Männer zu ihr." Ich wollte sie trösten: „Aber Sie sind doch genau so reizvoll – nur anders reizvoll." Sie lächelte traurig: „Das merkt aber wohl kein Mann." Da fühlte ich mich geradezu verpflichtet, sie zu streicheln. Ich trat von hinten an sie heran und streichelte ihren Körper an den Seiten. Das erschien mir durchaus reizvoll. Da waren richtige kleine Fettfalten, verstärkt noch durch den starken Büstenhalter, der die schweren Brüste hielt. Ich streichelte also immer wieder diese Körperstellen und sie hielt ganz still, legte nur leise ihren Kopf zurück. Da griff ich auch nach vorn, unter ihre Brust und streichelte ihren Bauch, an dem ich auch diese Fettfalten fühlte.

Sie war ganz still geworden. Ich wurde mutiger und ging nun mit meinen Händen in ihren Intimbereich. Da veränderte sich ihr Atem. Nun zog ich ihren Rock so hoch, dass ich mit meiner flachen Hand unter ihren Schlüpfer kam und ihre Scheide erreichen konnte. Da stöhnte sie. Doch mehr war in dieser Stellung nicht zu machen. Ich zog ihre Bluse aus dem Rockbund, über ihren Kopf, was sie ohne weiteres geschehen ließ, dann ihr Unterhemd, und dann löste ich den Verschluss ihres Büstenhalters. Mit dem Abnehmen dieses Kleidungsstückes fing ich mit meinen Händen gewissermaßen ihre Brüste auf. Das war ein wunderbares Gefühl. Ich drehte die Frau zu mir und wir küssten uns, wobei ich ihre Brüste weiter streichelte. Die waren wirklich sehr schön – als wollte die Natur sie damit für ihre schiefe Hüfte entschädigen. Ich fragte sie nach ihrem Mann und sie antwortete, der wäre heute wohl nicht zu erwarten. Da zog ich auch ihren Rock und mit ihm ihren Schlüpfer hinunter. Sie hatte ein wunderschönes Dreieck und dicke Schamlippen dazwischen. Ich griff hinein und spürte die große Feuchtigkeit. Nun erst griff auch sie mir zwischen die Beine, knöpfte meine Hose auf, zog sie hinunter und nahm meinen Pimmel in die Hand. Ein Weilchen standen wir so etwas unbeholfen. Dann ging sie mit mir ins Schlafzimmer, und wir liebten uns ganz wunderbar miteinander. Selten habe ich hinterher eine so gelöste, so fröhliche Frau gesehen.

Seit dieser Zeit fuhr ich nach Absprache zu Irmgard, regelmäßig aber zu dieser Frau, der man nicht ansah, mit welcher Leidenschaft sie sich im Bett benahm.

In dieser Zeit forschte ich mit einer Studentengruppe sehr intensiv an einem Projekt. Es ging darum, ob es möglich wäre, aus dem Blutbild einen Tumor frühzeitig zu erkennen. Das könnte dann bedeuten, den Krebs so früh zu behandeln, dass es optimale Heilungschancen gäbe. Neben meinen Vorlesungen im Forum hielt ich mich deshalb sehr häufig im Labor auf. Diana half mir bei diesen Arbeiten. Sie machte mikroskopische Aufnahmen, dazu auch Fotos von Geschwülsten bei den Patienten. Durch diese Arbeit freundete sie sich mit vielen Laborantinnen

und Studentinnen an. Das tat ihr gut, es machte sie jünger, auch wenn sie zehn bis 15 Jahre älter war. Wir versuchten aber immer, uns am Nachmittag zu Hause beim Tee zu treffen und uns gegenseitig über das laufende Geschehen zu informieren.

An solch einem Nachmittag erzählte sie mir, drei junge Laborantinnen hätten sie zu einer Fete im Schwesternwohnheim eingeladen. Ich wusste von diesen Feten. Die jungen Frauen luden die jungen Assistenzärzte und die Studenten der höchsten Semester ein und gemeinsam wurde gegessen, getrunken, getanzt, gesungen und erzählt. Und einige Räume waren so hergerichtet, dass sich da ein Paar vergnügen konnte. Etwas erstaunt fragte ich Diana, wie die jungen Frauen auf sie gekommen waren. Dabei war mir klar, dass sie mit ihrer jugendlichen Ausstrahlung herrlich zu diesen jungen Frauen passte. Sie war ja auch wiederholt für eine meiner Töchter gehalten worden. Irgendetwas aber sagte mir, da war noch etwas. Und Diana bestätigte es: In den Pausen hatten die Laborantinnen sich gegenseitig Erlebnisse erzählt, auch von Träumen berichtet. Da hatte Diana gesagt, sie hätte in der letzten Zeit ein paar Mal geträumt, sie würde mit vier oder fünf Männern im Bett liegen und mit ihnen wilden Sex haben. Das hatten sich die jungen Frauen natürlich gemerkt. Sie mochten Diana und wollten den Traum Wirklichkeit werden lassen. Sie hatten schon Bekannte aus dem Freundeskreis gefragt, ob die mitmachen würden. Das sollte also bei dieser Fete geschehen.

Ich fragte Diana, ob sie das wirklich wollte. Sie nickte. Sie stelle sich das Spiel sehr heiter und interessant vor. „Jeder Mann ist ja anders“, sagte sie.

In den kommenden Tagen war sie viel mit sich beschäftigt. Im Schlafzimmer sah ich einen ganz neuen Büstenhalter. Der war aus sehr festem Material und formte, wie ich später sah, ihre vollen, aber sehr weichen Brüste ganz wunderschön und reizvoll. Auch einen formenden Slip hatte sie gekauft. Sie rasierte sich jetzt den Schambereich ganz glatt, bis hin zum Bauchnabel, unter den Armen sowieso. Sie zupfte Härchen zwischen ihren Brüsten, auf der Oberlippe, am Kinn. Sie beschäftigte sich sehr sorgfältig mit ihren Haaren und den Augenbrauen. Und am Tag,

an dem die Fete sein sollte, sah sie vollkommen aus. Ich sagte es ihr und sie strahlte. Eine Laborantin holte sie ab; auch die bewunderte sie. Ich verbrachte den Abend sehr ruhig. Ich las, hörte Musik von Schallplatten und sah etwas fern. Dann ging ich zu Bett. Als ich morgens kurz vor sechs Uhr aufwachte, war das Bett neben mir leer. Ich frühstückte und ging sehr früh ins Labor. Die meisten Laborantinnen hatten sich für diesen Vormittag entschuldigt, ich konnte also in Ruhe arbeiten. Am späten Nachmittag ging ich wieder nach Hause. Dort erwartete mich Diana. Sie sah immer noch wunderschön aus und hatte wieder ihren berühmten Glanz in den Augen. Wir machten uns einen starken Tee und sie erzählte.

Die Fete war nicht anders als sonst. Sie hatten gegessen, getrunken, getanzt, gesungen, erzählt. Diana erinnerte sich an die Zusammenkünfte der jungen Landärzte auf dem Land. Da hatte sie ja erst entdeckt, dass es ganz reizvoll sein kann, mit unterschiedlichen Männern Sex zu haben. Sie hatte es auch genossen, von den jungen Männern bewundert und von mancher jungen Frau deutlich beneidet zu werden. Kurz nach Mitternacht kamen die drei Laborantinnen auf sie zu, die sie eingeladen hatten, und fragten sie, ob sie Lust hätte, nun ihre Träume Wirklichkeit werden zu lassen. Sie stellten ihr auch fünf Männer vor, mit denen sie sich vergnügen konnte. Die jungen Männer erschienen ihr alle sehr sympathisch. So ging sie mit ihnen in einen der abgelegenen Räume. Dort kamen sie sehr schnell zur Sache. Die Männer entkleideten sich. Alle fünf zeigten ihren erigierten Penis. Sie sollte bestimmen, sagten sie, wer der Erste sein sollte. Sie machte nur ihren Unterleib frei. Sie stützte ihre Ellenbogen auf das Bett. So konnte sie sehen, was geschah. Der junge Mann schob sich dann zwischen ihre Schenkel und bewegte sich in ihrem Leib. Doch sehr schnell hatte er in ihr seinen Orgasmus und zog sich zurück. Sie war etwas enttäuscht. Sie wischte das Sperma aus ihrer Scheide, so gut es ging, und nickte dem Nächsten zu. Auch der legte sofort in ihr los und kam auch sehr schnell zu seinem Orgasmus. Sie hatte kaum Lust empfunden. Sie sah zu den drei übriggeblieben Männern hinüber und bemerkte, dass die keinen

Steifen mehr hatten, obgleich sie ihren Penis in der Hand hielten und leicht massierten. Einer bat sie, sich doch ganz auszuziehen, vielleicht würde dann die Erektion wieder kommen. Also legte sie Bluse und Büstenhalter beiseite. Doch nun waren die jungen Männer enttäuscht. Der Büstenhalter hatte ihnen eine ganz andere Brust suggeriert. Immerhin hatte Diana ja auch vier Kinder möglichst lange gestillt, da konnte sie kaum noch eine feste Brust haben. Aber nun war klar: Es ging nichts mehr. Sie kleideten sich wieder an und gingen in den Hauptraum zurück. Den drei Laborantinnen konnte Diana nur sagen: „Da war nichts."

Gegen zwei Uhr morgens wollte sie nach Hause. Doch die Laborantin, die sie abgeholt hatte, war nun deutlich alkoholisiert. Da bot sich ein Student an, sie mit seinem Auto nach Hause zu bringen. Er half ihr in den Mantel, öffnete ihr die Türen, behandelte sie mit ausgesuchter Höflichkeit, was ihr immer gefiel. Als sie vor dem Haus aus dem Auto stieg und die Tür aufschloss, stand er neben ihr. Sie wollte ihm noch einmal die Hand reichen, doch er umarmte sie ganz unverhofft und küsste sie leidenschaftlich. Dabei streichelte er ihren Körper, wo er ihn erreichen konnte. Sie griff in seinen Schritt und stellte bei ihm eine Erektion fest. Da sagte sie: „Komm mit nach oben." Sie gingen in das Gästezimmer und legten sich ins Bett. Sie erwartete, dass er sich so verhalten würde wie die beiden anderen jungen Männer. Doch er erkundete ihren Leib mit Lippen und Zunge vom Nacken bis zu den Kniekehlen, von der Stirn bis zu den Knien, Sehr ausführlich beschäftigte er sich mit ihrem Geschlecht, intensiv nuckelte er an ihrer Klitoris. Dabei lag er so neben ihr, dass sich sein erigierter Penis in Gesichtshöhe befand. Er war sehr schön, sehr gleichmäßig, ganz hell. Und sein ganzer Intimbereich war ganz glattrasiert. Das machte seinen Penis länger und schöner. Sie nahm ihn in ihren Mund. Sie ließen sich Zeit mit ihrem Spiel. Dann glitt er in ihre Öffnung und sehr bald hatte sie einen wunderschönen Orgasmus, fast gleichzeitig mit ihm. Sie blieben zusammen, so lange es ging. Dann schliefen sie nebeneinander ein. In der Früh liebten sie sich noch einmal ausführlich und wieder hatten sie gemeinsam einen herrlichen Orgasmus. Anschließend gingen

sie gemeinsam unter die Dusche, aßen in der Küche Frühstück und dann verabschiedeten sie sich mit einer langen Umarmung. Ich fragte sie: „Wollt ihr euch wieder treffen?" Sie schüttelte den Kopf. „Er hat eine feste Freundin. Wir wollten beide nur etwas Spaß außer der Reihe haben."

Als Diana mir das alles berichtet hatte, sagte sie: „Ich hab wissen wollen, wie das ist – so ein paar Männer hintereinander. Jetzt weiß ich: Es ist frustrierend. Ein einzelner Mann, der es richtig macht, ist doch tausendmal besser."

Im Frühjahr rief mich eine Frau aus Hannover an. Sie wäre in demselben Dorf geboren wie ich, sagte sie. Das Dorf war früher in Pommern, gehört heute zu Polen. Sie sagte, die ehemaligen Einwohner dieses Ortes und ihre Nachkommen hätten Geld für ein Denkmal für die Opfer von Krieg und Gewalt gesammelt. Dieses Denkmal sollte nun in unserem Heimatort eingeweiht werden. Und sie fragte, ob ich diesen Stein mit der Schrifttafel einweihen könnte, zusammen mit dem katholischen Geistlichen, der jetzt dort amtierte. Die Spendergruppe wollte mit dem Bus dorthin fahren, drei Tage dort bleiben und zweimal übernachten. Natürlich sagte ich zu. Ich kannte niemand außer meiner Schwester Karin, aber wohl alle kannten mich von Veröffentlichungen und Fernsehsendungen und wollten mich nun gern auch persönlich kennen lernen. So vereinbarten wir, dass ich nach Hamburg kommen würde. Vom Bahnhofsplatz wollten wir dann mit dem Bus losfahren.

In Hamburg war ich überrascht, dass am Bus nur Frauen standen. Sie waren in etwa meinem Alter, manche deutlich jünger. Aber außer mir gab es keinen Mann. Natürlich saß ich im Bus mit meiner Schwester zusammen. Sie ist zwei Jahre älter als ich. In meiner Pubertät war vor allem sie es, die mich in die Geheimnisse der Sexualität eingeführt hatte. Ich konnte immer zu ihr kommen, wenn ich Lust oder Druck hatte. Und da sie große Brüste und einen ausladenden Hintern hatte und sie es auch mit mir getan hatte, wenn sie ihre Tage hatte, war sie für mich genau der richtige Typ. Da wir auch in meiner Studentenzeit in

derselben Stadt wohnten, konnte ich immer zu ihr gehen, wenn ich eine Frau brauchte. Ihr Mann arbeitete in Schicht in einer Fabrik. Wenn er in der Fabrik war, richtete sie es so ein, dass wir zusammen sein konnten. Denn sie war der Meinung, ein Mann benötigte Sex für sein seelisches Gleichgewicht, er sollte sich deshalb regelmäßig in einer Frau entspannen können. Sex wäre so wichtig wie Essen und Trinken. Und da sie auch Freude an Sex hatte, taten wir es regelmäßig. Voraussetzung war bei ihr nur, dass eine Schwangerschaft auf jeden Fall verhindert werden musste. Wir saßen also im Bus zusammen und erzählten. Sie hatte ein zweites Mal geheiratet, aber ihr Mann konnte ihr nicht annähernd das geben, was sie für ihr Wohlbefinden brauchte. „Das erwarte ich jetzt von dir", flüsterte sie. Nun, wir kamen gut im Hotel an. Das Hotel war sehr schön. Ich hatte natürlich ein sehr hübsches Einzelzimmer.

Karin kam schon kurz nach dem Abendessen in mein Zimmer. Wir zögerten keine Minute. Wir entkleideten uns, legten uns aufs Bett, und ich erkundete ihren Körper. Das war auch eine schöne Erinnerung an meine ersten sexuellen Erlebnisse, über die ich ja berichtet habe. Ihre Brüste waren nicht mehr fest und voll, sie hatte ja vier Kinder geboren. Aber ihr Hintern war noch immer üppig und formschön, ihre Beine gerade, vor allem aber ihr Geschlecht immer noch groß und sehr feucht. Bei diesem ersten Mal lagen wir etwa eine Dreiviertelstunde zusammen und genossen den Sex, auch in Erinnerung an meine Pubertät. Karin war ja meine zweite Geschlechtspartnerin und wir taten es auch in den folgenden Jahren am häufigsten miteinander. Während ich mich nun in ihr bewegte und mich mit ihren Brüsten beschäftigte, was ich immer besonders gern tue, erinnerten wir uns an bestimmte Situationen, die wir gemeinsam erlebt hatten. Dreimal waren wir an diesem Abend sehr locker, sehr fröhlich miteinander. Es wurde ein herrliches Spiel.

Am nächsten Tag weihte ich zusammen mit dem katholischen Pfarrer den Gedenkstein ein. Hinterher kam eine ganze Schar der mitreisenden Frauen und machte mir Komplimente. Ich hatte sie bisher gar nicht so sehr beachtet. Ich hatte mich ja

auf Karin und meine Aufgabe konzentriert. Aber nun nahm ich durchaus reizvolle Frauen wahr. Doch dabei blieb es. Denn in der Kirche dieses Ortes, vor der nun der Gedenkstein stand, war ich getauft worden, bevor unsere Mutter mit uns auf die Flucht ging. Ich setzte mich in diesem Raum in eine Bank und brachte mir in Erinnerung, was meine Mutter geleistet hatte, wie sie uns vier Kinder unter den Bedrängnissen der russischen Soldaten nach Brandenburg gebracht hatte, wie sie uns großzog, ohne einen Beruf erlernt zu haben, wie sie uns mit sehr wenig Geld durchbrachte, dass mein Bruder und ich studieren konnten und meine beiden Schwestern eine ordentliche Ausbildung bekamen. Ich dachte auch sehr persönlich daran, wie ich mit meinen sexuellen Problemen zurechtkam, indem ich zu ihr gehen und mich in ihr entspannen konnte. Was ein Mensch leisten konnte, leistete sie für uns. Das alles führte mich in diesem Raum zu ganz großer Dankbarkeit.

Der Nachmittag war richtiggehend heiß. Die Gruppe beschloss, an die Ostsee zu fahren, dort zu sonnen und zu baden. Der Strand an der pommerschen Küste ist ja besonders fein und breit. Dort trennte ich mich allerdings von den Frauen. Ich wollte an den FKK-Strand, sie an den Textilstrand. Ich ging also ein gutes Stück nach links, bis ich an den ausgewiesenen Strandabschnitt kam, und legte mich dort nackt auf eine Decke. Da schlief ich bald ein. Ich hatte ja in der Nacht mit Karin wenig geschlafen. Als ich aufwachte, hatte ich einen kräftigen Sonnenbrand auf meiner Rückseite. Ich zog mir das Hemd wieder über, aber als ich wieder in den Bus stieg, sahen die Frauen an meinen Armen und am Nacken, was geschehen war, und sie bemitleideten mich lautstark. Im Hotelzimmer zog ich mich sofort nackt aus, weil der Stoff auf der verbrannten Haut rieb. Ich hatte keine Salbe oder kein Öl, mit dem ich die Schmerzen hätte lindern können. Außerdem wäre ich nicht an bestimmte Stellen auf dem Rücken gekommen. Da klopfte es an meine Tür, und ehe ich reagieren konnte, schlüpfte eine Frau aus der Gruppe in mein Zimmer. Bei meinem Anblick blieb sie einen Moment erschrocken stehen. Doch dann sagte sie: „Ach was, ich weiß doch, wie

Männer aussehen." Sie zeigte mir eine Tube. Mit der Paste wollte sie mich eincremen, damit die Verbrennungen abklingen. Sie forderte mich auf, mich auf das Bett zu setzen. Dann begann sie mit den Schultern und ging immer tiefer. Nun erst betrachtete ich die Frau genauer. Im Bus war sie mir kaum aufgefallen. Sie gehörte zu den Frauen, die mit ihrer Kleidung ihre körperlichen Reize eher verbergen als betonen. Aber nun sah ich, dass sie unter der sommerlich dünnen Bluse keinen Büstenhalter trug und dass bei den Bewegungen mit den Armen ihre sehr ansehnlichen Brüste herrlich hin und her waberten. Ich sah auch, wie sich ihr Hintern in den Shorts abzeichnete, sah ihre prallen Oberschenkel. Und vor allem roch ich an ihr die Mischung von frischem Hitzeschweiß und der Ausdünstung aus ihrer Scheide, wenn eine Frau sexuelle Lust hat. Alles zusammen bewirkte die Erektion meines Penis. Da sie aber meine Nacktheit nicht gestört hatte, nahm ich an, dass auch mein straffes Glied für sie nichts Besonderes wäre. Ja, ich hatte eine gewisse Freude daran, ihr mein pralles Ding zu zeigen. Allerdings veränderte sich doch ihr Atem. Aber dabei blieb es zunächst. Sie bat mich dann, aufzustehen, sie wollte auch meinen unteren Körper einsalben. Da stand dann aber mein Penis deutlich ab. Die Frau salbte nach den Pobacken auch meine Hüften und nahm plötzlich meinen Penis von hinten in ihre Hand. Wiederholt habe ich ja erlebt, dass eine Frau gern das erigierte Glied in ihre Hand nimmt, befühlt, massiert, auch Freude daran hat, eine Ejakulation zu sehen. Damit hatte ich aber bei ihr nicht gerechnet. Ich drehte mich ganz langsam zu ihr um und knöpfte ihre Bluse auf. Sie hielt ganz still. Ich nahm ihre Brüste in meine Hände und küsste ihre Brustwarzen, die einen erstaunlich großen Hof hatten und sehr dunkel waren. Sie hielt immer noch mein Ding in ihrer Hand. Da zog ich ihre Shorts hinunter und dann den sehr schmalen Slip. Ich war überrascht, dass sie unten ganz glattrasiert war. Und ihr Spalt war sehr weit nach vorn gezogen. Karins Spalt liegt ja deutlich weiter hinten. Aber dann drückte ich sie auf das Bett. Als hätte sie nur darauf gewartet, legte sie sich so hin, dass ich mich zwischen ihre geöffneten Schenkel legen und ohne Schwierigkeiten

in ihren sehr glitschigen Spalt gleiten konnte. Erst als ich in ihr steckte, fiel mir ein, ich müsste ein Kondom nehmen. In meiner Nachttischschublade lagen ja welche. Aber sie wollte, dass ich so in ihr bliebe. Sie zog auch ihre Scheidenmuskeln zusammen, als wollte sie mich festhalten. Ich merkte, wie wild sie auf Sex war. Und dann hatte sie einen Orgasmus, ehe ich richtig losgelegt hatte. Ich blieb natürlich in ihr und sie bekam einen zweiten, noch viel intensiveren Orgasmus, der sie richtiggehend durchschüttelte. Da kam ich auch. Dann sank sie lächelnd ganz allmählich auf die Kissen. Sie lag auf dem Rücken, ich konnte nur auf dem Bauch liegen. So küssten wir uns. So küsste ich ihren Leib. Als mein Sperma aus ihrer Scheide das Laken befeuchtet hatte, ging sie ins Bad, um Pipi zu machen und sich zu waschen. Ich kniete vor dem Becken. Da zögerte sie: „Ich hab noch nie einen Mann erlebt, der zusehen will, wie ich Wasser lasse." Aber dann hob sie so ihren Körper über dem Becken, dass ich ihr Geschlecht sehr schön sehen konnte. Nach einer halben Stunde wollte sie es gern noch einmal haben. Sie schloss vorher aber die Tür von innen ab. Dieses Mal machten wir es ganz gleichmäßig und sie plapperte und lachte viel dabei. Ich sah nun auch sehr viel aufmerksamer auf ihre wabernden Brüste. Ich liebe ja immer Brüste ganz besonders. Sie empfand Sex ebenfalls als die natürlichste Sache der Welt. Auch sie war verheiratet, aber „wenn mir ein Mann gefällt, tu ich es mit ihm. Mein Mann weiß das und toleriert es". Sie kicherte: „Ich glaub, manchmal freut er sich, dass er sich nicht so anstrengen muss." Beim Ankleiden vereinbarten wir, es noch einmal nach dem Abendessen zu tun.

Zum Abendessen gingen wir gemeinsam nach unten. Karin merkte natürlich sofort, was geschehen war. Irgendwann fragte sie, ob wir es in der kommenden Nacht wieder tun wollten. Ich wies auf meinen Rücken hin, aber sie lächelte etwas traurig: „Meinst du, ich habe nicht gemerkt, wie dich manche Frauen ansehen?" Da besprachen wir, dass ich gegen Mitternacht in ihr Zimmer kommen sollte. Vorher wollte ich ja noch einmal Linda genießen. So geschah es. Linda und ich vergnügten uns sehr ausgiebig und fröhlich miteinander. Dann ging ich nach einer

Erholungspause zu Karin, die mich mit einer Intensität und Hingabe liebte, als wäre es das letzte Mal.

Linda rief ein paar Tage später von Hannover aus an, um mir mitzuteilen, dass sie ihre Tage hatte. Wir haben uns seitdem nicht wieder gesehen.

Helena war von politischer Stelle auf mich angesetzt. Sie sollte mich verführen und dann gewissermaßen erpressen, als informeller Mitarbeiter des Staatssicherheitsdienstes in meinem Arbeitsbereich mitzumachen. Da ich von dieser Stelle schon längere Zeit beobachtet wurde, wussten die Beamten dort natürlich, dass ich immer wieder mit einer verschiedenen Frauen Sex hatte. Da suchten sie unter ihren Mitarbeiterinnen eine Frau aus, bei der sie sicher waren, dass sie für mich unwiderstehlich war. Helena war eine große, sehr sportliche, fast athletische Frau mit mittelgroßen und sehr festen Brüsten, einem straffen Körper, einem festen, formschönen Hintern und außerordentlich gut geformten Beinen. Sie hatte strahlend blaue Augen, blonde Haare, eine etwas kurze Nase und auffallend wulstige Lippen. Sie war das Idealbild einer unwiderstehlichen Frau. Vom ersten dienstlichen Besuch an verstanden wir uns. Wir hatten gemeinsame Interessen und die Chemie stimmte einfach. Schon beim zweiten Besuch schlug sie mir vor, dass wir uns duzten. Nun bin ich mit dem Du außerordentlich zurückhaltend. So erklärte ich etwas salopp, ich würde mich mit Frauen nur duzen, wenn ich mit ihnen im Bett war. Und Helena antwortete sofort: „Dann sollten wir es so bald wie möglich tun." So geschah es dann auch in ihrer Wohnung. Ihr Mann, sagte sie, war für längere Zeit im Ausland, wir hätten also freies Spiel. Da wusste ich noch nicht, dass in diesem Raum auch Kameras verborgen waren. Das bemerkte ich erst später, vor allem, als wir nackt im Freien lagen. Da sah ich sogar Personen mit Kameras mit Teleobjektiven. Helena sollte es mit mir möglichst auch im Freien treiben, damit es von mir in dieser Situation einwandfrei scharfe und detaillierte Fotos gab. Ich hätte das auch daran merken können, dass sie mit mir in ein abgesperrtes Gelände am Strand fuhr, das nur mit ihrem Ausweis

zu betreten oder zu befahren war. Aber die Faszination dieser Frau war zu stark. Ich wollte mit ihr vögeln, sollte es auch mein Verderben sein. Ich merkte sehr bald Helenas Absicht oder Aufgabe, als sie von mir dienstliche Papiere haben wollte. Von da an passte ich genau auf, was ich sagte, und natürlich gab ich ihr nur ein Papier, das völlig belanglos war und bei dem ich mit Sicherheit davon ausgehen konnte, dass die betreffende Stelle es schon hatte, weil es mir und vielen anderen Kollegen mit der Post zugeschickt worden war. Wir hatten im Kollegenkreis bald festgestellt, dass bei Postsendungen immer ein Brief nicht ankam.

Da die Beobachtungsstelle ganz sicher genug Material von mir hatte, was Sex mit wechselnden Frauen betrifft, war ich auch bei Helena ganz locker. Wir vergnügten uns in ihrer Wohnung oder im Freien und sie war eine wunderbare Partnerin dabei. Auch darin war sie vollkommen. Es war wunderschön, ihren Körper zu sehen, zu streicheln, zu riechen, zu schmecken, es war traumhaft, in ihrer Scheide zu stecken und zu erleben, wie wir uns gegenseitig zum Orgasmus brachten und danach aufeinander oder nebeneinander lagen und langsam wieder auf den Boden der Realität kamen. Es war ein Gleichklang von Freude und Lust, wie ich ihn sonst kaum einmal erlebt habe. Helena liebte es nicht so sehr, wenn ich mit meiner Zunge und meinen Lippen in ihrem Geschlecht war. Das war übrigens von seltener Schönheit in seiner Gleichmäßigkeit der Lippen. Sie wollte meinen Penis, den sie gern als „Freudenspender" bezeichnete, so bald wie möglich in ihrem Traumspalt haben und sich dann mit mir zusammen bewegen. Überraschend für mich war nur einmal, dass sie sagte, sie wollte an meinem Penis nuckeln, sie hätte noch nie Sperma geschmeckt. Bei ihrem Mann war sie nie auf die Idee gekommen, sagte sie, auch nicht bei anderen Sexpartnern. Nur bei mir hatte sie plötzlich den Gedanken. Sie behielt dann auch mein Ding in ihrem Mund, bis ich in ihm kam.

Ein knappes halbes Jahr trafen wir uns immer wieder einmal. Jedes Mal drängte Helena, ich sollte ihr bestimmte Unterlagen geben. Jedes Mal wich ich aus. Sollte mich die Behörde massiv zu erpressen versuchen, würde ich meinen Dienst an der Universität

beenden oder die Stelle wechseln. Aber Verrat kam für mich zu keinem Zeitpunkt infrage. An einem Vormittag kam Helena in mein Sprechzimmer. Sie berichtete, sie müsste ihre Stelle wechseln. Sie würde gewissermaßen in die Taiga verbannt. Und dann fing sie plötzlich an zu weinen. In den Augen ihrer Behörde hätte sie versagt, berichtete sie. Sie hätte ihrem Vorgesetzten gesagt, sie hätte sich in mich verliebt, und das wäre völlig falsch in den Augen der Behörde, weil man dann nicht mehr alles tun kann, um das Ziel zu erreichen. Nun erfuhr ich, was ich längst wusste. Sie sollte mich dazu bringen, Geheimnisse meiner Dienststelle zu verraten.

Wir trafen uns noch ein letztes Mal an einem Ort, von dem Margitta wusste, dass der nicht beobachtet wurde. Ein letztes Mal liebten wir uns lange und ausgiebig. Doch nach unserem Orgasmus, den wir fast gleichzeitig erlebten, begann sie plötzlich ganz bitterlich zu weinen und sagte unter Tränen: „Unter einem anderen Stern wären wir vielleicht miteinander sehr glücklich geworden."

Nach einem Vortrag über unsere neuesten Ergebnisse in der Krebsforschung kam hinterher ein Mann nach vorn zu mir und stellte sich vor. Als er seinen Namen nannte, wusste ich sofort Bescheid. Er war Chefredakteur eines sehr bekannten Fachverlages in unserem Land. Er hatte eine ganze Reihe Aufsätze von mir veröffentlicht. Aber bisher hatten wir uns persönlich noch nicht kennengelernt. Ich freute mich aufrichtig und wir verstanden uns sofort. Er stellte mir auch seine Frau vor. Als ich sie sah, wusste ich mit einem Schlag, ich würde alles daransetzen, um mit ihr Sex zu haben – und sollte damit die Verbindung zu dieser Zeitschrift beendet sein. Es gibt solche Momente, wo es nur dieses eine Ziel gibt, ohne Rücksicht auf Verluste. Übrigens sagte mir Anna später, sie hätte die gleichen Gedanken gehabt. Sie war, erfuhr ich später, sieben Jahre älter als ich. Sie hatte eine mittelgroße, fast grazile Figur, schulterlanges, fast weißes Haar, ein schönes Gesicht mit einem auffallend großen und weichen Mund. Ihr Körper war weich. Unwillkürlich kam mir der Vergleich mit

einer sehr reifen und sehr saftigen süßen Frucht. Doch die Krönung waren ihre Brüste. Sie trug ein leichtes Sommerkleid mit tiefem Ausschnitt und ich sah die größten Brüste, die ich später in meinem Leben berühren, streicheln, küssen durfte. Nur auf irgendwelchen Fotos habe ich größere Gebilde gesehen.

Das Ehepaar machte ganz in der Nähe unseres Ortes Urlaub. Natürlich lud ich die beiden zum nächsten Tag zu uns ein. Auch Diana kam wunderbar mit den beiden zurecht. Wir beschlossen, am nächsten Tag gemeinsam zum Strand zu fahren. Dort konnten wir gemeinsam sonnen, baden und natürlich viel erzählen. Da Diana und ich uns immer am Nacktbadestrand aufhielten – wir besaßen damals gar kein Badezeug – war für uns klar, dass wir dorthin fuhren. Manfred war auch sofort und ohne Zögern einverstanden. Anna aber hatte Hemmungen. Sie fürchtete, alle würden auf ihre großen Brüste starren. Doch wir sagten ihr, am Nacktbadestrand wäre die Leute sehr viel zurückhaltender als am Textilstrand. Vielleicht würde jemand für einen Moment auf ihre Brüste schauen, doch dann wäre es gut. So kam es ja auch. Anna lag mit uns am Strand, allerdings meist auf dem Bauch. Als sie mit uns ins Wasser ging und schwamm, tauchte ich so, dass ich unter ihren Leib kam. Als Rettungsschwimmer bin ich ja auch gewöhnt, immer mit offenen Augen zu tauchen. Da sah ich ihre wirklich gigantischen Brüste im Wasser schweben – ein wundervoller Anblick. Ich streichelte unter Wasser diese Prachtexemplare und sie hielt sich so, dass ich das gut tun konnte. Im Stehen erzählte ich ihr, ich hätte in der Nacht geträumt, es mit ihr im Bett zu tun. Sie sah mich mit weit aufgerissenen Augen an: „Ich hab genau dasselbe geträumt." Und wir beschlossen, es bei nächster Gelegenheit zu tun. Es war rührend, wie sie beim Verlassen des Meeres versuchte, mit ihren Armen ihre Brüste so zu verdecken, dass man sie nicht sah. Natürlich konnte das bei dieser Fülle nicht gelingen.

Am Abend hatten Anna und Manfred uns zu sich in das Urlauberquartier eingeladen. Wir verstanden uns glänzend. Es gab so viel zu erzählen. Manfred und Diana hatten eine gemeinsame Vorliebe: Sie betrachteten die Sterne. Als das klar war, gingen

wir auf das freie Feld in der Nähe des Hauses. Die Augustnacht war sehr klar, keine Stadtbeleuchtung lenkte ab. Manfred besprach mit größter Begeisterung mit Diana die Sternbilder. Ich stand hinter Anna und streichelte ihre Brüste. Sie griff mir zwischen meine Beine und hielt bald meinen erigierten Penis in ihrer Hand. Es war eine seltsame Spannung, dies in Gegenwart ihres Mannes zu tun. Der schien aber nichts zu merken, so konzentriert betrachtete er mit Diana die Sterne.

Für den nächsten Tag hatte ich ein Zimmer in der Stadt beschafft, in dem Anna und ich uns treffen wollten. Sie kam auch sehr pünktlich in einem zauberhaften Kleid und mit einem beschwingten Gang, der mich in sie verliebt gemacht hätte, wäre das nicht schon der Fall gewesen. Ihrem Mann hatte sie gesagt, sie wollte in Modegeschäften etwas für ihre Garderobe suchen. Das schreckte ihn regelrecht ab. Nach unserem Treff kaufte sie wirklich etwas.

Im Zimmer zögerten wir keinen Moment. In kürzester Zeit lagen wir nackt im Bett. Wenn von manchen gesagt wird, der Mund einer Frau ließe Rückschlüsse auf ihre Vulva zu – bei Anna stimmte das voll und ganz. Sie war sehr groß und weich, klatschnass und wirkte richtiggehend wollüstig wie eine gewaltige fleischfressende Pflanze oder eine offene Frucht. Ihre rabenschwarze Schambehaarung stand in krassem Widerspruch zu ihren ganz hellen Kopfhaaren. Unter den Armen wuchs auch dichtes schwarzes Haar, was mich erregte. Wir kamen dann auch sofort zur Sache und ich erlebte bei ihr einen ersten und sehr lauten Orgasmus. Wir taten es ohne Kondom, sie wollte es so. Später sagte sie: „Ich lass heute Nacht Manfred in mich rein – falls ich schwanger von dir werde." Sie wollte das Sperma auch nicht aus ihrer Scheide waschen. Mit ihr erlebte ich zum ersten Mal in meinem Leben eine Frau mit einem Orgasmusplateau. Ich hatte noch keinen Orgasmus, als sie schon drei Orgasmen hintereinander hatte. Zwanzig sehr laute Orgasmen hatte sie, sagte sie mir, als wir uns trennten. Sie offenbarte eine unbeschreibliche Lust, die mich beinahe verunsicherte, weil ich bisher gar nicht gewusst hatte, dass es so etwas gibt. Ich hatte in ihr drei Orgasmen. Sie

lutschte zwischendurch auch an meinem Penis, der ja nach Sperma schmeckte, aber das wollte sie so. Ich leckte den Schleim und das Sperma aus ihrer offenen Scheide. Nach vier Stunden wusch sie ihren Unterleib und zog sich an. Beim Verlassen des Hauses lachten wir viel, weil sie so seltsam breitbeinig ging.

Am Abend saßen wir wieder zu viert zusammen. Wir erzählten den beiden, wir würden in 14 Tagen nach St. Wolfgang fahren. Wir hatten dort ein großes Appartement gemietet. Manfred und Anna reagierten fast betroffen: „Da wollten wir ewig schon hin!" Es war Diana, die sagte: „Dann kommt doch mit!" Die beiden sahen in ihren Terminkalendern nach und stellen fest, das wäre auch dienstlich zu machen.

So kam es, dass wir uns 14 Tage später auf den Weg nach St. Wolfgang machten. Das Wetter war traumhaft schön. Natürlich gingen wir zuerst in das „Weiße Rössl" und aßen mit Blick auf den Wolfgangsee einen Kaiserschmarren. Unser Appartement hatte ein etwas größeres Schlafzimmer und ein Kinderzimmer, aber mit großen Betten. Am Abend setzten wir uns auf die weiträumige Veranda, sahen der kleinen Bergbahn zu, die auf den Schafberg zuckelte bzw. von dort kam. Wir tranken Wein und erzählten. Dann wurde es Schlafenszeit. Anna hatte erstaunlich viel Wein getrunken – ich wieder nur klares Wasser. Auch Manfred und Diana hatten fleißig den österreichischen Wein genossen. Vielleicht hatte das Anna enthemmt; denn sie machte den Vorschlag, sie wollte mit mir schlafen, Manfred sollte es mit Diana tun. Diana hatte das wohl schon geahnt, sie kannte mich ja, Manfred war etwas überrascht, stimmte dann aber zu. So schliefen Anna und ich im Kinderzimmer, Manfred und Diana im eigentlichen Schlafzimmer. Auch jetzt wurde Anna sehr, sehr laut beim Sex. Ich bekam Sorge wegen der beiden anderen. Doch es wurde für uns ein wunderbares Miteinander. In der Nacht taten wir es dann noch zweimal und jedes Mal war es herrlich. Am Morgen waren wir ganz müde, aber sehr glücklich. Anna ging wieder etwas seltsam. „Ich bin ganz ausgeleiert", sagte sie lachend, als ich ihr das sagte.

Umso mehr fiel auf, dass die beiden anderen sehr einsilbig waren. Bei passender Gelegenheit fragte ich Diana und sie berichtete,

weder vor dem Einschlafen noch unmittelbar nach dem Aufwachen hätte Manfred eine Erektion gehabt. Er hatte sich wohl die größte Mühe gegeben und sie hatte ihm dabei sehr geholfen – es ging einfach nicht. Diana war nicht traurig, sie brauchte es nicht. Sie wollte es uns zuliebe mit ihm tun. Aber er war frustriert.

Anna war das Gegenteil. Sie lachte und sang und tänzelte etwas breitbeinig. Am Frühstückstisch saß sie neben mir und schmiegte sich an mich. Manfred gegenüber war mir das unangenehm. Erst später bekam ich mit, dass es in dieser Ehe schon länger kriselte. Immer wieder hatte sie sich ihrem Mann verweigert, wenn er es mit ihr tun wollte. Nur nach unserem fulminanten Nachmittag war sie auf seine Bettseite gerutscht. Sie wollte ja im Fall, dass sie von mir schwanger würde, sagen können, das Kind wäre von ihrem Mann. Doch jetzt hatte sie richtig Freude daran, ihren Mann zu ärgern. Der ließ sich aber kaum etwas anmerken. So wie Anna mir die Brust streichelte, streichelte er Dianas Brüste und ihren Po.

Den Tag über waren wir unterwegs. Wir wanderten am Wolfgangsee entlang und besuchten alle Museumseinrichtungen und interessante Gebäude. Unterwegs aßen wir den Fisch, der dort am Stock geröstet wird. Es war ein sonniger Tag und für Anna und mich sehr fröhlich. Sie griff immer wieder nach meiner Hand und umarmte mich bei jeder Gelegenheit. Manfred und Diana unterhielten sich sehr intensiv über wissenschaftliche Themen. Diana hatte sich ja auch an meinen Forschungen über Krebsbekämpfung beteiligt, sie wusste daher viel und beeindruckte ihren Gesprächspartner. Sie hatte sich auch über diese Gegend belesen und konnte viel Interessantes erzählen. Wenn Anna in ein Modegeschäft ging, standen wir zu dritt an der Straße und besprachen ein Thema.

Am Abend saßen wir wieder auf dem schönen Balkon, sahen die Schafbergbahn hinauf- und hinunterfahren, die drei tranken ihren österreichischen Rotwein und wir plauderten sehr angenehm. Dabei beobachtete ich Manfred. Es schien ihn kaum zu stören, dass Anna sich an mich schmiegte. Sie trug wieder ein leichtes Kleid mit sehr tiefem Ausschnitt. Ihr großer Büstenhalter

war fast durchsichtig. Sie sah ungemein reizvoll aus. Mein Penis befand sich fast in Dauer-Erektion, zumal sie immer wieder einmal über meine Hose strich. Manfred hätte gern noch mit Diana den Sternenhimmel betrachtet, doch in der Umgebung war zu viel künstliches Licht. Wir gingen aber noch einmal zum Wolfgangsee, wir wollten die Abendstimmung dort genießen. Dann machten wir uns zum Schlaf bereit. Ich hatte Manfred angeboten, dass er wieder in einem Zimmer mit seiner Frau schlafen sollte. Aber nun war wohl so etwas wie sein Ehrgeiz geweckt. Er sagte mir zwar, er würde mir gern das Zusammensein mit Anna gönnen, aber von Diana erfuhr ich später, dass er gern mit ihr Sex haben wollte. Er wollte ihr gewissermaßen seine Männlichkeit beweisen.

Es war durchaus lustig für mich, wie Anna zuerst mit bloßem Oberkörper, nur mit Slip, durch die Räume ging. Sie hatte ja erlebt, wie wunderschön ich diese herrlichen Brüste fand. Dass sie hingen, störte mich überhaupt nicht, mir erschien es selbstverständlich, dass solche Gebilde nicht feststehen konnten. Ganz augenscheinlich wollte sie es genießen, von mir und ihrem Mann bewundert, vielleicht begehrt zu werden. Ihr Verhalten und Manfreds Ermunterungen brachte nun auch Diana dazu, mit bloßen Brüsten durch den Raum zu gehen. Auch sie hatte ja wundervolle und große Brüste, auch sie hingen natürlich. Da aber beide Männer Frauen mit großen hängenden Brüsten hatten, konnten sich beide Frauen so zeigen. Dianas Brüste waren ohne Zweifel kleiner, doch sie waren genauso schön anzusehen. Und sie hatte noch einen Vorzug, der Manfred so begeisterte: ihr Po. Annas Hintern war flach, Dianas sehr groß und weich. Nun zeigte es sich, dass Manfred an große Brüste gewöhnt war, dass ihn der Hintern von Diana aber erregte. Seine Zurückhaltung war plötzlich verschwunden. Er hatte nun keine Scheu mehr, Diana an den entsprechenden Stellen zu streicheln. Diana erzählte mir am nächsten Tag, Manfred hätte sich vor allem mit ihrem Po beschäftigt, hätte ihn gestreichelt und geküsst und wäre dann auch von hinten in sie hineingegangen. Da sie in dieser Stellung einen Penis am besten fühlt, war ihr das auch so sehr

angenehm. Wenn sich die beiden Frauen im gedämpften Licht bewegten, sah das zauberhaft aus. Mit Befriedigung beobachtete ich Manfreds Gesicht, das sich im Vergleich zum Tag deutlich veränderte. Ich wusste, jetzt könnte er Diana zufrieden stellen. So verschwanden die beiden sehr bald im großen Schlafzimmer. Anna umarmte mich noch im Wohnzimmer. Und ihr Mund war so schön, dass ich sie ganz gegen meine Gewohnheit leidenschaftlich küsste. Ich habe ja möglichst das Küssen gelassen. Das war Diana vorbehalten, weil ich sie immer geliebt habe – bis an ihr Lebensende. Ich habe ja immer versucht, die Sexualität, die ich der Biologie zuordne, von diesen Gefühlen abzutrennen. Aber bei Annas Mund war das unmöglich. Er war einfach zu reizvoll. Während wir uns küssten, hörten wir im Schlafraum die Geräusche, die typisch sind für den Sexualakt. Da zog Anna ganz schnell ihren Slip aus, löste meinen Hosenbund und zog mich auf den Fußboden. Dort bewegte sie sich wild über mir. Sie kam auch eine ganze Weile vor mir zum Orgasmus. Ich war ja etwas abgelenkt, weil mich ihre baumelnden Brüste über meinem Gesicht so beschäftigten. Ich hielt gewissermaßen nur meinen erigierten Penis bereit. Sehr laut kam sie ein erstes Mal. Anschließend gingen wir ins Schlafzimmer und nun erlebte ich noch einmal ihr Orgasmusplateau. Ich weiß aber nicht, wie oft sie kam. Aber sie war sehr laut dabei.

Mich interessierte dann, wie sie beim Schlafen liegen würde, weil sie ja Gefahr lief, ihre Brüste einzuklemmen. Ich bemerkte, dass sie vor allem auf dem Rücken lag.

Am nächsten Morgen waren auch Manfred und Diana sehr entspannt und fröhlich. Auch sie hatten guten Sex gehabt. Diana sagte mir später, ihr Orgasmus vor dem Einschlafen und morgens wäre echt und schön gewesen. Und nun sah ich, wie Manfred immer selbstverständlicher Dianas Po streichelte und auch zwischen ihre Schenkel griff. Mich überraschte nur, dass Diana an diesem Morgen keinen Slip trug. Sie erklärte mir, als ich sie darauf ansprach, Manfred hätte sie darum gebeten. Er wollte ihren Hintern pur haben und wohl auch ihr Geschlecht. Sie zog ihren Slip erst an, als wir das Haus verlassen wollten.

Eine Woche blieben wir so zusammen. Den Tag über waren wir in der Umgebung unterwegs. Am Abend genossen wir auf dem Balkon die herrliche Atmosphäre und in der Nacht genossen wir unsere Sexualität.

Erschrocken war ich nur, als uns Anna ein Jahr später berichtete, sie würde jetzt mit einer Frau zusammenleben. Ihr Mann hätte sich nicht von ihr scheiden lassen, tolerierte aber das Verhältnis. Ich kann mir diese Umkehr bei dieser so sinnlichen Frau bis heute nicht erklären. Diese herrliche Frau sollte auch von anderen Männern genossen werden, sonst wäre es reine Verschwendung.

Im September fuhr Diana mit einer Sportgruppe nach Stralsund zu einem zentralen Treffen dieser Sportart. Drei Tage war sie dort. Als sie zurückkam und wir am Kaffeetisch saßen, berichtete sie natürlich, was da alles geschehen war. Irgendwann fragte ich sie so nebenbei, ob denn auch interessante Männer da gewesen wäre. Nein, die Gruppen hätten nahezu ausschließlich aus Frauen bestanden, sagte sie. Dann etwas zögernd: „Nur auf der Rückfahrt war ich mit einem Trainer im Auto zusammen." Dann erzählte sie. Der Trainer wohnte in der Nähe und hatte für sie den kleinen Umweg zu uns gemacht. Er war mindestens 15 Jahre jünger als sie, sehr schlank, gutaussehend, sportlich, aber nicht athletisch. Auffällig an ihm war seine Hose: Sie war aus Stretch, saß eng an wie eine Strumpfhose. Während sie fuhren, sagte ihr der Trainer, er hätte sie vom ersten Tag an beobachtet, sich aber nicht getraut, ihr zu sagen, wie rasant er sie fände. Erst jetzt im Auto, quasi zum Abschluss, traute er sich, das zu sagen. Diana hatte sehr oft auf seine Hände gesehen; sie gefielen ihr besonders gut. Und während er seine Zuneigung zu ihr offenbarte, sah sie, wie sein Penis unter dem dünnen Stoff immer länger und dicker wurde. „Und da hab ich dorthin gefasst und das Ding gestreichelt. Ich hatte plötzlich ganz große Lust, das Ding in die Hand zu nehmen und zu streicheln. Ich malte mir aus, wie das Blut aus seinem Kopf nach unten in das Schwammgewebe fließt und dort die Adern schwellen. Und da hab ich gesagt, er soll in die nächste Parkmöglichkeit fahren." Er fuhr dann auch in eine

Lichtung im Waldgebiet an der Straße. Da konnte sie niemand sehen. Draußen regnete es ganz gleichmäßig. Der Trainer hatte dann auch im Sitzen die enge Hose und den Slip heruntergezogen und sie hatte sein Geschlecht gestreichelt und massiert und in ihren Mund genommen und belutscht. Der Trainer hatte ihr nun auch zwischen die Oberschenkel gegriffen. Da hatte auch sie ihren Slip ausgezogen und den Rock hochgezogen. Kondome hatte er im Handschuhfach. Sie bat ihn darum, ein Kondom über seinen Schaft zu rollen. Aber nun kam das Schwierigste: „Er wollte natürlich mit seinem Ding in meinen Spalt. Aber bei diesen Schalensitzen geht das nicht so leicht. Da sind auch noch die Knüppelschaltung und die Handbremse zu überwinden." Der Mann hatte zu tun, sich mit beiden Armen so abzustützen, dass er seinen Körper zwischen ihren Schenkeln halten konnte. Seinen Pimmel konnte er nicht in ihre Scheide dirigieren. Das tat sie, sie hatte ja gern sein Geschlecht in ihrer Hand. Aber der Akt selbst war sehr ernüchternd. Er hatte mit sich zu tun und sie konnte ihren Unterleib nicht so bewegen, dass sie Lust verspürte. Wäre es draußen trocken gewesen, hätte sie sich mit ihm ins Gras gelegt oder ihm ihren Hintern präsentiert. Aber so! Sie sah zu, wie er sich mühte, das Gleichgewicht zu halten. Sie spürte ihn in ihrer Scheide, aber das war auch alles. „Irgendwann kam er und damit war die Sache erledigt. Er warf sein Kondom unverknotet aus dem Fenster, wir zogen uns wieder ordentlich an, und dann fuhren wir weiter. Er hat nicht einmal meine Brust gestreichelt, sich nur so in mir bewegt." Das war's! Ich fragte: „Habt ihr eure Adressen ausgetauscht?" Und sie schüttelte den Kopf: „Es war ja nur ein One -Night-Stand."

Bei einer Reise nach Israel lernte ich Rina kennen. Ich war der Leiter der deutschen Reisegruppe, sie hatte uns durch Israel zu führen. Der Anfang war frustrierend: Ich stand vor dem Flugplatz in Tel Aviv an der Stelle, wo sie uns abholen sollte. Aber sie war nicht da. Ich rannte also los und suchte sie. Schließlich fand ich sie: Sie stand deutlich abseits vom Eingang, rauchte eine Zigarette und führte ein lebhaftes Gespräch mit zwei Kollegen. Da

ließ ich sie meinen Zorn spüren. So wurde der erste halbe Tag frustrierend. Aber dann gewöhnten wir uns aneinander. Rina erzählte sehr lebendig über Land und Leute, ich erzählte die biblischen Geschichten zu den Orten, in die wir fuhren. Wir begannen einander zu schätzen und am dritten Tag bot mir Rina das „Du" an, das ich gern annahm, obwohl ich in dieser Beziehung sonst sehr zurückhaltend bin.

Rina war mit ihrer Mutter aus Österreich nach Israel gekommen. Sie konnte also einwandfrei Deutsch sprechen. Sie war eine kleine Person, sehr schlank, hatte schwarzes krauses Haar, eine etwas dunkle Haut und ein sehr intelligentes Gesicht. Sie wirkte oft geradezu quirlig. Sie war geschieden und hatte kein Kind. Als ich sie nach dem Grund der Scheidung fragte, sagte sie sehr freimütig, ihr Mann hätte es nicht ertragen, dass sie von Zeit zu Zeit mit einem anderen Mann im Bett war. Aber sie brauchte das nun einmal. In der freien Zeit saßen wir immer häufiger zusammen. Sie wohnte in Tel Aviv und in Jerusalem wohnte sie im selben Hotel wie wir. Ich hatte als Reiseleiter ein sehr komfortables Zimmer bekommen. Auf dem großen ovalen Tisch stand eine große Schale mit unterschiedlichem und sehr gut schmeckendem Obst. Am Abend erzählte ich ihr begeistert, wie schön das Zimmer wäre. Ganz spontan wünschte sie, das Zimmer zu sehen. Wir fuhren also mit dem Fahrstuhl nach oben und auch sie war begeistert. Sie ging gleich auf den Balkon und genoss die Aussicht über Jerusalem. Dabei musste sie natürlich wieder eine Zigarette rauchen. Als das vorbei war, besichtigte sie das Bad und war hell begeistert. Sie stand vor der Badewanne und sagte mehr zu sich als zu mir: „Da würde ich gern drin baden." Ich antwortete: „Dann tu's doch!" Sie zögerte einen Moment. Dann drückte sie den Badewannenverschluss in den Abfluss und drehte den Warmwasserhahn auf. Sie nahm die Ingredienzien in die Hand, die vom Hotel dort standen. Sie nahm eines der großen Badetücher aus dem Schränkchen und sah mich nachdenklich an. Ich wusste, was sie überlegte. Ich sagte: „Ich weiß, wie eine Frau aussieht. Aber wenn du dich genierst, geh ich so lange ins Wohnzimmer oder auf den Balkon." Sie schüttelte den Kopf.

Dann zog sie sich langsam aus. Sie war sehr grazil, fast mager. Ihre Brüste waren etwa so groß, dass ich sie mit meinen hohlen Händen hätte zudecken können. Ihr Hintern war straff, wie man das bei Wanderern kennt. Sie entsprach eigentlich gar nicht meinem Typ. Ich liebe ja üppige Frauen mit großen Brüsten, ausladenden Hintern und kräftigen Oberschenkeln. Das alles fehlte ihr. Aber sie hatte eine Ausstrahlung, die mich faszinierte. Da war auch ein bestimmter Geruch, den ihr Körper mit zunehmender Nacktheit ausströmte. Dann sah ich ihr ganz glatt rasiertes Geschlecht. Der Spalt lag weit vorn, hatte sehr volle Schamlippen und erschien mir ungewöhnlich groß. In der Wanne bewegte sie sich sehr fröhlich. Sie sang israelische Lieder. Ich seifte ihr den Rücken ein. Später trocknete ich ihr auch den Rücken ab. Sie zog den Bademantel an, den das Hotel ins Bad gehängt hatte. Dann rauchte sie eine Zigarette und wanderte durch den Raum. Sie setzte sich auch auf das Bett und prüfte, wie es sich da liegen ließe. Ich sagte: „Wenn du willst, kannst du doch mit mir hier schlafen." Sie machte plötzlich ein verschlossenes Gesicht. Ich sagte: „Wenn du nicht mit mir Sex willst, können wir auch so nebeneinander liegen." Da setzte sie sich gerade auf das Bett und berichtete.

Ihre Mutter war in Österreich zur Zeit des Nationalsozialismus in einem Lager interniert gewesen. Sie hatte hart arbeiten müssen. Die weiblichen Aufsichtskräfte waren meist brutaler als die männlichen. Die holten nur von Zeit zu Zeit die eine oder andere Frau zu sich, um sich in ihnen sexuell zu entspannen. Manche Frau ließ sich ganz gern holen, denn da musste sie nicht die schwere Arbeit verrichten, konnte gut essen und wohnte sehr viel besser als die Frauen im Lager. Und mancher deutsche Mann behandelte sie auch sehr freundlich und wenn sie ihm gefiel, blieb sie länger bei ihm, gewissermaßen unter seinem Schutz. So war es auch mit Rinas Mutter geschehen. Sie war wiederholt aus dem Lager in die Wohnung eines deutschen Offiziers gebracht worden und hatte mit ihm Sex. Vielleicht war sie dadurch am Leben geblieben. Aber als sie später ihrer Tochter erzählte, was da geschehen war, sagte sie abschließend: „Du musst mir schwören,

dass du nie mit einem deutschen Mann ins Bett gehst!" Sie hatte geschworen. Das erzählte sie mir, als sie mit mir auf dem Bett saß. Das verstand ich natürlich. Etwas traurig schauten wir beide auf den dicken weißen Teppich, der in der Nähe des Bettes vor uns lag. Aber plötzlich hellte sich Rinas Gesicht auf: „Ich hab meiner Mutter geschworen, nicht in ein Bett zu gehen. Aber wenn wir uns auf dem Teppich ein Lager machen, habe ich mein Wort gehalten!" Und sie sprang auf, nahm alle Kissen und Decken, die sie im Raum fand und baute auf dem weißen Teppich ein kuscheliges Lager. Dann zog sie den Bademantel aus, legte sich hin und rief fröhlich; „Nun komm!" Und dann erlebte ich einen Vulkan. Sie kniete über mir und Flüssigkeit tropfte aus ihrer Scheide. Sie bewegte sich unter mir wir eine Schlange. Und nach jedem Orgasmus von mir wartete sie, bis mein Pimmel wieder steif wurde, und dann ging es weiter. Am nächsten Morgen waren wir beide sehr müde, aber sehr glücklich. Und an diesem Tag wurde besonders viel gelacht. Auch die beiden nächsten Nächte waren wunderschön. Ich hatte oft den Eindruck, dass ich vorher noch nie richtigen Sex gehabt hatte. Und ich glaubte, ich hätte noch nie eine so reizvolle Vulva gesehen wie bei Rina.

Nach fünf Tagen sollten wir nach El Eilat ans Rote Meer fliegen, einfach zur Entspannung. Da brauchten wir Rina nicht. Sie sollte zurück nach Tel Aviv. Aber ich fragte sie, ob sie nicht mitkommen wollte. Sie könnte ja wieder bei mir schlafen. Einen Moment überlegte sie. Dann rief sie bei der Fluggesellschaft an, die uns ans Rote Meer bringen sollte. Schließlich sagte sie: „Ich kann mit euch fliegen. Im Flugzeug ist noch Platz."

In El Eilat tat jeder, was er wollte. Die meisten von uns flanierten am Meer entlang oder kauften Andenken und Geschenke für ihre Familie. Rina und ich flanierten auch in der Fußgängerzone. Rina blieb natürlich in den Modegeschäften stehen. Ich bot ihr an, ihr etwas als Andenken zu schenken. Aber sie wollte nichts haben. Wir aßen nur gemeinsam, küssten uns und gingen Hand in Hand weiter. Ich entdeckte, dass das Rote Meer eine ganz eigenartige Grünfärbung hatte. An einem Stand am Strand bot ein Händler Steine und Fossilien aus dieser Gegend

an. Ich sah da einen Stein, der ganz genau die Farbe des Meeres hatte. Diesen Stein kaufte ich als Erinnerung. Am Abend baute Rina wieder ein Lager auf dem Fußboden. Aber mitten in unserem erotischen Tun begann sie bitterlich zu weinen. Sie hockte über mir, ich steckte noch in ihr, und die Tränen fielen auf meine Brust. Ganz erschrocken fragte ich, was denn mit ihr wäre, und sie stammelte: „Dass es morgen vorbei ist." Und dann gestand sie mir, dass sie in mich verliebt wäre. Das überraschte und erschreckte mich; denn fast immer hatte ich Sex nur als Biologie, als schönes Spiel empfunden. Ich hatte auch kaum einmal eine Frau geküsst. Ich hatte auch immer von Diana erzählt. Nun das! Ich zog mich aus ihr heraus und wir lagen sehr lange ganz still nebeneinander. Irgendwann gingen wir dann noch einmal am Meer flanieren. Rina hielt dabei meine Hand ganz fest, als wollte sie sie nie mehr loslassen. Als wir uns sehr spät auf unser Lager legten, wollte sie, dass sie meinen Penis noch einmal in ihrer Scheide spürte. Sie wünschte sich, dass wir nur so nebeneinander lagen, aber unten verbunden waren, so lange es ging. So schliefen wir ein. Ganz früh am Morgen stand sie auf. Sie konnte nicht mehr Frühstück essen, nahm nur noch eine Frucht aus der großen Schale. Sie musste zum Flugplatz. Wir umarmten uns noch einmal ganz fest – mehr nicht – und dann ging sie sehr schnell aus dem Zimmer.

Als ich im nächsten Jahr wieder nach Israel fuhr und bei der Agentur nach ihr fragte, wurde mir gesagt, Rina wäre nicht mehr da. Man wisse nicht, wie sie jetzt zu erreichen wäre.

Zu unseren besten Freunden gehörte das Ehepaar Herbert und Luise. Er war einer der bekanntesten Maler und Grafiker in Deutschland. Wir hatten uns über meine Sammelleidenschaft von Bildern kennengelernt und dabei sehr viele gemeinsame Interessen festgestellt. Dazu gehörte auch unsere Liebe zu schönen Frauen. Herbert war, als ich ihn kennenlernte, 30 Jahre mit seiner Frau verheiratet und hatte mit ihr drei Kinder. Luise akzeptierte die Liebe ihres Mannes zu den Frauen. Sie brachte ihn oft mit bestimmten Frauen in Verbindung, die er dann zeichnete

oder malte und mit denen er oft auch sexuell verkehrte. So von Frau zu Frau entwickelte sich das Zutrauen leichter, das Herbert brauchte, wenn er die Frauen malen wollte. Das Zutrauen, das die Frau dem Künstler entgegenbrachte, verstärkte nur die Liebe zu Luise. Und wenn ihr ein Mann gefiel, war auch er damit einverstanden, dass sie mit ihm ins Bett ging.

Diana und ich besuchten die beiden wiederholt, auch Diana mochte das Ehepaar. Sie bedauerte Herbert, der zu der Zeit der ersten Begegnung schon deutlich herzkrank war, verstärkt durch sein Übergewicht, und dann machte ihm der Diabetes zu schaffen. Das bedeutete bei ihm auch Impotenz. Er betrachtete schöne Frauen mit Begeisterung, aber sexuell war weder bei seiner Frau noch bei einer anderen etwas möglich. Luise erzählte mir, sie wäre einmal mit ihrem Mann durch die Straßen der Stadt gegangen. Da hatten sie in einem Keller eine Frau gesehen, die dort Wäsche wusch. Die Frau trug keinen Büstenhalter. Bei ihrer Arbeit beugte sie sich so nach vorn, dass das Ehepaar ihre prallen und sehr schönen Brüste sehen konnte. Herbert blieb unwillkürlich stehen, fing sich dann aber wieder und ging langsam mit seiner Frau weiter. Da fragte ihn Luise: „Wollen wir noch einmal ganz langsam an der Frau vorbeigehen?" Strahlend stimmte er zu und die beiden gingen so langsam wie möglich an der Wäscherin vorbei. Herbert war den ganzen Tag glücklich.

Ein anderes Mal, erzählte Luise, wurden zwei von den drei Töchtern fast gleichzeitig schwanger. Beide waren unverheiratet. In der damaligen Zeit galt das in dieser kleinen Stadt als Skandal. Doch Herbert hatte große Freude daran zu beobachten, wie sich die Körper seiner Töchter veränderten. So wie ich auch fand er schwangere Frauen besonders schön. Und gern ging er mit den beiden jungen Frauen durch die Stadt und strahlte dabei. Natürlich zeichnete er die beiden auch regelmäßig nackt. Er hatte eine ganze Sammlung von nackten schwangeren Frauen.

Das vertrauten uns die beiden im Laufe unserer Gespräche an. Auch, dass Herbert seine sexuelle Lust dadurch abbaute, dass er nackte Frauen oder Paare zeichnete oder malte, oft in sehr intimen Szenen. Und als wir einmal wieder mit den beiden am

Kaffeetisch saßen, fragte Luise Diana: „Wie ist es – würdest du ihm als Akt Modell stehen?" Diese Bitte war nicht ungewöhnlich. Diana war ja auf dem Höhepunkt ihrer Schönheit. Wiederholt war sie gemalt und fotografiert worden, auch am FKK-Strand. So gingen Herbert und Diana in sein Atelier und sie entkleidete sich. Sie kannte ja nun den Grund seines Malens. So präsentierte sie sich ihm in aller Freizügigkeit, hängte ihre großen Brüste über die Stuhllehne, drückte ihren üppigen Hintern heraus, zog ihre Schamlippen weit auseinander und präsentierte ihm ihre Vulva. Und Herbert war selig. Ein Blatt nach dem anderen entstand. Und sie wurden wunderschön erotisch.

Luise und ich saßen im Wohnzimmer. Sie hatte eine hübsche weiße Bluse aus durchbrochenem Leinenstoff an, dazu einen dunkelblauen engen Rock. Das Alter sah man ihr keinesfalls an. Außerdem erscheinen mir ältere Frauen immer reizvoller als jüngere. Nun, wir plauderten, Luise erzählte, wie sehr sich Herbert wünschte, mit einer Frau Sex zu haben. Wenigstens einmal wollte er es wieder so richtig sehen. Pornofilme waren zu jener Zeit in unserem Land ja streng verboten und wurden mit Gefängnis bestraft. Und Video gab es damals auch noch nicht. Und plötzlich sagte Luise „Könntest du dir vorstellen, vor seinen Augen Liebe zu machen?" Das war etwas überraschend. Ich antwortete: „Ich könnte es mir schon vorstellen, aber Diana macht da ganz bestimmt nicht mit." Da fragte Luise: „Und wie wäre es mit mir? Glaubst du, du könntest es vor den Augen von Herbert und Diana mit mir machen?" Ich sah auf die großen, schweren Brüste von Luise, sah ihren dicken Hintern und nickte: „Ich weiß nicht genau, ob ich es schaffe. Aber ich denke schon." Die unerwartete Frage von Luise gab mir den Mut zu bitten: „Darf ich deine Brüste sehen?" Sie erhob sich, ging vor mir ins Schlafzimmer und zog ihre Bluse aus. Dann fragte sie: „Willst du mir den BH aufhaken?" Der Büstenhalter hatte drei Haken und drei Ösen. Ich hakte sie also auf und griff dann nach vorn, um diese üppigen Gebilde zu halten. Dabei war ich überrascht, wie klein ihre Brustwarzen waren. Während ich ihre Brüste streichelte und küsste, griff sie mir zwischen die Beine und stellte fest, dass mein

Penis feststand. Das genügte vorerst. Sie ließ den Büstenhalter auf dem Bett liegen, zog nur die Bluse wieder an. Und hätte ich vorher keine Erektion bekommen, jetzt wäre es geschehen. Wie diese üppigen Gebilde unter dem Stoff hin und her schwangen, war geradezu unwahrscheinlich erotisch.

Wir gingen dann ins Atelier. Diana stand immer noch nackt vor dem Maler. Sie lächelte uns an. Herberts Begeisterung machte auch ihr Freude. Als wir ins Atelier gingen, lagen da auf dem Fußboden lauter wunderschöne Zeichnungen, auch Details wie ihre Brüste oder ihr Geschlecht. Ganz unbefangen bewegte sich Diana nackt in dem Raum, der gesättigt war mit dem Duft, der von ihrem Körper, vor allem aber aus ihrer Scheide kam. Irgendwann sagte Luise zu ihrem Mann: „Ich hab ihn gefragt – er wäre bereit dazu." Diana wollte natürlich wissen, wozu. Da sagte ihr Luise, worum es ging. Diana sagte sehr nachdenklich: „Eine Frau hat es ja leichter als ein Mann. Ein Mann muss eine Erektion haben, sonst geht es nicht. Eine Frau braucht nur ihre Öffnung hinzuhalten. Und wenn sie sehr freundlich ist, tut sie so, als wenn sie Lust hat. Aber ich möchte es jetzt nicht." Und demonstrativ zog sie sich an und ging auf die Toilette, um Pipi zu machen. Luise aber sagte zu Herbert: „Er würde es auch mit mir machen, wenn du einverstanden bist."

So kam es, dass Luise und ich ins Schlafzimmer gingen. Sie schlug das Bett auf und wir entkleideten uns. Beim Anblick von Luises Brüsten wurde mein Penis wieder lang und steif. Ihr Geschlecht erschreckte mich beinahe: Es war wild bewuchert und die Haare waren sehr lang, beinahe zottig. Von einem Spalt sah ich zunächst nichts. Nun kam auch Herbert herein. Er setzte sich mit einem Zeichenblock in eine Ecke. Er lächelte etwas traurig. Diana blieb im Wohnzimmer. Sie hatte sich ein Buch aus dem Regal dort genommen und setzte sich damit ans Fenster.

Luise und ich legten uns nun auf das Bett. Sie dachte wohl daran, auf dem Rücken zu liegen und mich so in sich gleiten zu lassen. Ein Kondom wollte sie übrigens nicht. „Ich bekomme zwar noch meine Tage", sagte sie, „aber an eine Schwangerschaft ist wohl nicht mehr zu denken. Und ohne ist es viel schöner." Aber

nun wurde mein Penis schlaff. Der Grund war wohl Herberts Gegenwart. Luise versuchte, ihn zu massieren, aber es half nicht. Da kniete sie sich über mich und lutschte an meinem Pimmel. Ich spürte ihre Brüste auf meinem Leib, streichelte sie auch – das half. Sie hockte sich über mich, nahm meinen Penis und schob ihn in ihren Spalt. Dann bewegte sie sich über mir. Und beim Anblick ihrer wogenden Brüste bekam ich richtig Lust. Ich habe ja immer große Brüste besonders geliebt. Auf diese Weise vergnügten wir uns eine ganze Weile. Dann fragte Luise: „Willst du mich auch von hinten haben?" Ich vermute, das hatte sie so vorher mit ihrem Mann abgesprochen. Also wechselten wir die Position. Ich strich ihre langen Schamhaare beiseite und zog dann mit den Fingern ihre Schamlippen so auseinander, dass ich ihre Öffnung sehen und mein Ding in sie schieben konnte. Nun hatte ich ihren opulenten Hintern vor mir und bei jedem Stoß gab es kleine Wellen auf ihrem Körper. Wenn ich mich etwas seitlich hielt, sah ich auch eine der beiden Brüste. Streicheln konnte ich sie allerdings nicht, weil ich in dieser Stellung nicht an sie herankam. Mit Freude sah ich dann weißlichen Gleitschleim aus ihrer Scheide kommen und irgendwann merkte ich ihren Orgasmus: Ihre Scheide zog sich fast krampfartig zusammen und sie zitterte leicht. Nach vielleicht einer halben Stunde spritzte ich in ihr ab. Wir blieben ineinander, bis mein erschlafftes Glied aus ihr herausrutschte. Dann nahmen wir beide ein Zellstofftaschentuch an unser Geschlecht und gingen ins Bad. Dort pullerten wir hintereinander und wuschen unser Geschlecht. Aber dann umarmte mich Luise und flüsterte fast: „Hat es dir auch so viel Freude gemacht wie mir? – Ich hatte einen herrlichen Orgasmus." Da beschäftigte ich mich noch einmal sehr ausführlich mit ihren schönen Brüsten und sie hielt sie mir lächelnd hin. Als wir ins Schlafzimmer zurückkamen, war Herbert schon ins Atelier gegangen. Wir sahen die Zeichnungen später. Sie sahen sehr ästhetisch aus. Sie waren ein Lobpreis auf die körperliche Liebe.

Diana hatte in ihrer Tätigkeit als Fotografin viele Frauen nackt fotografiert. Einmal reizte es sie, eine besonders schöne Frau zu

dokumentieren. Es ist ja erstaunlich, wie schnell manche Frauen verblühen. Das wurde uns wieder einmal bewusst, als wir eine ganz süße Frau kennenlernten. Diana war hingerissen von ihr, zögerte aber, sie zu bitten, sich nackt fotografieren zu lassen. Ein halbes Jahr später war diese Frau schwanger, und nach der Entbindung war sie aufgequollen wie ein Brotteig. Diana war danach lange Zeit traurig, dass sie den richtigen Moment verpasst hatte. Andere Frauen kamen zu ihr und wollten sich etwa in der Schwangerschaft als Erinnerung an diese Zeit fotografieren lassen. Wieder andere Frauen baten sie um Aktfotos, wenn bei ihnen z. B. Brustkrebs festgestellt wurde und sie nicht wussten, wie es aussehen würde, wenn sie an der Brust operiert würden. Einige fürchteten auch, eine Brust zu verlieren, und wollten noch dokumentieren, wie die Brüste aussahen. Und dann waren da natürlich auch Frauen, die sich ihrer Schönheit bewusst waren und sofort zusagten, wenn wir sie baten, für uns Modell zu stehen.

Aber mit Männern war das Fotografieren deutlich schwieriger. Entweder waren sie zu sehr gehemmt oder sie entsprachen nicht Dianas Schönheitsvorstellungen. Wiederholt sagte sie: „Ich würde so gern einmal einen Mann mit einem schönen Geschlecht fotografieren, aber die gibt es wohl nicht." Meist – auch bei mir – war ihr der Penis im Ruhezustand zu klein. In der Erregung aber stand er unschön vom Körper ab und bei jungen Männern zeigte er auch noch nach oben. Das entsprach alles nicht Dianas Vorstellungen.

Aber an einem Nachmittag lagen wir wieder einmal am Strand. Ich las viel und achtete nicht so sehr auf die Umgebung. Da stieß mich Diana an und flüsterte: „Guck mal, der Mann da rechts!" Da hatte sich gerade ein Mann hinter dem Windschutz erhoben. Er wollte wohl ins Wasser gehen. Er mochte Anfang dreißig sein. Auffallend waren seine breiten Schultern, der sportlich schlanke, fast athletische Körper, die schmalen Hüften und die kräftigen Beine. Aber Diana machte mich auf seinen Penis aufmerksam: „Das genau ist es, was ich für ein Foto brauche." Da erkannte ich den Mann. Wir hatten manchmal beruflich miteinander zu tun. Und ich wusste, er war nicht nur ein gutaussehender Mensch,

er hatte auch eine sympathische Ausstrahlung. Da stand ich auf und ging zum Wasser. Als er herauskam, sprach ich ihn an. Wir redeten über das Wetter und das Wasser und andere wichtigen Dinge. Doch dann kam ich zur Sache. Ich erzählte ihm von Dianas Plan und fragte, ob er bereit wäre, sich nackt von ihr fotografieren zu lassen. Mit einigem Zögern stimmte er zu. Wir gingen zu seinem Liegeplatz, wo er sich abtrocknete. Dort begrüßte ich auch seine Freundin. Die war deutlich älter. Aber vielleicht lag das nur an ihrer Haut. Die war vom ständigen in der Sonne Liegen sehr braun, zeigte aber schon deutlich die Runzeln, die beim zu häufigen Sonnen entstehen können. Aber nun ging ich zu Diana und informierte sie. Sie nahm ihre Kamera, die sie ja fast immer bei sich hatte, und die beiden gingen in Richtung Dünen. Dort wollte Diana ihn fotografieren. Ich saß inzwischen mit Bennos Freundin zusammen und wir erzählten belanglose Dinge. Auffallend war nur, mit welcher Selbstverständlichkeit sie so saß, dass ich ihre geöffneten Schamlippen sehen konnte. Sie hatte da keinerlei Probleme. Seltsamerweise reizte sie mich überhaupt nicht. Irgendwann kamen die beiden wieder zurück und setzten sich zu uns. Wir erzählten noch etwas, dann erhob sich Diana: „Dann also bis morgen!" Auf dem Weg zu unserem Lager fragte ich sie, was das „Bis morgen!" zu bedeuten hätte. Sie antwortete, Bennos Penis wäre durch das kühle Wasser doch etwas klein gewesen. Deswegen hätten sie abgemacht, dass er morgen zu uns kommen würde. Da wollte sie dann richtige Aktfotos von ihm machen. Am kommenden Tag richtete sie den Raum so mit Hintergrund und Lampen her, dass man professionelle Fotos machen konnte.

Benno kam pünktlich. Er zog sich auch gleich aus. Die Abdrücke seines Slip-Gummis mussten ja erst verschwinden, ehe Diana fotografieren konnte. Er war wirklich ein sehr gut aussehender Mann, sportlich, männlich, ideal zum Fotografieren. Diana hatte ihren berühmten Glanz in den Augen, als sie mit ihm besprach, welche Posen sie sich wünschte. Mehr und mehr roch ich auch den Körperduft, den sie immer ausströmte, wenn sie sexuell erregt war.

Benno stellte sich sehr geschickt an. Diana war zufrieden mit den ersten Fotos. Aber dann meinte sie: „Gestern am Strand war Ihr Penis etwas größer. Schade!" Dann fragte sie: „Darf ich ihn etwas stimulieren?" Benno sagte nichts. Aber er nickte. Da kniete Diana vor ihm nieder und nahm die Eichel von seinem Penis in ihren Mund. Mit ihren Händen streichelte sie Hoden und Schaft. Nach einiger Zeit ließ sie ab, um das Ergebnis zu kontrollieren. Sie war zufrieden, stand auf und machte ihre Fotos. Aber nun hatte sie Benno doch so erregt, dass der einen straffen Penis bekam. Auch das sah bei ihm besser aus als bei manchen anderen Männern. Diana zögerte etwas. Sie überlegte. Dann fragte sie: „Können Sie sich vorstellen, mit mir nackt zu posieren? Ich würde zum Beispiel gern Ihren Penis zwischen meinen Brüsten fotografieren – und vielleicht auch, wie er in meiner Scheide steckt." Benno sagte nur: „Gut. Versuchen wir es." Diana zog sich nun sehr schnell aus und erst jetzt merkte ich, dass sie keinen Slip und keinen Büstenhalter mehr trug. Ganz augenscheinlich hatte sie diesen Plan schon gefasst, bevor der Mann zu uns kam. Als Diana nackt vor ihm stand, sah ich in seinem Gesicht seine Lust. Sein Penis stand straff und ein wenig nach oben gerichtet. Er sah wirklich sehr reizvoll aus, sogar für mich als Arzt. Diana dirigierte Benno vor den großen Standspiegel, den sie benutzt, wenn sie neue Kleidung ausprobiert. Sie stellte sich hinter ihn, drückte ihren weichen Leib ganz fest an seinen Rücken, griff mit beiden Armen nach vorn und streichelte mit der linken Hand seine Hoden, mit der rechten seinen Penis. Dabei hatte sie ihr Kinn auf seiner linken Schulter. So konnte sie im Spiegel gut sehen, wie sein Penis aussah, wie sich die Bauchmuskulatur veränderte, wie sich sein Brustkorb hob und senkte. Zwischendurch streichelte sie auch seine Brust, seinen Bauch, seine Oberschenkel. Ich spürte immer deutlicher ihren Duft, den sie ausströmte, wenn sie sexuelle Lust hatte. Ich dachte, jetzt könnte es aus ihrer Scheide tropfen wie bei anderen Frauen, mit denen ich zu tun hatte. Und dann fotografierte sie sich so mit Benno. Das sah ungewöhnlich und sehr gut aus. Diana bat ihn nun, sich auf den Rücken zu legen. Sie wollte sich so über ihn beugen, dass ihre Brüste seinen Penis

gewissermaßen in der Mitte zeigten. Dazu hatte sie den großen Standspiegel entsprechend hingestellt, so dass sie sich mit Benno im Spiegel fotografieren konnte. So richtig zufrieden war sie da aber nicht. Sie legte sich auf den Rücken und bat den Mann, seinen Penis ein Stück in ihre Scheide zu schieben – aber nur ein Stück, dass man noch seinen schönen Schaft sehen konnte. Sie kniete auch hin und hielt ihm ihr Hinterteil entgegen, dass er so in ihre Scheide gehen konnte. Doch sie war nicht so recht zufrieden mit dem Ergebnis. Während Benno sich gleichmäßig in ihr bewegte, dachte sie nach. Dann flüsterte sie mir zu: „Kannst du uns fotografieren?" Ich nickte. Wir hatten das ja einige Male schon so gemacht. Ich nahm also die Kamera und fotografierte geradezu pausenlos. Benno störte es gar nicht, dass ich jetzt fotografierte. Vielleicht nahm er es nicht einmal richtig zur Kenntnis, so versunken war er in seine Beschäftigung mit Diana. Die streckte ihm auch besonders reizvoll ihren Hintern entgegen und spreizte die Beine, dass man ihre schleimig-feuchte Vagina gut sehen und fotografieren konnte. Ihr Spalt liegt ja weiter hinten als bei vielen anderen Frauen, die ich kenne. Dabei merkte ich, wie sich nun auch mein Ding straffte. Nun wandte sich Diana dem Mann zu und besprach kurz mit ihm die Reihenfolge ihrer Positionen. Er fragte jetzt erst nach einem Kondom. Aber Diana sagte, für solche Fotos müsste es „ohne" geschehen. Er könnte ja sein Ding aus ihr herausziehen, wenn es bei ihm so weit wäre. Dann machten die beiden in der besprochenen Reihenfolge weiter. Ich war überrascht, wie lange sich Benno in Diana bewegen konnte, ohne einen Orgasmus zu bekommen. Er spielte herrlich in ihrer Scheide, sie hatte auch von Zeit zu Zeit sein Ding in ihrem Mund oder zwischen ihren Brüsten. Zeitweise vergaß ich zu fotografieren. Ich war hingerissen von diesen beiden schönen Menschen, die sich da am Boden vergnügten. Und wenn Benno bei einer neuen Position wieder seinen Kolben in Dianas glitschigen Spalt schob und ich ihr lächelndes Gesicht sah, war ich hingerissen von so viel menschlicher Schönheit und Harmonie. Ich kannte sie ja auch gut genug, um zu merken, wann sie einen Orgasmus hatte. Ich war sicher, dass sie zweimal gekommen war,

vielleicht auch häufiger. Nein, ich war nicht eifersüchtig. Ich hatte sie ja in vielen Jahren geliebt, unsere Verbundenheit war ganz fest und vertrauensvoll. Bestes Zeichen dafür war ja, dass sie es so intensiv vor meinen Augen mit Benno tat. Jetzt ging es darum, dass sie ein Stück glücklich wurde – und natürlich, dass ich gute Fotos von den beiden machte. Ich fotografierte, bis Benno sich nicht mehr zurückhalten konnte und abspritzte. Er hätte seinen Penis vorher herausziehen können, aber er blieb in ihr. Es war für ihn einfach zu schön und er spürte wohl, dass Diana ihn in sich behalten wollte, wie ich das auch bei anderen Männern erlebt hatte. Er stöhnte laut, spannte seinen Körper und sank dann ganz langsam auf Dianas Leib. Hinterher stammelte er so etwas wie eine Entschuldigung. Doch Diana sagte ihm, das wäre überhaupt kein Problem, es wäre wunderschön mit ihm gewesen.

Wunderschön waren dann auch die Fotos. Heute sind sie schöne Erinnerungen für uns.

Lucia kam aus Rumänien in unseren Ort. Sie war als Opernsängerin in Bukarest ausgebildet worden. Das war zu der Zeit, als noch der Diktator Ceausescu im Land herrschte. Lucia erzählte mir einmal, sein Sohn Nico fuhr mit einer Gruppe junger Männer regelmäßig durch Bukarest. Wenn sie eine junge Frau auf der Straße oder in einem Lokal sahen, die ihnen gefiel, nahmen sie sie in ihren Autos mit auf ihre Orgien. Einmal hatte Lucia erlebt, wie diese Männer in ein Lokal kamen und dort eine Frau mitnehmen wollten, die mit ihrem Verlobten dort saß. Der Verlobte versuchte, den Männern klarzumachen, dass dies seine Frau wäre. Er wurde zusammengeschlagen, wenig später verhaftet und nie wieder gesehen. Die Frau wurde natürlich mitgenommen. Die Frauen wurden dann von mehreren Männern sexuell benutzt und am frühen Morgen mit Geschenken entlassen. Damals waren auch Frauen wie Lucia der Meinung, ein Mann müsste jeden Tag Sex haben, sonst würde er durchdrehen. Sex war also etwas ganz Normales im Verhältnis von Mann und Frau. Manche der Frauen fühlten sich sogar geehrt, dass sie von Nico und seinen Freunden ausgewählt wurden. Und die Geschenke waren meist

aus Paris importiert worden. Jede Woche fuhr ja ein Flugzeug der Ceausescus dorthin und kaufte ein, wovon die normalen Bürger in Rumänien nicht einmal zu träumen wagten. Auch Lucia war einmal von der Straße weg ins Auto gezogen und dann von mehreren Männern benutzt worden. Einmal sagte sie so nebenbei: „Eigentlich war es ganz lustig, so von verschiedenen Männern rangenommen zu werden." Auch in ihrem ersten Engagement in Cluj war es selbstverständlich, dass eine junge Frau vom Intendanten dort auf die sogenannte „Besetzungscouch" genötigt wurde. Das war einfach so. Sie hatte dort bald einen Verlobten, der sie vor den anderen Männern bewahrte. Sie war eher klein, was sich als gut herausstellte, weil die Tenöre, mit denen sie auf der Bühne stand, fast alle verhältnismäßig klein waren – dafür dick. Sie war sehr schlank und hatte nicht nur nach dem Schönheitsideal ihrer Landsleute ein sehr schönes Gesicht. Gewissermaßen zur Entschädigung hatte sie dafür kaum Brust – „Brust wie Kind", sagte sie mir. Ihr Hintern war wieder sehr schön geformt. Ihre Stimme, ein Sopran, kam mühelos durch den Theaterraum. Aber um international Karriere zu machen, so wurde ihr gesagt, müsste sie nach Deutschland gehen. Also lernte sie Deutsch und kam in unseren Ort. Als ich sie zum ersten Mal hörte, erschrak ich beinahe, wie schön und kräftig sie die Tatjana in „Eugen Onegin" sang. Damals war ich neben meiner Professur Kritiker für mehrere Zeitungen. Da schrieb ich Lobeshymnen auf sie. Ich war sicher, sie würde nicht lange bei uns bleiben. Sie würde nach Berlin oder Leipzig oder Dresden gehen. So hörte ich sie immer wieder, ich hörte sie fast jedes Mal, wenn sie sang, brachte auch ein Aufnahmegerät mit ins Theater und bewahre bis heute diese Aufnahmen auf. Irgendwann stand sie vor unserer Tür. Von da an kam sie regelmäßig. Wir hörten Schallplatten von Sängern, die sie besonders liebte, auch von rumänischen Sängerinnen wie Zenaida Palli. Wir sprachen natürlich auch über Musik allgemein und Sängerinnen und Sänger besonders. Lucia staunte über meine Kenntnisse und meinte, sie hätte in Deutschland keinen anderen Menschen getroffen, mit dem sie so über Musik sprechen konnte. Als sie nach Deutschland kam,

meinte sie auch, sie müsste hier einen Mann als Beschützer haben wie in ihrer Heimat. Der erste Mann war ein Sängerkollege, ein Tenor, der verheiratet war und sie ganz offen als Mätresse ansah. Zeitweise wohnte sie auch zusammen mit ihm und seiner Frau. Die Frau akzeptierte das Dreiecksverhältnis und besorgte ihr Antibabypillen. Aber sie wusste, dass die Hormongaben die Stimme verändern. In der Theaterwelt wurde bei bestimmten Sängerinnen ganz offen von „Pillenalt" gesprochen. Das wollte Lucia nicht. Irgendwann ging sie von diesem Mann fort. „Er war ein dummer Bauer", sagte sie einmal zu mir. Ihr nächster Partner war ein Regisseur, wie sie um die 35 Jahre alt. Dieser Mann nutzte seine Position, um ständig Frauen zu wechseln. Lucia reizte ihn mit ihrer rumänischen Art ein Jahr, dann warf er sie regelrecht hinaus. Dann kam ein Schauspieler. Auch er war verheiratet, doch in Rumänien, so sagte sie, war es üblich, sich bald von einem Partner zu trennen und mit einem anderen zusammen zu leben. Doch dieser Mann ließ sich nicht von seiner Frau scheiden. Er besuchte sie nur kurz, die beiden gingen ins Bett, und dann verschwand er wieder.

In dieser Zeit besuchte sie uns also immer wieder. Wenn ich sagte, dass sie eine sehr schöne und kräftige Stimme hatte und dass sie auch sehr intelligent war, stellten wir bald fest, dass dies nicht genügte. Ihre Nerven machten oft nicht mit. Sie übergab sich hinter der Bühne mitten in einer Vorstellung, sie sagte kurz vor einer Premiere ab, weil sie sich krank fühlte – und ja wirklich krank war. Wenn sie auftrat, stand die Zweitbesetzung in der Nähe, um gegebenenfalls einzuspringen. Das brachte ihr natürlich den Abstand der Kollegenschaft ein. Nichts ist ja schlimmer als Unzuverlässigkeit. Sie merkte das natürlich und versuchte, an anderen Bühnen engagiert zu werden. Doch es hatte sich bald herumgesprochen, dass man sich nicht auf sie verlassen konnte. Unter diesem Misstrauen litt bald auch ihre Stimme. Sie merkte das natürlich und kam zum Entschluss, von der Bühne zu gehen und einen Deutschen zu heiraten. Sie wollte ja in Deutschland bleiben. Das wusste ich damals nicht. Aber sie kam immer häufiger zu uns. Sie umarmte mich, auch wenn ich sie nicht umarmte. Und dann

lud sie mich ein, ihr Zimmer, das ihr vom Theater zur Verfügung gestellt worden war, zu sehen. Kaum war ich im Raum, küssten wir uns wild – sie konnte das phantastisch mit ihrem schönen, großen Mund, und sie griff mir zwischen die Beine. Von da an war es nur noch eine kurze Zeit, dass wir zusammen ins Bett gingen. Da sie kaum Brust hatte und ich an Frauen ja große, schwere Brüste am meisten liebe, hatte ich etwas Mühe mit ihr. Ich hatte oft das Gefühl, mit einem Kind im Bett zu sein, und das wollte ich ganz bestimmt nicht. Aber sie liebte mich mit einer solchen Leidenschaft und war in ihrer Scheide immer so feucht, dass ich bald regelmäßig zu ihr ging, um mich in ihr zu entspannen. Sie war ja der Überzeugung, ein Mann müsste täglich in einer Frau entspannen. Wenn ich mit ihr zum Einkauf etwa unterwegs war, sie dann schnell nach Hause brachte, weil ich in nächster Zeit zum Dienst zu erscheinen hatte, sagte sie regelmäßig: „Komm doch noch schnell mit rauf!" In ihrem Zimmer zog sie sich ganz schnell ihren Schlüpfer aus und präsentierte mir ihr Geschlecht, das ganz besonders schön war und weit und feucht offenstand. Es erstaunt mich heute noch, dass ich jedes Mal, auch wenn ich es eilig hatte, eine Erektion bekam und in ihre Scheide eindrang – aber es war so. Sie hatte eine ganz besondere sexuelle Ausstrahlung. Nur ein einziges Mal war es anders. Sie kam, als ich gerade geduscht hatte und im Bademantel im Raum stand. Sie sah meinen erigierten Penis, der sich gewissermaßen danach sehnte, in einer Frau zu stecken und sich zu entspannen. Aber sie hatte gerade den ersten Tag ihrer Menstruation. Da stellte sie sich neben mich und massierte mein Geschlecht, bis ich ejakulierte. Übrigens pullerte sie auch ganz selbstverständlich vor mir auf der Toilette oder im Freien. Sie zeigte mir gern ihre Vulva, sie wusste, dass die schön und sehr reizvoll ist – wahrscheinlich hatten ihr das immer wieder auch andere Männer gesagt. Ich erlebte bei ihr auch zum einzigen Mal, dass sie nach dem Sex ihre Scheide über dem Toilettenbecken mit warmem Wasser spülte, sich dann abtrocknete und mit einem ganz normalen Deo besprühte.

Sie hatte mir gesagt, sie nähme jetzt wieder die Pille, wir brauchten also keine anderen Vorsichtsmaßnahmen zu treffen.

Aber das war eine List. Sie wollte von mir schwanger werden und mich auf diese Weise dazu bringen, mich von Diana zu trennen und sie zu heiraten. Das sprach sich am Theater natürlich herum und Freunde und gute Bekannte sprachen mich an: „Wollen Sie wirklich die Lucia heiraten? – Die hat es doch mit fast jedem Mann getan." Da stellte ich sie zur Rede. Ich bat sie um ein klares Geständnis, mit wem sie alles im Bett war. Ich sagte, ich könnte einen Strich unter alles machen und wir könnten neu beginnen. Ich wäre ja auch kein Heiliger. Aber sie verweigerte diese Beichte. Da erklärte ich ihr, dann müssten wir uns trennen. So geschah es auch. Sie ging wieder einmal in die Nervenklinik. Dort lernte sie einen Mitpatienten kennen, der sich in sie verliebte und sie sehr schnell heiratete. Er sorgte auch rührend für das Kind, das ich nur ein paar Male sah. Damit war diese Beziehung beendet.

Wir zogen dann an einen anderen Ort. Wir wohnten in einer großartigen Villa inmitten von Eichen und Buchen mit großen Fenstern und einem Fußboden aus finnischem Kiefernholz. Und die Arbeit war sehr viel angenehmer und – wenn ich das sagen darf – auch erfolgreicher. Unsere Kinder hatten sich selbständig gemacht und wohnten an verschiedenen Orten unseres Landes. Selten waren wir so glücklich wie hier.

Diana fuhr oft zu ihrer Mutter oder zu den Kindern. Sie war jetzt ja freiberuflich tätig, sie konnte fortfahren. Ich machte die Arbeit mit größter Freude. Irgendwann rief mich Gisela an. Sie wollte wissen, wie es mir ginge. Ich antwortete, wenn sie das wissen wollte, sollte sie kommen. Am nächsten Tag stand sie mit ihrem Auto auf dem Hof. Ich bat sie herein, aber sie wollte erst einmal das Haus und die Umgebung besichtigen. Sie stieg vom Keller bis zum Dachboden und öffnete jede Tür. Dann sagte sie: „Du hast dich deutlich verbessert." Sie ging zum Auto zurück und nahm ihre Reisetasche heraus. Als ich sie erstaunt ansah, lächelte sie: „Da ist alles für die Nacht drin." Nach einer Weile sagte sie: „Aber das Nachthemd werde ich kaum brauchen." Sie ließ es im Auto liegen.

Wir gingen in unsere Wohnung. Auch hier ging sie erst einmal durch alle Räume, während ich Kaffee zubereitete. Auf der Toilette blieb sie natürlich länger. Ich fragte sie, in welchem Gästezimmer sie schlafen wollte. Wir hatten ein sehr hübsches kleines Zimmer dicht an der Toilette – für manche Leute ist das ja in der Nacht sehr wichtig. Dann war da ein großes Gästezimmer mit einer Nische für Kinder. Und dann war da natürlich noch das Schlafzimmer, in dem Diana und ich schliefen. Gisela überlegte nur sehr kurz: „In der Nacht werde ich ja sowieso bei dir sein. Da trag ich meine Sachen in das große Gästezimmer und komm dann zu dir."

Vor dem Schlafengehen hielt sie sich eine Zeitlang im Gästezimmer auf, um sich für die Nacht vorzubereiten. Da gab es ja auch eine Waschgelegenheit. Aber dann kam sie nackt in das große Schlafzimmer. Ich hatte noch meine Sachen an. Sie hatte sich unter den Armen und im Schambereich ganz glatt rasiert. Ihre Brüste waren etwas voller geworden, auch ihre Schenkel und ihr Hintern. Sie sah mich lächelnd an und fragte: „Willst du nicht zeigen, was du zu bieten hast?" Also zog ich mich vor ihren Augen aus. Mein Penis war noch nicht ganz straff, als wir uns ins Bett legten. Unter ihren Händen und in ihrem Mund wuchs er aber. Ich griff zwischen ihre Beine und stellte fest, dass sie im Spalt glitschig war. Dann rutschte ich in sie hinein. Und nun erlebte ich wieder einmal eine Frau, die nach ihren eigenen Worten ausgehungert war und nun Nachholbedarf hatte. Sie fragte zwischendurch: „Sind wir allein im Haus?" Als ich das bestätigte, knurrte und grunzte und stöhnte und schrie sie, dass mir manchmal etwas bange wurde. Ich hatte zeitweise Mühe, meinen Penis in ihrem Spalt zu halten. Dann kam sie mit einem herrlichen Stöhnen und ich folgte ihr unmittelbar danach. Als ich dann wieder potent war, machten wir weiter. Ganz gegen meine Gewohnheit erkundete ich nicht ihr Geschlecht mit Mund und Zunge. Einmal kannte ich es ja zur Genüge. Zum anderen war ihr Körper nicht reizvoll genug, um auf ihm spazieren zu gehen. Reizvoll war ihr Geschlecht, auch ihre Lust an unserem Sex. Darin war sie ganz besonders. Bis zum frühen Morgen praktizierten

wir ihn, wenn ich konnte und wenn wir aufwachten. Am Morgen blieben wir – ganz gegen meine Gewohnheit – bis neun Uhr im Bett – normalerweise stehe ich um sechs Uhr auf. Aber wir waren beide sehr zufrieden. Wir aßen ausgiebig zum Frühstück, ich zeigte ihr den Ort, wir machten Mittagsruhe nach dem Mittagessen, wobei wir durchaus nicht ruhig waren. Gisela liebte es, über mir zu knien und ihre wirklich schönen Brüste über meinem Gesicht baumeln zu lassen. Natürlich spielte ich mit diesen Prachtstücken. Die Wohnung war sehr warm. Gisela lief nackt im Raum herum. Und wenn sie bei mir eine Erektion sah, wollte sie es auf der Stelle mit mir tun. Wir taten es in der Küche, im Bad, auf dem Flur und natürlich auch im Schlafzimmer. Sie sagte, sie wollte mich so oft wie möglich genießen, morgen wäre ja alles wieder vorbei. In der Nacht schliefen wir wieder nackt zusammen. Doch wir waren so müde oder erschöpft, dass wir sehr schnell einschliefen. Nur am Morgen nach dem Aufwachen hockte sie noch einmal über mir und ich genoss ihre Brüste. Dann stieg sie wieder in ihr Auto und fuhr lächelnd fort.

Mit Lucia hatte ich keine Verbindung. Sie hatte ja für ihr Kind zu sorgen und war verheiratet. Aber unverhofft stand sie mit dem Kind vor unserem Haus. Da Diana wieder unterwegs war, bat ich sie natürlich herein. Sie trug eine Reisetasche bei sich. Ich vermutete darin Kleidung für das Kind und ähnliches. Aber sie hatte auch ihre notwendigen Sachen mitgebracht. Sie wollte wohl längere Zeit hierbleiben. Sie erzählte dann auch sehr bald, dass sie schon nach einem Jahr mit ihrem Mann keinen Sex mehr hatte. Er war ihr einfach eklig geworden. Ich musste ihr nun deutlich machen, dass sie hier nicht bleiben könnte. Diana wäre mit einer Ehe zu dritt keinesfalls einverstanden. Ein paar Mal mit einer anderen Frau – in Ordnung. Das frischte die Ehe auf. Das tat sie ja auch von Zeit zu Zeit mit einem anderen Mann. Aber auf Dauer gehörten wir beide zusammen. Lucia musste es akzeptieren. Aber sie wollte auf jeden Fall diese Nacht bei mir bleiben. Sie bezog das große Gästezimmer, wir wanderten durch den Ort, sie erzählte sehr viel von ihrer gescheiterten Ehe, wir spielten mit ihrem Kind auf einem Kinderspielplatz.

Lucia wollte noch ein paar Schallplatten von Sängern hören, die sie lange nicht mehr gehört hatte. Am Abend brachte sie ihr Kind im Gästezimmer zu Bett. Als es schlief, gingen wir auch zu Bett, sie bei ihrer Tochter, ich in unserem Schlafzimmer. Aber kaum lag ich im Bett, kam sie nackt in meinen Raum und legte sich zu mir. Ich kannte sie nun lange genug, um sofort zu spüren, dass es keine Lust war. Sie hatte auch gerade erst ihre Tage hinter sich. Später war mein Sperma mit etwas Blut von ihr vermischt. Mit dem Sex wollte sie mich wieder an sich binden. Sie spielte mir also die wilde Liebhaberin vor. Sie lutschte an meinem Penis, sie streichelte meinen Leib. Da sie wusste, dass ich es gern habe, wenn eine Frau über mir kniet und ihre Brüste über meinem Gesicht baumeln, ging sie in diese Stellung. Nach der Schwangerschaft hatten sich ihre Brüste auch deutlich vergrößert. Sie hingen sehr schlank, beinahe dünn über mir. Früher hatte mich bei ihrer sonst fast kindlichen Figur am meisten ihr Hintern gereizt, der wirklich hübsch war. Den hielt sie mir nun auch hin und ich ging von hinten in ihren Spalt. Feucht war sie immer noch wie früher. Irgendwann kam ich dann in ihr und sie stöhnte und wimmerte wie sonst bei einem Orgasmus. Aber ich habe meine Zweifel, dass sie wirklich einen Orgasmus hatte. Sie spielte ihn wohl. Sie ging dann auch sehr schnell ins Bad, dort auf die Toilette, machte Pipi und spülte ihre Scheide, wie sie das sonst auch getan hatte. Früher hatte es mich erregt, wenn sie vor meinen Augen Wasser ließ. Zu meinem eigenen Erstaunen bemerkte ich, dass ich alles kühl beobachtete. Sie gehörte inzwischen zu einem anderen Mann. Sex mit ihr war für mich in Ordnung, aber mehr kam nicht infrage.

Lucia schlief dann neben mir ein. Gegen Morgen praktizierten wir es noch einmal, dann ging sie zu ihrer Tochter und kümmerte sich um sie. Nach dem Frühstück brachte ich sie zum Zug. Seit dieser Zeit haben wir keine Verbindung mehr miteinander.

Christine war hier im Ort geboren und aufgewachsen. Als ich ihr zum ersten Mal begegnete, war sie 26 Jahre alt. Sie war mit einem Werftarbeiter verheiratet und hatte zwei Kinder. Sie hatte

eine Lehre begonnen, sie aber mit ihrer Heirat abgebrochen, und seitdem kümmerte sie sich nur um die Kinder. Sie fiel mir bald auf, weil sie bei nahezu jeder Veranstaltung erschien, für die ich verantwortlich war. Als ich eine Gruppe von Ehrenamtlichen für meine sozialen Aufgaben suchte, gehörte sie zu den Ersten, die sich meldeten. Sie hatte rotblondes, langes, offenes Haar und trug oft seltsam altmodische Kleidung. Später erfuhr ich, dass sie vieles von ihrer Großmutter geerbt hatte. Am deutlichsten wurde mir das, als wir einmal spazieren gingen und sie Pipi machen musste. Da zog sie nicht ihren Schlüpfer herunter, sie hockte sich nur breitbeinig hin und pullerte. Die Unterhose ihrer Großmutter war im Schritt offen. Wenn man die Beine breit machte, war die Öffnung da unten frei. Das zeigte sich später auch beim Sex. Sie musste nichts ausziehen, nur die entsprechende Position einnehmen. Da sie oft beim Spaziergang plötzlich Lust hatte, legte sie sich nur auf den Boden oder auf einen Holzstapel oder eine Bank oder sie hielt mir ihren Hintern hin und sagte: „Steck dein Ding rein, ja?" Mein Sperma spülte sie aus ihrer Scheide, indem sie nach dem Sex Pipi machte und dann mit einem Tempotaschentuch ihre Scheide abtrocknete. Auch sie bestätigte meine Erfahrung, dass religiöse Menschen sexuell besonders aktiv sind. Sigmund Freud hat ja Religion als Form verdrängter Sexualität bezeichnet. Einiges spricht wohl wirklich dafür. Allerdings waren nach meiner Erfahrung keine Verdrängungen zu spüren, eher Potenzierungen – Religion als Sex-Fördermittel. Auf jeden Fall ist das Gerede, religiöse Menschen seien sexuell verklemmt, nach meiner Erfahrung Unsinn.

Doch zurück zu den Anfängen. Wenn wir ein Treffen der ehrenamtlichen Mitarbeiter hatten, erschien sie als Erste und ging als Letzte. Da ich grundsätzlich immer der Erste bei solchen Veranstaltungen bin – Vorbildwirkung –, saßen wir regelmäßig zusammen und erzählten. Wenn ich saß, stand sie oft vor mir und beugte sich so zu mir herab, dass ich ihre Brüste in der tief ausgeschnittenen Bluse sah. Sie hatte bald bemerkt, dass ich Brüste besonders liebe. Sie brauchte keinen Büstenhalter, ihre Brüste waren perfekt, obgleich sie zwei Kinder geboren hatte. Allerdings hatte sie die nie gestillt.

An einem Abend im Sommer verabschiedete sie sich wieder als Letzte. Da fragte ich so nebenbei: „Ich wüsste gern, ob Sie auch rotblonde Schambehaarung haben oder ob die Haare da schwarz sind wie bei den meisten Frauen." Ich hatte ja immer wieder bemerkt, wie viele Frauen eine schwarze Schambehaarung haben, auch wenn ihr Kopfhaar hell ist. Da sagte Christine: „Wenn Sie das wissen wollen, müssen Sie morgen um 10 Uhr in meine Wohnung kommen. Da bade ich." Also ging ich am kommenden Tag zu ihr. Sie empfing mich im Bademantel. Das Wasser rauschte noch im Bad. Im Wohnzimmer hatte sie in der Mitte auf dem Teppich ein Lager gebaut. Ich wusste, was das bedeutete. Gleich nach der Begrüßung ging sie vor mir ins Bad. Sie legte den Mantel ab und wandte sich mir voll zu. Da sah ich die rotblonden Haare auf ihrem Venushügel. Ich sah auch ihren ganzen Leib. Da ging ich auf sie zu und begann, ihren Körper zu streicheln. Bald griff ich auch zwischen ihre Schenkel und spürte die Nässe aus der Scheide. Da sagte Christine: „Ich dreh nur noch schnell den Wasserhahn zu." Sie tat es und ging ins Wohnzimmer. Dort legte sie sich auf das Lager und öffnete ihre Schenkel weit. Ich habe ja in meinem Leben eine ganze Reihe weiblicher Geschlechtsorgane gesehen, aber dieses gehörte ohne Zweifel zu den schönsten. Es war von einer seltenen Ausgeglichenheit und als ich mit Lippen und Zunge in die Scheide ging und an der Klitoris lutschte, roch und schmeckte sie wunderbar wie eine herrliche Frucht, obgleich sie sich ja noch gar nicht da unten gewaschen hatte. Sie hatte kein sonderlich schönes Gesicht. Das betraf vor allem ihren Mund, der schmal war und sich an den Mundwinkeln herunter zog. Von Zeit zu Zeit hörte oder las ich, dass die Lippen einer Frau auf das Aussehen ihrer Schamlippen schließen lassen sollten, so wie manche an der Nase eines Mannes erkennen wollen, wie sein Penis aussieht. Bei den Männern habe ich das oft bestätigt gefunden, doch bei den Frauen nicht. Ich erinnere mich jedes Mal an einen befreundeten Frauenarzt, der sagte, wenn eine Frau kein schönes Gesicht hätte, wäre – gewissermaßen zur Entschädigung – ihr Geschlecht umso schöner. Das habe ich immer wieder einmal so erfahren. So auch Christine:

Wie zum Ausgleich war ihr Geschlecht besonders schön. Ich sagte es ihr, aber sie meinte: „Ich dachte, Sie wollten mich lieben." So zog ich mich aus und legte mich zu ihr. Bevor ich mich in sie versenken konnte, sprang sie noch einmal auf und rannte ins Bad. Sie kam mit einer kleinen Packung Kondome zurück. Von ihr hörte ich zum ersten Mal die Bezeichnung „Verhüterli". Ich habe das bei keiner anderen Frau wieder gehört. Zu meinem Erstaunen kam sie sehr schnell. Sie hatte sich wohl sehr gründlich auf den Akt eingestellt. Bei ihr konnte ich sicher feststellen, ob sie wirklich einen Orgasmus hatte oder nicht. Wenn sie ihn hatte, zitterte sie am ganzen Körper, wie ich das bisher nur von Epileptikern kannte. Nach meinem Orgasmus ging sie ins Bad, machte vor meinen Augen Pipi und stieg in die Wanne. Ich wusch ihr den Rücken. Sie forderte mich auf, zu ihr in die Wanne zu steigen. Aber ich hatte noch dienstliche Aufgaben zu erledigen, ich wollte ja wirklich nur wissen, wie sie da unten aussieht. Sie hatte wirklich auch im Schambereich rotblonde Haare. Später rasierte sie die leider beim regelmäßigen Baden ab. Der Vorteil dabei war aber, dass ich besser ihren Spalt sehen konnte und da nichts störte, wenn ich in sie hineinrutschte.

Aus diesem ersten Besuch wurde eine zwanzigjährige Beziehung, allerdings auch mit Unterbrechungen. Wenn ich aus zeitlichen Gründen oder einfach, weil sie mir auf die Nerven ging, keinen Kontakt zu ihr haben konnte, rief sie an und sagte: „Kannst du schnell kommen? – Meine Muschi zwiebelt so." Oder „Kannst du mal kommen und meinen Po streicheln? – Der braucht das so." Natürlich blieb es nicht beim Postreicheln. Sie erschreckte mich manchmal mit ihrer Sexualität. Sie hatte ganz deutliche Züge einer Nymphomanin. Sie bekannte sich zu ihrer Lust. Wenn wir auf der Straße dem einen oder anderen Mann begegneten, sagte sie oft hinterher: „Der hat mich am liebsten von hinten gefickt" oder „Der wollte immer zwischen meinen Titten abspritzen" oder „Der passte ganz prima in meine Fotze". Als sie bei einer Berufsberatung von der Kommission gefragt wurde, was sie am liebsten hätte, antwortete sie: „Sex." Einmal hatten wir wieder in meiner Wohnung gemeinsam eine wilde

Nacht verbracht. Morgens ging ich als Erster ins Bad, ich wollte dann ja gleich das Frühstück zubereiten. Als ich aus dem Bad kam, hörte ich sie in meinem Arbeitszimmer telefonieren. Sie sprach mit ihrer Freundin. Die hatte sie ihrem Mann gegenüber als Alibi angegeben. Wenn der bei der Freundin anrief, sollte sie sagen, dass sie bei ihr die Nacht zubrachte. Sie hatte sich nackt über meinen Schreibtischstuhl gebeugt, die Ellenbogen auf dem Schreibtisch, den Hintern weit herausgedrückt. Ich denke, sie hatte den schönsten Hintern, den ich bisher gesehen habe. Wenn sie mir den entgegenstreckte und mir dabei ihren Traumspalt präsentierte, war ich hingerissen. Ihr Spalt liegt deutlich weiter hinten als bei den meisten Frauen, die ich kennengelernt habe. Natürlich konnte ich es nicht lassen, ihre Schamlippen zu streicheln. Die wurden in kürzester Zeit ganz nass. Mein Penis wurde steif. Christine merkte es, als sie mir zwischen die Beine griff, und sie deutete an, ich sollte mein Ding in ihren Spalt schieben. Sie stellte dafür auch deutlich ihre Beine aus. Und während sie weiter mit ihrer Freundin telefonierte, bewegte ich mich in ihrem Traumspalt. Und während sie telefonierte, vibrierte bei ihrem Orgasmus ihr ganzer Körper. Ihre Freundin hatte wohl gemerkt, was wir taten. Denn Christine sagte ins Telefon. „Ja, er ist in mir drin." Ich ließ meinen Penis in ihr, bis er so schlaff wurde, dass er aus ihr herausrutschte. Als das Sperma an ihren Schenkeln herunterlief, holte ich zwei Taschentücher. Mit einem Tuch wischte ich das Sperma von ihrem Körper, so gut es ging – sie würde anschließend ja ins Bad gehen –, mit dem anderen Tuch reinigte ich mein klein gewordenes Ding.

Sie gehörte auch zu den wenigen Frauen, die oft und gern an meinem Penis lutschten und dann auch das Sperma in ihrem Mund behielten. Wenn wir im Wald spazieren gingen und uns an einer Stelle hinsetzten, geschah es regelmäßig, dass sie meinen mehr oder weniger erigierten Schwanz aus meiner Hose holte, dann vor mir hinkniete und daran lutschte. Meist wollte ich dann lieber in ihrer Lustgrotte kommen als in ihrem Mund. Aber manchmal machte sie mir auch deutlich, sie wollte mein Ding lieber in ihrem Mund behalten, bis ich abgeschlafft war.

Was sie daran fand, hat sie mir nie gesagt. Aber da ich sehr oft mit Wonne die Geschlechtsorgane der Frauen mit Zunge und Lippen erkundete, war das vielleicht etwas Ähnliches.

Einmal lagen wir am FKK-Strand. Sie hatte ein Iglu-Zelt mitgebracht, in das wir unsere Sachen gelegt hatten. Wir lagen daneben auf einer Decke und sonnten uns. Sie hatte keinerlei Hemmungen, mir in aller Öffentlichkeit zwischen meine Beine zu greifen. Unter ihren Händen erigierte natürlich mein Penis. Da sagte sie: „Komm mit ins Zelt!" Dort agierte sie wild drauflos. Ich musste nur darauf achten, dass mein Glied in ihrem Spalt blieb. Hinterher ging sie zum Wasser, hockte sich dort hin und spülte in der See aus ihrer Scheide mein Sperma. Das alles unter den Augen der umliegenden Sonnenbader.

Ein anderes Mal gingen wir am Hafen spazieren. Da sagte sie plötzlich: „Ich hab Lust. Kannst du dein Ding bei mir reinschieben?" Ich konnte nicht gleich. Da nötigte sie mich auf eine Bank, holte meinen Schwanz aus meiner Hose und belutschte ihn, bis der straff war. Dann hockte sie sich so über mich, dass sie mir den Rücken zuwandte und dabei meinen Pimmel in ihre Lustgrotte schieben konnte. Dann bewegte sie sich auf und ab. Dabei störte es sie überhaupt nicht, dass Leute an uns vorbeigingen, die uns mehr oder minder genau beobachteten. Einem älteren Ehepaar, das wie angewurzelt vor uns stehen geblieben war, rief sie zu: „Macht Spaß!" Das Ehepaar flüchtete.

Ein anderes Mal fuhren wir im Auto zu einem Parkplatz an der See. Christine hatte meinen Pimmel aus der Hose gezogen und während ich fuhr, lutschte sie an dem Ding, das natürlich erigierte. Jeden Moment konnte ich abspritzen. So kamen wir an den Eingang des Parkplatzes, wo noch ein Mann stand, der die Parkgebühren kassierte. Als der uns so sah, stotterte er: „Ich brauche nur Ihr Parkgeld. Ich will Sie nicht stören!" Christine prustete vor Lachen.

Aber ihr Meisterstück leistete sie sich ein paar Jahre später. Sie hatte sich wieder einmal in einen Mann verliebt, so wie das ja regelmäßig bei ihr geschah. Der Mann wohnte in Zwickau und war hier im Urlaub. Er war Optiker. Christine ließ alles stehen

und liegen und folgte ihm nach Zwickau. Doch schon nach drei Tagen warf der Mann sie aus seiner Wohnung; sie war ihm einfach zu chaotisch. Erstaunlicherweise fand sie eine leere Wohnung in Zwickau und richtete sie nach und nach mit Möbeln von der Straße ein. Das sah sogar ganz gut aus. Finanziell kam sie mit Borgen zurecht und damit, dass wohl alle Männer, die sie mit ins Bett nahm, ihr mehr oder weniger diskret Geld auf den Tisch legten, ohne dass sie darum bat. Sie war keine Hure, sie verstand das Geld nur als Unterstützung für ihren ungewöhnlichen Lebensstil. Wenn ich sie recht verstanden habe, tat sie es auch immer wieder mit dem Optiker, nur dass sie nicht mehr bei ihm wohnte. Auch nach Jahren, als sie längst wieder an der See wohnte, fuhr sie mindestens einmal im Jahr nach Zwickau, blieb dort 14 Tage oder drei Wochen und erneuerte der Reihe nach die alten Bekanntschaften.

Mir schickte sie ein Video. Sie hatte sich eine gebrauchte Kamera schenken lassen und wollte mich nun damit erfreuen, dass sie mir zeigte, was sie im Bad tat. So sah ich sie, wie sie Pipi machte, wobei sie ihren Körper so hob, dass ich sehen konnte, wie das Wasser aus ihrem Spalt kam. Sie wusste ja, dass ich das sehr gern sehe. Dann stieg sie in die Wanne, rasierte ihr Geschlecht ganz glatt, steckte dann ihre Finger in ihre Scheide und brachte sich so selbst zum Orgasmus. Beim Abtrocknen wandte sie der Kamera den Rücken zu und bewegte auf eine ganz bestimmte Weise ihren Po. Diese Aufnahme sollte mir Freude machen (sie macht mir bis heute Freude).

In dieser Zeit rief sie mich an. Da war Diana gerade wieder in Süddeutschland unterwegs. Wir erzählten eine Weile über alles Mögliche. Plötzlich sagte Christine: „Jetzt hätte ich Lust, mit dir zu bumsen." Ich lachte: „Du in Zwickau, ich hier – so lang ist mein Ding nicht. Und über Telefon geht das auch nicht." Da sagte sie: „Kann ich zu dir kommen – nur für diese Nacht?" Ich hielt das für einen Scherz. Sie hatte einen klapprigen Trabant, aber ich konnte mir beim besten Willen nicht vorstellen, dass man damit in der anbrechenden Nacht rund 600 Kilometer fährt. Doch sie legte den Telefonhörer auf. Ich tat das Übliche am Abend: Lesen

und Fernsehen. Dann ging ich zu Bett und schlief schnell ein. Wach wurde ich, als zwei Türen schlugen und sie nackt in mein Bett kroch. Sie roch stark nach Schweiß und aus dem Spalt nach Lust. Da erigierte mein Penis und wir bewegten uns wild drauflos. Sie kam schnell und sehr laut und zitterte bei ihrem Orgasmus – ein Zeichen für mich, dass sie nicht spielte. Wir schliefen nebeneinander ein. Gegen Morgen weckte sie mich, indem sie meinen Penis in ihrem Mund hatte. Wir liebten uns noch einmal sehr intensiv. Dann ging sie ins Bad, kleidete sich an und erwartete von mir Geld, um ihr Auto für die Rückfahrt zu tanken. Ich musste alles, was ich noch liegen hatte, zusammentun, bis sie zufrieden war. Dann verschwand sie wieder. Stunden später rief sie an: Sie war wieder heil zu Hause angekommen. Wie sie das gemacht hat, ist mir bis heute ein Rätsel.

Sie zog dann wieder von Zwickau in die Nähe von Rostock. Sie lud mich ein, ihre neue und sehr hübsche Wohnung zu besichtigen. Ich fuhr zu ihr hin. Sie zeigte mir ihre beiden Räume und wollte dann mit mir ihren Balkon einweihen. „Wie soll das geschehen?", fragte ich. Sie wollte mit mir auf dem Balkon Sex haben. Ich wusste ja, wie laut sie dabei immer war, ich sah auch, dass man uns von verschiedenen Seiten beobachten konnte. Aber sie lächelte. Genau das wollte sie ja. Sie empfand besondere Lust, wenn ihr andere beim Sex zuschauten. Nun, wir taten es dann auch so, dass ich auf dem Rücken lag und sie über mir hockte. Dabei sah man sehr schön ihre opulente Figur. Später erfuhr ich, dass sie Tage später immer wieder einmal von einem Mann angesprochen wurde, ob sie nicht auch … Ich weiß nicht, ob sie es getan hatte. Eigentlich erzählte sie gern, mit wem sie es getan hatte. Wenn wir spazieren gingen und uns Personen entgegenkamen, flüsterte sie mir wiederholt zu: „Mit dem war ich vor drei Wochen zusammen." Oder „Der hat einen schönen Pimmel". Manchmal verband sie ihre sexuelle Lust auch mit Neugier. Sie hatte gehört, dass die Schwarzafrikaner einen längeren und dickeren Penis haben als die Europäer. In einem Lokal war sie von einem afrikanischen Studenten angesprochen worden. Sie hatte ihn mit in ihre Wohnung genommen, war aber hinterher

enttäuscht: „Das unterscheidet sich gar nicht von den Männern, mit denen ich es bisher getan habe." Sie erzählte auch, der junge Mann hätte in ihren Anus gewollt. Das wäre in Afrika und Amerika durchaus üblich, sagte er. Aber sie hatte das ganz entschieden abgelehnt. Sex war gut und auch für sie wichtig, aber wenn, dann so, wie die Natur es vorgesehen hat.

Wir hielten lose weiter Kontakt. Von Zeit zu Zeit besuchte ich sie und jeder Besuch führte dazu, dass wir in ihrem Schlafzimmer im Bett oder im Wohnzimmer auf dem Fußboden oder auf dem Balkon Sex hatten. Auch im Bad streckte sie mir gern ihren Hintern entgegen und ich schob mein Ding in ihre Lustgrotte. Seit sie wusste, wie schön ich ihr Geschlecht fand, hielt sie es mir gern hin und ich streichelte es, oft, bis sie einen Orgasmus hatte, oder ich tat es bei ihr besonders gern mit Zunge und Lippen, und natürlich entspannte ich mich auch immer wieder gern in ihrem Spalt.

Ich begriff bald, dass Christine die Eigenart hatte, ihre Liebhaber nie ganz aufzugeben. Andere Frauen wollten nach einer Trennung ja nichts mehr von ihrem Partner wissen und schon gar nicht mehr Sex mit ihm haben. Christina war da anders. Ich weiß von mindestens zehn Männern, mit denen sie Verbindung hielt. Wenn dann einer bei ihr zu Besuch kam, ging sie gern mit ihm ins Bett – und dann trennten sich die beiden wieder. Wie andere Menschen sich zur Begrüßung umarmen und vielleicht noch auf die Wangen küssen, ging sie in kürzester Zeit mit ihnen ins Bett. Zunächst hatte ich damit etwas Probleme. Ich wusste von drei Männern, mit denen sie im gleichen Zeitraum sexuelle Kontakte hatte, und ich dachte, nun wollte sie von mir nichts mehr wissen. Aber da irrte ich mich. Und allmählich empfand ich diese Art miteinander umzugehen als entlastend. Wir gingen mit unserer Beziehung keinerlei Verpflichtungen ein. Sie baute nur Vertrauen zu diesen Personen auf.

Im Laufe der Jahre nahm sie deutlich zu. Ihr Leib wurde voller, ihr Hintern noch ausladender, ihre Brüste üppiger. Nach meinem Geschmack wurde sie damit immer reizvoller. Nun nach mehr als zwanzig Jahren wurden aus ihren rotblonden Haaren

graue Streifen. Aber sie pflegte Sex immer noch mit großer Leidenschaft. Sie tat es auch mehr und mehr als Belohnung für geleistete Dienste, etwa in dem Schrebergarten, den sie hatte. Da stand ein Häuschen. Wenn ein Mann ihr z. B. den Garten umgegraben hat, ging sie anschließend mit ihm in das Häuschen und trieb es dort mit ihm. Ich weiß von Männern, die sich geradezu darum rissen, ihr im Garten zu helfen, die sich auch untereinander absprachen, wer heute im Garten dran wäre. Das hat sie von ihrer Mutter gelernt, deren Mann früh verstorben ist. Auch die nahm einen Mann ins Haus und ins Bett, der ihr Haus und Garten in Ordnung hielt. Wenn der da nachlässig war, flog er aus dem Haus. Ihre Freundinnen diskutierten einmal am Kaffeetisch, dass ja nun in ihrem Alter mit den Männern alles vorbei wäre. Christines Mutter widersprach. Sie könnte es immer noch mit jungen Männern tun. Zum Beweis dafür lud sie einen deutlich jüngeren Mann in ihr Haus. Sie richtete alles so her, dass der Mann nicht mitbekam, wie er von den Frauen beobachtet wurde, und dann hatte sie ganz wilden Sex mit ihm. Das wird Christine wahrscheinlich auch noch tun.

An einem Nachmittag saßen wir beim Tee zusammen, als das Telefon klingelte. Ludwig rief an, der in dem Klinikum arbeitete, wo ich zeitweise auch war. Wir hatten ein längeres Gespräch, als wir uns im Park begegneten. Ich war mit Diana unterwegs, er mit seiner Frau Iris. Ich hatte genug Menschenkenntnis, um zu bemerken, mit welcher Aufmerksamkeit er Diana betrachtete. Auch wenn er mit mir sprach, glitten seine Augen immer wieder zu Diana hinüber. Ich war das gewohnt; sie war nun einmal eine zauberhafte Frau. Iris war ganz angenehm, mehr nicht, zunächst jedenfalls. Aus dieser ersten etwas längeren Begegnung wurde nun eine intensivere Bekanntschaft. In der Klinik suchte er immer wieder ein Gespräch mit mir. Er war ein angenehmer Zeitgenosse und sah gut aus mit seinen etwas graumelierten Schläfen, seiner kräftigen Gestalt und seinem klugen Gesicht.

Nun rief er also an. Es wäre ja ein sehr heißer Sommertag, sagte er, das Wetter wäre wunderschön, da hätte er den Plan,

eine spontane Gartenparty in seinem Garten zu machen, mit Grillen und einem erotischen Spiel. Er fragte, ob wir Lust hätten, zu kommen. Ich hatte das Telefon so eingestellt, dass Diana mithören konnte. Ich fragte sie also, ob sie Lust hätte. Sie fragte zurück, was denn ein erotisches Spiel wäre. Ludwig antwortete etwas zögernd, eigentlich wäre es das übliche Pfänderspiel, nur dass die Pfänder darin beständen, ein Kleidungsstück nach dem anderen auszuziehen. Und das Einlösen der Pfandstücke könnte sehr erotisch werden. Doch schließlich wäre die Männer alle Mediziner, und die Frauen im Wesentlichen auch. Ich sah Diana an und sie nickte: „Könnte ganz lustig werden." Sie stand sehr bald vom Teetisch auf und ging unter die Dusche. Später sah ich, dass sie sich ganz sorgfältig unter den Armen und im Intimbereich glattrasiert hatte. Das machte ihr Geschlecht sehr viel reizvoller. Sie kämmte ihr hüftlanges schwarzes Haar sehr sorgfältig, scheitelte es in der Mitte und flocht einen langen Zopf. Das machte sie exotisch. Sie schminkte sich dezent und suchte dann passende Kleidung. Bei der Wärme draußen brauchte sie nur einen Büstenhalter, einen Slip, eine Bluse und einen Rock oder eine Hose. Sie nahm einen Rock, der ihre Knie bedeckte. Ich hatte keine so große Auswahl: ein Polohemd, einen frischen Slip, eine leichte Flanellhose.

So gingen wir am Abend in Ludwigs Garten, der eigentlich kein Garten war. Es war ein Grundstück von mehr als 400 Quadratmetern, umsäumt von einer hohen und ganz dichten Hecke, davor schöne Sträucher, und das Ganze mit einem dichten und sehr gepflegten Rasen. Auf einer Seite stand ein kleines Häuschen mit vier Zimmern, einer sehr geräumigen Glasveranda mit Blick zum Garten, einer Küchennische und einem Sanitärteil. Das Ganze wirkte außerordentlich gepflegt und anheimelnd.

Ludwig stand am Grill, als wir ankamen. Den Geruch von Gebratenem hatten wir bereits aus einiger Entfernung wahrgenommen. Er begrüßte uns sehr herzlich und stellte uns ein Kollegen-Ehepaar vor. Mann und Frau arbeiteten in der Nephrologie-Station des Ortes, einer Zweigstelle der Universitätsklinik. Die Frau war um die vierzig Jahre alt, machte einen sehr klugen

Eindruck und wirkte etwa zehn Jahre jünger. Sie war deutlich kleiner als Diana, aber alles an ihr stimmte. Übrigens hatte Ludwig ausdrücklich gewünscht, dass über berufliche Dinge an diesem Abend nicht gesprochen wurde. So kamen wir sehr bald auf die Lieblings-Freizeitbeschäftigung von Bernd. Er sagte, er wäre ungläubig, liebte aber Orgeln und Bach. Wenn er irgendwo in Deutschland oder im Ausland in einer Kirche auf der Orgel spielen dürfte, wäre er glücklich. Er hatte auch zu Hause eine kleine Orgel, aber die wäre gar kein Vergleich zu einer richtigen Orgel in einer großen Kirche, sagte er. Er war gleich groß mit Beatrix, wohl auch in etwa gleich alt. Etwas störend war seine Stirnglatze. Doch das vergaß man bald wieder. Beatrix erklärte, zu ihren Lieblingsbeschäftigungen gehörte das Lesen von Kriminalgeschichten in original englischer Sprache. Sie liebte vor allem Agatha Christie und Donna Leon. Da erklärte Diana strahlend, genauso wäre es auch bei ihr. So fanden sich diese beiden Frauen.

Wir warteten noch auf ein weiteres Paar. Da bot uns Iris an, uns durch das Haus zu führen. Vor uns ging sie die Treppen hoch und ich blickte fasziniert auf die Schwingungen ihres Unterleibes und auf ihre schön geformten Beine. Jeder Raum war mit Naturholzmöbeln ausgestattet, aber nur mit dem Notwendigsten, also Schrank für die Kleidung, Nachtschränkchen mit Leselampen, zwei Stühle. Schön waren die tief angeordneten Fenster, die den Blick nach draußen in die Baumkronen und in den Himmel erlaubten. Wir bewunderten alles gebührend und Beatrix seufzte: „Hier möchte ich liegen!" Iris lächelte: „Das kannst du sicher heute Abend." Wir gingen wieder nach unten. Wir hatten gehört, dass das letzte Paar eingetroffen war. Die beiden waren nicht verheiratet, lebten aber schon zehn Jahre zusammen. Die Frau machte einen sehr mädchenhaften Eindruck, arbeitete aber als Fachärztin für Haut- und Geschlechtskrankheiten. Der Mann an ihrer Seite hatte eine Praxis für Allgemeinmedizin.

Ludwig stellte uns vor und erklärte, damit wäre die Gruppe vollzählig versammelt. Er bat uns an den langen, schmalen Tisch im Garten und brachte die Würstchen, das Fleisch und das Gemüse vom Grill. Brot und Getränke – Bier, Wein und Wasser – standen

bereits da. Wir setzten uns in Paaren und langten zu. Die Gespräche waren zunächst noch etwas stockend; wir kannten ja noch
nicht so richtig die Interessen und Vorlieben der anderen. Doch
bald ergaben sich sehr interessante Gespräche über alle möglichen
Dinge – ausgenommen natürlich die Medizin. Die Sonne schien
noch durch die Äste, Ludwig hatte eine CD mit Musik von Chopin in den Player eingelegt, gespielt von Arthur Rubinstein. Das
gefiel uns allen. Erst als die Dämmerung einsetzte und die Mücken lästig wurden, gingen wir in die Glasveranda. Da waren wir
sicher. Die Veranda war durch die Sonne stark aufgeheizt, doch
das war gut für die kommenden Dinge. Denn nun kam Ludwig
mit seinem Spiel. Wir saßen in einem Kreis auf Stühlen. Ludwig
hielt ein paar Blätter mit Fragen in der Hand. Einer nach dem
anderen musste eine Frage beantworten, etwa „Wie hoch ist der
Kölner Dom" oder „Wie tief ist der Bodensee" oder „Wer hat den
Blitzableiter erfunden?" und dergleichen mehr. Hatte jemand die
Frage richtig beantwortet, kam die nächste Person dran. Wurde
die Frage nicht richtig beantwortet, war ein Pfand in die Mitte der Runde zu legen Diese Pfänder wurden später eingelöst.
Als Pfand durfte man aber nicht einen Ring oder ein Tuch oder
ähnliches geben, sondern ein Kleidungsstück. Wir hatten alle
nur wenig Kleidung an, die Frauen meist vier Teile, die Männer
drei Teile und so saßen wir bald alle mit bloßem Oberkörper,
dann ganz und gar nackt in der warmen Veranda. Ludwig stellte natürlich auch so lange seine Fragen, bis alle nackt waren. Ich
habe nackte Menschen am Strand immer als etwas ganz Natürliches empfunden, ganz gleich, wie ihre Körper beschaffen waren.
Aber hier im Raum sahen sie grotesk aus. Sie hätten im Garten
besser ausgesehen. Doch nun ergriff Ludwig wieder das Wort.
Sie wüssten ja alle, was zu erwarten wäre. Er als der Einladen-
de nähme sich die Freiheit und das Recht, als Erster die Wahl
zu treffen. Im Vorfeld hätte er auch herausbekommen, dass alle
Frauen die Pille nehmen. Aber in den Nachtschränkchen lägen
auch Kondome. Er sah sich im Kreis um, ob Widerspruch wäre,
und wir alle schauten auch in die Runde. Dabei sah man deutlich, wie die Frauen unwillkürlich ihre Brüste herausdrückten,

ihren Bauch dabei einzogen und ihre Schenkel leicht öffneten, als wollten sie ihr Geschlecht zeigen. Das tat auch Iris, die Frau von Ludwig. Ich war mir sicher, welche Frau er wählen würde. Und ich fand mich bestätigt: Es war Diana. Sie stand auch sofort auf und durchschritt den Kreis auf Ludwig zu. Ihr langer Zopf pendelte hübsch auf ihrem Po. Sie ging deutlich breitbeiniger als gewöhnlich. Nach meiner Kenntnis füllen sich – wie der Penis des Mannes – auch die Klitoris und die Schamlippen mit Blut, schwellen dadurch an und bewirken damit diesen breiteren Gang. Für mich war damit deutlich, dass Diana Lust hatte, sich von Ludwig durchfegen zu lassen. Die beiden verschwanden also als Erste. Iris sagte: „Jetzt habe ich die Wahl." Sie stand auf und ich sah auch bei ihr diesen etwas breiten Gang. Sie war übrigens im Schambereich dicht und ganz schwarz behaart. Sie ging auf den Nephrologen zu und nahm ihn bei der Hand. Als sie verschwunden waren, meinte seine Frau: „Jetzt ist die Auswahl sehr klein geworden." Sie sah das junge Paar an und meinte lächelnd: „Wollt ihr es miteinander tun wie sonst auch oder wollt ihr andere Partner?" Es war die Frau, die antwortete: „Wir sind hierhergekommen, um andere Partner kennenzulernen." Damit erhob sie sich und kam auf mich zu. Erst jetzt sah ich sie richtig. Sie wirkte auf mich wie ein vielleicht vierzehnjähriges Kind. Sie hatte kaum Brüste. Und sie hatte ihren Schambereich rasiert. „Kommst du mit?" fragte sie und ich folgte ihr. Sie ging vor mir die Treppe hinauf und ich sah ihren sehr hübsch geformten und festen Po. Aber ich berührte ihn nicht. Im Zimmer legte sie sich auf das Bett und erwartete mich. Aber ich bekam keine Erektion. Für mich waren Mädchen immer tabu. Ich habe nie verstehen können, dass sich ein Mann an einem Kind vergeht. Diese Frau war Mitte zwanzig, aber in ihrer Erscheinung so, dass ich einfach nicht mit ihr etwas tun konnte. Sie hielt mir geradezu ihr Geschlecht entgegen, sie massierte meinen Penis – es half nicht. Da schob ich meinen Kopf zwischen ihre Oberschenkel und erkundete ihr Geschlecht mit Lippen und Zunge. Irgendwann kam sie dabei zum Orgasmus, aber glücklich waren wir dabei beide nicht. Wir gingen wieder nach unten. Auf der Treppe kam uns

aus einem anderen Raum Diana mit Ludwig entgegen. Diana hielt ein Zellstofftaschentuch vor ihren Spalt, damit nicht Sperma aus ihrer Scheide floss, auf den Holzfußboden oder einen Läufer tropfte. Auch Ludwig hatte seinen Penis mit einem Taschentuch umwickelt. Diana hatte ihr berühmtes Lächeln im Gesicht, sie hatte also einen schönen Orgasmus. Ich sah ihre schaukelnden Brüste, ihre langen, formschönen Beine, ihren hübschen Bauch und dann dieses Gesicht und ich dachte daran, dass der Berliner Fotograf, der Aktaufnahmen von ihr gemacht und mit ihr gevögelt hatte, zu mir gesagt hatte: „Ihre Frau hat das Gesicht einer Madonna und den Leib einer Venus." Ich konnte das immer nur bestätigen. Auffällig war nun, dass sie ihre langen schönen Haare geöffnet hatte. Sie umgaben ihren Leib wie ein Schleier. Als ich sie später darauf ansprach, erklärte sie. Ludwig hätte sie darum gebeten, er fände sie so noch erotischer. Allerdings war ihr Verkehr zunächst nicht so glücklich gewesen. Ludwig war ein Brustfetischist. Er hatte sich von Diana gewünscht, dass sie über ihm so knieen oder hocken würde, dass ihre ja wirklich wunderschönen Brüste so über ihm hingen, dass er seinen langen Penis zwischen ihnen reiben und so zum Orgasmus kommen könnte. Das wollte Diana aber nicht. Sie wollte so richtig durchgeorgelt werden, dass ihr hinterher die Möse wehtäte. So änderte Ludwig seine Position und vögelte sie nun wirklich sehr wirksam durch, bis sie vor Wonne schrie. Sie tröstete ihn danach damit, dass er mit ihren Brüsten spielen durfte. Er nuckelte auch lange an ihnen herum. So hatten beide ihre Freude.

Gemeinsam gingen wir in die Veranda und zogen unsere Kleidung an. Wir setzten uns mit einem Getränk an den Tisch, an dem wir das Gegrillte verspeist hatten. Ludwig schaltete wieder etwas Musik ein. Bald kamen auch die beiden anderen Paare. Iris hatte in ihren Augen dasselbe Strahlen wie Diana. Auch die Nephrologin schien ganz zufrieden zu sein. Bei den Männern bemerkte ich keine Veränderung. Als alle wieder zusammen waren, sagte Iris: „Wollen wir noch eine zweite Runde machen? – Jetzt wissen wir ja alle, wie es geht." Die Frauen stimmten ihr ausnahmslos zu. So gingen wir wieder in die Glasveranda. Ludwig

hatte keinen Fragekatalog mehr. Da wurde reihum gefragt, auch einmal scherzhaft, etwa: „Wie liegen die Steine im Bodensee?" (Antwort wäre „Nass") oder „Womit wäscht man einen Tiger?" (Antwort wäre „Mit Lebensgefahr"). Dadurch kam eine spielerische, heitere Note in das Ganze. Nun wurde viel gelacht. Als wieder alle nackt im Raum saßen und kein einziger Mann neben seiner Frau, beobachtete ich, wie sich die Nachbarn mehr oder minder verstohlen berührten und an bestimmten Stellen streichelten. Es war abgemacht worden, dass ausschließlich die Frauen einen Partner wählten. Ich war sehr glücklich, dass Iris auf mich zukam. Nach Diana war sie auf jeden Fall die erotischste Frau in der Gruppe. Diana ging wieder auf Ludwig zu. Das war eigentlich gegen die Regel, die vorsah, dass immer ein anderer Partner genommen wurde. Aber Diana war so zufrieden mit ihm, dass sie sich gern noch einmal so richtig durchfegen lassen wollte. „Sein Schwanz ist genau richtig für mich", sagte sie mir später. Und Ludwig schien damit sehr einverstanden zu sein. Sein Penis stand wieder in voller Pracht von seinem Körper ab. Beim Hinausgehen tätschelte er sehr ausführlich Dianas Po. Auf die anderen achtete ich nicht so sehr. Mir fielen nur die geradezu kunstvoll geformten Brüste der Nephrologin auf. Ich hatte solche exakten Halbkugeln bei einer Frau noch nie gesehen. Aber nun ging Iris mit mir die Treppe nach oben und bei den Schwingungen ihrer Hüften erigierte mein Penis. Das war eine richtige Frau! Sie war dann auch in der Scheide sehr schleimig und feucht. Ich kam mit einem Schub in ihre Scheide hinein und dann wurde es ein sehr ausgeglichenes fröhliches Spiel. Sie zeigte auch ein herrliches Temperament und ihre Brüste, die gar nicht so groß, aber sehr schön waren, hüpften hin und her. Ich nuckelte auch an den Brustwarzen, die dabei sehr hart wurden. Sie kam vor mir zum Orgasmus und genoss es sichtlich, dass ich mich danach noch eine ganze Zeit in ihr bewegte. Als ich dann später aus ihr herausrutschte, strahlte sie mich an: „Das sollten wir öfter miteinander tun." Wir beschlossen, später mit Diana und Ludwig darüber zu sprechen. Viel Sperma hatte ich nicht in ihre Scheide gegeben, sie wischte es schnell heraus und wir gingen wieder

nach unten. Wir waren die Letzten in der Gruppe. Wir hatten uns also am längsten vergnügt. Beim Zusammensuchen unserer Kleidungsstücke bemerkten wir, dass etwas verstreut Büstenhalter und Schlüpfer auf dem Fußboden lagen. Iris überlegte einen Moment: „Natürlich, wir müssen das ja nicht immer und immer wieder an- und ausziehen!" Sie ließ also auch ihre Unterwäsche auf dem Fußboden liegen. Die Nephrologin sagte: „Jetzt hab ich aber Hunger!" Die meisten stimmten ihr lebhaft zu. Auf dem Grill war noch Glut unter der Asche. Ludwig warf Holzkohle auf, wir setzten uns mit Getränken in den Garten und schauten zu, wie sich das Feuer zur Glut umwandelte und Ludwig die Würste, das Fleisch und Gemüsestücke auf den Rost legte. Jetzt gab es keine Mücken mehr. Auch jetzt saßen alle durcheinander. Diana flocht ihre Haare wieder zu einem langen Zopf. Ich sah wieder Hände zwischen Frauenschenkeln oder im Hosenschlitz eines Mannes. In dieser wundervoll milden Nacht erschien uns so vieles selbstverständlich, was zu anderen Zeiten undenkbar gewesen wäre. Ludwig hatte wieder die Chopin-Musik eingeschaltet. Sie passte ganz wunderbar zur allgemeinen Stimmung. Bald aßen alle mit gutem Appetit und der Hausherr wurde sehr gelobt. Dann fragte ihn die Nephrologin: „Soll jetzt noch eine dritte Runde kommen oder was soll werden?" Ludwig wusste es nicht. Da meinte Iris: „Der Abend ist so schön. Wir können hier sitzen, essen, trinken und erzählen. Und wenn ein Pärchen in eines der Zimmer gehen will, kann es das ja ganz getrost tun. Ihr kennt euch ja aus." So geschah es. Wir plauderten sehr lebhaft und fröhlich miteinander. Es geschah dann auch, dass jemand aus der Gruppe zu einer Person ging, mit ihr flüsterte und meist verschwanden dann die beiden für einige Zeit, ohne dass davon Aufheben gemacht wurde. So kam der Nephrologe auf Diana zu und die beiden gingen ins Haus. Hinter mir stand plötzlich die Nephrologin und flüsterte: „Wollen wir auch?" Ich vermute, das war die Reaktion auf das Verschwinden ihres Mannes mit Diana. Interessant aber war nun, dass sie nicht ins Haus wollte, sondern mich hinter die Sträucher an der Hecke zog. Dort sollte ich mich auf den Rücken legen, sie hockte sich

über mich, dirigierte meinen Penis in ihren Spalt und bewegte sich. Ich konnte nur meine Hand unter ihre Bluse schieben und ihre ganz besonderen Brüste streicheln. Ich weiß nicht mit Sicherheit, ob sie einen Orgasmus hatte oder ihn nur spielte. Aber sie zeigte sich hinterher sehr zufrieden.

Irgendwann verabschiedete sich ein Paar nach dem anderen. Als wir uns bei Iris und Ludwig für den wirklich schönen Abend bedankten, sagte Ludwig: „Iris hat mir gesagt, sie hätte Lust, es einmal wieder mit euch zu tun. Ich auch. Wenn ihr einverstanden seid, treffen wir uns bei nächster Gelegenheit wieder, ja?" So geschah es dann auch. Diana sagte auf dem Nachhauseweg: „Der hat eine schöne große Banane. Die hab ich gern bei mir drin."

An einem Vormittag rief mich eine Frau an. Sie teilte mir mit, sie würde organisatorisch einen Chor von etwa 30 Sängern und Sängerinnen leiten. Dieser Chor würde in den nächsten Tagen in unserer Umgebung auftreten. Ich erinnerte mich an die Plakate, die ich an verschiedenen Orten gesehen hatte. Die Frau teilte mir weiter mit, in unserem Ort hätte sie für alle ein Hotel gebucht. Sie fragte mich dann, ob ich bereit wäre, die Gruppe über das Fischland und den Darß zu führen. Sie hätte gehört, dass ich das auch bei anderen Gruppen getan und das ein gutes Echo gefunden hätte. Ich sagte zu. Einmal machte ich eine solche Arbeit gern. Und dann gefielen mir die Stimme und die Art der Frau. Wir verabredeten die Zeit und den Ort, wo wir uns noch am ersten Abend treffen und dann alles besprechen wollten.

Der Bus kam mit etwa zehn Minuten Verspätung. Eine Frau stieg aus und kam auf mich zu. Vom ersten Anblick war ich in sie verliebt. Sie war kleiner als ich, sehr schlank mit großen Brüsten, sie hatte ein sehr liebes und kluges Gesicht, das von langen blonden Haaren umrahmt wurde. Aber am meisten faszinierte mich ihr schöner, schwingender Gang. Dazu kamen die schönen Beine unter dem schwingenden Rock. Als sie lächelnd auf mich zukam, um mich zu begrüßen, wusste ich, ich würde mit ihr Sex haben. Es gibt solche Gewissheiten. Sie sagte mir später, sie hätte auch so gedacht.

Nach der Begrüßung stieg ich mit in den Bus und dirigierte den Fahrer zum Hotel. Die Leute nahmen ihre Koffer und Taschen und gingen in ihre Räume, um sich einzurichten und frisch zu machen. In einer Stunde sollte zu Abend gegessen werden. Ich sah beim Ausladen, dass Karin neben dem üblichen Reisegepäck eine schwere Tasche nahm. Ich erfuhr, darin wären alle Noten für die Aufführungen. Da immer wieder Noten vergessen wurden, hatte sie alle in eine große Tasche getan. Da bot ich ihr an, ihr das Gepäck in ihr Zimmer zu tragen, und sie nahm mein Angebot ohne Zögern an. In ihrem Raum lud sie mich ein, mit der Gruppe zu Abend zu essen. Ich informierte also Diana und blieb. Karin ging ins Bad, um Pipi zu machen und sich für das Essen frisch zu machen. Ich blieb im Zimmer. Nach einiger Zeit kam sie aus dem Bad. Sie hatte nur noch einen Büstenhalter und einen Slip an. Nun sah ich, dass sie noch schöner war, als ich sie mir beim ersten Kennenlernen vorgestellt hatte. Sie öffnete ihren Koffer und holte frische Kleidung hervor, die sie vor meinen Augen ganz unbefangen anzog. Das waren eine helle Bluse und ein dunkler Rock. Sie richtete im Bad ihre Haare her und plauderte dabei mit mir durch die offene Tür. Sie war mit dem Chef eines kleineren Baubetriebes verheiratet. Er war ihr zweiter Mann. Der erste war verstorben. Mit diesem Mann hatte sie eine Tochter, die inzwischen vor dem Abitur stand. Sie räumte dann noch ihren Koffer aus und hängte ihre Kleidung auf, legte auch die Unterwäsche in die Schrankfächer.

Zu gegebener Zeit gingen wir nach unten. Ich lernte nun eine sehr fröhliche Gesellschaft kennen, die mich sofort in ihrer Mitte aufnahm und mit Fragen über Land und Leute bombardierte.

Nach dem Abendessen wollten die meisten noch zum Wasser. Das Meer war sehr ruhig, der Himmel klar, das versprach einen wunderschönen Sonnenuntergang. Karin und ich gingen ein Stück weiter, wo wir allein waren. Ich kannte mich hier ja aus und wusste, wo die schönsten Stellen waren. An einer großen Düne hinter einem dichten Gebüsch blieben wir stehen. Hier sah man besonders gut das Meer, den Strand, den Wald, die Sonne. Wir setzten uns in den warmen Sand und sahen aufs Wasser. Die

Sonne färbte sich zunehmend rot. Da sagte Karin leise: „Ich hab mir immer gewünscht, am Meer bei Sonnenuntergang mit einem Mann Liebe zu machen." Ich antwortete: „Wenn Sie wollen, machen wir das hier. Hier hinter den Sträuchern sieht uns keiner." Da zog Karin ihren Slip aus. Nach langer Zeit sah ich wieder eine blonde Schambehaarung, die den Blick auf ihre sehr gleichmäßig schönen Schamlippen ermöglichte. Sie schienen mir geschwollen zu sein, obgleich ich als Mediziner natürlich wusste, dass die Schwellung von der Klitoris kommt. Ich machte meinen Unterkörper ganz frei. Mein Penis war schon bei dem Gedanken, es hier mit Karin zu tun, erigiert. Sie legte sich auf meine Hose, so gut es ging, und ich schob mich zwischen ihre Schenkel. Sie roch ganz wunderbar, wohl nicht von ihrem Deo – das auch –, sondern aus ihrem Spalt. Ich bot ihr an, rechtzeitig meinen Penis aus ihr herauszuziehen, doch sie sagte, sie wollte es ganz und gar haben. Auch später sagte sie immer wieder, sie wollte mit mir ohne Kondom Sex haben. Ich bin nicht sicher, ob sie dann wirklich einen Orgasmus hatte, aber sie war hinterher sehr zufrieden. Ungewöhnlich für mich war, dass sie mein Sperma einfach aus ihrem Spalt in den Sand fließen ließ. Nur ganz zum Schluss wischte sie den Rest aus ihrer Scheide. Sie hatte auch Freude daran, zu sehen, wie ich mich an ihrem Geschlecht freute. Als die Sonne völlig verschwunden war, gingen wir langsam zum Hotel. Vor dem Eingang verabschiedeten wir uns mit einer Umarmung. Am nächsten Morgen würde ich wieder zur Stelle sein und der Gruppe das Fischland und den Darß zeigen.

Den folgenden Tag absolvierte ich bis zum frühen Nachmittag zur allgemeinen Zufriedenheit. Dann mussten die Sänger und Sängerinnen im Konzertraum proben. Ich fuhr nach Hause und war erst wieder am Abend mit Diana da, als das Konzert geboten wurde. Das war sehr gut besucht, die Stimmung heiter gelöst – es war ein schöner Abend. Zur anschließenden Feier im Hotel wurde ich wieder eingeladen. Diana lehnte ab, sie hatte noch etwas zu Hause zu erledigen. Aber ich nahm an. Nun mag ich ja keinen Alkohol, aber es war schön, mit diesen Leuten und vor allem mit Karin zusammen zu sein. Irgendwann flüsterte sie

mir zu: „Wollen wir nach oben gehen?" Ich nickte. Natürlich wollte ich. Als sie dann vor mir die Treppen nach oben ging und dabei ihr Hinterteil bewegte, erigierte mein Penis. Der Geruch ihres Körpers bewirkte ein Übriges. In ihrem Zimmer ging dann alles sehr schnell. Ich sah nun zum ersten Mal ihre großen und vollen Brüste. Sie waren nicht sehr fest, aber ich liebe es ja, solche Brüste in die Hand zu nehmen, zu streicheln und zu küssen. Im Bett erkundete ich ihren Leib mit Lippen und Zunge. Ihre Scheide wurde sehr feucht. Da schob ich mich in sie hinein und sie bewegte sich ganz wundervoll unter mir. Ich musste mich sehr konzentrieren, um nicht zu früh zum Orgasmus zu kommen. Erst als sie mit einem kleinen Schrei kam, spritzte ich in ihr ab.

Wir lagen dann nebeneinander. Ich streichelte ihren Körper, vor allem natürlich ihre Brüste. Dabei überlegten wir, wie es weitergehen sollte. Karin sagte mir nun, dass sie zum ersten Mal in ihrer Ehe mit einem anderen Mann Sex gehabt hätte. Sie hätte nun ein schlechtes Gewissen. Wir überlegten, wie dem zu begegnen wäre. Da fragte Karin: „Wie wäre es eigentlich, wenn Herbert es einmal mit deiner Frau tun würde? Hättest du etwas dagegen?" Nein, ich hatte nie etwas dagegen, wenn es Diana mit einem anderen Mann tat. Sie sollte sich die gleiche Freiheit nehmen, die ich mir auch nahm. Wir wussten nur nicht, ob meine Frau und ihr Mann es miteinander tun wollten. Aber nun entwickelten wir unsere Gedanken weiter. Karin wollte so bald wie möglich wieder zu uns kommen und dann ihren Mann mitbringen. Und dann wollten wir versuchen, die beiden zusammen zu führen. Bei diesen Überlegungen, die Karin immer mehr begeisterten, bekam sie immer mehr Lust und als ich bereit war, liebte sie mich mit ganz besonderer Leidenschaft.

Schon wenige Tage nach diesen Überlegungen rief mich Karin an. Sie wollte in 14 Tagen mit ihrem Mann zu uns kommen, ob uns das recht wäre. Ich besprach mich kurz mit Diana und sie nickte. Erst nach diesem Gespräch sagte ich ihr, was Karin und ich uns vorstellten. Diana sah mich zweifelnd an: „Ich kenne ihn doch gar nicht." Als das Ehepaar dann nach 14 Tagen aus dem Auto stieg, geschah das Erhoffte: Die beiden fanden sich

durchaus sympathisch – mehr nicht –, zunächst jedenfalls nicht. Wir führten sie in das Gästezimmer, sie machten sich im Bad frisch, saßen dann mit uns an der Kaffeetafel und dann gingen wir zum Wasser. Karin und ich gaben uns alle Mühe, nicht zu intim zu werden. Aber wir richteten es so ein, dass Diana und Herbert nebeneinander gingen und miteinander sprachen. Diana wusste ja auch, was wir uns vorgestellt hatten, Herbert wohl noch nicht. Aber wir duzten uns sehr schnell, was bei Diana und mir ungewöhnlich war. Ich bin gern zu allen Menschen freundlich, aber mit dem Duzen sehr, sehr zurückhaltend.

Als wir uns dann aber zur Nacht fertig machten, sagte Karin zu ihrem Mann: „Hättest du nicht Lust, heute einmal mit Diana ins Bett zu gehen? – Ich würde dann mit Gerhard schlafen." Herbert war völlig überrascht. Er sah zu Diana, die ja von unserem Plan wusste und mitmachte, um mir einen Gefallen zu tun, und stotterte: „Ist denn Diana einverstanden?" Diana nickte. Und so geschah es dann wie geplant. Karin und ich hatten eine wundervolle Nacht. Es war herrlich, diese schöne und temperamentvolle Frau zu genießen, ihren glitschigen Traumspalt, ihre spitzen Schreie, wenn sie einen neuen Orgasmus hatte – es waren mehrere hintereinander. Am Morgen war ich völlig ausgelaugt und wir beide waren sehr müde, aber außerordentlich zufrieden. Ich war als Erster in der Küche und machte für uns das Frühstück. Dann kam Diana herein. Natürlich fragte ich sie, wie es bei ihr gewesen wäre. Es war nicht viel, antwortete sie. Herbert hatte ihren Körper gestreichelt, aber er hatte keine Erektion bekommen. Sie hatte sein Geschlecht gestreichelt, den Penis auch in den Mund genommen und belutscht. Es half nicht. So waren sie nackt nebeneinander eingeschlafen und aufgewacht. Nun, wir meinten, vielleicht würde es in der kommenden Nacht funktionieren. Für Herbert kam ja alles ganz überraschend und Diana hatte kaum Lust gezeigt. Da sah ich, wie sich Herbert Diana immer deutlicher annäherte. Auch sein Glied erigierte von Zeit zu Zeit. Allerdings wurde es nicht richtig steif. Beim Spazierengehen tippte er wie aus Versehen immer wieder einmal an Dianas Po. Es wurde deutlich: Die beiden näherten sich immer mehr einander an. Und als

wir nach dem Kaffeetisch überlegten, was wir nun tun wollten, sagte Herbert: „Ich würde mich gern ein Weilchen hinlegen." Karin stimmte sofort zu: „Dann können wir uns ja alle etwas hinlegen." Sie wandte sich an Diana: „Ist es dir recht, wenn ich mich mit Gerhard hinlege?" Diana erklärte sich einverstanden. Etwas zögernd ging sie mit Herbert in das Gästezimmer. Karin und ich legten uns in unserem Schlafzimmer hin und schmusten. Seltsamerweise küssten wir uns nie auf den Mund, obgleich sie doch einen sehr schönen Mund hatte. Ich küsste alle Teile ihres Körpers, am intensivsten ihr schönes und duftendes Geschlecht – den Mund nicht. Auch sie ging mit ihrem Mund über meinen Körper, nahm auch meinen Penis in ihren Mund. Und natürlich vergnügten wir uns miteinander, als ich den Schleim in ihrem Traumspalt sah und schmeckte. Zum Abendessen trafen wir uns wieder in Küche und Wohnzimmer. Nun berichtete mir Diana, Herbert hätte in ihr gesteckt. Allerdings wäre er sehr schnell gekommen, sie hätte kaum etwas gefühlt. Am Abend erzählten wir, es gab ja so viele gemeinsame Interessen. Ich stellte fest, dass wir uns immer besser verstanden, dass die Atmosphäre immer entspannter wurde. Nun hatte Herbert keine Scheu, Diana auch einmal an die Brust zu greifen. Da Diana jetzt am Abend keinen Büstenhalter trug und ihre üppigen Brüste bei jeder Bewegung deutlich schwankten, war das fast selbstverständlich.

Wir gingen verhältnismäßig früh zu Bett. Wir wollten ja noch unsere Lust auskosten. Karin liebte mich immer temperamentvoller. Zuweilen hatte ich Sorge, mein steifes Glied könnte Schaden nehmen. Als sie mitbekam, dass ich Brüste besonders gern über meinem Gesicht hatte, bevorzugte sie die Stellung kniend über mir und ließ ihre Brüste über meinem Gesicht baumeln. Das hielt meinen Penis steif und Karin bekam einige Orgasmen hintereinander. Am frühen Morgen taten wir es noch einmal ausgiebig miteinander. Dann gingen wir im Bad gemeinsam unter die Dusche. Ich durfte ihre Brüste und ihr Geschlecht waschen, sie tat es mit meinem nun klein gewordenen Geschlecht.

Drei Tage blieben die beiden bei uns. Dann musste Herbert wieder zu seiner Arbeit. Aber wir hatten vereinbart, dass wir in

nächster Zeit zu ihnen kommen würden. Das geschah vier Wochen später. Wir fuhren also nun zu ihnen. Die beiden umarmten uns sehr herzlich zum Empfang, zeigten uns ihr Haus und dann das Gästezimmer. Der Baumeister hatte sich sein Haus selbst gebaut und zeigte uns sehr stolz die Besonderheiten dieses Gebäudes. Dazu gehörte vor allem ein Swimmingpool im Kellergeschoss. Der war beheizbar, mit ihm der ganze Raum. „Wenn ihr wollt, können wir nachher gemeinsam baden", sagten die beiden. Im Gästezimmer lagen zwei Bademäntel über einem Sessel. Die sollten wir dann anziehen. Ich fragte Diana, ob sie Lust hätte. Sie überlegte einen Moment: „Wahrscheinlich haben die beiden wieder vor, mit uns da unten Sex zu machen. Karin sah jedenfalls so aus, als könnte sie dich kaum erwarten." Aber sie war einverstanden: „Vielleicht kriegt er so sein Ding besser hoch." Nach dem Nachmittagskaffee gingen wir dann auch in Bademänteln nach unten. Außer dem Pool war da noch eine geräumige Dusche, deren Zugang offen war. In einer Nische befand sich ein breites Lager. Da konnte man, wenn man wollte, bequem zu viert nebeneinander liegen. Der ganze Raum war lichtdurchflutet von der abendlichen Sonne. Wir bewunderten alles gebührend. Irgendwann drückte mir Herbert eine dieser berühmt-berüchtigten blauen Tabletten in die Hand. Er hätte sie von einem gut befreundeten Arzt bekommen, flüsterte er mir zu. Ich hatte so etwas nie genommen, war jetzt aber doch neugierig, wie diese Dinger wirkten. Karin hatte Diana auf die Seite genommen und sie gefragt, ob die Männer Kondome benutzen sollten. Diana wusste nicht so recht. Sie hatte es ja immer lieber ohne diese Gummisäckchen. Aber natürlich wollte sie auch nicht schwanger werden. Die beiden Frauen stellten nun fest, dass sie ihre Tage fast gleichzeitig hinter sich hatten, dass also kein Eisprung zu erwarten war. Da ließen sie die Kondome im Regal liegen, die Karin mitgebracht hatte.

Vor dem Schwimmen im Becken sollte geduscht werden. Also zog Diana ihren Bademantel aus und ging in die Kabine. Herbert folgte ihr, auch er natürlich nackt. Da flüsterte Karin: „Wollen wir nicht die Zeit nutzen?" Ich flüsterte zurück: „In Gegenwart

der beiden?" Karin flüsterte: „Gerade! Herbert kriegt dann richtig Lust, es mit Diana zu tun." Sie nahm mich bei der Hand und ging mit mir zu dem Lager. Dort hängte sie ihren Bademantel an einen Haken, legte sich auf das breite Lager und machte mir unzweideutig klar, dass sie mich bei sich erwartete. Also legte ich nun auch meinen Bademantel ab und folgte ihr. Vom Lager aus konnten wir sehen, wie Diana und Herbert unter der Dusche hantierten. Natürlich konnten sie auch uns sehen. Das wollte Karin. Wenn sie sich so in Position brachte, dass ich mich in ihren Schoß legen musste, sollte Herbert auch Lust bekommen. Das Viagra bewirkte, dass ich keinerlei Schwierigkeiten hatte, in ihren Traumspalt zu kommen. Ich sah zur Dusche hinüber und bemerkte, wie uns die beiden angespannt beobachteten. Mir sollte es recht sein. Ich bewegte mich in Karin und konzentrierte mich, sie zum Höhepunkt zu bringen und möglichst lange mit meinem Orgasmus zu warten. Was die beiden anderen taten, war mir nun gleichgültig geworden. Irgendwann sank ich dann auf das Lager und sah nun, dass die beiden vor uns standen und uns zugesehen hatten. Wir standen auf und gingen zur Dusche. Von dort sah ich, wie Herbert erstaunlich schnell in Dianas Lustgrotte kam. Hier hatte Viagra deutlich gewirkt. Allerdings kam er sehr schnell. Diana hatte mit Sicherheit keinen Orgasmus, auch wenn sie laut stöhnte. Sie wollte wohl Herbert eine Freude machen.

Aber nun begriff ich Karins Taktik. Herbert brauchte so etwas wie ein Vorbild, um sexuelle Lust zu bekommen. Wenn er Karin und mich beim Liebesakt sah, konnte er es auch mit Diana machen. Das wurde mir besonders deutlich, als mich Karin bat, von hinten in ihre Scheide zu gehen. Sie war ohne jeden Zweifel eine sehr schöne Frau, hatte aber einen eher unscheinbaren Hintern. Diana dagegen hatte einen sehr opulenten Po und dazu einen schönen Rücken. Und was Karin nicht wusste: Diana ließ sich besonders gern von hinten beglücken. So erreicht der Penis bestimmte Regionen, in denen sie besondere Lust empfindet. Als mir nun also Karin ihren Hintern präsentierte und ich mich in ihrem Spalt bewegte, wollte Herbert es auch bei Diana so tun. Und damit landete er einen Volltreffer. Dank Viagra blieb sein

Penis fest, sein Glied war etwas länger als meines. Damit füllte er Diana gut aus und das war für sie immer wichtig. Da begann sie nun echt zu stöhnen, da kam sie zu einem wirklich schönen Orgasmus und Herbert war sehr glücklich.

Wir wuschen uns hinterher unten herum. Diana suchte eine Toilette, die es hier allerdings nicht gab. Sie wollte das Sperma mit herausspülen. Karin sagte ihr, wo eine Treppe höher eine Gästetoilette war. Sie aber hockte sich so in die Dusche, dass wir Männer ihren Spalt sehen konnten, und ließ dann das Wasser in schönem Bogen aus ihrer Öffnung. Ich habe mein Leben lang immer besondere Lust empfunden, wenn ich Frauen beim Pullern sah. Als da nun Karin in der Dusche hockte und strullte, wurde mein Ding gleich wieder steif. Karin sah es und lächelte mich sehr lieb an. Dann kam Diana wieder in den Raum, spülte noch einmal kurz mit der Handbrause ihren Traumspalt sauber, und dann schwammen wir zu viert im Pool. Ich hatte meine größte Freude daran, unter Wasser zu sehen, wie die Brüste der Frauen herrlich hin und her waberten. Als Rettungsschwimmer tauchte ich ja immer mit offenen Augen. Ich konnte sie also herrlich sehen.

Nach dem Bad zogen wir unsere Mäntel an und gingen nach oben. Herbert hatte einen guten Wein bereitgestellt, den tranken die drei. Ich trank wieder nur Wasser, das bekam mir am besten. Wir zogen uns wieder an und gingen durch den Ort. Es war schön, wie vertraut nun Diana und Herbert wurden. Sie hatte von ihm einen schönen Orgasmus bekommen, er freute sich, dass er keine Potenzprobleme mehr hatte. Karin und ich gingen wieder hinter den beiden und lächelnd beobachteten wir, wie Herbert von Zeit zu Zeit Dianas Po streichelte.

Der Abend verlief sehr harmonisch mit guten Gesprächen. Es gab keinerlei Spannungen. Niemand machte auch nur eine Bemerkung, wenn Herbert mit Dianas schönen Brüsten spielte oder wenn Karin meinen Pimmel in der Hand hielt und streichelte, als der wieder dank Viagra in der Hose drückte. Wir gingen dann auch früh zu Bett. Wir wollten unsere Lust voll auskosten. Und ich wollte wissen, wie lange Viagra wirkt – erstaunlich lange! Wir waren jetzt eine richtig gute Gemeinschaft geworden.

Herbert wusste, wie er Diana zufrieden stellen konnte, Karin wusste von meiner Vorliebe für baumelnde Brüste und hockte nun am häufigsten auf mir. Außerdem entsprach diese Haltung ihrem Willen, alles unter Kontrolle zu haben. Am kommenden Morgen saßen wir sehr fröhlich am Frühstückstisch, der von der Sonne beschienen war. Ein Zeichen für diese Lockerheit war auch, dass beide Frauen keinen Büstenhalter trugen. Bei bestimmten Bewegungen rutschte gern eine Brust aus der dünnen Bluse, uns Männern zur Freude.

Wir blieben drei Tage. Herbert sorgte dafür, dass wir Männer immer potent blieben. Es war lustig, wie Herbert stolz sein straffes Ding zeigte – er hatte das wohl lange nicht mehr so erlebt. Schön war das Verständnis der beiden Frauen für ihn, wenn sie seinen Penis in ihre Hand nahmen und streichelten, natürlich auch und besonders, wenn eine von ihnen ihm erlaubte, gewissermaßen nebenbei sein Ding in ihren Spalt zu schieben. Er entspannte sich dann nicht immer, er genoss nur seine Potenz. Er konnte das ja lange nicht genießen. Die Frauen präsentierten uns gern ihre Geschlechter und animierten uns, sie so zu umwerben, dass z. B. Karin einmal aufstand und zu mir sagte: „Komm mit!" Und dann kam sie sehr schnell zu einem sehr lauten Orgasmus. Als wir anschließend in den Raum zurückkamen, lagen Diana und Herbert auf der Couch. Sie lächelten uns an und machten weiter, bis Herbert auf Dianas Leib sank. Es störte sie nicht im Geringsten, dass wir ihnen dabei zusahen. Eher im Gegenteil: Ich denke, Herbert hatte gern Zuschauer bei einer solchen Aktion. So wie er uns gern zusah, als wir am Swimmingpool kopulierten, wollte er wohl auch seiner Frau zeigen, dass er es gut leisten konnte.

Nach drei Tagen musste ich wieder zurück zur Arbeit. Wir versprachen uns, uns so bald wie möglich wiederzusehen. Doch als wir das nächste Mal bei ihnen waren, teilten sie uns traurig mit, Herbert hätte große Herzprobleme. Sein befreundeter Arzt hätte ihm dringend von der Pille abgeraten, sonst bestünde Gefahr für sein Leben. Und ohne Viagra ging es nicht mehr bei ihm. Karin und ich verschwanden noch einmal in einem Raum

eine Treppe höher. Aber das Wissen darum, dass da unten traurig Herbert saß und Diana Mitleid mit ihm hatte, machte uns dann auch keine rechte Freude. Ich hatte in ihr noch meinen Orgasmus, dann wuschen wir uns, zogen uns an und gingen nach unten. Wir sprachen darüber kein Wort. Unsere Freundschaft ist bis heute erhalten, doch es bleiben nur noch Erinnerungen an unsere lustvollen Begegnungen.

Manche Dinge lassen sich nicht so leicht erklären. Bei einer Veranstaltung begegneten wir zufällig Frank und Renate. Sie wohnten in Halle und machten Urlaub in unserem Ort. Die beiden waren nicht verheiratet, lebten aber etwa zehn Jahre zusammen. Genauer: Die beiden wohnten getrennt, besuchten sich aber gegenseitig, wenn sie miteinander etwas tun wollten, oder sie machten gemeinsam eine Reise oder besuchten eine Veranstaltung. Nach meinem Verständnis war das keine Ehe. Aber sie schienen so zufrieden zu sein. Frank war deutlich kleiner als Renate, hatte eine zarte Gestalt, fast eine Glatze und einen strubbeligen Bart. Er war also ganz bestimmt keine Schönheit. Renate war etwa zwanzig Jahre jünger. Sie hatte ein sehr liebes Gesicht und eine schöne Figur. Einmal fragte ich sie, wie sie und Frank zusammengekommen waren. Sie erzählte, sie hätte vorher mit einem feurigen Italiener eine Affäre gehabt, der sie immer nur bespringen wollte und nach einem Orgasmus so schnell wieder potent war, dass bald ihre Scheide schmerzte. Irgendwann konnte sie nicht mehr und hatte ihm den Laufpass gegeben. Frank war sehr viel ruhiger und brauchte nach seinem Orgasmus sehr viel länger zur Auffrischung. Das tat ihr gut. Außerdem, so sagte sie, befriedigte er sie – im Gegensatz zum Italiener, der sie immer nur bespringen und dann in ihr kommen wollte. Dabei lächelte sie: „Apropos bespringen: Der wollte mich am liebsten immer nur von hinten haben."

Wir kamen in der Pause beim Buffet zusammen. Und da merkte ich sofort, wie Frank von Diana angezogen wurde. Ich war ja gewöhnt, dass viele Männer fasziniert von ihr waren, aber diese Begegnung fiel in ihrer Intensität auf. Natürlich merkte es

Diana auch. Und seltsamerweise gefiel es ihr. Dabei war dieser Mann überhaupt nicht der Typ, der ihr sonst gefiel. Es war eine Anziehungskraft zu spüren, die sie mir auch nicht recht erklären konnte, es war etwas Animalisches, gegen das kein Mensch ankommt. Hier spürte ich, dass es so etwas wirklich gibt.

Wir trafen uns nach der Veranstaltung. Diana hatte sie eingeladen, bei uns noch ein Glas Wein zu trinken. Bei dem Zusammensein redete Frank nahezu ununterbrochen. Es war das typische Imponiergehabe eines Mannes vor einer Frau, die er begehrt. Diana lächelte dazu. Renate saß still neben ihrem Freund. Natürlich bekam sie auch mit, was sich abspielte. Sie duldete es. Schließlich verabschiedeten sich die beiden mit der Gewissheit, am nächsten Tag zum Mittagessen wieder zu kommen.

Am nächsten Tag hatte sich Renate frische Kleidung angezogen, die Haare hübsch hergerichtet, das Gesicht leicht geschminkt. Sie sah einfach zauberhaft aus. Frank trug die Kleidung von gestern, dazu eine doofe Mütze. Er roch muffig. Auf mich wirkte er eher abstoßend. Doch Diana fand ihn genauso anziehend wie gestern. Er redete auch wieder so viel, nur dieses Mal oft mit vollem Mund, was ich überhaupt nicht mag. Doch Diana lächelte ihn an. Nach dem Essen erwartete ich, die beiden würden sich bedanken und gehen. Aber sie dachten nicht daran. Frank sagte vielmehr: „Nach dem Essen soll man ruhn oder 1000 Schritte tun – Was tun wir jetzt?" Da antwortete Diana: „Wir können uns hinlegen. Wir haben außer unserem Schlafzimmer ja noch das Gästezimmer." Frank meinte dann mit erstaunlicher Gelassenheit: „Wollen wir nicht Partnertausch machen? – Renate wäre einverstanden. Wir haben das schon besprochen." Als hätte sie davon gewusst, nahm Diana Frank bei der Hand und ging mit ihm in unser Schlafzimmer. Ich sah Renate an: „Wollen wir in das Gästezimmer gehen?" Sie nickte und folgte mir. Sie sprach nicht viel. Sie stand im Raum und schien auf etwas zu warten. Ich glaube, sie dachte, ich wollte sie küssen. Aber ich zog ihr den Pulli über den Kopf, danach löste ich den Verschluss ihres Büstenhalters. Sie hatte hübsche Brüste, die sehr gut zu ihrer schlanken Figur passten. Man sah deutlich, dass sie kein Kind

hatte, damit natürlich auch nie gestillt hat. Probeweise griff ich von hinten so nach vorn, dass ich in jeder Hand eine Brust hielt und die Warzen leicht streicheln konnte. Sie hielt still, reagierte aber nicht weiter. Ich zog dann Rock und Slip herunter. Sie roch frisch gewaschen, mehr nicht. Den Geruch, den Diana ausströmte, wenn sie Lust hatte, spürte ich bei ihr nicht. Ich ging zum Bett und schlug die Decke auf. Sie legte sich ohne ein Wort hin. Sie wirkte ausgesprochen schön mit ihrem schlanken Leib und ihren langen Beinen. Unwillkürlich dachte ich an eine Barbiepuppe. Ich zog mich nun auch schnell aus und legte mich zu ihr. Doch ich bekam keine Erektion. Ich versuchte, diese Peinlichkeit dadurch zu überbrücken, dass ich mit Lippen und Zunge in ihre Scheide ging, wie ich das immer gern getan habe. Sie hielt mir auch bereitwillig ihr Geschlecht hin, das sehr schön war, doch ich spürte bei ihr keine Erregung. Das frustrierte mich und natürlich hatte ich auch weiterhin keine Erektion. Vielleicht hätte es geholfen, wenn sie meinen Penis in ihren Mund genommen hätte. Doch das tat sie nicht und ich mochte sie nicht darum bitten. Schließlich ließ ich von ihr ab. Ich suchte nun ein Thema, über das wir miteinander sprechen konnten. So vertrieben wir uns etwas mühselig die Zeit, eine knappe Stunde, Dann hörten wir im Bad Geräusche. Wir kleideten uns wieder an und gingen ins Wohnzimmer. Dort blätterte Renate in einem Buch. Ich räumte das Geschirr in die Küche. Etwas später kamen die beiden herein. Frank strahlte und in Dianas Gesicht bemerkte ich ihren berühmten Glanz. Sie erzählte mir, als wir allein waren, Frank hätte sie an einen Faun aus der griechischen Mythologie erinnert. „Wie er da nackt herum hüpfte mit seinen haarigen Beinen und seinem kugeligen Bäuchlein – fehlten nur noch Hörner auf dem Kopf und ein Schwanz." Aber seltsamerweise war sie von ihm fasziniert, von seinem seltsamen Geruch, von seinem gewaltigen Penis, der gebogen wie eine Banane von ihm abstand und hin und her pendelte. Es schien ihr, als würde sein Leib im Hintergrund verschwinden. Er bestand nur noch aus einem gewaltigen Phallus, und der wollte hinein in ihren Leib, wollte sich dort ausdehnen. „Und dann ging alles ganz schnell. Ich war klatschnass

in meiner Scheide, er legte sich zwischen meine Schenkel und
schob seinen Phallus ohne Vorspiel in mich hinein. Und da war
es, als ob sein Ding in mir vibrierte. Und da hatte ich in unvorstellbar kurzer Zeit meinen ersten Orgasmus. Später kamen noch
zwei dazu. Ich weiß auch nicht, wie das kam. Es war einfach so."

Drei Tage lang kamen Frank und Renate zu uns. Drei Tage
lang verschwand Diana mit Frank und kam nach einiger Zeit
strahlend wieder mit ihm zurück. Dann fuhren die beiden wieder nach Halle. Fünf Jahre lang kamen sie im Sommer wieder
in unseren Ort und Diana vergnügte sich mit ihm, ohne dass sie
sagen konnte, weshalb sie so fasziniert von ihm war.

Dana war Polin. Sie kam eines Tages zu mir und fragte, ob ich
eine Reinigungskraft in meinem Betrieb brauchte. Sie war ausgesprochen intelligent, sprach ein fast fehlerfreies Deutsch. Sie
wirkte noch jugendlicher, als sie dem Alter nach war. Sie reichte
mir bis zur Schulter. Von ihrem Aussehen fand ich sie zauberhaft mit ihrem klugen Gesicht, ihren schulterlangen schwarzen
Haaren, ihrem grazilen Körperbau, ihren schönen Formen. In
unsere Gegend war sie gekommen, weil sie in Deutschland Ger-
manistik studieren wollte. Allerdings hatte sie sich bald in einen
Kommilitonen verliebt und ein Kind von ihm bekommen. Da
setzte sie ihr Studium aus und kümmerte sich um dieses Kind.
Irgendwann hatte sie wieder eine neue Beziehung und bekam
ein zweites Kind. Da konnte sie nicht mehr studieren. Die Väter
ihrer Kinder liefen weg. Sie musste nun sehen, wie sie zurechtkam. So wollte sie als Putzkraft bei uns etwas Geld verdienen.
Sie war schnell, fleißig und sauber, wie vor und nach ihr keine
andere Putzfrau. Ich war begeistert. Da sie mir ausgesprochen
sympathisch war, erzählten wir auch oft miteinander. Eigentlich war alles an ihr perfekt. Nur dass sie nie ohne Mann leben konnte und keine Vorsichtsmaßregeln traf, um eine erneute
Schwangerschaft zu verhindern, irritierte mich etwas. Vielleicht
hing das mit ihrer streng katholischen Erziehung zusammen.
Und dann verschwand sie von Zeit zu Zeit mit ihren Kindern.
Sie sagte mir nicht, dass sie für unbestimmte Zeit in Polen wäre.

Sie war dann einfach weg und ich musste zusehen, wie ich im Haus Ordnung und Sauberkeit gewährleisten konnte. Das war zuweilen beschwerlich. Doch wenn ich in ihre großen, schönen Augen sah, war alles wieder gut.

Sie arbeitete also zur allseitigen Zufriedenheit, ja Begeisterung, bei uns. Ich lud sie auch mit ihren Kindern zum Kaffeetrinken in unsere Wohnung ein. Ihre Kinder spielten dann mit den Kindern, die mit ihren Eltern in unserem Haus Urlaub machten.

Dann teilte Dana mir mit, sie erwartete ihr drittes Kind. Auch dieses Mal hatte der Erzeuger des Kindes die Flucht ergriffen, als er von ihrer Schwangerschaft erfuhr. Dana arbeitete noch, solange es ging. Dann musste sie aufhören. Als sie sich von mir verabschiedete, fragte ich sie, ob sie bereit wäre, sich nackt von mir fotografieren zu lassen. Ich finde ja schwangere Frauen meist besonders schön. Ihr Gesicht ist weicher, ihre Brüste sind größer und schwerer, ihr Rücken biegt sich anders, die Wölbung des Bauches empfinde ich als sehr reizvoll. Sie stimmte ohne Zögern zu. Ich sollte zu ihr in die Wohnung kommen und sie dort fotografieren, sagte sie. Da erschien ich zur verabredeten Zeit. Sie zog sich auch gleich nach der Begrüßung aus. Ich hatte sie gebeten, mindestens zwei Stunden vor dem Fotografieren keinen Büstenhalter und keinen Schlüpfer zu tragen, weil die Abdrücke auf der Haut sehr störend sind. Sie sah mit diesen typischen Linien einer schwangeren Frau wunderschön aus. Ihren Schambereich hatte sie ganz glattrasiert. Ihr Spalt war weit nach vorn gezogen und öffnete sich bei bestimmten Bewegungen ganz leicht. Ich machte also die Fotos zügig hintereinander. Als ich die Fototechnik wieder zusammengetan hatte und mich verabschieden wollte, fragte Dana wie selbstverständlich: „Wollen Sie nicht noch mit mir ins Bett?" Augenscheinlich war das für sie normal. Ich antwortete, das wäre natürlich wunderbar für mich. Dana fragte weiter: „Wäre Ihnen das 100 Euro wert?" Da erschrak ich für einen Moment. Ich dachte natürlich an eine Hure. Aber das war Dana ganz bestimmt nicht. Sie brauchte einfach nur dringend etwas Geld. Glücklicherweise hatte ich unmittelbar vor meinem Besuch bei ihr 200 Euro vom Geldautomaten

geholt. Ich legte also die 100 Euro auf den Tisch. Dana ging voran in ihr Schlafzimmer, das auch sehr ordentlich war. Wir vereinbarten die Seitenlage, mein Penis stand und Dana dirigierte ihn in ihren ungewöhnlich schönen Spalt. Wir liebten uns sehr ruhig. Ich beschäftigte mich auch ausführlich mit ihren Brüsten. Als ich kurz vor dem Orgasmus stand und meinen Penis aus ihr herausziehen wollte, sagte sie nur: „Er kann ruhig drinbleiben. Da besteht ja keine Gefahr mehr." Sie bekam auch bald mit, dass ich schöne Brüste ganz besonders liebe. Und ihre Brüste waren ganz besonders schön! Deshalb erwartete sie mich – wenn es warm genug war – zunehmend mit bloßen Brüsten, die ich dann gleich zur Begrüßung küsste.

Aus diesem ersten Mal wurde ein Vierteljahr mit regelmäßigen Treffen. Mindestens einmal in der Woche ging ich zu ihr und von Mal zu Mal wurde es schöner, lockerer, fröhlicher, selbstverständlicher. Das Geld, das ich vorher oder beim Abschied auf den Tisch legte, verstand ich nie als Entlohnung für geleistete Dienste, ich verstand es als Unterstützung für sie und ihre Kinder. Es gab auch keinen festen Tarif. Ich legte hin, was ich abzweigen konnte, und damit war es gut. Einmal nahm sie das Geld in die Hand, sah mich an und sagte: „Dafür muss ich sonst ein paar Tage in einer Küche schrubben." Danach umarmte sie mich und fügte hinzu: „Und hier habe ich noch Spaß dabei."

Doch irgendwann verschwand sie unerwartet. Sie war einfach nicht mehr da. Wiederholt klingelte ich an ihrer Tür. Sie öffnete nicht. Von einer Nachbarin hörte ich nur, sie wäre wahrscheinlich in Polen. „Das tut sie ja öfter." Vielleicht wollte sie dort ihr Kind entbinden. Ich habe sie nie wieder gesehen.

Carola war eine gute Künstlerin. Vor allem formte sie aus Ton wunderschöne Figuren und bemalte sie. Mir war es oft unvorstellbar, dass ein Mensch so zarte Gebilde herstellen kann. Daneben malte sie Bilder, die sich allerdings kaum verkaufen ließen, und auch sehr hübsche Grafiken, vor allem Illustrationen in Büchern. Wir waren zehn Jahre gut befreundet, hielten allerdings immer Distanz, weil Carola zuweilen sehr seltsam war. Sie sah Geister

im Raum, hatte seltsame Gedanken und einen eigenartigen Lebensrhythmus. Und sie war Quartalssäuferin. Das machte sie oft sehr anstrengend. Verstärkt wurde diese Eigenart dadurch, dass sie fast immer allein lebte. Dabei hätte sie so gern einen Mann gehabt. Sie war einmal verheiratet, doch der Mann hatte sich nach verhältnismäßig kurzer Zeit der Ehe aufgehängt. Seitdem versuchte sie, einen anderen Mann in ihr Haus zu bekommen – vergebens. Sie war eine gute Künstlerin, aber als Mensch sehr kompliziert, und sie entsprach auch nicht dem Schönheitsideal der Männer. Ihre Brüste waren flach, ihr Körper ließ die Rundungen vermissen, die eine Frau schön machen, ihr Hintern zeichnete sich kaum unter dem Kleid ab. Und ihr Gesicht zeigte Spuren ihrer Alkoholsucht. Sie war oft sehr unglücklich, so allein im Haus abgelegen am Rande des Dorfes.

Wir besuchten sie von Zeit zu Zeit, eher aus Pflichtgefühl als aus Freundschaft. Diana ist ja ein sehr mitleidiger Mensch. Ihr tat es immer leid, diese Frau so allein und unglücklich zu sehen. Aber als wir wieder einmal zu ihr kamen, strahlte sie: Sie hatte einen reizvollen Auftrag von einem guten Verlag bekommen. Sie sollte ein Buch mit klassischen erotischen Geschichten illustrieren. Das Thema lag ihr sehr. Ich hatte wiederholt bei ihr sehr schöne erotische Zeichnungen gesehen. Sie sagte mir einmal, sie reagierte damit ihre Lustgedanken ab. Nun bekam sie dafür noch gutes Geld! Doch als sie uns das erzählte, stockte sie plötzlich: „Ich war so lange nicht mehr mit einem Mann zusammen, ich weiß gar nicht mehr, wie das aussieht, wenn sie zusammen Liebe machen. – Könnt ihr das nicht in meinem Zimmer machen, damit ich alles wieder sehen kann?" Diana antwortete: „Das geht nicht. Ich habe meine Tage." Sie fügte hinzu: „Aber vielleicht willst du es mit Gerhard tun." Wir wussten von vorigen Besuchen bei ihr, dass ihr Schlafzimmer mit sehr vielen großen Spiegeln ausgestattet war. Sogar an der Decke befand sich ein großer Spiegel. Diana sah mich an: „Was denkst du? Willst du es versuchen?" Nun sagte ich ja schon, dass Carola ganz bestimmt nicht so reizvoll war. Aber ich sah auch, dass sie mit ihrer Arbeit nicht weiterkam, wenn sie jetzt nicht einen Mann fand,

der es mit einer Frau tat. So antwortete ich etwas zögernd, versuchen könnten wir es ja.

An anderer Stelle habe ich an einen Gynäkologen erinnert, der mir einmal sagte, Frauen, die nicht so schön sind, haben – gewissermaßen zur Entschädigung – ein umso schöneres Geschlecht. Das erlebte ich hier. Allein der Duft, den sie ausströmte, als sie sich im Schlafzimmer auszog, bewirkte, dass mein Penis erigierte. So hatte ich schon beim Entkleiden einen Steifen. Carola nahm dann auch sofort einen Skizzenblock im Format A4 in die Hand und zeichnete eifrig drauflos meinen erigierten Penis, meine Beine, meinen Hintern. Dann legte sie den Block in Griffnähe auf ihr Bett und brachte sich in Position. Und als ich ihr Geschlecht sah, empfand ich, während wir uns bewegten, richtige Lust. Das überraschte mich selbst. Zum richtigen Akt kam es zunächst nicht, wir wechselten ja dauernd auf Carolas Bitten die Positionen, einmal so und dann wieder anders. Das führte ganz bestimmt nicht zur Steigerung meiner Lust. Und dann skizzierte sie ja immer wieder, während ich mich in ihr bewegte. Das Ganze war doch sehr skurril. Mich hielten der Anblick ihres wunderschönen Geschlechtes und der Duft, der aus ihm kam, bei der Lust. Ich konzentrierte mich ganz und gar auf ihren Traumspalt, ging da auch mit Zunge und Lippen hinein. Nach einer guten halben Stunde war Carola zufrieden. Sie hatte wieder alle Positionen im Kopf. Sie legte sich auf den Rücken und fragte: „Wollen wir es noch einmal richtig tun?" Da hatte sie dann in sehr kurzer Zeit einen schönen Orgasmus.

Ihre Zeichnungen in dem Buch sind bis heute ganz zauberhaft.

Als Reiseleiter fuhr ich mit einer Gruppe von zwanzig Personen an die Westküste der Türkei. Mir ging es vor allem um Troja, das mich von Kind an interessierte, seit ich Heinrich Alexander Stolls Buch „Der Traum von Troja" gelesen hatte. Eine türkische Ortsführerin begleitete uns. Sie sprach gut Deutsch, kannte sich auch gut in der biblischen Geschichte aus, so dass sie mit uns auf den Spuren des Apostels Paulus reisen konnte, und natürlich wusste sie viel Interessantes zu Troja zu berichten. Darüber

freundeten wir uns richtig an. Sie bot mir auch das „Du" an. Sie war etwas über dreißig Jahre alt, eigentlich keine Schönheit mit ihrem groben Gesicht, ihrer dicken Nase und ihren etwas wulstigen Lippen und auch mit einer etwas plumpen Figur. Aber neben ihrem umfangreichen Wissen begeisterte sie durch ihre Freimütigkeit. So machten wir einen Abstecher nach Istanbul. Da sahen wir in einem Park Männer mittleren Alters auf Bänken sitzen und Bier trinken. Wir fragten Leila, wie das möglich wäre; der Prophet hätte doch Alkohol verboten. Leila lächelte; Der Prophet habe Wein verboten, aber nicht Bier oder Whiskey oder Wodka. Da fanden also die Leute ein Schlupfloch. In Istanbul sahen wir auch Frauen, die ohne Kopftuch und ohne Begleitung durch die Straßen gingen, daneben Frauen voll verschleiert. Wir sahen ein Paar in einem Café, die Frau voll verschleiert. Wenn sie einen Schluck aus der Tasse trinken wollte, hob sie die Tasse unter ihren Gesichtsschleier und trank so. Wir fragten unsere Leiterin, ob das nicht die Unterdrückung der Frau bedeutete. Sie schüttelte den Kopf. Manche Frau fühlte sich auf diese Weise durchaus geschützt. Vergewaltigungen wären gar nicht selten in diesem Land. Da wäre eine Burka ein wirksamer Schutz. „Wenn türkische junge Männer nach Europa kommen und dort sehr freizügig bekleidete Frauen auf der Straße sehen, denken sie, die sind Freiwild." Dann lächelte sie: „Zu Hause kann sie dann nackt herumlaufen." Ich fragte ganz spontan: „Läufst du zu Hause auch nackt herum?" Sie nickte: „Wenn es sehr heiß ist, ja. Meine Wohnung ist ja sehr klein." Sie erzählte, ihre Familie lebte auf dem Land und hielt sich an die Traditionen des Dorfes. Sie wäre nach ihrem Studium in der Stadt geblieben und hätte eine kleine Wohnung am Rande von Istanbul.

Wir fragten, ob es immer noch Brauch wäre, die jungen Frauen vor der Heirat auf ihre Jungfernschaft zu untersuchen. Alte Frauen prüften, ob das Jungfernhäutchen noch unversehrt wäre. Leila nickte. In abgelegenen Dörfern wäre das noch der Fall. In den Städten würde dieser Brauch aber nicht vollzogen. Dann lächelte sie: „Inzwischen gibt es auch Ärzte, die wieder ein Jungfernhäutchen einsetzen."

Ich äußerte, ich hätte gern einmal gesehen, wie es in einer normalen türkischen Wohnung aussah. Leila zögerte etwas. Aber dann sagte sie, morgen wäre ja keine Führung durch die Stadt. Jeder könnte sich frei bewegen. Sie wollte in ihre Wohnung fahren, um da die Nachrichten durchzusehen und die Wäsche zu wechseln. „Wenn du willst, komm morgen mit." So trafen wir uns am nächsten Tag. Wir fuhren mit der Bahn in den Außenbezirk. Im Neubaublock betraten wir die wirklich kleine Wohnung. Sie war auf der einen Seite sehr modern mit Möbeln und technischen Geräten eingerichtet, auf der anderen Seite mit türkischen Teppichen und Bildern dekoriert. Während ich alles betrachtete, sah Leila die Post durch und schaute auch im Internet die E-Mails durch. Dann öffnete sie ihre Reisetasche und nahm dort die getragene Wäsche heraus – meist Leibwäsche –, um sie in die Waschmaschine zu geben. Sie zögerte etwas. Doch dann sagte sie: „Du bist ja Arzt. Du weißt, wie eine Frau aussieht." Sie entkleidete sich schnell und warf die Unterwäsche gleich mit in die Maschine. Dann ging sie in die Duschkabine. Ich hatte sie vor ein paar Tagen gefragt, welche Silhouette eine typisch türkische Frau hätte. Sie beschrieb es mit ihren Händen: wie eine Amphora. „Oben schmal, in der Mitte sehr füllig, unten wieder schmal." So sah sie wirklich aus. Ihre Brüste waren gar nicht groß, ihr Hintern aber auffallend üppig, auch ihre Oberschenkel. Sie kam mit dem Badetuch aus der Dusche. Ich sah ihre rabenschwarzen Schamhaare, die seltsamerweise gar nicht dreieckig wucherten, sondern wie wild durcheinander. Leila hängte das Tuch zum Trocknen über ein Gestell und sah mich ganz ruhig an: „Jetzt willst du wahrscheinlich wissen, wie eine türkische Frau liebt." Ich nickte mit trockenem Hals. Sie sagte nur: „Dann komm mit!" Sie ging voran in ihr kleines Schlafzimmer und bewegte dabei ihren Po ganz wundervoll. Im Bett liebten wir uns so, wie das auch bei jeder anderen Frau geschah. Ich fragte sie nach Verhütungsmitteln und sie sagte, sie nähme die Pille. Wir blieben den Tag über in ihrer Wohnung und sie lief die ganze Zeit über nackt herum. „Das ist der Ausgleich dafür, dass die türkischen Frauen so schamhaft sein müssen", erklärte

sie auf mein Erstaunen. Dann lächelte sie: „Außerdem lüften sie dann gut durch." Sie servierte nackt auch ein kleines Essen, das sie aus dem Tiefkühlfach geholt und erhitzt hatte. Es handelte sich um ein Gericht aus Kichererbsen. Nackt tranken wir Kaffee an dem kleinen Tischchen. Und wenn sie sah, dass mein Penis steif war, liebten wir uns.

Fünf Tage später nahmen wir Abschied. Ich weiß nicht, ob Leila traurig war. Ich war es. Sie war schon eine besondere Frau mit dieser seltsam faszinierenden Mischung von Moderne und Tradition.

Ich weiß nicht, ob es Liebe auf den ersten Blick gibt. Ich habe aber die Erfahrung gemacht, dass es Anziehung auf den ersten Blick gibt. Als ich Antonelle zum ersten Mal sah, ging ich auf sie zu und wusste, irgendwann würden wir zusammen ins Bett gehen. Sie war damals etwa 40 Jahre alt, verheiratet, sie war neu in den Ort gekommen und wohnte nun in einem wunderschönen Haus. Bis zu ihrem Umzug hatte sie als Friseuse gearbeitet und das sah man ihr an. Eine Zeitlang war ich nicht sicher, ob sie eine Perücke trug oder ob die Haare echt waren – sie waren so vollkommen, wie ich das sonst auch bei gepflegten Frauen nicht kenne. Aber auch alles andere an ihr war gepflegt, die Kleidung, die Schuhe, die Tasche. Sie hatte eine etwas füllige Figur, war aber nicht dick. Ihre Beine waren schlank, ihre Brust groß und sie hatte ein sehr schönes, gepflegtes Gesicht. Natürlich sah ich erste Altersspuren. Ich sah Runzeln zwischen ihren Brüsten. Wahrscheinlich gab es die auch anderswo. Aber das störte überhaupt nicht, eher machte es sie noch reizvoller.

Wir begegneten uns im Laufe der kommenden Zeit immer wieder. Dann sprachen wir ausführlich miteinander. Und als ich einmal fast beiläufig sagte, ich wäre wohl in sie verliebt, schaute sie mich lächelnd an und antwortete: „Ich bin auch in Sie verliebt" Von da an war es nur noch ein kleiner Schritt, dass ich sagte, ich würde gern mit ihr ins Bett gehen. Doch da sagte sie, sie wäre ja verheiratet, und sie hätte ihrem Mann bei der Trauung in der Kirche die Treue versprochen, bis der Tod sie scheiden würde. Daran

wollte sie festhalten. Denn sie liebte ihren Mann sehr und, soweit ich das erkennen konnte, er sie auch. Natürlich war ich traurig. Ich liebte Diana ja auch und sie mich. Das hinderte uns aber nicht, auch einmal Sex mit einer anderen Frau bzw. einem anderen Mann zu haben. Wir empfanden das nicht als Ehebruch, sondern eher als Auffrischung für unsere Gemeinschaft. Antonella dachte aber anders und das hatte ich zu respektieren. Als sie meine Traurigkeit spürte, wurde sie selbst traurig. Doch plötzlich hellte sich ihr Gesicht auf. Sie fragte: „Was haben Sie am liebsten an mir?" Ich antwortete: „Ihr Gesicht und wahrscheinlich Ihre Brüste – ich liebe nun einmal Brüste ganz besonders." Da sagte sie: „Haben Sie Zeit, morgen Vormittag zu mir zu kommen?" Natürlich hatte ich Zeit. Sie empfing mich in einem seidenen Morgenrock. Ich sah sofort, dass sie keinen Büstenhalter trug. Ihre vollen Brüste bewegten sich sehr deutlich unter dem Stoff. Der Raum duftete nach Kaffee. Sie bot mir Kaffee an und setzte sich mir gegenüber. Nach vielleicht einer Viertelstunde sagte sie: „Ich weiß ja, dass Sie mich ohne Kleidung sehen möchten. Ich glaube, es ist kein Ehebruch, wenn Sie mich so sehen." Damit öffnete sie den Morgenrock und ich sah zwei wunderschöne volle Brüste. Während wir weiter Kaffee tranken, saß sie so bloß da, und ich erfreute mich an ihrer Schönheit. Ich hätte sie gern angehoben gestreichelt und geküsst. Doch mein Respekt vor ihr verbot das. Doch es blieb schön.

Zwei Jahre später verstarb ihr Mann an einem Herzinfarkt. Natürlich war ich bei der Trauerfeier dabei. Beim Kaffeetrinken im Anschluss flüsterte sie fast: „Wollen Sie morgen kommen?" Am kommenden Tag ging alles ganz schnell und wie selbstverständlich. „Darauf habe ich so lange gewartet", sagte sie nur, als wir erschöpft auseinanderglitten.

In der kommenden Zeit trafen wir uns immer wieder und liebten uns. Doch seltsamerweise verblich diese Liebe schneller als gedacht. Als sie einen neuen Partner hatte, war ich richtiggehend erleichtert.

Lieselotte war neu in den Ort gekommen. Genauer: Ihr Mann hatte hier ein großes Restaurant eingerichtet, war dann aber

plötzlich am Herzinfarkt verstorben. Da beschloss sie, die Anlage allein zu führen. Sie musste sich erst in alles einarbeiten und arbeitete nahezu ununterbrochen. Aber allmählich gelang es ihr, das Ganze auf ein gehobenes Niveau zu bringen. Dazu gehörte nach ihrem Verständnis auch, dass ich mit meinem Verein zur Kultur beitragen sollte.

Lieselotte war in Dresden aufgewachsen. Dort hatte sie einen Ingenieur geheiratet und mit ihm zwei Jungen bekommen. Sie arbeitete in einem Büro. Doch ihr Mann hatte sich irgendwann in eine junge Kollegin verliebt und sie geschwängert. Da ließ sich Lieselotte scheiden. Mit geringem Einkommen sorgte sie in einer Zweiraumwohnung für die Kinder. Sie tat ihnen alles erdenklich Gute, alles, was möglich war. Als der ältere Sohn in die Pubertät kam und sie ihn aufklärte, geschah das so, dass sie ihn mit in ihr Bett nahm. Ihre Nacktheit war er in der engen Wohnung ja von klein auf gewöhnt. Die beiden Jungen waren als kleine Kinder auch regelmäßig in ihrem Bett gewesen und hatten im Bad ihren nackten Leib gestreichelt. Sie hatten auch zugesehen, wenn sie Pipi machte. Nun kam nur noch der Sex dazu. Sie hatte den Älteren im Bad überrascht, wie er sich selbst befriedigte. Da hatte sie gesagt: „Das ist nicht gut für dich. Wenn du eine Frau brauchst, bin ich ja da." Und so kam er regelmäßig zu ihr; in diesem Alter ist bei jungen Männern die sexuelle Lust ja am größten. Dabei hatte sie auch Freude daran, denn ihr Sohn war dem Vater außerordentlich ähnlich und den liebte sie immer noch. Sie musste nur darauf achten, dass der Junge immer ein Kondom benutzte und seinen erschlafften Penis auch rechtzeitig aus ihr herauszog. Sie verstand das auch als Übung für spätere Beziehungen: Er sollte sich von Anfang an daran gewöhnen, auch bei zukünftigen Freundinnen ein Kondom zu benutzen. Später ließ sie sich die Pille verschreiben. Da musste sie nicht immer darauf achten, dass er das Kondom richtig benutzte. Denn in seinem jugendlichen Alter hatte er oft solchen Druck, dass er so schnell wie möglich in sie hinein und sich in ihr entspannen wollte.

Seine erste Bekanntschaft kam, als er in einer entfernten Stadt studierte. Und da zeigte sich, dass er wohl nicht genug von seiner

Mutter gelernt hatte; denn die Freundin wurde bald schwanger. Nach der Geburt des Kindes trennten sich die beiden und der Sohn kam tief deprimiert zu ihr nach Hause. Da tröstete sie ihn damit, dass sie ihn wieder zu sich ins Bett nahm. „Er konnte mich jetzt besser im Bett verwöhnen", sagte sie einmal. Aber dann stellte er seiner Mutter wieder eine neue Freundin vor. Inzwischen war der zweite Sohn herangewachsen. In der engen Wohnung hatte er natürlich mitbekommen, was seine Mutter mit seinem Bruder getan hatte. Nun wollte er es ebenso mit ihr tun. Die beiden taten es, bis auch er in einer Stadt zum Studium lebte und auch er dort eine Freundin kennenlernte. Allerdings hatte er besser als sein Bruder gelernt, denn er bekam mit dieser Frau erst ein Kind, als er sie geheiratet hatte.

Nun war Lieselotte allein. Sie arbeitete viel in ihrem Betrieb, qualifizierte sich ständig, und wenn ihr ein Mann gefiel, nahm sie ihn mit nach Hause. Doch eine feste Bindung wollte sie nicht. Alle Männer, mit denen sie in dieser Zeit Sex hatte, waren verheiratet und sie wollte keinesfalls eine Ehe zerstören. Sie wollte nur etwas Spaß haben. Doch dann kam dieser Witwer und den heiratete sie. Es wurde eine sehr angenehme Zeit für sie. Nur starb er leider nach ein paar gemeinsamen Jahren. In dieser Zeit lernte ich sie kennen.

Sie sah sehr gut aus, intelligent, gepflegt, angenehm im Umgang, wir hatten viele gemeinsame Interessen, vor allem die Musik und die Malerei. Sie war mittelgroß, deutlich füllig, wurde im Laufe der nächsten Zeit geradezu üppig, aber das stand ihr gut. Ihre Brüste ragten immer noch ein gutes Stück über ihren Bauch. Wenn sie vor mir her ging und ich ihren hübschen Gang mit ihren X-Beinen sah, war ich regelmäßig hingerissen. Und bei vielen Gelegenheiten erzählte sie mir ausführlich aus ihrem Leben, von ihrer Arbeit, von ihren Hoffnungen und Enttäuschungen, von ihren Problemen. Ich denke, sie erzählte mir Einzelheiten, die sie keinem anderen Menschen erzählte. Sie gehörte auch zu den wenigen Menschen, mit denen ich mich duzte. Ich bin da ausgesprochen zurückhaltend. Es müssen schon besondere Menschen sein – oder Frauen, mit denen ich Sex hatte. Aber

selbst mit Frauen, mit denen ich im Bett gelegen hatte, habe ich mich nicht geduzt.

Als ich einmal wieder nach meiner Arbeit bei ihr vorbeischaute, empfing sie mich mit der Information, sie hätte die Sauna angeheizt und wollte gerade hinunter gehen – ob ich Lust hätte, mit ihr dort zu sitzen und zu erzählen. Nun bin ich eigentlich kein Sauna-Gänger. Ich war zuweilen in einer Sauna, um etwas gegen meine Migräne zu tun, die mich jahrzehntelang quälte. Aber nun hatte ich keine Migräne mehr. Doch dann sagte ich: Warum soll ich nicht mit nach unten gehen, ich sehe dann, wie sie nackt aussieht. Für mich gehört es zu den interessantesten Erlebnissen, festzustellen, ob meine Vorstellung, wie eine Frau unter ihrer Kleidung aussieht, auch der Wirklichkeit entspricht. Ich habe mich da oft geirrt. Manche Frau, die ich kaum beachtet hatte, war nackt ungeheuer erotisch. Andere Frauen, die mir in Kleidung sehr reizvoll erschienen, wurden nackt uninteressant.

Also gingen wir beide nach unten. Lieselotte schloss zwei Türen auf und hinter uns wieder zu. Von ungebetenen Gästen wollte sie nicht überrascht werden. Am FKK-Strand hatte sie sich nie aufgehalten. Unten angekommen zog sie sich aber sofort aus. Ich tat es ihr nach und bemerkte wohl ihre prüfenden Blicke. Ich sah, dass sie so aussah, wie ich sie mir vorgestellt hatte: gepflegt, üppig und sehr reizvoll. Sie ging vor mir aus dem Vorraum, wo wir unsere Kleidung ließen, durch den Raum, in dem man sich von Zeit zu Zeit kalt abbraust, in die Sauna, die sehr heiß war. Lieselotte goss mit einer großen Kelle Wasser über die Kohlen. Ich verfolgte jede ihrer Bewegungen. Ihre großen Brüste pendelten sehr reizvoll hin und her, ihr Hintern bewegte sich vor meinen Augen so, dass ich mich beherrschen musste, sie nicht zu streicheln. Die Fettpolster an ihren Hüften berührten mich erotisch. Ich spürte, wie es in meinen Lenden zog. Lieselotte legte sich auf die unterste Pritsche, ich tat es ihr gegenüber. Sie erzählte wie gewöhnlich. Ich hörte meist zu und gab nur von Zeit zu Zeit Zeichen meiner Anteilnahme. Ich sah aber, dass sie immer wieder einen ihrer Mittelfinger in ihren Spalt steckte und dort leicht rieb. Ganz augenscheinlich stimulierte sie ihre Klitoris. Da

begann mein Penis zu erigieren. Ich versuchte, das zu kaschieren, ich hielt meinen Unterarm so über meinem Geschlecht, dass ich hoffen konnte, sie würde meinen Steifen nicht sehen. Doch mitten in ihrem Redefluss sagte sie: „Wenn du willst, komm zu mir rüber und steck dein Ding bei mir rein!" Das hatte ich ganz intensiv gewünscht. Ich stand sofort auf und ging mit meinem pendelnden Ding zu ihr. Sie langte über die Schulter nach hinten und drückte mir ein Päckchen mit zwei Kondomen in die Hand. Ich rollte eines über, während sie sich auf dem Rücken in Position legte und ihre Schenkel öffnete. Dabei sah ich weißlichen Schleim in ihrer Ritze. Da legte ich mich zu ihr und sie dirigierte mein Ding in ihren Spalt. Ich bewegte mich sehr vorsichtig in ihr, ich wollte nicht zu früh kommen. Aber die Spannung war doch so groß, dass ich einen Orgasmus hatte, ehe sie so weit war. Doch sie nahm es gelassen. Sie hatte damit gerechnet. „Beim nächsten Mal wird es sicher besser", meinte sie nur, als ich so etwas wie eine Entschuldigung murmelte. Als ich von der Toilette und der Dusche kam und mich neben sie setzte, weil ich nun einmal so gerne nackte Frauen streichele, fragte sie: „Wie soll es nun mit uns weitergehen?" Ich wusste nicht so recht, was sie meinte und wie ich also antworten sollte. Ich habe ja immer gern mit einer anderen Frau Sex gehabt, aber bei keiner einzigen Frau den Gedanken gehabt, mich von Diana zu trennen. Das war auch hier so. Ich würde gern von Zeit zu Zeit mit ihr zusammen sein, einfach weil es schön war. Aber eine Trennung kam für mich nie infrage. Auch Diana tat es von Zeit zu Zeit ja gern einmal mit einem anderen Mann, sogar vor meinen Augen, und ich freute mich für sie, wenn sie ihre Lust befriedigen konnte. Doch auch sie wollte immer nur mit mir zusammenbleiben. Sex war ja nur eine von vielen Facetten in unserem Leben. Uns verband viel, viel mehr. Und je älter wir wurden, umso unwichtiger wurde der Sex. Man tat es, wie man aß und trank, und waren Appetit und Durst und Hunger gestillt, gab es noch so viele andere Dinge zu tun. Das wurde bei Diana am deutlichsten, wenn es um ihren Beruf ging. Wenn sie ein Foto von einem nackten Mann brauchte, zog sie sich ohne Zögern aus in der Erwartung, seinen

erigierten Penis zu fotografieren. Und wenn sie dann bei dem Mann große Lust wahrnahm, tat sie es auch mit ihm. Entweder tat sie es, um ihm eine Freude zu machen, oder sie tat es, weil sie auch Lust empfand. Oder sie wollte einfach nur wissen, wie sich sein Ding in ihrer Scheide anfühlte. Oder wenn sie Fotos von einem kopulierenden Paar brauchte, tat sie es selbst mit einem Mann. Das war eine ganz professionelle Art. Ich versuchte also, Lieselotte meine Grundhaltung zu vermitteln. Sie hatte Mühe damit. Aber sie hatte es ja auch mit ihren beiden Söhnen getan und war einer von ihnen einmal wieder tief deprimiert, hatte sie keine Probleme damit, es wieder mit ihm zu tun. Ich stand auf und legte mich wieder auf die andere Seite des Raumes. Eine erstaunlich lange Zeit blieb es ganz still. Dann fragte Lieselotte: „Also – wenn ich einmal Lust habe, sage ich dir Bescheid, und dann tun wir's? – Und wenn du Lust hast, kommst du zu mir?" Ich nickte: „Das wäre mein Wunsch." Sie überlegte: „Dann könnte ich aber auch, wenn ich will, mit einem anderen Mann ins Bett gehen, ohne dass du eifersüchtig wirst?" Ich nickte: „Aber natürlich! Wir sind doch freie Menschen." Sie stand auf und ging in den Nebenraum, um zu duschen. Ich stand auch auf, um sie dabei zu sehen, ich hatte da immer meine besondere Freude. Anschließend gingen wir wieder zurück in den Saunaraum. Lieselotte erzählte wieder wie vorher. Ich hörte im Wesentlichen zu. Sie lag jetzt deutlich lockerer auf ihrer Pritsche als vorher. Ganz selbstverständlich saß oder lag sie mit offenen Schenkeln da, als wollte sie mich geradezu in ihre Lustgrotte hineinschauen lassen. Sie war schwarz behaart, hatte aber ihre Haare dort kurz beschnitten und das Dreieck auch mit Rasieren in Form gebracht. Mein Penis begann wieder zu wachsen. Nun ging ich zu ihr hinüber und dann liebten wir uns ganz gleichmäßig, bis sie mit einem kleinen Schrei und einem tiefen Seufzer kam.

In den nächsten Tagen hielt ich mich von diesem Haus fern. Ich wollte Lieselotte Zeit lassen, ihr Verhältnis zu mir zu bestimmen. Ganz augenscheinlich hatte sie wohl wie viele andere Frauen vor ihr auch damit gerechnet, ich würde von Diana fortgehen und zu ihr kommen. Dieses Denken musste sie erst abbauen.

An einem Abend fuhr ich mit dem Fahrrad wieder an ihrem Hotel vorbei. Da sah ich noch Licht in ihrem Arbeitszimmer. Und da packte mich die Sehnsucht nach ihr. Ich wusste, wie man durch die Hintertür in ihr Arbeitszimmer kam. Also nahm ich diesen Weg. Schon auf dem Flur hörte ich sie sprechen. Sie telefonierte. Ich trat ein. Sie lächelte und winkte mir zu, sprach aber weiter. Sie hatte sich weit über die Lehne des Stuhles vor ihrem Schreibtisch gebeugt und stützte sich mit ihren Ellenbogen auf dem Tisch auf. In dieser Haltung sah ich besonders gut ihren reizvollen Po. Mein Penis wurde lang und steif. Da trat ich hinter sie, zog ihren Rock so hoch wie möglich, zog dann ihren Schlüpfer ganz hinunter, griff ihr zwischen die Pobacken und legte ihren Spalt frei. Ich streichelte ihn zunächst, stellte dann fest, dass er schnell feucht und glitschig wurde. Und dann schob ich langsam und ruckweise mein Ding in ihre Lustgrotte. Diesmal tat ich es ohne Kondom, sie ließ es auch so geschehen. Sie telefonierte weiter, während ich mich in ihr zu schaffen machte. Doch zunehmend wurde ihre Stimme schneller und lauter, zeitweise schrill, und dann hatte sie einen sehr schönen Orgasmus. Ich bin sicher, dass es die Frau merkte, mit der sie gesprochen hatte. Irgendwann hatte die gefragt: „Was ist mit Ihnen? Sind Sie gesund?" Nach ihrem Orgasmus sprach sie langsamer und ruhiger. Ich wischte mit einem Taschentuch das Sperma aus ihrer Scheide und zog ihr den Schlüpfer wieder an, zog auch den Rock wieder ordentlich zurecht. Ein halbes Jahr teilten wir uns wechselseitig mit, wenn wir Appetit hatten. Dann stellte mir Lieselotte einen Mann vor, der aus Süddeutschland hierhergekommen war. Ihn heiratete sie bald darauf. Und damit war unsere Romanze beendet. Bei bestimmten Anlässen erinnern wir uns gegenseitig an das, was z. B. in der Sauna oder bei ihrem Telefonat geschehen war. Dann lächeln wir uns an und ihr Mann sieht uns merkwürdig an.

In einem Sommer fuhren wir nach Schweden. Seit der ersten Zeit unserer Ehe reisten wir mit einem kleinen Bergsteigerzelt und einer sehr bescheidenen Campingausrüstung. Zu Beginn

unserer Ehe war das aus finanziellen Gründen notwendig. Später wurde das so etwas wie eine Weltanschauung. Wir wollten ganz bewusst so bescheiden wie möglich Urlaub machen. Wir fuhren also über Schleswig-Holstein und Dänemark zum Zeltplatz vor Stockholm. Die Leitung dort wies uns einen Platz zwischen zwei sehr großen Wohnmobilen zu. Wir kamen uns ganz klein vor. Aber wir bauten unser Zelt auf und erkundeten erst einmal den Platz mit Kaufeinrichtungen und Sanitäranlagen. Dann gingen wir zu unserem Zeltplatz zurück. Vor dem rechten Wohnmobil saß ein Ehepaar, etwas jünger als wir. Die beiden hatten zwei Stühle und einen Tisch hinausgestellt und tranken Rotwein. Natürlich begrüßten wir die beiden. Sie waren sehr freundlich. Die Frau sah sehr gut aus, auch der Mann konnte sich sehen lassen. Aber er war deutlich zurückhaltender als seine Frau. Beim Erzählen überlegte ich unwillkürlich, wie sie wohl im Bett wäre. Es gibt Frauen, bei denen ich unwillkürlich an so etwas denke. Da ist ein bestimmtes Lächeln, da sind bestimmte Bewegungen, die mich auf bestimmte Gedanken bringen.

Wir setzten uns nun vor dem Zelt auf den Fußboden und aßen zu Abend. Die beiden sahen uns dabei zu. Als wir alles wieder in Zelt und Auto eingeräumt hatten, rief uns Sarah zu: „Wollen Sie mit uns noch ein Glas trinken?" Diana nickte, sagte dann aber: „Aber wir haben ja keine Sitzgelegenheiten." Sarah sagte: „Das ist kein Problem, wir haben noch zwei Stühle im Auto." Sie stand auf und meinte dann: „Aber vorher sollte ich wohl noch duschen. Der Tag war heiß." Sie holte Handtuch und ihr Necessaire mit allem Notwendigen und ging zu den Waschräumen. Im Wohnmobil gab es auch eine Dusche, stellten wir später fest, aber da sollte wohl Wasser und Abwasser gespart werden, wenn man schon auf einem Campingplatz war und die Waschräume in der Nähe waren. Ich hatte noch am Auto zu tun. Dann kam Sarah zurück. Sie war die Strecke vom Waschraum bis zum Wohnmobil nackt gegangen, trug ihre Kleidung nur in der Hand. Sie hatte einen ganz wunderbar schwungvollen Gang, ihre großen Brüste wippten bei jedem Schritt. Sie war etwas stark um die Hüften und die Oberschenkel, doch das passte alles zu ihr. Vor

allem war es die Selbstverständlichkeit, mit der sie sich so nackt bewegte, die Leichtigkeit und Fröhlichkeit, mit der sie auf uns zukam. Ich war fasziniert, konnte meine Augen gar nicht von ihr lassen. Sie lächelte uns zu: „Ich zieh mich nur an, dann können wir noch etwas zusammensitzen." So geschah es dann. Sie brachte zwei Klappstühle mit heraus und wir setzten uns an den kleinen Tisch. Ihr Mann hatte bereits zwei weitere Gläser bereitgestellt. So saßen wir, tranken Wein und plauderten. Sehr schnell hatte sich Sarah mit Diana geeinigt, dass wir uns duzten. Während wir zwischen Wohnmobil und Zelt saßen, zog sich der Himmel zu. Wir sahen in der Ferne Blitze, hörten Donnergrollen. Als die ersten Tropfen fielen, standen wir auf, bedankten uns und wollten in unser Zelt gehen. Doch Sarah sagte nach kurzem Flüstern mit ihrem Mann: „Wenn ihr wollt, kommt doch noch mit in den Wagen. Da können wir weitererzählen." Ich sah Diana an, sie nickte. Also klappten wir die Möbel zusammen und die beiden zeigten uns sehr stolz ihren komfortablen Wohnwagen. Da war wirklich alles drin, was man brauchte. Wir bewunderten alles gebührend. Während wir dann in der Sitzecke weitererzählten und vom Wein tranken, begann es in Strömen zu regnen, zu blitzen und zu donnern. Jedes Mal, wenn wir uns verabschieden wollten, fragte Sarah: „Wollt ihr jetzt wirklich in euer nasses Zelt kriechen? – Hier habt ihr es doch viel besser." Diana sagte: „Aber wir müssen jetzt schlafen. Ihr doch auch. Morgen wird der Tag wieder anstrengend." Da sagte Sarah: „Ihr könnt auch hier im Mobil schlafen. Wir haben ja zwei Kojen." Diana fragte: „Wie habt ihr euch das vorgestellt? – Wir müssen ja auch noch unser Zahnputzzeug und unsere Schlafanzüge holen." Da war es Benno, der meinte: „Zahnputzzeug ist gut. Schlafanzüge braucht ihr nicht. Wir schlafen auch nackt." Diana sah ihn nachdenklich an und er fügte hinzu: „Ich dachte, Gerhard will mit Sarah schlafen. Und ich könnte mir gut vorstellen, mit dir zu schlafen." Wir holten also aus dem Auto unser Necessaire mit allem, was man so brauchte. Diana fragte mich, ob wir auch genug Kondome hätten. Es war alles da. Wir taten also im zentralen Sanitärraum alles Notwendige und gingen dann in das Wohnmobil.

Da warteten schon Sarah und Benno auf uns. Beide hatten nur noch ihre Slips an. Ich war begeistert von Sarahs Brüsten. Sie waren mittelgroß und hatten auffallend dunkle Warzen. Es war vor allem ihre schöne Form, die mich faszinierte. Da entkleideten auch wir uns. Sarah legte sich als Erste in eine Koje und sah mich auffordernd an. Da legte ich mich zu ihr. Diana und Benno taten es auf der anderen Seite. Ich beschäftigte mich sehr bald mit ihren Brüsten. Sie griff mir zwischen die Beine. Als mein Penis zu erigieren begann, zog ich meine Unterhose aus. Da zog Sarah auch ihren Slip aus. Wir schmusten weiter, allerdings küssten wir uns nicht. Auch an ihre Vagina konnte ich nicht mit Zunge und Lippen gehen, was ich ja immer gern getan habe. Bald war es so weit. In der Koje gegenüber bemerkten wir, dass Benno sich schon in Diana bewegte. Da nahm Sarah meinen Penis in ihre Hand und steuerte ihn in ihren Spalt. Ich war ganz erstaunt, wie glitschig sie war, wie leicht ich in sie hineinrutschte. Und es war herrlich, wie sie ihren Teil dazu tat, dass wir miteinander unsere Lust genießen konnten. Miteinander kamen wir auch zum Orgasmus. Gegenüber hatten wir auch Diana und Benno stöhnen gehört. Später sagte mir allerdings Diana, sie hätte ihren Orgasmus nur gespielt, um ihrem Partner eine Freude zu machen. Ich stand dann auf, um mein Kondom zu entsorgen und meinen Penis zu waschen. Diana folgte mir. Ich fragte sie, ob sie denn in ihrer Scheide Sperma von Benno hätte. Aber sie schüttelte den Kopf und flüsterte: „Das ist eine gute Gelegenheit zu verschwinden." Das Unwetter hatte auch aufgehört. In unserem Zelt war alles trocken geblieben. Wir krochen also hinein und kuschelten uns aneinander. Ich fragte Diana, wie es gewesen wäre. Sie antwortete: „Er roch so seltsam, gar nicht angenehm. Und er rammelte wie ein Kaninchen. Ich hab ihm nur mein Loch hingehalten, bis er fertig war." Ich sagte: „Aber ich hab dich doch stöhnen gehört." Sie antwortete: „Das hab ich doch nur gespielt, damit er schneller fertig wird in mir. So etwas lernt man doch im Laufe der Jahre."

Am kommenden Morgen brachen wir sehr früh auf. Wir wollten ja Stockholm erkunden. Wir blieben dort bis zum späten

Abend. Als wir an unserem Zelt parkten, saßen die beiden wieder vor ihrem Mobil. Sie lächelten uns sehr freundlich an. Sehr bald nach der Begrüßung und den üblichen Fragen, wie der Tag gewesen wäre, bot uns Sarah ein Glas Rotwein an. Die Gläser und die Stühle standen schon bereit. Im Laufe des Gespräches fragte Sarah: „Habt ihr Lust, heute wieder bei uns zu schlafen?" Aber Diana schüttelte den Kopf und als Sarah etwas erstaunt „Warum nicht?" fragte, antwortete Diana: „Ich habe meine Tage bekommen." Das war nicht so, aber das leuchtete jedem Menschen ein. Wir gingen dann bald ins Zelt. Gewissermaßen zur Entschädigung – ich hätte mich ja sehr gern noch einmal in Sarah vergnügt – zog Diana ihr Schlafzeug aus und griff mir zwischen meine Beine, und als ich einen Steifen hatte, taten wir es sehr intensiv und ausgiebig. Wir mussten nur darauf achten, dass wir nicht zu laut wurden, sonst hätten Sarah und Benno ja gemerkt, dass Diana nicht die Wahrheit gesagt hatte.

Mogdjan war mit ihrer Familie aus dem Irak nach Deutschland geflüchtet, denn die Perserin gehörte zur Religionsgruppe der Bahai. Diese Religion geht auf den Propheten Bachullah zurück. Der Prophet lehrt, dass jede Religion im Laufe der Jahrhunderte ihre eigentliche Botschaft verändert, verwässert, verfälscht. Das war so beim Judentum, deshalb kam das Christentum. Als die christliche Religion ihre eigentliche Botschaft – Liebe zu Gott und den Menschen – verfälschte und zur Herrschaftsreligion kam, entstand der Islam. Doch sehr schnell wurde auch er zur Herrschaftsreligion, nicht zur Verkündigung und Praktizierung der Nächstenliebe. Da entstand diese Religion des Bahai. Die Menschen im Irak, die damit den Islam kritisierten oder ablehnten, wurden verfolgt und in Gefängnisse gesperrt und sehr viele wurden getötet. Sie flohen aus dem Land.

Mogdjan lebte mit ihrem Mann und ihren beiden Kindern in einem Nachbarort. Ihr Mann arbeitete als Ingenieur bei einer weltweit tätigen Firma, sie arbeitete im Ort mit Kindern und Jugendlichen. Als ich sie kennenlernte, war sie 31 Jahre alt. Sie war eine richtige persische Schönheit, wobei mich an ihr immer die

strahlenden dunklen Augen und ihr schwarzglänzendes dunkles Haar begeisterten. Sie hatte eine ideale Figur. Und sie sprach akzentfreies Deutsch. Wenn man sich vor Augen hält, dass sie neben ihrer Muttersprache auch noch perfekt Englisch sprach, kann man sich vorstellen, wie klug sie war.

Ich lernte sie bei einer Ausstellungseröffnung kennen. Dort wurden Bilder ihrer Mutter gezeigt und sie hielt die Eröffnungsrede – klug, geistvoll, heiter. Ich war hingerissen und später sagte ich es ihr. Sie lächelte nur und erzählte, sie beschäftigte sich mit Seidenmalerei. Nun halte ich nicht so viel von dieser Malkunst, aber weil sie es tat, fuhren Diana und ich zu ihr hin und sahen uns ihre Werke an. Sie waren besser als alles, was ich bisher in dieser Technik gesehen hatte. Ich bot ihr eine Ausstellung in meinem Verantwortungsbereich an und sie nahm an. Es wurde ein sehr erfreulicher Erfolg, und ich organisierte noch eine zweite Ausstellung mit ihren Bildern.

Aus diesen Begegnungen wurde eine ganz feste Freundschaft. Wir besuchten uns gegenseitig, ich erfuhr viel von ihrer Religion, die ich bisher nicht kannte, und erkannte, dass sich die großen Religionen in ihrem Grund – Liebe zu Gott und den Mitmenschen – sehr ähnlich sind. Ich begutachtete jedes Bild, das Mogdjan neu gemalt hatte, ich erwarb auch Werke von ihr für meine Sammlung.

Eines Tages kam sie wieder zu uns und teilte uns mit, ihr Mann hätte eine sehr attraktive Stelle in Süddeutschland bekommen. Selten war ich so traurig wie dieses Mal. Ich sagte ihr nun, ich hätte sie sehr geliebt, mit größter Hochachtung, Verehrung und Respekt. Auch sie war traurig. Sie sagte: „Ich habe dich auch sehr, sehr liebgewonnen. Eigentlich sind wir ein Liebespaar gewesen, nur dass wir nicht im Bett zusammen waren." Dann sagte sie: „Aber ich würde dir gern zur Erinnerung etwas Besonderes schenken, das du mit dir herumtragen kannst." Sie holte aus ihrer Tasche eine schmale silberne Kette mit einem Medaillon. Das Medaillon ließ sich öffnen. Im Inneren war Platz für einen kleinen Gegenstand, für ein Foto oder etwas Ähnliches. Sie fragte: „Was möchtest du da von mir drin haben?" Und ich antwortete

ohne langes Überlegen; „Etwas von deinem Schamhaar." Sie sah mich lange schweigend an. Sie überlegte. Dann sagte sie: „Das ist eigentlich nur sinnvoll, wenn wir vorher miteinander im Bett waren. – Bei mir zu Hause geht das nicht. Bei dir wohl auch nicht." Ich widersprach: „Diana und ich sind in diesen Dingen sehr frei. Wir haben ein schönes Gästezimmer. Und Diana fährt oft irgendwohin. Dann wären wir allein im Haus."

Ein paar Tage später kam sie. Ich sah, dass sie ihre Haare frisch gewaschen hatte. Sie war deutlich aufgeregt. Sie ging im Gästezimmer herum und besichtigte Bilder und Bücher, klimperte auch etwas auf dem Klavier, das dort stand. Irgendwann trat ich von hinten an sie heran und legte meine Arme um ihren Leib. Sie drehte sich ganz langsam zu mir um und flüsterte fast: „Du musst entschuldigen. Aber nach meinem Mann bist du der Einzige, mit dem ich es tun will." Wir küssten uns auf die Wangen und ich zog ihr den Pulli über den Kopf, öffnete anschließend auch den Verschluss ihres Büstenhalters. Dabei stellte ich fest, dass sie eigentlich keinen Büstenhalter gebraucht hätte – ihre Brüste waren sehr ansehnlich groß und fest. Ich küsste sie. Dabei löste ich den Verschluss ihres Rockes, der nun hinunterrutschte. Nun stand sie nur noch im Slip da. Ich kniete vor ihr nieder und zog ihn hinunter. Zum ersten Mal sah ich ihren Schambereich. Ihr Haar dort war ebenso schwarz und glänzend wie ihr Kopfhaar. Das bewachsene Dreieck war sehr groß und duftete intensiv. Mein Penis erigierte. Ich stand auf und zog mich aus. Und dann ging alles wie selbstverständlich. Wir liebten uns mit großer Intensität und waren hinterher sehr, sehr glücklich. Ich konnte nur sagen: „Wenn ich gewusst hätte, wie schön du dabei bist, hätte ich eher versucht, mit dir ins Bett zu kommen." Sie lächelte ganz zauberhaft, meinte dann aber: „Ich wäre wohl sehr enttäuscht von dir, wenn du es versucht hättest. Manches braucht seine Zeit."

Sie erhob sich und holte aus ihrem Täschchen eine Nagelschere. Sie sah mich an: „Willst du etwas abschneiden oder soll ich es tun?" Ich bat sie, es selbst zu tun. Ich fürchtete, ich könnte sie verletzen. Sie nahm dann auch ein Büschel Haare in die Hand – ihr Schamhaar war erstaunlich lang und fest – und schnitt so viel

ab, dass sie es gut in das Medaillon einpassen konnte. So überreichte sie es mir. Dann kleideten wir uns wieder an.

Nur dieses eine Mal liebten wir uns körperlich. Wir hatten uns abgesprochen, keinen weiteren Kontakt zu pflegen, wenn die Familie den Nachbarort verlassen hatte. Da Mogdjan gebildet war, zitierte sie den Bibelvers: „Alles hat seine Zeit." Doch diese Zeit mit ihr war wunderschön und mir unvergesslich.

Katrin kam mit einer fünfzehnköpfigen Gruppe aus dem Erzgebirge in unseren Ort, um hier unter Leitung ihres Mannes Urlaub zu machen. Katrin war 26 Jahre alt und seit fünf Jahren verheiratet. Sie erzählte mir, nachdem sie mit mir gevögelt hatte, sie hätte mit ihrem Mann jeden Tag Sex. Ausgenommen waren nur die ersten zwei oder drei Tage in der Menstruation. Wenn ihr Mann es einmal nicht tat, sagte sie, empfand sie es als Liebesentzug. Sie war so groß wie ich, aber deutlich üppiger. Sie hatte ein Gesicht, dem man deutlich ansah, dass sie sehr gern aß, vor allem Fleisch. Für mich als fast hundertprozentiger Vegetarier wirkte sie etwas fremd. So überraschte es mich schon, dass sie jede Gelegenheit nutzte, mit mir zu sprechen. Ging ich auf den Hof, stürzte sie sich geradezu auf mich und verwickelte mich in belanglose Gespräche. Saß ich im Arbeitszimmer, klingelte sie an unserer Tür und wollte mit mir über völlig unwichtige Dinge sprechen. Grundsätzlich mag ich ja üppige Frauen, vor allem auch, wenn sie jung sind. Und irgendwie schmeichelte es mir schon, dass sich eine so junge, verheiratete Frau auf mich orientierte und das in Gegenwart ihres Mannes. So war ich freundlich zu ihr, nahm mir viel Zeit für sie. Am Tag vor der Abreise kam sie noch einmal mit deutlich traurigem Gesicht, um sich noch „extra", getrennt von den anderen, von mir zu verabschieden. Mit guten Wünschen für ihre Zukunft strich ich ihr auch über ihren Rücken, vom Hals bis zum Kreuz, nicht über den Po. Da wandte sie sich mir voll zu, umarmte mich und sagte: „In vier Wochen fahre ich nach Zingst, kann ich da vorher noch für eine Nacht bei Ihnen sein?" Ich nickte, wir würden sie schon irgendwo unterbringen. Doch sie flüsterte fast: „Ich meine, mit

Ihnen im Bett." Und ich antwortete: „Wenn sich eine Gelegenheit ergibt, gern."

Die Gelegenheit ergab sich. Diana war in dieser Zeit in Bayern. Das Haus stand fast leer.

Katrin kam mit dem Auto, als ich noch Vorlesungen zu halten hatte. Vor der Gruppe umarmte und küsste sie mich. Etwas verlegen gab ich ihr meinen Haustürschlüssel. Ich wollte kommen, sobald mein Dienst erledigt sein würde. Ich kam eine gute halbe Stunde später und hörte sie schon im Bad hantieren. Ich ging also ins Bad. Da lag sie in der Wanne. Nun sah ich sie zum ersten Mal nackt und erschrak beinahe. Sie war ja eine junge Frau und da habe ich bestimmte Vorstellungen. Die wurden bei ihr fast alle über den Haufen geworfen. Sie hatte durchaus große Brüste, doch die wurden von Wülsten umgeben. Auch der Bauch bestand aus Wülsten, verstärkt noch durch eine breite Operationsnarbe, die die Symmetrie zerstörte. Ihren Venushügel konnte ich nicht erkennen, eine Fettfalte verdeckte ihn. Auch der Rücken war von Fett bedeckt, natürlich auch die Oberschenkel und der Hintern. Ich mag ja üppige Frauen mit großen Brüsten, auch Hängebrüsten und ausladenden Hinterteilen, aber dies ließ mich fast erschauern. Später erzählte sie mir, ihr Mann hätte sie wiederholt als „fette Sau" bezeichnet. Das ist ein schrecklicher und gemeiner Vergleich, aber er stimmte bei ihr. Sie forderte mich nun auf, zu ihr in die Wanne zu steigen. Doch das war bei ihrer Fülle gar nicht möglich. Ich seifte ihr aber den Rücken ein und trocknete ihn auch ab. Sie wollte dann mit mir ins Bett gehen, darauf hätte sie sich die ganze Zeit gefreut, sagte sie. Später sagte sie auch, neben dem Essen wäre Sex für sie das Wichtigste, sie praktizierte es möglichst jeden Tag. „Und heute habe ich noch nicht." Also entkleidete ich mich im Schlafzimmer und legte mich zu ihr ins Bett. Aber eine Erektion bekam ich nicht – zunächst jedenfalls nicht. Wir schmusten also miteinander. Sie beschäftigte sich auch mit meinem Körper und nahm meinen Penis in ihren Mund. Da wurde mein Ding so fest, dass ich ihn in ihr Loch schieben konnte. Ich tat es so bald wie möglich, weil ich fürchtete, meine Erektion würde wieder zurückgehen. Sie war da

unten sehr feucht. Da ich nur geringe Lust hatte, hielt ich lange genug aus, und da sie sich wohl sehr intensiv auf mich vorbereitet hatte, kam sie sogar noch vor mir zum Orgasmus. Übrigens habe ich keine andere Vulva gesehen, die mir so unsympathisch war wie ihre. Ich brachte es zum ersten Mal in meinem Leben nicht fertig, mit Lippen und Zunge in ihren Spalt zu gehen. Dazu kam auch, dass sie aus ihrer Vagina nicht gut roch, obgleich sie doch gerade gebadet hatte.

Nun, wir zogen uns wieder an und gingen im Ort spazieren. Dabei plapperte sie ununterbrochen. Ich ließ sie reden. Ich wusste nicht so recht, was ich tun sollte. Sie war ja extra hierhergekommen, um mit mir zusammen zu sein. Dazu gehörte für sie auch unbedingt, dass wir miteinander Sex hatten. Also gab ich mir alle Mühe, freundlich zu ihr zu sein. Wir küssten uns, wir berührten uns an allen Körperstellen. Sie hatte Freude daran, meinen Schwanz aus meiner Hose zu holen und daran zu lutschen. Ich musste nur darauf achten, meine Orgasmen für die Zeit aufzuheben, wo ich in ihr steckte. Nur einmal kam ich in ihrem Mund. Seltsamerweise gewöhnte ich mich an sie. Ihre Lust übertrug sich auf mich. Eine gewisse Zurückhaltung von meiner Seite bewirkte ja, dass ich länger in ihr bleiben konnte, und das war wieder gut für ihre Orgasmen. Am nächsten Tag fuhr sie nachmittags weiter und ich war ganz froh darüber. Knapp 14 Tage später schrieb sie mir, sie hätte ihre Tage, es wäre also alles in Ordnung.

Nach ihrem Verschwinden war ich richtiggehend erleichtert. Ich machte mir einen starken Tee und legte eine Schallplatte auf. Da klingelte das Telefon. Christine meldete sich wieder einmal. Sie wäre hier im Ort und sie fragte, ob wir uns kurz treffen könnten. Nun wollte ich ja möglichst Abstand von ihr halten. Aber nach Katrin brauchte ich eine richtige Frau, um wieder mein seelisches Gleichgewicht zu bekommen. Also lud ich sie zu mir ein. Schon nach fünf Minuten stand sie strahlend in der Tür und nach einer Viertelstunde lagen wir im Bett und genossen uns wieder einmal. Dieses Mal genoss ich so richtig das Zusammensein mit ihr. Das war ja immer besonders schön und intensiv. Als

sie dann aber hinterher nackt durch die Wohnung lief und alles begutachtete, überlegte ich schon wieder, wie ich sie loswerden könnte. Glücklicherweise hatte sie noch einen Arzttermin. Und damit hatte ich wieder meine Ruhe.

Diana war für mich jahrzehntelang die schönste Frau, die ich kenne. Sie hatte ein kluges und süßes Gesicht, ihre Haare reichten bis zum Po; ihr dunkles Haar flocht sie meist zu einem langen Zopf. Ihre dunklen Augen waren schmal und etwas schräg gestellt. Das machte sie noch exotischer als ohnehin. Sie war klug und vielseitig, ihre Altstimme sehr angenehm. Sie hatte eine schöne Figur mit schweren Brüsten und einem ausladenden Hintern, wie ich das immer an Frauen geliebt habe. Ihre Beine waren lang und formschön. Beim Spazierengehen ging ich gern hinter ihr, um mich an ihrem Gang zu erfreuen. Manchmal, wenn ich sie unverhofft aus einiger Entfernung sah, erschrak ich richtig, wie schön sie war. Und immer wieder sah ich, wie sich bei ihrem Anblick die Augen der Männer weiteten, wie sich ihr Gesicht veränderte. Sexuell war sie in der ersten Zeit unserer Ehe sehr zurückhaltend – ich war ja der erste Sexualpartner in ihrem Leben–, wurde dann aber immer lockerer, immer freier. Beim jährlichen Faschingstreff meiner Kollegen mit Partnerinnen und Partnern entdeckte sie die Vielfalt sexueller Praktiken, die unterschiedlichen Geschlechtsorgane, den Reiz des Partnerwechsels. Darüber habe ich ja an anderer Stelle berichtet. Wenn ihr später ein Mann gefiel, hatte sie auch Sex mit ihm, oder wenn ein Mann mit ihr so gern Sex haben wollte, hatte sie selten Probleme, es mit ihm zu tun. Manchmal tat sie es nur, um ihm einen Gefallen zu tun Als sie später ins Klimakterium kam, wurde es für sie noch leichter, schnell mit einem Mann zu vögeln, wenn er ihr gefiel oder wenn sie ihm eine Freude machen wollte. Diese Selbstverständlichkeit im Sexuellen kam mir ja auch zugute. Ich freute mich jeden Tag, dass es sie gab und dass ich mit ihr zusammen sein durfte.

Mit zunehmendem Alter wurde sie aber unzufriedener mit sich. Sie sah natürlich die Veränderungen an ihrem Körper, die

Fettpölsterchen auf ihren Hüften und ihrem Bauch; ihre schweren Brüste, die nie straff waren, begannen weiter zu sinken, ihre Haare wuchsen nicht mehr so lang wie früher. Darüber war sie oft sehr unglücklich und klagte. Ich versuchte, sie zu trösten. Einmal betonte ich, sie wäre immer noch eine wunderschöne und kluge Frau, zum anderen versuchte ich, sie mit Hinweis auf andere Frauen ihres Alters zu trösten, die nicht annähernd so gut aussahen wie sie. Doch das überzeugte sie nicht. „Du willst mich ja nur trösten, weil du mich liebst", sagte sie oft. „Ich sehe doch, wo es bei mir nicht mehr stimmt." Wiederholt antwortete ich dann: „Du solltest dir einmal wieder einen Mann nehmen, der dir im Bett bestätigt, was du für eine rasante Frau bist. Und der müsste deutlich jünger sein als du. Da müsste klar sein, dass der dich allen jüngeren Frauen vorzieht." Diana aber klagte: „Wo soll ich den hernehmen? So einen gibt es doch gar nicht!"

So ging es eine lange Zeit. Einmal aber kam ich wieder von meiner Arbeit nach Hause. Ich war sehr müde und wollte mich für ein paar Minuten hinlegen. Also ging ich auf schnellstem Weg in die Richtung zu unserem Schlafzimmer. Doch kurz vor der Tür zu diesem Raum stockte ich: Ich hörte Laute, die ich sehr gut kenne. Sehr vorsichtig, sehr leise öffnete ich die Tür zum Schlafraum. Da befand sich Diana in der Knie-Ellenbogen-Position und hinter ihr bewegte sich ein deutlich jüngerer Mann in ihrer Lustgrotte. Diana hatte wohl meine Schritte im Nebenraum oder die Türbewegung gehört, denn sie schaute in meine Richtung und lächelte mich an. In ihren Augen sah ich das Leuchten, das sie bei erfülltem Sex immer hat. Den Mann kannte ich. Er wohnte in der Nachbarschaft mit einer älteren Frau zusammen, ohne mit ihr verheiratet zu sein. Er hatte eine fast muskulöse Figur, allerdings ein grobes Gesicht. Ich wusste, dass er zu einer Firma gehörte, die Brücken baute. Er sah mich nicht an. Er war wohl ganz darauf konzentriert, sich in Diana zu bewegen. Leise schloss ich wieder die Tür. Bald darauf hörte ich Dianas Laute, die sie von sich gibt, wenn sie einen Orgasmus hat. Ich kannte sie lange genug, um unterscheiden zu können, ob sie wirklich einen Orgasmus hat oder ob sie ihn nur spielt. Dieser

war echt. Auch die Laute des jungen Mannes, der geradezu vor Lust brüllte, waren nicht zu überhören.

Langsam ging ich in mein Arbeitszimmer. Ich freute mich für Diana. Nach vielleicht einer halben Stunde kam sie ins Arbeitszimmer. Sie lächelte wunderschön. Sie berichtete, sie hätte am Zaun eine Blume mit einer ganz intensiv roten Blüte bewundert. Da war der junge Mann von der anderen Seite an den Zaun gekommen und hatte sie in ein Gespräch verwickelt. Dabei hatte er immer wieder Andeutungen gemacht, wie schön und wie reizvoll sie wäre und wie gern er sie mit seinem Ding glücklich machen würde. „Ich kann das sehr gut", hatte er ihr versichert. Da wollte sie es wissen. Sie nahm ihn mit in unsere Wohnung. Er hatte ihr schon auf der Treppe zwischen die Beine und an den Po gegriffen, „und da hatte ich wirklich große Lust. Ich wollte sein Ding in meinem Leib haben." Das geschah dann auch sehr schnell. Sie hatten sich nicht mit einem Vorspiel aufgehalten. Diana hatte nicht einmal an ein Kondom gedacht. Sie hatte sich in Stellung gebracht, so, wie sie es am liebsten hatte, und der junge Mann hatte seinen wirklich erstaunlichen Kolben in ihre Öffnung geschoben und losgelegt. „Und da hatte ich ganz schnell einen herrlichen Orgasmus wie lange nicht mehr. Und da hat er weiter gemacht. Und dann kam noch ein zweiter, kurz nachdem du hereingeschaut hast."

Ich freute mich für sie. „Hat er dir denn auch gesagt, wie schön, wie reizvoll du bist?" Sie nickte lächelnd: „Das hat er immer wieder getan. Und am schönsten fand er meinen Hintern. Von dem konnte er gar nicht seine Hände lassen." „Und wollt ihr es wieder tun?" Sie nickte: „Wir möchten es schon. Aber er will noch mit seiner Partnerin darüber sprechen, will sie fragen, ob sie damit einverstanden ist und ob sie es dann vielleicht auch mit dir tun will. Und ich wollte dich fragen, ob du damit einverstanden bist." Sie hatten sich beide versichert, sie wollten die Partnerschaften nicht gefährden, sie wollten nur Spaß miteinander haben.

In der kommenden Zeit wurde Diana deutlich jünger, hatte einen strafferen Gang und ein strahlendes Gesicht. Ich freute

mich, sie so glücklich zu erleben. Einmal sagte sie: „Mit ihm über bestimmte Themen kann ich nicht reden. Dazu ist er zu dumm. Oder daran hat er überhaupt kein Interesse. Aber sein Schwanz ist einsame Spitze und vögeln kann er wirklich ganz wunderbar."

Ähnlich geschah es zwei Jahre später. Diana sang in einem Chor, der von einem schwedischen jungen Mann geleitet wurde. Der studierte noch Gesang und Klavier und verdiente sich durch diese Chorleitung das Geld für sein Studium. Er lebte seit einem Jahr in der nahegelegenen Stadt. Vorher hatte eine ältere Frau den Chor geleitet und Diana ging immer lustloser dorthin, eigentlich nur noch aus Pflichtbewusstsein. Manchmal blieb sie auch gleich zu Hause. Doch nun ging sie mit großer Freude zum Singen und erzählte mir geradezu begeistert von diesem jungen Mann. Diana war immer ganz besonders an Musik interessiert und Musiker begeisterten sie ganz besonders. Dieser Musiker sang auch solistisch in Konzerten und faszinierte sie durch seine schöne Stimme. Wenn ihn Diana hörte, bekam sie glänzende Augen.

Nach einem Chorsingen stand Diana etwas unschlüssig im Wohnzimmer. Ich fragte sie, was denn wäre. Sie berichtete etwas stockend, Knut hätte Andeutungen gemacht, er würde sich gern mit ihr außerhalb des Chorsingens treffen. „Und?", fragte ich. „Du willst nicht? – Du hast doch so oft begeistert von ihm erzählt." Sie nickte: „Doch, ich möchte schon. Aber der will nicht nur mit mir erzählen." Ich sagte: „Natürlich will er gern mit dir ins Bett. Das kann ich sehr gut verstehen. Es ist ja nicht das erste Mal, dass ein Mann mit dir ins Bett will." „Und du hättest nichts dagegen?", fragte sie. Nein, ich hatte nichts dagegen, wenn sie es wollte. Ich wünschte mir immer, dass Diana zufrieden und glücklich war. Ich sagte es ihr, und nun lächelte sie: „Jetzt muss ich ja nicht mehr darauf achten, dass er ein Kondom nimmt oder ich gerade meine Tage vorbei habe. Jetzt kann er sein Sperma in mich reinpumpen, wann immer wir wollen. So macht es richtig Spaß." Sie zögerte etwas und fragte dann: „Darf er in unsere Wohnung kommen? – In seinem Studentenzimmer muss er sich

Bad und Toilette mit anderen teilen. Wenn ich da nackt herumlaufe, könnte das etwas peinlich werden."

So kam es, dass sie Knut in unsere Wohnung einlud. Ich machte in dieser Zeit Hausbesuche oder Besorgungen. Mit Diana hatte ich abgesprochen, wann ich wieder nach Hause kommen würde. Bis dahin sollte Knut verschwunden sein.

Diana war glücklich. „Ich fühle mich ganz neu als junge Frau", sagte sie. „Und er ist so leidenschaftlich, so feurig." Einmal kam sie zu mir ins Arbeitszimmer. Sie hatte sich mit Knut vergnügt und wollte mich wohl an ihrer Freude teilhaben lassen. Sie erzählte mir, Knut hätte sie dreimal hintereinander „so richtig durchgerammelt". Und plötzlich stand sie auf, kam zu mir an den Schreibtisch und hob ihr Kleid hoch. Sie hatte keinen Schlüpfer an, drückte ihre Schenkel so auseinander, dass ich ihre Schamlippen sehen konnte, und fragte mich: „Guck dir mal mein Fötzchen an! Sieht man da etwas? – Das brennt noch richtig!" Nein, ich sah nichts. Aber sie hatte leuchtende Augen. „Du glaubst gar nicht, wieviel Sperma der in mich reingepumpt hat. Und gleich dreimal. Davon können andere nur träumen." Etwa ein halbes Jahr lang trafen sich also die beiden, meist nach dem Chorsingen. Dann kam er gleich mit ihr in unser Haus. Sie aßen und tranken, hörten bestimmte Schallplatten und stellten fest, dass sie sehr viele Stücke gemeinsam liebten. Das festigte ihre Gemeinschaft. Oft schoben sie eine solche CD in den Player und vögelten dann gewissermaßen nach dieser Musik. Ich fragte sie einmal, ob sie weiter die Knie-Ellenbogen-Stellung bevorzugten. Zu meinem Erstaunen antwortete Diana, die Stellung wäre ihr bei Knut völlig gleich. Sie hätte bei jeder Stellung Glücksgefühle. „Weißt du, manchmal habe ich das Gefühl, sein Schwanz passt sich ganz genau meiner Muschi an." Ich fragte nach der Beschaffenheit seines Penis, sie hatte mir ja wiederholt berichtet, wie sein Penis sie bis zur letzten Falte ausgefüllt hatte. Doch sie erklärte, das wäre ihr dieses Mal überhaupt nicht wichtig. Es wäre einfach schön mit ihm. Sie hatte auch gern sein Ding in ihren Mund genommen und sein Sperma hinuntergeschluckt, was bei ihr sonst völlig undenkbar war. Und als er ein Kondom

über seinen Schaft rollen wollte, hatte sie abgewehrt. Sie wollte ihn „mit Haut und Haar" in sich spüren. Er war ihr idealer Geschlechtspartner.

Ich ließ sie agieren. Zum einen wollte ich ihr Glück, das sie unzweifelhaft empfand, nicht zerstören. Zum anderen nahm ich mir ja auch die Freiheit, mit einer Frau zu bumsen, wenn es die Situation erlaubte. Diana bot mir an, Knut kennenzulernen. Doch ich wollte nicht. Ich wollte ganz unbelastet sein. Sie wollte mit einem Mann ihre Lust befriedigen, das war in Ordnung. Mehr war es nicht. Er war mindestens zwanzig Jahre jünger als Diana. Ich wollte nicht an meine Jugend erinnert werden. Nur einmal sah ich ihn flüchtig, als wir in der nahegelegenen Stadt spazieren gingen. Da flüsterte sie mir plötzlich zu: „Da geht er mit seiner Freundin und seinem Kind." Der Mann trug das kleine Kind auf dem Arm.

Irgendwann erkaltete aber die Beziehung der beiden. Diana ging weiter zum Chorsingen, aber nun kam Knut nicht mehr mit. Ich glaube, Knut war jetzt mit einer anderen Chorsängerin zusammen.

Roswitha war hier im Ort geboren worden. Schon von klein an war sie ein quirliges Kind, das herumtobte und viel lachte. Mir wurde immer wieder einmal erzählt, dass sie seit ihrer Pubertät sehr viele Jungen „vernascht" hatte, wie sie es mir später sagte. Sie entwickelte sich zu einer schlanken Frau mit großen, festen Brüsten, einem ansehnlichen Po, formschönen Beinen und einem Wuschelkopf. Auffallend waren auch ihre Sommersprossen, die man zunächst ja nur im Gesicht sah, die ich aber später auch anderswo sehen konnte. Roswitha war klug und fleißig und heiratete schon bald nach ihrer Volljährigkeit einen Elektromeister, der sehr bald das Geschäft seines Vaters übernahm. Da arbeitete sie im Büro ihres Mannes. Bald war das erste Kind da, das genauso temperamentvoll war wie die Mutter. Ich erlebte das einmal sehr drastisch, als sie sich im Kreis der Freundinnen mit einem anderen Mädchen stritt. Da wandte sie sich plötzlich um, zog blitzschnell ihren Rock hoch, den Schlüpfer hinunter und

präsentierte dem Mädchen ihren nackten Hintern, der übrigens ebenso schön war wie der der Mutter. Dazu sagte sie laut und deutlich: „Leck mich am Arsch!"

Roswitha und ich begegneten uns immer wieder in den unterschiedlichen Gruppen und ich bemerkte ihren besonderen Gang: Sie setzte ihre Füße weniger mit den Hacken auf, sondern vielmehr mit den Zehen. Dadurch hatte sie einen ganz eigenen Gang, der sehr reizvoll wirkte. Vor allem aber bemerkte ich ihre schönen Brüste. Sie trug meist keinen Büstenhalter, ihre Brüste waren formschön, relativ groß mit oft harten Brustwarzen und erstaunlich fest. Da sie im Sommer fast immer ein dünnes T-Shirt oder einen dünnen Pulli trug, konnte man sehr gut erkennen, was sich da unter ihrer Kleidung befand. Und da ich ja immer weibliche Brüste ganz besonders liebe, freute ich mich jedes Mal, wenn ich sie so sah. Und natürlich hatte ich auch den Wunsch, sie zu fotografieren, am liebsten nackt. Bei geeigneter Gelegenheit fragte ich sie, ob sie bereit wäre, sich von mir fotografieren zu lassen. Sie stimmte zu und wir machten auf ihrem Balkon die Fotos – mit Kleidung. Sie war dabei sehr locker. Doch als ich sie fragte, ob ich sie auch nackt fotografieren dürfte, entgegnete sie, da müsste sie erst ihren Mann fragen. Sie hätte sich zwar wiederholt nackt fotografieren lassen, doch das wäre vor ihrer Ehe gewesen. Nun hätte der Mann zuzustimmen. Ich wusste, ihr Mann war in solchen Dingen außerordentlich zurückhaltend. So gab ich diese Sache auf. Erst zwei Jahre später sprach mich Roswitha auf diese Sache an. Da war sie 26 Jahre alt. Wenn ich noch Fotos von ihr machen wollte, sagte sie, wäre sie dazu bereit. Ihr Mann wäre jetzt einverstanden.

So kam sie in unser Haus. Ich hatte den Raum zum Fotografieren entsprechend vorbereitet. Ich wollte sie nur vor einem weißen Hintergrund ablichten. Da würde ihr Körper am besten zur Geltung kommen. Sie zog sich dann auch sehr schnell aus. Viel hatte sie ja auch nicht an. Der Hautabdruck vom Schlüpfergummi störte nicht bei dem Fotomaterial, das ich jetzt benutzte. Sie lief ganz leicht im Raum herum und bewegte dabei ihr Gewölbe auf eine sehr, sehr reizvolle Weise. Es zog in meinen

Lenden und mein Penis begann zu erigieren. Dazu kam ihr Körpergeruch. Sie duftete intensiv nach frischem Schweiß. Sie hätte gern noch vor den Aufnahmen geduscht, doch ich bat sie, so zu bleiben. Durch die Feuchtigkeit entstand ein schwacher Glanz auf der Haut, der beim Fotografieren sehr vorteilhaft wirkte. Und natürlich roch sie gut. Nach diesen ersten Aufnahmen bat ich sie, sich frontal auf einen filigranen Stuhl zu setzen. Das tat sie, drückte dabei allerdings ihre Schenkel fest zusammen. Ich bat sie, etwas lockerer zu sitzen, das wirkte natürlicher. Da lächelte sie: „Sie wollen auch meine Steckdose fotografieren, ja?" Ich stutzte. Diese Bezeichnung für eine Vulva hatte ich noch nie gehört. Sie erzählte mir lächelnd, ihr Mann sagte in bestimmten Situationen, er wollte so gern seinen Stecker in ihre Steckdose schieben. Bei einem Elektriker war dieses Bild ja sehr logisch. So bat ich sie, mir ihre Steckdose zu zeigen, damit ich sie fotografieren konnte. Von nun an posierte sie in jeder Stellung. Sie tat das mit einer Freizügigkeit und Freude, wie ich das kaum einmal erlebt habe. Später gestand sie mir lächelnd, sie hätte mich provozieren wollen. Sie wollte sehen, ob ich auf sie „ansprang", wie sie sagte. Ich sprang auf sie an. Mein Penis befand sich in Dauererektion. Das bemerkte die Frau natürlich. Irgendwann sagte sie: „Wenn ich hier nackt herumlaufe, können Sie es doch auch tun!" Also zog ich mich nun auch aus. Roswitha betrachtete ganz ausführlich mein Geschlecht. Sie nahm meinen Penis auch in eine Hand und strich über meinen Po. Und dann sagte sie sehr nachdenklich: „Ich wüsste ganz gerne, ob Ihr Stecker gut in meine Dose passt." So legten wir uns auf das weiße Papier, das ich für den Hintergrund ausgerollt hatte, und ich schob meinen Stecker in ihre Dose. In dieser Situation war ich so glücklich, dass ich dachte: Jetzt könnte ich getrost sterben; schöner geht es nicht. Ich hätte uns gern so zusammen fotografiert, doch sie widersprach mit einer Entschiedenheit, die ich sonst gar nicht bei ihr kannte. Fotografieren – ja. Auch mit dem Bumsen fände sich ihr Mann ab, sie hätte es wiederholt mit anderen Männern getan. Aber dabei Fotografieren ginge auf gar keinen Fall. Das wäre für ihren Mann ein Scheidungsgrund. Also vergnügten wir uns weiter

und sie hatte deutlich Vergnügen an der Sache. Dann kam sie mit einem herrlichen Urschrei. Gleich darauf kam ich in ihr zum Orgasmus. Hinterher saß sie breitbeinig auf dem weißen Papier und sah zu, wie mein Ejakulat aus ihrer Scheide lief. Sie machte mich darauf aufmerksam und meinte: „Damit hättest du eine ganze Kompanie Weibchen schwängern können." Glücklicherweise geschah das auch bei ihr nicht. Aber wir trafen uns weiter von Zeit zu Zeit und immer war es für mich eine ganz besondere Freude, wenn ich meinen Stecker in ihre Dose schieben durfte.

In dieser Zeit lernte ich durch meine Arbeit eine ausgesprochen nette Familie kennen. Der Mann konnte nicht mehr arbeiten, er war schwer herzkrank. Die Frau vermietete Zimmer in ihrem Haus und zeichnete sich durch Fleiß und Sorgfalt aus. Das Ehepaar hatte drei Töchter. Die Älteste war verheiratet und hatte drei Kinder. Sie war 32 Jahre alt. Sie fuhr regelmäßig durch zwei Dörfer und kümmerte sich um alte Menschen, die alleine nicht mehr zurechtkamen. Die Zweite hatte wechselnde Freunde. Sie suchte nach dem idealen Mann, fand ihn bisher aber nicht – ich glaube, es gibt gar keinen idealen Mann, so wie es wohl auch keine ideale Frau gibt. Sie war Kosmetikerin und sah immer sehr gepflegt aus. Die Jüngste ging noch zur Schule. Sie war 18 Jahre alt und wirkte noch sehr kindlich. Alle drei Töchter ähnelten stark ihrer Mutter. Die war etwa 1, 60 m groß, etwas rundlich, mit einem sehr freundlichen, lieben Gesicht und auffallend großen Brüsten. Ich erinnere mich, wie ich beim ersten Kennenlernen meine Augen gar nicht von diesen Rundungen lassen konnte. Später sagte sie mir, sie hätte das damals durchaus bemerkt. Eine Frau merkt so etwas. Die älteste Tochter ähnelte der Mutter am meisten. Aber dazu kam bei ihr eine Art, deutlich zu machen, dass sie trotz ihrer Ehe durchaus frei im Umgang mit Männern war.

Meine Bekanntschaft begann damit, dass ich mich beruflich um den Mann zu kümmern hatte. Das führte dazu, dass ich zu jeder Familienfeier eingeladen wurde. Diese Familie zeichnete sich auch dadurch aus, dass sie ganz eng zusammenhielt. Bei Feiern waren immer alle anwesend. Da saß ich dann im Kreis der

Familie und erfreute mich an den jungen Frauen. Nach einem Kaffeetrinken stand ich mit der Ältesten, Beate, in der Veranda. Sie trug ein sommerliches Kleid, das ihre üppigen Brüste sehr betonte. Sie hatte wohl bemerkt, dass ich meine Augen nicht von ihren Prachtgebilden lassen konnte, denn plötzlich sagte sie: „Sie möchten wohl gern wissen, wie meine Muckis aussehen, ja?" Ich bestätigte es. Beate meinte: „Dann müssen Sie mit mir ins Bett gehen." Seltsamerweise sprachen wir nicht von Fotos, wie ich das so oft erlebt hatte. Später erfuhr ich: Sie hatte keine Probleme, mit mir ins Bett zu gehen. Aber Fotos von sich ließ sie mich nicht machen. Mit 16 Jahren hatte sie ihr erstes Kind bekommen. Da konnte sie noch nicht heiraten. Ihre Eltern sorgten rührend für das Kind, weil sie ja noch zur Schule ging. Aber mit dem Vater des Kindes blieb sie weiter zusammen. Dann kam das zweite Kind, als sie 18 Jahre alt war. Nun heirateten sie und sind bis heute zusammen. Kurioserweise bekam ihre älteste Tochter auch mit 16 Jahren ihr erstes Kind. So war sie schon mit 32 Jahren Großmutter. Ihr Mann sagte wiederholt: „Dass ich Großvater bin, stört mich überhaupt nicht. Aber dass ich mit einer Großmutter verheiratet bin, find ich gar nicht so schön."

Wir verabredeten uns, wann die Kinder in der Schule und ihr Mann zur Arbeit sein würden. Ich fuhr also zum vereinbarten Zeitpunkt zu ihr hin und in kürzester Zeit standen wir nackt voreinander. Auch sie war gut gepolstert, hatte aber festes Fleisch. Auch ihre Brüste und ihr Hintern waren fest. Sie sah auf mein Geschlecht, mein Penis stand sehr bald ganz steif da. Und dann ging alles wie selbstverständlich. Sie zeigte eine herrliche Lust am Sex, sie kam erfreulich schnell ohne langes Vorspiel. Ich hätte mich gern noch ausführlicher mit ihrer Lustgrotte beschäftigt, hätte sie mit Lippen und Zunge erkunden mögen. Aber sie wollte gleich zur Sache kommen. Und die war auch für mich so schön, dass ich sehr bald nach meinem ersten Orgasmus erneut eine Erektion bekam und wir uns dann weiter miteinander vergnügen konnten. Sie war sehr fröhlich dabei, es war für sie ein herrliches Spiel. Sie nahm die Pille, wir konnten uns also ganz unbeschwert miteinander vergnügen. Sie liebte es, immer wieder

die Stellung zu wechseln. Das kam meinen Vorstellungen sehr entgegen. Nach diesem ersten Treff trafen wir uns immer wieder. Und immer war es schön.

Beate hatte wohl ihrer jüngeren Schwester von unseren Treffen erzählt; denn als wir uns wieder einmal zu einer Geburtstagsfeier des Familienoberhauptes trafen, nahm Iris mich ein Stück beiseite, um mir ihr Herz auszuschütten. Sie klagte über ihre Misserfolge bei den Männern. „Immer hoffe ich auf Gold und dann greife ich in einen Nachttopf", sagte sie. Sie hatte sich gerade wieder von einem Mann getrennt, der in ihren Augen zunächst ideal erschien, sich dann aber als ganz mieser Typ herausstellte. Ich fragte sie, was ihr denn jetzt helfen könnte, und sie antwortete: „Ein besserer Mann. Und wenn es nur wäre, um dieses Ekel zu vergessen." Und dann sah sie mich voll an: „Beate hat mir erzählt, was Sie und sie gemacht haben. – Wollen wir es auch einmal tun, nur so?" Also fuhr ich zwei Tage später zu ihrer Wohnung. Sie war nicht annähernd so sinnlich wie ihre ältere Schwester. Seltsamerweise hatte ich auch Probleme damit, dass sie ihr Geschlecht ganz glattrasiert hatte. Ich denke dann immer an Kinder und Kinder sind für mich absolut tabu. Ich liebe nun einmal dicht behaarte rabenschwarze Mösen. Ich brauchte also etwas Zeit, um potent zu sein. Da Iris aber einige Erfahrung mit Männern hatte, kamen wir doch zum Sex. Allerdings bin ich nicht ganz sicher, ob sie wirklich einen Orgasmus hatte. Vor allem fehlte mir die fröhliche Selbstverständlichkeit, mit der sich Beate gab. Ich war sehr erleichtert, als sie mir bei der nächsten Gelegenheit einen neuen Freund vorstellte.

Beate traf sich weiter mit mir und nach einem sehr erfüllten Nachmittag fragte sie, ob ich es auch einmal mit ihrer jüngeren Schwester tun wollte. Die hätte Lust dazu. Lilli war 18 Jahre alt. Sie war deutlich größer als ihre beiden Schwestern, auch schlanker. Ihr Gesicht ähnelte aber sehr deutlich dem der Schwestern. Beate sagte, Lilli hätte es bisher noch mit keinem Mann gemacht. Sie wollte es aber gern mit mir tun, weil sie mich schon so lange kannte und Vertrauen zu mir hatte. Also brachte Beate uns zusammen. Und in der kommenden Nacht fuhr ich mit

dem Fahrrad zum Haus ihrer Eltern. Sie schlief im Erdgeschoss, links vom Haupteingang. Als ich kam, hatte sie, wie verabredet, das Fenster leicht offengelassen. Ich stieg also leise ein. Den Raum kannte ich, ich wusste, wo Lillis Bett stand. Sie war aber auch sofort wach, stand auf und umarmte mich. Ich zog ihr sofort das Nachthemd über den Kopf und erkundete mit meinen Händen ihren Leib. Als sie an meiner Kleidung nestelte, zog auch ich mich aus. Sie griff mir sofort zwischen meine Beine, als wollte sie das Terrain erst einmal erkunden. In der Dunkelheit gab es wohl keinerlei Hemmungen. Sie flüsterte, sie hätte sich gar nicht vorstellen können, wie sich so ein Ding anfühlt, wenn es steif ist. Dann gingen wir zu ihrem Bett. Ich schob meinen Kopf zwischen ihre Schenkel. Sie genoss es deutlich, dass ich mit meiner Zunge in ihrem Spalt an ihrer Klitoris war. Als sie mir feucht genug erschien, rollte ich ein Kondom über, legte mich zwischen ihre Schenkel und schob mich langsam in ihren Spalt. Ich konnte kaum ihr Gesicht erkennen, aber hinterher sagte sie, sie hätte keinerlei Schmerz empfunden, als ich voll in ihr war, nur Lust hätte sie empfunden. Erst hinterher beschäftigte ich mich ausführlich mit ihrem jungen Leib.

In der Folgezeit traf ich mich weiter mit Beate und es war jedes Mal ein Vergnügen. Daneben fuhr ich in den Nächten auch immer wieder einmal zu Lilli und auch das war jedes Mal eine Freude, weil sie beim Sex so fröhlich war.

Einmal besuchte ich wieder den kranken Vater. Anschließend brachte mich seine Frau zur Tür und beim Abschied sagte sie: „Bei unseren Familientreffen habe ich wohl gemerkt, wie Sie meine Töchter angesehen haben. Ich will Ihnen nur sagen: Wenn Sie eine Frau brauchen – das kann ich wohl verstehen –, sollten Sie lieber mich nehmen als meine Töchter." Ich war völlig überrascht. Saskia sagte mir, ihr Mann könnte schon lange nicht mehr „seine ehelichen Verpflichtungen" erfüllen. Er hätte aber toleriert, dass sie es von Zeit zu Zeit mit einem Urlauber getan hatte, der in ihren Räumen untergebracht war. „Ich habe ja auch meine Bedürfnisse als Frau." So kam es, dass ich mich ein paar Tage später in einem ihrer Gästezimmer einschlich. Sie kam dann

zu mir und zu meiner Überraschung stellte ich fest, dass sie im Bett temperamentvoller und einfallsreicher war als ihre Töchter. Bestenfalls konnte Beate mit ihr gleichziehen. Auch sie hatte sich die Pille verschreiben lassen. Ihre Brüste waren nicht mehr so fest wie die von Beate, aber sie waren größer und ich spielte sehr gern mit ihnen. Und wenn sie über meinem Gesicht baumelten, wenn sie über mir kniete und ich mich in ihr bewegte, war ich restlos glücklich. Ich hatte ja fast immer mehr Freude an älteren Frauen als an jungen. Lilli heiratete bald. So genoss ich über einen langen Zeitraum Beate und ihre wundervolle Mutter.

Wie selbstverständlich Sex sein kann, erlebte ich wieder einmal bei meiner Friseuse. Ramona war etwas über 40 Jahre alt, geschieden, sie hatte gerade eine neue Beziehung hinter sich, war dabei aber sehr fröhlich. Sie war schlank, außerordentlich flink und hatte eine ganz frische Art im Gespräch mit mir. Von ihren Eltern hatte sie ein Haus etwa 30 Kilometer von hier entfernt geerbt. Da wohnte sie mit ihrem Sohn. Im Sommer aber campierte sie mit einem kleinen alten Wohnwagen auf dem hiesigen Zeltplatz. Sie erzählte mir, sie hätte ihren Wohnwagen dicht am Rand des Platzes, zur See hin, aufstellen dürfen. Da ging sie morgens gleich nach dem Aufstehen im Bademantel über die schmale Teerstraße, durch die Dünen zum Wasser und badete, selbstverständlich nackt. Sie war ganz begeistert, wie frisch sie nach dem Bad zurückkam und sich dann einen guten Kaffee machen konnte. Danach fuhr sie zur Arbeit. Wenn es das Wetter erlaubte, badete sie abends noch einmal. Und dann sagte sie: „Kommen Sie doch einmal vorbei und sehen Sie sich alles an!" An der Kasse gab sie mir ihre Handynummer.

Als wir einmal allein in ihrem Salon waren, fragte ich sie, ob ihr nun nach der Trennung von ihrem Freund kein Mann fehlte. Sie lächelte: „Wenn mir das fehlt, was Sie meinen, gibt es heute sehr gute Dildos, sogar solche, die vibrieren können. Die sind oft effektiver als ein Mann – und unverbindlicher." Sie arbeitete weiter an meinen Haaren und fuhr dann etwas leiser fort: „Und außerdem ist noch mein Sohn im Haus. Der hat sich gerade von

seiner Freundin getrennt – genauer: Seine Freundin hat ihn aus der Wohnung geschmissen. Nun wohnt er wieder in meinem Haus. Und manchmal schlafen wir auch im Bett zusammen." Ich fragte: „Haben Sie auch Sex miteinander?" Sie lächelte: „Natürlich! Wissen Sie, das geht manchmal von ganz allein. Ich wache auf und merke, dass er seinen Pimmel schon in mir drin hat. Das geht ganz einfach. Er braucht Entspannung in einer Frau. Ich hab es gern, wenn ich sein Ding in meiner Möse spüre. Er ist zwanzig Jahre alt. Er muss sich ausleben. Und mit mir ist das die einfachste Art." Ich fragte natürlich: „Und haben Sie keine Angst von ihm schwanger zu werden?" Sie schüttelte den Kopf: „Ich nehm doch schon lange die Pille."

Ein paar Tage später fuhr ich gegen Abend mit dem Fahrrad zum Campingplatz. Ich fand sie auch ohne Probleme. Sie saß an einem kleinen Tisch vor dem Wagen und trank etwas. Ich setzte mich zu ihr und wir plauderten. Sie zeigte mir ihren Wagen und ich bewunderte alles gebührend. Es war auch wirklich alles praktisch und schön. Dann gingen wir zusammen zum Wasser. Sie zog sich ohne Scheu aus und legte ihre Kleidung auf ihren Bademantel, den sie über den Arm gehängt mitgenommen hatte. Ich zog mich natürlich auch aus und folgte ihr ins Wasser. Sie entsprach nur bedingt meinen Schönheitsvorstellungen. Sie war mir einfach zu mager. Aber ihr Temperament war herrlich. Hinterher zog sie nur den Bademantel an und nahm ihre Kleidung in die Hand. So gingen wir zu ihrem Wohnwagen zurück. Dort sagte sie plötzlich, sie müsste sich hinlegen. Sie bat mich in den Wagen. So könnten wir ja weitererzählen, meinte sie. Im Wagen legte sie den Bademantel ab und legte sich ins Bett. Ich saß davor. Aber dann sagte sie: „Es ist so kalt hier. Wollen Sie zu mir ins Bett kommen und mich anwärmen?" Natürlich entkleidete ich mich nun und legte mich zu ihr. Sie kuschelte sich gleich ganz fest an mich, krallte sich gewissermaßen fest. Ich begann nun ihren Körper zu streicheln, wo er mir interessant erschien, am Rücken, am Po, am Bauch, zwischen ihren Beinen. Sie tat es bald ebenso bei mir. Und dabei erigierte mein Penis. Sie hielt ihn eine Zeitlang in ihrer Hand und sagte dann nur:

„Komm zu mir! Schieb ihn rein!" So geschah es auch. Wir taten es ganz ruhig und gleichmäßig. Als ich in ihr kam, blieb mein Ding noch so lange fest, bis auch sie ihren Orgasmus hatte, ganz selbstverständlich.

Von da an fuhr ich im Sommer immer wieder zu ihr. Manchmal war ihr Sohn da, da sprachen wir nur miteinander. Waren wir zu zweit, gingen wir baden und anschließend ins Bett. Zum Aufwärmen.

Heute schaue ich dankbar auf ein lustvolles Leben zurück. Ich bin dankbar, dass immer Frauen da waren, die mir geholfen haben, mit meiner Sexualität zurecht zu kommen. Dankbar habe ich erfahren, dass auch die Frauen von sich aus auf mich zukamen und ihre sexuelle Lust mit mir ausleben wollten. Wenn ich recht überlege, waren mehr Frauen aktiver als ich, auch wenn sie es manchmal verschleierten.

Vor allem danke ich natürlich meiner Frau für ihr Verständnis, für ihre Toleranz gegenüber meinen Gespielinnen. Mit Freude habe ich auch erfahren, wie sie sich sexuell entfaltete, wie sie sich ihrer Schönheit und ihrer erotischen Ausstrahlung bewusst wurde und wie sie ihr Selbstbewusstsein entwickelte und ihre Sexualität mit Männern auslebte, die ihr gefielen. Ich bewunderte sie auch, dass sie mit ihrem Geschlecht Männern half, mit ihrer Sexualität zurecht zu kommen. So wie meine Mutter und meine Schwestern kam auch sie zu der Überzeugung, dass Sex so selbstverständlich sein sollte wie Essen, Trinken und Schlafen. Das machte sie für mich zu einer wunderbaren Gefährtin, mit der ich 60 Jahre lang sehr glücklich und zufrieden sein durfte.

Und dankbar bin ich, dass immer neu schöne Frauen heranwachsen, an denen wir Männer unsere Freude haben, auch wenn ich nicht mehr mit ihnen Sex habe. Ich freue mich über schöne Gesichter, geistvolle Gespräche, reizvolle Gestalten, angenehme Stimmen, gepflegte Haare, große Brüste, interessante Gangarten, gut geformte Hintern, reizvolle Rückenlinien, schöne Beine. Ich stelle mir zuweilen immer noch vor, wie die wohl im Bett wären, wie es wohl aussehen würde, wenn sie ihre Schenkel

öffneten und mir ihr Geschlecht zeigten, wie sie ihren Orgasmus offenbarten oder nur spielten. Sie wachsen immer neu nach, diese wundervollen Geschöpfe, die verheißungsvollen jugendlichen Damen, die erfahrenen blutvollen mittelalterlichen und oft sehr intelligenten Frauen, die üppigen älteren Weiber, die ganz besondere Lust empfinden können, weil sie keine Gedanken mehr an Schwangerschaft oder Verhütung oder Verschleierung vor Partnern verschwenden müssen. Manchmal erschrecke ich geradezu, wenn ich unverhofft eine besonders schöne Frau sehe. Nach meiner Auffassung ist eine schöne Frau die höchste Vollendung der Natur auf unserem Planeten.

Dieses Leben mit so viel Zuneigung, Liebe und Sexualität ist einfach schön und ich bin nur dankbar dafür und wünsche jedem Menschen, dass er es auch so empfindet, mag er Mann oder Frau sein.

DER AUTOR

Der Ich-Erzähler wurde 1932 in Norddeutschland geboren, wuchs in einem Dorf auf, studierte Medizin in Dresden, lernte dort seine Frau kennen und zog mit ihr wieder nach Norddeutschland. Er arbeitete als Arzt in verschiedenen Dorf-Ambulatorien, wurde nach seiner Habilitation an die Universitätsklinik einer norddeutschen Stadt berufen und spezialisierte sich auf die Krebsfrüherkennung. Seine Frau beteiligte sich als Fotografin an der Dokumentierung der Forschungsergebnisse. Sie verstarb im Jahre 2017. Dankbar erinnert sich der alte Mann an das Zusammenleben mit ihr. Aus verständlichen Gründen und vor allem aus Rücksicht auf zwei seiner Töchter werden seine Erinnerungen unter einem anderen Namen veröffentlicht.

DER VERLAG

VINDOBONA
VERLAG · SEIT 1946

ein Verlag mit Geschichte

Bereits seit 1946 steht der Vindobona Verlag im Dienst seiner Bücher und Autoren. Ursprünglich im Bereich periodisch erscheinender Journale tätig, präsentiert sich der Verlag heute als kompetenter Partner für Neuautoren am deutschen, österreichischen und schweizerischen Buchmarkt. Engagement, Verlässlichkeit und Sachverstand – das sind die Grundpfeiler, auf denen der Verlag seit jeher sicher steht.

Sie möchten mit Ihrem Werk das vielseitige Verlagsprogramm bereichern? Der Vindobona Verlag garantiert Ihnen eine professionelle Prüfung Ihres Manuskriptes durch das Lektorat sowie eine zeitnahe Rückmeldung.

Genauere Informationen zum Verlag finden Sie im Internet unter:

www.vindobonaverlag.com